DARK DOMINATION

MISSY HEART

DARK DOMINATION

Luv

« Aimer l'autre, c'est affronter tous les défis
et les épreuves de la vie. »
Fred Martin

NOTE DE L'AUTEURE

Pour correspondre aux événements qui se déroulent dans cette histoire, la description de la ville de Kiruna, en Suède, ne correspond pas à la réalité.

PROLOGUE

J'ai toujours admiré les aurores boréales, considérant ce spectacle naturel comme étant unique et hors du commun. C'est l'expression du ciel. Chaque nuit, la terre nous montre à travers ces danses à quel point elle est belle, unique et précieuse. Et malgré cette beauté, je ne peux m'empêcher d'éprouver de la tristesse à l'idée que ce sera la dernière fois, la dernière image que je verrai avant de mourir. Et que plus jamais mon monde ne sera fait de ces jolies couleurs, alors que je sombre de plus en plus dans l'obscurité de ces eaux glacées.

1

Lovisa

L'eau. Un élément bienfaiteur qui apporte la vie. Sans elle rien n'existerait. Elle peut être aussi source de bien des malheurs lorsque les océans se déchaînent pour tout détruire sur leur passage.

Pour ma part, je la vois comme un élément douloureux qui sert de châtiment.

Couchée dans ma baignoire remplie, je fixe les gouttes tomber du robinet avec une lenteur extrême.

Le calme avant la tempête. Cette phrase ne m'a jamais paru plus vraie qu'en cet instant.

La sonnerie de mon portable retentit, brisant le calme religieux de la salle de bains. À l'aide d'une serviette posée près de ma tête, je m'essuie la main puis m'empare de mon téléphone placé sur le meuble en osier derrière moi.

Numéro inconnu.

Qui cela peut-il bien être ?

– Allô !

– Miss Granberg ? Maître Linderoth, je suis l'avocat de la famille Ekman.

Ekman.

Un frisson électrise tout mon corps à l'évocation de ce nom. Ça fait longtemps que je ne l'ai pas entendu. Mon cœur se serre ; de douloureuses émotions tentent de remonter à la surface. *Non, non.*

Comment a-t-il eu mon numéro ?

– Que puis-je pour vous ?

Du mouvement dans la pièce attire mon attention, il s'agit de mon petit ami, sa curiosité a dû le pousser à venir. D'ailleurs, il m'interroge du regard. Pour toute réponse, je me contente de hausser les épaules.

– Je suis porteur d'une mauvaise nouvelle.

Oh, non... Que se passe-t-il ? Est-ce qu'*il*... Est-ce qu'*il*...

– Votre père est malheureusement décédé.

Je me redresse brusquement en position assise, l'eau autour de moi s'agite et manque de déborder hors de la baignoire.

Hendrik est mort !

Comment ? Pourquoi ? Je ne pensais jamais recevoir un tel coup de fil. Hendrik l'immortel, comme nous l'appelions lorsque *nous* étions adolescents. Ce jour est arrivé.

Comment... Comment se sent-il ?

– Vous êtes toujours là ?

– Je... Oui, excusez-moi.

– L'enterrement aura lieu ce vendredi.

Déjà ?

– Je ne pense pas que...

– Votre présence serait appréciée. Juste après la cérémonie, le testament de votre père...

– Beau-père.

– Pardon ?

– Il s'agit de mon beau-père, enfin, il s'agissait.

Il est nécessaire pour moi de le préciser, je refuse que quiconque pense que nous avions un lien de sang.

Un silence de quelques instants installe un léger malaise entre nous. Maître Linderoth s'empresse de poursuivre :

– Il est nécessaire que vous soyez là pour la lecture du testament.

Hendrik m'a laissé quelque chose ? Il n'a jamais rien fait de bon pour moi. Cet homme a gâché ma vie.

– Très bien, j'y serai, m'y résigné-je.

– Je vous dis à vendredi. Le service funèbre commencera à treize heures. Toutes mes condoléances, miss Granberg.

– Merci.

Que dire d'autre dans pareilles circonstances ? Je ne l'ai jamais su et pourtant j'ai vécu les décès de mes parents.

– C'était qui ?

– L'avocat des Ekman, Hendrik est mort.

Il garde le silence, la compassion ne fait pas partie de ses qualités. Autrefois, cet attrait me séduisait ; il ne me prenait pas pour une chose fragile, mais à présent ce côté froid me donne la nausée.

Rikard s'assied sur le rebord de la baignoire et passe ses doigts dans l'eau.

– Bordel, elle est gelée. Pourquoi tu fais ça ?

L'eau froide me punit d'être aussi stupide, aussi faible.

Je détourne le regard sur mon écran, où il y a une photo de nous deux ; nous donnons l'impression d'être si amoureux que je pourrais presque y croire.

– Tu vas y aller ?

– Je n'ai pas le choix et puis…

– Et puis quoi ? demande-t-il brusquement.

– Je suis sur le testament.

Il coule un œil lubrique sur mon corps, je me sens trop vulnérable en cet instant pour en éprouver de la flatterie.

– Il sera là ?

– Qui ?

Son air sévère me donne des frissons. Jouer les idiotes ne ferait que l'énerver.

– C'est l'enterrement de son père, donc oui il sera là.

– Alors je viens, décrète-t-il en se levant.

– Rikard…

– Je viens. Et je te le prends.

Rikard s'empare de mon téléphone et le glisse dans la poche de son jean.

Foutue jalousie.

– Mes parents nous attendent, ne traîne pas.

Il jette un coup d'œil à mon visage, me faisant rougir de honte.

À sa sortie, je me retiens de lui montrer mon majeur. Il mérite bien plus que ça.

Le corps frissonnant et transi de froid, je finis par sortir de la baignoire. Je m'enroule dans une serviette en éponge, posée précédemment sur le radiateur mural. Sa douce chaleur étreint mon corps avec délice, remplaçant les bras chaleureux que mon petit ami aurait pu m'octroyer s'il avait été de ce genre.

Lorsque je me dirige vers le lavabo au-dessus duquel trône un miroir ovale, aucune surprise ne se lit sur mon visage. Le haut de ma pommette droite est un peu gonflé et rosi sous le coup qu'elle a reçu.

Il ne s'est pas contrôlé.

Généralement, il veille toujours à ne laisser aucune marque apparente.

« *– Tu as un si joli visage, il serait dommage de l'abîmer.* »

Pourtant, c'est ce qu'il a fait. Je le déteste quand il est comme ça.

Une bonne couche de maquillage et toute trace de son *amour* disparaîtra.

– Lovisa !

– J'arrive, une minute !

En cet instant, mon apparence et ma condition de vie aux côtés de Rikard m'importent peu.

Bientôt les choses vont changer. Bientôt je vais *le* revoir.

À la perspective d'être de nouveau en sa présence, après tout ce temps, mon cœur se contracte. La plaie fermée depuis neuf longues années va bientôt se rouvrir.

2

Lovisa, 13 ans

Elle est égoïste et ne pense qu'à elle. Je la déteste et je détesterai son nouveau copain. Je sais qu'elle a oublié papa, mais ce n'est pas mon cas, il est toujours dans mon cœur et je ne veux pas le remplacer. Elle m'éloigne de tout ce que j'aime et ce que je connais. Je ne reverrai plus mes copines. Elle dit qu'en échange, je gagnerai un frère, mais je ne veux pas le voir ni le connaître, il est plus âgé que moi et je suis sûre qu'il fera sa loi sur moi. Maman ne comprend pas que je désire rester à Göteborg et continuer à étudier avec Jan Sörvik, le plus talentueux violoniste de Suède ! Elle ne pense pas à mes ambitions de musicienne.

Je déteste ma vie !

***

Faire une valise est très simple et pourtant, j'ai dû la recommencer une dizaine de fois. Que mettre pour un enterrement ? Et ensuite ? Il fait très froid à Kiruna, bien plus qu'à Stockholm. C'est l'une des villes les plus froides de Suède. Heureusement, ce salopard d'Hendrik n'est pas mort au début de l'hiver, les températures peuvent chuter jusqu'à moins trente. En ce début de mars, le temps est très froid, mais supportable ; pour autant, il faut s'armer de vêtements bien chauds.

Toute cette semaine, je n'ai fait que penser à ce jour. Je tremble à l'idée de retourner sur les lieux de mon adolescence. Ces trois années passées là-bas ont été les plus marquantes, les plus douloureuses, mais aussi les plus merveilleuses.

Rikard s'est chargé des billets d'avion ainsi que de la location d'une voiture privée. L'aéroport de Kiruna propose ce service, mais les véhicules ne sont pas assez sophistiqués pour mon petit ami. Depuis sa naissance, il est conduit dans les plus belles autos qui existent. Ses parents dirigent plusieurs concessions de véhicules de luxe.

Le vol dure quatre heures. Pendant que Rikard sommeille à mes côtés, la tête appuyée sur le hublot, je me connecte au WiFi de l'avion via mon portable. De nos jours, tout le monde se trouve sur Internet, c'est facile de rechercher quelqu'un. Moi-même, je suis sur Instagram, j'y poste des vidéos de moi en train de jouer du violon, que ce soit sur une scène avec les autres musiciens ou dans des lieux plus tranquilles, comme une forêt, au bord d'une rivière, d'un lac et même sur la plage. Je publie aussi des photos de mes repas, de mes voyages, de moi seule. Mes préférées restent celles où je pose dans la neige, car mes longs cheveux roux contrastent avec le blanc de l'hiver. Je pose beaucoup avec Rikard. Il est plus grand que moi, ses cheveux sont brun foncé et coupés court. Il aime que j'en publie régulièrement de nous deux pour montrer que je lui appartiens. Nous donnons l'impression de mener une vie parfaite.

Ce n'est qu'une façade.

L'envers du décor est tout autre et c'est probablement le cas pour beaucoup de monde. Est-ce la même chose pour *lui* ? Je me surprends souvent à épier ses photos. Une partie de moi n'a jamais pu l'oublier. Pourtant, il fut un temps où j'aurais tout donné pour ne jamais le voir.

***

Tout le long du trajet jusqu'à Iron House, je ne peux m'empêcher de ressasser ce que je sais sur *lui*. D'après les réseaux sociaux, il adore faire de l'airsoft en pleine nature, aller dans des boîtes de nuit, courir et traîner avec ses amis, en particulier Gunkil et Fredrik, ses meilleurs amis. Nous étions au même lycée.

– T'es sûre que c'est la bonne adresse ?

– Certaine, c'est un coin très isolé.

Rikard soupire de nouveau, le trajet en voiture dure trop longtemps à son goût. Il ne veut absolument pas abîmer la voiture de location, et rouler au milieu des arbres ne le rassure pas.

Les mains moites et le cœur au bord des lèvres, je me sens toute petite alors que d'anciens souvenirs longtemps refoulés refont surface.

Les grilles de la propriété des Ekman s'imposent à nous telles des griffes acérées sur le point de nous ôter la vie. Leur vue m'a toujours effrayée, surtout la nuit.

La voiture s'arrête devant. Les dessins sur le portail représentent une forêt aux arbres maigres et sans feuilles avec des loups féroces à leurs pieds. Au-dessus, le nom de la propriété, *Iron House*. Les grilles se terminent par des piques si pointues que je ne me risquerais pas à passer le doigt dessus. De chaque côté, un mur d'environ deux mètres de hauteur longe la propriété immense. Il n'y a aucune maison à des kilomètres à la ronde. À ma droite, un homme avec une ancienne brûlure sur tout le côté droit du cou sort d'une maisonnette pas plus grande qu'un cabanon.

Rikard baisse sa vitre.

– Nous sommes là pour l'enterrement.

L'homme se penche pour regarder à l'intérieur du véhicule. Quand nos regards se croisent, son visage s'adoucit.

– Bonjour, Lovisa. Je suis content de vous revoir. Malgré les circonstances.

– Bonjour, Oscar, couiné-je, mal à l'aise de devoir lui parler devant Rikard.

– Vous pouvez entrer.

Il s'éloigne et fait signe à son collègue à l'intérieur du poste de garde. Les grilles s'ouvrent automatiquement, nous laissant passer.

– Tu te l'es fait ?

Sa question me surprend et pourtant, venant de lui, cela ne devrait pas.

– Tu n'es pas sérieux ? Il a le double de mon âge !

– Ça n'a pas arrêté ta mère avec Hendrik. Les chats ne font pas des chiens.

Cette attaque me vrille le cœur. Comment ose-t-il salir le nom de ma mère ? Sa cruauté est sans limites. Mes lèvres tremblent sous les mots virulents que j'aimerais lui balancer. Rien ne sort, comme toujours.

Rikard me regarde sévèrement.

– Quelque chose à dire ?

Tu n'es qu'un enfoiré. Un salaud. Je te déteste !

– Non, rien.

Une boule de colère obstrue ma gorge et m'empêche de respirer correctement. Mes pensées confuses bouillonnent de rage. Dans ces moments-là, je suis capable d'imaginer les pires choses à lui faire sans jamais agir. Il m'arrive souvent d'être mal par la suite et, alors, seuls des bains d'eau glacée arrivent à me calmer. Et…

… j'ai l'impression de me rapprocher de lui.

Nous roulons un kilomètre, traversant la forêt enneigée du domaine avant d'arriver devant une immense demeure aux briques brunes. Un peu plus loin sur notre droite, une dizaine de voitures garées nous indique où nous mettre. Rikard se cale entre une Volvo noire et une Volkswagen rouge.

Mon petit ami m'aide à sortir de la voiture, mes talons ne me garantissant pas une démarche assurée. Pour l'occasion, je suis habillée d'une robe noire qui m'arrive juste au-dessus du genou ; les manches descendent jusqu'à mes coudes. Avec le froid mordant, ma tenue est rehaussée de bas épais sombres et d'un manteau en daim avec le bord du col en fourrure. Rikard glisse un bras possessif autour de mes hanches. Un sifflement sort de sa bouche alors qu'il admire la taille de la maison.

– Tu ne m'avais pas dit que ta famille était riche. Il aurait pu te verser plus.

– Hendrik me donnait seulement le nécessaire pour vivre, pas un sou de plus.

– J'espère qu'il t'a laissé quelque chose. Que je ne sois pas venu pour rien.

L'argent tient une grande place dans sa vie. Il baigne dedans depuis sa naissance. Au début de notre relation, c'est lui qui a financé absolument tout. On pourrait penser que mon compte en banque est rempli, grâce à tous les concerts que l'orchestre réalise, mais Rikard s'applique à me faire dépenser le moindre centime. J'ai parfois l'impression qu'il le fait pour me retenir auprès de lui.

C'est réussi.

Je l'aime, mais je ne supporte plus d'être à ses côtés.

Le service funèbre se déroule dans la demeure. La mise en terre s'effectue dans le caveau de la famille Ekman, une centaine de mètres plus loin. Nous gravissons les escaliers jusqu'au porche où une employée nous ouvre la porte, j'ignore de qui il s'agit. C'est une femme, habillée en tailleur-pantalon noir avec une chemise blanche. Sur son blazer, son prénom « Crystal » est indiqué sur un badge.

– Rikard Rapace et Lovisa Granberg, nous présente mon petit ami.

Crystal vérifie sa liste et coche nos prénoms à l'aide d'un beau stylo brun au bord doré.

– Je vous en prie, entrez.

Nous ne nous faisons pas prier et entrons dans le hall, de taille impressionnante. Je remarque immédiatement l'odeur familière de bois brûlé et de sauge. Cette dernière est disposée dans les cendres pour diffuser sa bonne odeur. En neuf ans, la décoration n'a pas changé. Une sensation de rentrer enfin chez moi m'envahit.

L'entrée est sobre, comme dans mes souvenirs. Une immense toile habille le mur à ma droite, c'est un mélange de peinture bleue, grise et noire. Ce tableau m'a toujours fait penser à une forêt plongée dans la brume, un sentiment d'apaisement m'envahissait chaque fois que mon regard se posait dessus. C'est encore le cas aujourd'hui.

– Puis-je prendre votre manteau ? propose Crystal.

– Merci, accepté-je en enlevant ma veste.

La chaleur de la cheminée suffit à chauffer le salon dans lequel tous les invités sont amassés. Un grand buffet siège devant la baie vitrée qui donne sur l'avant de la maison. Lorsque Rikard et moi pénétrons dans la pièce, plusieurs regards se dirigent dans notre direction, avant que les invités ne retournent à leurs conversations.

– On ne traîne pas, murmure Rikard à mon oreille.

Je hoche la tête en parcourant rapidement du regard le monde autour de nous. Bon sang ! *Où est-il* ?

– Je vais me servir un verre. Tu veux quelque chose ? me demande Rikard.

– Non, merci, refusé-je. Je vais aller présenter mes condoléances.

Je m'aventure dans le salon en zigzaguant entre les convives. Il y a toujours les canapés en cuir brun clouté autour de la cheminée avec la table basse au centre. Sur les murs, des portraits d'Hendrik et de ses ancêtres trônent fièrement tout autour de nous. Un vrai hommage à la famille Ekman. Presque aucune trace de mon passage n'est visible ; j'apparais sur une seule photo. Celle-ci se trouve sur un petit meuble contre le mur, en dessous d'une étagère contenant des encyclopédies sur l'histoire des pays nordiques. Dans le cadre, ma mère, Hendrik, *lui* et moi posons solennellement. Nos parents sur un beau canapé en cuir, tandis que *lui* et moi sommes derrière eux. Avec ma génitrice, nous partageons cette flamboyante chevelure rousse, alors que les deux hommes à nos côtés arborent une tignasse brune aux reflets dorés. Nous paraissons tous tellement distants et sérieux qu'il est difficile de croire que nous formons une famille.

– Lovisa ?

Cette voix.

Je me retourne vivement, toute souriante, et accueille la vieille dame qui se jette dans mes bras.

– Alfrida !

Notre élan de joie paraît déplacé dans de telles circonstances, mais je porte cette femme dans mon cœur depuis des années. Malgré la distance, nous n'avons jamais perdu contact. Chaque mois, je lui écris une lettre ; elle est ma confidente, une mère de substitution.

– J'espérais te voir, ma petite.

Alfrida est la gouvernante d'Iron House. Elle s'applique à faire de bons repas et veille à ce que la maison soit toujours impeccable en supervisant le personnel de maison. Âgée de 65 ans, cette femme travaille en ces lieux depuis plusieurs décennies.

– Comme tu as grandi, constate la gouvernante en me regardant de haut en bas.

– Je ne pouvais pas rester éternellement la gamine que tu as connue.

– Pour moi, tu seras toujours cette petite fille de 13 ans.

Elle embrasse généreusement mes joues avant de me serrer de nouveau dans ses bras chauds et réconfortants. Alfrida est un peu plus petite que moi, alors que je ne suis pas très grande, un mètre soixante-cinq, tout au plus. Les talons me grandissent d'un peu moins de dix centimètres.

– Tu m'as manqué, lui confié-je en passant ma main sur sa joue aussi fine que du papier.

Elle a pris de l'âge, son visage est plus ridé qu'auparavant et ses cheveux bruns ont davantage de mèches grises. Seul son regard vert a gardé cette malice d'autrefois.

– C'est désolant de se voir dans cette situation.

Ses mots ne sont qu'une forme de politesse, car elle déteste Hendrik autant que moi. Alfrida n'est restée que pour *lui*. Je regarde par-dessus son épaule, elle devine aisément mes intentions.

– Il se trouve près du cercueil, à côté.

Je la remercie et la contourne non sans éprouver de l'anxiété. Je passe deux grandes portes vitrées encadrées de bois teint en noir et me retrouve dans la bibliothèque transformée en salon funéraire. Les fauteuils sont remplacés par quelques tables hautes garnies de compositions florales blanches. À ma gauche, la bibliothèque murale est toujours là, remplie de bouquins plus vieux les uns que les autres. La plupart d'entre eux n'ont jamais dû être lus.

Des picotements désagréables me démangent au niveau de la nuque.

Il me regarde.

Même après neuf ans, il me fait toujours le même effet. Un jour, lors d'un solo de violon sur scène alors que nous nous produisions à Stockholm, j'ai éprouvé ces mêmes frissons, que seul son regard me provoque, j'aurais juré qu'il se trouvait dans la salle ce jour-là.

Non sans appréhension, je me retourne et lève la tête vers lui. Deux billes d'un bleu froid me transpercent, me donnant l'impression d'être entièrement nue. Les regards tournés vers nous n'arrangent en rien la situation.

Il est encore plus beau et plus grand que sur ses photos. L'avoir en face de moi change l'image que je me suis faite de lui. Plus beau et... terrifiant ? Un nouveau frisson me parcourt alors que je m'avance dans sa direction. Son expression froide et distante m'est étrangère. Il ne m'a plus regardée de cette manière depuis très longtemps.

Je m'arrête à moins d'un mètre de lui. Son corps se crispe à cette proximité, sa mâchoire carrée se contracte.

C'est ce que tu attends depuis toutes ces années.

Je prends mon courage à deux mains et lève un peu le menton pour lui faire face.

– Bonjour... Niklas.

3

Lovisa, 13 ans

Niklas est odieux ! Il s'est montré impoli envers ma mère et ne m'a pas adressé la parole. Nous sommes pourtant tous les deux dans le même bateau. L'accueil a été froid et distant. J'étais si mal à l'aise en entrant dans cette immense maison que je n'avais qu'une hâte : qu'on me montre ma chambre pour que je m'y enferme à vie. Ce palace me glace le sang, on dirait que personne n'y vit. Tout est impeccable et rien n'indique qu'une famille y habite. C'est qui, ces gens ? Je compte bien parler à maman de mon ressentiment. Peut-être m'autorisera-t-elle à repartir à Göteborg pour vivre chez une de mes amies.

***

Sa réponse tarde à venir, j'ai presque l'impression qu'il me fera l'affront de me snober, mais finalement il se décide à parler.

– Lovisa.

Son ton me sidère. Je n'imaginais pas nos retrouvailles aussi glaciales. Peut-être est-il ainsi avec tout le monde. Après tout, nous sommes à l'enterrement de son père. Le pauvre, il doit souffrir de sa mort. J'avais moi-même été anéantie par le décès de ma mère.

Ne te laisse pas démonter.

– Je... Toutes mes condoléances...

Hésitante, je franchis le dernier mètre qui nous sépare, j'embrasse ses joues barbues. Cette sensation de picotement ne m'est pas familière. Quand je l'ai connu, aucun poil ne figurait sur son visage. Malgré tout, je peux encore sentir la douceur de sa peau. Mes lèvres restent plus longtemps que nécessaire sur ses joues. Je m'imprègne de son parfum musqué qui me donne des palpitations. Niklas est devenu un homme. Un *vrai* Viking.

Un douloureux souvenir refait surface à la vue de la cicatrice qui marbre sa tempe droite. La souffrance semble imprégner la maison tout entière, la mort d'Hendrik en est la preuve.

– Je comprends la douleur que tu endures.

Il esquisse un sourire qui n'atteint pas ses yeux et plante son regard dans le mien.

– Que sais-tu de la douleur, hum ?

Plus que tu ne le crois...

– Ma mère, je... Tu sais bien.

Le malaise qu'il y a entre nous ne me plaît pas. Mais puis-je lui en vouloir ? Je suis partie en lui laissant une lettre horrible et nous nous revoyons pour les obsèques de son père. Sa rancune est tenace, je l'ai toujours su. Mais envers moi ? Je me mords la lèvre.

– Je vais rester jusqu'à demain, nous pourrions discuter ?

Je lui dois la vérité.

– Ouais, pour l'héritage, il n'y a que ça qui t'intéresse, crache-t-il.

– Ce... ce n'est pas que pour ça. Niklas, je...

– Te voilà.

Rikard se place à mes côtés et pose un bras sur mes hanches menues. Ils se jugent. Ils font tous les deux la même taille, mais c'est Niklas le plus costaud. Leur différence de style est marquante. Rikard est rasé de près, habillé d'un beau costume noir. Il dégage une beauté sophistiquée ; c'est un homme de l'aristocratie. Mon demi-frère, lui, arbore des cheveux brun doré attachés en un chignon, et porte une barbe soignée, longue de quelques centimètres qui lui donne des airs de Viking. Une beauté sensuelle, sauvage même, émane de lui. Son nouveau look ne me laisse pas indifférente.

Une décharge de testostérone irradie d'eux et me hérisse les poils.

– Mes condoléances, dit Rikard en tendant la main.

Si les yeux de Nik pouvaient tuer, mon petit ami serait mort instantanément. Semblant se contenir, le dernier descendant des Ekman finit par prendre sa main. Je ne sais pas la force qu'ils exercent, mais les jointures de leurs doigts deviennent blanches, chacun essaie d'avoir le dessus sur l'autre.

Les hommes, soupiré-je intérieurement.

Finalement, Niklas rompt cet échange avec un petit rictus mauvais sur les lèvres.

– Alors, c'est lui qui t'entretient ?

– Je suis son petit ami, précise Rikard en grognant.

– Ça change quelque chose ?

Niklas relève la tête et fixe un point au-dessus de moi. Sans l'annoncer, il nous contourne et rejoint un couple de quinquagénaires dont il serre généreusement la main.

– Quel fils de pute !

– Rik !

– Quoi ? gronde-t-il. Tu as vu comment il m'a parlé ?

– Il est en deuil, il ne doit pas savoir ce qu'il dit.

Enfin, je l'espère.

Niklas peut se montrer grossier quand il va mal. Je lui pardonnais chaque fois, car je savais qui il était au fond de lui.

Je m'approche, hésitante, vers le cercueil ouvert. Hendrik repose solennellement dans un costume noir. Sa vue me retourne l'estomac. Je n'ai jamais été à l'aise avec le concept de la mort. Le voir allongé me donne des sueurs froides. J'ai souhaité à de nombreuses reprises qu'il meure et, maintenant que c'est le cas, je culpabilise d'avoir eu ce genre de pensée.

***

Douze ans plus tôt

Cette chambre, bien trop grande pour moi, arbore une décoration neutre, elle demande à être personnalisée. Le lit de deux personnes est immense, je ne peux m'empêcher de m'y asseoir pour en apprécier le côté duveteux. Une grande baie vitrée apporte un éclairage naturel à la pièce.

Ça doit être agréable de se lever chaque matin ici.

– Ne prends pas trop tes aises. Vous allez vite dégager.

Sur le pas de la porte, mon nouveau demi-frère me jauge d'un air sévère. Si je n'étais pas ravie d'être ici, en ce qui le concerne, c'est bien pire. Dès notre arrivée, il s'est montré austère envers nous.

– Ta mère et toi n'êtes que de passage, comme toutes les autres.

Son attitude ne m'atteint pas, je suis dans le même état d'esprit. Je reste assise tandis qu'il s'avance vers mes bagages ; il s'empare de mon étui où se trouve mon violon.

– Fais attention, ne le casse pas.

– Toutes les jolies choses se brisent un jour.

Parle-t-il seulement du violon ? Il finit par le reposer. Ses iris d'un bleu glacial se posent sur moi. Il se veut effrayant, mais je n'y vois que de la beauté. Ils ressortent par rapport à ses cheveux bruns et son teint clair.

– Il y en a eu beaucoup ?

– De quoi tu parles ?

– De femmes, avant ma mère.

Un rictus mauvais étire ses lèvres.

– Pas mal, en effet. Toutes des pompeuses de fric. Ta mère sera pareille. À ta place, je ne déballerais pas ma valise.

Sur ces mots acerbes, il quitte ma chambre.

Pour qui se prend-il ? Je lui ferai ravaler cet air arrogant. Je ne me laisserai pas faire.

***

Rikard fulmine tout en buvant son verre dans son coin : l'affront qui m'était destiné, mon petit ami l'a pris personnellement. Son égocentrisme m'épatera toujours. Il aurait voulu partir, mais la lecture du testament est mon prétexte pour rester. Et il est hors de question pour lui de me laisser seule.

Cela fait une heure que nous sommes aux funérailles et j'ai pu revoir des têtes familières, comme des camarades de classe, en particulier ceux qui faisaient partie de notre bande avec Niklas. J'ai été surprise de voir Lucia, je pensais qu'elle serait partie de Kiruna, mais elle a préféré rester ici pour exercer le métier de vétérinaire. Quant à Gunkil et Fredrik, les deux meilleurs amis de Nik, c'est à peine s'ils m'ont adressé la parole.

– Je dois aller aux toilettes, dis-je à Rikard au bout d'un moment.

– Bien, je vais aller me chercher un autre verre.

Quatre verres. Quand il boit trop, il est encore plus exécrable que d'ordinaire. Je ne saurais l'en empêcher, mais je peux m'éloigner un peu. De plus, l'atmosphère lugubre me donne le cafard, j'ai besoin de changer d'air. Je quitte la bibliothèque pour me retrouver devant un large escalier en bois noir. La rampe, faite du même matériau, usée par les années, n'en reste pas moins jolie. Mes doigts effleurent les reliefs sculptés en forme de fleur tandis que je grimpe jusqu'au premier. La demeure comporte deux étages et un grenier aménagé en garçonnière pour Niklas.

Cette pièce...

J'en frissonne alors que des souvenirs longtemps refoulés me reviennent à l'esprit. *Non*, je refuse d'y penser. Je secoue la tête et me dirige directement vers mon ancienne chambre.

En ouvrant la porte, je m'attendais à retrouver une couche de poussière de plusieurs centimètres, mais rien. Tout est propre. Cet endroit me fait penser à un mausolée, rien n'a changé. L'atmosphère est chargée de souvenirs qui m'assaillent. Sur mon lit siège un renard roux en peluche. Il me paraît si petit. Je caresse sa fourrure des doigts en souriant. Mon départ précipité ne m'avait pas permis de le prendre.

– Bonjour, mon vieil ami.

– Tu lui as manqué.

Je sursaute en faisant volte-face. Niklas m'observe avec un sourire en coin sur les lèvres. Je m'empourpre en serrant ma peluche.

– Qu'est-ce que tu fais là ? demandé-je en le regardant.

– Je t'ai suivie. Tu fouines ?

– C'est ma chambre, j'ai le droit. Et je ne fouine pas !

Il rit dans sa barbe et s'avance dans la pièce en regardant autour de lui. Il a bien grandi depuis notre adolescence, la chambre paraît trop petite pour lui. Son soudain changement d'humeur me déconcerte.

– Tu es partie, ce n'est plus ta chambre. Ni tes affaires. Tout m'appartient.

Niklas m'arrache la peluche et la regarde. Ce renard me venait de lui.

– Rends-le-moi.

– Pourquoi ? En le laissant ici, tu as perdu le droit de le reprendre.

Quel gamin ! Certaines choses n'ont pas changé.

Il me tend la peluche. Quand je m'en empare, il m'attrape le poignet et m'attire contre lui. Son geste inattendu me coupe le souffle.

– Qu'est-ce que tu fais ?

Tout en gardant le silence, il passe ses bras musclés autour de mes hanches. Sa posture dominante me fait sentir toute petite et fragile. Son regard de glace me scrute avec attention, il semble imprimer mon image. Tout d'abord sur mes gardes, je finis par me détendre. À mon tour, je l'observe. L'expression de son visage s'est durcie avec les années. Une petite cicatrice blanche barre sa joue gauche à l'horizontale. Elle ne date pas d'hier. Qu'est-ce qui s'est passé ?

Niklas glisse sa main dans mon chignon et détache mes cheveux. Son regard s'assombrit alors qu'il les empoigne.

– Nik...

– Tu m'as abandonnée, siffle-t-il.

Sa poigne se fait plus rude, ce qui m'arrache une grimace.

– Ce n'est pas ce que tu crois. Je vais t'expliquer.

– Il est trop tard pour des explications.

Il m'oblige à reculer en exerçant une pression supplémentaire sur mes cheveux. Mon corps percute le mur à côté de la grande baie vitrée. Mon cœur bat vite et trop fort. Mes joues se teintent de rouge alors que son contact me permet de sentir chacun de ses muscles et plus particulièrement son entrejambe, collé à ma cuisse.

Que cherche-t-il ? Je n'ose le regarder dans les yeux, son aura sombre me met mal à l'aise. Bloquée contre lui, il m'est impossible de me dérober. Cette sensation d'être prise au piège m'étouffe et me rappelle de nombreuses situations désagréables vécues avec Rikard.

Rikard !

Il ne doit pas nous voir. La situation pourrait l'induire en erreur, et le provoquer dans son état d'ébriété ne fait pas partie de mes plans.

– Arrête… Recule.

Un nouveau rire s'échappe de sa gorge. Un rire sans joie, moqueur. Je frissonne et tente de le repousser.

– Qu'est-ce qu'il y a ? Tu as peur que ton petit toutou nous surprenne ?

Oui !

Ce que j'ai appris en vivant avec Niklas, c'est que plus il est blessé, plus il se montrera cruel.

– S'il te plaît…

– Oui, supplie-moi.

Niklas penche son visage dans mes cheveux, qu'il hume. Ce simple geste me donne des palpitations et accroît mon angoisse. J'ai longtemps rêvé de ce moment, mais c'était avant de rencontrer Rikard et qu'il me détruise à petit feu. Des émotions contradictoires se déchaînent en moi et m'empêchent de réfléchir clairement.

La lèvre tremblante, j'ose enfin lever la tête pour le regarder dans les yeux. Je ne sais pas ce qu'il lit sur mon visage, mais il se recule. Toute méchanceté quitte ses traits.

– Tu devrais t'en aller.

– Le testament…

Il me coupe.

– Je ne suis pas d'humeur, je vais demander que la lecture soit reportée à lundi.

– Oh, je… D'accord. Nous avons réservé une chambre d'hôtel. Je suppose qu'on pourra rester deux jours de plus.

– Quel hôtel ?

– Le Royal Ruby Hotel.

Ses sourcils épais se froncent avant qu'il ne me laisse seule dans ma chambre. J'expire longuement en me penchant en avant.

Merde !

Pourquoi a-t-il cette emprise sur moi ? Après tout ce temps, elle ne s'est pas évaporée. Je ne sais pas que penser de ce qui vient de se passer. Me déteste-t-il ? Ses gestes brusques à mon égard me le prouvent, il n'a pas toujours été tendre envers moi, mais pas comme ça. Me laissera-t-il lui expliquer les véritables raisons de mon départ ? Les choses vont être plus compliquées que ce que je pensais…

Je dois redescendre avant que Rikard ne se pose des questions. Je laisse le renard sur le lit et ferme doucement la porte.

Mon petit ami se trouve dans le salon, près du buffet. En grande conversation avec une jeune femme, il ne constate ma présence que lorsque je me place à ses côtés. Mon regard se pose sur la blonde qui lui tient compagnie.

– Jonna ? m'écrié-je, stupéfaite.

– Lovisa !

Jonna se jette dans mes bras en riant. Je ne l'avais pas vue depuis longtemps.

– Je ne pensais pas te voir ici, lui avoué-je en souriant.

– Je suis là pour soutenir Niklas, le pauvre. Il n'a plus personne maintenant.

Il m'a, moi.

– Tu as raison, il a de la chance de t'avoir.

– C'est vrai, glousse Jonna en me poussant avec son épaule. J'ai proposé à ton petit ami d'aller boire un verre pour parler du bon vieux temps.

Comment en sont-ils venus à se parler ? Parmi tous les invités, il a fallu qu'ils se rencontrent.

– Je veux tout savoir de Lovisa quand elle avait 15 ans, dit Rikard en m'attirant contre lui.

Dans mes souvenirs, Jonna n'avait pas sa langue dans sa poche. Est-ce toujours le cas ? Je ne souhaite pas qu'elle lâche des informations qui donneraient une occasion à Rikard de me blâmer.

– Si vous le souhaitez, on peut partir maintenant ? propose-t-elle.

– Je ne dirais pas non, cet endroit est rasoir, accepte Rikard.

– Je vais prévenir Niklas que nous nous en allons.

La revoir est inespéré. À l'époque, nous étions meilleures amies. Mon départ précipité aurait pu la rendre rancunière, comme Niklas, mais c'est tout le contraire. Quel soulagement !

– Tu as lâché tes cheveux, constate Rikard en passant sa main dedans.

– Oh, je… hum, oui, le chignon était trop serré, j'avais mal à la tête.

– Tu es jolie comme ça, me dit-il en m'embrassant goulûment.

Il empeste le whisky. Je pose mes mains sur son torse pour le repousser doucement.

– Tu veux que je conduise ?

– Pourquoi ?

– Je pense que tu as trop bu.

Il sourit et pose un baiser sur mes lèvres en empoignant mes fesses d'une main.

– Je contrôle la situation. Et même saoul, je conduis mieux que toi. Allez, on y va.

4

Niklas, 15 ans

Il lui a attribué l'atelier de ma mère pour en faire sa chambre. Comment a-t-il osé ? C'était le dernier endroit où j'avais l'impression de sentir sa présence et maintenant il n'y a plus rien. Mon père a tout jeté sans même me demander mon avis. C'est comme si elle était morte, et ce sentiment d'abandon complet me fout encore plus en vrac. J'ai envie de tout saccager et en particulier ce stupide violon, Lovisa semble beaucoup y tenir. Sa mère ne remplacera jamais la mienne et Lovisa ne prendra pas ma place. Jamais je ne la considérerai comme ma sœur, ce que souhaiterait mon père. Je vais les détruire.

***

Enfermé dans la salle de bains de ma chambre, j'asperge mon visage d'eau à plusieurs reprises.

Bordel.

Les mains appuyées contre le lavabo, j'examine ce que mon reflet me renvoie. Les traits tirés par la fatigue, je tente d'apercevoir ce qui a pu effrayer autant Lovisa. Rien. Je ne trouve pas l'explication, mais je lui ai fait peur. Tant mieux. C'est tout ce qu'elle mérite après ce qu'elle m'a fait. J'aurais voulu ne jamais la revoir. Pourtant, une partie de moi crève d'envie de la jeter sur mon lit pour la baiser sauvagement.

Putain de Lovisa.

Elle me fait ressentir des choses que je m'étais juré de ne plus éprouver. Ça ne change rien, elle repartira vite. Quand elle empochera sa part d'héritage, je ne la verrai plus. Je dois tenir quelques jours ; ensuite, elle reprendra sa vie et moi la mienne.

On frappe à la porte de ma chambre. Je me redresse et sors de la salle de bains. Oscar, l'homme de main de mon père, et à présent le mien, s'écarte sur mon passage.

– Vous allez bien, monsieur ?

– Ça va, réponds-je sèchement, nullement impressionné par son âge, qui est le double du mien. Qu'y a-t-il ?

– Elle s'en va, j'ai pensé que vous aimeriez le savoir.

Il sait. Il sait l'effet qu'elle a sur moi, il l'a toujours su. Oscar travaille dans ma famille depuis ma naissance, cela fait vingt-sept ans. C'est un homme à qui je confierais ma vie les yeux fermés.

Je descends rapidement jusqu'au hall d'entrée et aperçois Lovisa et cet abruti sortir. Voir les mains de ce Rikard sur elle fait monter une bouffée de rage en moi.

– Royal Ruby Hotel, dites à Goran d'annuler leur réservation. Qu'aucun hôtel ne leur ouvre ses portes.

– Tout de suite.

J'ai agi sous l'impulsivité. Comme souvent. Qu'est-ce qui m'a pris de faire ça ? Bordel, ça ne va pas arranger mes affaires.

Oscar s'éclipse et Jonna le remplace aussitôt en enlaçant mon bras, prête à partir, avec son manteau sur le dos et son sac à la main.

– Je vais boire un verre avec Lovisa et son petit copain. Je peux passer après, quand tout sera fini, si tu veux ?

Quand je regarde Jonna, je pense à ces friandises très sucrées qui vous donnent l'eau à la bouche avant de devenir fades et d'être recrachées. Un goût éphémère.

– Pourquoi pas. Je t'enverrai un message.

Son visage s'illumine, elle m'embrasse avant de se précipiter dehors. Rikard ayant engagé la voiture sur le chemin, il démarre à la suite de Jonna quand elle grimpe dans son propre véhicule.

Journée de merde. J'ai hâte qu'elle se termine.

De retour auprès de mon père, je regarde son visage. Le travail a été bien réalisé, les pompes funèbres l'ont rajeuni. Sans doute une demande de sa part. Il n'a pas l'air de dormir, comme j'ai souvent entendu dire. Non, mon père est mort. Il est froid et ressemble à une statue de cire.

J'en ai assez.

Je sors fumer une clope à la menthe. Muni d'un simple pull noir et d'un pantalon de la même couleur, je sens le froid me glacer les os. La fumée s'évapore dans les airs. Tout est calme, la forêt du domaine est paisible, imperturbable face à ce qui se passe dans la maison. Le bavardage des invités ne passe pas les portes, le vitrage est si épais qu'un hurlement se transformerait en murmure. Je sais de quoi je parle ; longtemps, mes cris d'enfants ont été étouffés entre ces murs. C'est fini maintenant, *je ne hurlerai plus.*

***

Quatorze ans plus tôt

– Tire, garde la bouffée quelques secondes puis expire à ton aise, m'explique Gunkil en tenant une clope allumée.

Mon meilleur ami me montre comment faire. Quand il expire la fumée, une odeur de menthe vient jusqu'à moi. Il les a volées à sa mère, qui ne jure que par ça.

– C'est comment ?

– Tiens, essaie.

Je prends la clope entre mon index et mon pouce et tire un peu trop fort sur le bâton. Je me mets à tousser sous les rires de mon ami.

– Te moque pas !

Il me frappe dans le dos. Je le repousse et retente. Ça passe mieux. Je m'imprègne de la nicotine enrobée de menthe. Je ferme les yeux. Sans demander son avis, je la termine tout en veillant à expirer la fumée dehors. Assis sur le rebord de la fenêtre, les pieds dans le vide, nous sommes enveloppés par la fraîcheur de la nuit, tel un manteau glacé. Nous nous trouvons dans le grenier. Ma garçonnière, comme l'appellent mes potes. Nous passons beaucoup de temps devant la console ou à jouer au kicker. Le mini frigo est toujours dévalisé. Heureusement, Alfrida pense à vérifier ce qu'il manque et à recharger. La maison ne tournerait pas correctement sans elle.

– Ça craint, Gun, c'est des cigarettes de femmes !

– Ne te plains pas, c'est tout ce que j'ai pu trouver. Pourquoi on ne se sert pas dans la réserve de ton père ?

– Il fume des cigares. Ça pue, contrairement à ça.

J'écrase le mégot dans un petit cendrier entre nous et regarde mon meilleur ami.

– Et puis, il me casserait la gueule. Il tient à ces cigares de merde bien plus qu'à moi.

– Quel enfoiré ! déclare Gunkil en allumant une autre clope.

J'ai beaucoup d'amis, mais il est le seul à savoir comment est vraiment mon père. Parfois, c'est seulement nous contre le monde.

– J'espère que vous ne parlez pas de moi, intervient Hendrik.

Je me retourne vivement et écarquille les yeux. Aussitôt mon cœur bat plus vite et une pellicule de sueur mouille mon dos.

Merde.

– Père ! Qu'est-ce que tu fais là ?

Je rentre sans plus attendre dans le grenier.

– J'ai senti l'odeur de cigarette de mauvaise qualité, assène mon père en reniflant avec dédain.

Le rire de Gunkil derrière moi m'arrache une grimace. Depuis tout petit, il a toujours été le plus audacieux de nous deux. Tenir tête à mon père devrait être de mon ressort, mais chaque fois je me dégonfle. Mon ami se place à mes côtés et regarde mon père d'un air de défi.

– C'est pas de la merde.

– À 13 ans, que sais-tu de la qualité d'un objet ?

– J'en sais beaucoup plus que ce que vous pensez.

Mon père s'approche de nous. Son sourire ne me dit rien qui vaille.

– Je serais ravi de discuter avec toi, mais il se fait tard. Mon chauffeur va te ramener.

– Mon vélo est en bas…

– Il le mettra dans le coffre. Bonne soirée.

Son ton est sans appel. Gunkil me regarde, je lui fais signe de partir.

Nous voilà seuls. Mon père se dirige alors vers la fenêtre, où le paquet de clopes de Gunkil est posé sur le rebord. Il le prend et passe l'une des tiges blanches sous son nez.

– Tu fumes maintenant ?

– On voulait juste essayer. Tous les jeunes de notre âge le font.

Hendrik en allume une, sous mon regard interloqué.

– Étant donné que tu veux faire comme tout le monde, fume.

– Quoi ?

– Fume cette cigarette.

Il me force à la prendre avec un simple regard sévère. Il déteste la faiblesse. Si je refuse, il me le ferait payer. C'est donc à contrecœur que je tire de longues bouffées pour la finir au plus vite. Je me retiens difficilement de tousser.

– Bon garçon.

– Je vais aller me coucher, dis-je en écrasant le mégot.

Je le contourne aussitôt et crispe les épaules lorsqu'il m'appelle.

– Un instant.

Hendrik allume une autre clope.

– Tu n'as pas fini.

– Papa…

– Ne prends pas cette voix de gamine avec moi. Tu vas tout fumer quitte à en vomir.

***

À l'époque, mon père voulait me donner une leçon : « Après ça, soit tu ne fumeras plus, soit tu prendras enfin de la qualité. » Il avait tort. J'aime ces putains de cigarettes à la menthe. Même après ce qu'il m'a fait subir et les souffrances endurées ce jour-là, je les ai dans la peau.

– Monsieur, nous emmenons le corps au caveau familial, dit Oscar dans mon dos.

– Très bien, enterrons une bonne fois pour toutes ce salopard.

5

Lovisa, 13 ans

Papa, pourquoi tu nous as abandonnées ? Ne pouvais-tu pas te battre davantage contre la maladie ? Pour maman, pour moi ? J'ai l'impression d'être seule au monde, mes amies sont loin, maman ne fait plus attention à moi et mon stupide demi-frère me déteste. Dans ma nouvelle école, tout le monde me fuit, je sais que c'est Nik qui en a donné l'ordre, il a beaucoup d'influence. Papa, s'il te plaît, reviens ou prends-moi avec toi.

***

La ville de Kiruna ne compte pas moins de trente mille habitants. Anciennement, cette zone était industrialisée et ses habitants vivaient de l'exploitation minière. La famille Ekman a, petit à petit, racheté la compagnie il y a quarante ans. À la suite de cela, la ville s'est modernisée. Des centres commerciaux sont apparus, des hôtels luxueux ont été construits et c'est ainsi qu'ils ont fait bâtir Iron House, l'une des maisons les plus grandes que j'ai jamais vues. L'architecture de celle-ci est moderne, avant-gardiste. Elle n'a jamais ressemblé à aucune maison suédoise.

Jonna nous a guidés jusqu'à un café où nous nous sommes posés en terrasse. Un feu à quelques pas de nous chauffe celle-ci. Nous avons vue sur d'immenses montagnes enneigées. Grandes et majestueuses, elles me donnent l'impression d'être petite et insignifiante. La nature nous domine de sa beauté. En l'observant plus attentivement, on peut voir tout son potentiel, son danger, mais aussi son éclat.

– Lovisa ? T'es avec nous ? m'interpelle mon amie en claquant des doigts sous mes yeux.

– Désolée, j'étais ailleurs. Qu'est-ce que tu disais ?

– Je racontais à Rikard la fois où j'ai volé le scooter de mon frère. On a fait tout le tour de la ville avant de se faire arrêter par la police.

Cette anecdote me fait sourire. Elle fait partie des bêtises les plus folles que j'ai jamais faites avec Jo.

– J'ai cru que tu allais te faire dessus ce jour-là quand ton père est arrivé, complété-je en repensant à sa mine déconfite.

Je n'ai pas toujours été la jeune femme sage que je suis aujourd'hui. Il fut un temps où je m'amusais avec insouciance. Cette époque me manque souvent ; la vie d'adulte n'est pas ce que je pensais et ce n'est pas facile tous les jours.

– Si on avait été avec la bande, jamais les flics ne nous auraient fait chier, dit Jonna en buvant une gorgée de son café.

Vu l'état de mon petit ami, j'ai été soulagée quand elle nous a proposé de boire cette boisson corsée plutôt que de l'alcool. Rikard a bien assez bu comme ça. Pour ma part, j'ai pris une simple tisane.

– La bande ? demande Rikard, assis à mes côtés.

– Ouais. Lovisa, moi, Gunkil, Fredrik, Lucia, Sven et Niklas. Il y avait aussi Britt, mais elle n'est pas restée longtemps avec nous.

– Dis donc, c'est un sacré groupe. J'aurais bien voulu en faire partie.

Je n'ai pas connu Rikard adolescent, mais, s'il était comme maintenant, je n'aurais jamais voulu de lui avec nous.

– Tu es canon, c'est certain qu'on t'aurait fait venir.

Ce côté superficiel est présent en elle depuis que je la connais. Jonna est une très belle femme ; ses longs cheveux blonds, presque blancs, lui donnent un air angélique. Ses yeux noisette en forme d'amande pétillent d'une malice et d'une fougue que je n'ai jamais eues. C'est toujours elle qui trouvait les bons plans pour s'amuser. Mon amie est un peu plus grande que moi et ses courbes m'ont toujours fait rêver. Même à l'époque, elle avait ce corps qui faisait que les garçons se retournaient sur elle.

– Lovisa devait être à croquer dans son uniforme.

Il glisse un baiser sous mon oreille, m'arrachant un frisson. Je rougis et me laisse aller contre lui quand il m'enlace.

Nous étions dans un lycée privé. L'uniforme se composait d'une jupe avec un blazer bleu, une cravate de la même couleur ainsi qu'une chemise blanche.

– J'étais ridicule.

– Tu rigoles ! Les mecs n'arrêtaient pas de la reluquer ! Avec cette chevelure de feu, elle ne passait pas inaperçue.

Elle exagère, c'était elle, la vedette. Personne ne pouvait m'approcher, j'étais la demi-sœur de Niklas. Même au début, lorsqu'il me détestait, il avait interdit à tous les garçons de m'aborder.

– Elle avait un petit copain ? demande soudainement Rikard.

Pas cette question.

Je sens le malaise poindre alors que mon sang se glace. Jonna ne le connaît pas, elle ne peut pas savoir que ce genre d'information va énerver mon petit ami.

– Juste un, commence Jonna. Tout le monde le voulait, et c'est elle qu'il a choisie.

– Qui ça ?

– On est obligés de ressasser le passé ? C'est de l'histoire ancienne, dis-je, mal à l'aise.

Je fais les gros yeux à mon amie pour qu'elle comprenne qu'elle ne doit pas poursuivre. Je ne veux pas me disputer avec lui. Elle semble comprendre le message, car elle change de sujet et parle de sa famille. Ses parents ont plusieurs restaurants en Suède, dont un à Kiruna. Sa mère, ancienne cheffe étoilée, a raccroché son tablier pour diriger l'affaire avec son époux, et ne cuisine plus que pour ses deux enfants.

– Erik fait toujours de la photo ?

– Oh, oui, soupire Jonna. Monsieur se prend pour le photographe de l'année depuis qu'une galerie a proposé d'exposer ses clichés. Tu devrais le voir se pavaner, c'est à gerber.

Les conflits fraternels ont toujours fait partie de leur relation. Ils se chamaillent continuellement et, malgré cela, ils sont soudés. J'ai toujours voulu avoir une sœur ou un frère. Je n'ai jamais vu Niklas comme tel, nous avons toujours été différents. Ce qui s'est passé entre nous en est la preuve.

Rikard resserre son étreinte autour de moi, ce qui m'éloigne du souvenir du beau Viking.

– Et toi, Jonna, que fais-tu ? demande-t-il.

Je reconnais le timbre de sa voix : indifférent. Il se fiche de sa réponse. Alors pourquoi ?

– Je suis la responsable du restaurant de maman, à Kiruna.

– Tu n'es jamais partie ? interviens-je. Tu m'avais parlé d'aller vivre en Australie, je me souviens que c'était ton rêve, à l'époque.

– Oui, eh bien… Certaines choses m'ont retenue ici et je n'ai jamais pu me résoudre à partir.

– Quelqu'un, tu veux dire ? rétorque Rikard.

Il peut se montrer très perspicace en ce qui concerne les autres, mais, quand il s'agit de moi, il a souvent tort. C'est sa jalousie et son amour pour moi qui l'aveuglent. Il s'imagine beaucoup de choses à mon sujet.

– Peut-être bien. Ton petit ami est curieux ! constate Jonna en riant.

Je me contente de sourire et pose ma main sur la sienne. Il s'empresse de la serrer, un peu trop fort, mais je ne m'y oppose pas.

– Lovisa, elle, joue de la musique. Ça ne rapporte pas grand-chose, alors heureusement que je suis là.

Enfoiré.

Pourquoi prend-il autant de plaisir à me rabaisser ? Je suis sa copine, il devrait me soutenir !

– Oh ! C'est vrai, tu jouais du violon. J'aimais t'écouter. Tu te produis où ? Je pourrais venir un de ces jours.

– Un peu partout. Ici je fais une pause, mais je te tiendrai au courant.

La musique me maintient en vie. Quand je joue, je me sens libre et tellement heureuse que mon cœur se gonfle de joie. Je ne sais pas ce qui se passerait si j'en étais privée. C'est aussi une manière de rester connectée avec ma mère. Elle a tout sacrifié pour moi.

– La route a été longue, nous ferions bien d'aller à notre hôtel, dit soudainement Rikard.

– Déjà ? Bon, Lovisa, on se reverra avant ton départ ?

– Oui, tu me passes ton numéro de téléphone ?

– Je ne le connais pas, mais note le tien, propose Jonna en me tendant son portable.

Je m'exécute et l'embrasse avant de partir. Mon amie réussit toujours à mettre les autres de bonne humeur. Discuter avec elle m'a fait sourire et je me sens en quelque sorte plus légère.

Une fois dans la voiture, je boucle ma ceinture et regarde Rikard.

– C'était agréable, non ?

Avant que je ne puisse réagir, son poing fonce sur moi pour me donner un violent coup au niveau de l'estomac. Je me plie en deux, le souffle coupé. La douleur instantanée secoue mon corps et menace de me faire vomir.

– Pourquoi ? m'écrié-je, au bord des larmes.

– Tu oses me le demander ?

– Oui ! Dis-moi ce que j'ai fait !

Je ne mérite pas ça !

Des larmes voilent ma vue et finissent par couler, entraînant mon maquillage, qui bave sous mes yeux. La douleur lancinante me vrille le corps et semble ne pas s'arrêter.

– Je ne supporte pas de savoir que tu as eu d'autres mecs avant moi.

– Mais c'était avant ! Je suis avec toi maintenant ! Avec toi !

– Exactement, gronde-t-il en me tirant durement par le menton.

Il colle mon front au sien et me regarde dans les yeux. Son haleine chargée d'alcool et de café s'insinue dans mes narines de force. Rikard m'empêche de détourner la tête en glissant ses doigts dans ma tignasse pour empoigner mes cheveux, qu'il serre fermement.

– Tu m'appartiens, si un autre homme ose te toucher ou même te regarder, tu me le paieras.

Je ne mérite vraiment pas ça !

Sa menace n'est pas du vent, il serait capable de me briser pour empêcher quiconque de s'intéresser à moi.

– Est-ce que tu m'as compris ?

Pourquoi faut-il qu'il gâche tout chaque fois ? Nous passions un agréable moment et il s'envole. Il détruit tout ce qu'il y a de beau dans ma vie. La seule chose qu'il n'a pas su m'enlever jusqu'à présent est ma musique.

– Lovisa.

Ça ne peut plus durer. Je vis depuis trop longtemps dans la peur de le contrarier. Cette existence misérable ne peut pas continuer. Peut-être qu'un jour ses coups seront plus violents et que je ne me relèverai plus ? Ravalant ma salive, je prends un air déterminé et regarde devant moi lorsqu'il me relâche.

– Oui… j'ai compris.

Alors que Rikard fait démarrer la voiture, je sors un mouchoir et nettoie mon visage en silence. Comme toujours, j'efface les traces de son amour pour ensuite arborer un sourire de façade devant les autres. *Souris, Lovisa, souris.* Bientôt, j'espère que je n'aurai plus à le faire.

***

– Comment ça, annulé ? s'emporte Rikard auprès du réceptionniste du Royal Rubis Hotel.

Ma valise à la main, tout ce dont je rêve est de dormir quelques heures. Cette journée se termine mal.

– Nous sommes au complet. Votre réservation est une erreur.

– C'est n'importe quoi, cet hôtel. Appelez-moi le directeur !

– Il n'est pas disponible actuellement. Nous sommes désolés de ce désagrément, s'excuse le réceptionniste en gardant son calme. Je vais appeler les hôtels voisins pour voir s'ils peuvent vous accueillir.

– C'est ça ! C'est la moindre des choses, peste mon petit ami en s'éloignant.

Il ne manquait plus que cela. La patience ne fait pas partie du caractère de Rikard, qui a l'habitude d'être servi à la minute. Je suis son contraire. J'ai appris à prendre ce qui venait sur mon chemin et la déception s'imposait continuellement à moi. Je n'attendais rien. Si ça avait été le cas, j'aurais depuis longtemps explosé sur celui qui se tient à mes côtés. Je serais partie au premier coup, à la première engueulade, à la première crise de jalousie. Mais je suis restée. Pourquoi ? Je me pose encore la question.

– Ce genre de chose ne se serait jamais produit chez nous.

– Les erreurs, ça arrive.

Je tente de l'apaiser en prenant sa main. Sa peau est fine et douce. Il a les mains d'un homme de lettres et non d'un ouvrier. Il n'a jamais dû travailler dur pour arriver là où il est. J'ai presque honte de mes mains de musicienne, dont le bout des doigts est devenu dur et souvent blessé.

– Calme-toi, ce n'est pas grave, ils vont trouver une solution.

– Il y a intérêt, sinon leur réputation en prendra un coup.

Ne joue pas les connards.

Rikard s'est déjà montré odieux dans d'autres hôtels et restaurants. Il a de l'influence grâce à sa famille. C'est un homme écouté. Malheureusement. Personne ne voit ce qu'il est réellement. Il affiche toujours une image impeccable sur lui, et c'est souvent moi, lorsque nous sommes seuls, qui fais les frais de son courroux. J'ai osé parler, une fois, à sa mère. Elle m'a fusillée du regard et s'est rangée du côté de son fils en me grondant, me disant que j'avais de la chance qu'un homme tel que lui s'intéresse à moi vu mon rang social. Depuis lors, je n'ai plus jamais parlé de l'enfer que je vis au quotidien. À quoi bon, lorsque les gens font l'autruche ?

Nous attendons une dizaine de minutes avant que le réceptionniste ne revienne vers nous. Sa mine déconfite ne présage rien de bon. Son assurance de tout à l'heure s'est complètement évaporée. J'ai de la peine pour ce pauvre malheureux, il ne connaît pas le caractère de Rikard lorsqu'il a bu.

– Je suis désolé. Tous les hôtels sont complets.

– Et donc ? Que fait-on maintenant ? l'agresse Rikard.

Fini les convenances, il révèle son vrai visage.

– Je suis sincèrement désolé, répète l'homme aux cheveux noirs.

Rikard explose. Il insulte le réceptionniste. Imbibé d'alcool, mon petit ami est incontrôlable. Je préfère m'éloigner en prenant ma valise. Dehors, la température baisse progressivement, je n'ai pas envie de m'attarder ici, mais si je pars sans lui, il me le fera payer.

Pour ne pas perdre de temps, je demande au voiturier de nous ramener notre véhicule de location. Quand je peux alléger l'humeur de Rikard pour qu'il ne se décharge pas sur moi, je n'hésite pas.

Si tous les hôtels sont complets, où est-ce que nous allons dormir ? Je ne sais pas où vit Jonna et je n'ai aucun moyen de la contacter. Que faire ?

Non. Non, je ne peux pas.

Et pourtant... Avons-nous d'autres choix ? Quand Rikard revient, son visage est rougi par la colère, et les veines de son cou ressortent. Je n'aurais pas voulu être à la place du pauvre homme qui a été le réceptacle de sa fureur.

– Quelle bande d'incompétents ! Ils ne savent rien faire pour nous !

Pour ponctuer ses mots, il lance sa valise contre la mienne. Toutes les deux s'écrasent au sol. Le beau gentleman disparaît pour laisser place à l'homme dans les coulisses. Sa belle apparence m'a dupée, autrefois.

– Chaque problème a une solution.

– Et que proposes-tu, hein ?

Je suis habituée à son ton dédaigneux, mais chaque fois c'est comme s'il m'enfonçait une aiguille dans le cœur. Ça ne devrait pas être ainsi entre nous.

– Nous pouvons loger à Iron House. Ma chambre est toujours là.

– Quoi, avec Niklas ?

– Non, pas avec lui. C'est aussi chez moi.

Enfin, en quelque sorte, car je ne suis pas une véritable Ekman. Je suis seulement un jeune chien qu'Hendrik a accepté de garder chez lui après la mort de ma mère.

Faites que sa jalousie n'intervienne pas, prié-je de toutes mes forces. Je me mords la lèvre et ajoute :

– Il reste les motels, j'en ai vu un sur le bord de l'autoroute à une heure d'ici.

Il a horreur des motels, ce n'est pas assez bien pour lui. Il semble mesurer le pour et le contre. Je vois ses épaules se détendre malgré son visage fermé.

– Bien. Ce sera mieux que ces motels pourris.

Nous sommes ensemble depuis quatre ans, je sais comment lui parler. Parfois, ça ne fonctionne pas, mais il y a ces moments bénis, comme ce soir, où mes paroles l'atteignent encore.

– Ne tardons pas, il fait froid.

Comme dans ton cœur.

Le voiturier se gare devant nous et s'empresse de mettre nos valises dans le coffre. Sans un remerciement, nous quittons les lieux dans un crissement de pneus qui me font grimacer.

Sur le chemin, je garde le silence, me faisant le plus petite possible. Le regard perdu dans le paysage, je laisse mon esprit voyager pour arriver plus vite jusqu'à Niklas. Que va-t-il dire en nous voyant arriver ? Nous n'avons pas assisté à la mise en terre de son père. Va-t-il nous en tenir rigueur ? Ce qui s'est passé dans la chambre me pousse à croire qu'il nourrit une haine contre moi. Il est amer de ce qui s'est passé, il y a neuf ans.

Il ne peut pas nous laisser à la porte.

Une petite voix au fond de moi rit de ma naïveté et me pousse à me rappeler un vieux souvenir.

***

Douze ans plus tôt

Je tambourine à la porte vitrée du jardin de toutes mes forces. Mes paumes, rouges et douloureuses, sont congelées sous le froid.

– Ouvre-moi ! hurlé-je pour la centième fois.

Avec Niklas, nous sommes seuls dans la maison. Lui à l'intérieur, au chaud, tandis que je gèle depuis une vingtaine de minutes dehors.

Je le déteste !

Voilà deux mois que ma mère et moi avons emménagé avec lui et son père. Nos rapports ne font que s'envenimer. C'est un combat perpétuel. Infatigable, Niklas trouve toujours une nouvelle astuce pour me rendre la vie insupportable. La première semaine, il s'appliquait à nier mon existence, ce qui m'allait très bien. Mais ensuite, voyant que cela ne m'atteignait pas, il a commencé les coups bas : lâcher son serpent dans ma chambre, cacher mes livres d'école, tremper mon lit ou encore manger tout ce que je préfère à table pour me laisser les plats peu appétissants. Aujourd'hui, sa nouvelle idée a été de lancer mon violon dans la neige. Il n'a aucune notion de l'argent.

Pendant que je me précipitais pour ramasser mon instrument et vérifier qu'il n'avait rien, Niklas en a profité pour fermer toutes les portes à clé. Je suis coincée dehors sans personne pour me venir en aide. Hendrik est parti avec ma mère en ville. Il voulait exhiber sa nouvelle jeune et jolie conquête auprès de ses vieux amis aux femmes certainement laides. Quant à Alfrida, la gouvernante, elle se trouve au poste de contrôle, à l'entrée du domaine pour apporter un panier de provisions aux gardes du corps.

– Tu ne perds rien pour attendre, crié-je encore.

Niklas me nargue en restant derrière la porte. Sirotant une boisson chaude, il prend un malin plaisir à me voir frigorifiée. Il fait tout pour que nous partions, en s'en prenant à moi. N'a-t-il pas compris que ce n'est pas moi qui décide ? J'ai supplié ma mère à genoux de quitter cet endroit affreux, mais elle ne m'écoute pas. Elle ne jure que par Hendrik, qui la couvre de cadeaux et ne cesse de la complimenter. Il la choie tellement qu'elle ferme les yeux sur ses activités illicites. Pire, elle en profite.

– Qu'est-ce que tu vas faire ? me provoque mon aîné avec un sourire narquois.

– Je... je ne sais pas encore, mais je trouverai bien et tu le regretteras !

À bout de forces, j'arrête de frapper au carreau. Il est si épais que jamais je n'arriverai à le briser. D'ailleurs, pour me parler, Niklas doit élever la voix.

Je vais finir par perdre mes doigts et c'en sera fini de la musique. Vêtue d'un pull fin vert émeraude et d'un pantalon en nylon noir près du corps, je grelotte. J'ai eu la bonne idée de sortir pieds nus, pensant faire un rapide aller-retour. C'était compter sans la fourberie de Niklas. Je me dandine d'un pied à l'autre sur le paillasson, tentant de réveiller mes orteils engourdis.

– Tu n'es pas en position de me menacer.

– Ferme-la et ouvre !

Je suis sur le point de pleurer. Tout ce que je veux, c'est rentrer et m'enfermer dans ma chambre pour laisser mon chagrin sortir. Qu'ai-je fait pour mériter ça ? Je subis autant que lui cette cohabitation ; nous devrions nous soutenir au lieu de nous faire la guerre. Chaque riposte de ma part alimente son plaisir malsain de me tourmenter. J'ai déjà tenté de nier son existence, mais il réussit toujours à me faire sortir de mes gonds.

J'inspire et expire, lasse. Les épaules voûtées, je me force à me calmer et le regarde. Ma lèvre inférieure tremble sous la colère et la peine. Quoi que je dise, il n'en fait qu'à sa tête. Quoi que je fasse, ça le pousse à continuer. Je décide d'arrêter ce combat, pour le moment. Je n'ai pas la force de poursuivre, toutes mes extrémités picotent et s'engourdissent.

Je passe de longues minutes à le fixer. Niklas m'étudie, il analyse mon comportement, je le vois à son expression curieuse. Se demande-t-il ce qu'il doit faire ? Me faire rentrer ? Me laisser là jusqu'à ce qu'Alfrida revienne, ou nos parents ? Finalement, il pose sa tasse et déverrouille la porte. Je soupire de soulagement et ramasse mon violon, posé contre le chambranle. Je pousse presque Niklas en rentrant. Immédiatement la chaleur m'agresse et mord ma peau. Une sensation de picotement désagréable parcourt mon corps.

Avant de quitter la cuisine, je me retourne vers mon demi-frère. Nous nous jaugeons un moment. Je ne sais pas pourquoi il a finalement ouvert la porte, mais je suis heureuse qu'il l'ait fait. Sans attendre, je m'enfuis dans ma chambre, où ma grosse couverture m'attend.

***

Quand Rikard se gare devant la maison, il n'y a plus que deux voitures. Tout le monde est parti.

– Qu'il ne pense pas nous faire la charité en nous acceptant ici. Il sera payé pour chaque jour que nous y resterons.

Que répliquer ? Je suis trop épuisée pour le contredire. De toute façon, il n'en fera qu'à sa tête.

Les valises en main, nous montons les quelques marches, la lumière du perron s'allume. Niklas se trouve déjà derrière la porte, qu'il ouvre. Avant qu'il ne cache ses émotions, je vois passer sur son visage une surprise jouée, forcée même, et durant un bref instant il mc semble apercevoir du soulagement.

À ses pieds, un gros bouvier bernois noir et blanc, avec une tache brune entourant sa gueule, tente de nous sauter dessus, mais Niklas le tient fermement par le collier.

– Que faites-vous là ?

– Il y a eu un problème avec notre réservation. Serait-il possible de loger ici ? Je te dédommagerai pour le dérangement.

Les muscles de la mâchoire de Nik se contractent, il semble en pleine réflexion. À quoi pense-t-il ? Que ressent-il ?

Regarde-moi…

Mon cœur se comprime dans ma poitrine alors qu'une aura puissante se dégage de lui. À la fois effrayante et envoûtante. Je n'ai qu'une envie : me retrouver seule avec lui et m'expliquer sur les événements passés. Il n'y a pas que le désir de lui parler qui me traverse l'esprit. Cette pensée me rend honteuse et me fait culpabiliser. Je suis avec Rikard.

– Je n'ai pas besoin de ton argent. Entrez.

Sa famille étant aussi riche que Crésus, Niklas peut dépenser des milliers de couronnes sans jamais être à court. Son père a bâti un héritage pour plusieurs générations d'Ekman grâce à de bons investissements, mais aussi avec ses affaires frauduleuses.

Avant que mon petit ami ne réplique face à son refus, je me place devant lui.

– Merci, nous ne gênerons pas.

Niklas s'applique à opiner sans m'accorder plus d'attention.

Regarde-moi !

Il nous laisse entrer et referme derrière nous. D'une voix autoritaire, il ordonne à son chien de se calmer, alors que celui-ci glapit joyeusement. Mis à part son corps volumineux, sa tête de grosse peluche ne demande que des caresses.

– Il n'y a personne la nuit, il faudra vous débrouiller seuls. Alfrida sera là demain matin.

La maison me semble si froide, alors qu'aucune lumière n'est allumée. Niklas décoche une cigarette coincée derrière son oreille et s'éloigne dans le noir. Il se dirige vers la cuisine avec sa bête à ses pieds.

– Allons nous coucher, intervient Rikard.

Ce n'est pas dans ses habitudes de se taire plus d'une minute. Il doit vraiment en avoir marre de cette journée pour vouloir en finir rapidement. J'ouvre la marche et m'avance jusqu'à l'escalier. Avant de monter, je coule un regard vers la bibliothèque plongée dans l'obscurité, sombre et lugubre. Je frissonne à l'idée de savoir qu'elle contenait le corps d'Hendrik quelques heures plus tôt. Je ne crois pas aux fantômes, mais, s'il devait y en avoir, celui de mon beau-père serait le premier à hanter ces lieux. Il était trop coriace pour que l'on se débarrasse de lui définitivement.

J'emmène sans plus tarder Rikard jusqu'à ma chambre, où chacun à notre tour nous nous changeons dans la salle de bains. Lui en simple pantalon de pyjama, moi en nuisette noire et petite culotte en dentelle. Pour la lingerie, c'est lui qui choisit, il aime les tenues sexy alors que moi je rêve d'un pyjama doux et moelleux.

Pendant que je range nos affaires dans mon ancienne garde-robe, Rik regarde la décoration de ma chambre. Au-dessus de mon lit, une guirlande lumineuse jaune est suspendue, je me demande si elle fonctionne encore. À côté, une table de chevet qui contient un simple cadre photo de ma mère et moi, lorsque j'avais 5 ans. Je portais un costume de fée et tenais entre les mains un seau pailleté rempli de friandises. Nous étions si heureuses lorsque mon père était encore de ce monde. Sa mort a bouleversé notre vie, une partie de nous est morte avec lui.

Un peu plus loin se trouve mon bureau, où j'ai passé de longues soirées à faire mes devoirs et étudier durant d'interminables nuits. Mon attention s'attarde sur l'immense calendrier, périmé depuis neuf ans. En dessous j'avais gravé dans le bois des mots que je crève d'envie de revoir, mais, avec Rikard à quelques mètres de moi, c'est risqué.

– Viens te coucher.

J'éteins la lumière. Être dans cette chambre après tant d'années me donne l'impression de redevenir cette adolescente rebelle et fougueuse. Sauf qu'à présent j'ai 25 ans et une vie d'adulte chargée.

La fenêtre étant dépourvue de rideaux, la vue sur les aurores boréales est saisissante. J'observe un court instant le jeu de lumière, couleur verte tirant sur le jaune par endroits et sur le bleu à d'autres. Ce magnifique spectacle m'émeut. J'ai la chance de séjourner dans la partie du pays où ce paysage féerique s'offre à moi pour une danse privée que j'admire avec attention.

En m'allongeant dans mon lit, tout un tas de souvenirs remonte à la surface. Ces draps ont accueilli mes pleurs et mes rires, mes angoisses et mes peurs. J'y ai fait des batailles de coussins, écouté de la musique avec Jonna durant des heures, chanté, dansé. Cet endroit m'a vue grandir et évoluer avant de me voir partir, trois ans plus tard.

Sans perdre de temps, Rikard se montre entreprenant en glissant sa main sous ma nuisette pour caresser mon corps. Ses doigts passent sur mes courbes jusqu'à ma poitrine, qu'il masse avec délice. C'est un amant hors pair et quand je suis lovée dans ses bras alors qu'il me fait l'amour, j'oublie tout. Dans ces moments-là, je retrouve l'homme qu'il était au début de notre relation.

Après des préliminaires plutôt courts, il ôte ma culotte et fait glisser son pyjama, sous lequel il ne porte aucun boxer. Je l'accueille entre mes cuisses où son membre dur et tendu me pénètre jusqu'à la garde. Un soupir de plaisir s'échappe de ma bouche entrouverte alors que je me cambre contre lui. Son torse, dénué de poils et finement musclé, se colle contre ma poitrine exposée. Le bout de mes seins est tendu par l'excitation naissante. Je colle mon bassin au sien pour lui laisser l'occasion de me pilonner en profondeur à chacun de ses va-et-vient.

L'épuisement, mais aussi le chamboulement émotionnel ressenti aujourd'hui me font oublier d'être discrète et mes gémissements se répercutent dans les quatre coins des murs et probablement à l'extérieur. Chaque mouvement de bassin libère mon corps sous tension. Mon excitation pousse Rikard à gronder de plaisir alors qu'il accélère le mouvement. Un long frisson fait trembler mon corps. Il m'embrasse en glissant sa langue dans ma bouche. Toutes deux dansent et se cherchent alors qu'une vague de plaisir brutal me submerge au même moment que Rikard, qui donne tout ce qu'il a dans un dernier va-et-vient. Mon cri est étouffé dans sa bouche aux notes sucrées d'alcool.

Essoufflé, il se retire et s'allonge à côté de moi, me laissant pantelante et encore brûlante de désir. Mon corps se crispe avec délice encore un peu avant de retrouver petit à petit un calme apaisant. Une sérénité m'envahit. J'inspire et expire longuement à plusieurs reprises avant de finalement me lever pour faire un brin de toilette dans la salle de bains. J'en profite pour attacher mes cheveux dans une tresse sur le côté.

Quand je reviens, Rikard dort à poings fermés : un ronflement lui échappe et m'arrache un sourire. Je le trouve adorable. Si seulement il pouvait être aussi vulnérable éveillé.

La bouche pâteuse et la gorge sèche, je m'aventure dans le couloir. Instinctivement, mon attention se porte sur la chambre de Niklas, qui se trouve à quelques mètres de moi.

Merde, Nik… Il a dû m'entendre. Quelle conne !

Je ne veux pas qu'il soit témoin de mes ébats sexuels avec Rik. Entre nos chambres, il n'y a que ma salle de bains qui nous sépare.

Je sais d'expérience que, l'un comme l'autre, nous entendons ce qui se passe dans la pièce d'à côté. Je me mords nerveusement la lèvre et me maudis d'avoir été aussi bruyante. Que pense-t-il de ce qui vient de se passer ? Je suis mortifiée.

À pas de loup, je décide de descendre en silence, ou presque, car certaines marches de l'escalier grincent. Je me rends dans la cuisine, plongée dans le noir. Seule la lune éclaire le lieu. Des bruits de pattes ainsi que de griffes raclant le parquet s'approchent de moi et le chien de Niklas vient me léchouiller la jambe. Son imposante posture m'effraie quelque peu, mais il reste doux envers moi. Je le caresse en me demandant quel âge il a, ainsi que son nom. Nik n'a jamais vraiment aimé les animaux, mis à part son serpent.

Je me sers un grand verre d'eau citronnée que j'avale en plusieurs longues gorgées. La pièce est silencieuse, tout comme le reste de la maison. J'entends à peine le vent souffler dans les branchages des arbres alors que leurs ombres effrayantes créent des formes peu rassurantes sur les murs. Certaines branches dénuées de feuillage donnent l'impression d'être des griffes acérées, prêtes à plonger sur moi.

En remontant pour aller me coucher, j'entends une porte grincer.

Niklas… ?

Je me fige à quelques pas de ma chambre et regarde vers la sienne. Je retiens mon souffle alors que mon corps se tend ; je m'attends à voir apparaître son beau visage au regard perçant. Au lieu de cela, c'est une silhouette féminine au corps élancé et à la longue chevelure blonde qui se présente à moi. Jonna. Munie d'un tee-shirt bien trop large qui lui arrive sous les fesses, elle s'approche de moi en souriant malicieusement.

– Jonna ? murmuré-je. Qu'est-ce que tu fais là ? Enfin, je… Tu…

Non ! J'écarquille les yeux. Mon cœur percute avant mon cerveau et semble compressé dans ma cage thoracique. Non, pas ça. Non. Jo et Nik ?

– Chut, dit-elle en portant son index à ses lèvres pulpeuses. Tu vas réveiller les garçons.

Avec un clin d'œil complice, elle passe près de moi et descend, sous mon regard éberlué. Ils sont ensemble ? *À quoi est-ce que tu t'attendais ? Il n'allait pas rester seul pour toi !* C'est irrationnel et injuste de ma part, mais je ne peux m'empêcher de lui en vouloir. Pourquoi Jonna ? Il y a des milliards de filles sur terre et il a fallu qu'il choisisse ma meilleure amie !

6

Niklas, 15 ans

Elle est plus coriace que ce à quoi je m'attendais, je ne peux qu'admirer cette qualité. Seule contre tous, à la maison comme au lycée, elle continue de me tenir tête. Je ne la ferai pas plier aussi facilement et je me rends compte que plus le temps passe, moins sa présence me semble pénible. Je continue de tester ses limites et n'attends qu'une chose : qu'elle craque. Ou que je me lasse. Mais la seconde option n'aura pas lieu, je m'amuse beaucoup trop à punir sa présence chez moi.

***

Ce week-end en sa compagnie s'annonce plus compliqué que ce que j'avais imaginé. Non seulement nous devons partager le même espace, mais en plus de cela elle m'oblige à l'entendre se faire baiser par son mec ! *Bordel !* J'ai eu un mal de chien à me retenir d'exploser sa porte pour les séparer. Ces gémissements étaient un supplice pour mes oreilles. Je suis dans une telle rage ! Jonna ne s'est pas plainte de mon acharnement sur son corps, lorsque nous avons couché ensemble. Elle a même aimé ce côté brut et bestial. Sa capacité à tout accepter malgré mon comportement envers elle m'étonnera toujours. Souvent, l'idée de la rejeter définitivement me traverse l'esprit, mais sa vision me rappelle un passé et des souvenirs que je ne désire pas oublier. Elle sert de substitut à ce que j'ai perdu.

– Tu ne manges rien ? demande Jo, assise à mes côtés.

La jeune femme porte une chemise de nuit blanche qui lui couvre à peine les cuisses. L'envie de la prendre sur la table me vient. Elle doit être du même avis, car elle ne cesse de croiser et décroiser les jambes de manière provocatrice. Quant à moi, je n'ai que mon pantalon de pyjama bleu nuit.

– Je n'ai pas faim.

Mon ton est plus dur et froid que ce que je voulais. Tant pis si elle se vexe, elle n'a qu'à s'en aller si ça ne lui plaît pas.

Comme tous les matins, Alfrida s'affaire à préparer le déjeuner. Elle vit depuis quelques années à la propriété, dans une maisonnette construite pour elle. Elle travaille chez nous depuis toujours et semble ne pas vouloir arrêter de sitôt.

Elle passe à ma droite et remplit ma tasse de café.

– Tu as une petite mine, constate-t-elle en posant une main sur mon épaule, tandis que ses yeux scrutent mon visage pâle.

C'est peu dire. Je n'ai pratiquement pas dormi de la nuit, tourmenté par la mort de mon père et tout ce que cela implique. Le retour de Lovisa m'a aussi perturbé. Je n'aurais jamais pensé la voir débarquer jusqu'ici. Telle une lâche, je l'aurais vue empocher son héritage à distance.

Les premières marches des escaliers grincent. *Elle arrive.* Aussitôt, Krigare, mon chien, se redresse derrière moi et gémit.

– Pas bouger.

Lovisa, flanquée de son crétin de petit ami, franchit la porte en verre, seule séparation entre la cuisine et le hall. Sa vue me pétrifie un instant. Elle porte un jean moulant avec un pull près du corps couleur camel. Ses belles boucles retombent souplement sur son corps et en particulier sur sa poitrine qui a bien grossi depuis notre adolescence. *Toujours aussi belle.* Un fougueux désir envahit mon être avant que la haine ne le remplace lorsque Rikard lui enlace les hanches.

– Les glapissements d'un renard roux ont perturbé mon sommeil, grogné-je en regardant froidement le couple.

La forêt d'Iron House regorge de ces mammifères depuis plusieurs années. N'importe qui penserait à ces bêtes. Mais Lovisa se sent visée. Ma remarque la fait rougir de honte. Elle tire sur les manches de son pull en mâchouillant sa lèvre inférieure. Je reconnais ce geste pour l'avoir déjà vu un millier de fois : elle est mal à l'aise. Si elle pensait que je ne l'avais pas entendue, vu les gémissements effrontés qu'elle a poussés, c'est qu'elle est plus idiote que je le pense.

– Lovisa ? s'étonne Alfrida. Mais que fais-tu ici ?

La gouvernante l'embrasse de bon cœur avant de l'inviter à s'asseoir en face de Jo et moi. Sans attendre, elle remplit deux tasses de café bien chaud et leur sert le déjeuner.

– Nous avons eu un problème avec notre hôtel. Ils étaient tous complets.

– Vraiment ?

J'esquisse un sourire mauvais et bois une gorgée de mon café après l'avoir sucré, je l'aime noir.

Hier, j'ai agi sous le coup de l'impulsivité, même si tout mon être se révolte de sa présence chez moi, je n'aurais pas supporté de la savoir si loin en ville. À présent, je me demande si je n'ai pas fait une bêtise en la poussant à loger ici. Qu'est-ce que j'attends de sa part ? Je mets cette erreur de jugement sur le compte du bouleversement que j'ai ressenti face au décès soudain de mon père. Une crise cardiaque. Voilà de quoi est mort le grand Hendrik

Ekman, respecté et craint de tous. Son cœur se fichait de sa réputation de requin et n'a pas hésité à le lâcher. À plusieurs reprises, son corps a tenté de le prévenir, mais il n'en a fait qu'à sa tête en vivant dans une opulence débordante qui a eu raison de lui.

Je ne ferai pas la même erreur.

Autour de la table, l'atmosphère est chargée d'une tension palpable. Rikard et Jonna mangent sans se soucier de ce qui se passe autour d'eux. Ils discutent de ce qu'il y a d'intéressant à faire en ville. Ce malaise provient de Lovisa, je peux presque le sentir sur le bout de la langue.

Ma petite Love, qu'est-ce qui te rend anxieuse à ce point ?

– Ça doit te faire drôle de dormir ici, dit Jonna tout en mangeant ses œufs brouillés.

Le regard de la jolie rousse passe de la blonde à moi avant de se reporter rapidement vers son amie. Ses beaux iris se sont assombris un instant avant de redevenir aussi doux que ceux d'une biche. *Doux et innocents*, certaines choses ne changent pas. Malgré tout, il y a un truc de différent chez elle, mais je ne sais pas encore quoi.

Pour la narguer, je me penche vers la jeune femme à mes côtés et dépose un chemin de baisers de son épaule à son cou. Ma main attrape doucement sa nuque, que je caresse à l'aide de mon pouce. Jonna, réceptive, glisse une main sur ma jambe et se penche vers moi pour en réclamer plus. La pudeur ne fait pas partie de mon vocabulaire et ce genre de démonstration est courant. Alfrida ne s'en formalise plus. Elle s'affaire à la vaisselle tout en fredonnant un air suédois.

Lovisa suit ce petit cinéma, piquée de jalousie. Elle ne peut rien dire, elle n'en a ni le droit ni le courage. Rikard, à ses côtés, savoure d'un œil brillant cette démonstration d'affection. Sa petite amie ne le satisfait pas ? J'apprécie nettement le regard de Love, qui ne peut s'empêcher de s'humecter la lèvre inférieure tandis que son regard se porte sur ma bouche, toujours contre la peau de Jonna. *Cela aurait pu être toi !* Mais ce n'est pas le cas, et ça ne le sera jamais. Elle déglutit difficilement en détournant le regard. Elle se racle la gorge et marmonne difficilement :

– C'est étrange oui, mais au fond, c'est comme revenir d'un long voyage.

Neuf années. Neuf longues et interminables années. Il s'est passé tant de choses. Je ne suis plus l'adolescent qu'elle a connu et elle n'est plus *ma Love*.

Nous finissons par nous séparer et je reprends mon café, l'air de rien, tandis que Jonna s'accorde quelques instants pour recouvrer ses esprits. Elle retrouve son beau sourire.

– En tout cas, tu n'as pas perdu de temps pour inaugurer les lieux avec ton petit ami, balance Jo avec malice.

Sa franchise me plaît. Elle dit toujours ce qu'elle pense, quitte à blesser les gens. C'est une grande gueule. Plus jeune, cela lui a valu quelques problèmes. À nos 17 ans, nous étions sortis boire dans une boîte où j'avais mes entrées. L'argent peut ouvrir toutes les portes, peu importe votre âge et si vous trouvez des personnes peu regardantes sur la légalité. Une bande de gars bien plus âgés, animée par l'alcool, lui avait fait du rentre-dedans avant que l'un d'eux ne lui claque les fesses. Aussitôt, Jonna lui avait lancé des injures plus virulentes les unes que les autres avant d'en venir aux mains. Avec la bande, nous sommes allés à son secours. J'en étais sorti avec un œil au beurre noir et un poing ensanglanté.

– Désolé pour cette nuit, Lovisa ne sait pas se taire, intervient Rikard en attirant la jeune femme contre lui.

– C'est que tu es doué, roucoule Jo en leur offrant une œillade.

– Hein, Lovisa ? Ton avis ?

L'intéressée se met à rougir. Brouillée par l'embarras, elle plonge un gros morceau de pain dans sa bouche, et le mastique lentement.

– Tu gardes le silence, car tu as peur que je te le vole ? demande Jonna, rieuse.

– Ou parce que c'est un mauvais amant, raillé-je.

Un silence gênant envahit la pièce. Comme Jo, je n'ai pas ma langue dans la poche et mon intervention met mal à l'aise tout le monde. La fierté de Rikard en a pris un coup et la colère se lit sur son visage.

– Ce n'est pas ce que dit Lovisa tous les soirs, sans exception, lâche Rikard en le fusillant du regard.

– Tous les soirs, hum ?

– Exactement. On s'éclate comme des bêtes.

– Rikard… commence Lovisa, mortifiée à l'idée que sa vie sexuelle soit balancée en plein petit déjeuner.

Cette conversation devient embarrassante pour la jeune rousse qui souhaiterait creuser un trou pour s'y cacher. Son visage, gêné, trahit ce mensonge et ce détail ne m'échappe pas. Je lâche un rire narquois avant de me lever.

– Bien, j'ai à faire. Love, monsieur l'Étalon, salué-je en me retenant de rire davantage.

Sans inviter Jonna à me suivre, je quitte la salle à manger. Avant de monter les escaliers, j'entends Rikard :

– Pourquoi est-ce qu'il t'appelle Love ? Tu me l'as toujours interdit.

Sa question en soulève d'autres chez moi. En effet, pourquoi ? Pour moi ? Pour nous ? À l'époque, j'étais le seul à l'appeler Love et je lui avais interdit de se faire surnommer de la sorte par quiconque. Cette promesse faite en l'air a-t-elle été respectée, après toutes ces années ? *Love*… Bien plus qu'un surnom, quatre petites lettres qui en anglais signifient bien des choses que je n'ai plus éprouvées depuis longtemps.

Je m'éclipse pour prendre une douche, Krigare à mes trousses. Les affaires n'attendent pas et les *adjoints* du cartel se fichent de mon deuil. Du haut de mes 27 ans, je suis à présent à la tête d'un des plus gros trafics de drogue de Suède et je me dois de rassurer mes collaborateurs. Depuis quelques années, je suis l'intermédiaire entre mon père et la plupart de ses subordonnés. Je connais l'affaire comme ma poche.

Me voilà à présent *shérif*.

J'ai toujours aimé ce titre, une blague qui ne fait rire que moi. Bien que baignant dans des affaires criminelles, nous portons des titres inspirés du monde de la justice. Moi, le *shérif*. Les trois *adjoints* qui traitent directement avec moi se sont partagé le pays à parts égales. Chacun gère un nombre d'hommes, des *lieutenants*, qui apportent le cash à mes *adjoints* et fournissent la drogue aux *officiers*, qui eux-mêmes distribuent la marchandise avec des *cadets*. Le réseau, beaucoup plus complexe par sa sécurité, par le transport et surtout par la production, est très vaste et demande beaucoup d'attention. Aucun poste ne doit être négligé. Avec ce nouveau rôle, d'énormes responsabilités m'incombent.

Mon portable ne fait que sonner depuis mon réveil. Je réponds une fois sur deux ; la plupart de ces coups de fil viennent de personnes qui me présentent leurs condoléances. *Bande de lèche-cul*. Je vois en eux des vautours qui n'attendent que deux choses de ma part : ma mort, pour bénéficier de la fortune des Ekman, ou mes faveurs de mon vivant. Dans les deux cas, ils peuvent aller se faire foutre, je compte tous les envoyer chier et gérer les affaires comme bon me semble.

– Tu as déjà pris ta douche ?

Cette question rhétorique me fait sourire. Une douche avec Jonna signifie une baise assurée.

J'attache ma montre en admirant le paysage enneigé par la fenêtre. La jeune femme se blottit dans mon dos, ses bras autour de mes hanches.

– T'as pas un truc à faire ? lui demandé-je.

– Je peux encore rester, si tu veux ? propose-t-elle en glissant une main sous mon pull, où elle vient caresser mon tatouage au niveau de mes côtes, à gauche, qui représente une faucheuse tenant une faucille et un flingue.

La coquine. J'aimerais me laisser tenter, mais, pour le moment, j'ai autre chose en tête. Je me retourne et penche mon visage vers le sien. Mes mèches trempées encadrent mon visage.

– Une autre fois. Tu devrais t'en aller, je serai indisponible ces prochains jours. Voire semaines.

Les biens de mon père sont d'une grande ampleur et tout remettre en ordre et à mon nom devrait pas mal m'occuper.

La jeune femme fait la moue avant de m'embrasser fougueusement ; ses mains se baladent dans mes cheveux et les agrippent brutalement. Sa maigre tentative pour raviver le désir en moi fonctionne en temps normal, mais, pour l'heure, c'est peine perdue. Je gronde contre ses lèvres et empoigne ses fesses, que je serre avant de la relâcher.

– Va-t'en, ça vaut mieux.

Après avoir attaché mes cheveux, j'enfile ma chevalière avec une tête de loup et glisse mon poing américain dans la poche arrière de mon pantalon. Une clope calée derrière l'oreille, je quitte ma chambre sans un regard pour Jo, avec Krigare qui me suit comme mon ombre. Mes pensées sont déjà loin alors que je consulte mon portable pour trier l'importance de mes coups de téléphone manqués.

En bas de l'escalier, Oscar m'attend avec un holster, que j'enfile. J'y glisse deux Golden Eagle noirs, sur la crosse desquels sont gravées mes initiales. Ils m'accompagnent depuis si longtemps que la gravure est presque effacée.

Ensuite, je me dirige vers l'ancien bureau de mon père qui est désormais le mien.

– Ils seront là dans combien de temps ? demandé-je en allumant ma clope.

– Une heure, monsieur. Que fait-on pour Mlle Granberg et son petit ami ?

Durant un bref instant, j'avais oublié leur existence en ces lieux. J'expire la fumée tout en regardant le bureau en chêne peint en noir. Plus d'une fois, pour emmerder mon père, je suis venu sniffer des rails de cocaïne dessus. Mes doigts frôlent les brûlures de cigarette que j'y ai laissées. J'étais un sale gosse. J'ai probablement mérité la plupart des raclées de mon géniteur.

– Peu importe.

– Monsieur, ce serait imprudent. Rikard Rapace semble une personne instable. Il serait préférable qu'il reste éloigné des affaires familiales.

Le gérant du Royal Ruby Hotel nous a informés de l'esclandre fait par Rikard. Cet abruti n'a pas su se contenir et il en est presque venu aux mains avec ce pauvre réceptionniste. J'ai déjà cerné le personnage. Ce n'est pas difficile, ce genre de type, j'en croise souvent.

– Demandez à Alfrida de les emmener au marché, ça les occupera toute la matinée.

Oscar s'éclipse aussitôt.

Seul, je m'installe dans l'imposant fauteuil en cuir derrière mon bureau et passe en revue les profils de mes adjoints. En tout, il y en a trois : Rodrigo Pérez qui s'occupe de la partie sud entre

Göteborg et Malmö. Erik Gustaf de Stockholm et des villes alentour comme Uppsala, Västeras, Örebro. Quant à Magnus Gyling, son territoire est beaucoup plus vaste, il englobe tout le nord à partir d'Hudiksvall, car la population n'est pas aussi élevée que dans les grandes villes. Chacun viendra avec son lieutenant. Seuls ces hommes connaissent mon identité.

– C'est fait. Ils s'en vont dans dix minutes, dit Oscar en déposant trois valises noires sur le bureau.

Ainsi, il ne reste plus qu'Oscar, les deux gardes qui circulent autour de la maison et moi.

Ne pas avoir Lovisa dans les parages va m'aider à mener mes affaires à bien et surtout, cela la maintiendra en sécurité loin de ces malfrats. Elle est au courant des affaires de la famille, mais depuis toujours elle garde ses distances. Je ne compte pas changer la donne, je ne veux pas d'elle dans cette merde. À tout moment je peux tomber. Je n'entraînerai personne dans ma chute.

Tout en écrasant ma clope, je fouille dans mon téléphone et appelle l'un de mes contacts. À la troisième sonnerie, une voix ensommeillée répond.

– Gun ? Qu'est-ce que tu fous ?

– Merde, marmonne mon ami d'enfance. J'ai trop picolé hier soir.

– Putain, mec, ramène-toi où je te mets une balle dans le cul, grondé-je en me levant.

Je me dirige vers la grande baie vitrée, à travers laquelle j'aperçois une longue chevelure rousse devant les mangeoires à oiseaux. Vêtue d'un manteau sombre, Lovisa admire des accenteurs à gorge noire se repaître de graines.

Diable, qu'elle est belle.

J'ai beau tenter de le nier, je ne peux rien faire contre mon cœur qui s'emballe à sa vue. Mes sentiments ne se sont jamais éteints. Sentant mon regard sur elle, Lovisa virevolte dans ma direction. Son visage dont la pâleur rendrait jalouse la plus pure des neiges m'offre un sourire timide.

Ne. Me. Souris. Pas. Comme ça.

Comment suis-je censé lui résister si elle ne cesse de faire battre plus vite mon cœur en sa présence ?

Je me contente de la fixer en passant la main dans ma barbe. Sans que je puisse le contrôler, un vieux souvenir refait surface.

***

Douze ans plus tôt

Cinq mois que Lovisa et sa mère vivent à Iron House. La guerre entre elle et moi est toujours d'actualité et rien ne semble pouvoir apaiser cette tension. Hendrik et sa mère, Sigrid, ont beau nous punir pour les coups bas que nous nous faisons mutuellement, rien ne change. C'est pourquoi ils ont abandonné pour nous laisser nous débrouiller. J'en suis ravi, pouvant à présent sévir sans restriction. Quant à Lovisa, elle déplore ce manque d'autorité et a l'impression de se retrouver complètement seule. À ma merci. Mon jouet personnel.

Les vacances n'arrangent rien : nous sommes constamment l'un sur l'autre quand je ne suis pas avec mes potes. Aujourd'hui, je me trouve à la propriété, tout comme elle. Nous avons interdiction d'entrer dans la maison, car mon père organise une réunion avec ses adjoints. J'aurai bientôt 16 ans et je pourrai apprendre les ficelles du business. Pendant ce temps, je vis ma vie d'adolescent et tourmente Lovisa dès que j'en ai l'occasion.

En revenant d'une balade à vélo, je pivote à gauche pour longer le côté de la maison, là où se trouvent les mangeoires à oiseaux et une remise. Lorsque je m'approche de la cabane pour entreposer ma bicyclette, la voix d'un homme parvient jusqu'à mes oreilles.

Silencieux, je me déleste de mon deux-roues et fronce les sourcils lorsqu'une seconde voix, celle de Lovisa, répond à l'inconnu.

– J'aime prendre soin d'eux, dit Lovisa en parlant des oiseaux.

– Et toi ? Qui prend soin de toi ?

Je les espionne, caché derrière la cabane. Lovisa est en compagnie d'un homme bien plus vieux qu'elle. La trentaine, probablement. C'est l'un des adjoints de mon père. Un Espagnol aux cheveux noirs très courts avec une barbe de quelques jours. Rodrigo Pérez. Il dégage une aura sombre qui, à 13 ans, la met mal à l'aise ; les épaules de Lovisa se crispent lorsqu'il tente de toucher son visage.

– Je… J'ai ma mère, elle doit m'attendre à l'intérieur.

Elle tente de se dérober en se dirigeant vers l'entrée par la cuisine, mais il l'attrape par le bras pour la retourner. Ses yeux s'écarquillent. Il la lâche immédiatement en riant.

– Tout doux, je ne voulais pas t'effrayer. Reste, d'accord ?

Lovisa se contente de hocher la tête. Son corps est tendu, elle ne veut pas rester, mais n'ose pas non plus s'enfuir. Je sens une boule de colère ravager mes entrailles. Pourquoi une telle réaction ? Cela fait des semaines que je la tourmente et pourtant, la voir aussi désavantagée face à Rodrigo ne me plaît pas. Qu'est-ce qu'il lui veut, cet enfoiré ? Il ne devrait pas être avec mon père ?

– Tu es tellement belle, dit Pérez en caressant sa joue. Si douce et innocente. Tu n'as jamais eu de petit ami, je me trompe ?

C'en est trop pour moi, je ne peux pas en tolérer davantage. Je sors de ma cachette et fonce sur eux. À ma vue, Rodrigo recule en souriant.

– Niklas, mon grand. Ça fait longtemps. Je faisais connaissance avec cette charmante jeune fille.

Sans me laisser amadouer par son sourire de façade, je m'interpose entre eux et lance un regard noir à l'adjoint.

– Ne l'approche pas, sifflé-je.

Rodrigo rit face à mon attitude hostile. Il est bien plus grand que moi et me domine. Pour autant, je ne recule pas et lui tiens tête.

– Ne sois pas sur la défensive comme ça, nous ne faisions que discuter.

– J'ai vu tes mains posées sur elle.

Lovisa se tortille derrière moi, mal à l'aise d'être coincée dans une telle situation.

– Et alors ? Que vas-tu faire ?

L'homme sans foi ni loi lève un sourcil tout en me défiant du regard. Je tente de me contenir tout en serrant les poings. Mon père me dirait probablement de m'écraser et de ne pas emmerder ses « employés », car cela pourrait nuire à ses affaires. Mais étant un adolescent rebelle, je n'en fais qu'à ma tête et toutes les corrections du monde ne changeront rien à cela.

– Pour le moment, rien, mais quand je serai à la tête de cet empire, crois-moi, je t'écraserai.

L'Espagnol part dans un nouveau rire avant de cesser net. Toute joie quitte son visage alors qu'il ébouriffe brusquement mes cheveux.

– On verra bien, petit.

Il coule un regard envieux sur la jeune fille derrière moi avant de s'éloigner pour rentrer dans la maison.

Une fois seul, je me retourne vers Lovisa et l'attrape par les épaules.

– Tu ne t'approches plus jamais de lui, c'est compris ?

– Je… Oui.

Elle se mord nerveusement la lèvre inférieure.

– Et arrête de faire ça, tu vas t'abîmer la peau.

Lovisa s'exécute en rougissant ; elle baisse la tête.

– Merci.

Sans moi, qui sait jusqu'où serait allé Pérez ? Elle connaît les affaires d'Hendrik ainsi que ses fréquentations douteuses, mais ignore que, même si elle est sous la protection de mon père, celui-ci ne lèverait pas le petit doigt pour lui venir en aide si l'un de ses hommes s'en prenait à elle.

– Je ne serai pas toujours là, donc ne sois plus seule avec lui. Avec personne.

***

C'est ce jour-là que j'ai compris que, au-delà de ma haine, se cachait en vérité un amour naissant à son égard.

Le beau sourire de Lovisa se fane lorsqu'elle remarque les armes accrochées à mon torse. Les hommes qu'elle a tant craints étant plus jeune sont du passé, et celui qu'elle a aimé semble être devenu l'un d'eux. Je ne peux rien y faire, il s'agit de ma vie à présent.

Lovisa est rejointe par son petit ami et Alfrida. Cette diversion me permet de me dérober à son image angélique pour me concentrer sur la réunion qui va avoir lieu. Je vais devoir m'imposer en tant que leader et faire valoir mes droits auprès des autres. C'est la loi du plus fort et je dois me montrer persuasif si je ne veux pas qu'ils me trahissent à la moindre occasion.

Les adjoints et leurs lieutenants arrivent presque tous en même temps. Devant mon bureau se trouvent trois fauteuils pour Erik, Rodrigo et Magnus. Quant à leurs suiveurs, ils se positionnent derrière leur chef.

Après des échanges cordiaux et la présentation de leurs condoléances, la réunion peut commencer.

– Je vous ai réunis dans le but que vous m'assuriez de la même loyauté que celle que vous aviez envers mon père.

Magnus s'apprête à parler, mais je lève la main pour l'inciter à se taire.

– Si vous comptez toujours travailler avec moi, sachez que les choses vont changer. Tout d'abord, commençons par un présent plus que généreux pour fêter mon ascension à ce nouveau poste.

J'ouvre l'une des trois valises. Celle-ci contient de grosses liasses d'argent.

J'appelle en premier Marcus, le lieutenant d'Erik ; je lui donne la valise et fais de même avec Jonas, qui est venu avec Magnus. Quand c'est le tour d'Artur, je fixe le jeune homme dans les yeux.

– Cette valise est pour toi, si tu acceptes de remplacer Rodrigo.

– Quoi ! s'emporte Rodrigo en se relevant brusquement. C'est quoi, ce bordel ?

Cette annonce jette un froid dans la pièce. La dernière fois qu'il y a eu un changement dans le poste d'adjoint, c'était il y a plus de quinze ans.

– Ton secteur ne me rapporte pas assez, tu ne prends pas assez de risques et j'ai besoin de sang neuf.

– Niklas…

– Je ne te donne pas le choix. Si tu contestes ma décision, je me ferai un plaisir de régler personnellement ce souci avec toi.

– Ce n'est pas raisonnable de mettre quelqu'un d'autre à ce poste alors que tu viens de reprendre les rênes, intervient Magnus.

– Artur travaille depuis de nombreuses années à mes côtés, il sait comment ça fonctionne. N'est-ce pas ?

L'intéressé hoche la tête. Destituer son boss n'a probablement jamais été dans ses plans, mais il sait qu'une occasion pareille ne se représentera peut-être pas avant longtemps.

– Le pouvoir te brûle les doigts, petit, crache l'Espagnol, en colère.

– Je tiens toujours mes promesses, susurré-je sombrement.

Un sourire mauvais plane sur mon visage. L'une de mes qualités est que je n'oublie jamais rien. Et le jour où j'ai promis à Rodrigo de me débarrasser de lui est gravé dans ma mémoire.

– Tu n'es qu'une enflure. Si tu penses que mes hommes vont travailler pour Artur sans que je sois là, tu te trompes.

– Je lui fais confiance, il saura se faire accepter et respecter. Maintenant, dégage avant que je ne me fasse un plaisir de me débarrasser de toi, menacé-je en tapotant l'un de mes flingues.

Oscar revient à temps. Sa grosse carrure ne donne pas envie de s'opposer à lui.

– Monsieur Pérez, suivez-moi.

– C'est pas fini, menace Rodrigo.

– Ce partenariat est terminé. Et toi aussi.

Fulminant, il sort du bureau, escorté par mon chef de la sécurité.

Loin d'être idiot, je sais que je joue gros sur ce coup, mais je crois en ce changement. *C'est pour le mieux.*

– Tu es sûr de ce que tu fais ? demande Magnus, brisant le silence.

– Le règne de mon père est mort avec lui. Je dois m'imposer et changer les choses.

– Mais virer Rodrigo…

– … était nécessaire, le coupé-je. C'était un maillon faible.

Selon moi, il faut se montrer impitoyable quand la situation le nécessite.

– Revenons-en à nos affaires.

D'un signe de tête, j'indique à Artur de prendre sa valise, il s'assied sur l'ancien siège de Rodrigo.

– Si vous me suivez, vos bénéfices augmenteront et nous pourrons nous étendre au-delà de la Suède.

– Tu veux qu'on passe à l'international ? s'étonne Magnus, le plus vieux des trois et le plus raisonnable.

– Exactement. J'en ai marre de me contenter des clopinettes de la Suède, nous avons un réseau solide et jusqu'à présent on ne s'est jamais fait prendre. Nous sommes prêts.

Je suis le plus jeune de la pièce, mais aussi le plus téméraire. Je vois les choses en grand et veux prouver que je ferai mieux que mon défunt père, qui n'a jamais voulu étendre son pouvoir en dehors de nos frontières.

– Tu viens seulement de monter sur le trône, prends tes marques avant de… commence Artur.

– Je suis aux commandes depuis bien plus longtemps que ça. Je sais ce que je fais.

– Je n'en doute pas, mais réfléchis bien avant de prendre une telle décision, intervient calmement Magnus.

– Je ne regrette pas mon nouveau grade, mais, avec les origines espagnoles de Rodrigo, ça nous aurait apporté des contacts en plus non négligeables pour nous étendre ailleurs, soulève Artur.

– J'en ai rien à foutre de Rodrigo et de son influence. Il n'est plus là, on fera sans lui.

N'y en a-t-il pas un de mon côté ? Je me retourne vers Erik, un homme de 40 ans avec un style militaire. Cheveux rasés de près, pantalon rentré dans de grosses bottes avec un pull cintré qui laisse deviner une musculature entretenue.

– Et toi ? Tu ne dis rien ?

Erik caresse son arme, accrochée à un holster au niveau de sa ceinture. Il inspire, expire, avant de répondre.

– C'est risqué, mais je marche. C'est une putain de bonne idée.

Si des billets verts pouvaient briller dans ses yeux, on ne verrait plus ses iris tant l'idée de gagner de l'argent le réjouit.

– Dans n'importe quel domaine, le changement fait peur. Il engendre ses bénéfices, mais aussi des risques. Je ne promets pas que ce sera parfait au début, mais avec nos contacts à l'extérieur, ça peut marcher.

Je déballe d'autres arguments en me levant de mon siège. Je parcours la pièce, et mon public m'écoute avec attention, comme si j'étais un grand orateur. Je m'exprime de manière claire et féroce lorsque j'appuie certains mots. J'ai toujours eu l'âme d'un leader. Malgré moi, je suis l'héritage de mon père. Il a forgé celui que je suis aujourd'hui.

À la fin de la réunion, mes adjoints sont de mon côté. Tous les points concernant le trafic de drogue ont été abordés.

– Vous pouvez y aller. On reste en contact.

Tous quittent la pièce, guidés par Oscar.

Maintenant que les choses sont claires, je vais pouvoir régner comme je l'entends.

***

Perché à la fenêtre dans ma garçonnière, au grenier, j'observe la berline se garer devant la villa tout en fumant une cigarette à la menthe. Lovisa, Rikard et Alfrida sortent du véhicule, les bras chargés de sacs en papier ; le couple semble en grande conversation. Après avoir déposé tous les paquets, ils montent dans la chambre de la jeune femme. Leurs voix me parviennent, mais pas assez clairement à mon goût, je décide de descendre, faisant grincer les premières marches. Dans le couloir, je me cale contre le chambranle de ma salle de sport et tire une longue taffe de nicotine.

– Tu peux essayer de reporter la lecture du testament ?

– Impossible. Ce n'est pas moi qui décide.

– Je n'aime pas l'idée de te laisser seule ici.

La laisser seule ? Rikard s'en va ? Cette nouvelle me fait plaisir alors que ça ne devrait pas. Si je pouvais m'arracher le cœur pour ne plus rien ressentir en dehors d'un grand vide apaisant, je le ferais.

– Tu dois répondre à tous mes appels et m'envoyer des SMS aussi souvent que possible.

– Il arrive qu'on capte mal ici, on est assez loin de la ville.

– Je m'en fous, fais ton possible.

Sa voix est sans appel et m'irrite. Pour qui se prend-il, de lui parler ainsi ?

– Souhaite-lui un bon rétablissement de ma part.

J'en déduis par moi-même qu'il y a un blessé. Ils quittent la chambre et descendent sans m'apercevoir. S'il quitte Iron House, cela change tout. *Tout.* L'envie de jouer avec elle de nouveau, de la torturer et de lui montrer tout ce qu'elle m'a fait subir par son absence me tenaille. Oh, oui, je vais m'amuser.

Quand Love est de retour dans sa chambre, j'en profite pour la rejoindre. Délestée de son pull et dos à moi, elle me laisse l'occasion d'observer sa peau d'une pâleur sidérante. Sur son omoplate droite, le tatouage d'un loup blanc hurlant à la lune est dessiné avec un effet de feutre. *C'est pour moi.* C'est une évidence. Je suis son loup blanc, elle est mon renard roux. Mon dos représente ce que nous avons été, un renard roux et un loup blanc entremêlés. Cette vision réveille en moi bien plus d'émotions que je ne voudrais l'admettre. Elle ne me facilite pas la tâche.

– Nik… Qu'est-ce que tu fais là ?

La vision brouillée par les sentiments que je tente de refouler, je ne l'ai pas vue se retourner pour me faire face. Piquant un fard sous mon regard inquisiteur, elle attrape son haut pour se couvrir la poitrine, que le soutien-gorge, si fin et transparent, peine à camoufler. Ça ne laissait que peu de place à l'imagination. Je l'ai connue avec des sous-vêtements plus simples ; elle m'est étrangère et cette dure réalité est beaucoup plus douloureuse que ce que je pensais. Rongé par une furieuse envie de la blesser à son tour, je l'attrape par le cou et fais mine de serrer sa chair tendre. Le visage penché vers le sien, je murmure :

– Tu es à moi, maintenant.

Je frôle ses lèvres avec les miennes et me retiens difficilement de la mordre. Elle n'imagine pas tout ce que je rêve de lui faire subir.

Je la relâche et m'éloigne avec un sourire en coin.

– Surveille tes arrières, Love, tu en auras besoin.

7

Lovisa, 13 ans

Pour la première fois depuis des mois, j'entraperçois sa lumière. Il n'est pas que noirceur comme il tente de me le faire croire. Nik s'est montré gentil en me protégeant de l'homme de main d'Hendrik. Pour le remercier, avec l'aide de maman, j'ai installé l'ancien atelier de peinture de sa mère dans une pièce inoccupée. Je pensais que cette attention lui plairait, mais, au lieu de cela, il a tout saccagé et m'a ordonné de ne plus jamais toucher à ses affaires. Je ne le comprends pas ; un jour, il se montre gentil, et le lendemain il redevient l'ado exécrable qui m'a accueillie la première fois. Maman dit qu'il souffre beaucoup de l'abandon de sa propre mère, qui est partie sans rien dire. J'essaie d'être compréhensive, mais il ne me facilite pas la tâche.

***

Je ne m'attendais pas à voir des renards dans la propriété des Ekman. Toute une famille vit librement dans la forêt. Habitués depuis des années à être nourris par l'homme, ils ne sont presque plus craintifs. Jamais je n'aurais cru pouvoir un jour m'approcher à ce point de ces bêtes. Avec l'aide d'Alfrida, je les ai trouvés facilement. Ils ont élu domicile presque à la limite du domaine.

– Fais attention, ça reste des animaux sauvages, m'a mise en garde la gouvernante.

Je ne compte pas me rouler avec eux dans la neige ou m'amuser à celui qui soumet l'autre en premier. Je resterai sur mes gardes. Ce que je veux, c'est être assez proche pour les photographier et effleurer l'idée de les caresser si je ne décèle aucun danger.

Munie de mon appareil photo Nikon, je m'accroupis et prends quelques clichés des renardeaux en train de se chamailler. Cette vue d'êtres innocents me touche.

« Ils me font penser à toi, doux et beaux », des paroles dites il y a bien longtemps par Niklas.

Alfrida m'a dit que c'était l'idée de Nik d'amener des renards à Iron House. *C'est pour moi*, ai-je pensé directement. Il me l'avait promis, qu'un jour il m'offrirait ces animaux. Mon cœur se serre, je porte une main à ma poitrine. C'est Niklas qui m'a fait aimer ces mammifères couleur de feu.

Perdue dans mes pensées, je ne remarque pas tout de suite qu'un jeune renard m'observe, à seulement quelques pas. Un sourire illumine mon visage quand je l'aperçois aussi près. Je prends une photo de lui avant de tendre la main, paume en l'air pour le mettre en confiance.

– N'aie pas peur. Approche.

Semblant me comprendre, il avance, prudemment. Sa truffe mouillée touche mes doigts. Je tente de caresser sa tête, il s'enfuit en courant.

– Non ! Je ne vais pas te faire de mal ! m'écrié-je en me relevant, déçue.

– Il en a de la chance.

Je sursaute et virevolte vers le propriétaire de la voix. Niklas se tient derrière moi, mains dans les poches. Il porte un simple pull et un jean. Pas de veste ou d'écharpe malgré le froid mordant ? C'est pour tomber malade !

À ses pieds, Krigare, son chien, remue vivement la queue en apercevant les renards qui fuient notre présence. Docile, il ne tente pas de les pourchasser.

– Qu'est-ce que tu fais là ? Je te pensais trop occupé à m'éviter.

Depuis le départ de Rikard, la veille, et son intrusion dans ma chambre pendant que je me changeais, Niklas met tout en œuvre pour que nos chemins ne se croisent pas.

– C'est chez moi, je vais où bon me semble, dit-il durement.

– Bien, je m'en vais dans ce cas.

Je ne veux pas l'importuner davantage et rendre la situation plus électrique que nécessaire. Après un dernier regard vers les renards, je m'éloigne en direction de la maison. Mes pas écrasent la neige et, bien vite, j'entends ceux de l'homme aux airs de Viking derrière moi.

– Qu'est-ce qui t'est arrivé ?

– De quoi tu parles ? demandé-je sans me retourner.

Il se place à mes côtés, laissant un bon mètre entre nous, où son chien se place, la langue pendant sur le côté.

– Je t'ai connue bien plus combative. On dirait que tu es… éteinte.

Ses mots me font l'effet d'un électrochoc. Je m'arrête brusquement et le regarde, blême. Suis-je si transparente que cela ? À quel point ai-je changé ? Certes, je ne suis plus l'adolescente qui osait dire non et qui ripostait en cas d'attaque, mais n'y a-t-il pas encore une dernière trace de cette jeune fille en moi ?

– Quoi ? Tu as perdu ta langue ?

J'ouvre la bouche puis la referme, ce qui contrarie Niklas, mais je ne sais pas pourquoi.

– Tu as changé. Tu as perdu cette étincelle qui…

Il s'interrompt, me laissant sur ma faim. Qui quoi ? Que voulait-il dire ? Une boule de frustration me noue l'estomac.

– Je suis devenue adulte, voilà tout.

Il ricane en passant la main dans sa barbe, où de petits cristaux de glace se sont formés. Ses lèvres sont légèrement bleutées et son teint pâle. Ne pouvait-il pas se couvrir comme tout le monde pour sortir ?

– Si être adulte c'est être chiant à mourir, je suis content de ne pas avoir grandi.

Ses mots me vexent. Au moins, je sais ce qu'il pense de moi. Il a une piètre opinion de ma personne et cela me blesse plus que je ne l'aurais voulu. Krigare lèche ma main. Les animaux sont sensibles et peuvent sentir la tristesse des hommes. Je le remercie d'un doux regard.

– En effet, finis-je par lâcher, je reconnais bien là l'ado que tu étais avant.

Je me remets à marcher, un peu plus vite pour tenter de le devancer, mais c'est peine perdue. Nous restons silencieux l'un comme l'autre, et je songe à la situation dans laquelle nous nous trouvons. Bientôt, ce supplice sera terminé et nos chemins ne se croiseront plus. Soudain, semblant capter mes pensées, il s'énerve à mes côtés.

– T'as un sacré culot de revenir pour du pognon. À croire que tu n'en as pas eu assez lorsque tu t'es enfuie d'ici.

Ma fuite… Mon bannissement pour être plus exacte. À l'époque, j'ai été chassée d'Iron House malgré mes protestations. Je n'ai pas su faire mes adieux à Niklas ; pire, j'ai été obligée de lui écrire une lettre sous les directives d'Hendrik. Mes mots, plus cruels les uns que les autres, étaient dits pour éviter qu'il ne tente de me retrouver. Je me mets à mâchouiller nerveusement ma lèvre inférieure en accélérant le pas.

Je suis désolée, tellement désolée, et mon cœur saigne chaque fois que je pense à ce jour fatidique.

Mon beau-père est mort, et pourtant, la vérité n'arrive pas à sortir. À quoi bon ? Le mal est fait ; jamais je ne pourrai effacer le passé et bientôt je sortirai de nouveau de sa vie. Mon envie de lui avouer la vérité s'évapore.

Furieux de n'obtenir aucune réaction de ma part, il me tire brutalement par le bras pour m'obliger à lui faire face. Sa carrure si imposante et dominante me surprend toujours. Il a tellement grandi !

– Réponds-moi, bordel de merde !

Krigare aboie nerveusement et s'agite autour de nous. Imperturbable, Nik me foudroie du regard et attend une réponse.

– Je…

L'expression « sauvé par le gong » me vient à l'esprit lorsque mon portable sonne. Je réussis à me dégager de sa prise en posant ma main sur la sienne. Ce contact me fait frissonner, et une décharge picote mes doigts. Dérouté, Niklas me lâche et s'éloigne à grandes enjambées avec son chien.

Nik…

Pourquoi ma langue reste-t-elle inerte ? Ma voix intérieure hurle et frappe contre les barrières qui se sont dressées entre le reste du monde et moi. Je voudrais m'exprimer, crier, frapper sans retenue. Mais je ne peux pas, je ne peux plus. Quand ai-je changé ? Je le sais. Rikard. Mais en prendre conscience ne change rien, car je l'ai laissé faire, j'aurais pu dire stop et l'envoyer chier. Au lieu de cela, je l'ai laissé prendre chaque parcelle de mon être pour se l'approprier et en faire ce qu'il veut. D'ailleurs, c'est lui qui m'appelle. Je réponds avant la dernière sonnerie.

– Rikard ? Excuse-moi, je me balade dans la forêt. Tu m'entends bien ?

***

Lundi arrive et maître Linderoth lit le testament, assis dans le fauteuil de Niklas. Quant à nous, nous nous trouvons juste en face, attendant la lecture des derniers vœux d'Hendrik. Oscar se trouve parmi nous, positionné près de l'entrée pour se faire le plus discret possible. Après l'énumération des œuvres caritatives que le défunt Ekman a décidé d'honorer d'une coquette somme vient le tour des personnes présentes dans la pièce.

– « À mon fils, Niklas Hendrik Ekman, je lègue tous mes biens immobiliers ainsi que toutes mes actions et mes parts dans les sociétés suivantes… », lit Linderoth en listant les entreprises. « Iron House doit rester dans la famille et seul un descendant mâle peut en être le propriétaire. »

L'annonce de tout ce qu'il possède à présent n'est pas surprenante. Il le savait déjà. J'écoute d'une oreille distraite le reste des exigences d'Hendrik pour son fils. Je suis en proie à une anxiété exacerbée. Mes mains agrippent nerveusement mon pantalon alors que mon visage soucieux fixe l'avocat. Hendrik ne m'a jamais portée dans son cœur, il me trouvait trop faible et fragile et chacune de ses punitions ne faisait que confirmer ce qu'il pensait de moi.

– « À ma belle-fille, Lovisa Granberg, je lègue cent mille couronnes à l'âge de ses trente et un ans, ainsi que la boutique de vêtements que j'ai offerte à sa mère. »

L'avocat glisse une enveloppe vers moi et ajoute :

– Il souhaitait vous transmettre cette lettre.

Je m'en empare, la serrant si fort entre mes doigts que le papier se froisse.

Maître Linderoth poursuit son monologue. Je ne l'écoute plus, envahie par un sentiment de colère, de trahison. Je comptais sur l'argent pour me construire une nouvelle vie, mais Hendrik en a décidé autrement. *Enflure !* Même après la mort, il continue à me contrôler. Je commence à en avoir marre que les hommes autour de moi me dictent ce que je dois faire et comment je dois être. Des larmes de rage menacent de couler, mais je les contiens jusqu'à la fin.

Malgré la colère, une question demeure. Pourquoi m'a-t-il légué cet argent ? A-t-il des regrets de m'avoir bannie ? Ou peut-être est-ce pour continuer à me garder éloignée d'Iron House ? De Niklas ? Les réponses doivent se trouver dans cette lettre.

– Merci, je fixerai un prochain rendez-vous lorsque vous aurez fini avec les papiers, dit Niklas en serrant fermement la main de l'avocat.

– Bien, monsieur Ekman. Je ferai au plus vite. Je vous dis à bientôt aussi, mademoiselle Granberg.

J'en oublie mes manières et quitte la pièce.

Que vais-je faire ? Ce n'est pas ce que j'avais prévu. Je comptais énormément sur cet argent. À mes 31 ans seulement. L'âge de ma mère quand elle l'a rencontré. Et sa boutique. Que cherche-t-il à me dire ?

Je m'échappe dans le jardin et, fébrile, je déchire l'enveloppe pour lire les quelques mots qu'il m'a laissés.

Lovisa,

Tu t'es montrée loyale jusqu'à présent et tes efforts ont été récompensés. Je ne suis plus là désormais, mais maître Linderoth veillera toujours à mes intérêts ainsi qu'à ceux de mon fils. Continue de rester loin de lui ; sinon, les conséquences pourraient être terribles pour toi.

Avec toute l'affection que j'avais pour ta mère,

H. Ekman

La vue brouillée de larmes en lisant ses mots, j'écrase en boule la lettre et la jette au loin.

Tout en regardant autour de moi à la recherche d'une solution, je laisse mes larmes couler sur mon visage. Je ne porte que mon pull, et le froid me glace immédiatement la peau.

Enfoiré !

Enfoiré ! Enfoiré ! Enfoiré !!!

Ma respiration se fait plus courte et saccadée, l'air frais qui s'infiltre dans mes narines me picote désagréablement les muqueuses. Prise de vertige, je me penche en avant en m'appuyant sur mes genoux. Une pression douloureuse me gêne au niveau de la poitrine. Cela fait plusieurs années que je suis sujette à ce genre de crise. La vue trouble, je fixe une branche à mes pieds alors que je pleure à chaudes larmes. Rien ne semble pouvoir m'arrêter et mon angoisse ne fait qu'augmenter au fil des minutes.

Une main large et chaude se pose dans mon dos.

– Lovisa…

Incapable de répondre, cesser de pleurer semble hors d'atteinte. Mes sanglots mélangés à mes larmes doivent rougir ma peau. J'ai sûrement l'air d'une créature pitoyable. Pour l'estime de soi, on repassera.

Prenant de grandes inspirations, je réussis par miracle à me calmer. Reniflant à plusieurs reprises, je frotte mon visage à l'aide de ma manche et me redresse. Pour l'heure, je me fiche d'être raffinée.

– Ça va mieux ?

– Pas vraiment.

J'essuie une dernière fois le dessous de mes yeux à l'aide de mon index.

– Qu'est-ce qui t'a pris de réagir ainsi ? Et ne me fais pas croire que c'est la mort de mon père qui t'affecte. Tu ne l'as jamais porté dans ton cœur.

Cette affirmation fait naître un pauvre sourire sur mon visage bouffi par les larmes. J'inspire profondément avant de lever mon regard émeraude vers Nik.

– Tu ne pourrais pas comprendre.

– Tu serais étonnée. Dis-moi, exige-t-il.

Niklas est toujours le même ; avec juste, neuf ans plus tard, un corps à tomber par terre et une fortune tellement élevée qu'il ne saurait pas tout dépenser en une seule vie. Il est plus fort physiquement, mais a aussi un mental de fer ; pas une fois je ne l'ai vu fléchir. Il est mon contraire.

– C'est l'argent qui pose un problème ? Rikard ne t'en donne pas assez, c'est ça ?

– Il ne me donne rien, je subviens à mes besoins par moi-même.

Je ne suis pas une femme entretenue, du moins pas entièrement.

– Alors quoi ?

– Laisse-moi tranquille.

Je tente de rentrer, mais il se met en travers de mon chemin. Je m'agace. C'est une manie chez lui de me barrer constamment la route.

– Laisse-moi rentrer.

– Pas avant que tu ne m'expliques ce qui t'a mise dans cet état. Tu veux du pognon, c'est ça ? Tu n'en as pas eu assez durant toutes ces années ?

Comment sait-il que je recevais de l'argent ?

– Comment tu sais que…

– J'ai entendu mon père en parler avec son comptable.

Je me passerais bien de son regard moralisateur. Il ne connaît pas toute l'histoire.

– T'es vraiment venue que pour le fric, t'en as rien à foutre du reste !

Il prend son portefeuille dans sa poche arrière et jette un billet à mes pieds.

– C'est ça que tu veux ?

Il lance un second billet.

– Arrête…

– Tu en veux encore un ?

Il en jette un nouveau puis encore un et lâche un rire sans joie.

– Ça te suffit ou tu en veux encore plus ? Je n'en manque pas.

Encore un billet.

– Nik, arrête… murmuré-je, suppliante.

Il ne m'écoute pas et jette tout ce qui lui reste.

– Tu n'es pas différente de Sigrid.

L'évocation de ma mère me fait bouillir de colère. Sans réfléchir, je le gifle et hurle :

– Je te défends de salir sa mémoire ! Tu ne sais pas de quoi tu parles !

Niklas a le sang chaud depuis toujours. Ni une, ni deux, il m'attrape par le cou et me plaque contre le mur de la maison, si fort qu'il aurait pu me briser quelque chose. Le regard fou, il serre ma gorge, juste assez pour me montrer qu'il est sérieux. C'est un avertissement.

– Ose encore lever la main sur moi et je te jure que tu ne toucheras plus jamais rien, siffle-t-il entre ses dents.

Je tente de le faire lâcher, mais il est si fort que sa main ne bouge pas d'un millimètre. Il n'est pas le premier à m'agresser, je suis habituée. Pour autant, son geste m'affecte.

– Lâche-moi !

Mes cris alertent Alfrida, qui accourt à l'extérieur. En nous voyant, elle porte une main scandalisée à sa bouche.

– Niklas ! Lâche-la tout de suite !

– Ne t'en mêle pas, rentre, tu vas avoir froid.

La vieille dame descend les quelques marches et affronte le géant.

– Je ne t'ai pas élevé pour que tu frappes les femmes.

– Frida…

Mes lèvres tremblent de colère et sous les mots virulents que je souhaite lui balancer. Je sais ce qu'il faut dire pour le toucher. À plusieurs reprises, j'ouvre la bouche, mais sans parvenir à sortir un son. *Merde, parle !*

– Tu…

– Tu quoi, hum ? Allez, parle !

– Tu…

– Tu, tu, tu, se moque cruellement Niklas.

Mes narines se dilatent, je plante mes ongles dans sa main pour le pousser à me lâcher.

– Tu es comme Hendrik, craché-je violemment.

C'est comme s'il venait de se prendre une douche froide. Son visage blêmit et, en un instant, il me lâche.

Il recule d'un pas, je profite de cette brèche pour m'enfuir à l'intérieur.

– Niklas, mais qu'est-ce qui t'arrive, mon garçon ? entends-je Alfrida demander avant de partir dans ma chambre.

Qu'est-ce qu'il lui arrive en effet ? Il m'avait promis il y a longtemps de prendre soin de moi, et son geste aujourd'hui m'a prouvé le contraire. Sa haine envers moi est bien plus profonde que je ne l'aurais cru.

8

Niklas, 15 ans

Elle est si faible et fragile. On dirait un oisillon que je pourrais briser si je serrais mes mains trop fort autour d'elle. Je déteste la faiblesse, je tiens ça de mon père, et Lovisa représente tout ce qu'il m'interdit d'être. Il veut que je sois dur, strict et franc. Ou plutôt cruel. L'important pour lui est de s'imposer comme un leader et que les autres me craignent. J'applique son enseignement sur tout le monde sauf sur mes amis et Lovisa. Si j'écoute mon père, je m'affaiblis devant un minou qui n'en vaut pas la peine. Selon lui, aucune femme ne mérite qu'on devienne faible. Mais est-ce de la faiblesse que d'éprouver de la compassion, voire de l'attendrissement envers une personne aussi mignonne et maladroite qu'elle ?

***

– Putain ! Quelle bombe ! s'exclame Gunkil en matant Lovisa devant la maison.

Elle attend que le chauffeur amène la voiture. Comme elle n'a plus aucun moyen de locomotion depuis le départ de Rikard, j'ai insisté pour qu'elle utilise ma berline noire.

– Regardez-moi ce petit cul, continue mon meilleur ami en se mordant le poing. Mec, ta frangine est devenue sacrément bonne.

Mon ami d'enfance se permet toujours de dépasser les limites, il fait partie des seules personnes – avec Fredrik – à qui je ne m'en prendrai jamais. Mais quand ça touche *ma* Love, c'est autre chose. J'émets un grondement de mécontentement. Un verre à la main, je suis assis devant le feu de cheminée.

– Ferme-la, c'est pas ma sœur.

Je refuse qu'on nous qualifie de frère et sœur, aucun lien de sang ne nous lie. Si c'était le cas, jamais je ne pourrais l'aimer et rêver de lui faire toutes les choses que j'imagine, lorsque je la vois.

– Arrête, Gun, tu sais bien qu'il est susceptible quand on parle de sa poulette, intervient Fredrik, un verre de vodka à moitié vide à la main.

Gunkil passe sa langue sur sa lèvre inférieure. Tel un prédateur, il la dévore de son regard de glace. Elle est chasse gardée. Depuis toujours. Adolescent, il avait malgré tout tenté sa chance. Rares étaient celles qui lui résistaient ; son teint naturellement hâlé et ses cheveux noirs toujours coiffés à la dernière mode les faisaient toutes craquer. Lovisa faisait partie de celles qui résistaient à son charme. Elle le traitait de *gros pervers*, chaque fois qu'il tentait une approche. Son langage à l'époque pour emballer les filles était assez cru.

– Elle reste combien de temps ?

– J'en sais rien, Gun. On s'en fout. Je ne vous ai pas fait venir pour parler d'elle, réponds-je impatient, en remplissant mon verre de vodka.

Quand je suis d'humeur maussade, il ne faut pas me contrarier, au risque que l'ambiance ne devienne chargée d'ondes négatives.

Mes amis s'installent sur les canapés à ma gauche et à ma droite, prêts à m'écouter.

– J'ai viré un de mes gars, Rodrigo Pérez, il y a quelques jours, commencé-je en allumant une cigarette à la menthe. Et depuis j'ai des emmerdes.

C'était à prévoir. Je savais que je serais confronté à la fureur de Rodrigo, mais pas aussi tôt.

– Ce petit bâtard a vendu plusieurs de mes planques, il y en a pour des millions, tout s'est envolé, réquisitionné par les stups. Une dizaine d'hommes ont été arrêtés ; jusqu'à présent, ils n'ont rien dit, mais, si on ne l'arrête pas, il va détruire tout ce que mon père a mis des années à construire.

– L'enfoiré, jure Fredrik en se penchant en avant pour m'écouter.

Ils sont au courant des affaires familiales depuis leur adolescence. À Kiruna, mis à part eux deux, personne d'autre ne l'est, et en même temps tout le monde craint les Ekman. Une énergie malfaisante et dangereuse émane de nous depuis des générations. Craints et admirés à la fois.

– Il ne s'arrêtera pas là, ce genre d'homme ne lâche pas l'affaire avant d'avoir terminé le boulot.

– Pourquoi tu l'as dégagé ? Ne me dis pas que c'est pour Lovisa ? demande Gunkil.

Tout comme moi, il est doté d'une bonne mémoire et, ce jour-là, il avait réussi à me raisonner parce que j'étais prêt à lui mettre une dérouillée. Déjà à 15 ans, j'étais déterminé à aller jusqu'au bout de mes idées.

J'expire la fumée blanche devant moi avant de répondre :

– Une vieille promesse que je me devais de respecter.

– La parole d'un Ekman est sacrée, cite Fredrik en souriant.

Je hoche la tête et me mets à l'aise sur le canapé, mon verre dans la même main qui tient ma clope.

– Qu'est-ce que tu attends de nous ? ajoute-t-il, connaissant déjà la réponse.

Gunkil et Fredrik sont de bons pisteurs. Et pour cause, ils se sont reconvertis en chasseur de primes après avoir travaillé dans la police. Avant, Gunkil travaillait dans l'un de mes bars, mais il buvait énormément et consommait de la cocaïne à toute heure. J'ai fini par le virer. Si je ne l'avais pas fait, il serait probablement six pieds sous terre, tué de ma main.

– Retrouvez-le et amenez-le-moi.

– Vivant ?

– Oui, je veux me charger de lui personnellement, dis-je d'un ton sinistre, en buvant mon verre d'une traite. Je dois en faire un exemple. On ne me prendra pas au sérieux tant que je laisserai Rodrigo se foutre de ma gueule.

Mon père avait instauré un climat de terreur. Intraitable, il n'hésitait pas à se salir les mains pour donner une leçon à quiconque défiait son autorité. Plus d'une fois, je l'ai vu faire couler le sang. Je suis descendu dans sa cave, bien que zone interdite durant mon enfance, lorsque j'entendais des hurlements d'hommes, suppliant d'arrêter. J'ai été témoin des horreurs qu'Hendrik était capable de commettre.

– On vient de nous donner une affaire, mais ça attendra, dit Fredrik en regardant son collègue.

Celui-ci hoche la tête, soudainement sombre. De nous trois, il est celui qui rigole sans cesse et ne prend rien au sérieux. Mais le boulot, c'est le boulot. Il a trouvé sa vocation et s'éclate à retrouver des ordures pour les mettre en prison.

– Vous serez dédommagés…

– Pas de ça entre nous, coupe Fredrik en secouant la main.

– De la vodka à vie dans ton bar suffira, ajoute Gun.

J'esquisse un sourire amusé, j'ai accès à tout l'alcool que je veux depuis quelques années. Notre boisson fétiche reste la vodka, comme pour la plupart des Suédois. Nous en consommons en grosse quantité, ce qui nous a valu plus d'une fois des trous noirs au réveil. Depuis trois ans, j'ai considérablement réduit cet excès d'alcool et ai adopté un régime alimentaire plus sain. Je le *devais*.

– Cette chasse va beaucoup me plaire, jubile Gunkil, creusant ses joues de fossettes et allumant à son tour une cigarette. Je veillerai à ce qu'il sache encore marcher.

– T'es vraiment un malade, raille Fredrik en riant. Si on n'était pas potes, je te prendrais pour un psychopathe.

Il n'est pas rare que les criminels que Gun ramène se fassent passer à tabac. Il trouve toujours une bonne excuse pour se justifier : il tentait de s'enfuir, il a braqué une arme sur lui, il se montrait violent…

– Vous pourriez travailler pour moi, proposé-je alors que mes deux amis se charrient. À temps plein, pas seulement occasionnellement. J'ai besoin d'hommes de confiance. Vous êtes avec moi, mes frères ?

9

Lovisa, 14 ans

Avec du retard, nous fêtons mon anniversaire. Je vis un véritable conte de fées. Pour l'occasion, maman a sorti les couverts en argent et la porcelaine. Nous avons organisé une fête dans la grande patinoire de Kiruna, et presque tout le lycée est là. J'ai l'impression d'être une princesse, toute l'attention est rivée sur moi et, le plus surprenant, est que Niklas n'a pas fait d'esclandre. Il s'amuse avec ses amis, mais, quand il faut danser, il éclipse tous ceux qui s'approchent de moi pour que nous dansions ensemble sur la glace. La musique douce, le jeu de lumière bleu et violet rend ce moment féerique. Maman m'a souvent parlé de ce sentiment, des papillons dans le ventre et l'impression de voler. Est-ce qu'elle ressent ça avec Hendrik ? Nous n'avons jamais abordé le sujet. Mes mains liées à celles de Niklas, mon regard plongé dans le sien, j'ai l'impression d'être seule avec lui, que plus personne n'existe à part nous. C'est magique. Il m'appelle Love et la signification de ce surnom en anglais ne m'échappe pas. Je ne sais que penser de cela, mais je n'arrête pas de sourire. Sa Love.

***

La boutique de ma mère se trouve sur un petit boulevard aux commerces huppés. La devanture du magasin arbore un style d'apothicaire à la peinture rouge velours. De chaque côté de la porte, les vitrines éclairées exposent des mannequins en plastique habillés de sous-vêtements sexy.

Enfoiré d'Hendrik.

Se trouvait-il drôle lorsqu'il a décidé de me léguer une boutique qui a appartenu à ma mère ? Je n'ai jamais su que penser de cet endroit qui ne lui correspondait pas de son vivant.

Mais il est hors de question que je garde ce magasin. Je ferai tout pour le vendre, à n'importe quel prix. Ensuite, je tournerai la page sur mon ancienne vie pour partir loin de Kiruna et de Stockholm. Ces villes ne m'ont apporté que du malheur. Après m'être remise de mes émotions, j'ai vite réalisé que tout n'était pas complètement perdu. Certes, je n'aurai pas accès à mon héritage avant de nombreuses années, mais grâce à la boutique de ma mère, rien ne m'empêche de récupérer la somme nécessaire pour partir.

– Mademoiselle ? m'interpelle le chauffeur derrière moi, qui est aussi un garde du corps armé.

– Attendez-moi dans la voiture, je n'en ai pas pour longtemps.

– M. Ekman m'a spécifié que je ne devais pas vous quitter des yeux.

Je me retiens de soupirer et me retourne à moitié vers lui. J'ai envie de lui lancer un « Que Niklas vienne faire le sale boulot dans ce cas », mais cet homme ne fait que son travail et je ne suis pas certaine de préférer la présence de son boss.

– J'ai besoin d'être seule. La voiture est devant, vous me verrez.

Sans attendre sa réponse, je pénètre dans la boutique. L'intérieur est d'un chic sans nom. Plusieurs présentoirs à sous-vêtements montrent des tissus en dentelle. Des bustes sur les tables portent des brassières, des corsets, des bustiers, des classiques. Il y a de tout et pour tous les goûts. Tous mettent le corps de la femme en valeur. Il y en a pour les femmes simples portant des sous-vêtements en coton et couvrant leur corps, et aussi pour celles assumant pleinement leur sensualité avec de la dentelle et des matières transparentes. Je me situe entre les deux. Rikard choisit ce qu'il aime, il estime que ça doit lui plaire à lui, et non à moi.

Ce magasin n'est pas fait pour moi. Je me sens comme une intruse qui n'a rien à faire là. Pourtant, tout ça me revient à présent. Ainsi que les deux employées qui y travaillent.

Après une rapide analyse, une vendeuse d'une trentaine d'années vient m'accoster. Elle porte un tailleur noir dont la jupe couvre à peine ses fesses. Est-ce cela la tenue vestimentaire imposée par Hendrik ? Avec ses jambes interminables, elle a un pas assuré qui me rend jalouse, moi qui suis souvent gauche.

– Bonjour, je suis Emilia. Bienvenue. Si je peux vous aider en quoi que ce soit, n'hésitez pas.

Elle me prend pour une cliente, pas pour la détentrice des lieux. Malheureusement, avec une tache de gras sur le haut de ma blouse, c'est vrai que je ne suis pas crédible. Je regrette d'avoir déjeuné sans faire attention avant de me présenter dans ce lieu qui transpire le luxe.

– Bonjour, commencé-je, cherchant mes mots. En fait, je suis la…

– Lovisa, gronde une voix familière dans mon dos.

Le regard de la vendeuse se met à briller d'un air intéressé. Son corps se galbe en avant pour être à son avantage et ses fins doigts aux ongles vernis passent dans ses cheveux.

Pitié.

Je me retiens de lever les yeux au ciel et me retourne vers Niklas. Déjà à l'époque, il faisait tourner toutes les têtes et rien n'a changé. Son charme opère toujours sur tout le monde. Y compris moi. Ce matin, je l'ai vu en présence de ses deux plus vieux amis, Gunkil et Fredrik. Adolescents, nous étions proches ; maintenant, c'est à peine si nous avons échangé un mot.

– Bonjour, monsieur Ekman, roucoule Emilia en se mettant à mes côtés.

– Qu'est-ce que tu fais là ? demandé-je, étonnée par sa venue.

Est-ce une coïncidence ?

Une excitation palpable émane de la jeune vendeuse. Si je n'étais pas là, elle se jetterait probablement sur lui pour lécher chaque partie de son corps d'apollon. Je dois bien moi-même avouer que, malgré ma situation de couple, je continue à ressentir de l'attirance envers Nik. Une envie qui me fait rougir et m'oblige à détourner le regard. Une petite voix au fond de moi me dit d'éteindre ce désir, Rikard s'en apercevrait dès son retour.

– Que puis-je faire pour vous ? Comme d'habitude ?

Comment ça, comme d'habitude ? Il est déjà venu ici ? Pourquoi ? Pour qui ? Mon visage chauffe de jalousie à l'idée qu'il ait pu acheter de la lingerie fine pour une femme. Pourtant, je n'ai pas le droit d'éprouver ce sentiment. Il fait ce qu'il veut.

– Oui.

– Bien, je vais sélectionner quelques tenues et les mettre, dit-elle, l'œil pétillant de malice.

C'est quoi, cette histoire ?

– Ne vous dérangez pas, prenez sa taille, c'est elle qui fera les essayages aujourd'hui, décrète Niklas en passant son bras autour de mes épaules. Pas vrai, Love ?

– Qu… Quoi ?

– Ne fais pas ta timide, ma chérie, tu seras mignonne dans ces sous-vêtements.

Qu'est-ce qui lui prend ? Je tente de me dégager de son étreinte, mais il serre son bras autour de ma nuque et nous éloigne en ordonnant à la vendeuse d'apporter ses pièces les plus séduisantes.

Mes protestations sont vaines, il réussit à m'emmener à l'arrière de la boutique, là où il y a de grandes cabines d'essayage. Nik m'incite à entrer dans l'une d'elles. Poings serrés et mâchoire contractée, je fais volte-face et le fusille du regard.

– Mais qu'est-ce qui te prend ? Ma chérie, sérieusement ?

– Ne t'énerve pas, c'était pour la duper.

– Pour quoi faire ?

La tache de graisse sur mon haut ne me rend pas crédible, jamais je ne pourrai prétendre être la gérante d'une enseigne aussi glamour et célèbre dans Kiruna. Mais avec cette mise en scène ridicule, Niklas vient de me classer dans la catégorie de « nouvelle poule de luxe » à son bras. Je suis furieuse, tout en moi bouillonne et j'ai un mal de chien à me contenir. J'ai des années de pratique avec Rikard, c'est pourquoi le timbre de ma voix et mon corps semblent presque normaux.

– Si tu veux savoir comment bossent tes employés, tu ne dois pas révéler ta véritable identité tout de suite.

Je comprends alors que cette mascarade est destinée à m'aider. Mon humeur s'adoucit, mais le nuage sombre persiste au-dessus de nos têtes.

– C'était inutile, je veux vendre cet endroit et partir au plus vite.

Ses beaux yeux bleus me percent d'éclairs terrifiants. Il semble contrarié.

– Pourquoi cet entêtement à vouloir partir à tout prix ? Ton petit ami te manque tant que ça ?

J'esquisse un sourire ironique avant de l'effacer en détournant la tête. Rikard, me manquer ? Seigneur, non. Tout ce que je souhaite, c'est le fuir, mais il ne comprendrait pas. Niklas, ce beau Viking, grand et fort, n'a peur de personne et affronte ses problèmes en face. Alors que dirait-il face à ma lâcheté de fuir comme une voleuse sans affronter mon bourreau ?

– C'est compliqué. Tu ne pourrais pas…

– Comprendre ? C'est ça ? termine-t-il en s'approchant, m'obligeant à reculer. Qu'est-ce que tu en sais ? Tu n'essaies pas de me parler, tu fuis la conversation chaque fois.

– Ce n'est pas vrai. On parle, là, marmonné-je en baissant le menton jusqu'à ma poitrine pour éviter de le regarder.

Il gronde sa frustration face à ma ruse pour détourner son attention, et s'éloigne.

– Putain ! siffle-t-il.

La vendeuse revient avec plusieurs pièces parsemées de dentelles et de perles noires. Sans me demander ma taille, elle a sélectionné une série d'ensembles avec un simple coup d'œil sur mon corps.

– Ce sont les derniers modèles qui viennent d'arriver.

Sa voix me fait penser à un automate, elle se montre bien plus froide à mon égard qu'à celui de Nik. Une tension sexuelle palpable flotte autour d'eux. *Ils ont couché ensemble.* C'est une évidence. Mon regard passe d'Emilia à Nik, nos iris se croisent et une étincelle brûlante me consume le cœur lorsque je remarque l'intensité avec laquelle il m'observe.

Ne me regarde pas comme ça.

– Si vous avez besoin de moi, je ne suis pas loin.

Aucun de nous ne répond. Le malaise s'empare de moi, je n'ai qu'une envie : quitter cette cabine d'essayage et fuir cette boutique qui suinte la luxure et la décadence.

Une fois que nous sommes seuls, Niklas passe ses doigts sur la dentelle noire d'un body transparent. Il s'en empare et me le lance.

– Enfile-le, m'ordonne-t-il.

– Pas question.

De nouveau, il s'approche et me colle contre le mur. J'ai conscience de chaque partie de son corps contre le mien. Des palpitations se font sentir au niveau du cœur, du ventre, mais aussi dans une zone bien plus basse. Ses doigts frôlent ma hanche à travers ma blouse, qui devient étroite et trop petite. Il me donne chaud, et l'envie de l'enlever me démange.

Pourquoi fait-il ça ?

Je n'ose le regarder et pourtant, ma tête finit par se relever timidement pour le confronter. Il penche son visage dur et viril vers le mien et m'embaume de son odeur de cigarette mentholée, mais aussi d'un parfum suave qui me fait tourner agréablement la tête. Ses lèvres viennent taquiner les miennes en les frôlant de manière exquise. Des frissons me tordent de nouveau le ventre et mon souffle se fait court. La bouche légèrement entrouverte, je plonge mes iris dans son regard de glace.

– À quoi tu joues ? murmuré-je. Je suis en couple…

– Ça ne m'a jamais arrêté. Je trouve même que c'est une raison supplémentaire de désirer une femme. Je n'aime pas les choses acquises trop facilement.

Les choses ? Je suis un être humain et non un objet. Sa manière de parler m'écœure. C'est le genre de phrase que Rikard pourrait dire et pourtant je sais qu'au fond il n'est pas comme lui.

Je détourne la tête et regarde par le rideau toujours ouvert. D'un point de vue extérieur, nous pourrions donner l'impression d'être deux amants sur le point de se faire l'amour. Mais je suis dans cette cabine avec la mauvaise personne. Je pose mes mains sur son torse pour le faire reculer.

– Je ne suis pas une de ces femmes avec qui tu joues.

Adolescente, je l'ai vu bien trop souvent s'amuser avec les filles, jouant sur plusieurs tableaux à la fois. Il ne me résiste pas et s'éloigne à reculons, lentement.

– Je t'ai fait une promesse un jour. Tu te souviens ?

Une promesse ? Je fouille dans ma mémoire et écarquille les yeux lorsque ce souvenir me revient. Je me mords la lèvre alors qu'une sensation désagréable me noue l'estomac. La promesse d'être mon premier baiser, premier petit ami, ma première relation sexuelle. Malheureusement, cette dernière étape ne s'est jamais faite.

– C'est trop tard.

– À qui la faute ?

La mienne.

Je le sais, j'ai tout gâché, mais avais-je le choix ? Je n'étais qu'une adolescente face à un grand homme comme Hendrik. Je baisse les yeux.

– Tu vas me le reprocher longtemps, ça ?

– Tu me connais. Je n'oublie jamais rien.

Malheureusement. Fichue mémoire.

10

Niklas, 16 ans

Mon père n'a pas apprécié la petite fête dans son bureau avec mes potes. La cocaïne de sa réserve étalée sur la table basse en verre et les bouteilles de bière jonchant le sol un peu partout ne l'ont pas fait rire. Après avoir chassé tout le monde, il m'a montré sa colère à coups de poing dans l'estomac et au visage. Parfois il laissait le sale boulot à son garde personnel, Sören, un connard qui savait où viser pour faire mal. Après quoi, il m'a emmené au sous-sol, lieu où j'ai rarement le droit d'aller, surtout lorsqu'il y a des gars louches qui s'y font torturer pour des fautes qu'il ne peut laisser passer. Je n'aime pas m'y rendre, ça pue la peur et l'humidité et je sais ce qui s'y passe. Une fois n'est pas coutume, il m'a balancé sur une vieille chaise en fer et aspergé d'eau de citerne, qui me gèle instantanément le corps et détruit toute combativité en moi. Quand je suis remonté dans ma chambre, Lovisa est venue avec de quoi me soigner et, pendant qu'elle nettoyait ma lèvre éclatée, je ne pouvais m'empêcher d'apprécier son toucher délicat. C'était si agréable, un peu de tendresse ; personne ne m'avait touché ainsi depuis ma mère.

***

Bordel. Qu'est-ce que je fous ? Je devrais lui foutre la paix et la laisser partir. Pourtant, quelque chose me retient auprès d'elle, une attraction beaucoup trop forte pour lui résister. Elle a toujours eu cet effet sur moi, c'est pour cela que je n'ai jamais su l'oublier. *Jamais*.

– Si tu ne le fais pas pour moi, alors fais-le pour toi. Tu as un corps sublime, tu devrais le mettre en valeur.

Crétin. C'est quoi, cette phrase cucul ? Ce n'est pas mon genre de parler ainsi. Je quitte la cabine et m'assieds sur un canapé en cuir blanc. Trop petit. J'ai toujours l'impression d'être un géant.

Je sors mon portable et pianote sur le clavier pour prévenir le chauffeur – Malcolm – de ne pas attendre Lovisa. Je me charge d'elle. Il m'avait prévenu de l'endroit où ils allaient et je n'ai pas pu m'empêcher de couper court à la réunion avec Gunkil et Fredrik pour les rejoindre. J'ai envie d'être près d'elle, peu importe l'endroit où elle se trouve. Et cette boutique est un bon moyen de voir quel genre de femme elle est devenue.

Le bruissement des anneaux raclant la barre de fer m'indique que mon petit renard a tiré le rideau. Je lève un sourcil en regardant dans la direction de la cabine. Elle m'a obéi. Je vois ses jambes gesticuler et ses vêtements tombés au sol. Immédiatement, une bouffée de chaleur m'envahit alors que je l'imagine en sous-vêtements, sa peau de pêche exposée à la douce lumière du spot au-dessus d'elle. Son corps est bandant. J'en ai eu un aperçu lorsque j'ai fait irruption dans sa chambre il y a quelques jours. Ses petits seins dressés à ma vue à travers son soutien-gorge me hantent encore. Mon regard glisse vers ses fines jambes. Le rideau s'arrête au-dessus de ses mollets, me donnant un avant-goût de ce corps inconnu. Je ne connais pas sa silhouette d'adulte. Elle pique ma curiosité. Rangeant mon portable, je me lève et m'approche à pas lents de l'étoffe rouge qui contraste avec le reste de la pièce d'un blanc immaculé.

Ma petite Love, montre-moi ce qui me revient de droit.

Elle doit être à moi. Corps et âme. Je devais être son premier et cette place m'a été dérobée. Par qui ? Quand ? A-t-elle aimé ? A-t-elle pensé à moi, ce jour-là ? Beaucoup de regrets et d'amertume me consument lorsque je pense à tout ce que nous avons raté ensemble. Son retour est peut-être un signe. Ce n'est pas cet abruti de Rapace qui m'arrêtera.

Tu as autre chose à faire que de lui courir après.

C'est vrai. Je dois régler les problèmes du cartel et m'occuper de tous les biens désormais en ma possession. Mais Lovisa aussi m'appartient, peu importe qui lui est passé dessus. J'effacerai chaque baiser, chaque caresse, chaque pénétration jusqu'à ce qu'elle ne jure que par ma présence. Et ensuite, je lui briserai le cœur, comme elle a brisé le mien. Car je lui dois en partie l'homme froid que je suis aujourd'hui.

Le rideau entrouvert, Lovisa agrafe ses porte-jarretelles au bustier en dentelle noir. *Seigneur.* Cette vision à la fois érotique et angélique me fait bander instantanément. Je me fais violence pour ne pas entrer dans cet endroit exigu pour la baiser. Elle est si excitante. Sa vue m'inspire diverses idées que j'ai du mal à réfréner. J'ai vu énormément de femmes séduisantes, mais Love est à part. *Unique.* Une sublime créature venue des enfers pour tenter quiconque pose les yeux sur elle.

Ses longs cheveux roux caressent le tissu ainsi que sa peau, que je devine aussi douce que celle d'un bébé. J'ai envie de les agripper et de les sentir. En fermant les yeux, je sens presque une fragrance de fleurs délicates titiller mon odorat. J'inspire profondément et l'observe. Elle s'admire dans le miroir avec un petit sourire timide qui me serre le cœur. Elle est craquante.

Déconne pas, Nik.

Un raclement de gorge me ramène à la réalité. Je jette à peine un coup d'œil derrière moi pour découvrir Emilia, qui tient un plateau avec deux tasses fumantes aux gravures dorées.

– Voulez-vous du café ?

Quand je me retourne, son regard séducteur me dévore. Cette femme avide, avec qui j'ai déjà couché, se fiche de me savoir en couple. Ce n'est pas ce genre de détail qui l'arrête. Je me reconnais en elle.

Je refuse sa proposition.

Si je ne veux pas faire une connerie, il faut que je dégage d'ici.

– Je sors. Donnez-lui tout ce qu'elle désire, je veux qu'elle reparte avec plusieurs tenues. Traitez-la comme si vous me serviez.

Je regarde dans la direction de Lovisa. *Je sais que tu me regardes.* Je le sens. Cette idée me rend plus dur et je dois me faire violence pour ne pas la rejoindre. Je sors en réajustant mon blouson en cuir.

Je tire une clope de mon paquet et l'allume. C'est néfaste pour moi, je le sais. Comme les junkies savent que la drogue les bousille. C'est plus fort que moi. Merci, Gunkil.

J'inspire et expire la fumée en direction de la vitrine de la boutique. Les modèles de sous-vêtements ne m'intéressent pas, mon regard se porte au-delà. Des images de Lovisa en train de se déshabiller s'implantent dans mon esprit. Je secoue la tête. *Arrête de penser avec ta queue.*

Mon portable sonne. Oscar. J'expire une nouvelle bouffée mentholée et décroche.

– Monsieur, il y a du nouveau concernant Rodrigo.

OK, accouche. Mon silence l'incite à poursuivre.

– Plusieurs de ses hommes se sont retournés contre Artur, ils ont refusé son autorité et sont partis.

C'était à prévoir. La loyauté ne s'achète pas, elle se mérite. Artur n'a pas encore fait ses preuves en tant qu'adjoint, il doit gagner la confiance de ses hommes s'il ne veut pas se retrouver avec une balle entre les deux yeux.

– Où sont-ils à présent ?

– Je ne sais pas encore, on y travaille. Ils doivent avoir rejoint Rodrigo.

– Je le pense aussi. Informez Gun et Fredrik et donnez-leur des hommes s'ils en ont besoin.

Je marque une pause en voyant Lovisa à la caisse. Elle sort son portefeuille alors qu'Emilia dépose un sac en papier brillant rouge. Je jette aussitôt ma cigarette sur le côté et rentre dans la boutique.

– Range-moi ça, grondé-je en m'approchant de Love.

D'un geste rapide, je glisse ma carte de crédit sur le comptoir en bois blanc.

– Non, s'il te plaît, je veux payer.

– Ne discute pas, c'est pour moi.

Un regard sévère dans sa direction suffit à la faire taire. Docile et obéissante. *Bon Dieu, depuis quand est-ce que tu es ainsi ?*

– Attends-moi dehors. J'arrive.

Son teint de pêche vire au rouge au niveau des joues. Elle se mord la lèvre de manière adorable et s'empare du sac.

– Merci.

Adorable. Fragile. *Faible.* Je secoue légèrement la tête et laisse la vendeuse prendre ma carte.

– Engagez des hommes fiables pour protéger la propriété, ordonné-je à Oscar en reportant le téléphone à mon oreille. Vous avez toujours des contacts avec des vétérans pas trop regardants sur les affaires de leur patron ?

– Oui, j'en connais quelques-uns.

– Faites le nécessaire, qu'ils se libèrent au plus vite.

En récupérant ma carte, je raccroche en saluant Emilia d'un signe de tête. À travers la vitrine, j'aperçois Lovisa, qui m'attend sagement. Sa vision angélique est assombrie par un individu à capuche qui l'observe sur le trottoir d'en face. Mes sens en alerte, je m'élance dehors et tire brusquement la jeune femme derrière moi en glissant une main dans mon dos, là où est coincé un flingue.

– Qu'est-ce qui se passe ? me demande-t-elle, la voix troublée par la panique.

Mon instinct me trompe rarement et cet homme ne m'inspire aucune confiance. Le visage dans l'ombre, je sais qu'il nous observe, planté à seulement quelques mètres de nous.

S'il croit que je vais rester sans rien faire.

J'ordonne à Lovisa de ne pas bouger et traverse la rue. Les voitures à ma gauche freinent d'urgence en klaxonnant de mécontentement. Je n'en ai rien à foutre ; qu'ils gueulent, qu'ils sortent de leur véhicule, je les attends. Je fais encore un pas quand Lovisa hurle :

– Attention !

Je m'arrête de justesse. Un camion passe rapidement. *Putain !* Il s'en est fallu de peu. Après son passage, je regarde rapidement le trottoir d'en face. Vide. L'homme n'est plus là. Fais chier. Je retourne auprès de Lovisa et la fais marcher sans plus attendre en posant une main dans le creux de ses reins.

– Tu es fou ! Tu aurais pu te faire renverser ! Voire pire.

J'esquisse un sourire moqueur. Traverser une rue bondée de voitures n'est pas la chose la plus dangereuse que j'ai faite.

– Ne t'en fais pas, je mourrai bien avant qu'un simple accident n'arrive.

– Comment ça ?

Oh, non, ma petite Love, je ne compte pas te révéler aussi facilement mes secrets.

Je l'arrête devant ma voiture. Au moment où j'ouvre sa portière, son ventre émet un grondement digne d'un film d'horreur. Comme je suis garé juste à côté d'une place où une dizaine de food trucks sont stationnés, je décide d'y faire une halte avant de partir.

– Tu as faim ?

– Un peu, avoue-t-elle, gênée.

Je lui prends son sac, que je glisse sur la banquette arrière, et emmène Lovisa vers les stands de nourriture.

Une fontaine trône au milieu de la place ; plusieurs personnes sont assises au bord et discutent entre elles. Des parterres de fleurs d'hiver sont disposés de manière symétrique autour du bassin d'eau. Leurs couleurs chaudes contrastent avec le gris du sol. Les vieux lampadaires doubles diffusent une lumière jaunâtre le soir, et sont accompagnés d'un banc en bois avec une armature en fer à différents endroits. Cette place n'a pas changé en plus de vingt ans. J'y traînais souvent avec mes amis quand j'étais au lycée.

Les différents food trucks sont alignés tout autour de la place. Les odeurs de viande grillée, de poisson fumé, de friture et de friandises chaudes me donnent l'eau à la bouche et réveillent mon estomac.

– Qu'est-ce qui te tente ?

Son regard émeraude papillonne vers les stands que nous longeons à pas lents pour lui laisser le temps de détailler les menus. Peu importe ce qu'elle choisira, ça me plaira. Être à ses côtés après toutes ces années de séparation semble irréaliste. Ce moment, simple et sans complication, me donne un aperçu de ce que nous avons manqué par cet éloignement.

Vivre avec le regret est inutile. *Pense à autre chose. Parle.*

– Qu'est-ce que tu penses de la boutique de ta mère ?

Ma question la surprend, car elle me regarde avec étonnement.

– Je... Ce n'est pas moi. C'est trop... Trop.

Trop quoi ? Glamour ? Sexy ? Aguicheur ? Provocant ? *Tout ça, tu pourrais l'être, ma belle. Si tu te décoinçais un peu, tu aurais du potentiel.* Un corps aussi sublime que le sien avec une personnalité éteinte, ça ne colle pas. Les deux ne vont pas ensemble.

– Sur le long terme, tu en tirerais plus de profit que si tu la vendais. Les chiffres parlent d'eux-mêmes. Les bénéfices ne font que grimper chaque année.

À quoi tu joues ? Ferme-la, connard. Je veux sa présence, mais aussi sa destruction, deux opposés.

– La vente en ligne serait un grand bond en avant, c'est le moment de développer ton affaire.

– Ce n'est pas mon affaire. Je n'en veux pas.

– Tu ne sais pas de quoi tu parles. Vendre serait con.

Ne vends pas. Ne t'en va pas.

Elle serait idiote de ne pas profiter d'une telle affaire. En jouant bien ses cartes, elle pourrait gagner énormément. Elle doit voir plus loin.

Je n'insiste pas, mais mon esprit élabore un business plan pendant que son choix se porte sur un stand où sont vendus des hamburgers au hareng. *Mmm, bon choix.*

Dans la file, j'observe son profil. Un nez petit et droit avec des taches de rousseur qui s'étendent sur ses pommettes saillantes. Un détail qui me rend fou chez une femme. Ses longs cils cuivrés recourbés agrandissent son regard. Sa bouche, pulpeuse, dont les lèvres sont presque de la même épaisseur, est teintée naturellement d'un rose clair. Belle déesse descendue sur terre. Son corps se tend légèrement sous mon regard inquisiteur et elle se met à rougir. Dieu qu'elle est prude. Innocente. Rikard lui fait-il le même effet ? Je préfère ne pas y penser. Ce connard est loin et c'est mieux ainsi.

Cet homme ne la mérite pas. Aucun homme ne la mérite.

Pas même moi.

Mais ça ne m'empêchera pas de tout lui prendre.

Un pas, deux pas, trois pas. À notre tour d'être servis.

– Deux, s'il vous plaît. Une boisson ?

Elle secoue la tête et ferme sa veste jusqu'à son cou. Il fait frais. Je glisse un bras autour d'elle et l'attire contre moi. Elle tente vainement de se dégager, mais, quand je resserre mon étreinte, elle s'abandonne complètement à moi. J'apprécie cette proximité entre nous et je me sens presque… normal. Je ne sors pas avec les femmes, je me contente de coucher avec elles sans m'embarrasser de sortie ou de présentation à mon entourage. Quand elles viennent avec moi, elles savent à quoi s'attendre. Concernant Lovisa, j'ignore ce qu'elle pense. Elle a bien souligné qu'elle est en couple. Alors pourquoi se laisse-t-elle aller contre un autre homme ? Si elle était ma copine, jamais je ne le permettrais.

– Quand est-ce qu'il revient ?

Je n'ai pas besoin de prononcer son prénom, elle sait de qui je parle.

– Vendredi, il aimerait que nous partions et que je règle tout à distance.

Il veut l'éloigner de moi. Je ferais la même chose à sa place. Malgré tout, cette idée ne m'enchante pas. Si je veux la faire souffrir, il me faudrait plus que deux malheureux jours. Je suis doué pour réaliser mes plans, mais pas à ce point.

– Et toi, que veux-tu ?

Ma demande la fait sourire. Un doux et beau sourire alors que son regard semble triste. Contraste intéressant. Elle me cache quelque chose et je vais le découvrir.

– C'est drôle que tu me poses cette question.

– Et pourquoi ?

Le vendeur nous hèle pour que l'on récupère nos commandes. Elle se décale, son sourire fane, telle une jolie fleur en hiver. De plus en plus intrigante. Nous nous éloignons tout en dégustant notre repas. Un vrai délice.

Je l'emmène sur un banc où nous prenons place. Nos cuisses l'une contre l'autre. La sentir si près de moi me projette à une autre époque. Main dans la main, sourire aux lèvres, l'un contre l'autre à nous rouler des galoches jusqu'à en avoir les lèvres engourdies. L'insouciance de deux adolescents amoureux. Une époque révolue et dépassée.

11

Lovisa, 14 ans

Iron House est protégée par un mur qui entoure l'immense propriété ; celui-ci est surveillé par des caméras, mais aussi par l'équipe de sécurité qui garde le portail. Pourtant, de l'autre côté du lac, il y a une porte qui mène vers l'extérieur, oubliée depuis longtemps. Nous l'empruntons dès que nous voulons faire une sortie nocturne. Ce soir, à l'aube des vacances d'été, nous allons fêter avec la bande la fin de l'année scolaire et par la même occasion ma première année à Kiruna. Un an déjà. Tant de choses se sont passées et si, avec Niklas, nous ne sommes plus en guerre, nous cherchons encore ce qui nous lie sans jamais franchir le pas. Pourtant ce n'est pas faute de le vouloir, mais si j'accepte d'être avec lui et que les choses se passent mal, est-ce que je le supporterai ? Nous vivons sous le même toit, cela rend la situation encore plus difficile.

***

Le violon a toujours été plus qu'une passion. Je vis pour en jouer, seule ou accompagnée, j'aime cet instrument qui réussit à me transporter à chacune de ses douces notes. Je joue en toutes circonstances : quand je suis triste, effrayée, heureuse, mélancolique, ou même perdue. Comme aujourd'hui. Je subis une de ces journées où je ressens toutes ces émotions en même temps. J'appelle ça « l'effet Nik ». En sa présence, on ne reste jamais indemne. C'est impossible de graviter autour de lui sans être influencée par son aura dominatrice.

Il a ce don de faire ressentir aux autres leurs émotions au centuple. On ne vit pas à moitié avec lui. Il nous pousse à nous livrer, c'est difficile de lui cacher quoi que ce soit. Il peut aussi nous inciter à faire des choses qui ne sont pas dans nos habitudes. À 16 ans, il m'avait défiée de voler les clés de M. Stenbock, notre professeur de maths. Le plus fou, c'est que ce jour-là j'ai eu ma première leçon de conduite avec Nik, alors que j'étais assise sur ses genoux. Je me souviendrai toute ma vie de l'adrénaline qui circulait dans chaque parcelle de mon corps, et de mon cœur qui menaçait d'exploser sous les frayeurs que je ressentais lorsque la voiture a manqué d'en frôler une autre.

Stop.

Ressasser le passé ne fera que me tourmenter davantage.

Je ferme les yeux et appuie mon instrument de musique contre ma joue. L'archet en main, je caresse les cordes d'où sort un son mélancolique qui se répand dans la forêt d'Iron House. La musique fait fuir les oiseaux trop frileux et attire les plus courageux qui gazouillent en s'ébouriffant les plumes. Ce matin, un étui et son violon m'attendaient sur la table du petit déjeuner avec un mot :

J'aime t'entendre jouer.
N.

Ce n'est pas n'importe quel violon. Il s'agit de l'instrument qui m'a accompagnée de ma tendre jeunesse jusqu'à mon départ d'Iron House.

Sa valeur sentimentale est inestimable. Je ne pensais pas le revoir un jour.

Cette attention m'a touchée. J'aime à croire qu'il est peut-être passé à autre chose, qu'il m'a pardonnée. Il y a deux jours, alors que nous avions mangé un hamburger ensemble, la glace qui nous séparait semblait avoir un peu fondu. Il me parlait et osait même m'accorder des sourires qui m'ont donné des palpitations. *Mon Dieu, son sourire…* Je me damnerais pour le voir plus souvent. Il m'a fait craquer chaque fois qu'il a posé son regard froid sur moi, chaque fois qu'il a osé toucher ma main tout en bavardant. Sa voix grave et suave m'a donné des frissons.

Seigneur, qu'est-ce que je fais ? Je ne peux aller à l'encontre de ce qu'il me fait ressentir, mais j'ai honte de ces sentiments, car je suis avec Rikard, un homme que j'aime et déteste à la fois. Je ne suis pas ce genre de fille. Ce n'est pas moi.

Je suis complètement perdue.

Tout ce qui doit m'importer est de fuir pour me reconstruire ailleurs et loin de la violence que mon petit ami a instaurée dans ma vie, la transformant en un acte banal du quotidien. Ce n'est pas normal. Ce qu'il fait n'est pas juste ni justifié. Je le sais et, pourtant, me voilà toujours avec lui. Je suis près du but, mais arriverai-je à franchir le cap ?

Plusieurs larmes coulent, je cesse brusquement de jouer. Je lance le violon et l'archet au sol et niche mon visage entre mes mains.

Situation de merde !

Je hurle contre mes paumes.

Depuis quand n'ai-je plus le contrôle de ma vie ? Quand ai-je lâché prise ? J'étais une battante, je vivais ma vie à fond. J'avais des amis, des activités, des passions, *ma liberté*. Tout ça s'est envolé.

Je dois récupérer ma vie, me la réapproprier.

– Love.

Avant que je ne me retourne, deux bras puissants m'entourent pour me serrer contre un torse développé. Je ne suis jamais réellement seule. Niklas est toujours là, quelque part à attendre le bon moment pour m'attraper ou me parler. Je n'ai pas une minute de répit. Un jour il me fuit, le lendemain il fait tout pour être avec moi.

Je tente de me dégager, mais il me retourne sans difficulté pour ensuite attraper mon menton.

– Lâche-moi, supplié-je en grimaçant.

Pourquoi s'acharne-t-il à me toucher ? Sa peau enflamme constamment la mienne et je sais qu'il ressent la même chose ; son corps se tend contre le mien et son pouce caresse ma joue. Quel supplice. Je ferme les yeux en me pinçant les lèvres.

– Je t'offre un violon. Et voilà comment tu le traites !

Mon corps se met à trembler sans que je puisse y faire quoi que ce soit. J'ai vécu bien trop souvent ce genre de situation pour savoir qu'il est inutile de jouer à la plus maligne. Il ressemble à Rikard sur bien des aspects, mais je sais qu'il ne me frappera pas. De l'instinct ou de la naïveté, au fond de moi, je sais qu'il est bien différent.

– Je… je suis désolée… murmuré-je, refusant de le regarder.

Je sens son souffle s'écraser contre mon visage. Sa barbe frotte contre ma joue, cette caresse désagréable descend dans mon cou. *Que…* Je grimace en le sentant mordre ma chair à pleines dents. De nouveau, j'essaie de me défiler. Je ne sais pas à quel jeu pervers il joue, mais je ne souhaite pas y participer.

– Tu me fais mal !

Il me lâche subitement. Sans attendre mon dû, je me hâte vers la maison. Tant pis pour le violon, l'un de ses sbires ira bien le rechercher.

Derrière moi, Niklas me suit de près et me dépasse juste avant de franchir le palier de la cuisine. Il n'y a personne, mais une délicieuse odeur de poulet rôti plane tout autour de nous. Un dîner d'affaires est organisé. Je suis étonnée qu'il ne fasse pas cela dans un bon restaurant, mais étant donné que les actionnaires étaient des amis d'Hendrik depuis une trentaine d'années, il trouve plus opportun de faire ça à la propriété.

– Je ne te comprends pas. Tu hérites d'une somme d'argent et d'une boutique. T'es avec un gars plein aux as et tu déchires en tant que violoniste, tu te démarques largement de tous ces coincés du cul dans l'orchestre. Alors, qu'est-ce qui te fout en rogne ?

L'argent, il n'a que ce mot à la bouche. Comme son père. Il n'y a que le pognon qui compte. Sans ma présence qui semblait le rendre plus humain, neuf ans plus tôt, il est désormais devenu comme Hendrik. Sous sa coupe, il ne pouvait que lui obéir. Que serais-je devenue si, moi aussi, j'avais évolué à Iron House ? Je ne le saurai jamais.

Quant à ma carrière de musicienne, je me trouve talentueuse, mais je suis coincée dans un orchestre et, même si j'aime par-dessus tout jouer avec mes compères, je souhaiterais voler de mes propres ailes pour évoluer en solo. Une question me taraude à ce sujet.

Je me retourne vers lui en m'arrêtant dans l'entrebâillement de la porte entre la cuisine et le hall d'entrée.

– Comment… Qu'est-ce qui te permet d'affirmer que je suis meilleure que les autres ?

Je mordille ma lèvre, hésitante, puis ajoute :

– Est-ce que tu aurais déjà entendu l'un de nos concerts ?

Niklas se raidit et prend un air de réflexion. Cherche-t-il ses mots ? S'il m'a déjà vue jouer, c'est qu'il m'a déjà observée, voire recherchée sur Internet. Je ne suis peut-être pas la seule à avoir suivi la vie de l'autre ces dernières années, en fin de compte.

Tu me regardais durant tout ce temps ?

– Frida doit l'avoir mis sur la télévision et je suis sans doute tombé dessus, explique-t-il en haussant de manière désinvolte les épaules.

Pas si décontracté que ça. Il ne me dit pas la vérité, je le décèle dans l'attitude de son corps sous tension. T'ai-je démasqué, beau Viking ? Cette idée me flatte et me plaît beaucoup. J'aime l'idée d'avoir occupé ses pensées après mon départ, tout comme il a occupé les miennes.

– Qu'est-ce que tu en penses ?

Qu'est-ce que ça peut me faire ?

Une part de moi souhaite son approbation. Je joue pour moi, pour la mémoire de ma mère, mais aussi pour lui. Il a toujours aimé m'entendre jouer, il passait des heures à m'écouter lorsque je m'entraînais. J'aimais ces moments. *Nos* moments. Rien ne comptait à part nous. Ça finissait toujours par des baisers et des caresses jusqu'à ce que l'excitation nous pousse à nous éloigner l'un de l'autre. Deux ans nous séparaient, mais, à nos âges, cela faisait une grosse différence et il voulait attendre le bon moment.

Qui n'est jamais arrivé. Hendrik nous a volé cet instant comme tant d'autres.

– Tu te débrouilles. Ouais, c'est cool.

Il n'en dira pas plus à ce sujet. Il se contente de me conseiller d'être présentable pour le dîner. Contre toute attente, il ne m'a pas congédiée dans ma chambre pour la soirée.

J'ai envie d'être jolie, je ne m'y sens pas obligée, comme c'est arrivé un bon nombre de fois avec Rikard. Depuis son départ, il y a presque une semaine, je lui ai fait un compte rendu de mes journées, mais ce n'est jamais suffisant. Mon petit ami réclame plus de messages, plus de coups de téléphone et de photos. La distance le rend encore plus jaloux et possessif que d'ordinaire. Je ne supporte plus cette pression et me surprends à délaisser mon téléphone de plus en plus.

Il va me le faire payer.

C'est une certitude, je sais qu'il va me faire regretter mon manque de coopération. Personne ne contrarie Rikard Rapace. Élevé en prince avec tous les privilèges qui vont avec, il ne supporte pas lorsque les choses ne se déroulent pas comme il l'a décidé.

Je secoue la tête, m'obligeant à ne pas y penser, au risque de me terrer dans ma chambre alors qu'une agréable soirée va se tenir bientôt.

Après une douche bien chaude et mon soin de routine pour former de belles boucles dans mes cheveux, j'enfile une robe en dentelle noire, qui m'arrive à mi-cuisse. Le tissu au niveau des bras est transparent avec des fleurs brodées et s'arrête aux coudes. Le bustier cintré et le bas évasé sont séparés par une fine ceinture sombre.

Un rapide coup d'œil à l'horloge de ma chambre m'indique que j'ai encore du temps devant moi avant le début de la soirée avec les invités. Voulant m'imprégner de l'atmosphère, je descends, chaussée de mes talons, et croise Alfrida au bas des escaliers. Dans ses mains, une chemise blanche fraîchement repassée et pliée. Cette femme est polyvalente et n'hésite pas à travailler très tard pour le bon fonctionnement de la maison, quitte à faire le travail des autres.

– Oh, que tu es ravissante, ma chérie, me complimente-t-elle alors que j'arrive à sa hauteur. Très jolie. Tu es une femme à présent.

Je glousse en l'embrassant sur la joue.

– Merci, Alfrida. Tu as besoin d'aide ? demandé-je en jetant un coup d'œil au vêtement.

– Tu serais un ange si tu voulais bien amener ça à Niklas.

Elle me donne la chemise et me gratifie d'une tape amicale sur la joue avant de s'éclipser dans la cuisine, la démarche boitillante.

Le tissu doux et encore chaud dans les mains, je remonte jusqu'à sa chambre. Je ne peux m'empêcher de jeter un coup d'œil à ma tenue en me demandant ce qu'il va en penser.

Je frappe à sa porte.

Aucune réponse.

Je tente de nouveau, mais seul le silence me répond. Je tends l'oreille plus attentivement. Le bruit de l'eau me parvient. Il se lave. Tout comme moi, il a une salle de bains personnelle.

Alfrida m'a demandé un service, je vais entrer, je vais déposer la chemise et faire demi-tour. Je ne m'attarde pas pour espérer l'apercevoir nu. Cette pensée me fait rougir alors que toutes sortes d'images me viennent. Mon esprit tente de construire son corps d'homme, sans succès. Adolescents, nous nous étions déjà retrouvés en sous-vêtements l'un contre l'autre, mais jamais sans.

En entrant, l'odeur de cigarette à la menthe me prend au nez. Près de la fenêtre, je repère immédiatement un cendrier débordant de mégots.

La pièce a bien changé depuis le temps. Il n'y a plus ses coupes sportives au mur avec ses médailles. Ni les posters de femmes aux gros seins qui, soit dit en passant, m'ont fait rougir jusqu'aux oreilles la première fois que je suis tombée dessus. Les manuels scolaires sur son bureau ont disparu pour laisser place à des bouteilles d'alcool bien rangées et plusieurs gros dossiers noirs. La pièce est plus sobre et sérieuse ; seul son lit n'a pas changé, la literie aux motifs à carreaux verts style écossais est la même que dans mes souvenirs.

Le lit.

Je m'en approche et dépose la chemise. Ma main caresse la couverture ; la douceur du tissu familier remonte des souvenirs dans ma mémoire. Je soupire et m'éloigne aussitôt. Quand je me retourne, Niklas se trouve entre la porte et moi.

Oh.

Mon.

Dieu.

Bonté divine.

Je reste bouche bée devant le spectacle qui s'offre à moi. Fraîchement sorti de la douche et encore trempé, son corps mouillé a une simple serviette blanche autour de la taille pour se cacher. Son torse large, mais pas trop, révèle une musculature digne d'un magazine. Ses pectoraux et ses tablettes de chocolat me font de l'œil. Sont-ils aussi durs qu'ils paraissent ? Ses bras pourraient me broyer sans effort. Mon regard est hypnotisé par les gouttes d'eau qui ruissellent sur sa peau et descendent jusqu'à sa ceinture d'Apollon. J'imagine ma langue contre sa peau, retraçant le chemin des perles d'eau, goûtant par la même occasion la saveur de son corps.

Il est très excitant.

Cette pensée me fait rougir alors que mon esprit continue d'imaginer ma bouche sur lui. À l'aide de mes dents, je pourrais même détacher sa serviette et la faire tomber.

Je découvre par ailleurs une faucheuse dessinée au niveau de ses côtes. Ce tatouage me dérange, à cause de sa signification sinistre. Pourquoi ce dessin ? Il y en a tellement de plus beaux.

Le regard de Nik brûle de désir. Ses cheveux trempés encadrent divinement bien son visage, lui donnant un air sauvage. C'est lui qui est à moitié nu ; pourtant, il me donne l'impression que c'est moi qui ne porte rien. Ses yeux bleus me scrutent avec une telle intensité que j'en oublie de respirer.

– Love… gronde-t-il, de sa voix rauque qui me donne des frissons. Qu'est-ce que tu fais là ?

Je le regarde dans les yeux et me perds dans leur profondeur. J'ai l'impression de me faire happer par des eaux glacées. Le souffle me manque et je suis incapable de bouger. Il s'approche à pas lents, tel un prédateur qui amadoue sa proie avant de se jeter sur elle. Je suis subjuguée par son aura qui me domine et m'écrase sur place.

– Love…

Sa voix, basse et presque sombre me file la chair de poule.

Parle encore, je t'en supplie, continue à me parler.

Au lieu de cela, il glisse l'un de ses bras fermes autour de mes hanches et m'attire brusquement contre lui. Par réflexe, je pose mes mains sur son torse, mais je me rends vite compte que je ne veux pas fuir son contact. Machinalement, mes doigts caressent sa peau humide. Grâce à mes escarpins, je suis presque à sa hauteur, le visage tout proche du sien.

Nous nous dévorons du regard alors que la tension entre nous s'intensifie. Ça m'effraie. Je n'ai jamais ressenti une telle connexion avec quelqu'un. Pas même lorsque nous étions adolescents. Je ne sais comment, je réussis à articuler, lentement et dans un murmure :

– Je suis venue t'apporter ta chemise… C'est Alfrida qui me l'a demandé…

Il esquisse un sourire en coin et baisse légèrement la tête vers la mienne. Ses mèches mouillées viennent chatouiller ma peau. Ça risque de faire couler mon maquillage, *mais j'en ai rien à faire.*

– J'espère ne pas l'avoir froissée, sinon tu auras mauvaise allure pour le dîner, articulé-je difficilement.

– On peut continuer à parler chiffons ou alors pratiquer une activité bien plus intéressante.

Je hoquette de surprise en regardant instinctivement sa bouche, tentation ultime. Je me souviens de la douceur de ses lèvres, de leur savoir-faire, de leur goût. À l'évocation de ce souvenir, une pulsion brutale me submerge. Telle une droguée en manque depuis des années, je fonce sur celles-ci. Réceptif, Niklas plaque sa main sur ma nuque et force aussitôt mes lèvres à s'ouvrir pour accueillir sa langue.

Seigneur !

Sa langue explore chaque recoin de ma bouche, danse avec la mienne, la titille, la redécouvre. Je ne peux m'empêcher de gémir alors qu'il me plaque contre le mur. Mon corps collé au sien, je sens un début d'érection contre ma cuisse. La serviette est soudainement de trop et je meurs d'envie de la lui arracher.

Je plonge mes mains dans ses cheveux et les tire, tentant de prendre le dessus dans ce baiser sauvage. Il essaie de me dominer, de me soumettre à son désir alors qu'il frotte son entrejambe contre moi, ce qui m'arrache un autre gémissement. Mes réactions le rendent fou, il gronde dans notre baiser et me transporte contre son bureau, où les bouteilles s'entrechoquent sous notre brusquerie.

– Attends, demandé-je alors qu'il m'assied dessus.

Tout va si vite, je n'arrive pas à réfléchir clairement à la situation et ses baisers me font perdre la tête.

Il m'allonge en repoussant les bouteilles qui menacent de tomber et plonge de nouveau sur ma bouche, dont il prend pleinement possession. Naturellement, je le hisse entre mes jambes, que j'enroule sur ses hanches.

Sur le moment, j'oublie tout. J'oublie Rikard et ses violences, la mort de ma mère, les années loin de Nik, mes soucis au travail et surtout mon projet de fuite. Il me fait *tout* oublier.

La serviette et ma culotte sont les seuls obstacles à ce qui pourrait arriver. Je meurs d'envie de tout enlever, mais le baiser accapare totalement mon attention et je suis incapable de faire autre chose en même temps.

Je me sens fiévreuse et pleine de désir. Cet instant est beaucoup plus intense que tout ce que j'ai ressenti avec Rikard jusqu'à présent. Le souvenir de nos embrassades n'est rien à côté de ce que nous partageons aujourd'hui. C'est mille fois mieux.

Nik s'attaque à mon cou, l'embrassant, mordillant ma peau et la léchant par endroits. Je suis à sa merci. Mon corps ne lui résiste pas, au contraire, il en redemande en ondulant des hanches contre lui.

Fais-moi l'amour… Baise-moi !

Je crève d'envie et je ne sais pas comment lui dire. Ce n'est pas dans mes habitudes, je suis quelqu'un de réservé qui ne cherchera jamais à réclamer des faveurs sexuelles. Mais Nik est différent, sa capacité à me faire faire n'importe quoi est toujours en lui.

Habile de ses mains, il caresse les zones sensibles de mon corps, celles qui m'ont toujours excitée. L'intérieur de mes cuisses, le bas de mon dos ou encore la base de mon cou. Il sait comment me rendre folle et use de ces endroits pour me faire perdre la tête.

Je suis sur le point de craquer et de révéler le fond de ma pensée pour que cette torture cesse et qu'il daigne enfin me prendre quand un objet frappe brutalement le mur au-dessus de nos têtes. Nous sursautons tous les deux, Niklas prêt à bondir sur l'intrus. À la porte se tient Jonna, furieuse. Elle arbore la même teinte que sa robe : rouge carmin. Son regard assassin me pousse à me redresser en baissant prestement ma robe.

– C'est quoi… ce bordel ?

Niklas, détendu, ricane et relève le menton vers la jeune femme, pas le moins du monde impressionné par sa colère.

– Je ne pensais pas te voir aussi tôt, t'es en avance.

– Encore heureux ! Une minute de plus et je vous retrouvais en train de coucher ensemble.

– Possible, dit-il, esquissant un sourire narquois.

Il s'éloigne en attrapant un petit paquet blanc et vert d'où il sort un briquet et une cigarette, qu'il s'empresse d'allumer. Il jette un coup d'œil à la chemise et s'assied sur le lit. Son érection bien présente dresse la serviette, ce qui n'échappe pas à mon regard ni à celui de Jo, qui fulmine sur place.

Qu'est-ce que j'ai fait ? Prise de honte, je me relève en me passant la main dans les cheveux puis sur mon visage. Je suis heureuse de ne pas avoir mis de rouge à lèvres vu notre échange passionné.

– Tu devrais avoir honte, m'attaque Jonna. Tu trompes ton mec avec le mien, c'est dégueulasse.

– On n'est pas ensemble, intervient Nik, nonchalant et ne semblant pas disposé à prendre ma défense.

Il ne m'aide pas en la rendant encore plus furax. Jonna a toujours eu le sang chaud, elle n'a pas peur des confrontations et, s'il fallait en venir aux mains, elle n'hésiterait pas. Je suis la plus calme de nous deux et ce n'est pas dans mon intérêt d'alimenter sa colère.

– Je suis désolée, je…

Je m'interromps. Que puis-je dire ? Aucune justification ne l'apaisera. Je sais que mon attitude est honteuse, car je suis en couple et, même si je ne l'étais pas, Jonna est avec lui. En quelque sorte. J'ai toujours eu connaissance de ses sentiments envers Niklas, même à l'époque. Pourtant, ça ne m'a pas empêchée de sortir avec lui. Ce qui nous liait était plus fort que ma nouvelle amitié avec elle. Ça ne nous a pas empêchées de devenir meilleures amies par la suite. Est-ce que notre relation a été sincère ? De mémoire, elle était naturelle et sans rancœur. Cette époque est révolue. Aujourd'hui, elle veut prendre ce qui lui avait échappé autrefois.

– Quand Rikard l'apprendra, il sera très déçu.

– Non ! crié-je, malgré moi.

Ma vive réaction la fait sourire. Merde, je sais ce qui va se passer. Elle s'approche de moi, telle une prédatrice en manque de sang et me fusille du regard.

– S'il te plaît, ne lui dis rien. C'était une erreur, un moment d'égarement.

– Tu as foutu ta langue là où il ne fallait pas, ma belle. Tu vas le regretter.

Tu n'imagines pas à quel point.

Quand Rikard l'apprendra, je ne tiendrai plus debout et qui sait ce qui m'arrivera ensuite. Je frissonne et tremble aussitôt. Je supplie du regard Niklas, dont le sourire disparaît alors qu'il me scrute curieusement.

Il finit par se lever et s'interpose entre nous, m'exposant son dos parfait où un immense tatouage me cloue sur place. Il représente un loup blanc et un renard roux entremêlés. J'en reste bouche bée. Le dessin est magnifique et a dû demander des heures de souffrance.

Nik expire sa fumée sur le côté avant de s'exprimer :

– Ça suffit, dit-il durement. Laisse-la tranquille.

– Mais…

– Dégage. Attends-moi en bas.

Son ton est sans appel. N'importe qui comprendrait quand la fermer et s'exécuter. Jonna n'en reste pas moins contrariée, mais obéit. Nik me bloque la vue ; j'entends seulement les talons de mon amie claquer vers la sortie.

Quand il se retourne vers moi, tout désir a disparu de son visage. Ses lèvres gonflées et rouges sont les dernières preuves de ce qui vient de se passer.

Le beau Viking passe sa main dans mes cheveux puis le long de ma mâchoire. Mon corps se tend, réclamant davantage de sa part. Mais rien. Il laisse son bras retomber et tire longuement sur sa cigarette. Comment fait-il pour supprimer toute émotion de son visage et paraître aussi indifférent alors que je suis encore chamboulée par notre baiser ?

Si dur… Si froid.

Il n'est plus mon Viking. Je ne suis plus sa Love.

Je le vois à présent. Nous ne serons plus jamais ceux que nous étions, et courir après son passé est peine perdue. J'ai fait mon deuil depuis longtemps de ce que nous aurions pu être ensemble, mais j'éprouve malgré tout un pincement au cœur.

– Sors, toi aussi, dit-il plus doucement. Les invités ne vont pas tarder.

Je suis incapable de dire quoi que ce soit.

Après avoir quitté sa chambre, je m'éclipse dans la mienne pour refaire une touche maquillage et arranger ma coiffure.

En pénétrant dans la salle à manger, je me demande pourquoi je m'inflige cette soirée alors que je pourrais être sous ma couverture à me remémorer les lèvres de Nik sur ma peau. Je ne me sens pas à ma place et tous les regards tournés vers moi me mettent mal à l'aise. Un coup d'œil circulaire dans la pièce me fait prendre connaissance des personnes présentes : un homme d'une quarantaine d'années discute avec Jonna et Niklas. Ce dernier porte la chemise que je lui ai apportée avec un costume bleu marine qui lui sied à merveille. Je regrette presque ce tissu qui le recouvre un peu trop à mon goût.

Quelques mètres plus loin, trois hommes grisonnants boivent un verre en me jetant des regards intéressés.

Dégoûtant.

Leur attention sur moi me donne l'impression d'être sale, et l'envie de prendre une douche brûlante me démange.

Niklas se détache de Jo et fait un pas vers moi en tendant la main pour m'inviter à approcher.

– Laissez-moi vous présenter Lovisa Granberg.

– La petite de Sigrid ? interroge l'un des hommes en costume chic.

Il porte des lunettes rectangulaires derrière lesquelles d'épais sourcils s'épanouissent. Ses cheveux poivre et sel sont coiffés sur le côté. Il semble me connaître ; ce n'est pas mon cas.

– Plus si petite que ça à présent, dit l'homme d'une quarantaine d'années qui discutait quelques instants plus tôt avec Nik.

Il est étranger. Le suédois n'est pas sa langue natale, son accent l'a démasqué. Ses cheveux blonds et son teint hâlé me poussent à croire qu'il vit sous un soleil bien chaud. Ou alors il est adepte des bains solaires. Sa peau bronzée fait ressortir ses yeux bleus. Il est sans aucun doute doté d'un charisme qui plaît aux femmes. Son costume gris moule son corps et démontre une carrure fine et élégante.

Il s'avance vers moi en tendant la main. Je m'en empare et le laisse poser un chaste baiser sur celle-ci.

– John Gray.

– Lovisa, me présenté-je de nouveau.

– Enchanté. Le repas va être plus intéressant que ce que je pensais.

Quel charmeur !

Je ne peux m'empêcher de jeter un coup d'œil vers Niklas. Ce dernier me fixe en cachant ses émotions. Mais je ne suis pas dupe, même s'il est doué à ce jeu, ses yeux pleins de foudre le trahissent. Jaloux ? Ce serait culotté de sa part, étant donné qu'il a Jonna à son bras.

Si je dois subir cette soirée, autant le faire en sympathisant avec cet homme. Je ne comprends pas encore ma présence à ce dîner, mais quelque chose me dit que je suis une jolie plante à exposer pour rendre la soirée plus agréable et les associés plus enclins à accepter les propositions de Nik. Je l'ai entendu parler avec Oscar. L'idée d'être exploitée de la sorte me dérange un peu. Je ne compte pas entrer dans ce petit jeu malsain et je ferai seulement ce qui me plaît.

– Si vous voulez bien, nous allons dîner.

À table, Nik est au bout. À sa droite se trouvent deux hommes, avec Jonna entre eux, et à sa gauche le troisième homme puis moi et John. Je soupçonne notre hôte d'avoir choisi ces places de manière stratégique. Jo et moi sommes des divertissements pour ces gentlemans. Je ne sais pas si je dois me sentir flattée ou insultée d'être rabaissée à un simple objet d'amusement pour ses affaires.

La première partie du repas reste formelle. Les hommes parlent travail et se concentrent sur les négociations que Niklas tente d'imposer. Je découvre une nouvelle facette de sa personnalité : celle d'un homme d'affaires. Il dégage une telle assurance qu'il pourrait vendre une paire de lunettes à un aveugle.

Contrairement à Jonna, qui rit à gorge déployée et amuse la galerie dès qu'elle en a l'occasion, je m'intéresse de mon côté à ce que dit Nik pour comprendre de quoi il retourne. Chaque homme gère une société dans laquelle mon demi-frère a des parts. Celui à lunettes s'appelle Ivan Petrén, il est le propriétaire d'une grande chaîne de distribution de poissons. Joel Rosell, un petit trapu dont les dents en or brillent un peu trop, a à son actif des centres commerciaux, à Kiruna, mais aussi à Stockholm et à Copenhague au Danemark. Stig Boberg gère des hôtels prestigieux qui font concurrence à ceux des Ekman. Quant à John Gray, l'Australien, il a été embauché pour gérer le portefeuille d'actions du beau Viking. Il est en Suède depuis peu et lui a déjà fait gagner beaucoup d'argent. D'où cette réunion ce soir.

– On ne vous ennuie pas trop, j'espère, me glisse John à l'oreille.

– Non, pas du tout.

Je ne peux m'empêcher de sourire face à son inquiétude.

– C'est une grande responsabilité que vous avez là, lui fais-je remarquer. Un mauvais placement et vos clients peuvent tout perdre.

– C'est un risque, en effet, mais c'est ce qui est excitant.

Quand il prononce son dernier mot, j'y décèle un double sens. J'ignore si c'est dû à l'alcool qui altère mon jugement.

– L'enjeu est énorme, mais je ne me suis jamais trompé jusqu'à présent. Je sais satisfaire mes clients.

Un nouveau sous-entendu ? Je le pense bien. Il est séduisant et sa compagnie est agréable. Mais il n'est pas *lui*. Je le sens m'épier constamment, même si je n'ose regarder dans sa direction à ce moment-là, j'ai peur de me confronter à son regard réprobateur. J'ai l'impression de fauter, alors que c'est lui qui m'a jetée dans les bras de ces hommes pour satisfaire ses intérêts.

– Qu'est-ce qui vous a donné envie de vous tourner vers cette vocation ? lui demandé-je en picorant les légumes de mon assiette.

Il pose son verre de vin rouge et réfléchit à la question en passant son pouce sur sa lèvre inférieure, geste qui ne m'échappe pas.

– Avoir une main sur les finances de quelqu'un, c'est le contrôler, contrôler sa vie. Les hommes les plus puissants sont à ma merci avec simplement de l'argent, c'est une sensation dont je ne me lasserai jamais.

L'argent contrôle le monde, c'est ainsi depuis la nuit des temps. L'argent et le pouvoir. C'est aussi à cause de ça que l'homme est la plus cruelle des espèces, il fait souffrir ses semblables à des fins personnelles. Parfois j'envie l'insouciance des animaux. C'est bien plus simple avec eux.

Nous continuons d'échanger, avec pour sa part beaucoup d'allusions cachées – ou à peine voilées. Il ne dit pas les choses clairement, mais j'arrive à comprendre. Je ne les accepte pas pour autant, j'ai presque couché avec Nik précédemment alors que je suis avec Rikard. Ce n'est pas moi.

La seconde partie du repas est beaucoup plus festive.

Nik a réussi à faire fléchir M. Rosell en lui rachetant son centre commercial de Kiruna pour une très grosse somme. M. Petrén a accepté de lui donner l'exclusivité de ses ventes de poissons et crustacés. M. Boberg, en revanche, se montre plus difficile à convaincre de lui céder plus de parts dans son business. Il ne connaît pas le requin qui est devant lui, qui me semble plus féroce en affaire que son défunt père.

Tout au long de la soirée, nous sommes servis par deux employés qui débarrassent et remplissent nos verres. L'alcool coule à flots. Les hommes sont tous accrochés aux lèvres de Jonna, qui savoure le fait d'être le centre de l'attention. Elle se fiche de leur âge. Elle danse avec eux et n'hésite pas à se montrer provocatrice. Son amant observe la scène d'un œil approbateur, les choses vont dans son sens, il ne compte pas intervenir.

De mon côté, j'ai cessé le vouvoiement avec John, nous discutons franchement, debout devant la douce chaleur de la cheminée.

– Si je bois encore une gorgée, je vais m'écrouler, gloussé-je, les yeux mi-clos.

Je suis éreintée par cette soirée, mon corps réclame mon lit duveteux, mais M. Gray ne semble pas de cet avis et ne fait que me retenir à ses côtés.

– Ne t'en fais pas, ma belle, je serai là pour te rattraper, me glisse-t-il à l'oreille en posant un bras sur mes hanches pour soutenir ses mots.

– Quel beau parleur ! m'esclaffé-je en tenant mon verre vide contre moi.

Ce contact me dérange, mais mon corps refuse de bouger et mon esprit étouffe les signaux d'alerte qui me disent de faire attention.

– Je sais faire plus que ça. Il n'y aurait pas un endroit où nous pourrions être tranquilles ?

Sa proposition suffit à me ramener les pieds sur terre. Ça ne veut dire qu'une chose : coucher. Ce n'est pas ce que je veux.

Je souris en tapotant son torse.

– Je pense que je vais aller me coucher.

Je me décale et manque de tomber. John me rattrape comme promis, ce qui m'arrache un rire gêné.

– J'ai trop abusé de la boisson.

– Je le pense. Où est ta chambre ? Je vais t'y conduire.

– C'est inutile, je m'en occupe, intervient Nik en me prenant par le coude pour m'attirer vers lui.

Il fusille du regard mon compagnon de beuverie et lance pour tout le monde :

– Messieurs, je vous remercie pour cette soirée. Une limousine vous attend à l'entrée, vos voitures vous seront ramenées demain matin.

Les invités rouspètent tout en gardant leur bonne humeur avant de partir. Ils regrettent de devoir laisser Jonna. Ils pensent avoir leur chance avec elle alors qu'elle joue un rôle.

La tête me tourne et mon corps lourd me fait défaut. Je suis sujette à un trou noir durant lequel je passe de la salle à manger à l'étage. Où est John ? Je lui parlais il y a un instant. Mes pieds ne foulent pas le sol. On me porte.

– Quelle idée de boire autant, me sermonne Nik en entrant dans sa chambre.

– Les cocktails étaient sucrés, je me suis fait avoir.

Ma voix franchit mes lèvres sans que je m'en rende compte. J'ai l'impression que c'est une autre personne qui parle à ma place.

– Tu n'as jamais su tenir l'alcool.

C'est vrai. Même les simples bières que nous buvions avec la bande me donnaient mal à la tête. Ici, j'ai largement dépassé mon seuil de tolérance.

Il m'allonge lentement, mais ça ne soulage pas les vertiges qui me submergent.

– Je… je vais vomir, grimacé-je.

Avec souplesse, il me relève et me porte jusqu'à la salle de bains. À peine devant les toilettes, je vomis mon repas ainsi que l'alcool ingéré.

Niklas tire mes cheveux en arrière pour éviter que je ne les salisse. Je bredouille des excuses et lui demande de s'en aller, mais il reste planté derrière moi et patiente jusqu'à ce que j'aie terminé. Il me donne un verre d'eau pour me rincer la bouche et tente de nouveau de m'allonger sur le lit.

– Je suis désolée, répété-je pour la énième fois.

– Arrête de t'excuser. Dors, je vais veiller sur toi.

– Laisse-la. Qu'elle se démerde. Si elle veut jouer les grandes, qu'elle le fasse jusqu'au bout.

Le venin de Jo arrive à m'atteindre. Même dans ce moment de faiblesse, elle frappe là où ça fait mal. Elle s'avance dans la pièce en agitant son téléphone. Victorieuse.

– J'ai pris quelques photos de la soirée, que j'ai partagées sur mon compte Instagram, Rikard a semblé très intéressé par celle où tu es dans les bras du beau John.

Mon sang ne fait qu'un tour et me glace tout le corps. J'écarquille les yeux en la regardant et me redresse sur les coudes pour tenter de me relever, mais Nik m'en empêche. Je la regarde, complètement perdue.

– Non… Tu n'as pas fait ça ?

– Je ne me suis pas gênée. Il va voir quel genre de salope tu es.

– Espèce de… commence Nik en se relevant.

Ni une ni deux, il s'élance vers sa partenaire de sexe et l'attrape par les épaules pour la bloquer contre le mur, près de la porte. Il serre si fort qu'elle en grimace de douleur. Impuissante à cause de mon ébriété, je ne peux qu'assister à la scène.

– Tu n'avais pas le droit de faire ça !

– Pourquoi ? Qu'est-ce que tu en as à foutre ? Elle t'a abandonné, je te rappelle !

Il est furieux, sa colère est palpable. Je ne voudrais pas être à la place de Jonna.

– Ce n'était pas à toi de le faire ! Je contrôlais tout !

Qu'est-ce qu'il contrôlait ? Je suis perdue et incapable de tenir une conversation sérieuse. Je me laisse tomber sur le lit alors qu'ils se disputent.

Nouveau trou noir.

Quand je regarde autour de moi, Nik est couché à mes côtés. Je ne sais pas combien de temps s'est écoulé, mais il dort à mes côtés. Son air serein me donne envie de caresser ses cheveux pour continuer de regarder son visage paisible.

Je me retourne vers la commode où est posé mon portable. J'ignore comment il a atterri là, je ne me souviens pas de l'y avoir déposé. En le déverrouillant, je remarque les coups de fil et SMS de Rikard.

Oh, mon Dieu.

Ses messages sont virulents et pleins d'agressivité. Je n'ose pas écouter les vocaux sur mon répondeur. Par écrit, il m'informe qu'il sera là beaucoup plus tôt que prévu et que nous aurons une discussion. Une boule d'angoisse me noue l'estomac alors que je regarde l'homme à mes côtés.

Que vais-je faire ?

12

Niklas, 16 ans

Plus le temps passe, plus je me prends d'affection pour elle. C'est comme un chiot, elle est douce, affectueuse et pleine de vie. C'est la nouvelle attraction qui manquait à ma vie pourtant bien mouvementée. Tout nous oppose, nos parents, ma réputation… Lovisa refuse d'ailleurs ne serait-ce que de coucher avec moi. Je dois être complètement taré pour aimer cet interdit. Elle me repousse constamment, mais je sens ses défenses s'affaiblir de semaine en semaine. Je finirai par arriver à mes fins. Et ensuite ? Qu'arrivera-t-il ? Je la jetterai probablement comme toutes les autres, mais une part de moi aimerait que cela soit différent avec elle. Je ne veux pas la blesser et qu'elle soit mal par ma faute. Si j'expliquais ça à mes potes, ils se foutraient de moi. Niklas Ekman a des sentiments pour une fille ! Ce serait une première.

***

Concentre-toi, putain.

Une clope coincée entre mon index et mon majeur, j'analyse les documents de mon père concernant un vieil immeuble qu'il tentait de rénover sans succès. Son projet était chaque fois refusé, car le conseil qui devait se décider était dirigé par Samuel Agardh, un vieil ennemi d'Hendrik. Leur conflit datait de leur enfance et ils s'évertuaient à se mettre des bâtons dans les roues dès qu'ils le pouvaient. Maintenant qu'il est mort, je n'aurai aucun mal à faire de ce bâtiment ce que bon me semble. Sauf si Agardh décide de s'en prendre à moi.

Ce n'est qu'un détail. Pour l'heure, je dois décider de ce que je veux en faire. Cet endroit a du potentiel, il s'agit d'un vieil hôtel qui n'est plus en service depuis presque cent ans. Ce Samuel pourrait me faire chier en classant ce bâtiment comme monument historique. Je dois la jouer malin.

Un gémissement derrière moi interrompt le fil de mes pensées et m'oblige à regarder dans sa direction.

Seigneur.

Elle le fait exprès ou quoi ?

Couchée dans mon lit, Lovisa m'expose son joli petit cul rebondi. Elle a la peau très douce à ce niveau-là, je n'ai pas pu m'empêcher de la caresser en l'aidant à enlever sa robe pleine de vomi pour lui enfiler l'un de mes tee-shirts.

J'ai passé la nuit à l'observer, je craignais qu'elle ne s'étouffe dans ses propres régurgitations si jamais elle se sentait de nouveau malade. Par chance, elle s'est contentée de dormir d'un sommeil agité. À plusieurs reprises, je suis allé la calmer. Quand je la tenais dans mes bras, elle me semblait si menue et fragile que j'avais peur de la serrer contre moi. D'ailleurs, son corps est marqué par des bleus, principalement au niveau des cuisses et des côtes. Que fait-elle pour se blesser autant ? Mes doigts ont fait frémir sa peau lorsque je l'ai touchée à ces endroits ; même dans son sommeil, elle n'a pas apprécié.

Gros pervers, t'as profité du fait qu'elle dormait pour la toucher.

Je ne suis qu'un connard profiteur. Attendre qu'elle se réveille est trop long. Je ne fais que caresser les parties superficielles de son corps ; les zones de convoitise n'ont pas été franchies et pourtant, j'ai l'impression d'avoir dépassé les limites.

Et puis merde. C'est fait.

Au moins j'ai eu un avant-goût de son corps de déesse.

Un autre gémissement s'échappe de ses lèvres et me pousse à refermer le dossier sur lequel je n'arrive pas à travailler. J'écrase ma clope, qui s'est consumée d'elle-même, et me lève en m'étirant. J'aurais bien continué à dormir avec elle, mais cette scène est trop étrange pour moi. Longtemps j'en ai rêvé et, maintenant qu'elle est là, dans mon lit, j'en suis incapable.

Pas sans l'avoir baisée.

Jamais une femme n'a dormi avec moi si ce n'était pour coucher juste avant. Leur venue dans ma vie n'a pas d'autre intérêt que de m'offrir la chaleur qu'elles ont entre les cuisses. Généralement, elles s'en vont sans se retourner. Jonna, elle, fait partie de celles qui s'accrochent à moi. Elle est devenue une régulière, mais, hier, elle a dépassé les bornes. Sa jalousie l'a poussée à foutre en l'air mes plans et ça m'a mis en rogne. Rikard ne va pas tarder à venir, il sera probablement là aujourd'hui. Les photos qu'elle a postées ont foutu la merde. Sans le vouloir, elle s'est mêlée de ma vengeance.

Idiote.

Le point positif, c'est qu'il va rompre avec ma petite Love et qu'elle souffrira de cet abandon. Ce ne serait que mérité.

Pour l'heure, j'ai envie de jouer un peu.

C'est mal, ne fais pas ça.

La petite voix dans ma tête me dit que c'est un jeu dangereux et que Lovisa ne sera pas la seule perdante. Je n'ai aucune volonté lorsque je suis face à un corps féminin et encore moins au sien.

Je me glisse derrière elle. Elle colle son bassin au mien en soupirant. La coquine. Ferait-elle un rêve érotique ? Je me demande si je suis dedans. Je caresse du bout des doigts sa cuisse et remonte ma main jusqu'à sa hanche. Elle se cambre.

Oh, bébé, tu es tellement sexy.

Se rend-elle compte de son sex-appeal ? Elle me rend fou.

Et merde. Je bande. C'était inévitable. Et pas qu'un peu. Ça devient douloureux à mesure que l'espace entre nos corps se réduit. J'ai déjà vécu cette scène avec elle un nombre incalculable de fois. Mais aujourd'hui c'est différent. Nous sommes adultes et nous pouvons coucher ensemble.

Une idée malsaine me vient à l'esprit. La sauter et la jeter. Mais aussi… lui faire l'amour et la cajoler. Bordel. Qu'est-ce que je veux ?

Lovisa bouge de nouveau, elle se retourne et son visage se retrouve presque collé au mien. Je l'observe attentivement, son air serein me fait envie. Elle semble si paisible, sans problème. Mon regard glisse sur ce qu'elle porte : un tee-shirt noir avec un aigle royal imprimé. J'aimerais le lui enlever pour sentir la chaleur de sa peau contre la mienne. Je porte un simple pantalon qui devient trop serré à l'entrejambe.

Je me remets à caresser sa peau, orientant ma main dans son dos. Le soleil filtre par la fenêtre et éblouit sa silhouette angélique. Elle grommelle en se collant contre moi et pose un bras sur mes hanches. Sa bouche se colle à la mienne.

Bordel de merde !

Elle me séduit durant son sommeil.

Je remonte une main dans ses cheveux en bataille et presse mes lèvres contre les siennes. Elle lâche un gémissement adorable qui me pousse à la mettre sur le dos pour me hisser sur elle.

Arrête !

J'abuse de sa confiance et de son sommeil pour un jeu malsain que seul moi peux comprendre. Elle risque de se réveiller effrayée ou en hurlant. Ce n'est pas ce que je veux, je ne suis pas ce genre de mec.

Il est temps de m'arrêter.

Je veux reculer, mais, contre toute attente, Lovisa m'accueille entre ses cuisses et passe ses bras autour de moi. Je manque de perdre la tête en sentant la chaleur de son intimité contre mon ventre. Elle a si chaud que je sens son excitation. Ses gémissements, son corps qui se tord et la chaleur dans sa culotte ne font aucun doute : elle fait un rêve érotique.

– Nik... murmure-t-elle.

Bon sang !

Quoi de plus bandant qu'une femme qui chuchote votre prénom de la sorte ? J'aimerais entrer dans sa tête et assister à ce qu'elle voit pour partager ce moment avec elle.

J'embrasse tout d'abord ses lèvres, puis descends à son menton et le long de sa mâchoire, que je mordille.

Nouveau gémissement.

Ma bouche se pose sous son oreille, que j'embrasse avant de titiller son lobe avec ma langue.

Un soupir cette fois.

– Ce serait bien plus intéressant si tu te réveillais, ma belle, chuchoté-je.

Mes paroles font écho en elle. Love bouge en dessous de moi et finit par ouvrir ses yeux épuisés. Ce vert profond m'hypnotise. Je la regarde avec envie et pourlèche sa lèvre inférieure. Elle ne met pas beaucoup de temps à émerger et écarquille les yeux en se rendant compte de la situation.

– Nik... ? murmure-t-elle, incertaine.

– Tu ne rêves pas, ma belle, et avant que tu ne t'indignes, je tiens à préciser que c'est toi qui m'as fait du rentre-dedans.

Et Dieu sait que j'ai envie d'être en elle en cet instant.

Cette pensée me fait frémir d'envie et augmente mon érection. Un seul mot de sa part et je n'hésiterai pas un instant.

Dis-moi oui, Love. Allez.

– Je… mais je dormais, se justifie-t-elle.

Elle plaque soudainement ses mains sur sa bouche. Sa voix est rauque et faiblarde, mais n'enlève rien à son charme.

Je souris face à son air gêné et m'appuie sur un bras tandis que l'autre descend vers sa hanche, que je caresse.

– Te voilà réveillée désormais. Dis-moi non et je m'arrête.

Ce n'est pas ce que je désire, mais je le ferais.

Une mèche rousse barre de manière négligée son front. Je la dégage avec mon nez et en profite pour me délecter de son odeur de shampoing fruité. Tout chez elle me rend fou : sa peau aussi douce que celle d'une pêche, son odeur sucrée, ses yeux de biche couleur émeraude, son corps avec les formes là où il faut. Son sourire… Dans mes souvenirs, il illuminait la pièce dans laquelle elle se trouvait. À présent, je ne vois que des ombres sur son visage.

Souris pour moi, Love.

Du bout des lèvres, je frôle la peau de son visage jusqu'à sa bouche pulpeuse qui est un appel à des baisers gourmands. Mes dents attrapent sa lèvre inférieure et la suçotent. Sa réaction est immédiate : yeux mi-clos, elle émet un petit soupir alors que son corps se tend.

Voilà ce que j'attendais.

Je glisse une main sous son tee-shirt et m'empare de son sein rond et ferme, que je masse à travers son soutien-gorge. Sous mes doigts, je sens son téton se durcir et se tendre.

– S'il te plaît… arrête.

– Tu es sûre ? Ton corps semble vouloir le contraire.

Elle s'empourpre et détourne la tête.

Oh, non, bébé, assume tes envies.

Je l'oblige à me faire face. Son regard est déroutant, il y a du désir, mais aussi de la peur. Je l'effraie ? Cette pensée me plaît et me contrarie. Si je dois lui faire peur, ce n'est certainement pas au pieu. Elle ouvre sa ravissante petite bouche pour répliquer, mais elle est interrompue par son téléphone, qui vibre près de nous. Avant qu'elle ne s'en empare, je l'attrape en me redressant sur les genoux, Lovisa coincée entre mes jambes.

– Rends-le-moi ! s'écrit-elle en tentant de se dégager.

L'écran indique le destinataire du coup de fil en cours : Rikard. Il est toujours là, ce petit con. Bientôt, il ne sera plus un problème et j'aurai Lovisa rien que pour moi. Aucun homme n'a été un obstacle lorsque je désirais avoir une femme, et ce bourge de mes couilles ne sera pas le premier.

Rikard ayant fini de tenter de prendre contact avec ma Love, l'écran change et j'aperçois furtivement qu'elle a reçu plusieurs coups de téléphone et une dizaine de messages. Tous de Rikard. Il doit être furax de ne pas avoir pu la joindre. Elle va prendre cher.

Je veux me venger, alors pourquoi cette pensée me met autant en colère ?

Je lui rends le téléphone lorsqu'il cesse de vibrer. Je m'occuperai d'elle plus tard.

– Le petit bourgeois essaie de te joindre.

Je quitte le lit, ouvre la fenêtre et allume une cigarette. L'air frais du matin me fait frissonner. J'aime cette sensation froide propre à la Suède. J'y baigne depuis ma naissance et je n'échangerais pas un seul jour pour être dans un pays chaud.

Le calme de la propriété et la beauté de la forêt enneigée me procurent une paix intérieure que je ne retrouve nulle part ailleurs. Il fut un temps où je détestais être ici, à cause de l'emprise d'Hendrik, mais lorsque j'ai pris le contrôle de ma vie, j'ai enfin trouvé ma place et vu ce que cet endroit pouvait m'apporter.

La faiblesse s'empare de mon corps, me forçant à fermer les yeux pour ne pas flancher. J'inspire et jette ma clope à moitié consumée par la fenêtre. Je m'extirpe de la vue sur le lac, qui commence à dégeler aux endroits où l'eau est moins profonde, et jette un coup d'œil à la rousse. Toujours sur mon lit, elle arbore un teint encore plus pâle, et ses traits sont tiraillés par l'angoisse. Elle se trouve à genoux, flottant dans mon tee-shirt qui mange littéralement son corps.

Je ne sais pas ce que lui a écrit Rikard, mais ça ne doit pas être marrant. Qu'est-ce qu'il lui dit ? J'ai l'impression qu'elle va gerber. J'aimerais lui arracher son portable pour qu'elle cesse de s'en faire pour ce connard.

Il ne mérite pas son attention.

– Envoie-le chier, lui conseillé-je en m'appuyant sur le rebord de la fenêtre.

Elle se lève subitement et quitte la chambre sans prendre la peine de me répondre.

Bordel. Je ne sais pas ce qu'il lui a dit, mais c'est efficace, elle est complètement retournée. Il semble avoir une grosse emprise sur elle. Je me demande à quel point. Ils sont en couple depuis quelques années, ça doit valoir quelque chose. Je n'ai jamais vécu ça, je suis adepte des aventures sans lendemain : c'est moins compliqué et il ne faut pas faire semblant de s'intéresser à l'autre.

Le sexe. C'est tout ce qui compte entre un homme et une femme.

J'appuie sur l'interphone près de ma porte. La voix grave d'Oscar – dont l'appareil est dans son propre bureau – me répond :

– Monsieur ?

– Je dois aller chez Ogs, faites préparer la voiture et contactez mes adjoints pour une vidéoconférence à treize heures. Et voyez si Gunkil et Fredrik ont du nouveau.

– C'est noté. Autre chose, monsieur ?

– Non… Enfin si, prévenez-moi quand le petit ami de Lovisa sera là. Je ne sais pas quand il va débarquer.

– Il risque de poser un problème ?

– Je ne sais pas.

Je coupe la communication.

Mon instinct me crie de me méfier de ce connard. N'importe quel mec péterait un câble en voyant sa copine dans les bras d'un autre. Jonna a profité de la maladresse de Lovisa pour faire croire qu'elle s'amourachait d'un autre gars dans le dos de son copain.

Une idiote. Mais une idiote sournoise.

J'ai toujours admiré ce côté fourbe chez elle. Jo sait ce qu'elle veut. Elle est intelligente, audacieuse et ingénieuse. Mais aussi impatiente, possessive, imprévisible et immature. Ses défauts font d'elle quelqu'un d'instable à qui il ne faut pas faire confiance. Elle sait dans quoi ma famille trempe, elle fait partie de la bande, et ce détail me pousse à avoir un œil sur elle.

Une demi-heure plus tard, je sors de ma chambre, prêt à entamer la journée. Dans le couloir, Alfrida sort de la pièce à côté, là où loge Lovisa. Un plateau avec un jus de fruits non entamé.

– Frida ? Peux-tu envoyer Alma nettoyer ?

Le sol est jonché de vêtements, dont la robe de Lovisa, qui finira à la poubelle vu son état. Je m'éloigne, mais la gouvernante m'interpelle.

– C'est à propos de Lovisa, je ne sais pas si je dois m'inquiéter, commence-t-elle.

– De quoi parles-tu ?

Je déteste quand quelqu'un ne va pas droit au but et me pousse à demander la suite, mais Alfrida est comme une seconde mère et je la respecte beaucoup trop pour lui faire la remarque.

– Monsieur Rapace a téléphoné sur le fixe de la maison et a demandé à parler à Lovisa ; je l'ai fait appeler alors qu'elle était dans son bain. Quand j'ai voulu vider l'eau, j'ai été surprise de voir qu'elle était froide.

– Et alors ?

La gouvernante se pince les lèvres.

– L'eau était vraiment très froide, Niklas. Ça m'a rappelé… ça m'a rappelé…

– Je sais, la coupé-je durement.

Je n'ai pas pensé à ça depuis longtemps. Je suis passé au-dessus de ce que nous faisait subir Hendrik il y a des années et, quand il a vu que ça ne me faisait plus rien, il a cessé cette petite torture.

– Qu'est-ce qu'on doit faire ?

– Rien. Je m'en charge, la rassuré-je en serrant affectueusement son épaule.

Si Lovisa continue *ce châtiment*, seul moi peux la faire arrêter. Nous avons le même vécu. Après tout ce temps passé loin d'Hendrik, elle se punit toujours. Pourquoi ? Qu'a-t-elle à se reprocher ?

Il ne manquait plus que ça.

Je resserre mon holster à mes épaules. Il contient des armes de remplacement, mes Golden devront être analysés par Ogs. Je descends rapidement les escaliers. Je suis accueilli par Krigare, que je délaisse énormément ces derniers temps. En général, je le traîne partout avec moi. Heureusement qu'il a Alfrida pour s'occuper de lui.

En regardant à ma gauche, j'aperçois la porte de mon bureau ouverte, où Oscar m'attend. De ma droite me parvient la voix de Lovisa dans le salon. Je m'en approche avec mon chien et la retrouve en peignoir devant le téléphone. Sa longue chevelure rousse paraît toujours plus foncée quand elle est mouillée.

Pour l'heure, elle semble plus en proie à la frayeur ; son corps se recroqueville sur lui-même. Elle tremble. Elle a une peur bleue de son mec. Il y a quelque chose de pas net dans leur relation.

Lorsqu'elle raccroche, je bondis dans sa direction quand elle se retourne. Ses grands yeux verts s'agrandissent sous la surprise.

– Qu'est-ce qui te prend ?

Je plante mon regard dans le sien.

– Tu as pris un bain glacé.

– Quoi ?

Mon affirmation la fige. Elle se mord la lèvre si fort que le dessous blanchit. Je me rapproche d'elle.

– Pourquoi ? sifflé-je. Pourquoi tu t'infliges ça ?

– Je… C'est compliqué.

Compliqué ! Bordel, qu'est-ce qu'elle me cache ? Cette fille est vraiment une énigme. Il fut un temps où je pouvais lire en elle comme dans un livre. À présent, elle n'est plus qu'une étrangère.

Hendrik nous jetait dans la douche ; le jet d'eau froide à fond nous glaçait jusqu'aux os. Il s'agissait d'une punition dès que l'un de nous se comportait mal. La plupart du temps, je réussissais à prendre la place de Lovisa, quand mon père était d'humeur clémente, mais je n'ai pas toujours pu la protéger. Et quand ça ne suffisait pas, il nous forçait à entrer dans des bains glacés par de gros glaçons et nous en sortait lorsque nous étions complètement livides. C'était un homme cruel qui voulait nous rendre obéissants et il ne manquait pas de méthodes ingénieuses pour nous faire payer notre comportement. Enfoiré. Je l'ai tant haï !

– Je dois aller m'habiller, Rikard ne va pas tarder à venir.

– Tu n'iras nulle part. On doit régler toute cette merde avant.

Elle se dérobe trop souvent à mon goût.

Un peu de franchise, bébé, juste un peu.

Lovisa me fait penser à une souris apeurée par un gros chat. Elle tremble dès que j'élève la voix et se ratatine sur place quand je m'approche. J'aime avoir cet effet sur des hommes, ils doivent me craindre, mais pas les femmes. Et voir cet air terrifié dans son regard me retourne complètement.

– Monsieur, la voiture est prête, Ogs nous attend.

J'inspire profondément en fermant les yeux. Ogs ne peut pas attendre, son temps est précieux et le mien aussi. Lovisa a besoin de moi, même si elle ne l'avouera pas. Je ne peux me permettre de la laisser seule, mais je dois me dépêcher si je ne veux pas louper la réunion avec mes adjoints.

– Je vais aider Lovisa à s'habiller, attendez-nous dans la voiture.

Je lui défends de me répondre d'un simple regard et l'emmène en haut. Contre toute attente, elle se laisse faire jusqu'à sa chambre.

En ouvrant sa garde-robe, je constate qu'elle n'a presque rien. Elle ne devait rester que quelques jours, mais ça fait presque une semaine qu'elle est là.

– Attends-moi.

Je reviens quelques instants plus tard avec une robe blanc écru en laine à gros col roulé.

– Ça devrait t'aller.

– À qui ça appartient ?

Elle regarde le tissu entre ses mains et me demande de me retourner. Je pianote sur mon portable et réponds d'une voix distraite :

– Aucune idée. Une femme a dû l'oublier.

– Je porte la robe d'un de tes plans cul ?

J'esquisse un sourire et jette un coup d'œil par-dessus mon épaule. Elle abaisse la robe jusqu'à mi-cuisse et enfile des bas noirs. Il fait encore très frais en ce début de printemps. La neige fond petit à petit, le lac est encore gelé, mais fragilisé par les températures plus clémentes.

– Vous faites la même taille, constaté-je en lui faisant face.

– Génial, ravie de l'apprendre, maugrée-t-elle en chaussant ses bottes, qui lui arrivent juste au-dessus du genou.

Putain. Qu'elle est belle !

Ses cheveux ondulent déjà autour de son visage angélique.

Elle arbore une expression naturelle ; on lui donnerait le bon Dieu sans confession. Ses yeux reflètent une tristesse profonde qui m'échappe encore.

Son attention se reporte sur mes armes. Je pose une main rassurante dessus.

– Tu ne risques rien.

– Tu détestais tant les armes avant. Tu répugnais à les toucher.

Ce temps est révolu, bien des années se sont écoulées. Je hausse les épaules de manière désinvolte, mais je n'en suis pas moins irrité par sa remarque. Son image me rappelle constamment la personne que j'étais avant.

– Tout le monde évolue, seuls les crétins restent campés sur leur position sans voir ce que les changements peuvent apporter à leur vie.

– Il y a différentes manières d'évoluer et toutes ne sont pas forcément bonnes.

– Qui juge de ce qui est bien ou mauvais ? Toi peut-être ? Penses-tu avoir toujours pris de bonnes décisions dans ta vie ?

Elle semble comprendre où je veux en venir et baisse les yeux sur ses mains qui remontent la tirette de ses bottes. Elle se relève et attache ses cheveux en une queue-de-cheval haute.

– Il y a certaines choses que je regrette et que je ne pourrai jamais effacer, murmure-t-elle.

Un silence gênant nous encercle. Merde. Je déteste ça.

Allez, ressaisis-toi, bordel !

– Je vais être en retard, viens.

Après avoir enfilé nos manteaux, nous nous engouffrons dans ma berline. Oscar assit à côté du chauffeur fixe la route.

– Où allons-nous ? m'interroge Lovisa en se cramponnant au bord de sa robe.

– À l'armurerie de la ville.

Mon renard roux blêmit et se mord nerveusement la lèvre en regardant par la fenêtre. Elle a une peur bleue des armes depuis la nuit où l'une d'elles fut braquée sur sa tête. J'aurais pu lui épargner cette escale, mais j'ai besoin de la savoir auprès de moi.

Ferais-tu dans le sentimental, Ekman ?

Ce n'est pas mon genre. Pourtant, je ne peux m'empêcher de m'inquiéter pour elle. Seulement pour elle.

Le magasin de Ogs se trouve à l'entrée de la ville. Il est situé dans un coin tranquille où nous nous garons aisément. À l'intérieur, des armes à profusion sont disposées derrière le comptoir, mises sous cadenas, mais aussi dans des vitrines. Pour contenir autant d'objets dangereux, cet endroit est très sécurisé. Le vieux Ogs a même un vigile à l'entrée.

– Monsieur Ekman, me salue le gérant.

Il contourne le comptoir, me serre la main avant de poser son regard cerné par les décennies passées sur la jeune femme à mes côtés.

– Ma demi-sœur, Lovisa Granberg.

La qualifier de la sorte me donne envie de vomir. Je m'abstiens de garder mon expression de dégoût. Ogs prend sa main, qu'il serre chaleureusement.

– Il est rare de voir un si joli visage dans ma boutique.

Elle rougit comme une idiote et moi je m'agace. Elle n'a jamais reçu de compliment ou quoi ? Je peux lui en sortir tout un tas s'il n'y a que ça pour lui faire plaisir. De beaux yeux, une bouche à se damner, des cheveux qui sentent bon les fruits acidulés, de petits seins rebondis, même s'il ne m'a été donné de les voir qu'à travers son soutien-gorge. La peau aussi douce que de la soie qui sent bon la rosée du matin. Un cul d'enfer ; bordel, rien qu'à l'imaginer entre mes mains, je commence à être excité.

Pense à autre chose avant d'avoir la gaule devant tout le monde.

– J'ai besoin que vous revoyiez mes Golden, ils font un drôle de bruit quand je tire avec, dis-je en poussant un peu Lovisa à l'écart.

Oscar dépose une valise sur le comptoir avant de quitter la boutique pour surveiller la rue. Le vendeur l'ouvre pour jeter un œil à l'intérieur.

– Elles sont vraiment anciennes, vous ne préférez pas des neuves ?

– Non. Quand pourrai-je les récupérer ?

Je m'approche du comptoir qui sert aussi de vitrine d'exposition et m'attarde sur des pistolets automatiques. Une réplique d'un Walther PPK 9 mm argenté avec la crosse rose attire mon regard.

– J'aimerais voir ce modèle.

– Vraiment ? C'est une arme pour une femme, commente Ogs, mais, sous mon regard assassin, il s'exécute.

Le pistolet est petit et léger, parfait pour les fines mains de Lovisa. Je me retourne vers elle et le lui tends. Elle se recule aussitôt, ce qui me fait sourire.

– Tu peux la toucher, elle ne va pas te mordre.

Je connais autre chose qu'elle pourrait toucher sans se faire manger.

– Je ne préfère pas.

– Allez, vas-y, vois ce que ça fait.

Je m'empare de sa main, que je guide vers la crosse. Elle résiste un peu avant de capituler et de la prendre timidement.

Vas-y, bébé, manipule-la.

Lovisa donne l'impression de tenir une bombe, elle n'ose faire aucun mouvement et sa respiration semble bloquée.

– N'aie pas peur, elle n'est pas chargée.

Cette information change tout. Elle retourne lentement l'arme et l'analyse sous toutes les coutures. Je la trouve très sexy avec ce flingue entre les mains.

– Est-ce qu'elle a le permis de port d'armes ?

– Mettez-la à mon nom.

Je glisse derrière Lovisa et pose mes mains sur les siennes. Elle sursaute et tourne son visage vers le mien. Sa bouche pulpeuse se trouve toute proche de la mienne.

– Qu'est-ce que tu fais ?

– Je vais te montrer comment la tenir.

D'une main experte, je place correctement l'arme dans ses mains et lève ses bras devant elle. Une cible se trouve un peu plus loin, intacte, car elle n'est pas faite pour tirer. J'écarte ses jambes à l'aide de mon pied. En bonne élève, elle s'exécute sans rien dire. Son attitude me surprend, mais dans le bon sens. Elle a toujours détesté mon univers et pourtant elle se glisse dans mes bottes durant un petit moment. Je susurre à son oreille ; son lobe frôle doucement mes lèvres et me donne envie de le mordiller.

– Petit et léger, mais doté d'une véritable force. Il n'est pas à manier n'importe comment. Tu peux tuer quelqu'un avec.

Elle murmure du bout des lèvres :

– Seigneur...

Je suis tellement à l'aise avec les armes à feu et Lovisa si intimidée et effrayée à la simple idée de les toucher que ce contraste me saute aux yeux. Nous sommes si différents. Elle est le jour, je suis la nuit. Elle le soleil, moi la lune. Elle est le feu, je suis la glace. Ces éléments qui ne peuvent vivre l'un sans l'autre, mais qui ne pourront jamais être ensemble.

Jamais. Je suis nocif pour elle et elle serait mon point faible.

Je me recule et m'adresse à Ogs :

– Mettez-le sur mon compte, exigé-je en lui reprenant l'engin. Et je veux mes armes au plus vite.

Le sous-sol de la villa a un arsenal qui me mettrait à l'abri pour des années, mais mes Golden sont les premiers flingues avec lesquels j'ai tiré. Ils ont une valeur sentimentale. C'est plus facile et moins casse-tête d'apprécier des objets que les personnes.

Au moment de payer, Oscar fait irruption dans la boutique et vient me murmurer :

– Monsieur, nous sommes surveillés. Il faut rentrer.

Merde. Qui ? Pas le temps pour les questions. Je jette un coup d'œil vers Lovisa, qui reste en retrait. Son attention est rivée sur des fusils de chasse.

– Sortons.

– Je prépare votre commande au plus vite, assure Ogs en me tendant un sac avec la boîte qui contient l'arme pour Lovisa.

J'attrape ma jolie rousse par les hanches et sors après Oscar. Je n'aime pas tirer sans mes armes fétiches, mais je vais devoir me contenter de celles de remplacement dans mon holster.

Dehors, l'atmosphère change. Il y a une tension palpable tout autour de nous. De manière discrète alors que nous nous dirigeons vers la voiture, mon homme de main m'indique le coin de la rue. Là où se trouve une boutique d'articles pour animaux. Tout d'abord, je ne vois rien, puis un homme dont la capuche masque son visage se penche pour nous observer.

Encore lui.

La première fois, il m'a échappé, je ne veux pas refaire cette erreur.

Je pousse Lovisa dans la voiture et lui ordonne de ne pas bouger.

– Monsieur ?

– On va le choper, ce fils de pute.

– Est-ce prudent ? On ne sait pas à qui on a affaire.

Peu importe. Je ne permettrai à personne de m'espionner en toute liberté. Je savais qu'en reprenant les affaires familiales de mon père, ses ennemis deviendraient les miens. Ils n'ont pas tardé à venir me chercher des emmerdes, comme ce mec qui nous observe.

– Allons-y. Vanni, Lovisa est sous votre responsabilité. S'il lui arrive quelque chose, vous le paierez, annoncé-je au conducteur en claquant la portière.

L'incompréhension se lit sur le visage de Love. Je n'ai pas le temps de lui expliquer. Je m'éloigne avec Oscar et lui indique de faire le tour alors que, moi, je fonce tout droit vers le coin de la rue. L'inconnu se penche de nouveau et en m'apercevant venir dans sa direction, il décampe aussitôt. Je m'élance à sa poursuite sans difficulté. Cet enfoiré court vite, mais je suis plus rapide. Je cours tous les matins, par n'importe quel temps et sur tous les terrains : enneigés, boueux, rocheux, pentus. Il ne m'échappera pas. Je redouble d'efforts, réduisant la distance entre nous alors qu'il bifurque dans une rue sans issue. Il s'enfonce et saute sur le grillage. J'aperçois Oscar de l'autre côté, qui pointe son arme sur lui, mais la perspective de se faire tirer dessus ne semble pas l'arrêter.

– Ne tirez pas ! hurlé-je en sautant sur l'inconnu qui grimpe.

Je l'attrape brutalement et le plaque au sol en arrachant presque sa capuche. Sous celle-ci se cache un homme d'une vingtaine d'années aux cheveux blonds. Il a la peau sur les os et le teint cireux. Ses yeux semblent sur le point de sortir de leurs orbites. Un junkie.

– Ne me fais pas de mal !

– Ça dépendra de ta réponse. Qui t'envoie ?

– Personne !

Il tente de se dérober, mais je le coince sous mon genou. Je sens sa maigreur alarmante sous ma rotule ; une pression supplémentaire de ma part et je lui pète les côtes.

– Ne joue pas à ça avec moi.

Je fouille les poches de son sweat et trouve un portable à clapet avec un bout de papier contenant un numéro. Celles de son jean sont vides, seul un sachet de cocaïne presque terminé s'y trouve. Son point faible.

– Non ! Non ! Rends-le-moi ! crie le junkie, devenant presque hystérique.

– Dis-moi ce que je veux savoir. Qui t'envoie ? Qu'est-ce que tu me veux ?

Le drogué s'égosille sous mon genou avant de se calmer, à bout de forces. Sa respiration se fait difficile et saccadée. Un gémissement pitoyable sort de sa bouche avant qu'il ne se mette à parler :

– Je ne sais pas qui il est, il m'a payé mille couronnes pour que je te suive.

– Je veux plus de détails. À quoi il ressemblait ?

Il secoue la tête et ferme les yeux en geignant. Je le relève et le plaque contre le grillage, Oscar pointe son arme contre sa nuque.

– Tu sens ça ? Il n'hésitera pas à te trouer la peau si tu ne parles pas. À quoi ressemblait celui qui t'a engagé ?

– Je… Je sais pas ! Ch… cheveux roux, très courts sur les côtés et bouclés au-dessus. Il était grand, bredouille-t-il en secouant la tête. Je devais juste te surveiller, mec, OK ? Je te jure que je ne sais rien d'autre.

Ce junkie n'est qu'un pion, un sous-traitant. Quelqu'un ne veut pas se dévoiler tout de suite.

– Tu dois le contacter avec ce portable ?

Il hoche la tête. Je glisse le téléphone dans ma poche, ça pourrait me servir.

– C'était toi, la dernière fois, qui nous observais ?

Là, il secoue vivement la tête. Si ce n'est pas lui, alors ça veut dire qu'il n'est pas le seul sur le coup. Combien sont-ils à me fliquer ? C'est la merde.

Je le relâche et jette le sachet de drogue au sol. Il se rue dessus.

– Que je ne te revois plus jamais. Si je te reprends à me suivre, je serai moins clément.

Il déguerpit sans demander son reste.

– Était-ce judicieux de le laisser partir ?

– C'est qu'un junkie, il est inoffensif. C'est pas lui qui m'inquiète.

Oscar range son arme, les plis sur son front me poussent à l'interroger sur ce qui le tracasse.

– Rodrigo, lâche-t-il en regardant autour de nous.

C'est une possibilité. Je m'attends à des représailles de sa part. Il me tarde de lui régler son compte.

– Rentrons.

Quand nous revenons près de la voiture, je sens immédiatement que quelque chose ne va pas. Vanni m'attend à l'extérieur, nerveux.

– Monsieur, j'ai tout fait pour la retenir…

Je regarde à l'arrière et me retourne brusquement vers mon chauffeur.

– Où est-elle ?

– Elle a reçu un appel et a quitté la voiture subitement. Avant que je ne puisse la rejoindre, elle était dans un taxi.

– Putain !

Qu'est-ce qu'il lui a pris de faire ça ? Je passe la main rageusement sur mon visage et ouvre la portière arrière.

– Oscar, son numéro ! Rentrons ; avec un peu de chance, elle est à la villa.

Sur le chemin, j'enregistre son numéro, l'enterrement de mon père a eu du bon, nous avions eu tous les numéros des invités. Je lui envoie immédiatement un message.

[Où es-tu ?]

[C'est qui ?]

[Nik, putain. Dis-moi où tu es ?]

[Rikard est à Iron House, je dois le rejoindre.]

Rikard. Il n'a pas mis longtemps à revenir. Je comprends mieux son empressement à vouloir rentrer. Je balance mon portable sur le siège à côté de moi et capte le regard de Vanni dans son rétroviseur.

– Accélérez. Je dois arriver au plus vite.

13

Lovisa, 14 ans

À l'aube de la rentrée, Niklas et moi sommes plus proches que jamais. Nous avons passé nos vacances d'été avec nos parents en Espagne. Ce pays chaud et magique nous a transportés dans un autre monde. En dehors de notre contexte habituel, nos barrières respectives sont levées, et même avec Hendrik et ma mère sur le dos, nous arrivons à rester complices. Alors que ma tête me dit non, mon cœur bat plus vite en sa présence, surtout quand nous nous touchons. J'aurais voulu rester là-bas, il était si différent de celui qu'il est à Kiruna. Mais je ne compte pas baisser les bras, je vais faire ressortir ce qu'il y a de bon en lui ici, quitte à me jeter à l'eau et à révéler mes sentiments pour lui. C'est peut-être orgueilleux de ma part, mais je suis persuadée que je peux le faire changer.

***

Le taxi s'éloigne, me laissant sur le perron de l'angoisse. Je n'ai pas envie de franchir la porte, je sais que Rikard m'attend de pied ferme. Je peux encore faire demi-tour et me cacher jusqu'à ce qu'il s'en aille, mais il finirait par me retrouver. La ténacité fait partie de ses qualités. D'une main peu assurée, j'ouvre la porte. La douce chaleur du feu de cheminée m'enveloppe tel un manteau de velours. Ma peau picote, mais ce n'est rien comparé à la nervosité qui me tord les entrailles. Je referme la porte sans faire de bruit ; un des hommes de main de Niklas me repère et me salue. J'ai oublié que les gardiens du portail préviennent quand il y a quelqu'un qui pénètre dans Iron House.

J'ôte mon manteau et mes bottes trempées tout en étant à l'affût du moindre bruit. Les voix de mon petit ami et d'Alfrida me parviennent de la cuisine. À première vue, il semble calme et rit avec la gouvernante. Je m'approche lentement jusqu'au lieu de ma crainte.

Rikard est assis sur un tabouret au comptoir de la cuisine. Entre ses mains se trouve une tasse de café fumant. Quand il me voit, un sourire radieux illumine son visage.

– Lovisa, ma chérie.

S'approchant, il m'embrasse durement avant de me prendre dans ses bras pour me serrer contre lui. Il ajoute :

– Tu m'as manqué.

– Rik, je…

– Plus tard.

Il m'incite à le rejoindre, je m'assieds à ses côtés et accepte le thé à la verveine d'Alfrida. Derrière la porte, à l'extérieur, le chien de Nik aboie et griffe la vitre pour rentrer. Rik a toujours détesté les chiens, leur instinct leur dicte de se méfier de lui et à juste titre.

Son attitude presque « normale » ne m'aide pas à me calmer. Si j'ai bien appris une chose de notre relation, c'est que plus il est en colère, plus Rikard affiche une apparence calme. Ici, il est tel un lac paisible, dont aucune vague ne perturbe la surface. À quoi dois-je m'attendre ? J'ai du mal à avaler la gorgée de mon thé.

– Comment se porte votre mère ?

– Elle va beaucoup mieux, merci, répond Rikard. C'est pour ça que je suis venu chercher Lovisa, pour qu'elle puisse revenir avec moi dans le jet privé de ma famille.

Alfrida lui sourit et pose une assiette de biscuits devant lui. Elle répond :

– Ce sera bien plus agréable qu'avec tout ce monde entassé comme des sardines dans une boîte.

Une boîte de sardines mortelle.

Je n'arrive pas à participer à la conversation, l'air se raréfie dans la pièce et je ne peux m'empêcher d'angoisser à l'idée d'être seule avec lui. Sa présence dans ces lieux semble incongrue, inadaptée.

Il n'a pas sa place ici.

Je me rends compte que depuis son départ je me sens mieux, moins oppressée et plus libre de mes mouvements.

En moins de deux, je me retrouve à monter les escaliers aux côtés de Rikard. Comment ? Je l'ignore, j'ai dû avoir une absence alors que mon esprit était ailleurs.

Pitié, qu'il reste calme.

– Si vous avez besoin de quoi que ce soit, je serai dans la cuisine, nous rappelle Alfrida.

Nous ne prenons pas la peine de lui répondre, la main de mon petit copain se fait pressante dans mon dos et m'oblige à accélérer le pas.

Un.

Ma température augmente sous la peur.

Rikard ferme la porte derrière moi, je n'ose me retourner.

Deux.

Mon cœur cogne plus fort.

Le plancher grince sous son poids. Je ferme les yeux en me pinçant les lèvres.

Trois.

Inspire, exp…

Mon corps est brusquement malmené, Rikard me force à me retourner pour lui faire face. Sans attendre, il me gifle fort, basculant ma tête en arrière.

– Espèce de salope, siffle-t-il, le visage rouge de colère.

– Ce n'est pas ce que tu crois, murmuré-je en ravalant un sanglot.

Je tente de réprimer mes tremblements, mais c'est peine perdue.

– Garde tes mensonges pour un autre.

Son ton est sans appel.

– Je t'ai à peine laissée quelques jours seule et tu en profites pour me tromper ?

– Je ne t'ai pas trompé !

– Ferme-la ! Ta langue de vipère ne sait dire que des mensonges. T'es qu'une salope profiteuse qui n'est rien sans moi. Je t'ai tout donné et voilà comment tu me remercies ?

Mon sang ne fait qu'un tour. Il a raison. Il m'a rendue dépendante de lui, de cette vie que nous menons depuis quatre ans. Même s'il ne le sait pas encore, c'est fini. Je vais bientôt dire adieu à mon passé pour me reconstruire ailleurs.

– Quand je pense que je m'occupais de ma mère blessée pendant que madame batifolait ailleurs.

– Je… ne t'ai pas… trompé.

Ma voix, plus puissante cette fois, sonne à ses oreilles comme un défi, une révolte de ma part.

Ne pouvant plus se contenir, il m'assène un coup de poing dans l'estomac puis un second lorsque je tente de lui échapper. À bout de souffle, je tombe à genoux, peinant de toutes mes forces à contenir mes cris de douleur. Je ne veux pas lui donner la satisfaction de m'entendre hurler pour lui. La souffrance vrille mon corps, et les larmes que je peine à refouler se déversent sur mes joues. Je finis par me recroqueviller à même le sol alors qu'il s'éloigne pour s'enfermer dans la salle de bains.

Je n'ose plus bouger. Au moindre mouvement, je crains qu'il ne surgisse pour me faire de nouveau mal. Je suis misérable. Je dois avoir l'air d'un animal apeuré à qui son maître vient de donner une correction. Pathétique. Je me dégoûte. Je ne veux plus être cette femme insignifiante qui se laisse dominer.

Quelques minutes plus tard, Rikard revient, plus calme, détendu et les cheveux un peu mouillés. Quelques mèches rebelles lui barrent le front. Il est séduisant. Une beauté sombre comme on en voit rarement. Contrairement à Nik, qui lui a une beauté sauvage, presque rassurante quand on le connaît. À ses côtés, on se sent protégé. Il a aussi sa part d'obscurité, mais elle est moins oppressante que celle de l'homme qui se trouve dans cette pièce avec moi.

– Lève-toi et fais ta valise, on part.

Hors de question. Qu'il aille se faire foutre.

– Je ne veux pas partir avec toi, murmuré-je en restant prostrée.

– Quoi ? Qu'est-ce que tu as dit ?

Il m'attrape par la queue-de-cheval et me relève. Mes pieds quittent un instant le sol avant de le retrouver lourdement. Un gémissement de douleur m'échappe alors que je tente de le faire lâcher prise.

– Répète un peu ce que tu viens de dire.

Son visage à quelques centimètres du mien, son haleine de café s'écrase contre ma peau. L'odeur me donne la nausée.

– J'ai dit que…

– Ferme-la, tonne Rikard en lâchant mes cheveux pour attraper mes joues d'une main, ses doigts s'enfonçant douloureusement dans ma chair. Tu vas rentrer avec moi, que tu le veuilles ou non.

Il me jette sur le lit et se penche dangereusement sur moi. Le cœur au bord des lèvres, je ne peux sortir aucun son alors qu'il glisse une main sous ma robe.

– Je vais te montrer que tu n'auras jamais de meilleur amant.

Sa main caresse durement ma cuisse et me glace le sang. D'un geste brusque, il déchire mon bas. Je frissonne, mais pas de désir. Un bouillon de sentiments plus noirs les uns que les autres se mélange et menace d'exploser.

– Fais pas ça…

Les coups font partie de mon quotidien, mais est-il prêt à pousser jusqu'au viol pour me donner une bonne leçon ? Il n'est jamais allé jusque-là.

– Tu vas vite oublier la queue de ce connard qui t'enlaçait.

Il parle de John Gray. J'aurai beau plaider ma cause, Rikard ne m'écoutera pas. Je ne suis qu'une menteuse à ses yeux. Une infidèle qu'il doit remettre sur le droit chemin.

Lorsque sa main atteint la zone désormais interdite pour lui, mon corps est parcouru d'une décharge électrique. Un courage et une force dont je n'avais pas connaissance s'emparent de moi. Je replie mes jambes contre mon torse en le repoussant avec mes bras et écrase mes pieds contre son abdomen pour le projeter en arrière. Mon geste nous surprend tous les deux. Je ne me suis jamais rebellée. Avant qu'il ne se reprenne, je me lève et cours jusqu'à la porte.

– Reviens ici !

Je sors sans attendre et file jusqu'aux escaliers, que je descends en manquant de tomber. Derrière, le pas lourd de Rikard m'indique qu'il me poursuit. Les battements forts et rapides de mon cœur m'empêchent d'entendre autre chose. À ma droite, le bruit de la porte d'entrée qui claque attire mon attention. Niklas, suivi d'Oscar, me regarde étrangement. Mes cheveux ébouriffés et mon collant déchiré doivent me donner l'air d'une vagabonde. Une main se pose sur mon épaule. Je n'ai pas besoin de me retourner pour savoir que Rikard m'a rattrapée.

– Remontons.

Je ne bouge pas, mon corps lourd ne m'obéit plus. Ma respiration se fait courte et rapide, je manque d'air à la simple pensée de ce qui va m'arriver si je remonte avec lui.

Mon regard rencontre celui du beau Viking. Nous nous toisons longuement. Par ce simple contact, j'espère qu'il capte toute ma détresse et ma peur.

Aide-moi.

J'ai envie de le dire à voix haute, mais j'en suis incapable.

Rikard me tire en arrière, attrape mon bras et me force à monter la première marche des escaliers. Je tente de résister, mais mes maigres efforts sont vains.

– Un instant.

Un long frisson parcourt mon échine lorsque j'entends le timbre grave de sa voix. Comme un seul homme, nous nous retournons vers Niklas.

Mon cœur manque de sauter de joie. Cette connexion que je pensais perdue entre nous est toujours là.

Rikard se tend à mes côtés et resserre sa prise sur moi.

– Je te conseille de la lâcher.

– Ce ne sont pas tes affaires. Ça ne concerne que Lovisa et moi.

Nik s'approche de nous jusqu'à ce qu'il reste un mètre. Une force puissante émane de lui, tant par sa carrure que par son arme dévoilée, accrochée à son torse.

– Tout ce qui concerne Lovisa me concerne.

– C'est ma copine !

Pour appuyer ses mots, Rikard serre un peu plus mon bras et me tire vers lui. Je tente de me dérober, mais il est bien plus fort.

– C'est comme ça que tu traites ta copine ? En la malmenant ?

Sa voix est chargée de colère, il baisse les yeux sur mon collant déchiré. Il effectue un mouvement de recul, ses lèvres s'entrouvrent avant de se refermer aussi sec. Ni une ni deux, il se jette sur mon petit ami, nous faisant tomber sur les marches. Surpris, Rikard me lâche, j'en profite pour me pousser sur le côté et me relever.

– Petite merde ! lâche Niklas en écrasant son poing sur la mâchoire de son adversaire.

Un combat auquel je ne m'attendais pas se déclenche entre les deux hommes. Poings et pieds sont utilisés pour blesser l'autre. Nik a largement l'avantage sur Rik et c'est ce qui me fait peur. S'il continue, il va finir par le tuer.

– Arrêtez, murmuré-je d'une voix si faible qu'elle ne peut être entendue.

Les coups continuent. Le sang commence à couler sur leurs mains et leur visage. Je regarde vers Oscar.

– Faites quelque chose !

Il pose sa main sur son oreillette et appelle du renfort. Pendant ce temps, Oscar tire son patron en arrière et tente de le maîtriser. Quant à moi, je me précipite sur Rikard et l'aide à se relever.

– Qu'est-ce que tu fous, putain ? me lance Niklas énervé, en me fusillant du regard.

– Je t'empêche de faire une bêtise, osé-je dire.

Rikard est défiguré, lèvre et arcade gauche fendues, pommette rouge et gonflée et des traces de sang un peu partout. Nik non plus n'est pas mal dans son genre, mais il s'en sort mieux. Ça me heurte de le voir blessé ; j'aimerais panser ses blessures, mais, en cet instant, je dois éloigner Rik.

Deux hommes de main pénètrent dans la maison, Oscar les renvoie aussitôt, leur aide n'est plus utile. Je regarde Nik frotter sa lèvre ensanglantée du revers de la main. Je peux sentir sa colère jusqu'ici. C'est un homme puissant, mais Rikard aussi et sa famille a une très grande influence en Suède. S'il devait lui arriver malheur, ils feraient tout pour détruire le coupable. Je refuse que cela lui arrive. Il ne doit pas être mêlé à mes problèmes.

Sans un mot, j'accompagne mon petit ami – ou ex-petit ami ? – jusqu'à la salle de bains de ma chambre. Niklas tente de nous suivre, mais je l'en empêche et je vois qu'il n'apprécie pas du tout. Que doit-il penser ? En haut, je reste à l'écart de Rikard, préférant garder une distance de sécurité entre lui et moi. D'ailleurs la porte de la chambre reste ouverte, je refuse d'être de nouveau dans une pièce close avec lui. Il se débarbouille rageusement le visage. Son ego en a pris un coup. Jamais personne n'a osé lever la main sur lui comme l'a fait Niklas.

– On s'en va tout de suite, exige-t-il en examinant son visage dans le miroir.

Après ce qu'il vient de se passer, il reste braqué sur l'idée que je rentre avec lui à Stockholm. Je secoue la tête et croise les bras contre moi, réveillant la douleur au niveau de mon estomac. Il m'a blessée. Encore. Il ne cessera jamais. J'ai trop longtemps cru en ses belles paroles. Dès le début, il a su me charmer, m'amadouer. Les premières fois, lorsqu'il levait la main sur moi, j'étais convaincue que je le méritais, que c'était ma faute. Les années ont passé et je me suis rendu compte que je n'étais pas le problème. Tout se passe dans sa tête et peu importe ce que je ferai pour le satisfaire, il trouvera toujours un prétexte pour me frapper ou me rabaisser.

J'inspire profondément, espérant ainsi me donner le courage de parler.

– Je ne viendrai pas avec toi. C'est terminé.

– Ça le sera quand je l'aurai décidé.

Il sort de la salle de bains et s'avance vers moi. Tel un aimant qui s'opposerait à un autre, je me recule et lève une main vers lui. Mon geste le surprend et a l'effet escompté. Il s'arrête.

– Je te souhaite un bon retour. Il vaut mieux qu'on en reste là.

De nouveau, je me sens sur le point de pleurer, mais je reste forte. Ma lèvre tremble légèrement, je ravale un sanglot et sors avant qu'il ne puisse répliquer. Maintenant que les choses sont claires sur notre situation et qu'il ne va pas trop mal, j'ai besoin de savoir ce qu'il en est du côté de Niklas. Dans le hall, Alfrida sort du salon avec une trousse de secours. Son air soucieux me noue l'estomac. Lorsqu'elle remarque ma présence, son visage se crispe un peu plus.

– Ma chérie, pourquoi tu ne m'as rien dit sur ta situation ?

Elle sait que ce n'est pas la première fois qu'il lève la main sur moi. Comment ? Une mère sent ces choses-là. Elle l'est en quelque sorte, depuis le décès de maman. Je me mords la lèvre et baisse les yeux, honteuse.

– Je ne pouvais tout simplement pas…

Alfrida me love dans ses bras. Je me laisse aller avec plaisir et la serre comme s'il s'agissait d'une bouée de sauvetage. Son odeur de biscuit sucré, mais aussi de tisane aux herbes aromatiques me plonge dans de vieux souvenirs heureux à ses côtés. Cette époque simple et pour la plupart du temps joyeuse me manque atrocement. Elle tapote mon dos, me colle un baiser affectueux sur la joue et m'analyse en me détachant d'elle.

– Tu vas devoir mettre de la glace sur cette joue avant d'avoir une marque.

– Je le ferai. Comment va-t-il ?

Mon regard se porte vers le salon d'où aucun bruit ne sort.

– Il a connu pire. Va le voir, il s'inquiète pour toi.

Il s'inquiète pour moi, alors qu'il s'est fait frapper par ma faute ? Je m'approche silencieusement et le retrouve, debout devant la baie vitrée donnant sur l'allée, un verre d'alcool à la main. Son profil droit présente une coupure au niveau de la pommette et un hématome commence à bleuir sa peau. Ses cheveux, habituellement attachés dans un chignon serré, sont détachés et ébouriffés, accentuant sa beauté sauvage. Un vrai Viking. Mon cœur se serre et un début de volcan bouillonne au creux de mes reins à la vue de ce guerrier, tombé tout droit du Valhalla. Sa voix interrompt mes pensées.

– Je ressens rarement de la haine, commence Niklas en fixant toujours l'extérieur. J'ai déjà frappé pour défendre quelqu'un, pour me défendre ou pour asseoir ma supériorité dans le cadre de mon boulot au sein du cartel, j'ai déjà frappé pour le plaisir de participer à une bagarre, mais frapper par haine, c'est très rare.

Il se retourne en s'appuyant contre la fenêtre. Ses yeux d'acier se posent sur moi et me paralysent sur place. Il paraît détendu, mais son visage reste fermé.

– Quand j'ai vu l'état dans lequel il t'a mise, j'ai eu envie de le tuer. Savoir qu'un homme tel que Rikard Rapace te frappe impunément me met hors de moi. Ce genre d'ordure ne mérite aucune pitié. J'ai déjà tué pour moins que ça.

Il dépose son verre près de ses armes et me fusille du regard. Sa voix se durcit et se fait accusatrice.

– Mais je ne sais pas ce qui m'est le plus insupportable. Le fait que tu m'aies empêché de l'achever ou le fait que tu sois montée avec lui. Explique-moi un peu à quoi tu joues, bordel ? T'aimes t'en prendre plein la gueule, c'est ça ?

J'ouvre la bouche puis la referme. Si je l'ai fait, c'est pour lui, pour le protéger d'ennuis qu'il ne saurait gérer. Je m'avance dans la pièce en croisant les bras sous ma poitrine. J'ai froid. Debout devant la cheminée, je regarde les flammes danser entre elles, lécher et consumer le bois.

Une fissure se crée en moi, plus précisément sur le mur que j'ai dressé durant des années pour me protéger des autres, mais surtout, pour protéger tous mes secrets. Aujourd'hui, devant Niklas, je ressens enfin le besoin de m'expliquer. Sur ma relation avec Rikard, mais aussi sur comment j'en suis arrivée là. Sur ce qui a été l'élément déclencheur de cette nouvelle vie : mon départ précipité, il y a neuf ans. Ce départ que semble encore me reprocher Niklas aujourd'hui. Je ne comptais pas lui en reparler, mais, désormais, ça me semble nécessaire. Il évoque la haine qu'il ressent envers mon ex-petit ami, mais ce que je perçois surtout, là, alors qu'il utilise des mots si durs à mon égard, c'est sa haine envers moi. Envers l'adolescente qui l'a abandonné avec rien d'autre qu'une lettre immonde. Et je n'ai pas envie que ce soient les images qu'il ait de moi : ni celle de la Lovisa de 16 ans qui le jette sans un regard en arrière ni celle de la Lovisa de 25 ans qui accepte sans broncher la violence de son copain. Je veux qu'il connaisse celle que je suis, vraiment.

– Je ne suis pas partie de mon plein gré, avoué-je, crispée. Ton père… Hendrik m'a forcée à partir.

Je m'attends à ce qu'il m'interrompe, mais il n'en fait rien. Je poursuis :

– J'ai vécu dans un pensionnat où il y avait des cours de musique, il m'a au moins accordé cela. J'étais seule, affreusement seule malgré les amies que je m'étais faites. Il me manquait quelque chose…

Toi.

– Les années ont passé ; j'ai enchaîné les petits boulots après mes études et j'ai intégré un orchestre. Durant l'un de nos concerts, j'ai rencontré Rikard.

Un sourire étire mes lèvres à la pensée de nos premiers rendez-vous.

– Il était très gentil et attentionné. Il venait tout le temps me voir. Je me sentais bien, il arrivait à combler ce vide que j'avais en moi. Nous sommes sortis ensemble assez vite et, avant d'avoir pu le réaliser, j'avais emménagé chez lui.

La déchéance. J'ai été si stupide. Tout est parti en vrille à partir de ce moment-là. Je regrette souvent d'être allée trop vite avec lui. Je me suis tellement reposée sur notre douce et belle romance que je n'ai pas vu celui qu'il était réellement.

– Au début, c'étaient des crises de jalousie ; je trouvais ça mignon qu'il tienne à moi à ce point. Ensuite, il a commencé à me gifler, il s'excusait chaque fois en me promettant de ne jamais recommencer, mais il ne tenait jamais sa promesse.

Je me mords la lèvre et me retourne. Voir Nik aussi près de moi me fait légèrement sursauter, je ne l'avais pas entendu s'approcher. Les flammes éclairent son visage avec des nuances dorées, ses cheveux semblent plus clairs avec ces reflets blonds de part et d'autre. J'inspire pour me donner le courage de continuer mon monologue.

– Je l'aimais, mais ses coups devenaient de plus en plus violents et réguliers. Je lui donnais chaque fois une seconde chance, j'avais l'espoir qu'il change. Et puis… j'avais si peur. Peur des représailles si j'osais émettre l'idée de le quitter. Il disait qu'il préférait me tuer plutôt que de me laisser partir, et je le croyais. Je le crois toujours.

Une délivrance comme nulle autre auparavant s'empare de moi. Le poids que je porte sur les épaules s'évapore en un instant. Cette relation toxique m'étouffe depuis trop longtemps et m'empoisonne à petit feu. Ça ne peut plus durer. Prise de honte de m'être mise à nu devant lui, je baisse la tête et fixe ses chaussures noires. Je me trouve soudainement fascinée par celles-ci, mais surtout, par la taille de ses pieds. Je préfère penser à cela plutôt que de faire face au jugement de Niklas.

Devant moi, le jeune héritier de la fortune des Ekman s'avance, réduisant la distance entre nous à presque rien. Ses bras m'attirent contre lui et m'emprisonnent contre son torse. Ses doigts glissent dans mes cheveux ; il enlève mon élastique, et les empoigne avant de les relâcher. À travers son pull, son cœur bat à tout rompre. Est-ce que le mien bat de la même manière ? Je le sens cogner contre ma poitrine, heureux d'être niché contre celui qu'il attendait depuis tout ce temps. Je finis par lever la tête. Son regard est plus doux, presque désolé.

– Je n'ai pas besoin de ta pitié, dis-je aussitôt.

– Tu m'inspires beaucoup de choses, mais pas de la pitié. J'ignorais que c'était mon père qui t'avait mise à la porte. L'enfoiré ! Et le fait que Rikard te battait…

Incapable d'en dire plus au risque de céder à la colère, il se tait.

Je secoue la tête et lève une main sur sa joue. J'ai rêvé de faire ce geste un nombre incalculable de fois. Lentement, je caresse sa barbe, qui est plutôt douce contrairement aux apparences.

– N'y pense pas, c'est du passé.

– Je t'ai tellement haïe, m'avoue-t-il en me resserrant contre lui. Je t'ai détestée d'être partie sans moi. À l'époque, il n'y avait que toi qui comptais et lorsque je me suis réveillé et que j'ai lu ta lettre…

– Hendrik m'a obligée à l'écrire, ce n'étaient pas mes mots, l'interromps-je. Toutes ces horreurs ne venaient pas de moi.

Il hoche la tête et semble pris par ses pensées. À quoi réfléchit-il ? Contrairement à moi, il est difficile à cerner ; son esprit est aussi fermé qu'une porte à double tour. Je décide de rompre ce silence entre nous.

– Si tu décides de ne plus me revoir, avec ce qui s'est passé avec Rikard, je comprendrai. On débarque dans ta vie et on y sème le trouble, et je vois bien que ma présence ici te cause du tracas.

Il étouffe un petit rire discret et me soulève un peu, mes pieds quittent le sol. Cette position m'oblige à enrouler mes bras autour de son cou pour ne pas tomber.

– Je ne te laisserai pas partir. Je veux que tu restes ici si c'est ce que tu souhaites.

Il me demande de vivre ici ? Ce n'était pas dans mes plans ; tout ce que je voulais, c'était encaisser mon héritage et me reconstruire ailleurs. Sa proposition me trouble. Je sais qu'il n'est pas Rikard, mais une partie de moi craint de revivre cette situation avec un autre. Je me mords nerveusement la lèvre.

– Je ne t'oblige à rien, ça restera ta décision, mais, si tu restes ici, jamais rien de mal ne t'arrivera.

J'aimerais le croire, être confiante et fermer les yeux pour me laisser aller à une vie à ses côtés, mais l'empreinte de Rik est encore bien présente sur mon corps. C'est encore trop frais.

Il me repose sur mes pieds, j'en profite pour mettre un peu de distance entre nous. J'ai trop chaud et je ne sais pas si c'est à cause de la cheminée ou de ce bref corps-à-corps avec le beau Viking.

– Il faut que j'aille vérifier qu'il est prêt à partir… marmonné-je, incertaine.

Je n'aurai pas les idées claires près de lui, il faut que je m'éloigne.

Alors que j'ai à peine franchi quelques mètres, Niklas s'approche à grands pas de moi et me retourne. Je n'ai pas le temps de lui demander ce qu'il se passe que sa bouche se plaque contre la mienne. Il m'embrasse comme si ce geste était vital, qu'il en avait besoin pour vivre quelques minutes supplémentaires. Ce baiser est passionné et délicieusement aromatisé au whisky au miel. Le goût est agréable et le rend encore plus gourmand. Perdue dans une avalanche d'émotions et de sensations physiques, je m'abandonne dans ses bras et caresse sa langue de la mienne, mes mains venant s'agripper à ses cheveux. Mon cœur menace d'exploser et mon cerveau se déconnecte. Je ne pense à rien d'autre qu'à cet instant fougueux.

Cet échange est si bon que j'en oublie les convenances en le laissant attraper mes fesses. Il suçote ma lèvre inférieure avant de la relâcher sous les éclats de voix derrière nous.

– Espèce de chienne ! me jette Rikard depuis le hall d'entrée. T'es qu'une salope dévergondée, tu me dégoûtes !

Je m'écarte avec une telle violence de Niklas que je manque de tomber en arrière. Ce dernier se retourne vers mon ex-petit ami et s'apprête à lui sauter dessus quand Oscar et un second garde interviennent pour faire sortir Rik sans ménagement.

– Laissez-moi lui régler son compte, s'énerve Nik alors qu'il est retenu par Oscar.

– Il n'en vaut pas la peine, monsieur. Ne lui donnez pas cette satisfaction.

Par la fenêtre, j'aperçois Rikard se diriger rageusement vers sa voiture de location. Avant de grimper à l'avant, il regarde dans ma direction. Ses yeux sont remplis de colère et de ressentiment. Incapable de soutenir son regard, je m'enfuis dans ma chambre. La dernière image qu'il aura de moi est celle d'une femme se faisant peloter par un autre mec cinq minutes après leur rupture. Malgré tout ce qu'il m'a fait, cette pensée m'est insupportable. Niklas m'appelle au moment où je ferme à clé la porte de ma chambre.

Ma peau me démange comme chaque fois que la culpabilité me ronge. Une furieuse envie de prendre une douche glacée me submerge. *J'ai fauté. Je dois être punie.* Hendrik m'a bien appris cette leçon. Je fonce dans la douche, où j'actionne le jet effet pluie. Sans attendre, je me glisse en dessous des filets d'eau glacée, ce qui a pour effet de me couper aussitôt la respiration avant, rapidement, de la rendre saccadée. On pourrait croire qu'après toutes ces années de pratique je suis habituée, mais chaque fois, c'est un choc thermique et il me faut un moment avant de respirer normalement sans grelotter à en claquer des dents. Tout en fermant les yeux, je replie mes bras contre moi. Je repasse en revue ce que j'ai fait de mal, comme après chaque dispute avec Rikard. J'ai mis un terme à notre relation, ce qui n'était pas une mauvaise chose, mais j'ai ensuite embrassé Niklas, à peine quelques minutes après notre rupture.

Je n'aurais pas dû, mais je ne le regrette pas. Ce baiser...

Mes lèvres ont encore le goût des siennes, je passe un doigt glacé dessus en me remémorant notre échange.

Ma robe lourde et gorgée d'eau me colle au corps telle une seconde peau. Je déteste cette sensation et pourtant, je ne m'y dérobe pas.

Un peu plus loin, quelqu'un se met à tambouriner à la porte de ma chambre. La voix de Niklas s'élève et réclame que je vienne lui ouvrir. *Laisse-moi tranquille !* ai-je envie de crier.

Je m'accroupis et entoure mes jambes à l'aide de mes bras, le visage enfoui contre mes genoux.

C'est terminé avec Rikard. Pour de bon ? Vais-je retomber dans ses bras en craignant le changement ?

Je dois être forte. Je ne dois plus me faire marcher dessus. Il a fini de dicter ma vie et de m'interdire d'être celle que je veux être.

Un fracassement derrière moi me fait tressauter. Le pas précipité de quelqu'un qui court dans ma direction et ouvre la porte de la douche me fait relever la tête.

– Lovisa !

La douche, de taille exagérément grande, nous accueille facilement tous les deux. Il s'accroupit en face de moi.

– Putain, qu'est-ce que tu fous ?

L'eau martèle nos visages et me brouille légèrement la vue lorsque je le regarde. Ses mains puissantes me saisissent pour me lever. Son regard courroucé amplifie mes frissons.

– Tu vas tomber malade.

La lèvre tremblante, je rétorque :

– Ce ne serait pas la première fois. Pas vrai ?

Il renâcle et me fait sortir de la douche après avoir coupé l'eau.

– T'as raison, mais ça suffit, ces conneries. Il n'est plus là.

J'ignore s'il parle de Rikard ou d'Hendrik. Plus d'une fois, nous sommes tombés malades lorsqu'il nous obligeait à prendre une douche ou un bain glacé, ou même à plonger dans le lac du domaine en ce qui concerne Niklas.

– Enlève tes fringues, m'ordonne-t-il en ôtant lui-même son pull et son tee-shirt à manches longues.

Voyant que je ne bronche pas, il lâche un grognement et se retourne. J'enlève ma robe et mon collant pour me retrouver en sous-vêtements. J'attrape une serviette et m'enroule avec. Le dos de Niklas se contracte lorsque je pose ma main sur son tatouage du loup blanc entremêlé à un renard roux. Il me fait face et me jauge d'un regard plus doux cette fois. Silencieusement, il me guide jusqu'à mon lit. Au passage, j'aperçois le chambranle de ma porte, qui a été presque arraché lorsqu'il a forcé l'ouverture.

– T'es vraiment un malade.

Je tire la couverture et me glisse dans mon lit. Mes cheveux trempés mouillent mon oreiller. Avec un haussement d'épaules, il relève la couverture sur moi et me couve comme le ferait une mère avec son enfant. Cette image m'arrache un pauvre sourire.

– Tu ne m'ouvrais pas. J'ai imaginé le pire.

La perspective de mon suicide me fait froid dans le dos et me noue la gorge. Je mentirais si je disais que cette idée ne m'a pas déjà traversé l'esprit durant ma courte existence. Mais jamais je n'ai osé passer à l'acte.

– Je vais bien. Tu peux t'en aller.

Il lâche un rire silencieux, amer.

– On ne me l'a fait pas à moi. Je pensais que c'était derrière nous, tout ça. Mais tu le fais toujours, n'est-ce pas ?

Mon silence répond à sa question.

– Je détestais quand il t'infligeait ça. Et s'il y avait bien une chose positive dans ton départ, c'est qu'il ne pouvait plus te châtier.

Niklas s'assied sur le rebord du lit. Hésitante, je finis par poser ma main sur la sienne. Il n'attend pas pour venir serrer mes doigts.

– Je suis triste à l'idée qu'il a continué à te punir pour te façonner à sa convenance, dis-je en pinçant mes lèvres l'une contre l'autre.

Son regard se durcit au souvenir de son passé ; il esquisse un sourire sans joie.

– Il savait se montrer très inventif dans ces bons jours. Une fois, je me suis rebellé et tout a cessé. Hendrik est mort et Rikard sera bientôt loin de Kiruna, tu n'as plus rien à craindre et tu dois arrêter de te punir pour je ne sais quelle faute. C'étaient des enculés.

Il plonge ses beaux iris bleus dans les miens.

– Sois forte. Ne laisse personne te marcher dessus.

La profondeur de ses yeux et de ses paroles fait se contracter les muscles de mon ventre, et mes doigts se crispent contre les siens. Ces mots, il me les avait souvent dits étant plus jeune et je m'étais toujours montrée à la hauteur de ceux-ci, mais, au fil du temps, ils étaient passés à la trappe et je les avais oubliés.

D'un hochement de tête, je clos notre conversation sans pour autant lâcher sa main. Je ne veux pas qu'il parte. Cette envie réactive les démangeaisons de mon corps et je dois me mordre l'intérieur de la joue pour ne pas plonger dans le lac glacé d'Iron House. *Finis les conneries, ma belle*. Ça doit s'arrêter maintenant.

Je.

Suis.

Forte.

14

Niklas, 16 ans

Je l'attire. Elle me l'a enfin avoué. J'ai gagné. Il me suffirait de foncer, mais je n'y arrive pas. Quelque chose me bloque. On se cherche, on se taquine continuellement. J'aime ce jeu du chat et de la souris. Nous changeons et tout le monde le remarque. Y compris nos parents. Mon père m'a promis une séance d'hydrothérapie pour me calmer. C'est comme cela qu'il appelle les douches glacées qu'il m'oblige à prendre ou les sauts dans le lac. Je déteste ces punitions, la plupart infondées et cruelles. Quant à Sigrid, elle a menacé de me couper les couilles si je touchais un seul cheveu de sa princesse. En clair, aucun d'eux ne souhaite qu'on batifole sous leur toit. Qu'ils causent toujours. Je ne vais pas les laisser me dicter ma conduite. Ils peuvent me menacer de tout, ils ne décideront pas pour moi.

***

Trois ans plus tôt

Courir toujours plus vite, toujours plus loin. Dans le sport, je peux m'évader et rêver d'une autre vie, plus simple, moins prise de tête. Sans Hendrik. Il rend mes journées bien sombres lorsqu'il le veut. Dans ces moments-là, j'enfile une tenue de sport, j'enfonce mes écouteurs dans mes oreilles et je cours jusqu'à ce que l'air brûle mes poumons. Par tout temps, je sors ; mon corps chauffe tellement que je ne ressens pas le froid polaire de cette partie du pays où les températures sont très basses.

Sous une fine chute de neige, je cours depuis une heure. Mes membres sont douloureux et mon corps gelé de l'intérieur, chaque respiration est une torture. Je suis à bout de forces. Vidé de mon énergie, je fais demi-tour pour revenir à Iron House. En chemin, mon téléphone sonne.

Gunkil.

Je décroche, la respiration saccadée et bruyante.

– Salut, mon pote. Quoi de neuf ?

Sa voix se diffuse directement dans mes écouteurs.

– Yeah ! C'est quoi, ce bruit ? Tu cours encore ?

Gunkil n'est pas du genre à faire du sport et ça le dépasse que je sois aussi accro à l'adrénaline que cela me procure. Je pratique l'escalade, du crossfit, de la randonnée, du rafting en été. Cette dernière activité est la seule que Gunkil partage avec moi. Fredrik, quant à lui, m'accompagne dans presque toutes mes aventures.

– Qu'est-ce que tu veux ? demandé-je entre deux souffles rauques.

– Jonna organise son anniversaire au Red Mill la semaine prochaine. Vu que le gérant est un très bon ami, on s'est dit qu'il fermerait le bar pour un soir.

Le bar m'appartient depuis deux ans. L'ancien propriétaire en a fait un des endroits les plus branchés de Kiruna. J'adore y aller, alors quand il a décidé de vendre, je n'ai pas hésité un instant. Depuis, mes amis en profitent pour boire à l'œil. Plus d'une fois Gunkil s'est fait jeter du Red Mill. Je lui ai confié les rênes de mon affaire, mais il s'est montré peu fiable. Notre collaboration n'a pas duré longtemps, mais cet incident n'a rien changé à notre amitié.

– OK. Mais si vous cassez quoi que ce soit, c'est à votre charge.

Je tousse et me racle la gorge. Une grosse fatigue me submerge et m'écrase le crâne et les épaules, j'ai trop donné durant cette séance de jogging.

– T'es génial ! Je préviens Jo, tu vas faire une heureuse.

Cette idée n'engendre aucune émotion chez moi. Jonna est une très bonne amie avec qui je couche occasionnellement, mais je n'ai aucun sentiment pour elle. Je suis conscient de ce qu'elle éprouve pour moi et à de nombreuses reprises elle m'a déjà fait des crises de jalousie. Je ne sais pas pourquoi je m'encombre encore de cette relation.

Au loin se profilent les barrières d'Iron House.

Enfin.

Je suis à bout de souffle et mon corps me crie de m'arrêter. J'ai épuisé toutes mes réserves.

– Arrange-toi avec Bethenny et n'en profite pas pour la draguer. On ne touche pas à mes employés.

– Je ne promets rien, tu sais que je ne résiste pas à un joli minois.

– Gun…

Je m'interromps, incapable d'en dire davantage. Je m'arrête net, m'appuie sur mes genoux et prends de grandes goulées d'air frais. Je ressens une vive douleur dans la poitrine ; mon cœur bat si fort qu'il menace d'exploser. Mes oreilles bourdonnent et ma vue se trouble.

– Nik, mon pote ? Ça va ?

– Je…

Ma voix n'est qu'un murmure, je n'arrive pas à hausser le ton. Une bouffée de chaleur m'envahit avant que le monde ne bascule sous mes pieds. Je m'effondre dans la neige, Gunkil criant dans mes oreilles.

***

Au bout du premier étage, face au lac et à la forêt de la propriété, est installée une salle de sport contenant le nécessaire pour faire de la musculation, mais aussi un tapis de course, un vélo et un sac de sable pour la boxe. J'ai besoin de lumière et la vue depuis la fenêtre est très prenante. Je n'utilise plus la salle qui se situe au sous-sol, non loin du champ de tir. Trop lugubre et froide.

Allongé sur un banc, je soulève de la fonte sous la surveillance de Micaël, un coach sportif que j'ai engagé il y a trois ans. Il vient plusieurs fois par semaine et me soumet à un programme contrôlé qu'il m'oblige à suivre à la lettre. C'est pour mon bien. La plupart du temps, lorsque je cours, il se trouve à mes côtés, mais je préfère nettement être seul.

– Vas-y mollo, me conseille Micaël en se tenant près de ma tête.

Aucune pause. Je soulève ma barre, encore et encore. Micaël surveille la moindre faiblesse de ma part. Il soupire pour la énième fois lorsque je refuse son aide quand la charge me donne du fil à retordre. Bordel, j'ai fait pire, mais aujourd'hui mon corps me fait défaut. Les bras tremblants, je suis obligé de capituler. Je me redresse et passe une serviette sur ma nuque. J'ai le corps en sueur, comme si je venais de courir un marathon.

– Tu n'es pas en forme aujourd'hui, relève Micaël en écrivant dans son carnet. Tu prends bien ton traitement ?

– T'es ma mère ou quoi ? raillé-je en m'emparant de ma gourde où je bois de grandes gorgées d'eau.

Micaël range ses affaires. C'est un type de taille moyenne, fine musculature et le seul à me battre à la course. Ses cheveux noirs, taillés court, et ses yeux noisette font craquer Lucia, une ancienne amie de lycée qui vient à la propriété s'occuper des renards roux. En grandissant, elle s'est passionnée pour les animaux, à la suite de quoi elle a fait des études pour devenir vétérinaire. Elle s'occupe de mes bêtes. Lucia vient un peu trop souvent, je la soupçonne de venir pour Micaël. Ils se tournent autour sans qu'aucun des deux fasse le premier pas.

– Allez, j'ai pas été si mal, regarde ce que je viens de soulever.

– Tu es tout rouge, tu as trop forcé et tu es en nage, s'inquiète Micaël en balançant son sac sur son épaule. Si tu ne m'écoutes pas, on ferait mieux de tout arrêter.

Il exagère, je l'écoute plus que je l'aimerais. Je me relève et tape mon poing dans le sien avant qu'il ne s'en aille. J'ai droit à cette promesse au moins une fois par mois.

Après son départ, j'enroule mes mains dans des bandes et tape dans un sac de sable. Lovisa ne va pas tarder à arriver. Après l'incident avec Rikard, il y a maintenant une semaine, j'ai commencé à l'entraîner pour qu'elle puisse se défendre un minimum en cas d'agression. Elle doit s'endurcir et s'affirmer. Je veux voir celle qui se cache au fond d'elle. Mon renard apprend vite et si ses gestes sont encore mous et maladroits, la volonté d'apprendre y est. La vision de son corps couvert de bleus me brouille l'esprit un instant. Après le départ de ce connard de Rikard, j'ai exigé toute la vérité et lorsqu'elle m'a montré les hématomes, une rage folle m'a envahi. Je les avais vaguement vus quand je l'avais surprise sans son pull, mais à ce moment-là j'étais plus absorbé par l'idée de lui faire du mal que par celle de lui poser des questions. L'envie de débarquer à Stockholm pour lui défoncer la gueule me démange au plus haut point, mais j'ai promis à Lovisa de ne rien faire. Et je ne reviens jamais sur une promesse.

En parallèle, j'ai repensé à mes propres actes envers elle. Je ne l'ai pas frappée, mais à plusieurs reprises je l'ai malmenée en l'attrapant par la gorge ou en lui parlant de manière brute et autoritaire. La pensée qu'elle puisse un jour nous trouver des similitudes me pousse à me remettre en question, mais comment changer une nature si profonde, inculquée par la violence d'un père ? N'est-il pas difficile de ne pas reproduire le même schéma ?

Lovisa finit par pointer le bout de son nez, cheveux relevés en une queue-de-cheval haute et habillée d'un legging noir et jaune fluo ainsi que d'une brassière dans les mêmes tons. Elle est à croquer. Cette tenue met en évidence la maltraitance qu'elle a subie, mais ça n'enlève rien à sa beauté. Ses hématomes passent doucement du violet au jaune marron. Bientôt elle n'aura plus aucune séquelle.

– Prête, bébé ?

Elle rougit quand elle entend son surnom. Depuis le départ de Rikard, je redécouvre Lovisa sous un autre jour. Elle est plus détendue, souriante, presque épanouie même. Comme à notre adolescence, nous nous cherchons continuellement. On se tourne autour tels deux gamins. Je fais la connaissance de ses baisers, de ses caresses, de ses câlins parfois maladroits sous sa timidité. Nous ne sommes pas encore passés à l'acte. Je ne la sens pas prête et je pense qu'après une telle rupture, il lui faudra probablement du temps avant de tourner définitivement la page. Ça ne m'empêche pas d'essayer en titillant ses zones érogènes comme son cou ou la base de ses oreilles.

– Qu'est-ce qu'on va faire aujourd'hui ?

Son regard glisse sur mon torse et le mordillement de sa lèvre inférieure fait grimper ma tension. Se rend-elle compte de l'effet qu'elle a sur moi ? En sueur, je me débarrasse de mon tee-shirt et le balance dans un coin de la pièce.

– La vue te plaît ?

– Quoi ? Je ne te regardais pas ! se justifie-t-elle en détournant la tête.

Je ricane et m'éloigne pour prendre des bandages propres. Elle peut me mentir, mais son corps me dira toujours la vérité.

Elle tend ses mains, que je bande avec attention.

– Ton tatouage est immense, il a dû faire mal.

À mes 18 ans, j'ai fait faire ce tatouage qui recouvre la totalité de mon dos. Un loup blanc entremêlé à un renard roux flamboyant. C'est nous. La vision que j'en avais à l'époque. Je suis un loup blanc, froid et terrifiant, et elle un renard roux, doux et inoffensif. J'oublie souvent son existence, jusqu'à ce qu'on me le rappelle. Dans ces moments-là, Lovisa occupe toutes mes pensées. À présent, je n'ai plus besoin de lui pour me souvenir d'elle. Elle est rentrée.

– Tout comme le tien.

Je la retourne et glisse mes doigts sur son omoplate droite où une tête de loup semble avoir été dessinée au feutre. Je l'effleure lentement, sa peau frissonne.

– Je suis jaloux, lui confié-je en déposant un baiser sur son épaule. Ce tatouage est ancré en toi, tu l'as dans la peau à vie. J'envie sa place.

Je recule sa queue-de-cheval et dépose un autre baiser sur sa nuque. Son corps réagit sous mes gestes, me rendant encore plus dingue d'elle. Son dos s'appuie contre moi, elle penche la tête sur le côté, m'offrant son cou fin.

– Ce n'est que de l'encre sans vie, sans personnalité, sans sentiment. Tu es bien plus qu'un simple tatouage pour moi.

Ses mots gonflent mon cœur de plaisir. Ma tête me rappelle à l'ordre, me disant de faire attention, que tout ça est trop beau pour être vrai. Même si elle m'a quitté une première fois à cause d'Hendrik, rien ne me dit qu'elle ne recommencera pas de son propre chef. En sachant cela, je ne peux m'empêcher de vouloir tout d'elle, tout *avec* elle.

Je l'embrasse sous l'oreille et la pousse doucement vers le sac de sable.

– Au boulot. Je ne te lâcherai pas tant que tu ne sauras pas te défendre.

Elle se positionne devant le sac et se met à cogner dedans. Je la laisse faire au début puis me place dans son dos. Je tapote ses coudes pour les baisser.

– Trop haut. Garde-les près de toi quand tu frappes, tes côtes ne sont plus protégées. Quand tu donnes un coup de poing direct, tu dois faire comme ça.

Je la mets sur le côté et frappe le sac en donnant des coups forts et rapides. Mes coudes se lèvent un peu, mais reviennent vite contre moi après chaque attaque. Elle imite mes gestes, les sourcils froncés par la concentration. Plus elle s'entraîne, plus ses gestes sont précis.

– Super. Tu es une bonne élève.

– Il faut dire que j'ai un bon professeur.

– Flatteuse. Si tu essaies de gagner des points, il m'en faudra plus, lancé-je avec un regard taquin.

Elle rit et me donne un coup amical à l'épaule.

Pour la suite, je lui apprends des prises d'autodéfense en simulant différentes attaques, à se libérer d'une étreinte, qu'elle se fasse attraper par le poignet, la gorge ou tout le corps. Elle ne pare aucune des attaques et se retrouve souvent au tapis, avec moi sur elle. Au bout de la dixième mise au sol, elle capitule en restant couchée.

– J'abandonne. Je n'y arriverai jamais.

– Ne baisse pas les bras. C'est normal de ne pas réussir du premier coup. Grâce à moi, tu sauras désarmer n'importe quel mec qui osera t'attaquer.

Je m'allonge près d'elle et l'attire contre moi. Son corps frêle et en sueur se blottit dans mes bras. Ses cheveux roux éparpillés autour de son visage ne tiennent presque plus dans son élastique.

– Tout ça semble si facile pour toi.

Je souris à ses mots. Nous n'avons pas la même condition physique et j'ai mis des années avant de tout maîtriser.

– Tu y arriveras, répété-je. C'est en entreprenant les choses vite qu'elles sont mal faites. Tout art a sa discipline, ses facilités et ses difficultés. Il faut s'entraîner et aller au-delà de ses limites, ne pas baisser les bras et s'arrêter quand le corps menace de craquer.

Hendrik était un bel enfoiré, mais certaines de ses valeurs m'ont bien servi pour devenir l'homme que je suis aujourd'hui.

Nous nous relevons au moment où mon portable sonne. Jonna. Bordel. Encore. Depuis que je l'ai chassée de chez moi, je ne l'ai pas revue et elle n'arrête pas de me téléphoner. N'a-t-elle pas compris le message ? Ça doit cesser.

– Allô !

– Nik ! Oh, Nik, enfin ! Je suis désolée. Écoute, j'ai merdé. OK ? Ça n'arrivera plus.

Je soupire. À peine quelques secondes au téléphone avec elle, et sa voix m'exaspère. Comment j'ai fait pour la supporter jusqu'à maintenant ?

– Il faut que tu arrêtes d'essayer de me joindre. C'est fini, t'as compris ? Venir aux grilles du portail, emmerder mes hommes et appeler sur le téléphone de la maison ne sert à rien.

Je tente de parler de la manière la plus calme possible. Un peu plus loin, Lovisa boit son eau tout en me regardant, interloquée. Je secoue la tête et lui tourne le dos.

– On s'est bien amusés, mais c'est fini maintenant, il faut passer à autre chose. Trouve-toi un gars bien, marie-toi avec et pondez des mioches. Je ne suis pas pour toi.

Un reniflement au bout du fil m'indique qu'elle pleure. Pas ça. Je déteste faire pleurer une femme. Je suis dur dans mes mots, mais je suis direct, je n'aime pas tourner autour du pot.

– T'es qu'un enfoiré, un sans-cœur. Je te hais, tu me le paieras et elle aussi ! crie-t-elle, me bousillant le tympan au passage. C'est à cause de Lovisa, c'est ça ? Elle débarque et tu me jettes ! Je ne me laisserai pas faire ! Elle ne perd rien pour attendre.

– Écoute, grondé-je, si tu touches à un seul de ses cheveux, je te jure que tu auras affaire à moi. OK ? Donc maintenant, tu dégages de ma vie et tu ne reviens plus !

Après avoir raccroché, j'inspire profondément et me retourne vers Lovisa. Devant mon air furax, elle serre sa bouteille entre ses mains, hésitante.

– Est-ce que ça va ?

Son expression me radoucit. Je n'aime pas la peur que je lis sur son visage, encore moins si elle est causée par moi. Je m'approche et étreins ses épaules.

– Ne t'en fais pas, juste une épine dans le pied que j'ai enfin enlevée.

Elle hoche la tête, peu convaincue par ma vague explication.

– Au fait, reprends-je, tu as des nouvelles de Rikard ?

– Aucune. Il n'a pas tenté de me joindre et j'ai vu qu'il m'avait bloquée partout sur les réseaux sociaux. C'est définitif.

Une pointe de tristesse traverse ses yeux émeraude. Dire adieu à une relation de quatre ans, aussi chaotique soit-elle, ne doit pas être évident.

J'enfile un sweat noir à capuche pendant qu'Oscar fait irruption dans la pièce en me signalant la présence de Gunkil et Fredrik.

– Qu'est-ce qu'ils deviennent ? m'interroge Lovisa en sortant avec moi de la salle de sport.

– Ils sont à leur compte, chasseurs de primes.

Elle rit en longeant le couloir. J'adore ce son. Voir qu'elle est heureuse est bien plus plaisant que les traits affligés qu'elle arborait les premiers jours.

– Je trouve que cette profession leur va comme un gant.

Je suis d'accord. Depuis toujours ils ont ce côté déjanté qui ne les fait rentrer dans aucune case. À l'annonce de leur intégration dans la police, je suis tombé sur le cul. Qu'est-ce qui est passé par la tête de ces poulets pour engager deux tarés dans leurs rangs ? Quoi qu'il en soit, ils ont trouvé leur véritable vocation et ils sont bien plus doués en tant que chasseurs de primes.

Quand j'entre dans le salon, Fredrik me salue, tandis que Gunkil se sert à boire. Quand ce dernier se retourne, son regard s'illumine à la vue de la jeune femme à mes côtés. Mais en remarquant les hématomes sur son abdomen, ses sourcils se froncent ; il m'interroge silencieusement, je lui fais signe de ne rien dire.

– Bonjour, salue Lovisa, timide.

Elle est adorable.

Elle ne les a pas vus depuis de nombreuses années ; pourtant, cette scène m'est familière. À l'époque, notre bande se réunissait dans ma garçonnière.

– Une revenante ! s'exclame Gunkil en s'approchant.

Il tente de lui faire une accolade, mais je passe mon bras autour de ses épaules pour l'en empêcher et l'éloigner d'elle. Mon geste le fait rire ; il jette par-dessus son épaule :

– T'es de retour définitivement ? Tu as manqué à tout le monde, surtout à Nik, n'est-ce pas, mon pote ?

– La ferme, grondé-je.

Je ne sais pas si elle va rester, nous n'avons pas vraiment abordé le sujet et je n'en ai pas envie. Si elle doit partir, je préfère le savoir le jour de son départ. Faire l'autruche ne m'aidera pas, mais je me débrouillerai pour qu'elle ne veuille plus me quitter. L'idée de vengeance que je souhaitais lui faire subir s'est envolée le jour où elle m'a annoncé la vérité sur son départ précipité.

Je l'invite à me rejoindre sur le canapé, tandis que mes amis s'installent dans un fauteuil individuel de chaque côté de la table basse.

– Si vous êtes là, c'est qu'il y a du nouveau à propos de Rodrigo ?

Ce prénom interpelle Lovisa. Ses fins sourcils se froncent ainsi que ceux de Fredrik à ma droite.

– Elle est au courant ?

– Non, mais vous pouvez parler sans crainte devant elle.

Ils échangent un long regard entre eux, ce qui m'exaspère ; je n'ai pas besoin de leur avis sur la question. Bordel, ils n'ont pas à discuter mes ordres. Exaspéré, je soupire.

– Alors ?

Fredrik enchaîne aussitôt.

– Un homme, assez proche de lui nous a livré l'une de ses planques à Mölnadal. On est allés fouiller les lieux.

– Qui vous dit que cet homme a dit la vérité ?

– Vu le passage à tabac qu'on lui a fait subir, je doute fort qu'il nous ait menti, se vante Gunkil. Et puis on a vu Rodrigo s'y rendre.

Quoi ? Je fais mine de regarder autour de moi puis leur lance un regard assassin.

– Bien, alors, où est-il ? Pourquoi ne l'avez-vous pas ramené ?

– Il était entouré de cinq hommes armés jusqu'aux dents et ils ne l'ont pas quitté d'une semelle. On ne faisait pas le poids. On l'a suivi jusqu'à un entrepôt près des quais dans les quartiers de Långedrag, où il a parlé un moment avec le capitaine d'un porte-conteneurs… Ça va, mon pote ?

– Le nom du bateau.

Fredrik fouille un carnet et trouve la page voulue.

– Le *Black Eagle*.

Quelle expression mon visage arbore-t-il ? Je n'arrive pas à contrôler mes traits. Intérieurement, les mécanismes de mon cerveau se sont arrêtés sur ce nom. Je le connais, je le connais même trop bien. Mon père m'en a parlé en long et en large. C'est grâce à lui que son commerce illégal fonctionne. Commerce qui est à présent le mien. Et le fait de ne pas avoir été informé de cette entrevue alors que le capitaine est payé grassement par ma famille depuis longtemps ne me dit rien qui vaille.

C'est la merde.

– Ça va ? me demande Lovisa.

– Nik ? enchérit Gunkil.

Je me lève, un peu trop vite, je suis pris de vertige, que je chasse rapidement, ce n'est pas le moment de flancher. Je circule dans la pièce en réfléchissant, ne prenant pas la peine de répondre à leurs questions.

Si Rodrigo prend possession de mon moyen d'importation, je suis fichu. Une cargaison est censée arriver dans deux jours et la distribution se fait le lendemain. Il ne doit pas s'en emparer.

– Fredrik, va chercher Oscar, j'ai besoin de lui. Gunkil, contacte Patrik Hallgreen, c'est le capitaine du *Black Eagle*. Arrange-toi pour aller le voir et assure-toi de sa loyauté.

Gunkil a des méthodes de persuasion radicales, cette mission est parfaite pour lui. Patrik est un marin véreux qui accepte les enveloppes glissées sous la table. Il en reçoit une de notre part chaque mois.

– Oscar te donnera son numéro et ce qu'il faut. S'il est trop gourmand, montre-lui qu'on ne négocie pas avec un Ekman.

– Avec plaisir, patron, répond-il en partant dans le hall.

Fredrik s'éclipse pour aller avertir Oscar. Je sors le paquet de cigarettes que je garde dans une commode du salon. J'en allume une rapidement et tire une longue bouffée. Tout en expirant, je me pince l'arête du nez en fermant les yeux. De quoi aurai-je l'air si je fais tout foirer, à peine l'affaire entre mes mains ? Mon père se retournerait dans sa tombe.

Lovisa s'approche en silence et glisse sa main dans la mienne.

Ce geste me surprend, c'est si intime, si « couple » alors que rien n'a été encore défini entre nous. Je la regarde et dépose un baiser sur ses lèvres. À sa grimace, je sais que l'odeur de clope la dérange. J'écrase ma cigarette et attire Lovisa contre moi.

– Tu as de sérieux problèmes, n'est-ce pas ?

– Rien d'insurmontable, je te rassure. Tu n'as pas à t'en faire pour moi.

– Tu le fais constamment pour moi, alors pourquoi ne pourrais-je pas en faire autant ?

Adorable. Je passe ma main dans ses cheveux puis sur sa joue. Je ressens le besoin de la toucher assez souvent. Je la vois devant moi, je sens sa chaleur lorsque nos corps sont proches, mais parfois, mon esprit me joue des tours et me dit que ce n'est pas réel.

Dans l'entrée, Gunkil se prépare pour son départ. Pour une fois, il a la délicatesse de fermer son clapet. Au contraire, il me fait un clin d'œil en souriant, je peux presque lire dans ses pensées. Plus jeunes, nous étions comme des siamois. Sans ce lien de fraternité entre nous, je lui aurais depuis longtemps flanqué une dérouillée et je l'aurais chassé de ma vie.

– Monsieur ?

Oscar pénètre dans la pièce et se présente à moi.

– Organisez une réunion avec tout le monde. Aujourd'hui. Envoyez-leur le jet.

– C'est un délai plutôt court, je doute que…

– Je sais, le coupé-je. C'est urgent, ça ne peut pas attendre.

Rodrigo ne perd pas une minute pour mettre à mal mes affaires, je ne peux me permettre d'attendre plus longtemps. Gunkil s'en va avec lui dans son bureau après avoir reçu mes directives. Fredrik attend ses nouvelles instructions, son carnet contre lui. Il adore noter absolument tout, c'est quelqu'un d'assidu et minutieux dans son travail. Il est le cerveau et Gun les bras.

– Continue les recherches sur Rodrigo, il ne doit pas m'échapper.

Tant qu'il ne sera pas entre mes mains, il restera dans mon esprit. Avec moi, les choses peuvent tourner à l'obsession, je ne lâche jamais le morceau avant d'avoir gain de cause.

Une douleur me vrille le crâne, s'ensuit un saignement de nez. Je me pince les narines et penche la tête en arrière.

– Putain, c'est pas vrai.

– Ne bouge pas, je t'apporte un mouchoir.

Lovisa s'empresse dans la cuisine. Je m'assieds sur le canapé, face à la cheminée et pose ma nuque sur le dossier.

– Tu es pâle, constate Fredrik.

Je ricane.

– Comme la plupart d'entre nous. Et puis je ne peux décemment pas me trimballer à poil dehors avec cette neige pour bronzer.

– Tu sais ce que je veux dire.

Je garde mon air enjoué et le regarde du coin de l'œil. Fredrik est perspicace, observateur. Une qualité et un défaut, car il se mêle de ce qui ne le regarde pas.

– Ma tension est élevée, balancé-je, désinvolte. Pas étonnant avec tout ce que je dois gérer.

Il garde le silence un instant avant de soupirer et de s'approcher des flammes pour en capter la chaleur.

– Je ne prendrais ta place pour rien au monde.

– T'as raison. Entre l'administratif, les frais de succession, les plaintes des clients des hôtels, et aussi des locataires des logements, Rodrigo qui commence à bien me faire chier et Jonna qui ne me lâche pas la grappe, j'ai besoin d'une pause. Le seul point positif est l'immense fortune, mais ça a un prix ; si je ne gère pas correctement toute cette merde, je peux vite tout perdre.

Cadeau empoisonné.

Lovisa revient avec un mouchoir en tissu. Elle s'installe dans le fauteuil, le visage rongé par l'inquiétude. Je n'aime pas susciter ce sentiment chez les gens, je n'ai pas besoin de leur empathie. Ce genre d'attention m'agace plus qu'autre chose et a tendance à m'irriter.

– Tu devrais aller te doucher, j'ai réservé une table ce soir dans un bon restaurant.

– D'accord. Mais si tu ne te sens pas bien ou que tu as trop de… travail, on peut reporter.

Je secoue la tête et lui vole un baiser. Encore un geste naturel et pourtant nouveau. Ses lèvres sont si douces qu'il m'est difficile de m'arrêter à un seul baiser. C'en est presque électrisant.

Sa manière d'éviter le sujet m'amuse, elle n'aime pas ce que je fais et rejette la drogue comme la peste. Elle n'a pas tort d'éviter cet aspect de ma vie, mais, si elle veut demeurer à mes côtés, elle doit accepter que je ne sois pas comme les autres.

– Hors de question. Je veux sortir avec toi. Je vais gérer. Tu devrais trouver de quoi te vêtir dans ta chambre, j'ai fait venir plusieurs robes.

Son regard s'illumine d'excitation. Avant de s'éclipser, elle lance à Fredrik :

– Je te le confie !

Lovisa partie, mon ami se pince les lèvres.

– Je trouve qu'elle est effacée.

Il a raison, son passé est ancré trop profondément en elle pour être oublié d'un simple claquement de doigts. Lorsqu'elle avait un peu trop bu à ma soirée une semaine plus tôt, sa carapace était tombée, elle parlait, souriait et riait à de stupides plaisanteries. Ce soir, l'alcool coulera à flots.

– Quand tout ça sera derrière nous, ce serait bien de réunir toute la bande, comme autrefois.

– Bonne idée, approuvé-je.

Mon nez s'étant arrêté de pisser le sang, je me lève et m'allume une nouvelle clope. Aussi cancéreuse soit-elle, cette tige à la menthe m'aide à me relaxer. Pendant un court instant, mon esprit voyage des années en arrière, un sourire naît sur mon visage.

– Tu te souviens du tout premier paquet de cigarettes que Gunkil a volé ?

– Vaguement. C'était chez le gros Raoul ?

– C'est ça. Gun allait sur ses 13 ans. À l'époque il était petit et maigrichon. Ce vieux porc lui caressait les fesses chaque fois qu'il passait. Il me disait toujours qu'il finirait par lui rendre la monnaie de sa pièce. Un jour, il a débarqué avec sa batte de base-ball, il lui en a mis plein la gueule avant de renverser tout ce qu'il y avait dans sa boutique. Et il est reparti avec un simple paquet de cigarettes.

Je ris en expirant la fumée blanche qui forme des volutes au-dessus de moi. Il n'y a pas un seul instant où je ne me suis pas amusé avec lui. Il a été là dans tous les bons et mauvais moments de ma vie.

– Il n'a peur de rien.

– C'est pour ça que tu l'envoies, lui, auprès de Patrik Hallgreen ?

Je vois dans son regard que ma décision lui déplaît. Être relégué à du travail de bureau est pourtant le meilleur choix, il n'est pas comme nous. C'est ce qui m'a plu chez lui. Son côté un peu plus sérieux. Il n'hésite pas à nous canaliser lorsqu'on déborde et, même s'il sait s'amuser, il est celui qui nous reconduit en fin de soirée.

– Tu n'es pas taillé pour cette mission. Ne le prends pas personnellement, tu es bien plus doué avec ton ordinateur qu'avec tes poings.

– Si tu fais référence au combat au Red Mill, j'étais bourré, je n'étais pas en pleine possession de mes moyens.

– Fred… soupiré-je en le regardant. C'est pas une tare de ne pas savoir se battre, on a tous des capacités différentes et la tienne est importante. Allez, ne te compare pas à ce crétin, tu as plus de neurones que lui, ça devrait te faire plaisir, non ?

Je le fais rire. C'est mieux, quand il fait la gueule, il n'est pas productif. Or j'ai besoin de lui avec toutes ses capacités opérationnelles.

– J'espère que vous ne parlez pas de moi ! intervient Gunkil en glissant une enveloppe dans la poche interne de sa veste en revenant près de nous.

Oscar le précède.

– Bien sûr que si, ricané-je. T'es prêt à partir ?

Il hoche la tête.

– Tu peux prendre le jet. Il est presque midi, tu auras le temps de voir Patrik. Fais-moi ton rapport au plus vite.

Le pilote aura le temps de le déposer et de réceptionner ses autres passagers. Un simple hochement de tête de la part d'Oscar m'indique que tout est OK. Je vois les problèmes comme une boule de nœuds. Au fur et à mesure que je prends les décisions et agis, les nœuds se défont petit à petit. La corde autour de mon cou se desserre et me permet de vivre un jour supplémentaire.

– Tout le monde sait ce qu'il a à faire.

C'est le signe du départ.

Seul avec Oscar, j'expire en écrasant ma cigarette. Je me passe les mains dans les cheveux et les tire en arrière, avant de laisser mes épaules s'affaisser.

– Je monte, préviens-je Oscar. Si vous avez du nouveau, tenez-moi au courant.

J'ai besoin d'une douche et de me détendre sous des vapeurs d'eau bouillante.

Je me sens un peu mieux. C'est juste une baisse de tension, rien d'autre. Je ne peux me permettre que cela soit plus, j'ai trop de merdes à gérer pour laisser ma santé me trahir et me faire défaut.

Je grimpe quatre à quatre les escaliers et longe le couloir gris pâle jusqu'à la chambre de Lovisa. Le doux son de l'eau qui coule me parvient. Elle est toujours sous la douche. Une bouffée d'excitation grimpe en moi à l'image de son corps trempé. Je me déshabille en m'avançant tel un prédateur dans sa chambre et ouvre la porte de la salle de bains. L'air est chaud et lourd, ma peau devient rapidement moite. J'enlève le dernier tissu sur mon corps, mon caleçon, et me retrouve entièrement nu.

– Est-ce qu'il y a de la place pour moi ?

Je m'évertue à respecter son espace personnel pour ne pas la brusquer, mais la tentation de me glisser dans la cabine est trop forte pour que je puisse résister.

Lovisa se retourne et me regarde en souriant après avoir essuyé la buée sur la porte vitrée. La douche peut contenir deux personnes, voire trois. Elle est entièrement vitrée, tout comme la moitié du mur en face, donnant sur la propriété.

C'était une idée de ma mère, lorsqu'elle vivait encore ici. Elle avait demandé à l'époque de casser des murs pour les remplacer par des baies vitrées. Elle voulait que la forêt fasse partie de la villa. Son souvenir me brouille l'esprit et me pince le cœur. Un mélange de haine, de tristesse et de colère me laisse un goût amer sur la langue. Je la chasse de mes pensées et me concentre sur la belle jeune femme devant moi, dont la vision me fait brûler de désir.

Pour toute réponse et contre toute attente, Lovisa ouvre la porte de la douche et se recule. Le jet d'eau martèle délicieusement sa poitrine rebondie. Aphrodite peut aller se rhabiller, la vue de cette femme à la chevelure flamboyante ferait pâlir n'importe quelle déesse.

Je referme derrière moi. Aussitôt, l'eau me mouille entièrement. Sa chaleur masse de manière agréable mes muscles endoloris et détend chaque nerf pour réduire à néant la tension de mon corps. Je ferme les yeux en penchant la tête en arrière, repoussant mes cheveux de mon visage alors que d'autres mains gourmandes viennent caresser mon torse avec du savon. Elle frotte tout d'abord mes pectoraux de manière circulaire, ce qui me fait ricaner.

– C'est moi qui devrais te caresser de la sorte et non le contraire.

Je jette un coup d'œil vers elle avec un sourire malicieux sur les lèvres. Elle me renvoie mon sourire et descend vers mes côtes à gauche, ses doigts effleurent mon tatouage de la faucheuse tenant une faucille et un flingue.

– C'est si sombre comme dessin. Pourquoi tu as choisi un truc aussi horrible à te mettre dans la peau ?

– Elle représente le chemin que j'ai choisi d'emprunter.

– Celui qu'on t'a forcé à suivre, rectifie Lovisa en fronçant les sourcils. Tu ne voulais pas marcher dans les pas de ton père. Tu aspirais à des projets plus simples. À une vie plus honnête.

– Avec toi, mais tu n'étais pas là.

Je pose mon index sur ses lèvres quand elle s'apprête à parler.

– Je sais ce que tu vas dire. Ça ne change rien aux faits. Si j'en suis là aujourd'hui, c'est que les choses devaient se dérouler de cette manière. Le destin est un bel enfoiré parfois, mais regarde, il nous a de nouveau réunis.

Lovisa glousse et se remet à frotter mon torse. Je l'interroge du regard.

– Je ne te savais pas à fond dans « on ne choisit pas son destin, c'est lui qui nous choisit ».

Je me pince les lèvres et prends ses mains, que je glisse autour de mon cou. Je la ramène contre moi, un bras autour de ses hanches et l'autre posé sur ses fesses.

– J'ai appris à mes dépens que nous n'étions pas toujours maîtres de notre vie. On peut être le plus fort, le plus beau ou le plus riche, si la vie a décidé de t'enculer, elle le fera.

Intriguée, elle plisse les yeux et attend la suite. Je n'ai pas envie de m'étendre sur le sujet, elle n'a pas besoin de savoir. Pas encore.

– À mon tour. Retourne-toi, ordonné-je.

Elle s'exécute. Je prends ses mains et les pose sur le mur. Je susurre à son oreille :

– Pas bouger.

Je presse la bouteille de gel douche dans ma main. Le liquide transparent a une odeur florale qui embaume la pièce. Cette odeur, je l'ai déjà sentie sur son corps, un parfum délicat qui me donne envie de la mordre.

Paumes l'une contre l'autre, j'étale le gel et m'attaque à ses épaules fines et délicates. Je revois son violon posé sur l'une d'elles alors que des notes s'en échappaient pour former une musique. Je glisse mes mains le long de ses bras et entrelace nos doigts. Son corps se tend lorsque je me colle à son dos, m'arrachant un sourire.

– Où est-ce que tu as envie que je te touche ?

Je mordille son oreille et y donne un coup de langue. Elle pousse un petit cri adorable qui me pousse à répéter ce geste. Mes mains descendent vers ses hanches, que je malaxe lentement en me dirigeant vers son ventre.

– Je t'écoute, grondé-je contre son oreille. Dis-moi… Où ?

– Je…

Elle mâchouille sa lèvre inférieure. Elle tourne légèrement la tête, et je ne sais pas si c'est à cause de l'eau chaude, mais je constate que ses joues sont un peu rougies. Peut-être n'est-elle pas habituée à ce qu'un homme lui demande ce qu'elle veut ?

Pendant qu'une érection naissante s'appuie contre ses fesses, mes mains passent à l'étape suivante et remontent vers sa poitrine. Je m'empare de ses seins et les masse avec une extrême lenteur, n'oubliant pas de pincer les bouts. Elle se cambre, reculant contre moi alors que ses tétons durcissent. Ma température grimpe, je dois me contenir pour ne pas la baiser sauvagement dans cette douche.

– Tu me rends fou, tu le sais ?

– Désolée.

– Ne t'excuse pas, j'adore ça.

De nouveau, son visage se tourne à moitié vers moi, elle me sourit.

– Tu es maso… oh ! finit-elle en gémissant.

Je viens d'empoigner plus fermement sa poitrine en plongeant dans son cou pour l'embrasser. Je ricane contre sa peau et frotte mon entrejambe contre elle.

– Ma délicieuse petite Love, qui n'imagine pas tout le pouvoir qu'elle a sur moi.

Je descends une main et en recouvre largement son pubis, tandis que mes doigts viennent caresser ses atouts féminins. Doux, chauds et humides. La perfection.

Lovisa se décale un peu en avant et passe un bras derrière elle. Ses doigts s'enroulent autour de ma verge. Elle effectue des mouvements de bas en haut.

Bordel de merde.

J'ai déjà eu droit à ce genre de faveur, mais c'est différent, parce que c'est elle.

– Love, arrête.

Elle se fige et retire sa main. Lovisa se retourne en me regardant, plus rouge, si c'est possible.

– Je m'y prends mal, c'est ça ?

– Pas du tout, réponds-je en l'embrassant. Je veux m'occuper de toi. Laisse-toi faire.

Je la pousse doucement contre l'une des parois vitrées, j'imagine ses fesses écrasées contre celle-ci. Cette vision suffit à rendre mon érection douloureuse. J'écarte ses jambes en glissant une cuisse entre elles et reprends son pubis en otage. Avec lenteur, j'explore son anatomie. Mes doigts caressent chaque partie externe. Je la découvre pour la première fois. C'était un fantasme autrefois qui, aujourd'hui, se réalise. Petites lèvres, grandes lèvres, clitoris. Je titille ce dernier, cherchant ce qui la fait vibrer le plus.

– Détends-toi, soufflé-je.

Ses jambes deviennent moins rigides, elle se laisse aller contre ma main. Yeux mi-clos, elle s'agrippe à moi. Sa respiration s'accélère au fur et à mesure que ce petit bout de chair se gonfle sous son désir. Continuant cette douce torture, j'insère un doigt en elle. Le gémissement ne tarde pas à arriver. Elle colle sa poitrine contre moi et rejette la tête en arrière. L'eau l'asperge et se déverse entre nous, me renvoyant une vision bien plus érotique de ce qui pourrait ruisseler sur son corps. Je l'embrasse avec fougue, franchissant ses lèvres pour caresser sa langue. Nos souffles se confondent, s'accélèrent.

J'en veux plus.

– Je veux te goûter.

Avalant difficilement sa salive, elle me regarde couper l'eau et me mettre à genoux. Ses yeux s'agrandissent, elle porte une main à sa bouche.

– Tu n'y as jamais eu droit ?

– Si, mais… je n'ai jamais vraiment aimé ça.

Contrairement à ce que j'aurais cru, savoir qu'un autre homme lui a déjà pratiqué un cunni ne me dérange pas. Elle n'a jamais aimé ça. Je vais être celui qui lui fera changer d'avis.

– Laisse-moi faire, si tu veux bien.

J'attrape une de ses cuisses, que je passe par-dessus mon épaule. Ensuite, je la soulève et glisse son autre jambe autour de moi.

– Tiens-toi bien.

Elle serre ses jambes autour de ma tête et agrippe le haut de la paroi en verre avec ses mains.

– C'est très acrobatique comme position, tu es sûr que je ne risque rien ?

– Tu me fais confiance ?

– Je crois.

Je souris, amusé, la déridant au passage ; son air anxieux s'efface quelque peu.

Trêve de plaisanterie. J'empoigne ses fesses, la soulevant un peu plus. Mes lèvres s'attardent sur la peau fine, à l'intérieur de ses cuisses. Je l'embrasse et la mordille. J'adore cette partie du corps chez une femme. La peau y est douce et délicate, alors qu'un peu plus haut, le sexe est une arme redoutable qui met à genoux n'importe quel homme.

Plus je me rapproche de la zone tant convoitée, plus Lovisa s'impatiente sous mes lèvres. Un coup d'œil dans sa direction me montre deux petites billes vertes qui me fixent intensément.

Regarde, Love, tu vas prendre ton pied.

Ma bouche atteint son intimité. Je ferme les yeux en humant son parfum. Elle gigote un peu des jambes, mal à l'aise. Je pince ses fesses pour qu'elle arrête.

– Bouge pas, si tu ne veux pas tomber.

Je l'entends geindre, mais ce son se transforme en gémissement quand je me mets à mordiller et léchouiller ses replis. Je me délecte de ce moment, un plaisir commun qu'elle partage de ses sons, de son corps qui réagit au moindre de mes gestes. Si elle n'aimait pas ça avant, je suis désormais certain de la rendre accro.

Ma langue se faufile jusqu'à sa fente et s'y glisse à plusieurs reprises. Ses gémissements m'indiquent le chemin à prendre. Je torture ses parties intimes, titillant son clitoris, ses lèvres et l'entrée de tous les désirs.

Vas-y, bébé, lâche-toi.

Ses hanches ondulent de plaisir. Sa bouche laisse sortir toutes sortes de bruits sensuels qui me font perdre la tête. J'accélère la cadence jusqu'à ce que son corps se mette à trembler.

On y est presque.

Je donne le coup de grâce en torturant son clitoris afin qu'elle atteigne l'orgasme. Son corps se cambre brusquement et ses jambes se serrent autour de mon crâne. Elle gémit si fort que les gardes au portail l'ont certainement entendue.

Je la laisse se calmer et repose ses pieds au sol. Elle tient à peine sur ses jambes et s'écroule contre moi lorsque je me relève.

– Verdict ? lancé-je en relevant son visage rosi de plaisir.

– C'était fabuleux !

– Fabuleux ? ricané-je.

Lovisa me frappe l'épaule en se collant bien contre mon torse.

– Oh, la ferme ! Ne te moque pas de moi.

– J'ai adoré te faire jouir, confessé-je, toujours aussi dur. Tu le sens ?

Elle hoche la tête et se décale pour regarder mon entrejambe. Je n'ai aucune gêne à me présenter devant elle ainsi.

Sans un mot, elle se met à genoux.

Vision angélique.

Jamais je n'aurais cru que pareille image pouvait être aussi bandante. Sa main s'empare de ma verge, tendue comme un arc. Douloureuse d'excitation, elle ne demande qu'à être soulagée.

– Que vas-tu faire à présent ?

Sa bouche s'approche de mon gland, qu'elle s'amuse à suçoter timidement avant d'effectuer de petits va-et-vient.

Bonté divine.

Je la dévore du regard, observant sa bouche aller et venir sur le début de mon membre comme s'il s'agissait d'une gourmandise qu'elle savoure. Mon cœur s'emballe et ma respiration s'accélère.

Ses lèvres s'avancent sur mon sexe jusqu'à la limite que sa bouche peut tolérer. L'intérieur de celle-ci, chaud et humide, se serre et effectue des mouvements d'avant en arrière.

– Putain, que c'est bon.

Je pose ma main derrière son crâne tout en observant ce spectacle des plus excitant. Ses lèvres se serrent et le raclement de ses dents de temps à autre me fait gémir.

Elle est douée.

De ma main dans ses cheveux, j'accompagne ses mouvements. Alors qu'elle accélère, mon membre se gonfle de plus en plus de plaisir et atteint sa taille maximale.

Ça vient. Je sens l'orgasme arriver plus vite que je ne l'aurais cru. Dans un grognement, je me déverse entre ses lèvres. Elle bouge encore sur mon sexe avant de le relâcher.

– Bordel, Lovisa, je ne m'attendais pas à ça.

Elle se relève en essuyant sa bouche. Son sourire fait naître le mien. Son pouvoir sur moi grandit de jour en jour. Ce n'est pas une relation basée sur le sexe, c'est différent. Je ne lui ai pas encore fait l'amour et, étrangement, je ne suis pas frustré. Pas totalement. Toutes les autres n'étaient que des coups d'un soir.

– Il n'y avait pas de raison qu'il n'y ait que moi qui prenne du plaisir.

– J'en prenais en m'occupant de toi.

Je l'embrasse puis rallume l'eau pour me nettoyer une dernière fois. Lovisa fait de même et se savonne, frottant de manière aguicheuse sa poitrine. Derrière ses airs de sainte-nitouche se cache une dévergondée qui n'attend que de se lâcher.

Il me tarde de voir toutes ses facettes. Je vais gratter chaque couche de sa coquille pour découvrir la vraie Lovisa.

15

Lovisa, 14 ans

Pour éviter de compliquer les choses, nous décidons de ne pas révéler notre relation à Hendrik et à ma mère. Nous vivons sous le même toit et les adultes refuseraient de légitimer notre couple. C'est pourquoi nous profitons du lycée pour rester collés l'un à l'autre, tandis qu'à Iron House les moments à deux sont plutôt rares. Nous nous volons des baisers à la hâte, échangeons des caresses à l'ombre des arbres et abusons de sourires amoureux lorsque nous nous croisons. Notre idylle secrète renforce nos sentiments. Une part de moi ne peut s'empêcher de culpabiliser en pensant à ma trahison envers ma mère, qui ne me pense pas capable de lui mentir en face. Mais ai-je le choix ? Je ne veux pas la berner, mais je ne veux pas non plus rompre avec Niklas.

***

Assoupie sur mon lit, je suis assaillie par la présence de Rikard. Mon esprit endormi me torture en l'imaginant revenir pour achever le travail. Mon corps gît au sol dans une mare d'eau et de sang. Je ne bouge plus alors qu'il me frappe encore et encore. Il m'insulte, m'humilie et me promet une mort lente et douloureuse. Je ne pleure plus, mon corps est asséché et n'arrive plus à produire de larmes.

Dans un sursaut, je sors de ce cauchemar et constate sans surprise que mes joues sont mouillées. Je me suis souvent réveillée en pleurs quand j'étais avec mon ex-petit ami, et mon corps semble avoir conservé cette habitude.

Un coup d'œil vers le réveil sur ma commode m'indique qu'il est vingt heures passées. Niklas n'a toujours pas terminé sa réunion ? Il n'est pas venu me voir depuis le passage de la douche.

Je me lève lentement et traîne mon corps jusqu'à la salle de bains, où j'essuie le maquillage qui a coulé sur mon visage. Parmi les robes que Nik a choisies, j'ai opté pour une tenue rouge profond qui m'arrive au-dessus du genou. Mon épaule gauche est dénudée et l'autre est couverte par un tissu plissé qui s'accroche à l'arrière, au niveau des reins. Elle est sublime et met en valeur mon teint laiteux et mes cheveux roux. Je ne connais presque rien du Niklas adulte, mais, en matière de vêtement, il a très bon goût.

Il m'est inconnu.

Cette évidence me fout le cafard. Comment puis-je toujours aimer un homme que je ne connais pas ? En regagnant ma chambre, je dresse la liste de mes connaissances à son sujet. Il est l'héritier de l'immense fortune d'Hendrik et le dernier des Ekman. Il a eu plus de femmes dans son lit qu'il y a de jours dans une année ; merci, Alfrida, pour ce détail. Il a entretenu une liaison avec Jonna, qui s'est mal terminée. Il adore le sport et mange son steak saignant, ce que je trouve révoltant. S'il pouvait mordre directement dans la cuisse d'une vache, il le ferait. Parmi les autres détails sur sa vie, celui qui me rebute le plus est qu'il est trafiquant de drogue.

De drogue.

Je me sens trahie, alors qu'il ne me doit rien. Je veux qu'il arrête ce trafic, alors que je viens de revenir dans sa vie.

Je n'en ai pas le droit.

Et s'il devient comme Hendrik ? Aussi cruel et insensible ? J'ai eu un avant-goût de sa noirceur lorsqu'il s'est battu avec Rikard, mais aussi par sa fascination pour les armes à feu. Et la manière dont il a parlé à Jonna tout à l'heure m'a fait froid dans le dos. Je secoue la tête, refusant de penser au pire. Il ne sera jamais comme son père et ne ressemble pas à Rikard. Il est différent.

Ses bons côtés remplacent les mauvais. Il est attentionné envers moi, doux, patient, et il m'aide à me défendre. Je suis bien à ses côtés, mais je ne dois pas me complaire dans le luxe qu'il m'offre, être dépendante d'un autre homme sans pouvoir m'échapper. Je ne le supporterais pas si les choses entre nous devaient se détériorer.

Il finira par t'abandonner, comme tout le monde.

Non ! Je tire sur mes cheveux en grognant et m'assieds sur mon lit.

Arrête d'être stupide, Lovisa. Ressaisis-toi !

Je ne dois pas tout lui donner, il me jettera aussitôt. Il y a une seule chose qu'il n'a pas eue de moi. Si je continue d'attiser son désir, il ne me quittera pas. Sauf s'il se lasse de ce jeu du chat et de la souris ? Non. Il aime jouer. Il me taquine, me cherche et tente de franchir mes barrières. Au lycée, dès qu'il avait obtenu ce qu'il voulait, il quittait la fille et ne lui reparlait plus. Et s'il fait pareil avec moi ? L'incertitude et le doute s'emparent de moi et me rongent au point que je n'entends pas Niklas pénétrer dans ma chambre.

– Love ?

Ce surnom me fait frissonner de plaisir et chasse complètement mes inquiétudes quand je pose le regard sur lui.

Il porte un pantalon noir cintré – qui, même sans le voir, doit mouler ses fesses à la perfection – avec une chemise blanche dont les premiers boutons sont ouverts, dévoilant ses clavicules saillantes et son début de musculature. Ses cheveux sont tirés dans un chignon, seules quelques mèches encadrent son visage.

Un désir sauvage grimpe en moi, mes mains me démangent et ne demandent qu'à le toucher, être en contact avec sa peau dure et ferme. Je m'humecte les lèvres en retenant ma respiration, il s'approche de moi.

J'arrive à articuler :

– Tu as terminé ?

Il s'arrête à quelques centimètres de moi. Mon visage est juste en face de son entrejambe. Il me suffirait de lever la main pour toucher cette zone de tous les fantasmes. Je peux encore ressentir son goût et la sensation de l'avoir dans ma bouche.

Je me relève pour chasser de mon esprit cette vision érotique et me concentre sur ses iris clairs.

Son sourire taquin me pousse à croire qu'il devine mes pensées. Il caresse ma joue et admire ma robe.

– Désolé de t'avoir fait attendre. Rodrigo essaie de me détruire, de détruire tout ce que mon père a construit. Je devais agir dans l'immédiat.

Lèvres pincées, je lui tourne le dos pour ne pas montrer mon mécontentement. Mon changement d'humeur ne lui échappe pas. Ses mains viennent serrer mes épaules. Face à moi, la fenêtre me renvoie notre reflet alors qu'il fait nuit noire. Il me fixe.

– Dis-moi le fond de ta pensée.

J'inspire profondément pour me donner du courage.

– Je n'aime pas ce que tu fais. La drogue, c'est… mal, destructeur. C'est dangereux et illégal. Comment peux-tu reprendre une affaire aussi horrible ? Ma mère est morte d'une overdose et à cause de ton père !

Voilà, c'est dit.

J'appréhende sa réaction.

Ses mains se resserrent sur mes épaules. Il me retourne et plante son regard dans le mien. Sourcils froncés et mine contrariée, il me dit d'une voix dure :

– Mes affaires ne te concernent pas. Je gagne ma vie comme je l'entends et je ne vais pas arrêter, car ta mère a eu le nez trop près de la poudre. Chacun est libre de ses choix, personne ne l'a obligée. C'est illégal et dangereux, certes, mais ce marché a un potentiel tellement immense que tu n'imagines pas tout le pognon que ça rapporte.

Il s'interrompt un instant pour m'attirer contre lui.

– Je vais prendre soin de toi, tu ne manqueras jamais de rien et je te protégerai de tout danger. Tu ne dois t'inquiéter de rien, je ne laisserai plus jamais quelqu'un poser la main sur toi.

Comment peut-il être aussi dur et insensible et enchaîner avec un discours qui fait fondre mon cœur ? Je ne sais pas comment réagir, un mélange de colère et de flatterie me tiraille.

– Retire ce que tu as dit sur ma mère.

– Pourquoi ? C'est la vérité. Elle était faible.

Quoi ? Il n'a pas osé ? Ma lèvre inférieure tremble et mes yeux picotent.

– Je… T'es pas croyable, putain, m'énervé-je en le repoussant. Comment peux-tu manquer de respect à ma mère ? Elle t'aimait, c'était une bonne personne, contrairement à ton salaud de père. Tu n'es qu'un… Tu n'es qu'un…

– Un quoi ? m'incite-t-il à continuer sans être démonté par mes accusations.

– Un connard ! explosé-je. Un enfoiré de petit con ! Une ordure. Tu te crois tout permis avec ton sale pognon, mais sans ça tu n'es rien ! Tu n'es rien !

Il se met à sourire et tente de me toucher, mais je repousse ses mains.

– Tu te rebelles enfin.

– Ne me touche pas ! Plus jamais tu ne lèveras la main sur moi ! Attends… Quoi ?

Je cligne plusieurs fois les paupières et le regarde, hébétée, avant de me calmer instantanément. Mes derniers mots ne lui étaient pas adressés. Ils étaient pour Rikard. Des mots que je n'ai jamais eu l'occasion de lui cracher à la figure. J'ouvre la bouche, mais Nik pose un doigt dessus avant de me prendre dans ses bras.

– Je sais. Tu n'as pas besoin de me donner d'explication.

Il embrasse mon front et continue de me maintenir contre lui. Je finis par capituler et me love dans ses bras réconfortants. Ma tête coincée sous son menton, je sens son parfum qui chatouille mes narines. Je m'enivre de son odeur réconfortante.

– Je suis désolée, murmuré-je contre sa peau.

La plaie que Rikard a laissée est toujours à vif et saigne encore. Je vivrai probablement avec le regret de ne jamais lui avoir dit tout ce que je pensais de lui. Je pourrais lui écrire une lettre. Un mail ? Un SMS ? Le lira-t-il seulement ?

– Tu surmonteras ton passé, m'assure Nik en me reculant pour me regarder. Il n'y a pas une épreuve que je ne te juge pas capable de franchir.

Il marque une pause pour embrasser mes doigts.

– J'ai une surprise pour toi.

Sans plus d'explication, il m'emmène au rez-de-chaussée, où nous enfilons nos manteaux. Un long manteau de fourrure blanche pour ma part, une veste en cuir noir, fourrée en peau de mouton pour Niklas. Après quoi, nous sortons.

– C'est quoi, ma surprise ?

– Regarde par toi-même.

Je suis son regard.

À côté de sa Chevrolet Corvette Stingray bleu électrique, un véhicule qui n'était pas là avant m'interpelle. Sous mes yeux, une voiture beaucoup plus modeste, dont la peinture neuve brille sous les spots d'éclairage. Pas n'importe quelle voiture.

Une Peugeot 604 vert olive.

Pas possible…

Je regarde Niklas, bouche bée. Lui, tout sourire, m'observe avec attention, attendant ma réaction.

– C'est elle ? C'est vraiment *elle* ?

– Avec beaucoup d'améliorations, mais oui, c'est elle.

Ma vue se brouille sous les larmes qui inondent mes yeux. Je les ravale difficilement et descends les marches du perron.

D'une main fébrile, je frôle du bout des doigts le capot en m'avançant jusqu'à la vitre avant côté passager. Les mêmes sièges en cuir brun, du moins en apparence, car ceux-ci sont neufs.

– Je n'ai jamais pu m'en débarrasser et je savais qu'elle te tenait à cœur. Après tout, c'est tout ce qui te reste de ton père.

Je déglutis et essuie le coin de mes yeux. Un pauvre sourire étire mes lèvres.

– Je pensais qu'Hendrik l'avait détruite après mon départ.

Niklas se glisse derrière moi et m'encercle de ses bras. Son menton vient se poser sur mon épaule.

– Ça te fait plaisir ?

J'acquiesce en me retournant vers lui. Mes doigts, glacés par le froid de la soirée, se posent sur ses joues barbues.

– Tu ne pouvais pas me faire plus plaisir. Merci, infiniment.

Je dépose plusieurs tendres baisers sur ses lèvres.

Ce cadeau est la chose la plus gentille qu'on ait faite pour moi. En quatre ans de relation, Rikard n'a jamais su faire un geste aussi symbolique que celui de Niklas ce soir.

Nous sommes venus dans cette voiture avec ma mère pour rejoindre Kiruna. Elle avait une frousse bleue de l'avion. Je me souviens encore d'avoir râlé durant tout le trajet à cause de l'inconfort du véhicule. Une fois à Iron House, Hendrik avait décrété que cet ancêtre ne devait plus être conduit et en avait offert un neuf à ma mère. Il voulait s'en débarrasser, mais sa valeur sentimentale était trop grande, ma mère et moi ne l'avions pas permis.

– Je pourrai la conduire ? demandé-je en reniflant, l'émotion toujours présente.

– Elle est aux normes, dès demain tu pourras l'utiliser. La clé est dans mon bureau.

Dans une dernière étreinte, nous nous séparons pour gagner sa voiture de luxe. Les sièges confortables et chauffants sont un régal pour le corps.

La voiture sillonne rapidement le domaine avant de le quitter.

Alors qu'il arbore une conduite fluide et rapide, je me demande encore comment nous sommes passés d'une dispute à la réconciliation en l'espace d'une minute, pour terminer par un magnifique cadeau. Lorsque je m'engueulais avec Rikard, ça pouvait durer des jours. C'était interminable.

– Des trois, cette robe était ma préférée, dit soudainement Niklas en portant ma main à ses lèvres. Tu es sublime.

Son compliment me touche.

– Pourquoi est-ce que tu m'en as proposé plusieurs, dans ce cas ?

– Je ne voulais pas t'imposer mon choix, pas totalement.

Il pose ma main sur sa cuisse. À travers son pantalon, je sens la chaleur de son corps qui réchauffe ma paume. Ce geste simple, mais intime, me plaît.

– Tu as faim ?

– Je meurs de faim ! Où est-ce que tu nous emmènes ?

– C'est une surprise, mais je te promets que l'expérience en vaut le coup.

L'expérience ? De quoi est-ce qu'il parle ? Le peu d'information qu'il me donne ne m'aide pas à savoir où on va. Je ne sais pas à quoi m'attendre. Mais vu notre élégance, cela doit être un endroit chic.

– Tu y vas souvent ? tenté-je de savoir.

– Une fois par mois. Les repas sont toute une organisation, ils ouvrent très peu leurs portes.

Je n'en sais pas plus. Cela m'intrigue.

– Avec qui y es-tu déjà allé ?

Il esquisse un sourire. Des femmes, c'est évident. Une pointe de jalousie me transperce le cœur. Je sais qu'il n'a pas été un moine durant mon absence et il ne me doit rien, mais imaginer que je vais aller dans le même restaurant que ses plans cul ne me plaît pas. Il me jette un coup d'œil en serrant ma main.

– Il n'y a que toi à présent. Toutes les autres ne comptent pas.

Combien de fois a-t-il sorti ce baratin pour mettre ces femmes dans son lit ?

Un appel est transféré de son téléphone à la voiture. Sur l'écran s'affiche le prénom de Bethenny. Je m'empourpre aussitôt et me crispe sur mon siège. Qui c'est, celle-là ? Il décroche après deux sonneries.

– Allô !

– Bonsoir, Nik, dit la jeune femme, sa voix couvrant difficilement la musique rythmée qu'on entend derrière elle. Je suis désolée de te déranger, mais tu dois venir. Jason a encore volé. Cette fois, toute une caisse de bouteilles de vodka. Bob, de la sécurité, le garde dans son bureau, car il a tenté de fuir. Nous avons toutes les preuves enregistrées.

Niklas regarde l'heure sur sa montre en fronçant les sourcils.

– J'arrive tout de suite. Il n'y a pas eu d'esclandre ?

– Non, la soirée bat son plein. Tout se passe bien. On se voit très vite.

Après qu'il a raccroché, je le regarde avec insistance pour savoir de quoi il retourne. Bethenny, vol de bouteilles, de la musique. Bethenny ?

– Je suis propriétaire d'un bar qui devient une boîte de nuit le soir. Un de mes employés m'a volé à plusieurs reprises, j'ai laissé couler parce qu'il avait besoin d'argent, mais il a recommencé. Petit merdeux, il abuse de ma gentillesse.

– Tu vas le livrer à la police ?

Il ricane et repousse une de ses mèches rebelles en arrière.

– Je vais régler ça en interne.

Je déglutis. Est-ce qu'il va… En me voyant blêmir, il se reprend :

– Eh, ne fais pas cette tête, je ne vais pas le tuer, mais il mérite une leçon avant que je ne le vire.

Pourquoi je me mets dans un tel état à chacun de ses mots ? J'ignore souvent s'il plaisante ou s'il est sérieux. Je ne comprends pas toujours ses réactions ou ses agissements. Il est imprévisible. C'est à la fois effrayant et excitant, car je ne sais pas à quoi m'attendre avec lui.

– Détends-toi, on va passer une bonne soirée. Je règle cette affaire et on va dîner.

La voiture gronde sous l'accélération de Nik, avalant davantage de carburant pour donner plus de vitesse à son conducteur. Malgré le cadran qui indique une vitesse bien plus élevée qu'il n'est permis, je me sens en sécurité à ses côtés et j'arrive même à apprécier l'adrénaline que cet interdit me procure.

Au moment où nous arrivons sur les lieux, des néons rouges affichent le nom du bar : *Red Mill*. Le Moulin Rouge. Un nom rempli de luxure et de promesses d'une soirée de débauche assurée.

– Ça ne m'étonne pas, commenté-je en sortant de la voiture.

– De quoi ?

Je secoue la tête et attrape le bras qu'il me tend.

Nous passons devant une petite file de personnes, le vigile nous laisse entrer en saluant respectueusement Nik. C'est quelqu'un d'important et pas seulement dans ce bar. Tout le monde semble le connaître. Les gens veulent le saluer, lui parler.

Je m'attarde sur le style vestimentaire des clients. Il y a beaucoup de cuir, de chemises entrouvertes pour les hommes, de robes fendues aux cuisses pour les femmes. Ils transpirent le glamour et le sexe, ils semblent tous chercher un partenaire avec qui finir la soirée. Je me sens trop habillée avec ma robe, et l'impression d'être observée comme un animal de foire me procure des picotements dans la nuque.

Cet endroit est à son effigie. Il y a une grande piste de danse avec tout autour des tables hautes en fer dont la surface est aussi propre que le sol. Près des murs, des box avec des tables et des banquettes rembourrées noires cloutées sont accaparées par les clients. Les lumières tamisées rouges et jaunes donnent une allure intime au lieu. À notre gauche se trouve un bar éclairé par des néons. Trois barmaids derrière le comptoir servent les clients en jouant avec les shakers. Derrière elles, le mur est rempli de bouteilles d'alcool qu'elles attrapent en grimpant sur une échelle fluorescente. Mon regard s'habitue progressivement à la luminosité. La musique forte et le monde m'oppressent, mais la présence de Niklas, dont le bras est autour de mes hanches pour me maintenir contre lui, est comme une bouée en plein océan.

– Reste près de moi, me crie-t-il à l'oreille.

Niklas est très grand. Il dépasse la plupart des gens. Ce géant impressionne par sa taille, mais aussi par sa réputation et il n'a aucun mal à avancer, tel Moïse face à la mer Rouge. Les clients s'écartent, s'arrêtant de danser ou de discuter.

Près du bar, une femme avec de longs cheveux bruns bouclés nous fixe en souriant. Elle porte une robe courte à strass de couleur chair. Sa peau bronzée contraste avec le tissu. De grosses créoles en or pendent à ses oreilles. Elle est sublime. Poitrine généreuse, fesses rebondies, visage séduisant, elle a tout pour plaire et colle parfaitement au décor.

Nous nous dirigeons vers elle. Toujours accrochée à ma bouée de sauvetage, je comprends qu'il s'agit de Bethenny.

– Te voilà !

Elle s'adresse à Niklas avant de poser son regard sur moi, et son sourire toujours aussi radieux qui provoque le mien.

– Je te présente Lovisa.

La façon dont il prononce mon nom, qui glisse presque entre ses lèvres, me donne envie de l'embrasser. J'échange un regard brûlant avec lui. Sous cet éclairage, il semble mystérieux et plus séduisant que jamais. Est-ce possible ? Chaque fois que je pose les yeux sur lui, je me surprends à le trouver encore plus beau que la seconde précédente.

– Enchantée, Lovisa, je suis Bethenny.

– Réglons cette affaire, enchaîne aussitôt Nik, m'empêchant de répondre à la jeune femme. Passe devant, je te suis.

Pendant que son employée se dirige vers une porte noire, indiquant « Entrée interdite aux clients », Nik me conduit à une place libre au niveau du bar.

– Commande-toi un verre en attendant, je n'en ai pas pour longtemps.

Il m'embrasse sous l'oreille.

– Je te conseille le Love, tu vas apprécier.

Serait-ce un cocktail créé en mon nom ? Avant de s'en aller, il signale aux barmaids que je suis avec lui, pour m'éviter de payer. Je le regarde traverser la foule et disparaître derrière la porte. J'aimerais être une petite souris pour assister à ce qui doit se passer là-bas même si, au fond de moi, une petite voix me murmure que le sang va couler. Sa vie doit-elle forcément être régie par la violence ? Le monde n'est-il pas assez laid ?

J'interpelle une des barmaids, une blonde avec un carré plongeant. Elle porte un pantalon en cuir taille basse qui laisse entrevoir son string à ficelle, et son top est si court que je vois presque ses seins par en dessous. Vulgaire, mais sexy. Une exigence du grand patron ?

– Un Love, commandé-je à Blondie.

Elle exécute une petite danse avec le shaker. La blonde mélange de la vodka avec du sucre de canne. Ensuite, elle remplit le fond d'un verre de sirop à la fraise, ajoute des glaçons et verse le contenu de son shaker. L'impact du liquide rouge et transparent donne une jolie teinte de rose. Mon regard fasciné ne la quitte pas un instant alors qu'elle finalise ses gestes en sucrant le bord du verre et ajoutant une grosse fraise et une paille. Elle dépose devant moi un sous-verre avec le logo de la boîte et mon verre.

– Bonne dégustation.

Elle m'octroie un clin d'œil aguicheur avant de s'éloigner. Avec son énergie et ses talents de séductrice, à la fin de sa soirée, elle doit avoir les poches pleines à craquer de pourboires. Je suis moi-même sous son charme.

S'il y a bien une chose que j'ai apprise en sortant avec mes copines de l'orchestre, c'est d'avoir toujours une main posée sur le haut de mon verre, pour empêcher un pervers d'y verser quelque chose d'illicite. Être ici avec Niklas ne m'écarte pas de tous les dangers qu'il peut y avoir.

Goûtons ça.

La première gorgée passe difficilement. Le goût de la vodka est très prononcé et fait se contracter ma gorge, qui résiste contre la brûlure que cela provoque. Ensuite vient l'arôme agréable du sucre de canne et de la fraise. Je finis par lécher le sucre sur le coin de mes lèvres.

Au premier abord, cette boisson est forte ; ensuite, elle devient douce et gourmande. Est-ce ainsi que me voit Nik ? Je bois une autre gorgée puis encore une autre. C'est délicieux et ça me monte vite à la tête. Boire avec l'estomac vide n'est pas une bonne idée. Autour de moi, la soirée prend une tournure différente. Ou est-ce mon esprit qui me joue des tours ? L'atmosphère, chargée de phéromones émanant de tous ces gens, m'enveloppe et me transporte dans l'ambiance.

Plus mon verre se vide, plus la tête me tourne et mes paupières deviennent lourdes. Il faut que je me ressaisisse. Je demande où se trouvent les toilettes à Blondie et me relève.

Waouh. Ça tourne !

Je me concentre sur mon objectif et m'aventure dans la foule. Je me fais pousser, toucher, engueuler et même caresser les fesses. Qui a fait ça ? Je ne trouve pas le coupable. J'accélère l'allure jusqu'aux W.-C. Comme le reste du Red Mill, l'endroit est propre. Le sol n'est pas trempé, pas de marques de chaussures sales, pas de papier toilette qui traîne. Pas d'odeur d'urine ni de traces suspectes. Cette pièce transpire le luxe ! Il y a cinq cabines de toilette ; les parois rouges ne sont pas taguées comme j'ai pu voir ailleurs. En face, plusieurs lavabos avec des miroirs sur un mur noir. Niklas n'a pas lésiné sur les moyens. Tout est impeccable.

J'enlève mon manteau, il fait bien trop chaud.

L'eau froide sur mes joues et mon front soulage ma peau en feu. À l'aide d'une serviette en papier, je tamponne mon visage.

J'ai chaud. Je ne sais pas quelle est la température, mais elle est trop élevée pour moi. Où est-ce l'alcool qui réchauffe mon corps ? Quand nous irons manger, je me sentirai mieux. Peut-être qu'il a terminé et qu'il me cherche ? Je sors en évitant de trébucher, mes talons me semblent plus dangereux que jamais.

La tête me tourne et ma vue se trouble à plusieurs occasions. Mon verre est si sucré que je l'ai bu aussi vite que si c'était une limonade, et maintenant j'en paie le prix.

Quand on ne sait pas boire, on s'abstient. Maudite conscience.

Un groupe de jeunes m'emporte. J'en perds mon manteau, je n'ai pas le réflexe de le retenir et je maudis ces jeunes de m'empêcher de faire demi-tour. Ont-ils conscience d'avoir embarqué une inconnue avec eux ? Je tente de m'extirper en me glissant entre deux filles, en vain. Ils s'arrêtent devant un vigile aussi massif que grand.

C'est qui, ce gorille ? Derrière lui une entrée avec un rideau de chaînes noires semble sous sa protection et titille ma curiosité. Les jeunes montrent une marque faite par un tampon sur l'intérieur de leur poignet. Il s'agit d'une tête de chien, plus précisément un boxer. Cela doit être un passe-droit pour accéder à ce qui se passe derrière le rideau de chaîne.

Quand vient mon tour, je regarde le gorille, hébétée. De sa grosse voix, il clame à mon intention :

– Si tu n'as pas d'autorisation, ma jolie, passe ton chemin.

Je tente de regarder sur le côté alors qu'il se cale bien devant la porte.

– Qu'est-ce qu'il y a derrière ? Un trafic d'organes ? plaisanté-je.

Oups, je n'aurais pas dû dire ça. Il n'a pas l'air de vouloir rigoler. Je baisse la tête, honteuse et prête à recevoir des mots acerbes qui me remettront à ma place quand je me rends compte qu'il ne s'agit pas de Rikard face à moi. De plus, j'accompagne Niklas, j'ai certainement le droit d'aller où bon me semble.

– Je peux passer ? couiné-je.

– Non.

Son ton est sans appel ; néanmoins, je persiste.

– Vous savez, je suis ici avec le big boss. Votre patron. Donc j'ai le droit de passer.

Il ricane et me chasse en agitant la main.

– Allez, gamine, va-t'en avant que je ne te mette dehors.

Gamine ? Je suis une femme !

Il ne me croit pas, tant pis, je vais revenir avec Nik pour lui clouer le bec. Enfin, dès que je l'aurai retrouvé. Au moment de m'éloigner, un bras se pose lourdement sur mes épaules et m'attire contre un corps masculin.

– C'est bon, Oz', elle est avec moi.

– Azerty ! Tu combats ce soir ?

Le gorille dénommé Oz' – sans doute un diminutif – se radoucit et sourit même.

– Ah ça, vieux, tout dépendra du déroulement de la soirée, dit-il d'un drôle d'accent.

D'où vient-il ? Et c'est quoi, ce nom, Azerty ? Cette proximité me gêne. Je ne le connais pas et il me touche comme si nous étions amis.

Oz' s'écarte et l'homme à mes côtés me tire à travers les chaînes.

– Attention, il y a un escalier.

Deux mètres plus loin, des marches apparaissent, le bord est éclairé d'une faible lumière alors que notre descente se fait presque dans le noir tandis que nous sommes collés l'un à l'autre. Bordel, c'est qui, celui-là ?

– Je ne sais pas ce que vous me voulez, mais vous avez intérêt à me lâcher, je ne suis pas seule.

Il glousse dans mon dos et finit par me lâcher. Je ne parviens pas à remonter, il est derrière et déterminé à continuer à descendre.

L'angoisse me broie les intestins alors que nous nous éloignons de la musique. Dans quoi me suis-je embarquée ? Ma raison me hurle de faire demi-tour, mais mon corps ne m'obéit pas. Je suis comme un automate, j'avance en tâtant les murs autour de moi alors que nous longeons désormais un couloir sombre. Les murs sont insonorisés au point que le bruit de l'étage a disparu pour laisser place à un rythme de musique plus brute et puissante : du rock.

– Où est-ce qu'on va ? Si vous me faites du mal, je vous jure que…

– Je ne ferai rien, m'interrompt l'inconnu. Tu voulais descendre, je t'ai aidée.

Un acte de gentillesse, sans contrepartie, dans une boîte de nuit ? Serais-je tombée sur un samaritain ? Rien n'est gratuit, je l'ai appris à mes dépens. Je lui jette un coup d'œil suspicieux tout en en profitant pour voir à quoi il ressemble.

Azerty a un visage carré avec des cheveux bouclés, coiffés sur le côté. Il porte un jean et un tee-shirt à manches longues bleu marine, ou peut-être noir. Un collier en maille orne son cou et un piercing coiffe son arcade gauche. Il semble beau dans son genre.

Mon analyse se termine quand une lumière m'éblouit lorsque le couloir débouche dans une salle. Le projecteur me quitte et se positionne au centre. Le contraste entre les couleurs chaudes du rez-de-chaussée et le froid du béton du sous-sol est saisissant. Le sol comme les murs sont en béton. La musique hurle dans des baffles accrochés aux quatre coins de la pièce. Un groupe de rock qui m'est inconnu me vrille les tympans.

À ma droite, un grand écran avec des noms et des chiffres sont affichés. Un score ? Qu'est-ce qui se passe ici ?

L'ambiance est différente. Un mélange d'excitation animale, de nervosité et de transpiration vole tout autour de nous. Je comprends assez vite ce qu'il se passe, lorsqu'un homme au centre avec une moustache blonde lève les bras pour calmer la foule. Il est habillé comme un cow-boy, avec des chaussures pointues et un bolo noir dont les agrafes scintillent sous le spot de lumière. Son chapeau fermement fixé sur son crâne laisse apparaître des cheveux blonds qui lui arrivent aux épaules.

– C'était un beau combat, Blackie est en tête ce soir. Je ne sais pas ce que tu as bouffé au petit déj, mais continue comme ça !

Des rires l'accompagnent. Il les calme de nouveau en levant les mains et marche, retraçant le cercle que la foule a formé autour de la scène d'environ quatre mètres de diamètre.

– Le prix de ce soir dépasse toutes les sommes du mois. C'est une grosse mise à ne pas manquer ! Je vous demande d'acclamer les deux concurrents suivants. J'ai nommé Demi-Portion et Osius !

La foule acclame les deux combattants dans un mélange de cris et de grognements. Un frisson m'envahit. Il y a une énergie puissante qui se dégage de tous ces gens et qui me submerge. Un grondement fait trembler mes pieds et remonte dans tout mon corps. Je suis vite alpaguée par l'engouement de la situation. Bien que je sois contre les combats et la violence, je n'arrive pas à me soustraire à cette énergie. Je regarde autour de moi, Azerty n'est plus là. Je ne connais personne et personne ne sait où je suis. Ma robe attire quelques regards avant que tous ne se concentrent sur le combat qui débute.

Demi-Portion, qui est en fait un géant de deux mètres, fonce d'un pas lourd sur son adversaire, bien plus petit et agile. Osius, un chauve d'une trentaine d'années, abat ses poings dans les côtes du gros balourd. Ce dernier rit et le frappe à la mâchoire. Osius crache du sang et projette une dent sur un couple qui hurle en tentant de l'attraper.

Prise dans la foule, je ne peux me soustraire à ce spectacle.

Les attaques s'enchaînent, le sang coule de plus en plus. Les os craquent, la peau se fend et se déchire au niveau des pommettes, des lèvres. L'adrénaline qui coule et réchauffe mes veines me fait bouillonner d'une excitation nouvelle. Je me projette dans le combat et m'imagine asséner les coups et mettre en pratique les techniques d'attaque que Niklas m'a apprises. Je me surprends à mêler mes cris à ceux des autres spectateurs, et soutiens Osius. Quelque chose me dit qu'il ne faut pas se fier à sa petite taille. Il est bien plus fort qu'il n'y paraît.

Osius réussit à faire tomber Demi-Portion. Il grimpe sur son corps robuste et fracasse son visage avec son poing meurtri. Agissant comme un animal, il crie et grogne sur son adversaire à chaque coup. La foule est en délire et en réclame plus. Plus de sang, plus de violence.

Il va finir par le tuer !

Un frisson parcourt mon corps face à la férocité de la scène, le visage de Demi-Portion est boursouflé et maculé de sang, je ne vois plus ses yeux.

Mais il y a autre chose.

On m'observe.

J'arrive à quitter des yeux le combat et commence à analyser la foule. Ils bougent tous, sautent, hurlent, certains s'embrassent ; d'autres, excités à la vue du sang, sont prêts à coucher ensemble devant tout le monde.

C'est là que je la vois. Au-delà de la scène, en face de moi, deux yeux sombres encadrés par une chevelure blonde me fixent.

Jonna.

Son regard incendiaire ne me lâche pas. Elle se fiche complètement du combat. Depuis quand m'observe-t-elle ? Est-ce une coïncidence si nous nous trouvons au même endroit ? Je devrais aller la voir, m'expliquer avec elle. Jamais je n'ai voulu qu'elle souffre et, même si c'était la décision de Nik de rompre avec elle, je me sens coupable. Je suis responsable de son malheur.

Un homme réussit à se glisser à ses côtés. Azerty. Des picotements me rongent le visage. Il savait qui j'étais ? Est-ce Jonna qui lui a demandé de me faire descendre ? Loin de Niklas. Un étau invisible semble m'étreindre. La pression de la foule qui m'entoure n'est rien comparée à l'oppression que je ressens intérieurement à l'idée d'être complètement seule face à Jo et son acolyte.

Le combat se termine.

Osius est proclamé vainqueur et Demi-Portion est inconscient sur le sol maculé de sang frais et séché. Beaucoup ont dû saigner ce soir.

Je m'en fiche complètement, j'entends à peine les commentaires du cow-boy.

Jonna se penche vers Azerty et déverse ses paroles dans le creux de son oreille. Ce qu'elle lui dit le fait sourire alors qu'il jette un coup d'œil dans ma direction. Un nouveau frisson s'empare de moi. Désagréable et dérangeant. Je suis le sujet de la conversation, probablement de ses moqueries et de ses mensonges. J'ai envie de me terrer loin d'ici, loin d'eux.

Toute trace d'amitié a disparu entre nous. Les meilleures amies que nous avons été sont devenues des inconnues, pour finir par devenir ennemies. Les jeunes filles que nous étions n'auraient jamais cru cela possible. Nous avons grandi depuis lors et nous avons suivi des chemins bien différents.

Après les dernières paroles de Jo, Azerty se décale à droite et fait un pas dans ma direction. Même si la scène nous sépare, je recule rapidement et percute un torse large. Deux bras recouverts d'une chemise blanche m'encerclent et me retournent sans ménagement.

Nik !

Le soulagement que je ressens est tel que je me jette à son cou. Il me serre fort contre lui et embrasse durement mes lèvres. Ses traits sont tirés par l'inquiétude et la colère.

– Putain, Lovisa ! Qu'est-ce que tu fous ici ? Je t'avais dit de m'attendre au bar ! m'engueule-t-il.

Je suis si soulagée de le voir que son ton bourru ne me braque pas.

– C'est arrivé si vite. J'étais aux toilettes et la seconde suivante j'étais ici. Nik, tu es au courant qu'il y a des combats illégaux ici ?

Bien sûr qu'il l'est, idiote, c'est sous son bar !

Il n'a pas besoin de me répondre, l'évidence est flagrante.

– Ce n'est pas un endroit pour toi, remontons.

Son bras se fait possessif autour de moi. Nous tournons les talons, mais une voix familière nous hèle. Jonna et Azerty nous ont rejoints. À mes côtés, Niklas se tend, prêt à bondir.

– Bonsoir, Nik ! dit-elle, sourire aux lèvres. J'espérais te voir.

– C'est fait, tu m'as vu. Maintenant, dégage avec ton toutou, aboie Niklas.

Le visage de Jonna se crispe et ses yeux noisette s'assombrissent alors que ses joues rosissent.

– Ne lui parle pas comme ça, connard, attaque Azerty en s'avançant.

Niklas me pousse derrière lui et s'approche à son tour. Les deux hommes s'affrontent du regard. Azerty est plus petit que Nik de quelques centimètres, mais ça ne l'empêche pas de lui tenir tête.

– T'es son nouveau sac à main ? le provoque Nik. Elle te trimballe comme son jouet ? Azer', je te pensais plus futé que ça.

Autour de nous les gens commencent à se taire et à s'écarter. Tout le monde connaît le gérant du Red Mill.

– Va te faire foutre, crache-t-il en le poussant brusquement.

Niklas recule de quelques pas et me bouscule au passage. Il grogne et lève le poing dans sa direction.

– Arrête ! le supplié-je.

J'agrippe son bras et le force à se retourner vers moi. Je m'empare de son visage et dépose plusieurs baisers urgents sur ses lèvres.

– S'il te plaît, non, ne te bats pas avec lui. Allons-nous-en, d'accord ? On n'est pas obligés de rester ici.

– C'est ça, écoute ta gonzesse, ricane Azerty en reculant.

Il fait un tour sur lui-même pour s'adresser à tout le monde.

– Qui aimerait voir le grand Niklas Ekman se faire éclater la gueule ? Il empoche tellement d'argent sur notre dos, il est temps qu'il en crache ! Vous n'êtes pas d'accord ?

Aussitôt, des cris fusent de tous les côtés. Ils réclament un combat. Soutenu par la foule, Azerty se sent plus fort. Ils les excitent en les poussant à crier son surnom.

Son petit jeu ne m'échappe pas. Il piège Niklas en invitant tout le monde à le regarder. Soit il combat et il y a une chance sur deux qu'il gagne, soit il refuse et passe pour un lâche aux yeux de tout le monde. Jamais il ne courbera l'échine.

Quand il se retourne vers moi, je vois à son visage que sa décision est prise. Lorsqu'il déboutonne sa chemise, les femmes autour de nous deviennent hystériques. Mon cœur bat si fort qu'il menace de remonter par ma gorge.

– Ne combats pas, dis-je du bout des lèvres.

Il ôte sa chemise ainsi que sa montre et me les donne. Son buste musclé et tatoué attire des sifflements approbateurs et des commentaires déplacés, attisant ma jalousie. Je me fais la réflexion qu'il n'est qu'à moi et que toutes les autres peuvent rêver de le toucher ; ce soir, il repartira avec moi à son bras. Il se penche pour m'embrasser.

– Ne t'en fais pas, bébé, je ne vais pas perdre.

Ses paroles ne me rassurent pas.

Il s'approche d'un homme près d'une sono que je n'avais pas remarquée et lui parle à l'oreille. Ce dernier coupe la musique, recevant les protestations des clients. Ils n'attendent pas longtemps avant que les baffles ne crachent de nouveau de la musique. « Let the Sparks Fly » de Thousand Foot Krutch. Ce son me file des frissons et mon esprit replonge des années en arrière. La chanson fétiche de Nik.

Niklas se positionne au centre, face à Azerty, lui aussi torse nu. Il est moins baraqué que mon homme, mais ça ne me rassure pas. Demi-Portion dépassait largement Osius et pourtant il s'est retrouvé au tapis avec probablement un œil en moins. Et si cela arrive aussi à Nik ? Je ne me le pardonnerai pas. Et je ne le lui pardonnerai pas non plus.

Oh, Nik, toi et ta foutue fierté !

16

Niklas, 17 ans

Je n'en peux plus. Lovisa me rend dingue. Une année que nous sortons ensemble et elle me fait perdre la tête. J'aime chaque moment avec elle, on s'éclate, mais, putain, qu'est-ce que j'aimerais coucher avec elle ! Elle veut attendre ses 16 ans et surtout voir si je tiens vraiment à elle. Je déteste cet ultimatum, mais j'aime relever les défis. Je canalise toute cette frustration dans l'entraînement de tir que mon père me pousse à faire. Si au début j'ai détesté ça, à présent, tenir les Golden Eagle noirs qu'il m'a offerts est un vrai plaisir. La puissance que je ressens en les utilisant est plus forte que celle qui pulse dans mes veines quand je me bats. Pour le moment, je vise des cibles dans le sous-sol et, la nuit, j'utilise un silencieux et tire sur des bouteilles en verre posées sur un tronc posé au sol. Lovisa déteste m'accompagner dans la forêt, ou plutôt, elle déteste que j'utilise ces armes, mais elle vient toujours.

***

Mon cœur bat aussi fort que les hurlements de la foule, et les paroles de « Let the Sparks Fly » me crèvent les tympans. Ils sont aussi déchaînés que mes poings s'écrasant sur Azerty. Cet enfoiré de Français est agile comme un chat et esquive mes attaques bien trop souvent à mon goût.

Le sang coule de mon arcade. Un moment d'inattention m'a valu cette blessure, mais je ne suis pas resté à attendre son prochain assaut, je lui ai écrasé mes phalanges dans l'épaule. La douleur est si fulgurante qu'il perd ses moyens durant un moment.

Il est agile.

Je suis plus fort.

Plus féroce.

Lovisa me fixe avec intensité, son visage entre dans mon champ de vision lorsque je vérifie qu'elle est toujours là. Son air soucieux s'est totalement dissipé et un désir bestial se lit sur son visage, me donnant envie de cesser le combat pour lui arracher sa robe et la baiser sur le comptoir de mon bar.

Même si je prends des coups, c'est elle qui compte.

J'étais si inquiet lorsque j'ai remarqué sa disparition. J'imaginais le pire. J'ai trop d'ennemis pour la laisser sans surveillance. C'est une erreur que je ne referai plus. Elle est bien trop importante à mes yeux pour que je la perde aussi bêtement.

La réunion avec mes adjoints concernant Rodrigo s'est montrée fructueuse. Ils vont tout mettre en place pour l'attraper. Artur, son ancien bras droit, le connaît très bien et son aide nous sera précieuse. Mon humeur s'est allégée, mais je reste tout de même à cran et sur mes gardes. La menace est toujours là.

Je dois me montrer vigilant.

– C'est tout ce que tu as, Ekman ? me lance Azerty en crachant de la salive qui se mêle au sang qui souille le sol. Je te pensais plus coriace !

Ferme-la, connard.

Tu ne sais pas de quoi je suis capable.

Ce combat est une démonstration de force pour lui. Moi, je le vois plutôt comme une occasion de lui clouer le bec. Je connais Azerty depuis quelques mois, c'est un adepte du Red Mill et un prétendant de Jonna. Il lui court après depuis si longtemps que c'en est affligeant. Elle a dû lui retourner le cerveau pour qu'il s'en prenne à moi.

Sale langue de vipère.

Azerty cancane auprès de la foule, sautille d'un pied à l'autre et met ses faiblesses en avant. Il est plus dans l'attaque que dans la défense.

J'ai fragilisé son épaule, je dois miser dessus pour l'affaiblir.

Je le laisse m'atteindre et me frapper dans l'estomac. Son attaque, prévisible, m'a laissé le temps de me contracter pour réceptionner son coup. J'esquisse un sourire en coin et abats de toutes mes forces mes poings entre sa clavicule gauche et son épaule. Il grogne de douleur et se recroqueville en reculant. Son visage, crispé et rouge, me montre le chemin de la victoire.

– Tu déclares forfait, Azer' ? Je ne t'en voudrai pas si tu t'inclines, ricané-je.

Je m'approche en massant mes mains. Je ne crains pas la confrontation et je relève tous les défis. Ce n'est pas ce crétin de Parisien venu se perdre en Suède qui me fera reculer. Je suis chez moi, il est sur mon terrain et je vais lui montrer qui contrôle les lieux.

Alors que je prépare une nouvelle attaque, il lève précipitamment la main.

– Attends !

Je m'arrête.

– Tu abandonnes ?

Moins d'un mètre nous sépare. Azerty a le corps penché en avant, les mains sur les genoux. Il tente de réprimer sa douleur.

– Je…

Il se tait. Je fronce les sourcils, attendant une suite qui ne vient pas. Qu'est-ce qui lui prend ?

West entre dans le cercle en réajustant son chapeau. Je me tourne à moitié vers lui.

– Nous avons un forfait, semblerait-il, craché-je.

Décevant, je m'attendais à mieux. Au moins, c'est terminé. Lovisa, à bout de souffle, me sourit. Elle n'a pas perdu une miette du combat et son soulagement suinte par tous ses pores. L'œil brillant, je la dévore du regard. Plus sexy que jamais et émoustillée par le combat, elle semble vouloir complètement s'abandonner à moi. Un frisson d'excitation me parcourt à l'idée de la déshabiller pour recouvrir son corps de baisers.

Est-ce tout ce que j'imagine lui faire qui m'a rendu moins vigilant ? Je ne sais pas, mais alors que le cri de Lovisa m'avertit du danger, le coup que je reçois au niveau de la nuque est trop rapide pour que je puisse le parer. Je m'écroule au sol, avec la vision de ma jolie rousse, furibonde, qui tente de venir à mon secours, mais qui est retenue par un homme.

Ôte tes pattes de ma nana !

Je jure contre ce mec et grogne lorsque je m'étale de tout mon long. Je me retourne rapidement sur le dos.

La foule, huant la bassesse d'Azerty, siffle et crie au scandale. Ce dernier se jette sur moi et me frappe à la mâchoire.

– Tu crois que je vais me laisser humilier sans rien dire ?

Il me frappe de nouveau et m'oblige ensuite à regarder Lovisa. Ma belle et douce Love se débat comme une tigresse dans les bras de cet inconnu. Elle ne cesse de crier mon nom. Ce spectacle me déchire le cœur et fait pulser l'adrénaline dans mon corps.

Elle a besoin de moi.

Azerty se penche à mon oreille.

– Je sais ce que tu fais, Jo m'a tout expliqué. Un jour ça finira mal et, à ce moment-là, je prendrai sous mon aile ta copine.

Une colère sourde m'envahit. Jonna m'a trahi. J'aurais dû me douter. Une femme bafouée ferait n'importe quoi pour vous nuire, mais je la pensais dotée de plus de jugeote. Elle me le paiera, son geste ne restera pas impuni.

Sa menace envers Lovisa est ce qui me met le plus hors de moi. Chaque cellule de mon corps réclame réparation.

Je gronde férocement en l'attrapant par la nuque. Je la serre aussi fort qu'il est nécessaire pour le faire reculer et me relève en même temps que lui. Mon poing s'écrase dans son abdomen, lui coupant le souffle. Je le jette loin, il roule au sol et se cogne dans les jambes des spectateurs qui hurlent de nouveau d'excitation.

– Ne t'avise jamais de la toucher si tu tiens à la vie ! vociféré-je, me retournant vers le public. Personne n'a le droit de poser la main sur elle !

Ce message s'adresse plus particulièrement au type qui a ses bras enroulés autour de sa taille. Il la lâche immédiatement. Remise sur ses pieds, Lovisa se jette sur moi. Je la réceptionne et niche mon visage dans ses cheveux, son parfum m'enivre aussitôt et m'apaise. La sentir contre moi me réconforte et soulage momentanément les douleurs du combat.

– Tu vas bien ?

Elle m'analyse, soucieuse, en passant la main sur ma joue, ses doigts s'égarent dans ma barbe. J'opine brièvement et vois par-dessus mon épaule Azerty qui tente de reprendre sa respiration.

– Jetez-moi ce merdeux hors de mon club, ordonné-je.

Deux vigiles passent entre les clients pour exécuter mon ordre.

Lovisa dans mes bras, je n'ai plus aucune raison de m'attarder ici. J'enfile ma chemise ainsi que ma montre et nous remontons en silence. La musique et la chaleur de la boîte nous enveloppent et nous poussent à nous fondre dans la masse pour danser, boire et nous amuser. Mais mon esprit, plus buté, refuse ces distractions et ne veut qu'une chose : sortir d'ici. Pourtant, j'aime mon club et j'y passais toutes mes soirées avant le décès de mon père, mais les choses changent. Mes obligations actuelles me forcent à négliger certains aspects de ma vie. Avant de sortir, je récupère ma veste et enveloppe Lovisa avec. Il fait très froid ce soir.

Une fois dehors, j'inspire profondément. Les températures ont baissé, me donnant la chair de poule.

– Rentrons dans la voiture. Je te dois un repas.

Elle glousse et se blottit contre moi.

– Avec tout ce qui vient de se passer, je ne sais pas si j'ai encore faim.

À peine ces mots prononcés, son ventre se met à gargouiller. Nos rires emplissent l'air et allègent nos humeurs.

– Ton corps a parlé.

Elle me sourit tendrement tout en caressant ma barbe. Un voile sombre passe dans ses yeux verts.

– J'ai eu si peur lorsque tu te battais. Ensuite, quand je t'ai vu t'écrouler, j'ai cru perdre pied, je n'aurais pas supporté qu'il t'arrive quelque chose.

Adorable.

Je passe mes bras autour de ses hanches.

– Et moi de te perdre. Je ne te trouvais pas, j'ai pensé au pire. Ça m'a rendu fou de te voir nulle part. Quand on m'a dit que tu étais descendue, ça m'a encore moins rassuré.

Ce lien qui nous unissait autrefois est toujours présent. Plus fort. Avec des sentiments d'adultes. Nous ne sommes plus des gamins apeurés à l'idée de s'aimer. C'est dépassé.

À présent, nous sommes libres de faire ce que nous voulons.

Libre.

Un si petit mot qui a une grande importance et beaucoup de signification. Mais même si nous sommes réunis et libres de tout faire ensemble, les éléments extérieurs peuvent interférer et faire éclater ce sentiment de liberté, de sécurité. À mes côtés, elle risque sa vie à tout moment. Puis-je lui faire courir un tel risque ? J'aimerais agir en égoïste, la garder auprès de moi, quitte à la mettre en danger, mais ce serait fou de ma part. Pourtant, je sens que je n'arriverai pas à faire autrement.

Sans attendre, nous nous engouffrons dans la voiture. Chauffage et musique à fond, je conduis comme si j'effectuais la dernière course de ma vie. L'adrénaline qui coule dans mes veines, provoquée par le combat, me pousse à alimenter cette excitation qui me prend aux tripes. Lovisa ressent la même chose, je le vois. D'humeur aventureuse, sa main masse doucement l'intérieur de ma cuisse, elle se trouve dangereusement proche de mon membre, et provoque un début d'érection.

– Je devrais me battre plus souvent, lancé-je en recouvrant sa main de la mienne.

– Hors de question. Je refuse qu'on t'abîme en marquant ton corps.

Elle se mord la lèvre en baissant les yeux vers nos doigts qui s'entrelacent.

– Je ferai attention pour toi.

Son corps se détend dans son siège.

– Tu es bien plus sage qu'à l'époque. J'ai l'impression de te connaître par cœur, mais qu'une partie de toi m'échappe, celle que je ne connais pas encore. Parfois ça m'effraie, car je ne sais pas si toi, tu aimeras la personne que je suis aujourd'hui.

Son inquiétude est partagée. Je suis tout ce qu'elle a toujours détesté et pourtant, elle est toujours là. Par dépit ? À défaut de ne pas avoir d'autre choix ?

Je ne suis pas doué pour rassurer les gens, mais, avec Lovisa, ça semble plus facile, naturel.

Je porte sa main à mes lèvres et l'embrasse tendrement. Sa peau est si douce, j'ai envie d'en dévorer chaque centimètre.

– Je ne peux pas te promettre que tout sera beau entre nous. Tu me détesteras parfois, je te mettrai hors de toi, je te ferai douter et tu auras probablement des envies de meurtre, dis-je en riant. Mais je peux te promettre qu'à mes côtés, tu ne t'ennuieras jamais. Je te ferai vivre les aventures les plus folles qui puissent y avoir, je te ferai l'amour à n'en plus tenir, tu me supplieras d'arrêter. Et surtout, je ne t'abandonnerai pas.

Aucun filtre, aucune barrière. Je n'ai pas réfléchi à mes mots, laissant simplement mon cœur s'exprimer. Je crois chaque syllabe prononcée et je suis prêt à en dire plus pour la convaincre de ne pas craindre de s'ouvrir à moi.

– Comme je t'aime, lâche-t-elle soudainement.

Mon pied appuie brusquement sur le frein. Avant que Lovisa ne bascule en avant, je plaque ma main sur son thorax pour la caler contre son siège. Je me ressaisis rapidement et reprends une allure plus modérée.

– Désolé, marmonné-je, confus.

– C'est à moi de m'excuser. Je ne sais pas ce que je dis, c'est sans doute trop tôt.

Je secoue la tête et remets ma main sur le volant en fixant la route. Le reflet de la lune dans la neige éclaire naturellement la route et apporte un plus à mes phares. Pourtant, je ne vois rien. Mon esprit se repasse simplement les lèvres de Lovisa murmurer des mots que tant de femmes m'ont dits, mais qui ne voulaient rien dire pour moi.

Nous nous aimons depuis si longtemps que, si elle me l'avait dit dès nos retrouvailles, je n'aurais pas trouvé ça trop tôt.

– Redis-le.

Elle s'agite sur son siège, me faisant languir un instant avant de couiner de manière adorable :

– Je t'aime.

Comment trois petits mots peuvent-ils me retourner autant ? Des mots à la fois simples et complexes, remplis de promesses et d'avenir à deux ?

Une douce chaleur réchauffe mon cœur et des picotements me dévorent le cerveau, des endorphines sont relâchées et me procurent du bien-être. J'ai l'impression d'être un adolescent boutonneux qui vient de recevoir son premier baiser. Lovisa me rend idiot, possessif et fougueux.

Amoureux.

Je n'ai jamais cessé de l'être. Ce sentiment a toujours fait partie de moi, je l'avais juste enfoui si loin que je pensais ne plus l'aimer.

J'ai arrêté de me fourvoyer, même lorsqu'elle est revenue dans ma vie et que je ne souhaitais qu'une chose : la détruire. Une part de moi savait quels étaient mes véritables sentiments pour elle.

Sourire aux lèvres, je positionne de nouveau sa main sur ma cuisse et me concentre sur la route.

Un immense hangar se dresse devant nous lorsque je me gare dans un parking surveillé par un garde. Stewart. Les environs sont peu éclairés et déserts. L'endroit semble abandonné et aucun restaurant ne se profile à l'horizon. Tout est si calme qu'une simple respiration se ferait entendre au loin.

– Tu es sûr qu'on est au bon endroit ?

– Tu ne me fais pas confiance ?

Ma question semble la choquer. Elle se braque. Qu'est-ce qui lui prend ? J'aimerais avoir accès à ses pensées pour savoir ce qu'elle a mal pris.

Je sors et contourne la voiture pour aider Lovisa à sortir. En passant, je salue Stewart d'un mouvement de tête et me dirige vers une porte noire surveillée par un second homme en costume noir et grosse veste, équipé d'une oreillette. Les talons de ma jolie rousse claquent et fendent l'air de leur bruit sec. Le sol est jonché de flaques d'eau et de neige à moitié fondue. Le printemps tente de prendre sa place difficilement, le temps à Kiruna est bien plus froid qu'ailleurs dans le pays.

– Ekman, j'ai une réservation.

Le garde pose une main sur son oreille et m'annonce. Quelques secondes plus tard, il nous ouvre la porte.

Contrairement à l'extérieur, le couloir que nous traversons est complètement remis à neuf. Pour plus d'intimité et de discrétion, les fenêtres ont été recouvertes par des plaques de plâtre et peintes en bleu anthracite. Des lumières incrustées au plafond donnent un faible éclairage. Il n'y a aucune décoration, aucune enseigne. Rien qui n'annonce où nous sommes.

– Je ne comprends pas.

Sa voix timide me pousse à la regarder en la serrant contre moi.

La première fois, n'importe qui se sent perdu et perplexe. Moi-même, je ne savais pas à quoi m'attendre et cette expérience m'a poussé à revenir chaque fois qu'ils organisaient ces dîners.

– Tu vas vite comprendre, lui susurré-je à l'oreille en y déposant un baiser.

Au bout du couloir, une réceptionniste nous attend. Elle coche nos noms sur sa tablette et la dépose. Notre retard n'a aucune importance au vu de la somme que j'ai déboursée pour avoir une place ce soir.

Sourire de façade et posture guindée, la jeune femme nous donne deux bracelets.

– Bonsoir et bienvenue à l'Éphémère. Voici vos bracelets pour ouvrir vos casiers ainsi que votre salle. Ils sont munis d'un bouton d'urgence en cas de problème. Le repas sera servi dès que vous le signalerez via l'interphone de la pièce. Quelle est votre préférence ? Homme ou femme ?

Lovisa m'interroge du regard. Je réponds :

– Femme.

– Aucune allergie ou problème physique à connaître ?

– Rien à signaler.

Je resserre mon étreinte sur Lovisa, elle s'agite un peu. Je vois dans son regard une centaine de questions défiler.

La réceptionniste nous guide vers un vestiaire privé. Je ferme la porte derrière nous. La pièce est petite et sombre, les lumières au plafond éclairent peu. Ça nous plonge directement dans une autre ambiance. La peinture noire recouvre les autres murs ainsi que deux casiers où nous pouvons poser nos vêtements. La pièce est meublée d'une table contenant des accessoires. Au fond, on trouve un lavabo ainsi que des serviettes propres et de quoi se nettoyer.

Face à nous, une penderie sur roulettes, sur laquelle sont disposées deux tenues : une nuisette en soie blanche avec des ailes d'ange et des bas résille et un boxer en cuir tenu par des lanières de la même matière à passer sur les épaules. Sur la table à côté sont posés des cornes de diable à coller au front et un fouet avec des lanières.

Lovisa se retourne vers moi. Son visage exprime la confusion la plus totale.

– Qu'est-ce que tout ça signifie ?

Je glisse mes mains sur ses épaules et les serre en la regardant dans les yeux. Je lui souris, de manière à la détendre.

– Il s'agit d'un dîner un peu spécial. Je nous ai choisi des tenues qui ne devraient pas trop te mettre mal à l'aise.

Elle y jette un nouveau coup d'œil.

– On va manger dans ces tenues ?

– On ne fera pas que manger, grondé-je en l'embrassant soudainement.

Rien que l'idée de l'imaginer dans cette nuisette me rend dur. Elle en ange, moi en démon. C'est parfait. Le blanc fera ressortir sa pureté, son innocence et sa fragilité. Mais aussi son roux flamboyant, cette couleur qui m'a toujours plu. Elle représente un feu incandescent, la passion et le désir.

Je m'éloigne en déboutonnant ma chemise sous le regard de Love, mes lèvres gonflées par son baiser. Je me déleste de tous mes vêtements et ôte mon boxer. Mon sexe se dresse fièrement, lui prouvant tout mon désir. En cet instant, me retenir de la plaquer contre la table me paraît insurmontable. Avec un effort surhumain, je réussis à m'emparer du boxer en cuir, que j'enfile avec lenteur. L'aguicher, lui montrer ce qui pourrait être à elle est un jeu auquel je m'affaire avec plaisir.

– À toi.

Elle s'éloigne de quelques pas, me donnant une vue globale de ce qui va suivre. Sa robe rouge épouse à merveille ses courbes alléchantes.

J'ai visé juste.

Elle glisse lentement sa bretelle le long de son bras et l'enlève.

La coquine, elle m'allume.

Mon regard brûlant ne perd pas une miette du spectacle.

Sa robe caresse sa peau au fur et à mesure qu'elle la fait descendre et finit à terre. Ses sous-vêtements me coupent le souffle. Elle fait un tour sur elle-même en mordillant sa lèvre inférieure, provocatrice.

Pas si douce et innocente, finalement.

Quelle vision érotique. Divine !

Son string rouge en dentelle est relié à des porte-jarretelles sans bas ; de fines bandes de tissu brodé entourent ses cuisses délicates. Le haut est aussi transparent que le bas et laisse peu de place à l'imagination.

Ma respiration s'accélère, mon boxer devient beaucoup trop serré.

Bordel, Lovisa !

– Tu es tellement sexy.

À moitié nu, je gronde et m'approche tel un prédateur sur sa proie. Mes mains semblent immenses alors que je les pose sur ses bras. Je caresse sa peau en remontant lentement jusqu'à ses épaules puis en descendant sur sa poitrine. Sous mes doigts, ses tétons durcissent et étirent la dentelle.

Je me retiens de respirer un instant, coupé par mon excitation. Le repas n'a même pas encore commencé que je me comporte comme un jeune puceau excité par un magazine de charme.

Mes doigts titillent ses chairs dressées en les pinçant doucement et en les frottant. Son corps se tend vers moi. Elle ferme les yeux et glisse ses mains sur mon torse, plantant ses ongles dans ma peau.

– Je devrais te prendre tout de suite. Je ne sais pas comment j'ai fait pour me retenir cette semaine. Chaque fois que je te vois, que je te touche, tu fais naître un feu si intense, si brûlant, qu'il me consume et me frustre au plus haut point.

Ses yeux verts plongent dans les miens.

– J'ignorais que tu me désirais à ce point. Je ne comprends pas, tu as vu les marques. Elles sont hideuses.

Je secoue la tête et passe mes mains dans son dos pour dégrafer son soutien-gorge.

– Ça partira. Je ne veux plus que tu t'en fasses pour ça. J'effacerai chaque trace qu'il t'a faite. J'éclipserai toutes les sensations qu'il a pu te faire éprouver au lit, je laverai son odeur, la sienne et celle des autres. Je regretterai jusqu'à la fin de mes jours de ne pas avoir été ton premier.

Un regret qui laisse un goût amer sur ma langue. Elle m'avait promis que je serais son premier, mais lorsqu'elle a disparu, j'ai su que cette promesse ne serait jamais tenue. Une pointe de jalousie me ronge à l'idée du plaisir qu'elle a pu prendre avec d'autres hommes. Combien ? A-t-elle aimé ? Serai-je mieux ? Je suis un amant doué, mes partenaires me l'ont toutes dit. Mais coucher avec Lovisa est différent, j'ai la pression des années qui nous ont séparés. Je sais que ce sera fantastique. Je vais prendre mon pied et réaliser un vieux fantasme. Mais si celui-ci est moins bien que la réalité ? Quelle sera ma réaction ? Et celle de Love ?

Putain. On dirait une gonzesse.

Ne te prends pas la tête, vieux, tu ne le sauras jamais si tu réfléchis trop.

J'enlève son soutien-gorge, délivrant sa poitrine de son armature. Ses petits seins rebondissent, dressés fièrement, ils me poussent à les embrasser. Je passe le bout de mes lèvres sur ses boutons de rose, lui arrachant frissons et soupirs. Ne provoquant aucune protestation de sa part, je glisse ma main sur l'un d'eux et le titille en refermant ma main sur son autre sein. Je suçote son téton avec avidité avant de le relâcher pour m'attaquer à l'autre. Elle gémit sous mon assaut et presse ma tête contre sa poitrine.

– Nik…

L'entendre gémir mon prénom rend ma verge encore plus tendue contre le cuir.

Sans ménagement, je la plaque contre le casier froid, elle cambre le dos. Son bassin ondule contre le mien, frictionnant nos sexes.

Je grogne contre sa poitrine et relève la tête pour fondre sur sa bouche. Je franchis la barrière de ses lèvres avec ma langue.

Avenante, Lovisa m'accueille avec joie. Sa langue, chaude et humide, caresse la mienne, elles se mêlent, dansent ensemble. Le désir entre nous grimpe rapidement.

J'ai chaud.

J'empoigne ses fesses.

– Si tu continues de m'exciter ainsi, je ne résisterai pas longtemps, grondé-je dans sa bouche.

Elle rit et, dans un petit saut, passe ses jambes autour de mes hanches. La chaleur de ses cuisses et de son entrejambe contre mon ventre me rend fou. Sa bouche caresse mon oreille. Elle susurre :

– Je n'ai pas envie que tu t'arrêtes.

Bordel de merde !

J'ai bien entendu ? J'ai le feu vert ?

Je capte son regard pour être certain d'avoir son accord. Je ne lis que de l'envie et un désir ardent de passer à l'acte.

Tout en l'embrassant fougueusement, je me dirige vers la table. Du revers de la main, je balance tout ce qui s'y trouve et l'allonge. Telle une danseuse du ventre, elle laisse son corps onduler contre le mien.

Envoûtante.

J'embrasse son cou et descends vers sa poitrine puis son ventre, au niveau des bleus qui marbrent sa peau parfaite. Mes mains glissent sous l'élastique de son string et le descendent tandis que j'embrasse ses hanches puis son pubis.

– Tu as la peau si douce et délicate. Et ton odeur... dis-je en finissant par grogner. Je ne pense pas m'en lasser un jour.

Elle rit en gigotant un peu pour se redresser sur ses coudes.

– Bonne idée. Garde cette position.

Je descends rapidement mon boxer, délivrant mon sexe contenu trop longtemps. Il se dresse, je soupire de soulagement.

– Bordel, ça fait du bien, avoué-je en passant ma main dessus.

Son regard lubrique me plaît. Elle semble libérée de ses chaînes, de ses complexes et de sa timidité. J'aime la femme que je vois. Est-ce le lieu qui est à l'origine de ce changement soudain de personnalité ? Pour toute réponse, j'ai droit à ses cuisses qui s'écartent pour m'accueillir.

Bonté divine. Ma déesse est si excitante dans cette position.

J'ouvre rapidement mon casier et sors un préservatif. J'ai une exigence à l'Éphémère : qu'il y ait toujours des préservatifs à disposition. Je ne prends aucun risque. Je ne veux pas qu'une inconnue se ramène dix ans plus tard avec un gosse et me réclame de l'argent.

J'arrache l'emballage avec mes dents et recrache le plastique sur le côté. Avec précaution, je déroule le préservatif sur ma verge.

– On risque de nous entendre, relève Lovisa en regardant la porte derrière moi.

– Probablement.

– Et ça ne te gêne pas ?

– Qu'on entende à quel point je vais te faire gémir ? Rien à foutre. Qu'ils écoutent si ça leur plaît, ricané-je.

Je me replace entre ses cuisses. La chaleur qui émane de son intimité et sa moiteur me prouvent qu'elle est prête à m'accueillir.

La respiration courte, je la pénètre de mon gland. Nous gémissons à l'unisson. Ce moment, nous l'avons attendu longtemps. Trop longtemps. J'entre un peu plus, lentement, pas tout d'un coup. Le plaisir sadique que je ressens vaut la torture que cela m'inflige de ne pas la baiser vite et profondément.

Son gémissement, douce mélodie à mes oreilles, me fait sourire comme un con. Elle ferme les yeux.

– Regarde-moi, bébé. Regarde-moi.

Elle s'exécute. Ses beaux yeux émeraude plongent dans les miens alors que je la pénètre un peu plus. Ses parois se serrent autour de mon membre, l'enveloppant dans une douce caresse chaude.

Putain, qu'est-ce qu'elle est étroite.

J'inspire et me décide à entrer l'entièreté de mon sexe en elle.

Lovisa se cambre.

– Mmm ! Oui. Continue…

Je souris. Elle est à tomber. Je sors presque d'elle et reviens en entier, plus vite, plus profond. Elle gémit. Je suis en extase.

– Comme ça ? C'est ce que tu aimes ?

Son visage s'empourpre. Son corps prend des couleurs et paraît moins pâle.

Elle hoche la tête en mordillant sa sublime bouche.

Je recommence à plusieurs reprises ces longs va-et-vient. Au fur et à mesure qu'elle devient de plus en plus humide, mon excitation grandit en même temps qu'elle gonfle mon sexe. J'accélère en pliant ses jambes et en les écartant un peu plus pour ne pas être gêné.

Je n'ai jamais vécu cela. Mon plaisir est décupié, j'assouvis un désir physique, mais aussi psychique. Mon corps chante les louanges de Lovisa et ma tête menace d'exploser sous les émotions qui s'y déchaînent.

Elle me comble sous tous les aspects.

Oh, douce Lovisa.

Où te cachais-tu depuis tout ce temps ?

– Niklas, gémit-elle en ondulant son corps.

Une pellicule de sueur fait briller sa peau. La pièce est petite, trop petite et la chaleur que nos corps créent nous rend fiévreux.

À l'apogée de mon plaisir, mes va-et-vient se font plus rapides, butant profondément en elle. Nos gémissements se mêlent, se confondent et emplissent l'air.

Au diable ceux qui nous écoutent, ils ne comptent pas.

Nous atteignons l'orgasme ensemble, dans un gémissement rauque et masculin pour moi, féminin et excitant pour les oreilles en ce qui la concerne.

Je me laisse aller contre elle. Nos peaux moites et frissonnantes sont les derniers vestiges de ce partage des plus fougueux. Je pose un baiser sur ses lèvres et niche mon visage contre sa poitrine aux mamelons roses que mon souffle caresse.

Nous restons silencieux quelques minutes, savourant les dernières palpitations provenant de nos sexes.

Lorsque je quitte la chaleur de son corps, un grand vide s'installe en moi et me pousse à me laver le sexe rapidement et à enfiler mon boxer en cuir. Pendant ce temps, Lovisa se nettoie aussi, enfile sa tenue d'ange et chausse les talons qui vont avec. Elle range nos affaires dans les casiers et m'attend, adossée à la table.

Cette tenue la rend de nouveau adorable et innocente avec une touche sexy.

– Tu es prête pour la suite ?

– Si c'est comme ce qui vient de se passer, il me tarde de dîner, susurre-t-elle en mordillant la lèvre.

Je lui mets le bracelet qui déverrouille nos quartiers, mets le mien puis passe ma main dans ses boucles rousses et l'attire vers la sortie.

– Ça va être au-delà de ce que tu imagines.

17

Lovisa, 15 ans

La plus belle des lumières qui éclaire ma vie vient de s'éteindre. Aujourd'hui est le deuxième jour le plus noir que j'ai vécu. Maman est morte. Elle est morte... Je n'arrive pas à imprimer cette information dans mon esprit. Je suis anéantie. Elle était mon repère, ma confidente, celle que j'aimais plus que tout malgré nos différends. Je veux haïr Hendrik. C'est sa cocaïne qui a causé son overdose, mais je dois voir la réalité en face, si ça n'avait pas été ici, cela aurait été chez nous, à Göteborg. Mon cœur est brisé et rien ne pourra le réparer. Il y a tant de choses que je regrette et il est trop tard pour faire marche arrière ou pour lui dire tout ce que j'aurais voulu qu'elle sache. J'espère qu'elle est heureuse et qu'elle m'attend auprès de mon père, qu'ils se sont retrouvés et qu'elle ne souffre plus.

***

Il ne me dit rien sur ce qui va se dérouler.

Rien.

Je suis complètement perdue. Et en nuisette. Je frissonne à cause du froid mordant du couloir que nous parcourons. Devant nous, une femme du nom de Marissa, portant une combinaison de latex noir qui moule à la perfection ses formes, nous guide jusqu'à notre salle. Ses longs cheveux bruns épais sont maintenus dans une tresse serrée qui se balance de gauche à droite tandis que ses talons martèlent le sol. J'ai l'impression de tourner dans un film SM et je ne serais pas étonnée de trouver une table garnie de fouets, de lanières en cuir et autres gadgets que mon esprit obtus ne pourrait imaginer.

Je me tourne à moitié vers Niklas qui marche à mes côtés. Il semble différent. Une aura bestiale émane de lui, sombre et séduisante qui ne demande qu'à se repaître de ma chair. Un nouveau frisson m'envahit, mais cette fois, d'appréhension et d'excitation. Son regard bleu vire presque au noir sous la pénombre du couloir, lui donnant un air dur et froid, mais la douceur de ses traits lorsqu'il me regarde me prouve que, sous cette apparence, il est celui que j'ai connu autrefois.

Mon beau guerrier.

C'est un homme fort et puissant aux yeux de tous, mais pour moi, il est Niklas, l'adolescent qui a volé mon cœur alors que je débarquais dans son monde de glace.

Lorsque je suis revenue à Iron House pour les funérailles de son père, tous les morceaux de mon cœur brisé se sont ressoudés alors que mon regard s'est posé sur lui. Il avait beau être dur et froid, distant envers moi, je ne pouvais empêcher cet organe vital de battre plus fort en sa présence.

Je ne me pensais pas prête à passer à autre chose, à oublier Rikard, mais la journée d'aujourd'hui m'a fait changer d'avis. Nous avons franchi une nouvelle étape. *Et quelle étape !* Ce qui s'est passé sous la douche était si soudain et si bon que j'en rougis, rien qu'à la simple pensée de sa tête entre mes cuisses. Notre première fois sur la table n'était pas aussi romantique que je l'imaginais, mais j'ai adoré. Plus que ça. Le sexe avec lui promet d'être explosif, surprenant et acrobatique.

– À quoi tu penses ?

Mon sourire l'intrigue.

– Je me demandais ce que tu manigançais ici.

La jeune femme en latex s'arrête devant une porte noire et pose une carte magnétique sur le boîtier à sa gauche. Elle s'écarte de la pièce d'où s'échappe une musique langoureuse mise au minimum. Des néons rouges éclairent faiblement les lieux.

– Sonnez-moi dès que vous souhaitez vos entrées, susurre Marissa de sa voix mielleuse.

Sa bouche en cœur est d'un rouge vif et ne demande qu'à être embrassée.

– Servez-nous le champagne, ordonne Niklas en me guidant à l'intérieur.

Au centre de la pièce se trouvent deux chaises noires de style baroque autour d'une table ronde, avec dessus un bougeoir dont les bougies ne sont pas allumées, elles nous attendent. Juste à côté, une bouteille dans un seau à glaçons.

Pendant que notre hôtesse s'occupe de nos boissons, mon regard s'acclimate à l'obscurité. Je pensais que cet endroit était dépouillé de tout objet, mais c'est tout le contraire. À ma droite, une balançoire dont le siège est en cuir ; les chaînes entourées de plumes blanches m'attirent.

– J'adorais faire de la balançoire, mais je ne suis plus une gamine et puis j'ai atrocement faim.

Le ricanement de Niklas qui s'approche de moi me pousse à l'interroger du regard. Ses mains se posent sur mes hanches et m'incitent à m'asseoir sur le siège mobile. Il soulève ensuite deux chaînes desquelles des ronds en cuir pendent. Je comprends aussitôt de quoi il s'agit. Heureusement qu'il fait noir, sinon il verrait mon visage cramoisi par la honte de ma naïveté.

– Si tu es sage, gronde-t-il en penchant son visage vers le mien, je te montrerai tout ce que l'on peut faire avec.

Je mordille ma lèvre et relève la tête pour le regarder dans les yeux. Il est si audacieux et moi si prude, ça frôle le ridicule. Ce soir, imbibée d'alcool et encore sous les effets de notre échange dans le vestiaire, j'ai envie de me lâcher et de laisser s'exprimer la femme fatale qui se cache en chacune de nous.

– J'aimerais plutôt te montrer la vilaine fille que je suis. Tu t'es trompé de costume, répliqué-je en me relevant. Ce soir, je ne serai pas un ange.

Je m'éloigne pour continuer mon exploration des lieux sous le regard intéressé de Niklas.

Au mur, des supports, comme des barres et des chaînes, sont accrochés à différentes hauteurs. Cela me rappelle la barre de douche à laquelle je me cramponnais pendant que Nik explorait mon intimité de sa langue. Ce souvenir fait se contracter le bas de mon ventre et crée des palpitations au niveau de mon clitoris.

Une grande armoire sombre m'attire. J'ouvre les portes avec une curiosité avide. Mon regard tombe sur trois fouets : le premier avec des lanières en tissu, le deuxième avec une seule grosse plume et le troisième en fine cordelette. Il y a aussi plusieurs paires de menottes, du lubrifiant, des préservatifs, des rubans, probablement pour s'attacher ou se bander les yeux. Et…

– Je ne mettrai pas ça.

Je fais volte-face vers lui et agite ma trouvaille, amusée : un collier de chien clouté.

– C'est ce que tu aimes ?

Les préférences sexuelles et les jeux en tout genre n'ont pas été abordés entre nous et j'ignore ce qui lui plaît.

Niklas me rejoint avec deux coupes de champagne. L'hôtesse est partie et la porte est fermée. Nous sommes seuls.

– C'est assez excitant, mais ce n'est pas ce que je préfère.

Il me donne un verre et trinque en me regardant dans les yeux.

– À nous. Que plus jamais nous ne soyons séparés, dit-il de sa voix grave et sensuelle.

– Plus jamais.

Buvant notre champagne, nous nous lançons des regards brûlants remplis de sous-entendus.

Plus jamais je ne souhaite être loin de lui.

Il était la pièce manquante à ma vie pour être heureuse.

– Si je bois encore une goutte d'alcool avec l'estomac vide, je vais finir par être malade et me fouler la cheville avec ces talons.

Nous rions. Sans attendre, il se dirige vers l'interphone près de la porte et appuie sur le bouton. Une lumière rouge s'active.

– Apportez l'entrée.

Je lève les yeux au ciel face à son ton autoritaire et dépose mon verre sur la table.

– Ne sais-tu pas faire autre chose que de donner des ordres ? Faites ceci, faites cela. Tu exiges beaucoup de choses avec un ton si dur !

Comment fait son personnel pour le supporter ? L'argent arrive-t-il à leur faire oublier son ton grossier et froid ?

– Les « s'il te plaît » et « merci » sont gratuits. Je te promets que tu ne t'étoufferas pas en les prononçant, lui affirmé-je en souriant.

– Mademoiselle Granberg, je vous trouve bien impétueuse soudainement, gronde-t-il, amusé.

Il revient près de moi en se débarrassant de son verre pour me reculer contre le mur.

– Vous devriez revoir les bases élémentaires de la politesse, monsieur Ekman, conseillé-je, le souffle coupé par notre proximité, son torse nu à quelques centimètres de mon visage.

– Votre effronterie mérite une punition.

Le désir illumine ses iris.

Il me retourne et pose mes mains contre le mur. Ses doigts caressent ma nuque et descendent le long de ma colonne vertébrale. Mon corps se cambre, mettant en avant mes fesses où sa main frôle ma peau à travers ma nuisette.

– Une fessée s'impose.

Il relève le tissu et me caresse lentement, trop lentement. Je me mords la lèvre, appréhendant la claque qui ne vient pas. Ses doigts passent sur la ficelle de mon string, remontent sur la dentelle puis redescendent.

– Tu me rends si dur. Je bande rien qu'en te voyant dans cette position.

Il empoigne ma chair, la pétrit avant de la relâcher.

Quelques instants plus tard, sa main gifle ma fesse droite. Ma peau picote et chauffe. C'est un peu douloureux, mais le contexte rend cette morsure excitante. Je ne me sens pas agressée ou malmenée, mais en confiance et en sécurité. Il ne me fera pas de mal.

Mon manque de réaction l'alerte, son corps chaud vient se coller à mon dos et irradie ma peau. Il m'enveloppe de sa sérénité et niche son visage dans mes cheveux.

– Quel con, j'ai pas pensé à… s'interrompt-il. Ça va ? Je peux arrêter, si c'est trop pour toi.

– Ne t'en fais pas, j'ai aimé. Vraiment, ça va.

Son inquiétude me touche.

Après s'être assuré de mon bien-être, il se recule et fait rougir de nouveau mes fesses. Chaque coup me procure une onde de plaisir qui ronge chaque partie de mon anatomie. Un mélange de petits cris de surprise, mais aussi de gémissements et de gloussements gênés s'échappe de ma bouche alors qu'il intensifie sa punition en y allant un peu plus fort chaque fois.

Lorsque ma peau à vif n'en peut plus, il s'arrête pour s'accroupir et déposer des baisers dessus. La douceur de sa bouche est un doux contraste avec sa main de fer. Je me retourne, ses lèvres dévient sur mon pubis caché sous mon string. Il sourit contre celui-ci et remonte lentement ses baisers en soulevant ma robe pour mordiller mon ventre jusqu'à atteindre ma poitrine où il titille de ses dents l'un de mes tétons à travers mon soutien-gorge. Il durcit aussi vite et se tend vers sa bouche divine.

– Personnellement, je savoure déjà mon entrée.

Je ris et guide son visage vers le mien pour l'embrasser. Doux et piquant. Sa barbe ne me dérange plus. Elle fait partie de son charisme.

Marissa frappe à la porte et attend l'autorisation de Niklas pour entrer, munie d'un large plateau avec deux assiettes sous cloche. D'une démarche aguicheuse, elle ondule des hanches jusqu'à la table où nous nous installons.

Elle soulève les cloches et annonce :

– Fricassée de cèpes en raviole sur son lit mousseux de persil.

L'assiette, épurée et très simple, constitue un art que seuls les grands chefs détiennent. La présentation est parfaite et ce serait presque un sacrilège de manger ce plat. Le manque de lumière ne m'empêche pas d'admirer mon entrée.

À l'aide de mes couverts, je découpe la raviole et prends une bouchée généreuse. Mes papilles gustatives sont en éveil. Différentes saveurs, douces et fortes, explosent dans ma bouche. Je salive et ma faim me pousse à finir rapidement mon entrée. Trop vite. J'ai encore faim et cette petite assiette rassasierait à peine un enfant.

En face de moi, Niklas m'observe avec un petit sourire amusé.

– As-tu seulement idée du prix du repas ? Tu viens d'engloutir une certaine somme sans même l'avoir savouré.

– Je me serais contentée du premier hamburger venu.

– Le food truck du coin ne dispose pas du meilleur cuistot ni d'une salle où tout est possible, soulève-t-il en posant ses couverts.

Deux verres à vin sont posés devant nous, il prend la bouteille de blanc et les remplit.

– Ni de ce nectar.

Je m'empare de mon verre et bois une gorgée. Doux, avec une bonne teneur en bouche, et sucré. Il n'est pas pétillant et n'attaque pas la gorge.

– Délicieux, commenté-je en reprenant une gorgée.

– Il provient de mon vignoble, en Italie.

Son vignoble !

Je manque de m'étrangler et avale difficilement le vin.

– Tu possèdes ton propre vin ? Tu m'épates.

Cet homme touche à tout. Il est rempli d'ambition, c'est dans ses gènes. Il tient ça de son père. Quand va-t-il s'arrêter ? Sera-t-il un jour satisfait de ce qu'il a ?

– Je me suis associé à une famille qui cultive sa terre et j'ai proposé un partenariat, car les banques refusaient de lui accorder un prêt.

– Mais toi, tu y as cru.

– J'ai goûté ce vin lorsque je suis parti en vacances en Italie. J'ai su qu'il avait du potentiel. C'était il y a sept ans. Aujourd'hui, on distribue notre cuvée dans plusieurs pays dont la Suède.

Parler de son entreprise illumine son visage de bonheur. C'est quelque chose qu'il aime faire. Je ne vois pas cette étincelle lorsqu'il s'agit de son activité illégale. Ne peut-il pas arrêter si cela ne le rend pas heureux ?

– Jamais je ne t'aurais cru amateur de vin. Depuis que je suis là, je t'ai vu engloutir des litres de vodka et de whisky, mais pas de vin.

– Il y a beaucoup de choses qui pourraient te surprendre chez moi.

– Comme quoi ?

Il réfléchit en s'appuyant contre sa chaise. Un bras posé sur l'accoudoir, il porte sa main à son menton pour le soutenir. Cet air décontracté et son corps tout en muscles me donnent des palpitations. Le cuir moule son sexe au repos et me donne envie de me frotter pour réveiller la bête qui sommeille en lui.

– Si je n'avais pas eu tout ça, cette richesse, ces responsabilités, je me serais orienté vers un métier en plein air. J'adore pratiquer l'escalade, gravir les plus hautes montagnes, explorer la nature vierge, non chamboulée par l'homme. Je me serais probablement acheté un chalet en pleine forêt où je vivrais avec une jolie femme, de préférence rousse avec de grands yeux verts pour me tenir chaud la nuit.

Je l'écoute, émerveillée par les images magnifiques qui défilent sous mes yeux. Cette vie simple est totalement à l'opposé de ce qu'il vit actuellement.

– Ça fait rêver. C'est toujours possible, tu sais. On pourrait tout lâcher et s'enfuir, loin, sans personne pour nous embêter ou pour nous faire du mal.

Être trafiquant de drogue n'est pas de tout repos et comporte énormément de risques auxquels on pourrait échapper s'il décrochait.

– Trop de gens comptent sur moi, ce serait l'anarchie si je m'en allais. Et puis ma santé ne me le permet pas.

Son visage se ferme subitement. Il se redresse sur sa chaise et boit une longue gorgée de vin.

– Ta santé ? De quoi tu parles ? m'inquiété-je.

J'ignorais qu'il avait un souci de santé. Il ne m'a rien dit. Que me cache-t-il d'autre ?

– C'est rien d'important. Pas de quoi fouetter un chat.

– Je veux savoir.

Je ne vais pas lâcher le morceau. Sa santé me regarde, il fait partie de ma vie. Le perdre me serait insupportable.

– Un problème de tension, dit-il en secouant la main. Rien de bien méchant, mais avec l'altitude, c'est risqué.

Son ton beaucoup trop désinvolte me pousse à croire qu'il tente de masquer quelque chose de plus gros.

– Depuis quand ?

Il plisse les yeux en me regardant longuement avant de soupirer.

– Trois ans.

– C'est dangereux ? Tu risques quelque chose ?

Second soupir, il paraît exaspéré.

– Non. Ça suffit maintenant.

Il évite le sujet. Il y a anguille sous roche, je découvrirai ce qu'il me cache.

Niklas se lève et se dirige vers l'armoire. Il s'empare du fouet avec la plume et des menottes en fourrure blanche. Il me lance un regard rempli de malice.

– Je préfère m'amuser et te faire vivre un bon moment.

– Tu détournes mon attention avec du sexe ?

C'est exactement ce qu'il fait.

Il revient près de moi et m'embrasse en me relevant. Je suis enivrée par le baiser, mais pas assez pour oublier qu'il me cache quelque chose. Si je ne le sais pas maintenant, je le saurai plus tard.

Il serre ma main dans la sienne et me guide jusqu'au mur derrière moi.

– Est-ce que tu me fais confiance ?

Je le regarde, interloquée. Encore cette question. Je jette un coup d'œil aux menottes et pince les lèvres avant d'opiner du chef. La première fois qu'il m'a posé cette question, j'ai été surprise, je pensais que c'était clair après ce qu'il venait de se passer sous la douche. Je ne fais pas ça avec n'importe qui et encore moins un cunnilingus, cet acte m'a toujours paru très intime. Je me sens vulnérable et démunie de toute protection, ainsi soumise à sa bouche et, pourtant, l'hésitation que j'ai ressentie s'est vite dissipée.

– Si ça serre trop ou si tu es mal à l'aise, j'arrêterai, me rassure-t-il en attachant mes bras au-dessus de ma tête. Il nous faut un safe word. Que dis-tu de « noir » ? C'est simple, mais efficace.

– Va pour « noir », mais je trouve ça ridicule, les codes. Pourquoi ne pas tout simplement dire « stop » ?

Il sourit et serre suffisamment pour m'empêcher de libérer mes poignets. La fourrure caresse ma peau et m'émoustille. Mon corps se tend, appréhendant la suite. J'ai été habituée à des rapports sexuels classiques avec Rikard, il se contentait du lit et ça m'allait. Mais je dois avouer que ce que m'offre Niklas est plus excitant.

Son regard m'admire alors qu'il recule.

– Tu pourrais dire « stop » ou « arrête » sous le coup de l'excitation sans le penser, juste pour gémir. Tandis qu'en énonçant une couleur ou un mot hors contexte, ce mot prend tout son sens, il est clair et me rappellera à l'ordre.

– D'accord, mais pourquoi pas « rouge » ? C'est la couleur du danger.

À l'aide de la plume, il caresse le bas de ma jambe et remonte lentement.

– Rouge est la couleur du désir, de la passion, de ta peau lorsque tu es excitée. Le rouge représente bien trop de choses agréables pour être associé à un arrêt de notre activité.

– Je pourrais dire « rouge » lorsque j'en veux plus ? lancé-je dans un sourire aguicheur.

Un frisson provenant de ma plante de pied gauche remonte le long de ma jambe en même temps que la plume.

– Je t'y encourage, n'hésite surtout pas à me dire lorsque tu en veux plus.

Ce petit jeu, à peine commencé, me plaît déjà. La douceur de la plume met en alerte les terminaisons nerveuses de ma peau et s'intensifie au niveau des zones sensibles telles que l'intérieur de mes cuisses, que j'écarte instinctivement pour le laisser accéder.

L'alcool engourdit mon esprit et détend mon corps, plus enclin à de nouvelles expériences.

Depuis que je suis revenue à Iron House, je me sens si vivante, et consciente de toute la force et du potentiel de mon corps. Je me réapproprie ma vie et c'est juste… génial.

Niklas prend son temps pour caresser chaque partie de mon corps. Il finit par relever ma nuisette pour la coincer derrière ma tête, exposant ainsi ma presque nudité. Mes sous-vêtements en dentelle sont si fins et transparents qu'ils cachent peu de choses. Niklas repousse les bonnets de mon soutien-gorge sur le côté pour libérer ma poitrine.

– Tu es sublime.

Il titille le bout de mes seins, m'arrachant un petit couinement de frustration.

– Ça me tue de voir à quel point tu es doué.

– Attends de voir la suite.

– Je n'imagine pas sur combien de femmes tu as fait opérer ton charme, ne puis-je m'empêcher de dire.

Sa plume s'attarde sur mes clavicules, qu'il dessine d'un point à l'autre avant de me regarder dans les yeux.

– Je ne vais pas te mentir en te disant que je t'ai attendue durant toutes ces années. Nous avons tous les deux notre passé. Ça me rend fou de savoir que d'autres hommes ont posé la main sur toi, mais je fais avec, car on ne peut revenir en arrière.

Il dépose un tendre baiser sur mes lèvres. Un baiser si doux que j'en frissonne. Je me tends vers lui, mes entraves m'empêchent de m'éloigner du mur. Il glisse sa main sur mon cou, ses doigts serrent ma gorge, mais pas assez pour m'empêcher de respirer.

– À présent, tu m'appartiens corps et âme et quiconque posera de nouveau la main sur toi aura affaire à moi, gronde-t-il en m'offrant un baiser sauvage.

Mon corps vibre sous cette belle promesse et mon cœur explose de joie. Rikard m'a déjà dit ces mots, mais sous forme de menace alors qu'ici, c'est autre chose. Le contexte est différent et Niklas l'est aussi.

Avec mon autorisation, il s'empare du fouet avec les lanières de corde et fouette avec délice ma peau, qui rosit à certains endroits. Ces micro-douleurs éveillent mes sens et me font découvrir une autre facette du sexe que je ne connaissais pas. C'est agréable et excitant, j'aimerais le sentir contre moi et en moi, mais il refuse ma requête et me torture encore et encore, usant du fouet, mais aussi de ses lèvres expertes.

Ce petit jeu cesse lorsque mon ventre grogne de nouveau et nous fait rire.

Lorsqu'il me détache, je me jette sur lui et l'embrasse en me délestant de ma robe. Je manque de tomber avec mes talons, c'est pourquoi je me déchausse. Je passe mes jambes autour de ses hanches pendant qu'il s'avance vers la porte. Mes lèvres migrent dans son cou, je l'embrasse, le mordille et le goûte avec ma langue.

– Apportez le plat, demande-t-il en appuyant sur l'interphone.

Je suis dévorée par deux faims : celle de nourriture et celle de sexe. Et je ne sais pas laquelle est la plus forte. Nik décide pour moi et s'installe sur sa chaise en me maintenant contre lui. D'une main ferme, il empoigne mes cheveux et me tire en arrière pour s'emparer goulûment de mes lèvres.

Autoritaire et direct.

Pour certains aspects de la vie comme en ce moment, ces qualités sont très appréciées.

Mes mains explorent son corps ferme et musclé, sa peau douce est couverte d'une fine ligne de poils au niveau du ventre, qui descend dans son boxer. Ce détail me rend encore plus folle de lui. Je trouve cela incroyablement sexy chez un homme. Je pose mes paumes contre ses pectoraux et recule mon visage pour l'admirer.

– Tu te souviens qu'à l'époque, nous échangions simplement des baisers, sans jamais passer à l'étape supérieure ? Regarde-nous aujourd'hui.

– C'est pas faute d'avoir essayé !

Il rit et reprend :

– Maintenant tu es à califourchon sur moi, à moitié nue et excitée.

Observateur. C'est une évidence, je le touche et l'embrasse comme si c'était la dernière fois que cela arrivait.

– Attends que la passion retombe après quelques années, gloussé-je pour le taquiner.

– Jamais je ne laisserai une telle chose se produire.

– Promis ?

Il attrape ma nuque et colle son front contre le mien en me regardant dans les yeux. L'intensité de son regard me déstabilise, comme chaque fois qu'il se fait profond et sérieux. Il me retourne complètement et me fait perdre pied. Comment fait-il ça ? Se rend-il compte du pouvoir qu'il exerce sur moi ? L'attraction entre nous est si forte qu'elle m'étouffe parfois, mais pour rien au monde je ne voudrais que cela s'arrête.

Trois coups à la porte, c'est Marissa qui nous apporte le plat. Une bavette aux petits légumes. Un vrai régal. Entre chaque bouchée, nous discutons de nos vies ; le sujet de mon métier est lancé et il me fait une révélation surprenante. Je pose ma fourchette et me laisse aller contre le dossier de ma chaise, bouche bée.

– C'était toi, chaque fois ? demandé-je en passant ma main sur ma nuisette, que j'ai remise pour manger.

Il opine de la tête en souriant.

– Je me suis renseigné sur tous les concerts que vous donniez et j'ai veillé à ce que tu reçoives le plus gros bouquet de fleurs.

– Des roses orange ?

– Les plus belles de Suède. Je te les aurais bien données en personne, mais c'était… trop difficile.

Mon cœur se serre en sentant une pointe de tristesse dans sa voix. J'aimerais effacer la douleur de ces neuf dernières années, mais c'est impossible.

La vie nous donne une deuxième chance et nous devons la saisir pour oublier notre passé.

Maintenant que je sais qui est le véritable auteur de ce cadeau, les rouages de mon cerveau bloquent un instant avant de se remettre en marche. L'enfoiré !

– Quel petit con, m'énervé-je en prenant mon verre de vin. Il m'a bien menti.

– De quoi tu parles ?

Mon soudain changement d'humeur l'interpelle et le rend soudainement tendu.

Je soupire. Trop tard pour me taire, je dois lâcher le morceau.

– J'ai rencontré Rikard quelques mois après mon intégration dans l'orchestre, nous étions à Stockholm pour un mois. Déjà à ce moment-là tu m'envoyais les fleurs. Lorsqu'il est venu m'aborder à la fin de notre première semaine, il m'a confié être venu tous les jours. Naturellement j'ai pensé qu'il était l'expéditeur des roses et il ne m'a pas contredite.

Un beau manipulateur. Dès notre première rencontre, il n'a pas joué franc jeu et n'a pas hésité à me mentir pour mieux m'appâter. J'ai été si stupide et naïve.

– J'ai trouvé ça adorable et romantique et j'ai du mal à l'admettre, mais c'est ce geste, à chacun de mes concerts, qui m'a poussée dans ses bras.

Je déglutis. Pourquoi lui ai-je avoué cela ? C'est comme si je lui disais en pleine face que c'est à cause de lui que je me suis mise avec Rikard. Je me mords la lèvre, attendant l'éclat de colère de Nik. Mais rien. Au lieu de cela, il dit d'une voix froide :

– Et tu ne t'es pas posé de question lorsque les bouquets ont continué à être livrés alors que vous étiez ensemble ?

Je secoue la tête.

– Il a continué à me faire croire qu'ils venaient de lui. Parfois il lui arrivait d'être en colère et de jeter les fleurs, mais je mettais ça sur le compte de son côté impulsif.

En apparence, son corps tendu comme un arc n'exprime rien d'autre, il m'a l'air de se contenir pour ne pas exploser.

– Je vivais avec des œillères, je n'ai pas vu ce qu'il en était réellement.

Une partie de ma vie me laisse un goût amer dû à cette supercherie. Je ne serais pas étonnée de découvrir d'autres duperies de sa part. Quel fourbe !

Le silence de Niklas est plus dévastateur que sa colère. Je déteste ça. Il me fait me sentir mal et stupide d'avoir gobé pareil mensonge.

Je murmure :

– S'il te plaît, dis quelque chose. Tu m'en veux ?

– S'il y a bien une personne qui n'a rien à se reprocher, c'est toi. C'est Rikard le responsable et lui qui devrait avoir honte.

Ses iris de glace me clouent sur place et me coupent le souffle. Mes entrailles se tordent et toute faim disparaît.

– Il a transformé, souillé mon cadeau avec ses mensonges, ça t'a poussée dans ses bras. Alors que j'imaginais une part de moi à tes côtés, il s'avérait que ce n'était pas le cas. Ce bâtard n'avait pas assez de couilles pour te conquérir à la loyale.

Sa voix vibre de colère tandis que son corps reste figé, seuls ses lèvres et son poing serré sur la table bougent. J'ai envie de me nicher dans ses bras, mais j'ignore quelle serait sa réaction.

Nous restons muets pendant ce qui me semble une éternité avant qu'il ne brise le silence de sa grosse voix épuisée, lointaine.

– Je suis venu une fois t'écouter jouer. J'étais assis au troisième rang, je ne voulais pas que tu me voies, mais je souhaitais être assez proche pour t'admirer.

Je l'écoute attentivement. Mon cœur cogne contre ma cage thoracique et menace de sortir pour s'écraser sur la table. Cette révélation me laisse sans voix. Quelle aurait été ma réaction, si je l'avais vu ?

– Je ne t'ai pas quittée un instant du regard et lorsque tu as eu ton solo, j'étais redevenu l'adolescent qui t'écoutait t'entraîner à la maison. Mon… cœur était si douloureux alors que des souvenirs avec toi remontaient à la surface. J'avais l'impression qu'on me le transperçait à l'aide de piques de glace. Je ne l'ai pas supporté. Je ne voulais pas rester, mais mes jambes ne m'obéissaient pas. Je suis resté jusqu'à la fin en me promettant de ne plus jamais venir te voir.

Mes yeux me brûlent et des larmes voilent ma vue. Je les laisse couler sans aucune gêne et me lève en tremblant légèrement. Je partage sa peine et, lorsque je m'assieds sur ses genoux pour le serrer contre moi, mon corps tente d'aspirer toute tristesse du sien. Sa vulnérabilité me saute au visage. Lui qui se montre toujours si fort et intransigeant me laisse entrapercevoir une douleur profonde.

Ses bras se referment autour de moi et son visage se niche dans mon cou. Sa respiration chaude chatouille ma peau. Mes doigts caressent ses cheveux attachés et s'aventurent sur sa large nuque. La vulnérabilité de ce géant me touche profondément. Je me rends compte que je ne suis pas la seule à avoir souffert durant toutes ces années. De plus, il a dû vivre avec le mensonge que je lui ai balancé avant ma fuite.

Je baisse mon visage près de son oreille et murmure :

– Je ne te quitterai plus jamais. Jamais, tu m'entends ? Je resterai aussi longtemps que tu voudras de moi.

Cette promesse, je la fais pour lui et pour moi. Je ne veux plus être loin de lui.

Il est ma force.

Ma faiblesse.

Mon pilier.

Mon talon d'Achille.

Nous ne formons qu'un.

18

Niklas, 17 ans

Depuis le décès de Sigrid, Lovisa a perdu cette lueur qui faisait briller son regard et même si j'arrive à la faire sourire, ce n'est plus comme avant. Ce n'est que dans les films que les choses ne changent pas. En réalité, un rien fait basculer une vie. Je ferais n'importe quoi pour la rendre heureuse, mais mon père s'acharne à la rabaisser dès qu'il en a l'occasion, sa mère n'étant plus là pour la protéger. J'essaie de m'interposer, mais plus je la défends, plus il s'en prend à elle. Mon intérêt pour Lovisa la met en danger, il utilise cette faiblesse pour m'obliger à faire ce qu'il veut. N'importe qui la larguerait pour être tranquille, mais je ne le laisserai pas gagner. Hendrik n'aura pas le dessus. Je ne la quitterai pas.

***

Jamais je ne m'étais livré sur mes sentiments. Hendrik me disait toujours qu'il fallait paraître dur et fort et laisser les émotions pour les faibles. Au fond de moi, je savais qu'il avait tort, qu'aimer, rire, pleurer et s'amuser était normal.

Les sentiments ne sont pas pour les fragiles. Il faut être fort pour les assumer et vivre avec. Mon père était trop faible pour y faire face.

Après le dîner et de longues conversations sur nos vies, nous nous changeons dans le vestiaire. Tout en me rhabillant, je la dévore du regard. Lovisa fait de même. Cette soirée a pris un tournant inattendu, je ne lui ai pas fait découvrir tout le potentiel de la pièce. Au lieu de ça, nous avons parlé jusqu'à ce que nos bouches deviennent engourdies et nos gorges asséchées malgré le vin à volonté. Lovisa titube légèrement, mais elle garde la face.

Remarquable.

Elle m'épate.

Comme elle me l'a souligné, elle boit rarement, mais je la trouve tenace face à tout ce qu'elle a ingurgité ce soir.

Je pose ma veste sur ses épaules et jette un long regard sur sa robe.

– Cette couleur te va à ravir, tu devrais porter du rouge plus souvent.

– Je le ferai, me promet-elle en se mordant la lèvre.

J'adore quand elle fait ça. J'aimerais la mordiller et la lécher, mais nous sommes interrompus par la porte qui s'ouvre pour laisser entrer Oscar.

– Oscar, que faites-vous là ?

Mon humeur s'assombrit en voyant sa mine grave.

Merde. Que se passe-t-il encore ?

Son regard passe de Lovisa à moi.

– Love, commencé-je en embrassant ses lèvres. Attends-moi ici, j'en ai pour une minute.

Je sors et ferme la porte derrière moi. Le couloir est désert et silencieux. Trop silencieux. Soudainement, ce manque de bruit me dérange.

– Dites-moi.

– Il y a eu une nouvelle intrusion.

Mon corps se crispe et ma colère sort aussitôt.

– Putain ! grondé-je en donnant un coup de poing dans le mur, face à la porte. C'est la deuxième fois cette semaine. Pourquoi est-ce que je vous paie encore ?

Je ne peux laisser passer cette nouvelle erreur. Des têtes vont sauter. Je lâche un autre juron en soufflant bruyamment.

– Est-ce que vous avez vu son visage ?

– Il y a eu un problème, aucune caméra n'était activée, il semblerait qu'il y ait eu une coupure.

– Le générateur de secours ?

– Hors service.

Je rêve, là ! Comment est-ce possible ? Je gronde en me retenant de cogner de nouveau dans le mur et fusille du regard mon chef de la sécurité.

– Ce générateur n'est pas *censé* être en panne. Qu'est-ce qui s'est passé, bordel ?

– Et ce n'est pas tout, dit-il, l'air sombre.

Oscar arbore généralement une mine sérieuse et paraît sûr de lui, mais ce soir, les petites rides autour de ses yeux sont plus marquées.

– Nous n'avons pas vu l'individu qui s'est introduit sur le domaine, mais nous avons vu ce qu'il a fait. Alors que Roger effectuait sa ronde, il a retrouvé tout autour de la villa des cadavres de renards. Tous éventrés. Je suis presque sûr qu'ils sont tous morts. L'un d'eux était pendu sur le perron.

Mon sang se glace alors que des images horrifiantes se dessinent dans ma tête. Si Oscar est touché par cet événement, c'est qu'il doit être difficile à affronter. Qui pourrait s'attaquer à ces bêtes ?

Après le choc de la nouvelle, je suis envahi par la rage, qui réchauffe chacun de mes membres. Je déteste l'idée qu'un intrus s'amuse à s'infiltrer chez moi sans que personne l'arrête. À présent, il s'en prend à des êtres vivants !

– Je veux qu'on retrouve cet enfoiré. Visionnez les images des caméras, remontez aussi loin qu'il est nécessaire pour repérer une présence suspecte en journée.

– Notre technicien est déjà sur place pour tout remettre en route. Quelqu'un a su pirater nos défenses, ce n'est jamais arrivé.

Oscar regarde la porte où se trouve Lovisa.

– Est-ce que je vous attends ?

– Non. Rentrez.

Il opine de la tête et s'éclipse, longeant le couloir sombre avant de disparaître derrière une porte.

Quant à moi, je reste une longue minute seul.

Inspire, expire.

Les problèmes s'enchaînent sans se résoudre entièrement.

Brad, celui qui a conçu la sécurité d'Iron House, est doué dans son domaine, c'est même l'un des meilleurs et je n'arrive pas à croire que quelqu'un ait pu traverser les pare-feu mis en place. Qui serait assez doué pour le battre ? Et assez fou pour s'en prendre à moi ? Il a intérêt à me fournir des réponses.

Derrière la porte, Lovisa m'attend, l'air soucieux. Il ne faut pas être une lumière pour comprendre qu'elle a tout entendu.

– Tu n'as rien à craindre, commencé-je avant qu'elle ne prenne la parole. La situation est sous contrôle.

L'est-elle vraiment ? J'ai l'impression que les choses commencent à m'échapper et je déteste ça.

Elle se pince les lèvres en serrant ses bras.

– Si tu le dis… Nik, ces pauvres bêtes… Quelle mort atroce.

– Je sais, c'est horrible. Celui qui a fait ça va le payer, je te le promets.

Je l'embrasse avant de l'emmener dehors. La soirée fut riche en événements et tout ce que je souhaite, c'est dormir auprès de celle que j'aime.

– Nous devrions aller à l'hôtel ou quitter la ville, suggère Lovisa.

Nous sommes dans la voiture, baignés dans la chaleur du chauffage et un fond de musique, « My Demons » de Starset. J'ai un penchant pour la musique américaine depuis l'adolescence.

Je renâcle et secoue la tête sans quitter du regard la route.

– Personne ne me fera fuir de chez moi. Je n'ai pas peur ; qu'ils viennent à dix, à cent, je les mettrai à terre.

– On ne fuit pas, on se met à l'abri.

– C'est pareil pour moi. On va revoir le système de sécurité et ça ira. Si je dois engager plus d'hommes, je le ferai. Plus d'armes ? Aucun problème, j'en aurai.

Elle s'agite sur son siège, mal à l'aise. Ce n'est pas son univers, elle n'est pas à sa place au milieu de toute cette violence, ces complots et ces actes sanglants, comme la mort des renards roux. Mais que puis-je y faire ? Je ne saurai la laisser me quitter de nouveau. Autant m'enfoncer une dague dans le cœur, ce serait la même chose. Je préfère crever plutôt que de subir la douleur de la perdre.

Lorsque je me gare devant la villa, une équipe de nettoyage se hâte d'astiquer le perron taché de sang séché. Un peu plus loin, une brouette contenant les cadavres des animaux nous donne un aperçu de la sauvagerie de l'attaque. Lovisa, ne supportant pas ce spectacle morbide, rentre immédiatement se réfugier à l'étage. Je m'avance vers les renards et les observe un moment. Ça aurait pu être l'un de mes hommes, ou moi. *Ou pire*, Love. Cette pensée ranime ma colère. Quand les choses ont-elles commencé à merder ? Ah, oui ! Le cadeau de mon père : son héritage maudit.

– Mlle Karlsson va être affligée par cette nouvelle, me dit Oscar en descendant les marches du perron pour me rejoindre.

J'acquiesce en prenant la clope qu'il me tend et l'allume aussitôt. Je ne suis plus un secret pour lui.

– Lucia les adorait.

Elle venait souvent les voir et les soignait.

– Du nouveau ?

– Le générateur de secours était à sec, quelqu'un l'a complètement vidé, c'est pour ça qu'il ne s'est pas enclenché. Les caméras ne sont pas encore opérationnelles, mais Brad y travaille. Monsieur, j'ai réfléchi, et je ne pense pas qu'il s'agisse d'une attaque de Rodrigo. C'est beaucoup trop personnel. Se pourrait-il que cela vienne d'une de vos aventures ?

J'ai aussi envisagé cette possibilité. Durant le trajet, mon esprit passait en revue toutes les personnes que je me suis mises à dos, et le prénom de Jonna revenait sans cesse. C'est celle que j'ai le plus blessée, elle a toutes les raisons du monde d'être en colère contre moi. Elle connaît un informaticien doué. Azerty. Mais ont-ils eu le temps de faire leur show au Red Mill pour ensuite venir massacrer les renards dans ma propriété ? Et puis, Jonna est folle, mais elle ne se salirait pas les mains. À moins qu'elle ne soit encore plus imprévisible que je le crois ?

– Tout est possible. On n'a pas mon statut sans se faire d'ennemis au passage.

C'est mon père qui nous a élevés à ce rang, mais j'ai contribué à notre notoriété et je me suis mis pas mal de monde à dos.

Je gratte ma barbe avant de la lisser. La cigarette se consume entre mes doigts sans que j'aie une seule fois tiré dessus.

– Dès demain matin, je veux tous les dossiers de nos employés. Ce qui s'est passé ce soir est inacceptable. Je dois pouvoir faire confiance aux hommes qui me protègent et ce n'est pas le cas.

– Je m'en occupe. Une patrouille de police a été alertée par un coup de fil anonyme, ils voulaient inspecter la maison, mais j'ai réussi à les en dissuader.

Je fronce les sourcils et regarde la forêt autour de nous. L'auteur de cet acte se trouve-t-il toujours dans la propriété ?

S'il y a une inspection, je finirai directement en taule. Dans la cave se trouvent des armes non enregistrées ainsi que de la cocaïne, sans parler des livres de comptes détaillant tout ce qui se trouve dans mon bureau.

Soudain, un détail me saute aux yeux. Je jette un regard circulaire autour de moi.

– Alfrida et Krigare ?

– Sains et saufs, un homme surveille la maison, elle a pris Krigare pour la nuit.

Soulagé, je soupire. Depuis quelques années, la gouvernante loge dans la propriété d'Iron House. J'ai demandé que la remise dans la forêt soit détruite pour y construire une petite maison. Comme elle n'avait aucune famille, cette idée lui plaisait. Il n'est pas rare qu'elle prenne mon chien avec elle quand je suis occupé. Ces derniers temps, celui-ci se trouve souvent chez elle.

– Un grand nettoyage s'impose, décrété-je en me pinçant l'arête du nez. On en reparlera demain, veillez à ce que tout soit nettoyé. Je ne veux plus voir une goutte de sang sur le bois ou même dans la neige.

Je tire une taffe sur ma clope avant de la jeter.

En pénétrant à l'intérieur, l'impression désagréable qu'on a envahi mon territoire ne me quitte pas. Certes, ils ne sont pas entrés dans la maison, mais c'est tout comme. Un regard circulaire dans le salon m'indique que rien n'a bougé.

Mais c'est différent.

Je me sens observé. Hormis les caméras cachées à l'intérieur que seuls Oscar et moi connaissons, il y a quelque chose en plus. Est-ce juste une impression ? Il y a tellement de monde à l'extérieur, c'est probablement ça. Je secoue la tête et monte.

Ma chambre est vide ainsi que ma salle de bains. Elle doit se trouver dans la sienne. À travers la porte entrouverte et réparée depuis mon intrusion forcée, une semaine auparavant, je la vois passer, vêtue d'un long tee-shirt noir. Le mien. Un imprimé de loup blanc sur la poitrine, rugissant sous la pleine lune. Il lui va mieux qu'à moi. Ses longues jambes sont dénudées, le tissu s'arrête juste en dessous de ses fesses rebondies. C'est une vue bien plus agréable que celle du rez-de-chaussée.

Je pousse la porte qui grince et la fait sursauter.

– Tu m'as fait peur.

Elle porte une main à son cœur et soupire.

– Tu es déjà prête à te coucher, me contenté-je de constater en fermant la porte derrière moi.

Lovisa a le pas mal assuré lorsqu'elle se laisse tomber sur le lit. L'alcool imbibe encore son corps et compte l'accompagner pour le reste de la nuit ; il lui faudra des heures pour tout digérer.

– Je suis épuisée, mais je ne pense pas pouvoir dormir avec les images d'horreurs qui défilent dans ma tête.

Elle frissonne et secoue la tête en se couchant par-dessus la couverture.

– Ton monde est cruel.

J'enlève mes chaussures et commence à me déshabiller tout en méditant sur ses mots.

– Le monde est cruel, la rectifié-je. Ma vie est le résultat d'une suite de facteurs internes, mais aussi externes. Je n'ai pas décidé de la vie que j'allais avoir, tout comme toi tu n'as pas décidé de ce que serait la tienne.

Elle sourit niaisement en regardant le plafond. Le tee-shirt est remonté jusqu'au bas de son ventre et me laisse apercevoir son string en dentelle rouge.

– Ma vie n'était pas parfaite avant que ma mère ne rencontre ton père, mais elle me plaisait. On était toutes les deux et ça me suffisait. Ensuite, toute la noirceur de ta famille a déteint sur nous.

Elle perd son sourire, un voile sombre passe sur son visage.

– Je répète les mêmes erreurs que ma mère.

En boxer, je me glisse à son côté et me penche sur elle.

– Je ne suis pas mon père et tu n'es pas ta mère. Nous deux, ce n'est pas une erreur, c'est une évidence, une nécessité. Notre destin. On ne peut pas vivre l'un sans l'autre, et tu le sais. L'amour, ce n'est pas que du bonheur, on souffre aussi parfois, mais ce n'est pas pour ça qu'il faut abandonner.

Nos regards se croisent. Le doute se lit dans ses iris. Du bout des doigts, je frôle sa joue en descendant vers sa jugulaire puis ses clavicules.

– Quand j'aurai réglé tous ces problèmes, je te montrerai que la vie à mes côtés en vaut le coup.

– Malgré le chaos, je suis incapable de partir. Ma faiblesse me fait peur, je suis prête à te laisser me détruire pour être à tes côtés.

Sa lèvre inférieure tremble légèrement et ses yeux brillent de larmes. Je glisse mes bras autour d'elle et la serre durement contre moi. Voir son émoi me brise le cœur. À quel point a-t-elle été marquée par la vie ? Par le comportement de Rikard ?

– Le jour où je te rends malheureuse, où notre relation deviendra toxique, je me logerai moi-même une balle dans la tête pour que tu n'aies plus à revivre ça.

La chaleur de son corps contre le mien m'apaise. Sa présence m'aide à mettre de côté ce qui se passe en bas. J'aimerais ne plus quitter ses bras et nous enfermer dans cette chambre. On se nourrirait d'ébats sexuels, de baisers et de caresses.

– Je ne te laisserai jamais mourir pour moi, marmonne-t-elle, se laissant gagner peu à peu par le sommeil.

– Si je dois mourir, que ce soit dans tes bras après un orgasme, souris-je en tirant la couverture sur nous. Ce serait la plus belle des morts.

Lovisa frotte le bout de son nez froid contre mon torse.

– Ne parlons plus de la mort, s'il te plaît…

– Dors, ma Love, dors.

La nuit porte conseil et efface les maux.

Nos membres entremêlés me renvoient vers un vieux souvenir, le tout dernier que nous avons en commun. La nuit fatidique où tout a basculé. Machinalement, je frotte ma tempe droite, là où se trouve une vieille cicatrice…

***

Neuf ans plus tôt

Ma garçonnière a bien changé depuis l'arrivée de Lovisa. Elle est occupée seulement par ma bande. Plus aucune fille n'y vient, sauf celles de mon groupe : Lucia et Jonna. Je vais lui prouver qu'il n'y a plus qu'elle qui compte.

– Tu es sûre de ton choix ?

– Je me sens prête.

J'ai longtemps rêvé de ce moment. J'ai attendu patiemment qu'elle accepte de laisser de côté les baisers et les caresses.

Je serai son premier.

Moi et personne d'autre.

Un privilège qu'elle m'offre. Elle ne le regrettera pas.

Nous sommes allongés l'un contre l'autre sur le canapé en tissu beige. Une fine couverture en laine nous couvre. Pour elle, j'ai tout rangé et allumé des bougies, elle adore ça, surtout celles qui sentent bon. Le cadre est assez romantique si on fait abstraction du baby-foot et de l'immense télévision avec ma console et mes jeux vidéo.

– Tu as ce qu'il faut ?

Elle parle des préservatifs. Je lève le menton vers la table basse où ils sont rangés.

– T'en fais pas, je ne prends jamais aucun risque.

J'aime coucher, mais je veille toujours à me protéger.

Elle me lance un sourire crispé.

– Détends-toi, ça va bien se passer.

La tension de son corps en sous-vêtements contre le mien me rend quelque peu nerveux. J'ai pourtant fait ça des dizaines de fois. Pourquoi appréhendé-je autant le sexe avec elle ?

Peut-être parce qu'elle n'est pas juste un coup d'un soir ?

Je suis déjà excité, mon sexe est dur contre l'une de ses cuisses. Ça doit l'intimider, elle qui n'a jamais connu ça.

La pression.

C'est ce que je ressens. Je dois lui montrer à quel point le sexe est génial. Je n'ai jamais couché avec une vierge.

– Ça va aller, répété-je, plus pour moi que pour elle.

Je lui souris à mon tour et l'embrasse en calant mon corps entre elle et le dos du canapé. Ses lèvres et sa peau sont les choses les plus douces qu'il m'ait été donné de toucher. Mes mains ne cessent de la caresser et de se diriger dangereusement vers l'intérieur de ses cuisses.

Peu à peu, elle se détend contre moi et se laisse aller à la passion de notre étreinte. Si proche du but et pourtant encore loin. Je ne veux pas la brusquer, j'irai le plus doucement possible. Tout sera parfait. Elle se souviendra de cette nuit pour toujours.

– Tiens, tiens, que se passe-t-il ici ?

Nous sursautons face aux intrus qui ont pénétré dans la pièce. L'escalier du grenier grince depuis des années, mais je n'ai rien entendu. Dans l'embrasure de la porte, mon père et l'un de ses hommes de main, un connard du nom de Sören, nous regardent avec un sourire malsain.

Je m'emporte aussitôt en couvrant Lovisa à l'aide de la couverture.

– Dégage !

– Je suis chez moi. Je vais où je veux.

Hendrik s'approche d'un pas lourd. Mon instinct me dicte de me relever et de faire barrage entre lui et Lovisa. Être en boxer ne m'empêche pas de lui tenir tête avec toute la dignité dont je suis capable.

Il s'arrête devant moi, Sören derrière lui.

– Qu'est-ce que tu crois faire sous mon toit, gamin ?

Il jette un coup d'œil intéressé vers Lovisa en passant sa langue sur sa lèvre inférieure.

– On ne fait rien de mal.

Il reporte son attention sur moi, ses yeux froids, identiques aux miens, me scrutent.

– Tu veux déflorer ta sœur ? Aux yeux de la loi, on appelle ça un inceste.

Je serre le poing et soutiens son regard, lui balançant toute la haine que j'ai pour lui.

– C'est pas ma sœur et tu le sais. Ça ne te regarde pas. Laisse-nous.

Je semble l'amuser, il se met à rire en jetant un coup d'œil à son homme de main.

– Tu entends ça, Sören ? Le gamin aimerait qu'on le laisse faire son affaire.

Ce dernier glousse, montrant ses grandes dents qui pourraient vous bouffer un bras. Je le déteste, c'est un enfoiré qui se croit tout permis.

– Ce n'est pas aux petits garçons de s'occuper de ces choses-là. Pour devenir une vraie femme, un vrai homme doit lui montrer comment faire.

Mon sang cesse de pulser dans mon visage et mon cœur s'arrête de battre un instant.

Putain, qu'est-ce qu'il raconte ?

Je risque un coup d'œil vers Lovisa, à présent assise sur le canapé, enroulée dans la couverture. Elle a compris ce qui se passe. Moi aussi.

– Tu ne la toucheras pas !

– Elle n'est pas à mon goût. Par contre, Sören les aime jeunes et tendres.

Ce dernier pouffe de nouveau derrière son maître.

Hendrik s'écarte en jetant un coup d'œil circulaire.

– Tu t'es donné du mal pour ce soir, elle doit compter. Sören se montrera doux, si elle est sage. N'est-ce pas, Sören ?

– Je vais essayer, patron.

Ses paroles puent le mensonge à plein nez. Il la regarde avec envie, me faisant frissonner de dégoût.

Je ne le laisse pas faire. Sans attendre, je me jette sur lui et le frappe au visage de toutes mes forces. Sous la surprise, il me laisse le toucher à plusieurs reprises avant de parer mes coups en me repoussant. Je tombe en me cognant le côté de la tête contre l'accoudoir en bois du canapé. Le cri de Lovisa me pousse à la regarder, mais un violent coup de pied dans l'estomac me coupe le souffle, m'obligeant à me recroqueviller.

Hendrik se penche vers moi en m'attrapant par les cheveux pour me relever la tête. Du sang chaud et épais coule le long de ma tempe, la douleur ne tarde pas à éclipser celle de mon estomac.

– Ne t'en fais pas, fils, on prendra soin d'elle.

Il me frappe au visage, me propulsant dans l'inconscient. Le dernier son que j'entends est le cri déchirant de Lovisa qui m'appelle.

***

Je reviens brutalement à la réalité.

Plongé dans le noir, je ne sais pas combien de temps s'est écoulé, mais la maison est silencieuse et Lovisa dort à poings fermés dans mes bras.

Il m'est souvent arrivé de repenser à ce moment-là. À de nombreuses reprises, j'ai modifié la scène pour devenir le héros qui mettait à terre mon père et Sören. Je prenais alors Lovisa par la taille et nous nous enfuyions d'Iron House. Mais ça n'a été qu'un fantasme. La réalité a été tout autre. Deux jours plus tard, elle a disparu de ma vie en me laissant une lettre d'adieu. Fou de rage et orgueilleux, je n'ai jamais cherché à connaître la véritable raison de son départ, alors que sa lettre sonnait faux. À l'époque, j'ai préféré croire qu'elle m'avait lâchement abandonné. Ce soir-là, elle n'a pas été violée comme je le pensais, mais ma fureur envers elle n'a pas diminué.

J'étais stupide, mais surtout brisé d'avoir perdu la seule personne, en dehors d'Alfrida, qui tenait vraiment à moi. Sa perte a été comparable à celle de ma mère, qui elle aussi a fui à cause de mon père.

Cet endroit a abrité tant de souffrance, mais c'est terminé.

Tout va changer.

19

Lovisa, 16 ans

Niklas,

Je suis fatiguée de faire semblant et de mentir. Je ne t'aime pas, je ne t'ai jamais aimé. Je n'ai fait que jouer avec toi.

Je t'ai toujours détesté, mais, après la mort de ma mère, je ne voulais pas être jetée à la rue, alors je t'ai fait croire en un amour qui n'existait pas pour que tu puisses convaincre ton père de me garder. Mais c'est trop difficile. Tu me dégoûtes, ta présence m'est insupportable. T'embrasser, te toucher ou respirer le même air que toi est devenu trop pénible.

Hendrik comprend ma situation, il m'aime comme sa fille et notre relation n'est pas correcte. Je lui ai demandé de m'envoyer ailleurs, loin de toi, pour recevoir la meilleure éducation du pays. Il pense à mon bien et j'aimerais que tu en fasses autant, alors n'essaie jamais de me contacter, c'est mieux ainsi.

Porte-toi bien et rends fier ton père.

***

Une semaine s'est écoulée depuis le massacre des renards roux de la propriété. Plusieurs jours durant lesquels Nik est à cran et souvent d'humeur massacrante. Je tente de lui laisser le plus d'espace possible en passant du temps avec Alfrida et son chien Krigare – cette boule de poils m'ayant adoptée – ou en ville, pour connaître davantage la boutique de ma mère. L'idée de la vendre ne m'a pas quittée. Je sais que le magasin lui appartenait, mais elle n'y a jamais vraiment porté grand intérêt. Alors pourquoi le ferais-je ? Niklas ne m'ennuie plus avec ça et ne me pousse plus à la garder. Il m'a confié que s'il s'est montré aussi insistant, c'est parce qu'il pensait que ce magasin me garderait auprès de lui.

Pendant qu'il jongle entre les réunions par téléphone et les rendez-vous dans son bureau, mais aussi en dehors du domaine, je discute avec différents acheteurs potentiels intéressés par une annonce postée sur Internet. Je leur fais visiter la boutique, accompagnée d'un garde du corps que Niklas m'oblige à trimballer partout et de John Gray. Ce dernier gère le portefeuille d'actions de Nik, il est le mieux placé pour me conseiller.

Nous avons discuté de la soirée où, ivre, je suis tombée sur lui. Il m'a avoué qu'à la suite de cet événement, Niklas lui a formellement interdit de me revoir. Et voilà qu'à présent, Nik change d'avis, estimant qu'il n'est plus une menace et peut m'aider à me débarrasser de mon bien. Sur un ton léger, il nous a annoncé que si John avait un comportement déplacé, il pourrait disparaître mystérieusement. Cette menace à peine voilée ne nous a fait rire qu'à moitié. Chacun de nous l'en sait capable et a les moyens nécessaires de mettre sa menace à exécution.

– Encore une perte de temps, s'exaspère John en refermant une mallette en cuir qui contient les candidatures des potentiels acheteurs.

Deux hommes viennent de sortir. À cheval sur les détails, ils n'ont fait que relever ce qui ne va pas pour baisser un maximum le prix, ce qui a déplu à John.

– On finira par trouver quelqu'un que ça intéresse. Il nous reste une personne, ensuite on pourra rentrer chez nous.

Il commence à se faire tard. La nuit est déjà tombée sur la ville. Les lampadaires sont allumés et on peut voir les commerces fermer les uns après les autres. Nous sommes les derniers. Dehors, la pluie tombe à verse et ne semble pas vouloir s'arrêter.

Éreintée, je m'affale sur le tabouret derrière le comptoir. Je porte des talons vernis noirs assez hauts qui me font souffrir.

Toutes mes affaires se trouvent dans l'appartement de Rikard, à Stockholm et jamais je n'en verrai plus la couleur. Ce pour quoi j'ai refait ma garde-robe. Je dois avouer avoir pris beaucoup de plaisir à m'acheter des habits, car j'ai pris ce que je voulais, et non ce qu'on voulait que je prenne. C'est donc dans l'optique de trouver des vêtements que je n'ai pas l'habitude de porter que j'ai aujourd'hui des talons trop hauts qui me bousillent les orteils. Je rêve de les balancer à la poubelle. Seuls mon jean moulant et ma chemise blanche à pois noirs me plaisent, je suis à l'aise et la soie de mon haut caresse ma peau avec délice. Elle est agréable à porter.

– Je suis fatiguée, grogné-je en massant mes chevilles. Je ne pensais pas que ce serait aussi épuisant de faire visiter la boutique et de répéter inlassablement le même discours.

– Ce n'est pas si facile que ça de vendre un bien. Il faut souvent des semaines, voire des mois, avant que la transaction ne se fasse.

Je soupire de manière théâtrale en levant les mains en l'air. Des mois ? Je ne le supporterai pas. Je ne souhaite qu'une chose : reprendre la musique dans l'orchestre et faire des tournées. Le seul bémol, c'est que je serai loin de Nik, je doute fort qu'il m'accompagne partout. Il a beaucoup trop de responsabilités ici. Je reviendrai le voir aussi souvent qu'il m'est possible de le faire, car à présent, il est ma maison.

– Je peux m'en occuper si tu le souhaites, me propose John en nous servant deux thés.

Je tourne mon tabouret vers lui et secoue la tête.

– C'est ma responsabilité. Je dois le faire.

Je souffle sur la surface de ma boisson et avale une gorgée en réchauffant mes mains sur les contours de la tasse. En jetant un coup d'œil vers la vitrine, j'aperçois mon garde du corps, Vanni, dans la voiture. Il n'est pas qu'un simple chauffeur. C'est un ancien militaire qui s'est reconverti dans la protection privée, ça rapporte plus.

– Je lui proposerais bien de rentrer.

À ce moment-là, Vanni regarde dans notre direction et me salue de la tête. J'en fais de même et avant que je ne puisse lui faire signe de venir, la porte s'ouvre.

Un grand roux fait son apparition. Il secoue la tête, des gouttelettes tombent et arrosent le sol de la boutique. Il est habillé tout en noir et la couleur de ses cheveux ressort, telle de la lave s'écoulant d'un volcan. Il me fait penser à moi. Sauf que ses iris sont sombres.

– Bonsoir, je suis là pour la visite.

Une voix calme et posée. Une voix grave qui vous fout la chair de poule. Il s'approche d'une démarche assurée jusqu'à nous. Je ne connais pas ce type, mais il semble à l'aise dans ses bottes.

– Bonsoir. Monsieur Larsson ? Nous vous attendions, dit John en contournant le comptoir. Puis-je vous proposer à boire ?

– Inutile, je suis pressé.

Son regard passe de John à moi avant de scanner autour de lui.

Mon bras droit commence son monologue en marchant dans la boutique. Je connais chacune de ses paroles avant même qu'il ne la prononce, ce qui me fait sourire. Je suis contente de l'avoir à mes côtés, il sait comment parler aux gens. C'est un bon vendeur.

Mais pour le coup, son interlocuteur ne l'écoute pas. Ses yeux ne cessent de rencontrer les miens. Il me scrute et m'analyse. J'ai l'impression qu'il essaie de lire en moi.

Il est dérangeant.

Je croise les bras contre ma poitrine et me ferme à la conversation qui se déroule entre les deux hommes. L'ancienne Lovisa, peureuse et fragile, tente de remonter à la surface pour se protéger. Mais je l'en empêche. Je suis plus forte ces derniers temps, je me suis affirmée et jamais je ne ferai marche arrière. Je change de nouveau la position de mes bras, les laissant le long de mon corps, je redresse le buste et soutiens le regard du rouquin lorsqu'il me fixe pour la énième fois.

– J'ai toutes les informations dont j'ai besoin à ma disposition. Merci pour votre temps, je vous contacterai au plus vite.

Après son départ, l'atmosphère dans la boutique s'allège. Je me détends.

– Lui, je le sens bien. Nous avons peut-être trouvé un acheteur, s'enthousiasme John.

– Il ne t'a pas semblé étrange ?

Il m'interroge du regard tout en rangeant nos tasses encore pleines.

– Je ne sais pas, il était bizarre, continué-je en haussant les épaules tout en enfilant mon manteau.

John fait craquer ses phalanges et bâille bruyamment.

– Peu importe, on en a fini pour ce soir. On va rentrer et étudier chacun de notre côté les candidatures.

J'approuve et éteins les lumières avec lui puis ferme la boutique à clé. Il me salue tandis que mon chauffeur ouvre la porte de la voiture. Je glisse sur les sièges en cuir et boucle ma ceinture.

– Où allons-nous ?

– À la maison.

À la maison.

Cela me fait bizarre d'employer ces mots pour désigner Iron House, mais c'est ce que cette propriété est devenue. Encore. Je suis rentrée définitivement chez moi. Cette fois, il n'y a plus ma mère ni Hendrik. Juste *lui* et moi.

Niklas.

Au cours de cette semaine, il s'est montré distant avec moi, même lors de mes cours de tir ou de self-défense. Il est accaparé par tous ses soucis. Il en a tant à régler.

Le meurtre des renards roux n'a toujours pas été résolu, et ne pas savoir qui s'est introduit dans la propriété le met hors de lui. Il déteste ne pas avoir sa vie sous contrôle.

Le ronronnement de la voiture et la chaleur diffusée dans l'habitacle me plongent dans un demi-sommeil. Il y règne un calme apaisant. Le regard perdu vers le bord de route, je m'imagine déjà lovée dans les bras de mon beau Viking en train de l'embrasser pour le distraire de ses tracas. Ses lèvres douces et pulpeuses me donnent envie de les mordre chaque fois qu'elles se posent sur les miennes.

La ville s'efface peu à peu pour laisser place à une forêt de plus en plus dense aux sapins épineux. La pluie a cessé et les aurores boréales illuminent le ciel sombre. Chaque soir, je les observe avant de m'endormir.

La voiture ralentit devant les grilles d'Iron House. Cette vue me fait toujours autant frissonner. L'idée de redevenir la jeune fille effrayée qui découvrait ces grilles une décennie plus tôt me terrifie. M'y ferai-je un jour ?

Après avoir eu l'autorisation de pénétrer dans le domaine, nous filons tout droit jusqu'à la villa.

Il se gare près d'un véhicule gris clair. Une voiture que je ne reconnais pas.

Je jette un coup d'œil à l'intérieur, une fois sortie de la berline, et tente de trouver un indice sur son propriétaire. J'ignore de qui il s'agit, mais cette bagnole vaut un paquet d'argent. L'avantage d'être sortie avec un gars dont les parents sont spécialisés dans les voitures de luxe, c'est que je remarque tout de suite la qualité.

Je gravis les marches jusqu'à la porte. Par instinct ou par méfiance face au bonheur qui n'est jamais pleinement parfait, je sens qu'il se passe quelque chose en franchissant la porte. J'enlève ma veste et l'accroche au portemanteau pour me diriger aussitôt vers les voix provenant du bureau de Niklas. Je m'arrête près des escaliers. Oscar sort avec un homme à ses côtés.

– ... il doit cesser. Si ça continue, ce sera plus grave la prochaine fois.

L'homme en costume tient une mallette typique des médecins, un stéthoscope en ressort. De sa main libre, il donne un papier à Oscar.

– Il doit venir à ma clinique, ce n'est plus un conseil, mais un ordre.

Oscar soupire.

– Je vais voir ce que je peux faire.

Je me montre, interrompant leur conversation. Oscar paraît à moitié surpris, ma venue n'est jamais un secret, dès que je franchis les grilles, les gardes à l'entrée en informent leur chef.

– Tenez-moi au courant du moindre changement, reprend le médecin en serrant la main d'Oscar.

– Je n'y manquerai pas.

Ils passent à côté de moi. Je n'attends pas un instant de plus et me précipite aussitôt dans le bureau. Au sol, des documents sont éparpillés ainsi qu'un verre d'alcool qui a imbibé la plupart des feuilles. À ma droite, Niklas est allongé sur le canapé. Il a le teint cireux et le front en sueur, quelques mèches de cheveux sont plaquées contre son visage. Un étau se referme autour de mon cœur.

– Seigneur, Nik…

Je me précipite vers lui et tombe à genoux. Je prends son visage entre mes mains et le regarde, inquiète.

– Qu'est-ce que tu as ? Que se passe-t-il ? J'ai vu un médecin. Pourquoi est-ce que tu as eu besoin d'un médecin ?

Son regard épuisé se pose sur moi, il tente de me rassurer d'un sourire alors qu'il pose ses mains sur les miennes.

– Love, calme-toi. Je vais bien.

– Généralement, quand un médecin vient, c'est que quelque chose va mal.

Il se redresse pour s'asseoir et me cale entre ses jambes. Sa chemise complètement déboutonnée laisse entrevoir sa musculature et son tatouage de faucheuse.

– Je suis surmené en ce moment. Je ne mange pas assez et je ne m'hydrate pas. Le doc m'a donné de quoi me retaper. Ça ira mieux dans quelques jours.

Pourquoi ai-je l'impression qu'il me ment ? Sa bouche dit une chose et son regard une autre. Qu'essaie-t-il de me cacher ?

Je me pince les lèvres et pose mes mains sur ses cuisses, que je serre affectueusement.

– Si tu avais quelque chose de grave, tu m'en parlerais, n'est-ce pas ?

Niklas ne me répond pas tout de suite. Il est de nature franche, à répondre du tac au tac, alors ce blanc de quelques secondes me met en alerte. Ou est-ce moi qui divague ? Son isolement de ces derniers jours me fait douter de tout ce qu'il me dit. Il tente de me préserver de ce qu'il complote et ses activités illégales ne me rassurent pas.

– Je… On devrait faire une pause quelque temps, s'éloigner de toute cette agitation et partir tous les deux. Qu'en dis-tu ?

Sans difficulté apparente, il me soulève pour m'asseoir sur ses genoux. Sa main glisse dans mes cheveux et s'y attarde, leur octroyant des caresses agréables.

– Tu sais que j'aimerais, vraiment, mais ça risque d'empirer. Les problèmes ne vont pas disparaître en faisant l'autruche. Je te promets que lorsque Rodrigo sera six pieds sous terre, nous partirons faire un grand voyage.

Un frisson d'effroi me parcourt. Il parle de la mort avec une telle légèreté que cela me donne froid dans le dos.

J'appuie mon corps contre le sien et passe mes mains sur sa nuque que je caresse. Yeux dans les yeux, nous nous dévorons du regard.

– J'oublie souvent la noirceur qui est en toi, tu me la dissimules avec beaucoup de facilité.

– Il y a une part d'ombre en chacun de nous, Love, même chez toi. Mais tu es l'une des personnes les plus pures que je connaisse et je ferai tout pour préserver ce que tu es.

Son regard est brûlant, envieux. Toute trace de mal-être a disparu. Ses grandes mains caressent mes hanches avant de les masser lentement. Cependant, cette douce étreinte n'arrête pas la sonnette d'alarme dans mon crâne qui m'indique qu'il tente de détourner mon attention. Je m'inquiète réellement pour lui et l'idée de le perdre m'effleure l'esprit alors que ses lèvres s'emparent des miennes pour m'offrir un baiser ardent.

Je ne veux pas le perdre.

Jamais.

Sa langue titille le bout de mes lèvres, me demandant l'accès que je lui donne volontiers. Un baiser chaud, humide et plein de passion nous plonge dans un tourbillon d'amour, de joie, mais aussi de peur que cela ne cesse un jour. Je ne me lasserai jamais de sa bouche, de ses mains, de son corps contre le mien. Cet homme fort et viril qui semble fait de roc est tout à moi et rien ne changera cela.

Un raclement de gorge nous oblige à revenir à l'instant présent. Je grogne de frustration et découvre Oscar à quelques mètres de nous, une enveloppe en papier kraft à la main.

– Je suis désolé de vous déranger, commence le chef de la sécurité, j'ai reçu des photos qui pourraient vous intéresser.

Niklas ne semble pas d'humeur à parler boulot, ses bras se font plus autoritaires autour de moi quand je tente de me dégager.

– Ça ne peut pas attendre ?

– Je crains que non.

Son air grave pousse Nik à accepter sa requête. D'un seul mouvement, nous nous levons. Mon beau Viking tangue un peu avant de se ressaisir pour s'emparer de l'enveloppe. Il en sort plusieurs clichés.

– Il semblerait que Mlle Norell ait été approchée par des hommes de Rodrigo.

Sur les photos, Jonna est debout devant deux hommes en costume noir et gris. D'apparence, il n'y a rien de louche. Ils se trouvent dans le restaurant de sa mère à Kiruna.

– On sait ce qu'il lui veut ?

– Pas encore, nous n'avons pas pu les attraper. Sa famille a beaucoup de ressources et d'influence. Qui plus est, Jonna sait beaucoup de choses sur vous.

Pourrait-elle être assez blessée pour s'allier à des mafieux et s'en prendre à Niklas ? Elle a tellement changé depuis notre adolescence, je ne sais plus de quoi elle est capable.

Je me pince les lèvres et me tourne vers l'homme à mes côtés.

– Est-ce qu'elle pourrait te faire du mal ?

De nouveau ce silence frustrant. Elle peut donc lui faire du mal ! Une bouffée de chaleur s'empare de moi. Je suis impuissante face à un redoutable malfrat comme Rodrigo, mais Jonna est à ma portée et si je peux faire quelque chose pour la dissuader de s'attaquer à celui que j'aime, je le ferai.

– Que me conseillez-vous ?

– On doit revoir tout ce qu'elle sait à votre sujet, tout ce qui pourrait se retourner contre vous pour se tenir prêt.

Se tenir prêt à quoi ? Un étau m'enserre les entrailles à l'image d'hommes armés jusqu'aux dents, Jonna et Rodrigo à leurs côtés pour venir nous attaquer. Je tangue d'une jambe à l'autre puis m'éloigne en serrant mes bras autour de moi. Mes pas m'amènent jusqu'à la fenêtre où un décor effrayant s'offre à moi. Les arbres décharnés, éclairés par la lune, projettent des ombres lugubres sur le sol et dans ma direction. Leurs branches acérées, telles des griffes, sont secouées par un vent glacial et semblent vouloir transformer en lambeaux tout ce qui s'approche. Ce domaine, magnifique en journée, m'angoisse la nuit et me file la chair de poule. Mais je ne peux pas me laisser gagner par la peur.

Je me retourne vers les deux hommes.

– Je vais aller lui parler. À Jonna.

Je lève la main vers Niklas pour le faire taire quand il s'apprête à prendre la parole.

– C'est à cause de moi si elle s'en prend à toi. Nous devons avoir une discussion, nous aurions dû l'avoir depuis longtemps.

– Ce n'est pas à toi de t'occuper de ça, dit de manière autoritaire Niklas en rendant les photos à Oscar.

Ce dernier intervient.

– Ce ne serait pas une mauvaise idée. Peut-être qu'elle reviendrait à la raison.

Le regard noir de Niklas le cloue sur place. Il incline la tête et s'en va aussitôt. Oscar fait le double de son âge et pourtant, il respecte l'autorité de son patron et veille toujours à ne pas dépasser les bornes.

Une fois que nous sommes seuls, je reviens auprès de Nik.

– Ne fais pas ta tête de mule, ça pourrait résoudre une partie de tes problèmes. Laisse-moi faire.

– Hors de question. Pourquoi est-ce que tu veux toujours m'aider ? Ce sont mes emmerdes, pas les tiennes.

– Parce que je t'aime, abruti ! Et que si je peux t'aider, je le ferai. Arrête de me repousser, je ne le supporte pas.

Je ne le supporte *plus*.

Nous sommes trop éloignés à mon goût. J'ai besoin de sentir cette connexion entre nous, cette gravité qui nous pousse à ne jamais rester loin l'un de l'autre.

– Si tu continues… Alors je n'ai plus qu'à m'en aller.

Il me pousse au bluff.

Je fais mine de m'éloigner vers la porte, mais il est plus rapide que moi. Sa grosse main claque la porte sur laquelle il me plaque ensuite. Son regard froid et féroce semble pénétrer tout mon être et me paralyse. Il penche son visage vers le mien et gronde près de mes lèvres.

– Et moi… C'est parce que je t'aime que je ne veux pas t'impliquer dans tout ce merdier. Tu comprends ?

Le temps semble suspendu alors que mon esprit efface sa phrase pour garder les trois petits mots que mon cœur attend depuis longtemps. Je ne peux m'empêcher de sourire.

Je murmure :

– Redis-le.

L'esprit vif, il comprend tout de suite de quoi je veux parler. Son corps se presse contre le mien et sa main glisse en partie sur ma joue et ma mâchoire. Sous sa paume chaude et rocailleuse, des picotements rongent ma peau. Sa voix devient plus grave, sensuelle et profonde et son regard plus intense.

– Je t'aime. Je t'ai toujours aimée et ça ne changera jamais.

Mon corps se détend et plonge dans un confort rempli d'amour tandis que mon esprit, embrumé par la joie et l'affection que je lui porte, oublie le reste.

– Oh, Nik…

Il gronde et pose durement ses lèvres sur les miennes avant de me porter.

– Je veux que tu le redises, mais en gémissant alors que je te prendrai sur mon bureau.

Je ris et l'embrasse en m'accrochant à lui. Mes fesses touchent le bois de chêne. Du revers de la main, il recule ce qui pourrait nous gêner. Son empressement provoque le mien. Mon désir pour lui n'est jamais satisfait. Fébrile, je lui enlève sa chemise. Mes mains palpent son torse musclé et s'attardent sur ses pectoraux fermes. Je me penche vers l'un d'eux et passe le bout de la langue sur son téton qui durcit. Je le taquine avant de m'attaquer au second. Sa main s'attarde dans ma chevelure, qu'il serre doucement.

– Tu sais comment me rendre fou.

Je souris contre sa peau et remonte mon visage vers le sien pour réclamer un baiser. Mes mains quant à elles ne perdent pas de temps et ôtent sa ceinture pour l'enlever, je le déboutonne et descends sa braguette. Mes doigts glissent sous l'élastique de son boxer et s'emparent de sa virilité déjà dressée sous l'excitation. Je la sors pour en admirer chaque centimètre. Je susurre en me mordant la lèvre :

– Bonsoir, toi.

Niklas avance son bassin contre moi pour me laisser le champ libre. L'une de ses mains se pose sur mon épaule, tandis que l'autre déboutonne mon chemisier pour atteindre ma poitrine. Il repousse l'un des bonnets de mon soutien-gorge et s'empare de mon sein. L'avoir entre mes mains de cette manière, à ma merci, fait grimper en moi une libido qui est constamment mise à rude épreuve avec lui. J'aime lui procurer du plaisir et l'idée que seule moi ai dorénavant ce pouvoir me plaît. Je porte ma main à mes lèvres et passe ma langue dessus en le regardant dans les yeux.

– Toi… gronde-t-il, connaissant la suite.

Je repose ma main humidifiée sur son sexe et commence de lents et longs va-et-vient. Aussitôt, il entrouvre les lèvres en prenant une grande inspiration. Mes doigts se montrent à la fois fermes et doux, exerçant la pression qu'il aime. Pendant que je le masturbe, il masse mon sein, titillant et pinçant mon téton. J'imagine sa bouche dessus, l'embrassant, le léchouillant et l'aspirant jusqu'à ce que j'en perde la tête.

Niklas serre mon épaule au fur et à mesure que son plaisir grimpe. Sa verge gonfle et grandit entre mes doigts. Il ondule des hanches, ressemblant à une statue grecque qui aurait pris vie sous mes yeux. Si grand et beau. La perfection.

– J'ai tellement envie de toi, susurré-je.

Je le penche vers moi et l'embrasse à pleine bouche. Tout en lui est enivrant. Il est la tentation même.

Ressentant mon excitation, il me déleste de mon pantalon rapidement et m'arrache presque ma culotte. Je ris et l'invite entre mes cuisses. Sa verge se colle à mon intimité chaude et humide d'excitation. Il grogne en sentant ma moiteur et se frotte contre celle-ci, nous chauffant tous les deux. Plusieurs soupirs s'échappent de ma bouche alors que mon corps s'arque sous le sien.

– Tu veux que je te fasse l'amour ?

Ce terme doux sonne dans sa bouche comme une invitation à tous les plaisirs imaginables. Je hoche vigoureusement la tête en me mordant la lèvre.

– Oui. J'en ai tellement envie.

Mon ton plaintif, presque suppliant, le met dans tous ses états. D'un coup de reins, il me pénètre en profondeur, entrant son membre jusqu'à la garde. Je me cambre, rejetant la tête en arrière, et gémis. Je me fiche qu'on puisse m'entendre, même si je doute qu'il y ait encore quelqu'un dans la villa. Le soir, nous sommes complètement seuls, le personnel disparaît jusqu'au petit matin.

Ses hanches vont d'avant en arrière, il tient fermement les miennes. Mes jambes, enroulées autour de lui, se resserrent chaque fois qu'il revient entièrement en moi. Les vagues de plaisir qui submergent mon corps sont divines. Mon sexe se contracte autour de son membre dur et chaud. Sans préservatif, c'est meilleur et, ayant eu confirmation qu'on n'avait aucune maladie après avoir effectué chacun un test, on a décidé de faire sans. De plus, je suis sous pilule depuis plusieurs années.

C'est si bon, je ne m'en lasserai jamais. Je finis par me coucher sur son bureau et m'abandonne au plaisir qu'il me procure. Il écarte les pans de ma chemise et relève mon soutien-gorge pour exposer ma poitrine à son regard fiévreux. Il me fait me sentir belle et désirée, ses yeux me dévorent avec une telle intensité qu'il me donne l'impression de dépasser l'aspect physique pour lire en moi, dans mon cœur, dans mon âme.

– Tu es bandante à mort. Tu t'en rends compte ?

Il me hisse sur ses hanches et me conduit contre le mur, juste à côté de la porte où il se remet à me pilonner délicieusement. Mes hanches bougent à l'unisson avec les siennes. Nos corps s'emboîtent à merveille. Je fonce sur ses lèvres charnues et l'embrasse en agrippant ses cheveux. Le sexe doux est génial avec lui, c'est comme manger une friandise qu'on adore. Mais le sexe brutal et intense, c'est comme admirer un feu d'artifice éclatant et plein de couleurs. J'ai des étoiles plein la tête et l'impression d'exploser de l'intérieur. Je me sens si vivante avec lui que parfois, durant un bref instant, j'ai peur de me réveiller dans l'appartement de Rikard.

Tout cela est derrière toi, tourne la page.

Son sexe dur continue de s'enfoncer en moi, provoquant mes gémissements chaque fois. Sa bouche picore mon cou et descend sur ma poitrine. Je la galbe vers ses lèvres et frissonne lorsqu'il suçote directement un téton puis l'autre. Il alterne à plusieurs reprises et finit par les mordiller.

– Mmm ! Mon Dieu...

Il ricane contre ma peau et me torture encore. Mes tétons, dressés et durs, deviennent douloureux sous son assaut.

– Tu vas me tuer !

– Mourir de plaisir, voilà une belle mort, roucoule-t-il en sortant plusieurs fois de mon intimité pour revenir rapidement et brusquement.

Je me cambre à mon maximum et tire sur ses cheveux. Ils sont doux et épais. Tout comme sa barbe que mes doigts adorent caresser quand je suis dans ses bras.

Niklas continue longuement de me procurer du plaisir jusqu'à ce que son corps soit secoué d'un spasme et qu'il se tende contre mon corps, éjaculant au plus profond de moi. Je gémis avec lui en le serrant de toutes mes forces avec mes bras et mes jambes. Mes parois vaginales se contractent autour de son sexe et palpitent sous les vagues de plaisir.

– Oh, bordel !

Il se cambre un peu plus et se détend ensuite contre moi, son front se pose sur mon épaule. Le souffle court et le corps légèrement en sueur, il se calme peu à peu. Un sourire béat plane sur mon visage, je pose l'arrière de mon crâne contre le mur.

Puisant dans ses dernières forces, il nous mène jusqu'au canapé où il s'assied. Son sexe est toujours en moi, le mien termine ses dernières contractions. Il me serre contre lui et niche son visage dans mon cou. Tout en humant mon parfum, il dit :

– Tu es le remède à tous mes problèmes.

Pas à tous malheureusement.

Si je pouvais résoudre tout ce qui ne va pas dans sa vie, je le ferais. Je caresse ses cheveux avant d'y déposer un baiser.

– Le sexe n'est pas la solution pour tout, mais il aide à alléger des journées difficiles.

– Et en ce moment, on peut dire qu'elles le sont, putain.

– J'aimerais t'aider.

Il relève la tête et me regarde. Son teint est plus rose que lorsque je suis rentrée et son regard plus vif.

– En étant à mes côtés, tu fais déjà une grande différence.

Ce n'est pas suffisant, mais ça, il ne le comprend pas.

Nous finissons par nous rhabiller. Quitter la chaleur de son corps est une torture. Le bureau de Nik me semble froid loin de lui. Tout en reboutonnant ma chemise, je l'observe enfiler ses vêtements avec attention, ce qui ne lui échappe pas. Il sourit.

– Tu veux un second round ?

– Pas tout de suite. Est-ce que tu peux me parler de tes cicatrices ?

Dès que l'occasion se présente, j'admire les courbes de son corps et détaille du regard ses tatouages. Sa peau n'est pas parfaite, elle comporte de nombreuses blessures, guéries depuis longtemps, et jusqu'à présent je l'ai laissé tranquille.

– Lesquelles ? Il y en a tellement.

– C'est triste, que tu en aies autant.

Niklas contourne son bureau et ouvre le premier tiroir, dont il sort un paquet de cigarettes à la menthe avec un gros briquet en argent. Il attend de tirer une première bouffée de fumée avant de me répondre.

– Ça m'a forgé, mais c'est du passé. Tu veux savoir quoi ?

Malgré ma répugnance pour l'odeur de cigarette, je m'approche de lui et soulève sa chemise dans le dos. Mes doigts viennent effleurer son flanc gauche où la peau est légèrement boursouflée sur plusieurs centimètres de long et environ un centimètre de large.

– Une chute en escalade, ce n'était pas très haut, mais je suis tombé sur une roche aux bords aiguisés.

Il a dû souffrir, mais le connaissant, cela ne l'a pas empêché de recommencer. Je soulève le vêtement un peu plus haut et effleure une autre cicatrice au niveau de la colonne vertébrale. Elle est toute petite.

– Une autre chute, mais j'étais ado. C'était au skate park.

Lui et le sport. Il a tout testé.

– Tu es un sacré casse-cou.

Je le contourne pour lui faire face et ne bronche pas lorsque je traverse la fumée de nicotine. Je lève le regard vers sa tempe droite où une ancienne cicatrice me rappelle un douloureux souvenir.

– Celle-ci, je m'en souviens, murmuré-je en frôlant le haut de son crâne.

Il s'empare de ma main et y dépose un baiser.

– C'était pour la bonne cause.

Je secoue la tête et fronce les sourcils en retirant ma main.

– Aucune cause ne mérite qu'on se fasse frapper.

Je me pince les lèvres et regarde vers son bras gauche. Je tente de relever sa manche, mais il m'en empêche. À l'intérieur, trois cicatrices circulaires sont ancrées profondément dans sa chair. Une nuit, alors que j'ôtais son bras de mes épaules pour aller me servir à boire, ses cicatrices m'ont sauté aux yeux.

– Ce sont des brûlures, n'est-ce pas ? murmuré-je, presque honteuse de lui poser la question. Est-ce que c'est toi qui les as faites ?

Je sais reconnaître des brûlures de cigarette pour en avoir vu sur mes copines de chambre dans le pensionnat où Hendrik m'a envoyée.

Ma question le déstabilise un instant, il se ferme. Sujet tabou ? Je pose mes mains sur son torse et lui souris affectueusement.

– Ce n'est rien, nous ne sommes pas obligés d'en parler.

– C'est pas ça. C'était juste une connerie d'adolescent mal dans sa peau. Je me sens con d'avoir fait ça.

Je secoue la tête et passe mes bras autour de ses hanches. Sur la pointe des pieds, je viens déposer un baiser sur ses lèvres.

– Une souffrance contre une autre ? Je pense qu'on est tous passés par là.

– Toi aussi, tu t'es fait du mal ? me demande-t-il en arquant un sourcil épais.

– Pas physiquement.

Si on fait abstraction des douches glacées, j'étais trop froussarde pour blesser mon corps – ou peut-être était-ce une force ? Ma torture était surtout interne. Je me suis longtemps flagellée de ne pas avoir été une bonne fille pour ma mère, de ne pas avoir été plus gentille et reconnaissante de ce qu'elle faisait pour moi. J'ai aussi regretté cette horrible lettre que j'ai écrite à Nik après mon départ précipité, je me suis longtemps détestée pour cela. Au pensionnat, je m'isolais constamment, pensant ne pas mériter le bonheur et l'amitié que les autres filles pouvaient m'apporter. Ensuite, lorsque j'étais avec Rikard, par moments, je me disais que je méritais ce qu'il me faisait subir.

– On a tous fait des choses qu'on regrette ou qu'on trouve ridicules avec du recul. L'important, c'est de s'en rendre compte.

Niklas écrase son mégot dans le cendrier et expire la fumée sur le côté pour m'épargner.

– Montons prendre une douche, ensuite je te montrerai à quel point je me suis rendu compte que la vie doit être vécue à fond et sans regret.

Sur ses belles paroles, nous quittons le bureau pour grimper les escaliers jusqu'à sa chambre. La villa est si paisible et silencieuse que chacun de nos pas se fait entendre et que nos respirations paraissent trop bruyantes.

– Je te rejoins, je prends juste de quoi me changer dans ma chambre.

– On est toujours dans la mienne, tu devrais apporter toutes tes affaires ici.

– Dès demain, je m'en occupe.

En un sens, j'ai encore l'impression que nous sommes ces deux adolescents qui voyagent en cachette de la chambre de l'un à celle de l'autre. Pourtant, à présent adultes, nous n'avons plus peur de nous montrer ensemble. La mort d'Hendrik y est pour beaucoup.

Après avoir récupéré un pyjama en coton, je fais demi-tour pour revenir dans notre nid douillet. J'ignore quelle en est la raison, mais mon regard se porte sur le bureau où se trouvent deux flacons de médicaments avec des étiquettes qui me sont familières. Il y en a aussi dans la pharmacie de Nik, dans sa salle de bains. J'attrape les deux bouteilles en plastique et regarde le nom inscrit dessus. Je fronce les sourcils.

– Seloken, murmuré-je en retournant les flacons pour chercher de quoi il s'agit.

Les mots employés ne me sont pas familiers. Sur l'un d'eux, « antiangineux » me laisse perplexe. À quoi peuvent-ils correspondre ? Pensive, je repose les flacons sur le bureau et rejoins Niklas dans la salle de bains où ce dernier se détend sous un jet d'eau brûlant. Que me cache-t-il ? Et pourquoi ? Je me déshabille tout en me posant un millier de questions sur tous les secrets que doit contenir sa tête. Nos regards se croisent, il me sourit comme si tout allait bien, ce qui me pousse à me demander s'il joue toujours franc jeu avec moi.

– J'ai presque fini.

J'ouvre la porte de la douche et me glisse à ses côtés. Les vapeurs d'eau chaude m'enveloppent tandis que le jet lape mon corps pour effacer les dernières traces de sexe sauvage qu'il a subi précédemment. Je passe mes mains sur son torse savonneux et le caresse avant de les remonter jusqu'à son visage, que je prends en coupe. Sa barbe mouillée et douce fait rempart entre sa peau et moi. Je le regarde dans les yeux, y mettant toute l'intensité et la sincérité dont je suis capable. Il cesse tout mouvement pour m'accorder son entière attention.

– Nik, tu sais que je t'aime ? Je t'aime tellement que j'en mourrais s'il t'arrivait quelque chose. Je ne veux pas te perdre.

Allez, réagis, dis-moi ce que je veux entendre !

Comme réaction, j'ai droit à un sourire et un baiser sur le front.

– Qu'est-ce qui te prend tout d'un coup ? Je t'ai dit que tout allait bien.

Je lui tends une perche pour qu'il me dise la vérité, mais il préfère me mentir. Je me raidis et recule avant de sortir de la douche, furieuse.

– Eh, bébé, qu'est-ce qu'il y a ? Reviens !

J'attrape une serviette et essuie mon corps en sortant de la salle de bains. Mes gestes sont secs et brusques, ce qui fait rougir ma peau, mais je n'en ai que faire pour l'instant. J'entends ses pas lourds revenir dans la chambre. Il est trempé, avec une serviette autour des hanches. Ses cheveux encadrent sauvagement son visage et de la mousse macule encore son torse parfait. Dans d'autres circonstances, cette vision aphrodisiaque m'aurait donné l'eau à la bouche et je n'aurais pas attendu pour lui sauter dessus. Je détourne le regard, trop en colère pour lui faire face.

– Tu n'es qu'un menteur. Je sais que tu as quelque chose et j'ignore ce que c'est, mais si tu ne m'en parles pas, c'est que c'est grave. Détrompe-moi si j'ai tort ! le défié-je.

Il franchit les derniers pas qui nous séparent et m'attrape par les épaules. Me rendant compte de ma nudité, je m'enroule dans ma serviette et me dégage de son emprise.

– Parle-moi.

– Tu sais déjà tout ce qu'il y a à…

– Non ! l'interromps-je en criant. Je ne veux rien entendre de ton baratin. Soit tu me dis ce qui se passe, soit c'est… c'est terminé.

Niklas blêmit et recule d'un pas. Son regard d'acier s'écarquille avant de se durcir. Waouh, quel changement rapide !

– Tu n'es pas sérieuse ?

– On le saura assez vite si tu ne me parles pas.

Je relève le menton et lui lance un regard plein de défi. S'il pense que je vais flancher, il se met le doigt dans l'œil. Il m'a appris à dire non, à me rebeller et à exiger ce que je veux. Si nous nous affrontons aujourd'hui, c'est grâce à ses leçons. Il arque un épais sourcil et croise ses bras musclés contre ses pectoraux en gardant le silence. De nouveau, ce n'est pas la réaction que j'attends. Il ne doit pas me prendre au sérieux. Avec une moue dédaigneuse, je le jauge un instant puis sors aussitôt en claquant sa porte.

Bon d'accord, ce n'était pas nécessaire, mais ça fait du bien.

Je fonce dans ma chambre et sors ma valise de sous mon lit. D'un geste rageur, j'y lance mes vêtements sans prendre la peine de les plier. Ma vue se voile sous les larmes brûlantes que je tente difficilement de chasser. Est-il buté au point de me laisser partir ? Son secret en vaut-il la peine ?

Je tire un peu trop fort sur le tiroir de ma commode, qui tombe au sol. Je grogne et me mets à genoux pour ramasser les sous-vêtements. Le plancher derrière moi grince et, avant que je ne me retourne, une main me saisit pour me relever brusquement. Surprise, je tire sur mon bras pour me dégager et enfonce mon coude dans l'abdomen de l'intrus.

Le grognement de Niklas ne se fait pas attendre, suivi d'un juron.

– Putain, Lovisa !

Il se frotte le ventre en grimaçant.

– Tu m'as fait peur ! Pourquoi tu surgis comme ça dans mon dos ?

– Si tu étais plus attentive à ce qui t'entoure, tu m'aurais entendu arriver.

Je fronce les sourcils et croise les bras contre ma poitrine en le regardant.

– Qu'est-ce que tu veux ? Je dois faire ma valise.

– Dis pas n'importe quoi, tu ne vas nulle part.

Je ricane en levant les yeux au ciel. S'il pense que je vais l'écouter. Je lui tourne le dos et ferme mon bagage. Niklas me pousse sur le côté, prend ma valise et la lance à travers la pièce.

– Nan, mais tu es malade ! hurlé-je en le poussant. T'es complètement con, qu'est-ce qui te prend ?

– Qu'est-ce qui me prend ? feule Niklas en me foudroyant du regard.

Il fourre la main dans ses cheveux en lâchant un rire amer. Il se balance d'une jambe à l'autre en passant sa langue sur sa lèvre inférieure. Puis, sans crier gare, il se jette sur moi et m'embrasse comme si sa vie en dépendait. Sa langue force la barrière de mes lèvres pour venir me goûter. Je suis bien trop en colère contre lui pour le laisser faire et il ne me fera pas oublier notre conflit par du sexe. Ses mains tirent sur ma serviette, que je tiens fermement contre moi.

– Arrête ! réussis-je à exiger contre ses lèvres.

Je gesticule dans tous les sens, il finit par me lâcher brusquement. Encore un peu et je tombais.

C'est quoi, ça ?

Niklas ricane de nouveau, sans aucune joie dans la voix et s'éloigne ; il frappe dans ma porte avec son poing et l'envoie cogner brutalement contre le mur. Le regard fou, il se retourne vivement vers moi et me pointe du doigt.

– Je t'interdis de me quitter ! Si tu ne m'aimes plus, ce n'est pas grave, j'aurai assez d'amour pour nous deux, mais tu ne partiras pas d'ici.

Qu'est-ce qu'il raconte ? Cela n'a rien à voir avec mes sentiments pour lui. Il confond tout. Je l'aime à en crever, mais je ne supporte pas le mensonge.

– Par moments, tu me fais penser à Rikard et je n'ai pas quitté un monstre pour en retrouver un autre.

Ma remarque a l'effet d'une douche froide. Son teint blêmit. Il recule d'un pas et toute agressivité disparaît. Je ne veux pas le blesser, mais je ne peux pas me taire sur ce qu'il me fait ressentir quand il est violent.

– Tu ne le penses pas vraiment… murmure-t-il en n'osant plus me regarder dans les yeux.

Je pince mes lèvres l'une contre l'autre et fais un pas dans sa direction.

– Dis-moi ce que je veux savoir. Dis-moi ce que tu me caches.

Plusieurs mèches de cheveux lui barrent la vue, le rendant plus sauvage et dangereux. Il me fait penser à un animal pris au piège qui montre les crocs pour dissuader l'ennemi d'approcher. Je sais qu'il ne me fera jamais de mal malgré ses mots durs et ses gestes parfois brusques. C'est pourquoi je m'avance à pas lents.

– J'ai besoin de savoir.

Il reste dans son mutisme un moment. Ses épaules s'affaissent et il baisse la tête avant de la relever pour accrocher mon regard.

– J'ai une insuffisance cardiaque depuis à peu près quatre ans. Ce n'est pas héréditaire, mais mon père avait aussi cette maladie et c'est ce qui l'a tué.

Mon cerveau subit un bug et plus aucune information ne rentre, mis à part celle qu'il vient de m'avouer. Une insuffisance cardiaque ? Qu'est-ce que c'est ? Bien sûr, j'ai déjà entendu ces termes, mais je ne me suis jamais penchée sur le sujet. Cette maladie touche le cœur, un organe vital. Je porte ma main à ma bouche. C'est bien ce que je pensais, il me cachait quelque chose de grave.

– Tu vas mourir ? réussis-je à articuler.

– Quoi ? Non, Love, je ne vais pas mourir si je fais attention.

Il soupire avant de m'attirer dans ses bras. Je pose ma joue contre son torse, l'oreille au niveau de son cœur.

Boum. Boum. Boum.

Des battements rapides et réguliers. L'entendre m'apaise, me rassure. Il est vivant, mais pour combien de temps ?

– Ce n'était pas un simple malaise, pas vrai ?

– Il arrive parfois que mon cœur fasse des siennes quand mon hygiène de vie laisse à désirer ou quand je ne prends pas mes médicaments.

Je relève la tête et le regarde.

– Le tabac ?

– Et l'alcool. Ça n'aide pas, mais je ne peux pas me passer de nicotine.

– Même pour sauver ta vie ?

Sa main caresse ma joue puis mes cheveux avant de finir dans le creux de mon dos.

– J'ai le meilleur toubib du coin qui s'occupe de moi. Il saura me remettre sur pied si ça va mal.

Il fait probablement référence au médecin que j'ai vu partir tout à l'heure. Qui est au courant de son état ? Oscar, ça ne fait aucun doute, il est son chef de la sécurité, il doit probablement tout savoir de Nik. Alfrida ? Elle partage son quotidien depuis toujours, un événement aussi grave n'a pas dû lui échapper. Elle ne m'a jamais rien dit dans ses lettres le concernant. Aussi, je ne lui avais jamais demandé.

– Sur du long terme, qu'est-ce qui peut arriver ? demandé-je, peu certaine de vouloir la réponse au risque qu'elle me déplaise.

– Je pourrais faire crise cardiaque sur crise cardiaque si ce n'est pas bien traité. J'en ai déjà eu, mais chaque fois le doc était là pour moi. À ce moment-là, je devrais avoir recours à une chirurgie où on me placerait un appareil qui aiderait mon cœur à battre normalement quand ça ne va pas. Je ne me souviens plus du terme exact.

Je déglutis et crispe mes doigts sur ses bras à l'idée qu'on puisse lui ouvrir le thorax, l'exposer au danger et le rendre vulnérable. Mais si c'est la solution…

– Pourquoi n'y as-tu pas eu déjà recours ?

– J'ai pas envie d'avoir ce truc dans mon corps ; tant que je peux m'en passer, je le ferai.

C'est inconscient de sa part de penser ainsi. Je lui donne un petit coup sur le torse. Aussitôt, il se plie en deux, le visage déformé par une grimace de douleur.

Oh, non ! Qu'est-ce que j'ai fait ?

Je m'empresse de le soutenir, paniquée.

– Nik ! Oh, pardon ! Pardon. Tu as mal ? C'est ton cœur ?

Son corps est secoué par le rire qui le prend soudainement. Comprenant que je me suis fait avoir, je lui donne un coup de poing dans le bras.

– Imbécile ! Ne me refais plus jamais ça !

Comment peut-il rire avec un sujet aussi grave ? Il n'a pas le droit de me faire une telle frayeur. Je le pousse alors que son rire double de volume. Il m'attrape et nous fait tomber sur mon lit.

– Arrête. Lâche-moi, espèce d'idiot !

Je tente de m'échapper, mais la force qu'il exerce autour de moi m'en empêche. Je capitule et me laisse aller contre lui. Son rire vibre dans tout mon corps et me pousse à en faire de même. Cela me fait du bien et allège mes inquiétudes à son sujet. Il semble aller bien et, maintenant que je suis au courant pour sa maladie, je vais tout faire pour le maintenir en bonne santé.

– Pourquoi ne voulais-tu rien me dire ? demandé-je après que nous nous sommes calmés.

Nous nous trouvons à présent dans sa chambre, lui vêtu d'un boxer bleu marine et moi de mon pyjama en coton.

– Parce que je te connais. Tu vas en faire tout un plat et me traiter comme un gosse. Tu es ma copine, je ne veux pas que tu te comportes comme ma mère. Alfrida s'en charge déjà et mon médecin est assez sur mon dos.

Il se glisse sous la couverture avec moi et me loge dans ses bras. Je le regarde en me mordant la lèvre. Sa copine ? C'est la première fois qu'il prononce ce mot pour qualifier ce que nous partageons.

– Alors je suis ta copine ?

Niklas me sourit et caresse ma joue.

– Évidemment, tu es bien plus que ça, même. Nous sommes un couple.

Je rougis et me colle davantage contre son corps. Sa copine, j'adore ça.

– Je veux que tu me traites comme d'habitude, ne change rien, poursuit-il sur le sujet de sa maladie.

– Tu ne peux pas me demander ça.

Niklas gronde et m'oblige à le regarder. La pièce est plongée dans le noir, mais le clair de lune qui filtre dans la chambre me permet de le voir.

– Ce n'est pas une option, Love.

Je décide de ne pas répliquer et le laisse croire que je vais l'écouter. Il est trop têtu pour accepter de l'aide et moi pour le laisser faire n'importe quoi.

Par un dernier baiser, nous scellons cette fin de journée, l'esprit rempli de nouvelles informations.

20

Niklas, 18 ans

Elle m'a abandonné.

Lovisa est partie. Partie…

Pour seule explication, j'ai eu droit à une lettre bourrée de mensonges. Parce que c'est bien ça, hein ? Je ne peux pas croire qu'elle ne m'ait jamais aimé. C'est pas possible.

Ça fait des semaines qu'elle n'est plus là et pourtant la douleur dans mon cœur ne cesse de me faire souffrir. Quand je suis défoncé par l'alcool ou la cocaïne, c'est presque supportable. Tout le monde me dit de l'oublier, mais comment ? Je sens sa présence partout autour de moi et en moi. Elle occupe chacune de mes pensées et guide chacun de mes pas. Pourtant, plus les jours passent, plus la rancœur me saisit face à son image. Depuis la fin du lycée, mon père accapare tout mon temps et m'emmène dans chacun de ses déplacements. Ce que je fais, ce qu'il m'oblige à faire à ces hommes quand ils doivent être punis, me durcit et me rend cruel. La douleur que Lovisa me procure va s'effacer petit à petit pour laisser place à un trou béant de noirceur. Je devrai ce changement à mon père.

***

À mon réveil, le corps chaud et réconfortant de Lovisa n'est plus dans mes bras. Profondément endormi, je ne l'ai pas entendue partir. En jetant un coup d'œil sur mon portable, je me rends compte que mon réveil n'a pas sonné. Ou peut-être que si ? En tout cas, je me lève avec une heure en retard.

Merde.

Debout, je grogne en me massant la nuque. Premier geste du matin, j'allume une clope et tire dessus en allant dans la salle de bains. Une quinte de toux me prend, douloureuse et sèche. Ce sont les pires, celles-là. Quand elle se calme, je me remplis un verre d'eau et bois de grandes gorgées. Je déteste ce genre de matin. À chaque malaise, je peux être sûr que le lendemain j'en souffre toujours.

Mais cette fois, c'est différent, plus douloureux et intense.

Ma main se porte sur ma poitrine, au niveau du cœur. Comment puis-je avoir un organe si faible ? J'ai un empire à faire tourner, je ne peux me permettre aucun faux pas. Pourtant, il y a des choses que je ne peux contrôler.

En fait, tu peux, mais tu le refuses.

Je secoue la tête pour faire taire cette voix de la raison et m'habille en calant ma cigarette entre mes lèvres.

Mes pensées me poussent à me rappeler les événements de la veille. Lovisa est enfin au courant de ma situation. Une partie de moi est soulagée, ce mensonge me pesait et je sais que s'il m'était arrivé quelque chose de grave, elle m'en aurait profondément voulu. Quant à mon comportement vis-à-vis d'elle… La violence dont j'ai fait preuve hier, et les semaines précédentes, me pousse à me remettre en question. Suis-je vraiment comme Rikard ? Cet homme abject qui brise une femme quand ça ne lui va pas ? Cette pensée me répugne. Je détesterais devenir comme lui, que Lovisa me voie comme un homme violent qui pourrait lui faire du mal. Je dois changer, je ne veux pas devenir le monstre de ses cauchemars, Rikard les hante déjà assez.

Mon portable vibre sur la table de nuit. Je consulte mes messages. Oscar m'informe du bon déroulement de la réunion. Aujourd'hui, il fait le point avec son équipe dans la tour de garde, à l'entrée du domaine. Il n'a pas besoin de moi pour cela, ce sont ses hommes, même si je les paie.

La première chose que je remarque en descendant, c'est le calme. S'il y a bien une chose qui n'est pas normale en journée, c'est le silence. Et pour cause, Krigare a tendance à m'accueillir dans des aboiements joyeux lorsque j'arrive au rez-de-chaussée. Mais cette fois, pas un bruit.

– Krigare ? Viens là, mon grand.

Aucun son de patte griffant les lattes en bois. Où est-il, bon sang ? L'odeur de café chaud titille mes narines et me pousse à aller dans la cuisine. Personne. Un mot m'attend près de la cafetière.

Je suis partie promener Krigare.
Le café est prêt et ton déjeuner est mis sous cloche.
Alfrida

Voilà la raison de ce silence. Lovisa l'accompagne ? Elle n'est visiblement pas à la maison. Je lui téléphone tout en remplissant une grande tasse de café noir. À la fin de ma clope, j'ouvre le carreau au-dessus de l'évier de la cuisine et l'écrase dans le cendrier sur l'appui de fenêtre. J'en profite pour tendre l'oreille et entends au loin mon chien aboyer. Le vitrage est si épais que ses glapissements s'évanouissent au moment où je referme la fenêtre.

– Salut…

– Bébé, t'es où ? demandé-je en m'installant à table.

– … ici Lovisa, je ne suis pas disponible, mais laissez-moi un message.

Son répondeur. Son *putain* de répondeur. Je déteste quand on ne me répond pas tout de suite, surtout quand il s'agit de Lovisa et que j'ignore où elle se trouve. Avant de m'énerver, je réfléchis à ma nouvelle résolution. J'inspire profondément.

– Lovisa, c'est moi. Tu es où ? Rappelle-moi, s'il te plaît.

Se contrôler est beaucoup plus difficile que je le pensais, mais je peux le faire.

Je pose mon portable sur la table et me laisse tomber sur une des chaises. Chaque matin, je prends mon petit déjeuner avec elle et aujourd'hui, alors que je suis seul, je me rends compte à quel point sa présence me manque. Être dépendant de quelqu'un est une mauvaise chose, le jour où elle disparaît, plus rien ne compte et on ne sait plus avancer seul.

J'ai déjà vécu cette situation.

Me voilà dans de beaux draps. J'ai toujours été indépendant, même affectivement, et voir l'emprise qu'elle a sur moi grandir de jour en jour m'effraie.

Je soulève la cloche de mon assiette et remarque sans grande surprise que mon repas se compose de fromage en tranche, de pain grillé et d'une salade. À côté de mes couverts, le journal local. Je tartine mon pain de beurre et y dépose une tranche de fromage, que j'engloutis en peu de temps tout en lisant l'actualité, plus particulièrement l'article concernant les dégâts que plusieurs magasins ont subis. Kiruna est une grande ville et ma famille règne sur la région depuis des décennies. Nous sommes intouchables depuis si longtemps que je n'ai jamais eu besoin de m'inquiéter pour la sécurité des miens. Mais les choses finissent toujours par changer. J'ai éveillé la colère de Rodrigo en le destituant de ses fonctions et à présent, il réclame vengeance. Je n'ai pas été touché par une attaque contre l'un de mes biens à Kiruna, mais pour combien de temps ?

J'aurais mieux fait de le tuer. Il ne serait pas le premier sur ma liste.

Alfrida interrompt le fil de mes pensées quand elle franchit la porte d'entrée de la cuisine. Krigare aboie joyeusement en me voyant. La vieille gouvernante lui essuie les pattes et le lâche. Elle n'a plus sa force d'antan et le chien lui donne du boulot. Krigare court jusqu'à moi et m'octroie des léchouilles affectueuses sur la main que je lui tends. Je lui gratte le dos et tapote ensuite son flanc pour l'éloigner. Heureux, il court jusqu'à sa gamelle d'eau.

– Ah, Niklas, me salue-t-elle en venant embrasser mon front. J'espère que le café était encore chaud quand tu es descendu.

– C'était le cas.

Je lui décoche un regard affectueux et bois une gorgée de mon café noir. Je ne sais pas ce que je ferais sans elle. Alfrida n'est pas seulement un membre du personnel, elle est ce qui se rapproche le plus d'une mère. Elle se déleste de son manteau et de son écharpe et s'éclipse pour les suspendre dans le corridor. À son retour, je l'interroge aussitôt.

– Tu as vu Lovisa ? Elle n'était pas là à mon réveil.

Elle pince si fort la bouche que ses lèvres finissent par devenir une fine ligne. Elle regarde vers l'horloge puis dans ma direction.

– Lovisa est partie tôt ce matin pour parler à Jonna et arranger les choses.

Je repose brutalement ma tasse sur la table, du café chaud se renverse sur ma main. Je me relève en poussant la chaise contre le mur. L'agitation soudaine qui règne dans la cuisine rend anxieux Krigare qui aboie contre moi en agitant sa queue.

– Mais c'est pas vrai !

J'attrape la serviette qu'Alfrida me donne et essuie ma main.

– Pourquoi n'ai-je pas été prévenu ?

Alfrida, nullement impressionnée par mon accès de colère, me répond calmement :

– Elle voulait que tu te reposes et prennes un bon déjeuner et, tu sais quoi ? Je suis d'accord avec elle, tu dois prendre soin de toi.

Elle me fait presque regretter de lui avoir dit pour ma maladie. Je n'aurais pas dû lui parler de ce problème cardiaque, maintenant elle va me traiter comme un bébé et s'occuper de moi comme d'un pauvre malade.

Je ne la laisserai pas faire.

Une douleur me coupe dans mon élan alors que j'envisage de prendre mes clés pour la rejoindre. Je m'appuie contre la table et ferme les yeux. *Mon cœur*. Il fait encore des siennes.

J'inspire et expire profondément. Je sens Alfrida me toucher le bras puis le front. La fraîcheur de ses doigts m'apaise légèrement. Krigare se calme et vient s'asseoir près de moi.

– Tu as pris tes médicaments ?

Je secoue la tête. J'ai oublié, comme souvent. Alfrida disparaît à l'étage pour récupérer les flacons. Je n'ai pas le temps de l'attendre. Lovisa ne pourra rien faire si ce n'est attiser encore plus la fureur de Jonna contre nous.

J'enfile ma veste et mes chaussures et pars aussitôt vers ma voiture. Au passage, je remarque que la Peugeot 604 n'est plus là.

L'allée jusqu'au portail est étroite, mais ça ne m'empêche pas de rouler à vive allure. Je connais chaque tournant comme ma poche pour les avoir empruntés des milliers de fois.

Tout comme cette forêt qui n'a plus de secret pour moi.

Lorsque j'aperçois les grilles, je klaxonne pour avertir les gardes de m'ouvrir. Je ne veux pas m'arrêter. Ils s'exécutent rapidement et je fonce sans leur accorder un regard.

Mon chef de la sécurité m'appelle quelques instants plus tard.

– Monsieur, tout va bien ? s'enquit Oscar.

– Lovisa est partie rejoindre Jonna dans mon dos.

– Je pensais que vous étiez au courant.

Si ça avait été le cas, je ne lui aurais pas permis de quitter la villa. Je me pince l'arête du nez pour pallier la douleur qui me vrille la poitrine.

– Non. La puce a bien été placée sur la voiture ?

– Je vous dis tout de suite où elle se trouve, dit-il, devinant ma requête suivante.

Je sais que c'est mal, l'espionner va à l'encontre de l'homme que je tente de devenir. Mais sa sécurité compte tellement pour moi que je suis prêt à faire quelques exceptions. De plus, ce n'est pas pour la traquer jour et nuit, mais pour lui venir en aide dans ce genre de circonstance.

J'attends moins d'une minute avant que la réponse ne tombe. La localisation correspond à l'immeuble de Jonna. Il me faudra une demi-heure pour y être, moins si je dépasse les limitations de vitesse. J'aperçois mon reflet dans le rétroviseur ; mon front en sueur et ma peau pâle me donnent l'air d'un cadavre ambulant. Je l'essuie à l'aide de ma veste et appuie sur l'accélérateur jusqu'au plancher.

Plus vite.

Allez.

Je serre les dents et me concentre sur la route, dont les bords deviennent flous à cause de la vitesse. J'aime ça, conduire vite, mais là, c'est vital, nécessaire, ce n'est pas une envie, mais un besoin.

Je tente d'appeler Lovisa, mais je tombe directement sur son répondeur. Encore. Je grogne de frustration et frappe mon volant.

Les minutes et les kilomètres défilent, mon moteur gronde de plus en plus fort jusqu'à ce que je pénètre dans la ville.

Enfin.

Je réduis ma vitesse et m'aventure dans les rues jusqu'à arriver devant un bel immeuble aux appartements luxueux. Je me gare en freinant brusquement derrière la voiture de Lovisa et sors de mon véhicule.

Le vent fouette mon visage et me file la chair de poule, la sueur gèle sur mon front et me glace les os.

Je jette un coup d'œil autour de moi et repère les deux jeunes femmes dans le bosquet d'arbres au bout du parc, en face de l'immeuble. Une certaine distance les sépare, elles semblent en pleine conversation. Plutôt animée si j'en crois leurs gestes vifs. Je m'arrête dans mon élan, pris de nausée.

J'inspire et expire avant de me remettre à marcher dans leur direction, ce n'est pas le moment de vomir sur mes chaussures.

– … Tu as toujours cru que tout t'était acquis…

– Tu rigoles, j'espère ?

Mon arrivée interrompt leur conversation. Lovisa me regarde, surprise, tandis que Jonna me lance un regard assassin que je me fais un plaisir de lui renvoyer.

– Nik, est-ce que ça va ?

– Rentrons, grogné-je simplement en attrapant Lovisa par le poignet. Je réglerai ça plus tard.

N'ayant ni le temps ni la patience de m'occuper de leur dispute, je veux à tout prix déguerpir d'ici.

Il y a plus urgent.

– Je t'ai dit que je m'en occupais, proteste Lovisa.

– Et je t'ai dit de ne pas t'en mêler !

Me maîtrisant pour ne pas la tirer de force jusqu'à ma voiture, je la laisse avancer à son rythme. Étonnamment, Jonna nous laisse partir sans rien dire. Que mijote-t-elle ? En jetant un dernier coup d'œil dans sa direction, j'aperçois un sourire mesquin sur ses belles lèvres, qui m'ont donné tant de plaisir autrefois.

Devant la voiture, je pose ma main sur le toit en fermant les yeux. Ma respiration est saccadée. Je... suis essoufflé ? Pour si peu ? Les paroles du Dr Söderholm me reviennent à l'esprit. Se pourrait-il que... ?

– Tu vas conduire, décrété-je en donnant les clés à Lovisa.

– Quoi ? Mais... pourquoi ?

Je la force à prendre place sur mon siège et m'installe du côté passager. Je grogne lorsque mon dos touche le dossier et me cambre un peu.

– Putain, fais ce que je te dis !

Elle boucle sa ceinture en me lançant un regard inquiet. N'étant pas habituée à mon véhicule, elle fait rugir un peu trop fort le moteur au moment de faire démarrer la voiture.

– Tu n'as pas l'air bien. C'est ton cœur, c'est ça ?

Une goutte de sueur perle le long de ma tempe et vient se perdre dans ma barbe. Je pianote difficilement sur l'écran tactile de la voiture et appuie sur le *contacter Oscar*.

– Si je ne me trompe pas, je suis en train de faire une crise cardiaque.

Le dire à voix haute rend la situation plus réelle et effrayante.

J'ai peur.

J'ai peur, bordel !

Je n'ai jamais peur.

Lovisa me dévisage, sa mâchoire se décroche presque sous le choc. Je ne peux pas la regarder davantage sans éprouver un sentiment de panique face à ce qui m'arrive.

La douleur dans ma poitrine est constante et semble ne plus vouloir me lâcher.

Il décroche après deux sonneries, ce qui ne laisse pas le temps à ma jolie rousse de me répondre.

– Vous l'avez trouvée ?

– Elle est avec moi. Oscar, prévenez Söderholm que j'arrive. J'ai besoin de lui de toute urgence.

Ma voix est faible et incertaine.

Merde, je vais vraiment mal.

Je prends une grande inspiration avant de reprendre pour Lovisa :

– Suis le GPS et ça ira.

Je recherche l'adresse et la sélectionne. La douleur monte dans mon crâne et m'empêche de penser clairement. Je sens le malaise venir. Mon corps commence à se détendre sur mon siège.

À mes côtés, Lovisa roule à vive allure, faisant des mouvements secs avec le volant. Le fait de conduire une voiture qu'elle ne connaît pas dans des circonstances inquiétantes la rend maladroite dans ses gestes.

Doucement, Love…

Ma bouche refuse de m'obéir, je n'arrive pas à lui dire de se calmer.

J'entends sa voix qui me dit que tout va bien se passer, que le médecin me remettra sur pied, mais je suis incapable de lui répondre.

– Reste avec moi, me supplie-t-elle. Reste avec m…

***

Pourquoi les gens s'obstinent-ils à choisir pour moi ?

Lovisa, Oscar et le Dr Söderholm se sont ligués pour faire front contre la terreur que je semble incarner à leurs yeux.

Je grogne pour la énième fois et tente de sortir de ce foutu lit d'hôpital, mais mon état de faiblesse actuel ne m'aide pas à repousser les bras d'Oscar, qui me maintiennent couché. Je le fusille du regard et lui crache à la figure :

– Je vous jure que si vous ne me lâchez pas immédiatement, vous êtes viré !

– Nik, calme-toi, c'est pour ton bien, risque Lovisa en posant sa main sur mon épaule.

Je tente de réprimer ma rage, mais difficilement.

– Vous avez fait une crise cardiaque, monsieur Ekman, cela aurait pu être mortel si vous n'aviez pas été amené à temps dans ma clinique, intervient le Dr Söderholm. Votre état s'aggrave, votre santé n'est plus la même qu'il y a quatre ans.

Je sais où il veut en venir et cette idée me met hors de moi.

– Si on doit m'ouvrir la poitrine, ce sera pour y enlever une balle et non pour me mettre une foutue boîte.

– Un défibrillateur cardiaque, me corrige le toubib, et ce n'est pas une chirurgie à cœur ouvert. Il pourrait tout arranger et vous cesserez vos malaises, tous les symptômes disparaîtraient et vous pourriez vivre plus longtemps si vous faites le nécessaire pour préserver votre santé.

J'ai déjà entendu son baratin à plusieurs reprises. Chaque fois que j'ai fini entre ces murs.

Oscar me lâche lorsque je finis par capituler. Je tire sur la ridicule blouse d'hôpital que l'on m'a fait enfiler quand j'étais inconscient et regarde le médecin.

– Accordez-moi une année.

– Non. Ce sera trop tard.

Je soupire et lève les yeux au ciel.

– Je vous demande six mois dans ce cas. Je ne peux pas être affaibli pour le moment, je dois être en pleine possession de mes moyens.

Le médecin pose mon dossier médical sur la tablette près du lit et me regarde sévèrement.

– Vous me payez énormément, voir trop pour prendre soin de vous, mais vous refusez tout ce que je vous propose et vous n'écoutez qu'à moitié mes conseils. Si vous continuez sur cette pente, seule la mort se trouvera au bout du chemin.

La mort.

J'ai toujours su que je mourrais jeune.

Dans une fusillade à cause du trafic de drogue, d'une chute du sommet d'une montagne, d'un accident de voiture. Du haut de mes 27 ans, j'ai déjà vécu tellement d'expériences qui auraient pu me tuer, mais je suis toujours là et je ne compte pas partir de sitôt.

Je secoue la tête et agite ma main devant lui.

– Ce n'est pas quelques mois supplémentaires qui changeront quelque chose.

– Détrompez-vous, cela pourrait tout changer. Je vous garde jusqu'à demain matin. Il vous reste quelques heures pour vous décider.

Ça ne me plaît pas de devoir rester une nuit ici, mais si c'est le prix à payer pour ne pas être opéré tout de suite, alors soit.

Le Dr Söderholm sort en reprenant mon dossier. Je plisse les yeux en le suivant du regard puis me tourner vers Oscar.

– Ne recommencez plus, grondé-je.

Il opine de la tête et réajuste son costume.

– Si vous n'avez plus besoin de moi, je vais vous laisser.

Oscar s'éclipse à la suite du médecin.

Maintenant que je suis seul avec Lovisa, celle-ci explose.

– Mais t'es complètement dingue, ma parole ! Tu te rends compte de la frayeur que j'ai eue ? Conduire sans savoir si tu étais encore vivant à mes côtés !

Son visage cramoisi par la colère, mais aussi par la douleur à l'idée de me perdre me donne un aperçu de sa fureur. Ses beaux yeux verts me lancent des éclairs.

Elle me frappe à l'épaule.

– Calme-toi.

– Arrête de me demander de me calmer ! Arrête de me dire que tout va bien, car c'est faux ! Tu as failli mourir aujourd'hui à mes côtés et je ne pouvais rien faire. Espèce d'enfoiré d'égoïste !

La voir s'énerver et m'insulter a quelque chose d'excitant. La tigresse qui est en elle se libère pour me lancer d'autres injures. Je ne peux m'empêcher de sourire alors qu'elle sautille sur place en continuant de parler. Je me sens durcir, mon sang pulse dans mon bas-ventre et accélère mon rythme cardiaque.

Cette douleur… Merde, ça recommence.

– Est-ce que tu m'écoutes ?

– À moitié. J'ai failli mourir, viens plutôt dans mes bras.

Elle lâche un cri rageur et tape du pied. Je tente de l'attraper, mais elle s'éloigne vers la fenêtre qui donne sur le parc de la clinique.

– Tu ne prends rien au sérieux, bougonne-t-elle. Je me demande si tu n'espères pas au fond de toi mourir, vu le peu d'effort que tu fais.

Foutaise !

Je tiens à la vie comme n'importe qui.

Elle ne sait pas de quoi elle parle.

Mes journées sont une succession d'efforts pour me maintenir en vie. Le sport, une alimentation saine, plus de cocaïne dans le corps, juste dans les poches. Je fume et bois souvent, mais je n'en viens jamais à me bourrer la gueule. Et elle ose dire que je ne fais pas d'efforts ?

Je finis par me lever. Je tangue d'un pied à l'autre pour tester mon équilibre.

Avant de la rejoindre, je retire cette robe de chambre ; en dessous, je suis encore en pantalon avec le torse nu.

Elle est en colère parce qu'elle a peur. Je comprends ce sentiment, il m'a animé lorsque je l'ai perdue au Red Mill, j'avais pensé au pire alors qu'elle était introuvable.

Je pose mes mains sur ses épaules et les serre.

– Je n'avais pas le droit de te laisser la responsabilité de ma faiblesse. J'aurais dû aller directement à la clinique au lieu de venir te chercher.

Ses épaules se crispent et elle soupire bruyamment avant de me faire face. Son visage, d'ordinaire doux et lisse, arbore une moue contrariée.

– Je ne te reproche pas de m'avoir fait peur, mais d'avoir pris un risque inconsidéré. Tu aurais dû aller à la clinique dès que tu as commencé à te sentir mal parce qu'il le fallait et non pour ne pas m'incommoder.

Elle se pince les lèvres et plonge son regard dans le mien.

– Quand il s'agit de toi, de ta santé, tu peux me demander tout ce que tu veux, ça ne me dérangera jamais.

Le timbre de sa voix s'est calmé, même si d'apparence elle reste sur ses gardes.

J'opine de la tête et embrasse son front en la serrant dans mes bras.

– J'ai l'habitude de me débrouiller seul, je ne demande jamais d'aide.

– C'est bien ça, ton problème, grommelle Lovisa en posant sa joue contre mon torse.

Je passe ma main dans ses boucles rousses et en porte une à mes lèvres. L'odeur de son shampoing aux fleurs titille mon odorat. Je m'en imprègne en fermant les yeux. Je ne veux jamais oublier son parfum.

Nous restons ainsi durant un moment ; quelqu'un frappe à la porte, brisant le silence de la chambre.

– Excusez-moi de vous déranger, je vous apporte le formulaire pour l'intervention.

Une jeune infirmière s'approche avec un papier qu'elle dépose sur la table, en face du lit.

– J'ai dit que…

– Merci, nous allons jeter un coup d'œil, m'interrompt Lovisa.

– Ma collègue va arriver avec vos médicaments.

Lovisa quitte mes bras et s'empare du document en question tandis que l'infirmière sort. Les uniformes du personnel de la clinique sont différents de ceux d'un hôpital basique. Ici, les femmes portent des blouses blanches avec des chapeaux de la même couleur. Le Dr Söderholm est attaché aux uniformes d'autrefois. Seul le matériel médical est de dernier cri, il n'y a pas mieux à des milliers de kilomètres. Hendrik a trouvé ridicule que je mette autant d'argent dans ce lieu, mais pour moi, c'est vital, je veux être soigné par le meilleur et que celui-ci me fasse toujours passer en priorité. Même si je ne viens presque jamais ici, j'ai une chambre qui m'est réservée, c'est pourquoi la décoration moderne et épurée de cette pièce ressemble étrangement à la villa d'Iron House.

– Dis-moi que tu vas le faire.

J'attrape une bouteille d'eau sur la table et jette un coup d'œil au papier. Maudit document qui me rappelle mon infirmité.

Je bois une longue gorgée avant de répondre :

– Je le ferai, mais pas tout de suite.

Je ne changerai pas d'avis. Le sujet est clos pour moi et je ne reviendrai pas là-dessus.

Lovisa est celle que j'aime et elle a voix au chapitre dans ma vie concernant les décisions que je prends, mais il y a certains sujets où seule mon opinion compte.

– Je sais ce que je fais. Je vais être plus vigilant et je n'aurai plus de problèmes avant l'intervention.

L'air peu convaincu, je note qu'il me faudra plus d'arguments pour réussir à l'apaiser. Ainsi que pour m'apaiser moi. Je déteste ce que je ne peux contrôler, et cette maladie me pourrit la vie depuis quatre ans. Le temps est venu de remédier à ça.

Je demande seulement quelques mois.

Maintenant que c'est réglé, un autre sujet me vient à l'esprit. Un sujet tout aussi houleux que mes problèmes cardiaques.

– Je t'avais explicitement demandé de ne pas aller voir Jonna et pourtant, je t'ai retrouvée aujourd'hui en sa compagnie.

Je ne veux pas la contrôler, mais, dans cette histoire, je me dois de lui mettre des limites, car elle se frotte à Jonna. Un serpent perfide qui n'hésitera pas à la mordre si elle ne prend pas garde.

Prise de honte, elle se mord la lèvre et rabat une mèche de ses cheveux derrière son oreille.

– Je sais, mais tu as beau dire que ce ne sont pas mes affaires, c'est faux. Je devais essayer de faire quelque chose. Aller lui parler était nécessaire.

Je ne sais pas ce qui m'exaspère le plus, la Lovisa timide et effacée ou la Lovisa atteinte du syndrome du héros qui n'hésite pas à ne pas écouter mes mises en garde pour n'en faire qu'à sa tête.

– Qu'est-ce que je vais faire de toi ? soupiré-je en souriant.

Une part de moi ne peut s'empêcher de ressentir de la fierté face à son changement de caractère. Elle s'affirme.

– Bon, qu'est-ce qu'il en découle, de votre conversation ? Quel est le résultat ?

– Tu avais raison, cela n'a servi à rien. J'ai même tenté de m'excuser, mais ça n'a fait que l'énerver davantage, car elle pense que je la prends en pitié et qu'elle est au-dessus de ça, au-dessus de moi.

Jonna a un problème d'ego depuis toujours.

Elle me ressemble.

Elle a toujours besoin de prouver qu'elle est la meilleure et que personne ne la surpasse. C'est pourquoi je comprends son sentiment d'échec, le fait qu'elle refuse d'accepter d'avoir perdu contre une personne comme Lovisa. Une personne insignifiante à ses yeux, mais qui aux miens représente tout.

Lovisa a voulu bien faire, je le sais. Pourtant, je me demande si son intervention ne va pas aggraver la situation.

Mais pourrait-elle vraiment être plus merdique ?

– Bon, c'est fait, on ne pourra pas revenir en arrière. Je te remercie d'avoir essayé, mais maintenant laisse-moi faire.

Elle hoche la tête et détourne le regard vers la porte.

– Je déteste les hôpitaux, confesse-t-elle en croisant les bras. Ils sont signe de maladie et de mort et quand quelqu'un de proche s'y trouve, je les maudis encore plus.

Elle n'a pas tort, mais ils sont aussi le signe de l'espoir et de la vie. C'est ici que se passe la guérison de grands malades ainsi que la naissance de jeunes nourrissons, la nouvelle génération à arpenter la terre.

– Tu n'es pas obligée de rester, rentre à la maison, tu seras plus à l'aise.

– Non. Je veux rester avec toi, surtout après ce qui s'est passé. C'est toujours là.

Lovisa tapote son crâne.

– N'y pense plus, viens te reposer avec moi.

Je m'empare de sa main et m'allonge dans le lit en la tenant contre moi.

Par réflexe, je tends ma main vers la table de chevet, mais je me rends compte que mon paquet de cigarettes ne s'y trouve pas.

Fichue habitude.

Lovisa se blottit contre moi en tirant le drap sur nos corps. Ses doigts caressent mon torse et dessinent le tatouage de la faucheuse.

– Ce dessin est un mauvais présage, une prédiction gravée dans ta peau, comme si tu avais su ce qui allait t'arriver bientôt.

– Nous mourrons tous un jour et cela peut arriver de n'importe quelle manière.

– Puissions-nous vivre le plus longtemps possible.

J'approuve de la tête.

C'est ce que je souhaite aussi, passer ma vie avec elle à mes côtés.

Pris d'une grosse fatigue, je m'endors en peu de temps.

Je me réveille à plusieurs reprises dans la journée et me rendors chaque fois avec la vision de Lovisa soit dans mes bras soit en dehors du lit. Entre-temps, Oscar est passé pour prendre de mes nouvelles. Vers dix-huit heures, il se trouve assis près de mon lit et m'annonce une nouvelle inespérée alors que Lovisa est partie nous chercher des cafés :

– Torston a été capturé par Gunkil et Fredrik.

– Le bras droit de Rodrigo ?

Il approuve et me montre une photo sur son portable.

– Il s'est fait prendre en allant voir une prostituée d'un club qu'il fréquente souvent, c'est sa régulière.

Attrapé parce qu'il n'a pas su tenir sa queue dans son pantalon. Je ris dans ma barbe à l'idée de sa déception de ne pas avoir pu baiser sa copine, en plus de s'être fait attraper par l'ennemi de son boss.

Rodrigo va péter un câble quand il saura que nous l'avons. Et il va flipper. L'étau se referme petit à petit sur lui. Nous trouvons de plus en plus ses planques et les endroits qu'il fréquente.

Nous sommes proches du but.

Bientôt il sera entre mes mains.

– J'ai envoyé le jet récupérer Gunkil et Fredrik, ils nous amènent Torston. J'ai déjà fait préparer le nécessaire pour l'interroger dans le sous-sol.

La partie interrogatoire n'est pas celle que je préfère. Tuer proprement et rapidement est plus ma stratégie. Je n'éprouve aucun plaisir à infliger la douleur même si c'est parfois nécessaire.

– Que dit le médecin ? Est-ce que ça ira pour demain ?

Par-là, il veut savoir si je pourrai assurer et faire ce qu'il faut pour obtenir des réponses.

Je me redresse et le regarde sévèrement. Même dans un lit d'hôpital, je reste son supérieur et je suis toujours aussi féroce et impitoyable quand c'est indispensable.

– Ne vous en faites pas, ça ira. Occupez-vous plutôt de le garder en vie jusqu'à demain matin.

21

Lovisa, 16 ans

Un petit mensonge peut avoir de grandes conséquences. Le seul réconfort que m'apporte ce pensionnat pour jeunes filles au fin fond de la Suède, dans lequel j'ai été envoyée, est la musique. Hendrik, contre toute attente, a respecté sa parole en m'octroyant ce plaisir.

Pourtant, une partie de moi n'arrive pas à se satisfaire complètement de cette vie. J'aimerais revenir en arrière, retourner à Iron House, mais, si je le fais, Hendrik m'a promis de laisser Sören s'occuper de moi et de faire vivre un enfer à Niklas. En restant éloignée, j'assure sa sécurité, du moins en partie, car je sais qu'il doit lui en faire baver au quotidien pour le transformer en monstre. Comme lui. Cet endroit est ma pénitence pour l'avoir aimé. Ça nous était interdit et nous en avons fait qu'à notre tête.

***

Nous pouvons enfin nous en aller.

Même si cette clinique a plus un aspect de centre de repos que d'hôpital, l'odeur s'en rapproche.

Je me jette presque dehors pour rejoindre la voiture de Niklas. Dans la précipitation de la veille, je me suis garée en plein milieu du parking, mais, par la suite, Oscar s'est chargé de la mettre à une place réservée aux patients.

– Ça t'a fait quoi, de la conduire ? me demande Niklas après avoir quitté le parking.

– Je n'ai pas su en profiter, au vu des circonstances, mais elle est puissante. Je me suis sentie forte derrière le volant.

C'est exactement ça.

La voiture, légère et rapide, roule en silence et gronde quand il le faut. Au volant de celle-ci, on se sent invincible et capable de rouler des jours durant sans jamais s'épuiser.

– Je dois récupérer ma voiture.

La veille, la voiture de mon père est restée devant l'immeuble de Jonna et je dois avouer que je ne suis pas rassurée de la savoir là-bas. Jo connaît sa valeur sentimentale et je crains de ce qui pourrait lui arriver si elle voulait s'en prendre à elle pour m'atteindre.

– Ne t'en fais pas, Oscar va s'en charger.

Niklas pianote sur son portable et envoie un texto. Il reporte ensuite son attention sur moi, son air grave m'indique que la conversation va devenir sérieuse.

– Il serait préférable que tu ne sois pas à la maison durant les heures à venir. Tu pourrais partir avec Alfrida en ville pour vous détendre ?

Mon estomac se noue quand je repense à notre conversation de la veille. L'idée de fermer les yeux et les oreilles et d'être à des kilomètres de là me traverse l'esprit, mais à vrai dire, je préfère rester au domaine.

– Je jouerai du violon dans la forêt, j'ai besoin de m'entraîner et ça fait trop longtemps que je l'ai mis de côté.

Le manque est présent depuis un certain moment. J'ai besoin de la musique dans ma vie et, depuis mon retour à Iron House, ma carrière a été mise en suspens. Mes collègues prennent souvent de mes nouvelles. Mon solo a été repris par une amie qui joue très bien, je ne doute pas de son succès, mais il me tarde de reprendre ma place. Depuis mon adolescence, j'aspire à être la meilleure. J'ai eu les plus talentueux professeurs et je m'entraînais tous les jours. Je ne veux pas perdre ma place, c'est pourquoi j'aimerais revenir dans le groupe lorsque les choses se seront calmées ici.

– Joue fort pour que je puisse t'entendre. J'aime t'écouter.

Et j'aime jouer pour toi.

Ces moments, uniques et intenses, que m'offrent les sons qui se dégagent de mon instrument, réveillent tant d'émotions en moi qu'il m'arrive souvent de verser une larme. Le violon est pour moi le plus bel instrument qui ait été créé, et partager ça avec Niklas est un vrai bonheur. Un bonheur qui pourrait s'avérer de courte durée, s'il continue à refuser l'intervention que le Dr Söderholm lui suggère. Ce n'est pas définitif, juste repoussé, mais ça me fait peur, car même s'il pense tenir encore six mois, ce n'est pas certain. Il joue avec sa vie comme à la roulette russe, il compte sur la chance de ne pas tomber sur le mauvais tour.

Tellement inconscient, tellement stupide, parfois.

Je soupire en mon for intérieur et me concentre sur la route le reste du trajet.

Nik est à peine sorti de la voiture qu'Oscar l'accueille, la mine grave. Cette journée s'annonce très sombre par les événements de la veille, mais aussi par ce qui va s'ensuivre. Niklas m'embrasse furtivement du bout des lèvres et m'abandonne dans le hall pour s'engouffrer immédiatement au sous-sol.

Quant à moi, j'octroie quelques caresses à Krigare avant de monter chercher mon violon. Lorsque je redescends, je m'attarde devant la porte de la cave, surveillée par un garde. Je ne peux m'empêcher de retenir ma respiration dans l'attente du moindre bruit alarmant. Mais ce lieu, bien plus que le reste de la maison, est parfaitement isolé et je n'entends aucun bruit, aucun cri ou gémissement qui me donnerait un aperçu des horreurs qui doivent s'y dérouler.

– Viens, Krigare.

Je passe par la cuisine dans l'espoir de voir Alfrida, mais la vieille dame ne s'y trouve pas. Je sors dans le jardin et marche jusqu'au lac gelé, emmitouflée dans mon manteau, même si aujourd'hui les températures tournent autour des 2 °C, ce qui est bien mieux que la semaine dernière où elles étaient négatives.

Certaines parties du lac ont commencé à se fissurer, l'eau affleure par endroits. Marcher dessus serait de la folie, la surface pourrait céder sous mon poids. Cet endroit magnifique recèle aussi beaucoup de mauvais souvenirs, mais la mort d'Hendrik semble avoir effacé toute trace de noirceur de ce décor splendide.

– C'est beau, n'est-ce pas ?

Cette voix, arrivée de nulle part, manque de me provoquer une attaque. Krigare fonce derrière moi en aboyant. En me retournant, je constate la présence d'Oscar qui s'accroupit pour caresser le chien. Un peu plus loin, un homme se tient droit, avec à sa taille une arme à feu.

– Je vous ai effrayée ?

Oscar se relève, je peux presque entendre ses genoux craquer sous le poids de sa cinquantaine d'années. Alors qu'il s'approche, le chien nous quitte pour se jeter sur un tronc mort.

– Ce n'est pas grave, dis-je en marquant un temps d'arrêt, lèvres pincées avant de reprendre : vous n'êtes pas avec Nik ?

Il est son chef de la sécurité, son bras droit et celui qui veille sur lui depuis toujours. Oscar est comme son ombre.

– Je suis venu m'assurer, à sa demande, que vous alliez bien. Tomas va rester avec vous.

Je jette un coup d'œil par-dessus son épaule. L'homme qui doit avoir mon âge est aussi impassible qu'une statue et surveille les environs d'un regard si sérieux que c'en est presque ridicule. Je doute fort que quelqu'un surgisse subitement pour nous attaquer en plein jour.

– Vous ne devriez pas concentrer vos unités à des endroits plus importants ?

Il esquisse un sourire, son regard brillant accroche le mien.

– Où que vous soyez, cet endroit devient la zone la plus importante à protéger.

Je m'empourpre et baisse la tête en serrant mon violon dans son étui contre moi.

– Vous avez toujours été très gentil avec moi.

Prenant une grande inspiration qui me glace les poumons, je me retourne vers le lac et admire sa surface gelée.

– Je me souviens qu'après la mort de ma mère, je me suis réfugiée dans le mausolée de la propriété. Je sais qu'elle n'est pas enterrée là, vu qu'ils n'étaient pas mariés avec Hendrik, mais au moins, là, personne ne venait me chercher. Je pense que cet endroit leur a toujours fait peur, à Nik et à son père.

Je n'ai jamais su pourquoi. J'imagine que venir sur le lieu qui serait leur dernière demeure devait les effrayer.

– Mais vous, vous êtes venu. Vous m'avez dit que la mort n'est pas la fin, mais le début d'une nouvelle vie, qu'un jour, je la rejoindrai et que ma peine allait diminuer avec le temps.

Oscar étouffe un petit rire et fourre ses mains dans les poches de son manteau.

– Comment oublier des paroles aussi niaises ?

Je souris et secoue légèrement la tête.

– Ça m'a beaucoup aidée. Je ne sais pas si je crois en une vie après la mort, mais ça m'a permis de mieux vivre mon deuil. Je ne vous ai jamais remercié pour ça.

– C'est inutile. Je n'ai fait que…

– Votre boulot ? le coupé-je. C'était de vous occuper de la sécurité d'Hendrik, et à présent de celle de Niklas.

Krigare revient près de nous, quémandant notre attention. Dans sa gueule, un morceau d'écorce à moitié rongé et dégoulinant de bave. Il peut toujours courir s'il espère que je lui lance. Je ramasse une fine branche et la jette. Le chien s'en va gaiement la rattraper. Sa naïveté me rend jalouse. Pour lui la vie est simple, elle se résume à manger, dormir et jouer.

– Vous n'aspirez pas à la paix ? Tout arrêter et commencer une nouvelle vie ?

– J'ai toujours vécu pour servir. Tout d'abord à l'armée, ensuite pour la famille Ekman. C'est *ça*, ma vie. Je ne me vois pas faire autre chose.

Je ne sais pas si je dois applaudir son courage de vouer sa vie à protéger des gens ou avoir de la peine que sa vie ne se résume qu'à ça.

Je me contente de sourire. Qui suis-je pour juger ses choix ? Je n'en ai pas fait de meilleurs dans ma vie.

– Je vous laisse sous la protection de Tomas, m'annonce Oscar en me souriant. Ça m'a fait plaisir de vous parler.

– À moi aussi.

Je le regarde s'éloigner vers Tomas pour lui indiquer un ordre.

Une fois qu'il est hors de mon champ de vision, je dépose mon étui au sol et sors mon violon. Munie de mitaines, je m'empare de mon archet et commence à jouer les premières notes, qui me transportent immédiatement.

La présence de Tomas ne me dérange pas, j'ai l'habitude de

me produire devant des centaines de spectateurs.

La musique est un langage universel qui touche tout le monde par bien des manières. Peu importe où vous vous trouvez, il y a toujours de la musique, qu'elle provienne d'une télévision, d'une radio, d'un instrument ou même de votre bouche. Il y a aussi la mélodie de la nature, des animaux, des insectes. L'univers tout entier chante chaque jour, il suffit de tendre l'oreille pour en profiter.

Krigare aboie joyeusement et court autour de moi. Je ne peux m'empêcher de rire face à sa comédie.

Soudain, une idée me traverse l'esprit.

Je sors mon téléphone et le cale contre mon étui. De là, j'active la caméra et diffuse la vidéo en live sur mon Instagram. La vue est splendide, à ma gauche le lac gelé, derrière l'immense forêt aux arbres décharnés, le sol maculé de neige et Krigare qui court partout, son pelage blanc et noir avec sa grosse tache brune sur la gueule contrastant avec le sol. Quant à moi, je me tiens au milieu, jouant du violon pour les personnes qui me regardent. Un public virtuel, mais qui est bien là.

Je frotte les cordes de mon instrument, encore et encore, produisant des mélodies que je connais par cœur. L'écho des sons se répercute sur chaque pierre, chaque souche d'arbre jusqu'à la villa. Une part de moi souhaite que la musique atteigne Niklas et adoucisse son cœur et ce qu'il est en train de faire.

À bout de forces dans les bras, mais surtout dans les doigts, je décide de m'arrêter et salue tous ceux qui m'ont suivie. Je coupe le live et range mon instrument.

Mon cœur est plus léger et l'envie de rire et de danser avec Krigare me prend. Je finis par tomber dans la neige et reste allongée, contemplant le ciel bleu et son immensité. Mes vêtements mouillés me gênent, mais pas assez pour que je parte tout de suite me réchauffer à l'intérieur. J'inspire profondément, humant l'air frais et l'odeur du bois humide qui jonche le sol, non loin de moi. Ce calme est si apaisant. Vivre loin de la ville a ses avantages. Nous sommes éloignés de tout, il n'y a que la nature et nous.

– Connais-tu un meilleur endroit pour vivre, Krigare ?

Le chien aboie et finit par se coucher un peu plus loin. Dans ma poche, mon portable vibre et le son d'une notification se fait délicatement entendre. J'allume mon écran et manque de le faire tomber en voyant s'afficher « Rikard Rapace veut vous envoyer un message ».

Rik !

Qu'est-ce qu'il me veut ?

Depuis notre rupture, il n'a jamais tenté de me joindre. Jusqu'à présent. Je pourrais supprimer son message et continuer à admirer le ciel. Mais si je fais ça, je ne saurai jamais ce qu'il veut me dire.

Fébrile, je clique sur son message en me mordant la lèvre.

Un lien vers une photo. Je l'ouvre. L'image d'un violon dans un étui noir avec l'intérieur en soie rouge. *Mon* violon. Je retourne en arrière en entendant une seconde notification et vois que Rikard vient de m'écrire.

[Si tu ne viens pas le récupérer,
je le jette à la poubelle.]

– Non ! crié-je en me levant.

Derrière moi, Tomas accourt dans ma direction.

– Ça ne va pas, mademoiselle ?

L'arme à la main, il regarde autour de lui, prêt à tirer.

– Si, si, excusez-moi.

Je lui tourne le dos et fixe mon téléphone.

Rikard sait à quel point cet instrument est important pour moi.

Il m'a accompagnée à chacun de mes concerts, je ne jouais avec aucun autre sur scène. Ce violon est mon porte-bonheur, celui avec lequel je me suis entraînée des milliers d'heures alors que le violon de ma mère était resté à Iron House.

Mes doigts pianotent rapidement sur mon portable.

[Je t'en prie, ne fais pas ça.]

[Supplie-moi, j'adore ça.]

Espèce d'enfoiré, il joue avec moi.

[Je ne te dois rien, bien au contraire.
Si tu ne viens pas le chercher,
je le briserai en mille morceaux.]

Je ne peux pas le laisser faire. Je déteste qu'il me manipule de nouveau, mais si je ne vais pas dans son sens, il risque de mettre à exécution ses menaces.

[Je vais venir.
Je ne sais pas quand,
mais je ferai au plus vite.]

– Krigare, on rentre !

Je range mon portable, ramasse mon violon et file directement vers la villa, Tomas à mes basques.

Le froid de mes vêtements mouillés ne m'incommode plus, j'ai chaud des pieds à la tête et tout ce que je veux, c'est rentrer et informer Niklas de la situation.

Tout en marchant, je visualise déjà la suite des événements.

Il ne serait pas contre le fait de me prêter son jet pour aller à Stockholm. Il ne me laisserait probablement pas y aller seule et l'idée qu'il m'accompagne ne me déplairait pas. Moi qui veux l'éloigner de Kiruna, ce serait là une bonne occasion.

Je passe de nouveau par la cuisine. Krigare salit le sol et laisse ses empreintes partout, ça ne va pas plaire à la femme de ménage. Je me déleste de mon manteau et pose mon violon sur la table. Sans attendre, je sors de la cuisine et tourne directement à droite où se trouve la porte du sous-sol. Un homme, Gregor, me fait barrage.

– Excusez-moi, mademoiselle, vous ne pouvez pas descendre.

Tomas se place à ses côtés et regarde son collègue, perdu.

– J'ignore ce qui se passe.

– C'est important. Je dois lui parler, réclamé-je.

Gregor regarde par-dessus son épaule la porte close puis opine de la tête.

– Attendez là, je vais l'en informer. Tu peux rejoindre Max à l'avant, Tomas.

Je me recule en le remerciant et le regarde disparaître derrière la porte tandis que le second homme s'éclipse par la porte d'entrée.

Épuisé, Krigare a lui aussi disparu.

De nouveau, la curiosité me gagne lorsque j'entends un gémissement derrière la porte à demi ouverte.

N'ouvre pas.

Je fixe la poignée qui semble m'appeler.

Je sais que je ne devrais pas, comme avec le message de Rikard, mais c'est plus fort que moi. Je pose la main sur le fer et tourne la poignée. Je tire lentement dessus. L'escalier est faiblement éclairé.

Ne descends pas.

Mes jambes n'écoutent pas ma raison et descendent les marches en béton. En bas, je vois Gregor au loin passer par une porte. Je suis la même direction, traversant un vieux champ de tir et un peu plus loin un ring abandonné. Je ne m'intéresse pas au reste du décor et accélère le pas jusqu'à la seconde porte.

Derrière celle-ci, j'entends la voix de Nik, légèrement essoufflée.

– Parle et je m'arrêterai. Dis-moi où je peux trouver Rodrigo.

L'inconnu déglutit. Je devine que le gros crachat que j'entends vient de lui.

– Va te faire foutre, espèce d'enculé !

– T'es un dur, toi, pas vrai ? Mais je doute fort que tu gardes autant de courage quand je t'arracherai toutes les dents.

Je blêmis et recule d'un pas. C'est quoi, ce bordel ?

Fais pas ta choquée, tu savais ce qui se passait ici.

Non ! Pas ça, pas comme ça. Je savais qu'il devait probablement le cogner, même si j'évitais d'y penser, mais le torturer ? Nik en est-il vraiment capable ? Je ne sais pas si c'est la première fois qu'il a affaire à ce genre de méthode, mais c'est une pente dangereuse sur laquelle il est difficile de revenir en arrière.

La main tremblante, je pousse lentement la porte en retenant ma respiration.

– Oh, mon Dieu ! m'écrié-je en portant la main à ma bouche.

22

Niklas, 19 ans

Ce soir, j'ai vomi toutes mes tripes. Et même lorsque mon estomac était entièrement vidé, j'ai continué à recracher de la bile jusqu'à ce que je m'écroule au sol. La cause ? Les coups de lame tranchant la chair d'un homme qui avait trahi mon père. J'ai détesté ça. Pourtant, ma main n'a cessé de tailler la peau fine et translucide sous le regard lubrique de mon père. Ce fils de pute prend son pied à me voir dans ma descente aux Enfers. Ce rite d'initiation est ma porte ouverte et la ligne d'arrivée vers mon nouveau destin. Je suis à présent un membre officiel de son cartel. Je ne peux plus m'échapper. J'appartiens à Hendrik jusqu'à ma mort.

***

Torston, le bras droit de Rodrigo, montre une tolérance à la douleur beaucoup plus grande que ce que j'espérais. Il ne flanche pas sous mes poings, dont les jointures sont aussi blessées que son visage. Ce n'est qu'une enflure qui tente de me descendre avec son boss, mais il a le mérite d'être fidèle à Rodrigo et ça, je ne peux lui enlever. Mais tout homme a ses limites et j'arriverai à bout de son courage.

– Tu finiras par parler.

Il ricane et me crache son sang chaud et visqueux mélangé à sa salive au visage.

Le bâtard.

L'odeur âcre du sang emplit mes narines. Une odeur habituelle qui ne me fait plus rien avec le temps.

Je lui assène un coup au niveau du nez. Celui-ci se fend sous mes doigts et une giclée de sang coule sur sa bouche boursouflée et ses vêtements déjà bien trempés d'eau gelée et de sueur. Je le soupçonne de s'être pissé dessus, vu les effluves qui s'en dégagent.

Gunkil a commencé l'interrogatoire en le frappant à l'abdomen et en lui lançant des seaux d'eau gelée provenant d'une citerne un peu plus loin dans la pièce. Je sais à quel point elle peut être glacée pour en avoir vécu l'expérience avec Hendrik lorsque je lui désobéissais. Ce lieu familier me colle à la peau comme la crasse qui nous entoure. Cet endroit pue l'humidité et la poussière.

– Peut-être devrions-nous passer à quelque chose de plus corsé, propose Oscar en dépliant son arsenal d'outils.

Il s'empare d'une pince.

Comprenant ce qu'il compte en faire, Torston vomit ses tripes sur le côté et tousse à en cracher ses poumons. Il relève ensuite la tête et nous lance un regard plein de terreur et de haine.

– Arrachez-moi la langue, car vous n'obtiendrez rien de moi. Plutôt crever que de subir la colère de Rodrigo !

Est-il si terrible que ça ? Peut-il faire pire que ce que Torston subit actuellement ? J'attrape la pince et m'approche de lui. Son corps désarticulé est un mélange de chair et d'os mutilés. Même s'il sort d'ici, il ne sera plus jamais le même et ne marchera plus correctement. J'ai brisé l'une de ses rotules à l'aide d'une batte de base-ball. Le bruit de son os a failli faire tourner de l'œil Fredrik, peu habitué à tant de violence.

Et le pire, c'est que Torston n'a pas encore craché une seule info. Il est coriace. Aurais-je tenu, à sa place ?

Je n'avais pas fait preuve d'autant de violence depuis longtemps. Je déteste avoir recours à ce genre de pratique qui me pousse toujours plus loin dans la déchéance. La possibilité d'une quelconque rédemption s'éloigne. Mon existence est régie par la brutalité et les hommes que je brise sous ma volonté. En acceptant mon héritage, je dois faire face à tous les aspects de mon nouveau statut.

Gregor rentre dans la pièce, me déconcentrant un instant. Il murmure quelque chose à l'oreille d'Oscar.

– Va te faire foutre, espèce d'enculé ! beugle Torston, me poussant à reporter mon attention sur lui.

Son œil encore valide regarde la pince près de son visage. Il geint et tente de se reculer, mais la chaise est solidement attachée au sol. Il n'a aucune issue.

– T'es un dur, toi, pas vrai ? Mais je doute fort que tu gardes autant de courage quand je t'arracherai toutes les dents.

Je l'attrape par la mâchoire et le force à ouvrir la bouche. C'est une douleur atroce de se faire arracher une dent sans anesthésie. Il flanchera, il ne peut pas en être autrement. Sinon, je serai obligé de le tuer sans avoir obtenu d'information.

De la sueur coule le long de mes tempes. Mon corps bouillonne sous les efforts fournis durant cet interrogatoire. Je ne serais pas contre une petite pause, mais il est sur le point de craquer malgré son obstination à dire non. Encore un peu et…

– Oh, mon Dieu !

Comme un seul homme, nous nous retournons tous vers la porte. Oscar et Gregor dégainent leur arme, mais, aussi vifs que l'éclair, la rangent lorsqu'ils s'aperçoivent qu'il s'agit de Lovisa. La mine épouvantée, elle contemple la scène avec horreur.

Putain de merde !

Que diable doit-il se passer dans son esprit en cet instant ? Je n'ose songer à l'image que l'on doit refléter.

– Qu'est-ce que tu fous là ? Remonte tout de suite, ordonné-je en jetant la pince sur la table, qui percute les autres outils.

Je ne veux pas la brusquer plus que nécessaire, mais elle ne peut pas rester ici, je veux la préserver un maximum des horreurs qui s'y déroulent.

Je m'approche, mais aussitôt, elle recule d'un pas en écarquillant les yeux. Je me retourne à moitié vers un miroir crasseux au-dessus de l'évier et comprends pourquoi je lui fais tant horreur. Des giclées de sang maculent mon pull ainsi que mon visage. Mes mains blessées sont un mélange de rouge vif et foncé. Je sors tout droit d'un film d'horreur.

Je me radoucis et pose sur elle un regard compatissant.

– Lovisa, tu n'as rien à faire ici.

– Je voulais juste… je…, balbutie la jeune femme en cherchant ses mots.

Elle tourne les talons et s'enfuit en claquant la porte derrière elle. J'aimerais la suivre, mais je ne peux pas partir sans avoir terminé mon travail. Je dois me remettre dans la peau du chef de cartel impitoyable pour continuer cette tâche ingrate.

– Nik, commence Gunkil derrière moi, on peut prendre la relève si tu veux.

Je secoue la tête, reviens près de la table et prends la pince, déterminé.

– Gregor, remontez vous assurer que Lovisa ne s'est pas enfuie.

J'attrape brutalement la mâchoire de Torston, le force à ouvrir la bouche et réussis à lui arracher une canine. Il grogne de douleur et crache du sang. Parcouru d'un soubresaut, il perd connaissance. Son corps subit des sévices depuis bien trop longtemps.

– Faisons une pause. On reprendra quand il se réveillera.

Le bruit de la dent se détachant de sa gencive et arrachant les nerfs au passage est un son nauséabond qui me retourne l'estomac. Je jette la pince avec la canine sur la table et fonce vers l'évier. M'appuyant contre les bords crasseux, j'inspire et expire profondément. L'odeur de fer, de gerbe sur le sol, et aussi mon propre mal-être me rendent fébrile. Je n'éprouve pas vraiment de plaisir à torturer, mais, avec les années, j'ai appris à me contrôler. Je dois être encore faible à cause de mon malaise, la veille.

Putain, ressaisis-toi.

Personne dans la pièce n'ose dire quoi que ce soit. Ils n'ont pas intérêt, je ne veux pas de leur pitié. Je ricane et secoue la tête. De quoi dois-je avoir l'air, moi, Niklas Ekman, sensible à un peu de vomi et à l'odeur du sang ? Je n'ai jamais été ainsi, si faible, incapable. Je grogne et m'asperge le visage d'eau froide.

Je m'accorde une minute supplémentaire pour me remettre les idées en place et me redresse aux premiers gémissements de Torston.

– Notre cher ami est de nouveau parmi nous, grondé-je en me retournant vers lui tout sourire. Bien, où en étions-nous ?

***

Je me lave les mains et enlève toute trace de sang. Derrière moi, Gunkil et Fredrik emballent le corps de Torston. Il a fini par cracher le morceau après quelques dents en moins et un passage à tabac de Gun.

– On a très peu de temps devant nous, si on veut arriver à temps, il faut partir dans les plus brefs délais, conseille Oscar, regardant les deux hommes ficeler la bâche autour du cadavre.

L'odeur de viande empeste la pièce, me rappelant une ancienne boucherie de Kiruna, fermée depuis plusieurs années.

L'odeur de la mort.

– Je vais parler à Lovisa. Pendant ce temps, faites le nécessaire pour notre départ.

Il opine de la tête et quitte la pièce. Je m'essuie les mains et constate les dégâts au niveau de mes jointures. J'ai plusieurs plaies ouvertes et des hématomes à certains doigts, dernières preuves de la brutalité avec laquelle j'ai frappé Torston.

– Ça va aller ? demandé-je à mes amis qui soulèvent le corps.

– Ouais. On va passer par la galerie pour l'évacuer, un pote travaille aux pompes funèbres, il sait qu'on va arriver, m'informe Fredrik.

Dans la pièce principale du sous-sol, une entrée secrète conduit à un long tunnel et aboutit à une pièce où se trouve le générateur de secours. De là, il y a une sortie qui débouche dans les bois de la propriété.

– Ne vous faites pas cramer.

Quand Gunkil passe devant moi, j'attrape son paquet de cigarettes dans la poche arrière et prends une clope que j'allume aussitôt.

– File-m'en une.

Je lui coince entre les lèvres celle que je viens d'allumer et m'en grille une autre.

– Dépêchez-vous et revenez, vous allez venir avec nous.

Le visage de Gunkil s'illumine comme si je venais de lui annoncer qu'il a gagné un million de couronnes.

– Une sauterie à Stockholm, génial ! s'écrie-t-il en serrant les lèvres sur le mégot.

– On n'y va pas pour s'amuser.

– Rien ne nous empêche d'allier travail et plaisir.

Il ne changera jamais et au fond, c'est préférable. Sous ses airs d'adulte émancipé se cache l'adolescent qui aime s'éclater et faire la fête. Un peu trop parfois. Avec lui en soirée, on ne s'ennuie jamais.

Je les suis et traverse la première pièce jusqu'à une armoire contenant le nécessaire de sport. Elle se trouve à une dizaine de mètres de l'entrée pour remonter dans la maison, sur le même mur. Je fais coulisser l'armoire, dont les roulettes sont cachées derrière un rebord en fer, et ouvre la porte vers le tunnel. J'enclenche les lumières. Un blanc très faible éclaire la galerie.

Je referme derrière eux et me dirige vers ma propre porte. Avant de monter, j'enlève mon pull, que je roule en boule. Le froid de la cave me file la chair de poule alors que je me retrouve en simple tee-shirt à manches courtes.

Je tire plusieurs fois sur ma cigarette, la termine et jette le mégot derrière moi. Je remonte et arrive dans le hall silencieux.

Bien trop silencieux.

Au pied des escaliers, Gregor monte la garde.

– Où est-elle ?

– À l'étage, monsieur. Elle a refusé que je la suive.

Encore heureux. Aucun homme si ce n'est moi ou Oscar, en qui j'ai toute confiance, ne restera seul dans une pièce avec Lovisa. C'est arrivé une fois, lorsque nous étions dans le grenier. Ce jour-là, à mon réveil, alors qu'elle ne se trouvait plus sur le canapé, j'ai bien cru au pire. Mais heureusement, Hendrik et Sören se sont contentés de ricaner après m'avoir assommé et sont partis en forçant Lovisa à regagner sa chambre et à me laisser seul.

Mon père a fait tant de mal, que ce soit à Lovisa, à Sigrid ou à moi. Et même ma mère. Elle est partie et m'a abandonné, mais avait-elle le choix ? Avec du recul, je comprends que non ; il ne lui aurait jamais permis de partir avec son seul héritier. Malgré ça, je ne me suis jamais résolu à la chercher.

À l'étage, je me dirige par habitude vers ma chambre et y trouve Lovisa. Assise au milieu du lit, elle semble m'attendre, Krigare allongé à ses côtés. Il relève paresseusement la tête vers moi avant de la reposer sur les genoux de ma jolie rousse.

– Tu as terminé ?

Son ton n'exprime aucun reproche, aucune peur ou colère. Je pensais la retrouver furax, prête à me quitter. Mais rien. Lovisa est surprenante, elle agit toujours à l'opposé de ce que j'imagine.

– J'ai eu les infos qu'il me fallait, me contenté-je de dire en allant vers mon armoire, de laquelle je sors un pull noir près du corps.

J'en profite pour enlever mon jean et revêtir un pantalon un peu plus apprêté.

– Qu'est-ce que vous allez faire de lui ?

– Tu veux vraiment le savoir ?

Le sommier du lit grince, m'indiquant qu'elle se lève et s'approche de moi. Je me retourne pour lui faire face.

– Je veux la vérité.

– Il est mort et déjà loin d'ici. Il n'est plus un problème.

Son teint est pâle, plus que d'ordinaire et ses yeux trahissent le doute qui s'insinue en elle. Elle a besoin d'être rassurée. Je balance mon pull sur mon épaule et pose mes mains sur le haut de ses bras.

– Est-ce que c'est toi qui l'as tué ?

Ce détail l'inquiète.

Je pourrais lui mentir, mais je ne veux pas la tromper sur ce que je suis vraiment.

– Oui.

Lovisa reste silencieuse, ses sourcils se froncent légèrement et ses lèvres s'affinent. À quoi pense-t-elle ? Si elle fuit, je pourrai la retenir et la forcer à rester, mais plus jamais elle ne me verra de la même manière.

Ses beaux yeux verts rencontrent les miens.

Cette intensité…

Une connexion nous lie, je ne peux le nier. Hypnotisé par ses deux émeraudes qui me fixent, je n'arrive pas à détourner le regard. Cette attraction puissante ne pourra, j'en suis persuadé, jamais s'éteindre.

– Tu as mal ? me demande-t-elle en prenant mes mains meurtries.

– Oui, mais ce n'est rien comparé à ce que j'ai déjà subi. Avec de la glace et des médicaments, ça passera.

Elle analyse mes mains et finit par les lever à la hauteur de son visage. Délicatement, elle dépose un baiser sur mes doigts, là où il n'y a pas de plaies, et me regarde.

– Je dois accepter toutes les facettes de ta vie, ça ne va pas être facile, car ce qui se passe va à l'encontre de ma morale, mais je t'aime et je ne laisserai pas ces taches d'ombre m'éloigner de toi. Si par moments je te semble distante, quand c'est trop pour moi, ne m'en tiens pas rigueur.

Son discours me touche et me révolte, car je ne veux pas qu'elle change pour moi ou qu'elle se sente mal par rapport à ce que je fais. Je l'attire contre moi et la serre dans mes bras.

– En temps voulu, tu auras la vie que tu mérites.

Elle opine de la tête et m'embrasse avant de lever les yeux vers mes cheveux en grimaçant.

– Tu as encore du sang, il faut te laver les cheveux. Te laver entièrement.

Lovisa recule pour m'analyser. Même si je me suis nettoyé au sous-sol, il doit rester des traces de sang. Je vais dans la salle de bains, Lovisa à ma suite. Je me déshabille et fais couler l'eau dans la douche.

– Je pars ce soir à Stockholm, le bras droit de Rodrigo nous a informés d'un rassemblement qui aura lieu dans un club avec ses futurs partenaires. C'est le bon moment pour l'attraper.

Je me glisse dans la douche et laisse couler l'eau fumante contre ma peau. Mes mains me font mal, l'eau picore douloureusement mes plaies et nettoie les croûtes fraîchement formées. Lovisa s'assied sur le meuble lavabo et me regarde attentivement.

– Je veux venir avec toi.

Je pouffe et la regarde en arquant un sourcil. J'ouvre la porte de la douche pour mieux la voir, les vapeurs s'accrochent aux parois.

– Ce sera dangereux, il est hors de question que tu viennes.

– Raison de plus pour venir avec toi. Avec ta santé instable, je préfère être là.

Ma santé ? Putain, elle va me faire chier longtemps avec ça ? Je gronde et secoue la tête en shampouinant mes cheveux.

– Je serai lourdement armé, ainsi que les hommes qui seront avec moi, mais pour toi, qui sais à peine te servir d'un flingue, ce serait trop dangereux.

– J'en ai rien à foutre ! Je veux venir avec toi. Initie-moi à ton monde.

– Que je te quoi ? m'étranglé-je. Ce n'est pas pour toi.

Lovisa sort rageusement de la salle de bains.

Elle veut que je l'emmène, là où il y aura un bain de sang et des morts ?

Complètement folle, cette nana.

Et pourtant…

Si elle est près de toi, tu pourras garder un œil sur elle.

Tout en m'essuyant, je réfléchis à cette perspective qui n'est peut-être finalement pas une si mauvaise idée. Elle pourrait rester à l'abri dans la voiture pendant que je m'occupe de Rodrigo.

Je reviens dans la chambre pour enfiler un boxer et le reste de mes vêtements. Lovisa est assise sur mon lit et m'observe, le visage fermé. Je me retiens de sourire, son attitude m'amuse. Je m'assieds près d'elle et enfile mes chaussures.

– Tu peux venir, mais je veux que tu restes dans la bagnole et tu devras prendre ton arme. Je ne t'embarque pas sans rien.

– OK pour l'arme, mais je veux rentrer avec toi, je saurai me défendre.

– Ce n'est même pas la peine de négocier, tu ne pourras rien faire contre ces gars.

Lovisa se lève et se place devant moi en levant ses poings maigrichons. Je ricane en arquant un sourcil.

– Je sais me défendre, tu m'as appris comment faire.

Je me lève, la dominant de ma hauteur, mais aussi par ma large carrure.

– Plus haut, les poings, lui conseillé-je en ajustant sa position. Même si tu connais les bases, tu ne pourras rien faire. Ces gars-là ne se défendent pas avec leurs mains, mais avec des flingues qui te trouent le crâne en moins de deux si tu ne fais pas attention.

Son air déterminé à me tenir tête me rend fier d'elle, mais j'aimerais dans ce cas-là qu'elle m'écoute. C'est pour son bien.

– Au fait, pourquoi étais-tu descendue me rejoindre ?

Ses fins sourcils se froncent et son air hésitant ne me plaît pas.

– J'ai reçu un message de Rikard, il menace de jeter mon violon. Je sais que c'est ridicule, mais il a une grande valeur sentimentale. J'aimerais le récupérer et vu que tu vas à Stockholm…

Rikard ? Il est encore en vie celui-là ? J'expire bruyamment.

– Lovisa, ce n'est pas le moment de faire un détour chez ton ex, on a plus urgent à gérer.

– Je sais et je comprends tout à fait la situation. Je te promets que ce sera rapide.

Elle se rapproche et glisse ses bras autour de mon cou.

– Viens avec moi si ça peut te rassurer, avant ou après Rodrigo, peu importe, je patienterai.

Ce n'est pas une mauvaise idée que je vienne, je pourrai ainsi prendre ma revanche et lui faire payer toutes les souffrances qu'il lui a fait subir.

– Bien. Je ne te promets rien, mais on verra demain si on a le temps de passer. Va te changer, habille-toi en sombre de préférence.

Elle me sourit en baissant les bras.

– Une robe ?

– Peu importe, personne ne la verra de toute façon, car tu resteras dans la voiture.

L'air malicieux qu'elle arbore me pousse à croire qu'elle n'en fera qu'à sa tête. Je regrette à moitié d'avoir accepté qu'elle se joigne à nous. Elle s'en va en appelant Krigare, qui s'empresse de partir avec elle. Depuis qu'elle est là, ce chien n'a d'yeux que pour elle et me snobe complètement.

Vingt minutes plus tard, nous sommes tous prêts à partir. Les hommes sont déjà dans les voitures et n'attendent plus que Lovisa et moi.

Finalement, j'ai troqué mon pull pour une chemise noire entrouverte et une veste en cuir qui dissimule bien mes Golden.

Planté en bas des escaliers, je jette un coup d'œil à ma montre en grognant.

– Lovisa, dépêche-toi !

Le plancher du couloir grince sous son pas feutré. Bientôt, je la vois en haut des escaliers. Sa tenue décroche littéralement ma mâchoire.

– Putain, bébé, c'est quoi, ces vêtements ?

Ma belle rousse descend en se tenant à la rampe. Ses longues jambes sont moulées dans un pantalon noir en similicuir avec des bottes en cuir qui ne dépassent pas la cheville. Son haut, si on peut appeler cela un haut, est fait de dentelle noire qui cache à peine sa poitrine. Par-dessus, une veste en cuir qui semble avoir été taillée pour elle. À son bras, un petit sac noir.

– Tu n'aimes pas ? me demande-t-elle, arborant une moue faussement boudeuse.

Elle descend les dernières marches. Ses cheveux sont attachés sur le côté et son maquillage foncé au niveau des yeux fait ressortir ses magnifiques yeux verts.

– J'adore, t'es sexy, mais tout le monde va voir tes seins. C'est quoi, ce haut ?

– Un body, c'est à la mode.

– Où ça ? Dans un club de strip-tease ?

Elle lève les yeux au ciel et soupire. Lovisa est tellement bandante que je pourrais la prendre sur les escaliers.

– Ne sois pas vieux jeu. Alfrida m'a parlé de toutes les femmes qui ont défilé ici et la plupart d'entre elles ne savaient même pas ce qu'était une culotte.

Je ricane. Elle m'a eu.

Je l'embrasse et tire un peu sur sa veste.

– OK, mais tu fermes ça, j'ai pas envie que mes hommes se rincent l'œil dans l'avion.

Elle m'offre un sourire à croquer et remonte sa fermeture Éclair. De sa poche droite ressort la crosse rose de son arme. Une femme avec une arme, c'est si sexy ! Je vérifie que le cran de sécurité est mis et clipse le bouton de sa poche pour éviter qu'elle ne la fasse tomber.

– Si tu es sage, je ferai ce que tu m'as demandé de faire l'autre jour.

Mon sexe gonfle immédiatement dans mon boxer. Je gronde en la tirant brusquement contre moi.

– Exhibe-toi autant que tu veux dans ce cas, car ce soir, c'est moi qui repartirai avec toi.

Elle rit de bon cœur.

Alfrida fait son apparition, Krigare à ses pieds. L'air soucieux sur son visage me rappelle toutes les fois où elle est venue me réconforter après une correction de mon père. Je lui lance un regard assuré pour lui montrer que tout va bien se passer. Elle hoche la tête et se retourne vers Lovisa, qu'elle prend dans ses bras.

– Fais très attention à toi, ma chérie.

– Je le ferai, Frida.

– Revenez-moi vite.

Elle ne sait pas ce qui va se passer ni ce qui s'est passé au sous-sol, mais elle sent que quelque chose de sombre se prépare et qu'un retour en arrière sera impossible.

Nous quittons Iron House pour rejoindre ma berline où Tomas nous conduira jusqu'au jet. C'est un nouveau qui doit encore faire ses preuves, raison pour laquelle il ne nous accompagne pas.

Ce soir va déterminer la suite des événements. Ce soir pourrait être la fin du règne de Rodrigo. Ou du mien. Mais si Torston ne nous a pas menti, nous allons enfin le mettre à terre.

– Tu peux changer d'avis.

– Jamais. Je viens avec toi. Tu ne te débarrasseras pas de moi aussi facilement.

J'espère qu'elle a raison, car ce soir, tout est possible et je sais à quel point tout ne se passe jamais comme prévu.

23

Lovisa, 17 ans

Une année s'est écoulée depuis mon départ d'Iron House. Mon passage là-bas me paraît si loin ; pourtant, seuls douze mois m'en séparent. L'angoisse, la peur et la douleur d'être ainsi chassée se sont estompées au fil des mois, mais il reste toujours dans mon esprit. Niklas. J'ai tellement envie de le contacter, mais la menace d'Hendrik plane toujours au-dessus de nos têtes et m'en empêche. Le pensionnat n'est pas aussi terrible que ça. Mes amies me changent les idées et me poussent à enfreindre les règles. Je me surprends à aimer ça, aller contre l'interdit. Ça me rappelle mes moments passés avec lui. J'aime jouer les rebelles, un peu trop parfois, car ça m'apporte des ennuis. Mais c'est si bon de se sentir en vie !

***

Plusieurs voitures de location privées nous attendent à notre descente du jet. J'aurais pu être impressionnée par tous les effectifs qui se mettent en place lorsque Niklas se déplace quelque part, mais j'ai été habituée à ce mode de vie avec Rikard. Lui aussi a les moyens de s'offrir n'importe quoi. Ce qui change avec mon beau Viking, c'est qu'avec lui, ce n'est pas maniéré, il ne fait pas sa diva en renvoyant une voiture s'il y a quelque chose qui ne lui convient pas.

La différence de climat avec Kiruna est flagrante : ici, il fait moins froid et il y a beaucoup moins de neige qu'au domaine. Les voitures et les camions de déneigement réduisent en bouillie sombre la neige et font perdre de son charme à cette fin d'hiver qui semble éternelle dans la ville natale de Niklas.

J'éprouve une certaine appréhension à me retrouver à Stockholm. C'est une grande ville et je sais qu'il est peu probable que je rencontre une connaissance de Rikard, mais cette perspective reste néanmoins dans mon esprit, et devoir rendre des comptes à son entourage ne fait pas partie de mes envies.

Malgré cette crainte, je n'aurais pas laissé Niklas partir seul, surtout si c'était la dernière nuit que nous devions passer ensemble. Je sais que c'est dangereux et que je prends autant de risques, mais si je ne peux pas me battre pour celui que j'aime, alors pour qui ?

Nous avons atterri en début de soirée, la nuit recouvre la ville, et les lumières plus attrayantes les unes que les autres des bars, fast-food et boîtes de nuit nous en mettent plein la vue. Cette activité nocturne me manque beaucoup et me rappelle tous les verres que j'ai pu boire avec mes amis de l'orchestre après nos répétitions. La vie à Iron House est plus calme, si on oublie l'épée de Damoclès qui plane au-dessus de nos têtes avec les activités illégales de Niklas.

Le club où Rodrigo doit se rendre s'appelle le Charm. Cet endroit est immense et regorge déjà de monde. Une file d'une dizaine de personnes bouche l'entrée surveillée par deux vigiles et un réceptionniste qui fait entrer les clients d'un simple coup d'œil intéressé. En gros, les moches dehors et les canons peuvent passer. Pas très sympa.

– Ça ne devrait pas être un problème pour entrer, dit Gunkil en écrasant sa cigarette au sol.

Le jeune chasseur de primes ne tient pas en place, je le trouve très agité ce soir. Est-ce l'excitation d'un nouveau massacre qui le met dans cet état ? Son attitude n'a pas échappé à Niklas, qui l'attrape par la nuque et approche son visage du sien.

– T'es défoncé, putain, gronde-t-il en le relâchant. T'en as pris beaucoup ?

– T'en fais pas, mec, je gère, c'est juste pour me donner du punch.

Niklas lance un regard sévère à Fredrik, celui-ci hausse les épaules.

– Me regarde pas comme ça, il a dû faire ça dans les toilettes de l'avion.

– Je vous dis que c'est bon, s'exaspère Gunkil en sautillant d'une jambe à l'autre avant de se calmer. On devrait se disperser pour chercher chacun de notre côté.

Mon petit ami se pince l'arête du nez et soupire.

– Passez en premier ; ensuite, j'arrive avec Lovisa.

Tiens, je ne reste plus dans la voiture ?

– Oscar ! crie Niklas en se retournant. Postez des hommes autour du club et entrez avec ceux en trop.

Il hoche la tête et fait un signe derrière lui. Une dizaine d'hommes de main nous accompagnent, tous vêtus d'habits de civil pour passer inaperçus parmi les autres clients.

Avant que Gunkil ne s'éloigne, Niklas l'attrape de nouveau et pose son front contre le sien en le regardant dans les yeux.

– Fais pas de connerie, mon frère.

– Tu me connais, lance-t-il dans un sourire moqueur.

– Justement, je n'ai pas envie de t'enterrer.

Un lien très fort les unit, ils se connaissent depuis si longtemps qu'ils se considèrent comme étant de la même famille. J'envie cette complicité qu'ils partagent, je n'ai jamais connu cela. Les deux chasseurs de primes s'en vont et passent devant tout le monde. Ce sont deux hommes à la beauté certaine, Gunkil avec son teint hâlé, ses cheveux noirs plaqués en arrière et ses fossettes lorsqu'il sourit et Fredrik avec son air de garçon de bonne famille, ses cheveux brun clair coiffés négligemment et ses yeux bruns pouvant faire fondre le cœur le plus froid. Pour se donner un coup de pouce, même si au fond ils n'en ont pas besoin, ils passent en glissant un billet supplémentaire dans la poche du réceptionniste.

– Ça va être à nous, m'informe Niklas en me prenant la main.

Il jette un coup d'œil à ma tenue. En sortant de la voiture, j'ai laissé mon sac à main sur la banquette arrière et j'ai ouvert ma veste pour laisser apparaître mon body.

– Tu cherches vraiment les ennuis, me souffle Niklas en passant un bras possessif sur mes hanches.

Je me contente de lui lancer un sourire aguicheur et me colle à lui, bien contente qu'il ait abandonné l'idée de me laisser dans la voiture. Je glisse ma main dans la poche arrière de son pantalon.

– Je continue de croire que c'est une mauvaise idée que tu entres avec moi.

– À moins de m'attacher dans la voiture, j'aurais fini par te rejoindre.

– Ne me tente pas, ça peut toujours se faire.

Je glousse et dépose un baiser sur sa joue avant d'arriver devant le réceptionniste.

– Faites la queue, nous demande-t-il en laissant entrer deux jeunes femmes.

À voir leur visage juvénile, elles ne doivent pas avoir l'âge légal pour fréquenter ce club. Ces gamines ne se rendent pas compte du danger qu'elles encourent en entrant dans une boîte de nuit remplie d'hommes prêts à les sauter dès qu'elles commenceront à flancher sous l'alcool.

– Je suis sûr qu'on peut s'arranger.

Niklas sort une liasse de billets équivalents à une semaine de pourboire pour les serveuses du club. Le réceptionniste doit avoir fait le même calcul, car il s'empresse d'amasser l'argent et nous fait entrer après avoir tamponné l'image d'une silhouette de femme de profil sur le dos de notre main. Derrière nous, les clients râlent et nous insultent.

Nous franchissons une porte puis un rideau de perles noir satiné. Je reste contre Niklas tout en observant les lieux. Cet endroit est bien plus grand que le Red Mill. Pour servir les centaines de clients déjà présents, il y a plusieurs comptoirs, équipés de lampes néon de différentes couleurs pour pouvoir se repérer – bleu, rouge et vert. Au milieu, une immense piste où des corps en sueur et imbibés d'alcool se trémoussent les uns contre les autres dans une fumée blanche qui leur arrive à la taille. Cette vision est surréaliste. Je n'ai jamais vu une telle ambiance.

– Faisons un repérage puis allons au bar, me glisse Niklas à l'oreille.

La musique est si forte que j'ai du mal à entendre ce qu'il me dit. Je m'accroche à lui et avance en regardant autour de moi. Que dois-je voir ?

Ah, oui ! Rodrigo et ses hommes. Ou juste Rodrigo, car je serais incapable de reconnaître les autres.

Il y a tellement de visages à analyser que par moments ma vision se brouille. Homme, femme, peau blanche, bronzée, noire, cheveux longs, courts, rasés, barbe, sans barbe, tellement de détails à capter, et les lumières qui m'éblouissent à plusieurs occasions ne m'aident pas.

Je jette un coup d'œil à Niklas qui, malgré le fait que je porte des talons, est encore plus grand que moi. De son air sérieux, il continue à chercher son ennemi. Il se dégage de lui une certaine férocité qui s'est confirmée quelques heures plus tôt, alors que je le découvrais en train de torturer un homme. J'aurais dû fuir et lui dire adieu une bonne fois pour toutes, mais au fond de moi j'ai toujours su que sa part d'ombre renfermait d'horribles secrets. Alors, fuir ? Non, je ne pouvais pas. Je l'aime trop pour ça.

Nous repérons Gunkil et Fredrik, réunis autour d'un verre à une extrémité du comptoir aux néons bleus. Ils nous font signe lorsqu'ils nous aperçoivent.

– Quelque chose ?

– Non rien, et on ne peut interroger personne au risque de se faire repérer, répond Fredrik en buvant une gorgée de sa bière.

– Il n'y a plus qu'à espérer que Torston ait dit la vérité, renchérit Gunkil.

Je croise son regard aux pupilles dilatées ; le faible éclairage et la cocaïne dans son corps en sont la cause. Il a toujours été le plus déjanté de la bande. Niklas m'a fait part de sa dépendance à la drogue lorsque nous parlions de son club à Kiruna. Il l'avait géré pendant un certain temps, mais Gunkil se défonçait constamment au boulot. Il l'a viré et obligé à suivre une cure de désintoxication, mais il lui arrive de replonger ou de consommer occasionnellement. Comme aujourd'hui.

– Qu'est-ce qu'on fait s'il nous voit en premier ? Il risque de nous attaquer, interviens-je en les regardant tour à tour.

– Rodrigo n'est pas idiot, il ne ferait pas ça devant autant de monde. Ce serait la cohue, on n'y verrait rien. En revanche, il pourrait s'enfuir, mais mes hommes dehors nous en informeraient.

L'attente risque d'être longue, Rodrigo ne compte pas arriver avant vingt-trois heures, d'après ce que j'ai compris. Nous nous installons au bar avec nos consommations. Niklas a choisi une vodka pure ; quant à moi, j'ai préféré adoucir cette boisson avec du soda à l'orange.

– Si tu veux t'en aller, à n'importe quel moment, dis-le-moi, me précise-t-il à l'oreille.

Je secoue la tête et me penche vers la sienne.

– Je reste avec toi jusqu'au bout, je ne changerai pas d'avis.

Même si mes talons me font un peu mal. Je me dandine d'un pied à l'autre et finis par m'asseoir sur l'un des tabourets à notre disposition.

Autour de nous, tout le monde danse, parle, rit. L'insouciance que je lis sur leur visage me pousse à me demander ce que nous devons projeter, mon groupe et moi, comme image. Nous discutons entre nous, les mines graves. Niklas et Fredrik émettent diverses hypothèses sur ce qui risque d'arriver durant la soirée. Gunkil semble avoir retrouvé ses 15 ans, il est absorbé par son téléphone et glousse de temps en temps. Son état m'interloque, je me demande ce qu'il ressent, ce qu'il voit et entend. Il n'est clairement pas lucide, et s'enfiler bière sur bière n'est décidément pas la meilleure idée qu'il ait eue. Bizarrement, Nik ne lui dit rien, il se contente de lui lancer quelques regards désapprobateurs entre deux mots avec Fredrik.

Quant à moi, spectatrice la plupart du temps, je me contente d'approuver leurs théories tout en coulant un regard bienveillant vers Gunkil, qui me fait penser étrangement à ma mère. La plupart du temps, j'évite de penser à elle, car ça me fait souffrir et la brutalité de sa mort ne m'a jamais permis de faire complètement mon deuil. Et si Gun fait aussi une overdose ? Vingt-trois heures approchant, Niklas et Fredrik décident de refaire un tour du club pour voir si Rodrigo est arrivé. J'en profite pour changer de tabouret et me rapprocher de Gunkil.

– Est-ce que ça va ?

– La forme, ouais. Et toi ? Sans te manquer de respect, je dois te dire que t'es sacrément sexy ce soir. Ne va pas le répéter à Nik, il serait fou de rage, ricane le jeune homme en rangeant son portable.

J'opine de la tête et m'humecte les lèvres. Il fait assez chaud et j'ai la gorge sèche, je termine mon verre. Avant de parler, je me tortille sur mon tabouret, mal à l'aise de devoir aborder le sujet.

– Gun, je me demandais, est-ce que tu fais attention quand tu… quand tu, enfin tu sais, tenté-je de lui faire comprendre en passant mon doigt sur mon nez.

Il comprend où je veux en venir et éclate aussitôt de rire. Il passe son bras autour de mes épaules et me balance en même temps que lui de gauche à droite avant de me relâcher.

– T'es trop mignonne, tu n'arrives même pas à le dire. Je sais ce que je fais, mais merci de t'inquiéter pour moi.

Il fouille sa poche et en sort un petit sachet blanc ainsi que sa carte bancaire. Ma bouche s'ouvre sous la surprise. Je regarde autour de moi pour voir si personne n'a rien remarqué. Je me penche vers lui.

– Mais t'es dingue ou quoi de faire ça ici !

– T'inquiète, personne ne dira rien. Tout le monde le fait.

Il est complètement fou. Combien en a-t-il déjà pris ? Et si c'était la dose de trop ? Gunkil pose sa carte sur sa cuisse et y verse un peu de poudre ; avec une seconde carte, il fait une ligne parfaitement droite. Il roule un billet de cinq cents couronnes et pose une des extrémités dessus. J'attrape son poignet pour l'empêcher d'aller plus loin.

– Ça suffit, ne fais pas ça.

Il ricane et se dégage de ma poigne.

– Toujours aussi coincée, hein, Lovisa ? Même à l'époque, tu n'osais rien faire pour t'amuser.

– Je sais m'amuser sans cette merde.

Il me regarde, mais sans vraiment me voir ; une partie de lui est absente, probablement abrutie par la cocaïne. Il se penche en avant et, à l'aide du billet roulé, renifle le rail qu'il a tracé. Il rejette ensuite la tête en arrière tout en se frottant le nez.

– Waouh ! Que c'est bon, putain.

Il frappe la table du plat de la main et rit à une chose que seul lui peut comprendre. Je regarde vers la foule, à la recherche de Niklas, mais le jeu de lumière et la centaine de personnes dans la salle m'empêchent de le trouver. Je dois gérer seule cette situation.

– Tu veux sortir ? L'air frais te fera du bien.

– Attends, j'ai pas fini.

Quoi ? Je le regarde vider le reste du sachet sur sa carte de crédit. Il n'est pas sérieux, là ?

– Arrête ! Tu vas en crever.

Il secoue la tête et fait une ligne à peu près droite. Je tente de jeter à terre sa carte, mais il recule avec. Comment peut-il encore avoir des réflexes de chat ? Ses yeux bleus aux pupilles si fines que c'en est effrayant me scrutent avec malice.

– La seule manière de m'arrêter est de la prendre, toi. Sniffe-la.

J'ai bien entendu ? Je ris nerveusement.

– T'es pas sérieux ? Et qu'est-ce qui m'empêche de la jeter ?

– À toi de voir. Si tu la jettes, je m'en procurerai encore. Je suis sûr qu'il y a des dealers dans ce club.

Il fait mine de regarder autour de lui et me tend la carte ainsi que le billet roulé.

– Juste une fois. Allez, Granberg, détends-toi.

Gunkil trouverait facilement quelqu'un qui lui procurerait ce qu'il veut, je n'en doute pas. Je prends la carte et regarde la poudre blanche qui est luminescente sous les néons bleus. Rien ne m'empêche de la balancer par terre, sauf peut-être l'overdose que ferait Gunkil si jamais il en reprenait ailleurs.

– Qu'est-ce qu'on ressent ? ne puis-je m'empêcher de demander.

– C'est comme être un électron libre. Il y a toute cette puissance en nous qui est difficile à canaliser. On a l'impression qu'on peut tout faire et, dans un sens, c'est le cas. Tu as l'esprit plus vif, c'est comme si tu accédais à des parties de ton cerveau longtemps endormies, que des portes s'ouvraient, m'explique-t-il, le regard illuminé.

Est-ce cela que ma mère ressentait chaque matin quand elle prenait sa dose ? Je l'ai sans cesse jugée sans jamais essayer de la comprendre et là, je m'apprête à faire ce que j'ai tant haï autrefois.

Ce que m'a décrit Gunkil est tentant, mais je sais que chaque expérience est différente, ce n'est pas dit que je vive la même chose que lui.

Je me pince les lèvres en regardant par-dessus mon épaule.

– Nik serait contre.

Gun renâcle puis sourit.

– C'est un rabat-joie depuis qu'il ne peut plus en prendre à cause de son cœur. Il y a encore quelques années, il s'en mettait plein le pif tous les soirs. Allez, juste une fois.

Juste une fois.

Combien ont dit ça, et combien ont fait une overdose cinq ans plus tard ? Même en sachant cela, la tentation de goûter à une nouvelle expérience me prend. Je n'ai plus envie d'être la Lovisa sage qui écoute ce qu'on lui dit, je veux faire mes propres choix, quitte à me prendre un mur de temps en temps.

– Juste une fois et tu arrêtes pour ce soir, OK ?

Il me serre la main pour sceller notre accord. Je m'empare du billet roulé et pose le bord sur le début de la ligne. J'ai la bouche soudainement sèche, un frisson d'excitation me parcourt. Je me penche, cale l'autre extrémité au bord de ma narine et inspire la ligne en entier. Je grimace et frotte mon nez en rejetant la tête en arrière.

– Cul sec, ma belle ! raille Gun en récupérant sa carte, qu'il file à la barmaid en réclamant une autre tournée pour nous deux.

– Combien de temps ça prend pour agir ?

– C'est très rapide, deux minutes, voire moins vu que c'est ta première fois.

Mon cœur palpite d'excitation, mais aussi d'appréhension, je ne sais pas comment mon corps va réagir face à cette substance étrangère dans mon organisme. Et si je fais une mauvaise réaction ? Ou une allergie, qui sait ? Vu tous les composants qu'il y a dans cette poudre. Si blanche, si pure. Comme de la neige. J'aime énormément ça, cette sensation de douceur et de légèreté quand elle vous tombe dans le creux de la main. Son odeur aussi, celle de la fraîcheur, elle transporte l'odeur du ciel et des nuages qui nous sont inaccessibles. Si j'y pensais assez fort, je pourrais presque sentir sa fraîcheur sur mon corps, l'enveloppant tel un manteau de glace.

Je me sens bien, légère, comme si je flottais sur un nuage. Quelle agréable sensation.

– Je ne sens toujours rien.

– Ah non ? Tu es sûre de ça ?

Gunkil agite sa main devant mon visage. Ses doigts se multiplient en une dizaine avant de revenir au nombre de cinq. Je me mets à rire et regarde mes propres mains.

– Je crois que ça fonctionne, gloussé-je.

Je prends mon verre et bois une longue gorgée. Ma raison me dicte de ne pas trop boire avec ce que je viens de prendre, mais je n'ai pas envie de l'écouter. Je veux me lâcher sans restriction. Une part de moi me murmure que ce n'est pas le bon soir pour expérimenter de nouvelles choses, que Rodrigo va arriver d'une minute à l'autre et que la situation dangereuse pourrait à tout moment mal tourner, mais c'est trop tard.

J'enlève ma veste en cuir. Mon body en dentelle a de longues manches cintrées. J'ai conscience que cette tenue osée et incroyablement sexy va m'attirer des regards, mais je suis prise d'une bouffée de chaleur. Gunkil s'attarde un instant sur mon décolleté avant de regarder ailleurs.

– Je vais te montrer un truc.

Il prend une poignée de cacahuètes dans le bol d'un type non loin de nous pendant qu'il a le dos tourné et éloigne sa bouteille de bière à peine entamée.

– Je te parie que j'arrive à les lancer dans la bouteille.

S'il est capable de le faire sous l'influence de cocaïne, je n'imagine pas ce que doivent être ses compétences quand il est lucide. Le chasseur de primes se concentre sur son objectif et commence à lancer les fruits à coque un à un, manquant chaque fois sa cible. Loin de se décourager, il continue sous mes encouragements. À la dernière, il réussit de justesse. Il tape dans ma main et lève les bras en l'air, victorieux. Nous rions à nous faire mal au ventre.

– Qu'est-ce qui vous fait rire ? intervient Niklas en revenant avec Fredrik.

À voir leurs mines déconfites, j'en conclus qu'ils n'ont toujours pas trouvé Rodrigo.

– Je montrais à Lovisa mes talents de tireur. Alors, du nouveau ?

Contrairement à moi, qui plane totalement, Gunkil semble pris d'une lucidité déconcertante et arbore une mine sérieuse.

– Il ne viendra pas, mais j'ai discuté avec un videur qui se plaignait d'être payé des miettes. Il travaille ici depuis un moment et il s'avère qu'il a reconnu Rodrigo pour l'avoir déjà vu ici. Il sera là demain en fin de matinée, explique Niklas en passant un bras autour de mes épaules.

Du bout des doigts, il caresse ma peau à travers le fin tissu de ma blouse. Un long frisson parcourt mon bras et remonte jusqu'à ma nuque. L'endroit qu'il touche semble prendre feu. Ma peau est plus sensible et à l'affût de toute sensation qu'on lui prodigue.

Le regard de Nik s'attarde sur ma poitrine, que je mets en avant, animée par l'audace de son envie.

– Notre hôtel n'est pas loin, on va partir, nous informe Fredrik en se postant à côté de Gunkil.

J'espère qu'il y a une baignoire, cela fait longtemps que je n'ai pas pris de bain.

– Tu ne dis rien, ça va, bébé ?

J'opine de la tête en souriant. Je me mets à rougir à l'idée de ce que je viens de faire. Comment lui dire que j'ai consommé de la cocaïne ? En soi, il n'a rien à me dire, mais je ne veux pas m'attirer ses foudres s'il n'approuve pas. Je décide de ne pas lui en parler et me blottis contre lui. Je ressens un élan d'amour si puissant que j'ai envie de l'embrasser partout. Je dévore du regard sa bouche pulpeuse et me lève de ma chaise pour enlacer sa nuque.

– J'ai envie de t'embrasser, et de danser aussi, mais avant, je veux t'embrasser !

Pleine d'entrain, je n'attends pas son autorisation et fonce sur ses belles lèvres d'un rose foncé. Ma précipitation le surprend, mais il répond assez vite à mon baiser et me serre contre lui. Je me sens protégée et en sécurité entre ses bras et j'adore ça. Cette sensation que rien ne peut m'arriver à ses côtés est très plaisante.

Il glisse ses lèvres jusqu'à mon oreille et l'embrasse.

– Je ne sais pas ce que tu as, mais je kiffe.

Si tu savais.

Je souris et attrape sa main.

– Viens danser avec moi, pas de massacre ce soir, vous pouvez bien vous accorder un moment de répit.

Niklas résiste lorsque j'essaie de l'attirer.

– Nan, j'ai pas la tête à ça. Allons-nous-en.

– Juste une danse. Une seule. Allez, s'il te plaît.

Je trépigne d'impatience et sautille en tirant sur sa main. Il finit par grogner et me fait lâcher prise. Il masse sa main et jette un coup d'œil à ses blessures.

– T'es vraiment pas drôle, boudé-je en faisant la moue. Tant pis, tu vas devoir me regarder.

Je lui lance un sourire taquin et marche à reculons. Son regard assombri par la pénombre ne me lâche pas un instant alors qu'il s'assied à ma place.

Je vais lui montrer ce qu'il rate.

Je me faufile jusqu'à la piste de danse et arrive à me placer au milieu, toujours sous l'œil de Niklas.

Comme l'a décrit Gunkil, une énergie puissante fait vibrer chaque cellule de mon corps. J'ai envie de courir, de danser et de faire la fête jusqu'au bout de la nuit. J'ai l'impression que le monde m'appartient et que je peux faire tout ce que je veux.

Suivant le rythme de la musique, je me déhanche en usant de mes mains sur mon corps pour accentuer le côté sensuel. Je me laisse bercer par les notes comme je l'ai fait des milliers de fois en jouant moi-même des mélodies. La musique coule dans mes veines depuis si longtemps que je ne me vois pas vivre sans. Ça fera toujours partie de ma vie.

Je jette un coup d'œil à Niklas, qui est à présent debout pour mieux me surveiller. À côté de lui, ses meilleurs amis discutent. Pendant un bref instant, je me demande quel est le sujet.

Allez, Nik, rejoins-moi.

Je ferme les yeux et me concentre sur la musique, je la laisse glisser ses notes chaudes et rythmées sur moi. Elle pénètre chaque partie de mon corps et me donne l'impression d'être transportée. Par-derrière, deux mains fermes s'emparent de mes hanches. Je ne peux m'empêcher de sourire, victorieuse.

– Je savais que tu viendrais.

Je glisse mes mains derrière moi pour m'emparer de sa nuque. Sa nuque plus basse que d'ordinaire. Il a rétréci comme un vêtement dans un sèche-linge à trop haute température ? Je me retourne et me retrouve nez à nez avec un inconnu. Plus petit et mince que Niklas, il est son total opposé avec ses yeux sombres, ses joues creuses dépourvues de barbe et ses cheveux blonds en pique fixés au gel.

– Lâche-moi ! crié-je aussitôt.

– Détends-toi, ma belle, on s'amuse.

Prise d'un élan de courage, je ferme le poing et le frappe au nez. Ce dernier éclate sous mes jointures et saigne. Il me lâche et porte ses mains à son visage.

Sur le coup, je ne sens pas la douleur de ma main, mais une petite voix dans ma tête me dit que je le paierai demain.

– Tu m'as pété le nez ! hurle le blond en me crachant quelques gouttes de sang au visage.

Rapidement, il est rejoint par trois autres gars, probablement ses amis.

– Cette salope m'a pété le nez, répète-t-il en regardant le sang entre ses mains. Tu vas me le payer !

Il fonce sur moi, mais Niklas, qui a assisté à la scène au loin, accourt à ma rescousse avec Gunkil et Fredrik. Il pose sa grosse main sur le torse du blond et le repousse d'un coup sec.

– T'approche pas d'elle ou il n'y a pas que ton nez qui sera cassé.

Sa menace est le feu de départ. Blondinet et ses trois potes se jettent sur Niklas. Gunkil et Fredrik interviennent, prenant un mec chacun. Cela en fait toujours deux pour Niklas, et même s'il peut les battre seul, ce n'est pas équitable.

Il a besoin de moi.

Pendant que Nik s'en prend à mon agresseur, je repousse le deuxième homme, un brun au visage banal. Je lui enfonce mon talon dans le pied, le poussant à se plier, et lui donne un coup de genou dans la tête en appuyant sur ses épaules. Les leçons de mon Viking portent leurs fruits.

Je me sens puissante et invincible. Je peux faire tout ce que je veux. Il y a tellement de perspectives. Je secoue la tête en me rendant compte que je m'éparpille. Quand je reviens à moi, je vois le poing fermé du brun s'abattre sur mon visage. Un goût de métal nappe mes muqueuses buccales. J'attends la douleur.

J'attends.

J'attends.

Rien ? Rien du tout.

Pas une once de douleur. Est-ce normal ? Je me mets à rire et saute sur lui, le faisant tomber à terre. Nous roulons en poussant d'autres clients, qui se mettent à se battre aussi, pris par notre frénésie. Je me relève à califourchon sur lui et le frappe à l'estomac. Il me rend la pareille. Je m'écroule par terre et le vois disparaître dans la masse. Où est-il passé, bon sang ? Je n'ai pas fini ! La tête me tourne et ma vue se trouble. Je me relève et pivote sur moi-même. Je repère Niklas un peu plus loin ; il se bat toujours avec le blond, qui est dans un sale état.

– Nik ! crié-je en tentant de me faufiler vers lui.

Autour de moi, une bagarre générale a éclaté. Tout le monde se frappe. Les vigiles doivent probablement intervenir aux extrémités.

– Nik ! hurlé-je de nouveau.

Il ne m'entend pas, il y a trop de bruit, trop de gens et d'agitation. Plus je tente de l'approcher, plus je suis repoussée en arrière. Une femme me bouscule. C'est la goutte de trop. Elle se retourne vers moi et, avant qu'elle ne réagisse, je la gifle. Je ne suis pas de nature bagarreuse, mais en cet instant mes instincts primaires s'expriment et veulent se venger de tout ce que j'ai subi. Le visage de Rikard apparaît tout autour de moi, me poussant à frapper quiconque se trouve trop proche de moi. Je ne me laisserai plus faire. Soudain, il est là. Vêtu d'un beau costume noir, mon ex-petit ami me regarde avec cet air suffisant qu'il m'accorde quand il a quelque chose à me reprocher. L'angoisse me tenaille, j'ai envie de me recroqueviller sur moi-même pour me protéger avant de me rappeler que je peux, non, que je *sais* me défendre.

– Lovisa, te voilà.

Il s'avance rapidement, tendant les bras dans ma direction. Je lâche un hurlement digne d'une hystérique.

– Tu ne me toucheras plus jamais !

Je lui donne un coup de poing en plein visage. Il grogne et m'attrape par les épaules, me poussant à fermer les yeux. Quand je les rouvre la seconde suivante, Rikard a disparu et Niklas me tient. Où est-il passé ? Mon cœur bat vite, trop vite, et trop fort. Prise de panique, je regarde autour de moi à la recherche de ce monstre.

– Il est où ?

– De qui tu parles ?

– Rikard ! Il… il était là, puis il était plus là. Et toi, tu es là. Oh, Niklas, tu m'as retrouvée !

Son visage contrarié me scrute puis ses yeux s'écarquillent.

– Bordel de merde, Lovisa, t'es défoncée ?

Ah, oui, je le suis ! J'ai pris de la cocaïne. Avec Gunkil. D'ailleurs, où est-il ? Je tente de regarder derrière Niklas, mais il me retient avant de me soulever pour me balancer sur son épaule. Je crie de surprise et me mets à rire lorsque j'ai la tête à l'envers. J'ai l'impression d'être une gamine.

Il se fraie un chemin dans la foule, poussant quiconque se dresse devant lui. Nous nous éloignons vers la sortie.

– Ma veste ! crié-je en me redressant, dirigée vers le bar aux néons bleus. Mon arme est dans ma veste ! Et si on me la volait ?

Le corps de Niklas vibre sous son grognement. Il fait demi-tour et attrape rapidement ma veste. À l'entrée, des lumières bleues et rouges clignotent. La police. Nous sortons à toute vitesse.

Dehors c'est aussi la cohue. Les clients commencent à s'éparpiller à l'arrivée des autorités. Niklas me repose seulement lorsque nous avons regagné la voiture. Nous sommes rejoints par Gunkil, l'arcade en sang et Fredrik, un hématome naissant au niveau de la joue. Je repose mon attention sur Niklas pour évaluer les dégâts. Il m'a l'air intact, pas de sang sur lui hormis celui sur ses phalanges. Ses plaies se sont rouvertes ?

– On doit vite dégager d'ici, crie Niklas pour se faire entendre.

Au loin, Oscar reçoit le signal de son boss de s'en aller. Il dégage son chauffeur qui m'a conduite jusqu'ici et lui ordonne de partir avec Gunkil et Fredrik.

– Monte, m'ordonne-t-il sans la moindre joie dans la voix.

Ouille, ça va faire mal.

Je monte à l'avant et le laisse boucler ma ceinture. Il me prend pour une impotente ? Il fait le tour de la voiture et rejoint son propre siège derrière le volant. D'un mouvement contrôlé, il recule assez vite et opère un demi-tour dans un crissement de pneus.

– Qu'est-ce qui t'a pris de t'envoyer de la coke ? C'est dangereux.

Je glousse et pose ma main sur ma bouche pour tenter de me calmer. Est-il sérieux ? Il va me faire la leçon, alors que lui-même en consommait avant ?

– Arrête de te marrer, putain. C'est Gun qui t'en a passé ? Il ne perd rien pour attendre, celui-là.

Sa colère émane de lui comme une chaleur cuisante. L'atmosphère dans la voiture devenue trop oppressante m'étouffe et me pousse à ouvrir la fenêtre. Le froid glaçant fige la sueur de mon front et me rend mal à l'aise. Je ferme les yeux.

– Ne lui fais rien. Je suis une adulte et c'était mon choix.

Même si c'était pour l'empêcher d'en consommer plus, l'envie de tester une nouvelle expérience m'a poussée à céder. Une nouvelle pensée pour ma mère survole mon esprit. Est-ce cela qu'elle ressentait ? Cette euphorie et cette sensation de pouvoir tout faire ? C'est si bon et effrayant, j'ai l'impression d'être consciente de tout. Le froid sur ma peau, la sueur glacée qui perle dans mon dos, le cuir de mon pantalon frictionnant mes jambes et la dentelle qui caresse mon corps à chaque mouvement. Les paroles acerbes de Niklas qui entrent par une oreille pour ressortir par l'autre. J'entends sa voix, mais ses mots sont comme camouflés derrière une fenêtre si épaisse que je ne comprends pas.

Il claque des doigts devant mes yeux et attire mon attention.

– Tu m'écoutes ? Bordel, t'es vraiment loin. Ça va être la douche froide pour toi en rentrant.

Un frisson d'effroi me parcourt. Je lui jette un regard terrifié et me cramponne à ma ceinture en me plaquant contre mon siège.

– Non ! Pas la douche froide, pourquoi tu me fais ça ?

Pourquoi veut-il me punir ? Je n'ai rien fait de mal. Je secoue la tête et ravale le flot de larmes qui menacent de couler. La main de Niklas sur ma cuisse me fait sursauter.

– Merde, bébé, c'est pas ce que tu crois, me console-t-il.

Sa voix se radoucit, il soupire.

– Tu vas te mettre au lit, OK ?

J'opine de la tête et me concentre sur la route en forçant mon esprit à se canaliser, mais il ne cesse de sauter sur diverses pensées, à la fois joyeuses, contrariantes et tristes quand je pense à ma mère. Le moteur qui ronronne et la chaleur de la voiture, après que j'ai remonté la fenêtre, me calment peu à peu. Mon cœur ralentit pour adopter un rythme normal et mon corps se détend de plus en plus. Paupières mi-closes, je finis par m'endormir.

***

Aïe. Ma joue.

Qu'est-ce que j'ai ? Je glisse ma langue sur l'intérieur de ma joue et rencontre une blessure qui me lance de nouveau. Je porte ma main engourdie dessus et émerge doucement de mon sommeil. Emmitouflée dans une grosse couverture et dans les bras de Nik, je me remémore les événements de la veille sous la lumière froide du matin qui nous parvient d'une grande baie vitrée.

Le club, Rodrigo qui n'est pas venu, moi prenant de la cocaïne puis la bagarre générale. Tout me revient par bribes douloureuses. Je me suis battue ? Ce constat me surprend. D'ordinaire, j'aurais tout fait pour éviter d'en venir aux poings. Je regarde mes mains ankylosées et légèrement rouges aux phalanges.

Waouh ! je me suis battue ! Et j'ai assuré. J'ai reçu des coups, mais je les ai rendus.

Je relève la tête et regarde mon beau Viking dormir à poings fermés. Il m'a secourue dans cette foule en délire. Comme toujours. Je ne doute pas de sa présence à mes côtés quand ça n'ira pas.

Je recule lentement de ses bras et me rends compte que nous sommes en sous-vêtements. Je ne me souviens pas de m'être déshabillée. D'ailleurs, je ne me souviens pas d'être venue ici. C'est une chambre d'hôtel spacieuse avec tout le confort qu'il faut. Une suite luxueuse, même.

Je marche à tâtons et repère la salle de bains, où je trouve un peignoir cotonneux gris clair que j'enfile. J'inspecte la pièce d'eau d'un blanc étincelant. Une large et profonde baignoire trône au milieu. Un peu plus loin, deux lavabos étincelants aux robinets argentés semblent ne jamais avoir été utilisés tant ils sont propres. J'en profite pour aller aux toilettes. J'ai l'impression d'être sale des pieds à la tête, c'est pourquoi je prends une douche rapide puis me fais couler un bain dans lequel je peux me détendre. Je reste un long moment dans l'eau fumante qui devient progressivement tiède. J'ai l'esprit encore un peu embrumé, mais petit à petit cet état amorphe se dissipe et me laisse enfin réfléchir avec mes capacités intellectuelles à cent pour cent.

– Je peux me joindre à toi ?

Niklas se tient dans l'embrasure de la porte. Je lui souris et hoche la tête en repliant mes jambes contre moi. Après avoir ôté son boxer, il se glisse en face de moi.

– Comment te sens-tu ?

Je me mords la lèvre, gênée en repensant à mon attitude de la veille.

– Pas trop mal. Et toi ?

Nous sommes tous les deux bien amochés. Niklas a les mains violacées au niveau des phalanges, et sa pommette gauche est un peu enflée. Nos blessures se ressemblent, sauf que mes mains sont beaucoup moins endommagées.

– Une baston de temps en temps, ça permet de se maintenir en forme, s'amuse Niklas en posant ses bras sur le rebord de la baignoire. Tu as été très agitée cette nuit, tu faisais probablement des cauchemars.

Je ne me souviens de rien, ça vaut peut-être mieux. Nous restons silencieux durant quelques minutes, puis, n'y tenant plus, je lâche :

– Tu m'en veux ? Pour la cocaïne et la bagarre générale.

Il se pince les lèvres et serre la baignoire entre ses grandes mains avant de la relâcher.

– J'étais très inquiet, je ne savais pas combien tu en avais pris et comment tu allais réagir. Qu'est-ce qui t'a pris de suivre Gunkil dans son délire ?

– C'était ça ou il la prenait lui et il en avait tellement consommé que j'avais peur qu'il ne fasse une overdose.

– Et que toi tu en fasses une ne t'a pas effleuré l'esprit ? Bon sang, Love, il fallait venir me trouver.

Je me colle contre la paroi de la baignoire en faisant la moue. J'ai l'impression de devoir lui rendre des comptes et je déteste ça.

– Et si au fond, j'avais envie d'essayer ? De me lâcher à une soirée comme n'importe qui de mon âge ? J'avais envie de vivre une expérience qui ne me ressemble pas. Et tu sais quoi ? Je ne le regrette pas. Oui, c'était parfois effrayant, mais c'était aussi exaltant. Je sais que je ne recommencerai pas, je ne veux pas devenir accro comme… ma mère.

Je l'ai accusée un jour d'être faible, et lui ressembler me faisait peur à l'époque, je ne voulais pas être dépendante d'une telle drogue. Aujourd'hui alors que je connais ces effets, je peux comprendre qu'elle ait pu s'abandonner à de telles sensations, alors qu'elle cumulait plusieurs emplois pour subvenir à nos besoins.

Niklas m'attire entre ses jambes et me cale contre son torse, mon flanc contre lui. Je le regarde dans les yeux. Ils sont plus clairs que d'habitude, probablement un effet de l'éclairage, la salle de bains est si lumineuse.

– Vos situations ne sont pas les mêmes, ça ne se passera pas de la même manière pour toi. Et puis je suis là. Ta mère avait Hendrik ; il ne l'a jamais arrêtée et pour ça je suis désolé, il a fait partie du problème dans sa dépendance et, en tant que fils, c'est aussi ma faute.

Je pose mes doigts mouillés sur sa barbe et mon front contre le sien.

– Ne porte pas ce fardeau. Ton père est certainement coupable de beaucoup de crimes qui ne te concernent pas. Tu n'es pas lui et je ne suis pas elle.

Non, je ne suis pas ma mère et ne le serai jamais. Je préfère garder les bons souvenirs que j'ai d'elle et effacer les mauvais qui entachent sa mémoire. Je dois accepter mon passé douloureux et aller de l'avant.

– Aujourd'hui, je veux que tu restes ici, tu seras en sécurité.

– Vous allez retrouver Rodrigo, n'est-ce pas ?

Il hoche la tête.

– Je t'ai dit que je voulais t'accompagner.

– Avec ce qui est arrivé hier, je préfère que tu te reposes. Je serais plus rassuré de te savoir ici qu'avec une dizaine de flingues chargés dans notre direction.

Je blêmis.

– Non…

– Love, tu n'es pas entraînée à être confrontée à toute cette violence. Moi, si.

Si, en quelque sorte, car la vie avec Rikard n'a pas toujours été rose.

Nous sortons de l'eau presque froide et enfilons des peignoirs après nous être essuyés.

Après notre petit déjeuner copieux constitué de viennoiseries, de café, de jus d'orange et d'un thé bien chaud pour moi, je m'éclipse pour m'habiller. Je porte un pull à col roulé gris avec un jean moulant et des chaussures fourrées qui sont très agréables à porter.

J'attache mes cheveux en une queue-de-cheval haute et me niche sur le canapé d'angle en tissu beige. Quant à Niklas, il porte un jean avec un pull noir près du corps et un gilet pare-balles en dessous. À ses épaules, son holster est chargé de ses armes. Tout lui va et je ne peux m'empêcher de l'admirer un instant. Il se trouve devant la baie vitrée à discuter avec Oscar de stratégie.

Ennuyeux. Je ne peux y participer, donc je flâne sur les réseaux sociaux à la recherche d'un sujet intéressant concernant la musique.

Message.

Je l'ouvre immédiatement avant même de bien voir de qui il provient.

[Tu as gâché ta chance
de récupérer ton satané violon,
je le jetterai ce soir.]

Rikard.

[Ne fais pas ça !]

[Et qui va m'en empêcher ?
Ta racaille de mec ? Toi ?]

Je pose mon portable et me lève.

J'avais complètement oublié la seconde raison de ma venue à Stockholm.

J'attrape ma veste en cuir et l'enfile. Niklas a repris l'arme que je cachais dans ma poche pour la mettre en sécurité dans un sac contenant ses flingues. Heureusement qu'il a interdit au personnel de rentrer ici, sinon ils appelleraient immédiatement la police.

– Je dois partir, avertis-je mon petit ami en cherchant autour de moi les clés de sa voiture.

– Où ça ?

– À mon ancien appartement pour reprendre mon violon, Rikard veut le jeter.

Il était convenu qu'il vienne avec moi, mais, au vu des circonstances, ce ne sera pas possible.

Je finis par trouver la clé sur le meuble de l'entrée et fais volte-face pour m'apercevoir que Niklas m'a rejointe en quelques enjambées rapides. J'attrape mon sac à main et fouille dedans à la recherche du double des clés de Rikard en priant qu'il n'ait pas fait changer les serrures.

– Maintenant ? J'ai autre chose à faire !

– Je *dois* le récupérer.

– On est en guerre et tu me parles d'un stupide violon ?

Niklas est à cran, c'est pourquoi je ne lui en tiens pas rigueur.

– Je sais que tu ne comprends pas, mais il est important pour moi.

Il soupire bruyamment.

– Tu ne peux pas attendre que je me sois occupé de Rodrigo pour que je t'accompagne ?

Je ne vais pas m'en sortir aussi facilement.

– Je peux me débrouiller toute seule, il ne sera pas là avant ce soir donc c'est le moment ou jamais.

Il gronde de frustration.

– Je ne peux pas tout gérer à la fois. Attends-moi et on ira ensemble.

Est-ce qu'il m'écoute quand je parle ?

– Nik, je ne te demande pas d'aide, je t'informe juste que je vais y aller. Tu n'as pas ton mot à dire.

Bon, j'y vais un peu fort, mais je ne vois pas comment lui faire comprendre que j'ai besoin d'y aller. Son regard assassin me scrute longuement.

– Emmène un de mes hommes dans ce cas, je refuse que tu y ailles seule.

– Si ça peut te rassurer.

Niklas sort dans le couloir et revient une minute plus tard avec un grand brun, presque aussi grand que lui. Il me reprend ses clés.

– Il va t'emmener avec sa voiture. À la moindre embrouille, tu me préviens.

Je l'embrasse et sors de la chambre non sans ressentir une certaine appréhension. Je ne suis pas revenue dans mon ancien logement depuis quelques semaines et je me demande s'il y a encore mes affaires. Si je peux récupérer quelques effets personnels, ce serait génial. Je n'ai pas eu la confirmation que Rikard n'est pas là, mais, généralement, la journée il est dans l'une des concessions de son père à donner des ordres à quiconque passe devant lui. Si son véhicule n'est pas là, j'aurai le champ libre.

24

Niklas, 19 ans

Je peux enfin respirer. Hendrik est parti en voyage avec son pitbull de Sören. Le jour où il se prendra une balle, celui-là, ça sera un jour de fête. C'est le pire des employés de mon père. Durant leur absence, je bâcle tout le boulot qu'il m'a refilé. Qu'est-ce que je m'en branle des finances de ce taudis qu'il appelle hôtel ! Si c'était moi, je le détruirais pour en faire une boîte de strip-tease, mais ces puritains de Kiruna sont trop arriérés pour accepter ce genre d'établissement. L'influence de ma famille a ses limites ; elle ne peut corrompre totalement le conseil de la ville où plusieurs personnes sont contre Hendrik. Il veut me donner plus de responsabilités et que j'utilise autant mes poings que ma tête, mais, à choisir, je préfère défoncer la gueule de quelqu'un plutôt que de m'emmerder avec des plaintes.

***

Qu'est-ce qui m'a pris de la laisser partir sans moi ? Surtout pour aller chez cet abruti ? Mon instinct me dicte de la suivre, mais ma raison me pousse à rester, car je dois régler un problème plus urgent. Cette nana ne m'écoute jamais, elle n'en fait qu'à sa tête. Dès que tout ça sera terminé, j'irai la rejoindre.

Dans le hall de l'hôtel, j'attends avec Oscar et le reste de mes hommes que Gunkil et Fredrik daignent nous rejoindre. Je n'ai pas vu Gun depuis hier et j'ai deux mots à lui dire. Qu'il prenne de la cocaïne, c'est son problème, mais qu'il entraîne Lovisa dans ses conneries, là ça devient mon affaire. Il peut agir comme un vrai con quand il veut.

Autour de nous, les clients entrent et sortent en nous jetant des coups d'œil intrigués. Un groupe d'une dizaine d'hommes habillés en noir, ça a de quoi attirer l'attention.

Les portes s'ouvrent finalement sur mes deux meilleurs amis. Fredrik, le teint frais et reposé, Gunkil cerné, mais le sourire aux lèvres, avec ses fossettes qui plaisent tant aux femmes. Avant qu'il ne puisse dire quoi que ce soit lorsqu'ils s'approchent, j'envoie mon poing dans la figure de Gun.

– Nik ! s'interpose Fredrik en faisant reculer Gun.

Ce dernier grogne en portant sa main à sa joue. Quelques regards outrés se tournent vers nous et le réceptionniste ne sait pas s'il doit intervenir ou non. Finalement, il reste derrière son comptoir. Bon choix, petit.

– C'est bon, je l'ai mérité, dit-il en bougeant la mâchoire inférieure, vérifiant que rien n'est cassé.

Je n'ai pas frappé si fort que ça.

Il me jette un coup d'œil en coin.

– On est quittes ?

– Ouais, grondé-je en frottant mes articulations. Tu as de la chance qu'elle n'ait rien.

Gun ne réplique pas, se contentant de frotter sa mâchoire endolorie.

Tout le monde est là, nous pouvons y aller. Tous armés sous nos manteaux, nous quittons l'hôtel en nous répartissant dans les quatre voitures à notre disposition. Je suis avec mes amis, Fredrik à l'avant et Gunkil derrière moi.

– S'il est là, laissez-moi Rodrigo, c'est à moi de m'en charger.

– Il aura assez d'hommes pour nous, tu crois ? m'interroge Gun.

Parfois, je me demande ce que lui ont fait subir ses parents quand il était petit pour qu'il aime autant le goût du sang. Il prend des risques insensés et agit toujours sous le coup de l'impulsivité.

– On ne prend aucun risque. Tu penses pouvoir te tenir pour une fois ?

Je réajuste mon rétroviseur pour que nos regards se croisent. Son air espiègle m'agace par moments, j'ai l'impression qu'il ne prend rien au sérieux.

– Je ne suis pas un tueur, se contente de dire Fredrik en fixant la route.

Dans notre bande, il est le plus pacifiste, je me suis toujours demandé ce qu'il nous trouvait. Notre amitié perdure depuis si longtemps que j'ai oublié le moment de notre rencontre.

– Rodrigo menace mon business, ma sécurité et celle de tous ceux qui m'entourent. Il ne me donne pas le choix.

– Vraiment ?

Il finit par me regarder.

– Qu'est-ce que tu veux ? Que je lui cède tout ce que mon père a construit de peur des représailles ? Si je plie devant lui, je devrai le faire pour tous les autres qui voudront quelque chose de moi.

– Laisse tomber, mec, ses parents ne vont rien lui léguer, il ne peut pas comprendre, intervient Gunkil en surfant sur son portable.

– Ferme-la ! s'énerve Fredrik en le fusillant du regard. Tu ne sais rien de ma famille, donc ferme ta grande gueule avant que je ne le fasse pour toi.

Il est rare de le voir s'énerver, c'est pourquoi sa menace met fin à cette conversation. Fredrik a des moyens modestes. Sa mère ne travaille pas et son père possède une épicerie dans le centre, qui fonctionne bien. Il a intégré notre école grâce à une bourse d'études. Il est celui qui a les poches vides, mais l'esprit rempli par toutes les connaissances qu'il a apprises dans ses bouquins.

Devant le Charm, il n'y a pas âme qui vive. Le club se situe dans une rue déserte, peu fréquentée quand l'endroit est fermé. Pour ne pas nous faire repérer, nous nous sommes garés plus loin.

Les consignes sont simples : on se faufile à l'intérieur, on ne tire qu'en cas d'urgence et le premier qui trouve Rodrigo alerte les autres.

– Soyez prudents, me conseille Oscar en passant le premier avec ses hommes.

C'est la première fois que j'ai la vie de mes hommes entre les mains. Si la mission dérape, je me retrouverai avec leur mort sur la conscience. Avant, ils obéissaient à mon père et je faisais partie de ces hommes, j'accomplissais sa volonté et, à présent, c'est la mienne qu'ils exécutent. Hendrik ne s'est jamais soucié de ceux qui travaillaient pour lui, il estimait que tout le monde était remplaçable. Il a à peine regretté le décès de Sören, son fidèle toutou.

J'ai une autre vision des choses.

Comme prévu, je passe par l'arrière avec Gun et Fred. Mes deux Golden en main, je pousse la porte et rentre. Je longe un couloir rempli de caisses de bouteilles d'alcool vides. Au bout de celui-ci, trois portes. Je fais signe à Gunkil de prendre la porte à droite et à Fredrik celle de gauche, tandis que moi, je me charge de celle du milieu. Derrière la mienne se présente la salle principale, où mes hommes et Oscar se trouvent. Ils ont entre leurs mains trois gars, probablement des employés au vu des badges sur leur poitrine. À genoux et une arme braquée sur la tempe, ils gardent le silence au risque de perdre la vie.

Un coup d'œil circulaire m'indique qu'il n'y a personne d'autre dans la pièce qui, sans ses lumières et fumigènes de la veille, n'a plus le même aspect ni la même ambiance.

J'interroge du regard Oscar. D'un mouvement de tête, il me montre une porte derrière laquelle des voix se font entendre. Mes frères d'armes reviennent à mes côtés en m'informant silencieusement qu'ils n'ont rien trouvé.

Les armes pointées devant moi, je m'approche de la porte indiquée par Oscar. Mon cœur se met à battre de plus en plus vite au fil de mes pas.

J'y suis presque.

Je me poste sur le côté de la porte ; Gunkil, Fredrik, mais aussi deux autres hommes, Gregor et Istvan, se calent contre le mur. D'un signe de tête indiquant que tout le monde est prêt, je donne trois coups à la porte. Les voix à l'intérieur se taisent immédiatement. Oscar appuie un peu plus fort son arme sur la tempe d'un dénommé Josh pour l'inciter à faire sortir Rodrigo.

Pas d'embrouille, mon pote, et tu pourras partir d'ici vivant.

– Monsieur, j'apporte vos boissons, annonce-t-il d'une voix claire et forte.

De sa position, il sera entendu de l'autre côté de la porte.

Une chaise racle le sol puis un pas lourd se dirige vers l'entrée. À peine la porte entrouverte, je donne un coup de pied dedans, faisant tomber à la renverse l'homme derrière. Je pénètre dans la pièce avec mes hommes à ma suite. Mes armes trouvent rapidement Rodrigo, qui se lève subitement. Tout d'abord déconcerté par cette interruption inattendue, il se met ensuite à rire.

– Niklas, mon ami, cela faisait longtemps.

– Pas de ça avec moi, connard. Bouge pas.

Tous une arme à la main, mes hommes et ceux de Rodrigo, au nombre de six, ainsi que ses futurs partenaires, s'affrontent du regard. Même s'ils sont en infériorité numérique, je ne néglige pas leur force et suis le moindre de leurs mouvements.

La pièce est plutôt étroite et nous laisse peu de place. En cas de fusillade, il n'y aura que très peu de moyens pour nous comme pour eux d'esquiver une balle.

– Tu vas nous suivre gentiment et je te promets une mort rapide.

Rodrigo affiche une mine suffisante et ne donne pas l'air d'être impressionné par ma menace.

– Comment m'as-tu retrouvé ? J'ai été très prudent durant mes sorties.

Mes lèvres s'étirent dans un sombre sourire.

– Contrairement à Torston, qui a vécu les dernières heures de sa vie à patauger dans ses propres déjections et à moitié vidé de son sang.

Une ombre passe sur son visage. Voilà ce que j'attendais. Cette petite étincelle de crainte qui a raison d'être présente au vu de ce que je lui réserve s'il ne s'exécute pas. Avec un léger mouvement de la tête, il contourne lentement la table ; ses hommes le suivent.

– Cette petite merde a de la chance d'être morte, je n'accepte aucune trahison. N'est-ce pas, Niklas ?

La destitution de son poste est une trahison pour lui et je ne vaux probablement pas mieux que Torston à ses yeux.

– Il faut savoir perdre, Rodrigo.

– Jamais.

Le corps sous tension, je me recule avec mon équipe, armes braquées sur leur poitrine. Chaque pas est calculé, chaque réaction surveillée et chaque respiration retenue accentue notre concentration pour nous rendre plus vifs en cas d'attaque éclair.

Tout le monde est à cran, sauf Rodrigo qui semble détenir une information qui m'échappe. Soit il a un plan, soit il est assez arrogant pour penser que je le laisserai partir.

– Reculez, commandé-je en me figeant au milieu de la salle et en leur indiquant une rangée de tables empilées les unes sur les autres un peu plus loin. Là !

Ils s'exécutent en silence sous l'approbation de leur chef. Sans lui, les balles auraient probablement déjà fusé.

Seul lui ne tient aucune arme.

Il est trop confiant à mon goût.

– Qu'est-ce que tu comptes faire, petit ? Nous sommes là, tu m'as trouvé. Quel est ton plan ?

Il tente de me rabaisser devant mes hommes en me faisant passer pour un gamin et ainsi me discréditer, mais ça ne marchera pas. Il oublie que mon père était Hendrik Ekman, qui m'a tout appris et parfois de la manière la plus désagréable qui soit.

– Tes hommes vont gentiment poser leurs armes au sol et tu vas venir avec moi.

– Rien que ça. Autre chose ?

Rodrigo se met à rire et applaudit.

– Je te félicite pour ton ascension au pouvoir, gamin, mais on ne descend pas les plus grands en un claquement de doigts.

Son rire devient froid, menaçant. Il se calme aussi sec et me lance un regard assassin.

– Me tuer ne sera pas évident, j'ai plus d'un tour dans mon sac et je ne vais jamais quelque part sans avoir un plan de secours.

Focalisé sur sa bouche infâme, je ne vois pas tout de suite le mouvement furtif qu'il fait contre sa cuisse. Un clic se fait entendre. Qu'est-ce que c'est ? Des crissements de pneus retentissent dehors. Du renfort. D'autres de ses hommes sont là pour le secourir. Malin. Très malin.

– Tu pensais me piéger, Niklas ? Ce ne sera pas pour aujourd'hui.

Le bâtard. Voilà pourquoi il ne se chiait pas dessus à l'idée de vivre ses derniers instants.

– Ce ne sont pas tes hommes qui m'empêcheront de te descendre.

Rodrigo gratte sa barbe de quelques jours au niveau des joues et me lance un sourire arrogant.

– Et après quoi ? Hein ? Tu penses que tout va s'arrêter après ma mort ?

Il ose faire quelques pas dans ma direction. Pour le dissuader d'en faire plus, je lève mon arme à la hauteur de son visage.

Il s'arrête.

– Sois sûr que chaque personne que tu connais, tes amis, tes employés et même ta pute de mère seront tués sur-le-champ, énumère-t-il en me regardant dans les yeux. Mais ne t'en fais pas, je ne tuerai pas Lovisa. Non, à elle, je réserve un meilleur sort. Elle sera ma petite chienne personnelle et exécutera le moindre de mes désirs.

Il glisse une main entre ses jambes pour empoigner sa queue, faisant remonter la bile dans ma gorge.

– Elle doit être sacrément bonne au lit, ce corps de femme…

Des images de ma nana défilent probablement dans son esprit pervers et cette idée fait bouillir mon sang de rage. Il ose me provoquer avec plusieurs flingues braqués sur lui. Mon corps tremble légèrement sous ma fureur, je resserre mes doigts plus fort autour de mes Golden pour ne pas perdre pied.

– Je serais bien resté là à bavarder, mais j'ai des affaires qui m'attendent et un empire à détruire. Le tien.

L'enfoiré. Malgré la situation délicate et une arme pointée sur la tête, il réussit à me narguer. Loin d'être intimidé, il me tourne le dos et s'éloigne vers la porte par laquelle je suis passé. Je ne peux pas le laisser m'échapper, pas alors que nous sommes dans la même pièce. Le bâtiment doit être cerné par ses hommes. Ils vont nous tuer dès notre sortie.

– Rodrigo !

Si je dois mourir aujourd'hui, ce sera en l'emmenant.

– Ne le laissez pas s'échapper ! crié-je en tirant le premier coup de feu dans sa direction.

Aussitôt, les tirs venant des deux camps fusent autour de nous. Assez vite, mes oreilles bourdonnent et chaque son devient une torture, mais je n'ai pas le temps de m'attarder sur mon confort auditif. Mes tympans pourraient éclater et saigner que je continuerais le combat.

Je fonce dans la mêlée avec la certitude que mes hommes me protégeront. Je pousse tous ceux qui se mettent sur mon chemin et tire sur ceux qui pointent leur arme sur moi. Certains s'écroulent, probablement blessés ou même morts. Leur loyauté leur coûtera la vie.

Rodrigo n'est plus là. Il n'a pas cherché à se battre pour se sauver, abandonnant ses hommes derrière lui.

Je franchis la porte par laquelle il est passé et cours dans le couloir jusqu'à la sortie. Là, je vois Rodrigo près d'une voiture, sur le point d'y grimper. Il se retourne vers moi et me lance un sourire narquois. Voyant rouge, je vide mon chargeur dans sa direction. Je réussis à le toucher à la cuisse. À son hurlement de douleur, les hommes qui l'accompagnent me mitraillent.

Bordel, ils sont combien ?

Je me couvre derrière la porte en fer et entends la voiture démarrer en trombe.

– Non ! hurlé-je en repoussant mon bouclier de fortune pour poursuivre le véhicule.

Trop tard. Il m'a échappé. Encore !

En rage, je regagne l'intérieur, où les coups de feu ont cessé. Les entrailles nouées, je me dirige prudemment vers la salle principale, ne sachant pas ce que je vais y trouver. Armé de mon audace et de mes flingues vides, je les braque devant moi lorsque je pousse la porte de la salle.

– Tu l'as eu ? me demande aussitôt Fredrik, la joue égratignée par une balle qui l'a effleuré.

À ses côtés, Oscar relève un homme en sang.

– Il s'est enfui, mais j'ai réussi à le blesser.

L'homme de Rodrigo se met à rire, ses dents pleines de sang.

– Il va vous faire la peau à vous et à toute votre famille. Tous, vous allez tous cr…

Je ne lui laisse pas le temps de finir et lui loge une balle dans la tête après avoir pris l'arme d'Oscar. L'écho se répercute dans toute la pièce. Au loin, les sirènes de la police se font entendre. Ça fera fuir les derniers hommes de Rodrigo et nous laissera le temps de partir à notre tour.

– Quelles sont nos pertes ?

– Trois morts et deux blessés ; quant aux hommes de Rodrigo, mis à part ceux qui se sont échappés avec lui, nous les avons eus.

Mon regard cherche nos blessés. Gunkil tient son bras en sang, mais ne montre aucun signe de douleur.

Un peu plus loin, Gregor gît dans une mare de sang avec une plaie importante au niveau du ventre.

– Il faut les ramener le plus vite possible à Kiruna. Le Dr Söderholm s'occupera d'eux.

Mes hommes s'exécutent, transportent Gregor après une vérification de la rue, et s'engouffrent dans leur voiture. Je m'approche de Gunkil et déchire le trou dans sa veste pour vérifier l'étendue des dégâts de sa blessure. Il grimace lorsque je manipule son bras, mais ne me fait part d'aucun commentaire.

– Tu vas t'en sortir, Söderholm va te remettre sur pied en un rien de temps. Tu te sens comment ?

– J'irai mieux quand on se cassera d'ici et que j'aurai un verre de vodka en main.

J'esquisse un sourire et opine de la tête. Il ne perd pas son sens de l'humour.

– Allons-y.

Je fonce jusqu'à ma voiture et vois au loin les gyrophares de la police.

Juste à temps. Ils ont fait vite.

Je démarre et fais gronder le moteur en accélérant à toute vitesse. À l'arrière, Gunkil s'improvise un bandage autour du bras avec ce qu'il trouve dans la trousse de secours que la voiture de location met à disposition.

– C'était waouh, spectaculaire ! s'exclame-t-il, une fois loin du club. Je n'avais jamais tué quelqu'un, c'était…

– Sanglant, finit sombrement Fredrik en regardant ses mains.

Je fixe la route.

Pour moi, ce n'est pas la première fois. C'est pourquoi je peux encaisser le choc plus facilement, même si ce n'est pas évident de prendre la vie de quelqu'un d'autre. Plus je m'enfonce dans les ténèbres avec mes mauvaises actions, plus je m'éloigne de celui que j'ai été autrefois.

– Tu l'as fait pour protéger les tiens, tenté-je en le regardant du coin de l'œil.

– Dis ça à leur mère, leur frère ou pire, leur enfant.

Même Gunkil, qui se serait habituellement moqué de Fredrik pour son côté dramatique, se tait. Ce n'est pas un homme d'action, je l'ai toujours su. Sa place n'est pas dans ce conflit, j'ai eu tort de l'embarquer là-dedans.

– Tu vas rentrer chez toi, décrété-je. Tu nous seras plus utile derrière un écran.

– Tu m'éjectes parce que je ne pense pas comme toi ? s'emporte-t-il.

– Je t'éloigne pour ne pas que tu *deviennes* comme moi.

Un monstre ? Un tueur sans cœur ? De quoi dois-je me qualifier pour lui faire comprendre qu'il n'est pas le problème ?

Oscar brise le silence en me téléphonant. J'appuie sur l'écran tactile de la voiture pour décrocher.

– Nous avons réussi à stabiliser Gregor, il devrait tenir le coup durant le vol, et le Dr Söderholm est au courant de notre arrivée.

– OK, je vais récupérer Lovisa à l'hôtel, elle devrait être là à présent et on vous rejoint.

Je raccroche et l'appelle aussitôt. Son téléphone sonne dans le vide puis la messagerie s'enclenche. Je coupe l'appel en contenant au maximum ma nervosité. Elle n'est pas fichue de me répondre une seule fois au premier coup de fil. Incroyable, cette nana !

– Restez dans la voiture, je n'en ai pas pour longtemps, ordonné-je une fois à l'hôtel.

Garé un peu avant l'entrée du bâtiment, je laisse le moteur tourner. Durant le trajet, Gunkil a commencé à avoir froid, je soupçonne qu'il me cache la gravité de son état de santé. Nous nous ressemblons sur ce point.

Je grimpe dans l'ascenseur et appuie sur le dernier bouton. Notre suite se situe si haut qu'elle provoquerait le vertige au plus grand cascadeur. Je déverrouille la porte à l'aide d'une clé magnétique.

– Bébé, t'es là ? l'appelé-je en m'aventurant dans la pièce principale.

Personne. Je fouille le reste de la chambre. Rien n'a bougé depuis mon départ. Cette appréhension que j'ai essayé de repousser depuis son départ est-elle justifiée ? J'appelle une fois. Deux fois. TROIS FOIS. Personne. Toujours sa putain de messagerie.

Il s'est passé quelque chose.

Non. Impossible. Je l'aurais senti… Soudain, un détail me revient, Jan est avec elle. Je compose son numéro. Il me répond au bout de trois sonneries.

– Patron ?

Je soupire. Enfin quelqu'un qui me répond.

Je pince l'arête de mon nez et sors de la chambre pour appeler l'ascenseur descendu entre-temps.

– Jan, enfin ! Où êtes-vous ?

– Toujours à l'ancien domicile de Mlle Lovisa. Je l'attends.

Quoi ? Qu'est-ce que c'est que ce bordel ?

– Vous n'êtes pas monté avec elle ?

– Elle a refusé, elle voulait récupérer des affaires en même temps.

C'est qui, son patron ? Elle ou moi ? J'avais exigé qu'il ne la quitte pas d'une semelle. Je grogne et rentre dans l'ascenseur. Rageusement, j'appuie plusieurs fois sur le bouton du bas.

– Elle est à l'intérieur depuis combien de temps ?

Jan marque une pause, probablement pour faire le calcul, avant de me répondre.

– Un peu moins d'une heure, patron.

Une heure ! Dites-moi que je rêve ! Mon sang se glace dans mes veines, j'ai l'impression que je vais défaillir. Je m'appuie contre la paroi de l'ascenseur derrière moi, le cœur battant.

– Une heure pour un *putain* de violon ? Tu ne t'es pas dit que ça faisait un peu long ?

– Je… Elle devait aussi prendre d'autres affaires, tente-t-il de se justifier.

– J'en ai rien à foutre, vous ne deviez pas la quitter des yeux !

Il le fait exprès d'être aussi con ? Ce qui est certain, c'est que je ne l'ai pas engagé pour son intelligence. Oscar m'a certifié que c'est un tireur hors pair, mais il n'est pas connu pour ses capacités de réflexion.

– Envoyez-moi l'adresse, j'arrive tout de suite.

– Je vous attends ?

Bonne question. Lovisa ne me répond pas et cela fait plus d'une heure qu'elle est là-haut. S'il y va avant moi et qu'il découvre qu'elle est séquestrée, blessée ou, pire, morte ? Je ne supporterai pas la vue de son corps sans vie, mais je supporterai encore moins de savoir que Jan peut la voir dans cet état.

– Ouais, grondé-je en sortant de l'ascenseur.

Je raccroche et reçois rapidement l'adresse. J'informe Gunkil et Fredrik du changement de plan et trace la route. Mon meilleur ami, mal en point, devra tenir le coup, car la femme que j'aime est peut-être en danger.

Bordel, Lovisa, dans quoi est-ce que tu t'es fourrée ?

25

Lovisa, 18 ans

Je suis… libre. Fini les études, fini le pensionnat, fini les règles. Pourquoi cette idée me rend-elle à la fois euphorique et terrifiée ? Pour la remise de mon diplôme, personne n'est venu. J'ai reçu une belle lettre d'Alfrida, avec laquelle je corresponds depuis mon départ d'Iron House. J'ai aussi reçu un coup de fil d'Hendrik, me disant qu'il continue à subvenir à mes besoins dans les limites du raisonnable et en me rappelant que, même majeure, je reste toujours à sa merci si je reviens. J'ai trouvé rapidement du travail dans un café ; ce salaire m'aide à continuer mes cours de violon jusqu'à ce que je trouve du boulot dans la musique. À présent seule, je pourrai vivre ma vie comme je l'entends. Pour la première fois depuis longtemps, mon cœur est plus léger, et respirer me paraît moins douloureux.

***

Une heure plus tôt

Les rues familières de Stockholm me replongent quelques semaines en arrière et, durant un bref instant, tout ce que j'ai vécu avec Niklas disparaît et je bascule dans mon ancienne vie avec Rikard.

Jan se gare dans le parking de l'immeuble. Je jette un coup d'œil aux autres véhicules, celui de Rikard ne s'y trouve pas. J'ai le champ libre.

– J'en ai pour quelques minutes, l'avertis-je en sortant.

Il sort à ma suite.

– Niklas m'a demandé de venir avec vous.

– C'est inutile, je ne vais pas traîner.

L'air soucieux qui tiraille son visage me fait penser qu'il s'agit d'un ordre non négociable de la part de son patron.

– Écoutez, je ne dirai rien. Attendez-moi ici.

Jan finit par hocher la tête et s'appuie contre sa voiture. Si Rikard avait été là, j'aurais probablement eu besoin de sa protection, mais ici ce n'est pas le cas.

Je réajuste ma veste et traverse le petit parking réservé aux locataires de l'immeuble. Le bâtiment date d'une centaine d'années. Il y a cinq étages et chacun comporte un loft immense. Les murs sont hauts avec des moulures d'origine au plafond. Le hall de style victorien en impose. Le sol en marbre noir est brillant à force d'être lustré plusieurs fois par semaine. Les hauts murs d'un gris sobre sont dénués de toute décoration. À ma gauche se trouvent les boîtes aux lettres noires de chaque locataire. Sans grand étonnement, je constate que mon nom n'est plus inscrit à côté de celui de Rikard. Pourquoi est-ce que je ressens un pincement au cœur ?

C'est comme si tu n'avais jamais vécu ici.

J'appelle l'ascenseur et regarde la cage descendre lentement, avec son grillage et ses deux portes en verre. J'aime énormément ce côté vintage du bâtiment, et cet ascenseur authentique est resté le même depuis sa création. J'appuie sur le bouton du dernier étage.

Mon cœur bat si vite et si fort que c'en est douloureux. Je sais que Rikard n'est pas là et je suis en droit de venir récupérer ce qui m'appartient, mais dorénavant ce n'est plus chez moi. Est-ce que cela l'a été un jour ? Je n'ai jamais pu m'approprier les lieux comme je le voulais.

Une fois au bon étage, je me dirige vers les portes brunes d'une hauteur vertigineuse. Je sors mon trousseau et cherche la clé qui correspond à la serrure. Celle-ci entre parfaitement alors je pousse lentement la porte déverrouillée. Le hall n'a pas changé. Le portemanteau est à sa place près d'un petit meuble où je posais généralement mes clés, et le placard à chaussures en face est toujours fermé. Le tapis beige à poils courts qui recouvre une partie du parquet sombre n'a pas bougé non plus. À quoi m'attendais-je ? Je ne suis pas partie depuis des années. C'est trop tôt pour faire un ménage de printemps et changer entièrement la déco après une rupture.

Face à moi, un long couloir assez large avec plusieurs portes mène aux diverses pièces comme la salle de bains, deux chambres et un bureau ainsi qu'une buanderie aussi grande que la cuisine. Au bout du corridor se trouvent la salle à manger et le salon. De là, nous avons accès à un balcon qui fait presque entièrement le tour de l'appartement et est assez large pour contenir une petite table et quatre chaises. Je me souviens de tous les repas que nous avons pris en compagnie de nos amis.

Je secoue la tête et me dirige vers mon ancienne chambre, qui se trouve derrière la première porte à ma droite. Je ne dois pas laisser mes souvenirs m'éloigner du but de ma visite. Rikard m'avait envoyé une photo du violon posé sur le lit, donc avec un peu de chance il s'y trouve encore.

J'ai l'impression de pénétrer dans un sanctuaire sacré, que ma présence n'est pas la bienvenue. Tout comme dans le hall d'entrée, rien n'a bougé. Le lit, immensément grand, revêt une nouvelle literie dans différents tons de bleu avec sa dizaine de coussins que je m'évertuais chaque matin à épousseter et à remettre correctement. Je détestais ça.

Mon violon n'est pas là.

Je regarde sous le lit. Rien. Le dressing est vide d'instruments, il y a seulement mes vêtements et ceux de Rikard. Je passe ma main sur mes hauts. J'avais tant d'affaires que ça ? J'ai toujours eu l'impression de mettre la même chose. Je suis tentée de prendre mes préférées, mais à quoi bon ? La plupart sont des cadeaux de Rikard.

Je sors et me dirige vers le salon, mais je m'arrête en cours de route lorsque j'entends du bruit dans la salle de bains. Je me fige devant la porte et la regarde avec horreur. Serait-ce Rikard ? Je n'ai pourtant pas vu sa voiture. Le cœur au bord des lèvres, je veux rebrousser chemin et fuir, mais je vois mon violon sur le canapé en cuir. Je me maudis et cours jusqu'à lui. Il est intact.

Quel soulagement !

Je peux m'en aller. Je serre mon instrument contre moi et fixe la sortie en marchant à toute vitesse. Puis l'horreur. Celui que je redoute tant sort de la salle de bains et me coupe la route.

Aussi choqué que moi, il s'arrête net. Une épaisse chaleur humide s'échappe de la pièce.

– Qu'est-ce que tu fais là ? nous demandons-nous en chœur.

Dans d'autres circonstances, cela m'aurait fait rire, mais en cet instant, tout ce que je veux, c'est m'enfuir.

– C'est chez moi.

– Je pensais que tu ne serais pas là, je n'ai pas vu ta voiture.

Il esquisse un sourire mauvais.

– Elle est en révision jusqu'à demain. Comment tu es entrée ? Ah, je vois, tu as toujours la clé.

Je ne sais pas que répondre, comme si je venais de perdre l'usage de ma langue. Pour toute réponse, je lui rends ma clé, qu'il fourre dans sa poche.

– Je vais faire changer la serrure, les rats rentrent comme ils veulent ici.

Ce genre de réplique ne m'étonne pas de lui. Il a toujours aimé rabaisser ceux qu'il estimait le moins. Et à présent, je fais partie de ces personnes.

– Tu es venue me voler, c'est ça ? demande-t-il en regardant le violon.

Ce n'est pas un vol si l'objet nous appartient.

– Alors quoi, tu as perdu ta langue ? Parle !

Son ton brusque me fait sursauter. Je perds tous mes moyens. Je tente de retrouver le courage accumulé ces dernières semaines, mais je n'y arrive pas, même les leçons de self-défense de Niklas semblent m'échapper.

– Je ne veux pas d'ennuis, murmuré-je en serrant mon instrument. Tu peux tout garder, laisse-moi juste le reprendre.

Je tente de le contourner, mais il me bloque le passage. Rikard ricane.

– Regarde-toi, toujours aussi pathétique. Alors c'est quoi, ta vie à présent ? Vivre aux crochets d'un autre mec comme une ingrate ?

Tant de cruautés sortent de sa bouche. Ne se rend-il pas compte de la méchanceté dont il fait preuve ? La culpabilité qu'il m'est arrivé de ressentir à son égard face à notre rupture brutale et à son passage à tabac opéré par Niklas s'évanouit. Mes poumons se gonflent d'air et m'insufflent le courage nécessaire pour lui répondre.

– Tu ne grandiras jamais. Quand nous étions ensemble, j'espérais que tu changes, que j'arriverais à te faire changer, mais non. Tu resteras toujours un homme con et arrogant qui ne trouve personne à sa hauteur.

Il rit de nouveau.

– Mais regardez-la, c'est qu'elle a une voix à présent. Je suis peut-être un con, mais moi au moins je ne suis pas un parasite qui s'accroche aux autres pour vivre.

Son accusation m'énerve. Il m'a toujours sous-estimée et a balayé de la main mon implication financière dans nos vies. Certes, je n'ai jamais gagné autant que lui, mais, contrairement à Rikard, le métier que j'exerce et l'argent qu'il m'a rapporté, je ne le dois qu'à moi, ce qui n'est pas son cas. Ses parents lui ont absolument tout donné et c'est moi le parasite ? Je renâcle de dégoût. Il ne mérite pas une minute supplémentaire de mon temps, il l'utiliserait pour me descendre encore plus.

– Je dois m'en aller, on m'attend.

Je réussis à me faufiler entre lui et le mur, et avance d'un pas rapide vers la sortie. Son pas lourd me suit.

– Tu vas retrouver ta brute de mec ? Il est là ?

– Non.

Rikard me retourne vivement et me plaque contre le mur, le visage assombri par une cruauté que j'ai vu trop souvent chez lui.

Et qui n'annonce jamais rien de bon.

– Donc tu es venue seule.

Pourquoi ai-je l'impression que j'aurais dû mentir à ce sujet ?

– Laisse-moi partir et tu n'entendras plus jamais parler de moi.

Son regard sombre glisse sur mon corps.

– Nous nous sommes quittés en si mauvais termes. Et si on recommençait, hein ? Un dernier baiser.

J'ai bien entendu ? Il est vraiment timbré. Après tout ce qui s'est passé entre nous, je devrais accéder à sa requête déplacée ? Je pose une main sur son torse quand il tente de se rapprocher.

– Je vais m'en aller.

Rikard m'attrape le bras et le serre fort pour me retenir.

– Lâche-moi ! crié-je.

– Un baiser, c'est tout ce que je te demande, réclame-t-il en m'attirant.

– Tu es complètement fou, laisse-moi partir !

Je m'évertue à reculer, tandis que lui n'a pas l'intention de lâcher prise. Sa force est supérieure à la mienne, mais je ne compte pas lui donner gain de cause. J'écrase son pied le plus fort possible. Pendant un bref instant, ses doigts se desserrent, et je profite de cet instant pour me libérer.

– Reviens ici !

Son ton menaçant me glace le sang et me pousse à le fuir à toute vitesse. Il s'élance à ma poursuite. Sa main se pose sur mon épaule. Instinctivement, pour avoir vécu cette scène un bon nombre de fois, je me retourne et utilise le violon pour le frapper à la tête. Son corps percute le mur. Quelques gouttes de sang tombent sur sa joue droite.

Nous restons figés tous les deux par mon geste avant qu'il ne se ressaisisse et se redresse en titubant légèrement, probablement sonné par le coup. L'expression de son regard révèle une folie meurtrière dont j'ignorais l'existence.

– C'est bien plus qu'un baiser que je vais te réclamer.

Je déglutis bruyamment et lâche le violon en levant les mains pour tenter de l'apaiser.

– Ce n'est pas ce que je voulais faire. Restons-en là, je vais m'en aller, d'accord ?

Je recule lentement sans le quitter un instant du regard. La peur de cligner des yeux et de le retrouver sur moi à m'arracher mes vêtements me tenaille.

Un rire fou, même cruel, s'échappe de ses lèvres que j'ai trouvées si parfaites à l'époque, mais qui à présent ne m'évoquent que du dégoût à l'idée qu'elles aient pu se poser sur moi un jour. Je lui tourne le dos et m'élance vers la sortie. Plus rapide, il m'attrape par les hanches et me soulève du sol pour m'attirer dans la chambre. Je crie à pleins poumons.

– À l'aide ! Au secours !

– Crie autant que tu veux ! Je te rappelle qu'on a tout insonorisé l'année passée.

Il me jette sur le lit et grimpe sur moi. Je me débats pour replier mes jambes entre nous et le repousser. Rikard met tout son poids et manque de m'étouffer.

– Dégage ! Dégage ! crié-je en le griffant au visage.

Il m'assène une gifle, insensible à mes cris, qui semblent attiser sa cruauté malsaine. Il force mes jambes à se tendre pour se faufiler entre elles. Impuissante, je pousse un dernier cri avant qu'il ne m'étouffe avec sa grosse main qui se plaque sur ma bouche et une partie de mon visage. Il écrase mes fosses nasales et m'empêche de respirer. Prise de panique, je tente de le faire lâcher prise et me débats comme un diable sous son large corps. L'air me manque rapidement.

– Tu vas regretter tous tes choix, me menace-t-il en tentant d'immiscer sa main entre nos corps pour accéder à la fermeture Éclair de son pantalon. Stupide garce. Tu t'es crue maligne, hein ? Je vais te dire un secret, tu n'es qu'une poupée vide qu'on exhibe à son bras et, si tu ouvres la bouche, on se rend vite compte qu'il n'y a rien à l'intérieur.

Mes yeux se voilent de larmes brûlantes qui coulent sur mon visage. Ces paroles acerbes me ramènent à une conversation que j'ai eue avec Niklas peu de temps après ma rupture avec Rikard.

***

Deux semaines plus tôt

Blottie devant le feu de cheminée avec une tisane entre les mains, j'explique à Niklas ma conversation avec son père alors qu'il était par terre, inconscient.

– J'ai eu peur au début qu'il ne laisse Sören me faire des choses horribles, mais, finalement, il voulait négocier mon départ. Si je partais sans faire d'histoire pour qu'il puisse t'élever dans le but d'être son successeur, il ferait en sorte que j'aie une belle vie. Il me considérait comme ton point faible, qu'il fallait à tout prix éliminer.

Je fixe ma tasse fumante qui réchauffe agréablement mes doigts.

– Il disait qu'une jolie fille comme moi méritait ce qu'il y a de mieux et que ma beauté suffirait à ouvrir toutes les portes. Selon lui, je n'avais pas besoin d'intelligence pour réussir.

À l'époque, je n'avais pas mesuré la portée de ses mots. J'étais une jeune fille de 16 ans qui aspirait à une vie baignée dans la musique, et le fait qu'Hendrik appuie mon projet en me disant que je n'avais besoin de rien d'autre ne m'a jamais mis la puce à l'oreille sur le fait qu'il insinuait que je devais rester stupide pour être appréciée. En grandissant, je me suis rendu compte de la véritable signification de ses paroles et, même s'il ne l'a pas vu, je me suis évertuée à apprendre tous les jours pour lui prouver que je n'étais pas l'écervelée qu'il voulait que je sois.

Niklas me prend dans ses bras et dépose un baiser réconfortant sur ma tempe.

– Ne laisse plus jamais quelqu'un te rabaisser ou dire que tu ne vaux rien. Je sais que tu es bourrée de qualités, et des gens comme mon père ou Rikard ne t'arrivent pas à la cheville.

Ces paroles sont un baume pour mon cœur. Il réussit à booster ma confiance en moi et ça fait du bien.

***

Je ne laisserai plus personne me manipuler ou me faire du mal. Sur le point de défaillir, je puise dans mes dernières forces et me remémore une technique infaillible que j'ai apprise durant mes cours de self-défense. J'attrape le visage de Rikard entre mes mains et j'enfonce mes pouces dans ses globes oculaires. J'appuie le plus fort possible. Il grogne et libère instantanément ma bouche en se reculant. J'avale de grandes goulées d'air et roule sur le côté pour lui échapper. Je tombe par terre et rampe vers l'extérieur en toussant. Derrière moi, Rikard geint comme un animal blessé. Il me suffit d'atteindre la porte et tout sera terminé, mais c'est compter sans la ténacité de mon ex-petit ami à vouloir à tout prix me faire du mal. Prestement, il se remet sur ses pieds et revient à la charge en grondant.

– Tu ne vas pas t'en sortir aussi facilement.

Il m'attrape les chevilles et me tire jusqu'à la salle de bains. De la brume nous entoure et une chaleur humide me pousse à regarder vers la baignoire. Comprenant où il veut en venir, je m'accroche au chambranle en criant à l'aide. Il tire d'un coup sec, me faisant lâcher prise. Il ne me donne pas le temps de me ressaisir, attrape mes cheveux et approche son visage du mien. Je geins en tenant son poignet pour le faire lâcher. Hors d'haleine, nous nous défions du regard avant que je ne ferme les yeux quand il resserre sa poigne sur mes cheveux.

– Tu vas goûter à la véritable souffrance, m'assure-t-il.

N'est-ce pas le cas depuis notre rencontre ?

J'écarquille les yeux lorsqu'il me penche au-dessus de la baignoire.

– Non, fais pas ç…

Une grande goulée d'eau chaude s'infiltre dans ma bouche

quand il me plonge la tête dans la baignoire pleine à ras bord. Je crie, avale de l'eau, m'étouffe. Mes bras poussent sur les rebords pour tenter de me reculer tandis que mes pieds glissent sur le sol trempé. Il me relève la tête. Je recrache un flot impressionnant d'eau et tousse bruyamment. Mon corps en état de choc tremble de tous ses membres.

– Pitié, arrête !

Il ricane et me replonge la tête dans l'eau. Cette douleur me broie les poumons. Ma gorge se contracte vainement. C'est insupportable. Rikard me relève de nouveau. Je recrache de l'eau et finis par vomir tout ce que mon estomac contient.

– Regarde ce que tu as fait ! gronde-t-il en tirant sur mes cheveux.

Il va finir par me les arracher, mais, pour le moment, c'est le cadet de mes soucis : je pense à survivre.

– Arrête, s'il te plaît, j'ai compris ! Je suis une garce, un parasite, tout ce que tu veux, mais arrête, tenté-je pour qu'il cesse cette torture.

– J'arrêterai lorsque tu seras morte, crache-t-il.

Est-ce qu'il a toujours été ainsi ? Rikard est quelqu'un de mauvais, mais un meurtrier ? Je n'ai pas pu vivre avec un homme pareil sans m'en rendre compte, ce n'est pas possible. Mais l'évidence s'impose à moi avec force. Il va me tuer et pourquoi ? Un ego bafoué ? Je ravale mes larmes et laisse ma colère exploser.

– Tu le paieras. Un jour, quelqu'un viendra te tuer et tu finiras en enfer. Tu n'es qu'un connard avec qui j'ai gâché quatre ans de ma vie ! Je regretterai toujours de t'avoir rencontré. Tu mérites les pires souffrances !

Rikard s'accroupit derrière moi et parle contre mon oreille. Sa bouche frôle ma peau et me répugne.

– Merci de me rendre la tâche si facile.

Sachant ce qui va s'ensuivre, je retiens ma respiration quand il me plonge de nouveau la tête dans la baignoire. Je ne peux accepter de mourir, je suis trop jeune et j'ai à peine vécu !

Et Niklas ? Il serait fou de rage et qui sait ce qu'il serait capable de faire.

J'essaie de m'extirper en agitant les bras en arrière pour tenter de l'attraper. Je plante mes ongles dans la main qui me tient et le griffe au sang tandis que la seconde heurte la petite armoire où j'avais l'habitude de poser mon portable lorsque je prenais mon bain. À tâtons rapides, je trouve quelque chose de dur. Une bougie ? Rikard me frappe dans les côtes. J'expire l'air de mes poumons et m'étouffe avec l'eau.

Sans attendre, j'attrape la forme cylindrique et arrive à lui donner un coup de pied dans le genou. Il perd l'équilibre et tombe.

C'est ma chance.

Je sors la tête de l'eau en inspirant profondément et me retourne vers Rikard, qui est à genoux. Je lève la bougie et le frappe au visage avec. À moitié couchée, je me redresse contre la baignoire, le sol glisse tellement que je n'arrive pas à me relever. Me débattre pour survivre m'a vidée de mon énergie, mais lorsque Rikard se relève pour se jeter sur moi, je mets toute la puissance dont je dispose dans mes jambes et le frappe dans l'abdomen. Il glisse et tombe en arrière. Son crâne heurte si violemment le carrelage que je l'entends se briser sous le choc.

Puis… plus rien.

Le silence. Hormis l'agitation de l'eau derrière moi.

Je n'ose bouger, de peur qu'il ne se relève et ne reprenne sa tentative de meurtre. L'eau de la baignoire se calme et le clapotis cesse. Assez vite, le carrelage blanc se colore d'une teinte rougeâtre clair. Ce sang provient de la tête de Rikard. Il saigne abondamment. Je devrais l'aider, mais je suis incapable de faire un seul mouvement. Peut-être est-il même déjà mort.

Mes yeux ne se décrochent pas de son visage, qui devient livide, tout le sang de sa tête semble s'évacuer par son crâne. Qu'ai-je fait ?

Si ce n'était pas lui, ça aurait été toi.

Je me laisse glisser contre le carrelage en sanglotant. Transie de froid, je n'arrive pas à faire cesser les tremblements qui secouent mon corps. Je me recroqueville sur moi-même et laisse les ténèbres m'envahir pour me plonger dans un état semi-conscient, voguant entre mes pensées confuses et le moment présent en compagnie du cadavre de mon ex-petit ami.

***

Combien de temps s'est-il écoulé ? Dix minutes ? Vingt minutes ? Une heure ? Plus ? J'ouvre lentement les paupières. Il fait toujours clair, nous sommes donc en journée, mais est-ce le même jour ? Qu'est-ce qui m'a réveillée ? Hagarde, je tends l'oreille sans être capable de faire le moindre mouvement. Des coups fracassants retentissent autour de moi. Que se passe-t-il ? Mon regard se pose sur Rikard, qui n'a pas bougé. Alors il est vraiment mort et c'est par ma faute.

– Lovisa !

Qui m'appelle ? Rikard ? Je fixe d'un œil vitreux ses lèvres pâles, elles ne remuent pas. Non, ce n'est pas lui.

Une odeur de mort plane tout autour de moi et me confronte à la dure réalité de la situation et pourtant, je n'arrive pas à bouger. Je reste prostrée, à le fixer, la joue posée contre le carrelage mouillé et les bras autour de mes jambes. Je les serre si fort que mes membres ankylosés me hurlent de me détendre enfin, mais je n'y arrive pas.

– Lovisa !

Qui est-ce, bon sang ?

Le bruit du bois qui éclate me fait légèrement sursauter. De nouveau quelqu'un hurle mon prénom, et des pas précipités se rapprochent. Puis une grande masse fait irruption dans la salle de bains.

– Elle est ici ! crie une voix familière.

Deux autres formes apparaissent, je les aperçois du coin de l'œil, mais je suis incapable de leur faire face.

– Dégage ! gronde une voix qui fait sursauter mon cœur.

Quelqu'un se pousse et un autre prend la relève. Je sens son regard scrutateur sur moi. La voix chargée d'émotion, il supplie :

– Faites que ce ne soit pas son sang.

Niklas.

Il est là, il est venu pour moi.

Finalement, je cligne des paupières avec une extrême lenteur, ou est-ce une impression, et articule difficilement d'une voix rauque et épuisée :

– C'est le sien.

Un soulagement général se fait sentir. Délicatement, Nik passe ses bras autour de moi pour me redresser. Il n'ose pas me toucher davantage et m'analyse sous toutes les coutures.

– Elle est glacée. Jan, apportez-moi de quoi la couvrir.

Il glisse une main sous mon menton et me relève le visage. Je suis incapable de le regarder. S'il peut lire en moi comme je le pense, il verra une âme déchirée en deux et les yeux d'une meurtrière. Je les ferme et laisse couler une larme.

– C'était… c'était… murmuré-je, mais je suis incapable d'en dire plus.

– Love, murmure-t-il à son tour en caressant ma joue enflée par la gifle de Rikard.

J'ai un mouvement de recul.

Non ! Ce n'est pas ce que je voulais, mais, après cette folie, mon corps se rebelle contre le contact humain. Jan revient avec une couverture, que Niklas passe autour de moi.

– Appelez Oscar pour qu'il fasse le nettoyage. Fredrik, descends voir s'il n'y a personne, il ne faut pas qu'on la voie dans cet état.

– On doit se dépêcher, Gunkil est en mauvaise posture.

Gunkil va mal ? Je me souviens alors qu'ils devaient attraper Rodrigo. L'ont-ils fait ? Je lève un regard crispé vers Niklas pour voir une quelconque blessure apparente, mais il semble intact. Cette journée aura été mouvementée pour tout le monde.

– Je l'ai tué, réussis-je à dire en baissant la tête sur le corps à nos pieds.

– S'il t'a fait du mal, il le méritait. Je l'aurais fait moi-même si j'étais arrivé plus tôt.

Sa voix est chargée de colère, mais pas contre moi. Son visage semble avoir pris dix ans. Je lui en fais voir de toutes les couleurs depuis que je suis revenue dans sa vie. J'ajoute une couche à tout ce qu'il doit subir depuis le décès de son père.

Fredrik revient rapidement et nous signale que tout est bon. L'avantage d'habiter au dernier étage est qu'aucun voisin ne risque de monter jusqu'ici pour accéder à son logement. Alors que nous descendons par les escaliers, nous ne rencontrons aucun locataire de l'immeuble. Est-ce que l'un d'eux a entendu ce qui se passait ? Si oui, ont-ils simplement fermé les yeux, estimant que ce n'était pas leur affaire ? Je préfère ne pas y penser.

Nichée dans les bras de mon petit ami, je refuse de les quitter lorsqu'il m'installe à l'arrière, aux côtés de Gunkil aussi pâle que la neige.

– Gun…

Il m'offre un faible sourire et accepte la main réconfortante que je lui offre.

Je croise mon reflet dans le rétroviseur et découvre avec horreur l'état de mon visage. Tout un côté est couvert du sang de Rikard. C'est également le cas de mes cheveux. Je fais peur à voir !

Niklas se glisse à mes côtés et me serre contre lui. Fredrik prend le volant et roule à vive allure pour quitter cet endroit de malheur tandis que Jan roule derrière nous.

Personne ne parle et aucune musique en fond sonore ne camoufle ce silence. Perdue dans mes pensées, je me remémore encore et encore l'heure qui vient de s'écouler. Plus j'y pense, plus mon sentiment de tristesse et de culpabilité grandit. J'aimerais tout simplement dormir pour ne plus y penser, mais je suis certaine que mes rêves me tourmenteront aussi.

Quand nous arrivons enfin dans le jet privé, je remarque aussitôt le blessé allongé au sol sous une couverture tachée de sang foncé. Il n'y a qu'un homme qui l'accompagne. J'interroge du regard Niklas pendant que nous nous installons dans nos sièges en face de ses meilleurs amis. Fredrik est en train de mettre le bras de Gunkil en écharpe pour le soutenir contre lui.

– Trois de nos hommes sont morts et Gregor a été blessé à l'abdomen.

J'écarquille les yeux en serrant la couverture contre moi. Mes vêtements trempés me glacent jusqu'aux os, ajoutant à l'état de choc qui me fait trembler.

Ayant reçu ses ordres, le pilote fait décoller le jet sans attendre.

Durant le vol, Niklas est en constante communication avec Oscar, qui est resté nettoyer l'appartement et faire disparaître le corps de Rikard, avec quatre de leurs hommes.

Le faire disparaître…

Cette pensée me donne la nausée. Comme s'il n'avait jamais existé, Rikard va tout simplement être supprimé de la terre. Corps et âme. Si je n'avais pas voulu récupérer ce stupide violon, rien de tout cela ne serait arrivé. Mon agonie interne doit se percevoir.

Niklas prend ma main et la frotte entre les siennes.

– Ce n'est pas ta faute.

– J'aurais dû t'écouter et ne pas y aller.

S'il me balance un « je te l'avais dit », je ne lui en voudrai pas. Après tout, il m'avait demandé de ne pas y aller sans lui.

J'inspire profondément, m'insufflant du courage, et lui explique ce qui s'est passé avant que ma mémoire n'oublie les événements pour me préserver. Je suis consciente que tout le monde me prête une oreille attentive, mais je leur dois la vérité. Je verse quelques larmes quand j'aborde le passage de la baignoire. J'ai encore la sensation horrible de l'eau dans mes poumons et manque de m'arrêter de parler à plusieurs reprises, mais je me force à tout balancer d'une traite. Quand je termine, Niklas reste muet, le visage fermé. À quoi pense-t-il ? Oh, non ! Et s'il ne me voyait plus de la même manière à présent ? C'est Fredrik qui coupe court à ce silence insoutenable.

– C'était de la légitime défense. Tu ne pouvais rien faire d'autre.

Niklas et lui échangent un long regard entendu.

Il a raison, mais pourquoi est-ce que je me sens si coupable ? Gunkil, à ses côtés, se redresse sur son siège. Il a une sale mine et a besoin de soins de toute urgence.

– Dès la première fois que je l'ai vu, je n'ai pas pu le blairer. Il n'y a que les salopards qui s'en prennent à des femmes. Il a mérité son sort, dit Gunkil d'une voix blanche, non sans un sourire sur les lèvres. T'es une vraie dure à cuire, en fait. Je vais me méfier de toi.

Je n'arrive pas à lui rendre son sourire et me retourne vers Niklas pour attendre une quelconque réaction de sa part.

– Fred, emmène-moi pisser, tu vas me la tenir.

Fredrik renâcle avec dégoût, mais se lève pour aider Gun à marcher jusqu'aux toilettes.

– Il va s'en sortir ? demandé-je, inquiète.

Niklas coule un regard dans la direction de Gunkil et opine finalement de la tête.

– Il en faut bien plus pour le mettre à terre.

Nos regards se croisent et je n'y lis aucun jugement de sa part, juste de la compassion face à l'épreuve que je viens de vivre. Il garde ma main dans la sienne et finit par entrelacer nos doigts.

– Dis quelque chose. Je ne t'en voudrai pas si tu m'engueules.

Son visage change d'expression, il passe de la compassion à la surprise en une fraction de seconde.

– T'engueuler ? Oh, Love, soupire-t-il en détachant ma ceinture pour me glisser sur ses genoux. Tu as pratiquement été tuée, la seule chose que je peux faire est te féliciter d'avoir combattu et d'être toujours à mes côtés.

– Aucun reproche, alors ? demandé-je, au bord des larmes, soulagée qu'il y ait au moins ça que je n'ai pas détruit.

– Si tu étais morte, je t'aurais maudite toute ma vie et t'aurais empêchée de reposer en paix.

Il passe sa main sur ma joue et l'enveloppe d'une douce caresse. Il est si délicat en cet instant que mon cœur fond de bonheur. Je me mords la lèvre en posant mes mains sur son torse, la couverture tombe à terre.

– En allant là-bas, je n'imaginais pas ce qui allait vraiment se passer. Oh, Nik, je l'ignorais vraiment et je regrette de l'avoir laissé me manipuler encore une fois.

À présent, il ne pourra plus rien me faire. Ni à moi ni à quelqu'un d'autre. La pensée de ses parents malheureux qui recherchent leur fils s'impose à moi. Oh, non, Martha et Glen. Que vont-ils devenir sans lui ? Il était un monstre à mes yeux, mais aux leurs, c'était leur enfant unique.

– Ses parents vont se demander où il est. Oh, les pauvres…

Je passe ma main dans ma tignasse emmêlée pour la rabattre

en arrière, mon élastique a sauté durant mon assaut avec Rikard. Une poignée de cheveux restent dans ma main.

– Oh, non…

Paniquée, je passe de nouveau mes mains dedans et enlève d'autres poignées de cheveux. Je me lève brusquement.

– Attends, m'interpelle Niklas.

Il enlève ceux que j'ai en main et passe ses doigts sur mon crâne alors que je sanglote. Sans que je le voie, il s'en débarrasse et revient avec une bouteille d'eau et deux cachets.

– Prends-les, ça va t'aider à dormir.

Je m'exécute et me rassieds en le laissant me recouvrir de la couverture. J'ai peur de m'endormir et d'être tourmentée par le visage morbide de Rikard. Et s'il hantait mes pensées pour le restant de mes jours ?

26

Niklas, 20 ans

Avec la bande, on s'est réunis une dernière fois avant que nos chemins ne se séparent définitivement. Sven part à l'étranger pour travailler et Lucia a décidé de devenir vétérinaire et s'en va faire ses études ailleurs. Il ne restera plus que Gunkil, Fredrik et Jonna. Tout le monde finit par s'en aller un jour et, pour moi, la dislocation de notre groupe a commencé avec le départ de Lovisa. Après une dernière bière dans un bar du coin, seule Jonna est restée. Discuter avec elle m'a étrangement fait du bien. Elle me rappelle la belle époque où elle était là. Mis à part ses cheveux blonds, je lui trouve des similitudes avec Lovisa. Ce trait physique est probablement la raison pour laquelle j'ai couché avec elle. Ce que je fais, ce que je suis, ne la dérange pas et j'ai la certitude qu'elle ne m'abandonnera pas.

***

Je n'ai jamais autant apprécié regarder une femme respirer qu'en cet instant. La poitrine de Lovisa monte et descend lentement, se gonflant de cet air qui nous est vital. Quand je pense qu'avant-hier ses poumons ont bien failli ne plus jamais se remplir d'oxygène, que son cœur a failli cesser de battre. Cette pensée me révolte. Comment ai-je pu être aussi négligent envers elle ? J'aurais dû insister pour qu'elle reste dans la chambre. J'ai rompu ma promesse concernant sa sécurité. Je lui avais assuré que plus personne ne lui ferait de mal. Le choc passé, à présent, une part de moi lui en veut de me rendre aussi faible et impuissant contre toutes les menaces extérieures. Je ne peux la protéger de tout.

Elle est mon point faible. Ma faille. Celle qui causera ma mort.

Si j'avais su ce qui lui arrivait plus tôt, j'aurais accouru à son secours et abandonné ma mission avec Rodrigo et c'est inacceptable de ma part. Quel genre de chef suis-je pour lâcher mes hommes au dernier moment ? En sa présence, j'oublie mon devoir envers eux et je ne peux l'accepter.

Mais je l'aime tant, putain. Mon cœur pourrait s'arrêter de battre pour elle.

– Tout va bien ?

Alfrida interrompt mes pensées en faisant irruption dans la chambre, les bras chargés d'un plateau qui contient deux délicieux repas. Depuis notre retour, elle est restée dormir dans l'une des chambres d'amis pour veiller sur nous.

– Elle ne fait que dormir, les somnifères agissent bien.

– Penses-tu qu'il soit sage de la garder endormie ? Depuis votre retour, elle n'a pas bougé de ce lit.

Lovisa était si agitée dans l'avion et à son réveil. Ses propos incohérents et presque fous représentaient un danger pour elle.

– C'est pour son bien. Je vais la laisser émerger à son aise, elle a besoin de manger.

Aucune nourriture n'a franchi ses lèvres et l'impression qu'elle a déjà maigri m'occupe l'esprit. Elle est si maigre que sa fragilité me saute aux yeux. A-t-elle toujours été ainsi ? J'ai le souvenir d'une adolescente bien en chair.

Le Dr Söderholm est passé nous voir ce matin, il s'est occupé de mon homme blessé, mais aussi de Gunkil ; ils se reposent tous les deux dans sa clinique. Selon lui, Lovisa finira par s'en remettre, mais elle aura besoin de beaucoup de soutien. Quant à son poids, il ne s'en fait pas, alors j'en déduis que c'est moi qui m'inquiète trop.

Après avoir posé le plateau sur le bureau, Alfrida glisse une main affectueuse sur la joue de Lovisa et embrasse son front.

– Ma chère enfant, quand est-ce que le sort cessera de s'acharner sur toi ?

Les lèvres pincées, je rejoins la pensée de la gouvernante en regardant Lovisa, le visage paisible, en train de dormir. Nous avons vécu tant d'épreuves douloureuses que ça devient une banalité sans nom qui ne nous surprend plus. Je ne suis plus étonné des difficultés que nous rencontrons et je trouverais même cela étrange qu'il y ait de bonnes choses qui nous arrivent.

Alfrida nous laisse dans notre bulle de sérénité. Je n'ai quitté la chambre que pour m'entretenir avec Oscar. Il s'est occupé du corps de Rikard et a nettoyé son domicile pour faire disparaître toute trace de notre passage. Oscar fait énormément pour ma famille depuis tant d'années que parfois j'en oublie de le remercier. Aucun obstacle ne lui fait peur, il relève tous les challenges que nous lui imposons. En parallèle de mes conversations avec lui, j'échange des e-mails avec John Gray, qui s'occupe de finaliser l'achat des entreprises Rosell. Bientôt, elles seront à moi. J'aime relever des défis, et gérer des centres commerciaux à mon âge sera un exploit que je me ferai un plaisir de réaliser.

Une heure plus tard, Lovisa émerge de son long sommeil, le visage exténué et si profondément triste qu'il me fend le cœur. J'aimerais lui ôter toute culpabilité pour qu'elle puisse aller mieux.

– Bonsoir, mon amour.

Je l'embrasse et place un coussin derrière son dos lorsqu'elle s'assied. Je lui apporte le plateau avec son repas – ayant terminé le mien depuis longtemps – et le dépose sur ses genoux.

– Salut, marmonne-t-elle en repoussant ses cheveux derrière ses oreilles. Tu es resté là toute la journée ?

Son regard émeraude se pose sur ma tenue décontractée et mes pieds nus.

– Je voulais te garder à l'œil même si le Dr Söderholm m'a dit que tu allais bien.

Elle fronce légèrement les sourcils, ridant son visage au niveau du front.

– Je me souviens vaguement de sa venue. Tout est si confus.

Les pensées troublées par les médicaments ne lui permettent pas d'en dire plus. Elle prend son verre d'eau et le boit entièrement.

– Alfrida t'a préparé à manger, je vais aller te le réchauffer.

Elle secoue la tête, s'empare de ses couverts et mange en découpant ses aliments en petits morceaux. Au vu des circonstances, je ne peux la blâmer pour ce manque d'appétit.

– Je me sens con de te poser la question, mais comment tu te sens ?

Lovisa m'offre un pauvre sourire et hausse les épaules.

– Comme si j'étais passée sous un camion.

Ça ne m'étonne pas. Elle enchaîne aussitôt sur un sujet houleux :

– Il a disparu, n'est-ce pas ? Je veux dire, Rikard. On n'entendra plus jamais parler de lui ?

L'air inquiet sur son visage me contrarie. Doute-t-elle de mes compétences ? Je pose ma main sur sa jambe, à travers la couverture, et la regarde dans les yeux.

– Tu n'as rien à craindre, personne ne remontera jusqu'à toi.

Ses couverts provoquent un cliquetis dans son assiette lorsqu'elle les dépose. Elle repousse le plateau à côté d'elle et pose son menton entre ses mains en inspirant profondément. Son visage prend une expression déterminée.

– On finira par remonter jusqu'à moi. Les coupables se font toujours arrêter.

J'esquisse un sourire mesquin. Vraiment ? Ma famille est la preuve que non, il suffit de bien s'y prendre.

Je me place à côté d'elle et l'enveloppe dans mes bras en embrassant ses cheveux.

– Qu'on essaie de t'attraper, je remuerai ciel et terre pour te sauver.

Le silence apparent qui suit mes mots n'est qu'un leurre. Nos esprits cogitent, de manière probablement confuse pour Lovisa. Je l'incite à manger encore un peu avant que son estomac ne refuse une bouchée de plus. À la suite de quoi, elle s'endort de nouveau. J'en profite pour m'éclipser en enfilant mes chaussures pour aller fumer une cigarette dans le jardin. Oscar me rejoint peu de temps après.

– Comment va-t-elle ?

– Mieux, je crois, nous verrons dans les prochains jours.

Il acquiesce et enchaîne aussitôt :

– Comme nous nous en doutions, Rodrigo ne s'est présenté dans aucun hôpital de la région ou, si c'est le cas, il a utilisé un nom d'emprunt. Nous ne l'avons pas encore retrouvé.

J'aurai au moins eu la satisfaction de l'avoir grièvement blessé, son pantalon était trempé de sang. Peut-être a-t-il succombé à sa blessure ? J'ose l'espérer.

– Il faut s'attendre à des représailles. S'il est encore en vie, il voudra rapidement se venger, dit Oscar en fourrant ses mains dans ses poches.

– Vous avez raison. Je pense qu'il est préférable de ne plus faire venir le personnel d'entretien, pour leur sécurité. Concernant

Alfrida, je sais qu'elle vit dans la propriété, mais elle serait plus en sécurité ailleurs.

La gouvernante ne sera pas du même avis, mais elle se pliera à ma volonté. Pour son bien.

J'expire la fumée blanche devant moi. Elle monte dans les airs et disparaît dans le ciel qui commence à s'assombrir.

– Je sais que vous voulez être auprès d'elle, mais en ce qui concerne Lovisa, qu'allez-vous faire ?

Si elle reste ici, je ne sais pas ce qu'il adviendra de sa santé mentale. Pour le moment, elle doit s'en aller, ne serait-ce que le temps que Rodrigo soit éliminé.

– Elle partira avec Alfrida, faites en sorte que la maison en Grèce soit prête à les accueillir.

Ma famille dispose de plusieurs résidences en dehors de la Suède, notamment en Grèce, où j'ai passé de nombreuses vacances lorsque ma mère vivait encore avec nous. C'est une belle petite maison au bord de la plage sur l'île de Crète. Un paysage idyllique qui aidera Love à se changer les idées.

– Vous avez fait le nécessaire pour Gun et Fred ?

Oscar sort des documents qu'il me tend avec un stylo. J'y inscris ma signature sur plusieurs pages. De la cendre tombe sur les feuilles, je souffle dessus et les lui rends.

– Qu'ont-ils dit ?

– Comme vous l'aviez prédit, ils ont refusé, mais ils savent que vous n'en ferez qu'à votre tête.

J'esquisse un sourire, ils me connaissent bien.

Mettre la vie de mes hommes en danger ne me dérange pas, ils sont payés pour me protéger et savent les risques qu'ils encourent. Mais en ce qui concerne mes meilleurs amis, mes frères, c'est autre chose. Gunkil avait minimisé son état ; sa blessure était bien plus grave que ce qu'il nous faisait croire et, s'il n'était pas allé à l'hôpital à temps, il serait probablement mort. Je ne peux plus travailler avec eux. C'est pourquoi j'ai mis un terme à notre collaboration. En compensation de leurs services, j'ai décidé de leur verser une somme importante, transférée sur un compte auquel ils auront accès quand ils se décideront à l'accepter. Pour le moment, cette offre les révolte, car ils veulent être à mes côtés et combattre Rodrigo, mais je ne veux pas avoir leur mort sur la conscience.

J'écrase ma cigarette et pose une main sur l'épaule d'Oscar, que je serre en le regardant dans les yeux. Il esquisse un sourire à son tour et hoche la tête. Je remonte les escaliers et fonce directement retrouver ma jolie rousse. Mais quand je pénètre dans la chambre, elle ne s'y trouve plus. Du bruit dans la salle de bains m'interpelle. En m'avançant, je vois Lovisa agenouillée devant les toilettes.

– T'es malade ?

D'une main, je relève ses cheveux, et je pose l'autre sur son front moite.

– Ça va mieux maintenant, avoue-t-elle en tirant la chasse.

Elle se relève avec mon aide et se rince la bouche avec de l'eau plusieurs fois avant de se brosser les dents. Lovisa porte l'un de mes tee-shirts, bien trop large pour elle.

– Je vais demander qu'on t'apporte autre chose à manger.

Elle déglutit et secoue la tête en se rinçant de nouveau la bouche.

– Rien que l'idée d'avaler quoi que ce soit me donne la nausée.

L'idée qu'elle tombe malade ne me plaît pas. Je l'attire dans mes bras et la porte dans la chambre. Si légère… Je scrute son visage épuisé en me pinçant les lèvres.

– Ça te dirait de partir en Grèce ?

– Tu as envie de voyager avec tout ce qui se passe en ce moment ?

Je m'assieds sur le lit en la gardant sur mes genoux. J'aimerais me détendre et partir avec elle, mais le moment n'est pas opportun.

– Pas moi. Toi et Alfrida. Vous allez vous installer dans ma maison en Grèce pendant quelque temps.

Son visage se décompose en une grimace qui lui donne une expression encore plus épuisée. Sa peau blême vire presque au translucide sous ses traits tirés. Son menton tremble légèrement, elle se lève et serre ses bras contre elle.

– Je le savais. Tu ne veux plus de moi.

J'ai dû mal entendre. Je la suis alors qu'elle se met à faire les cent pas dans la pièce. Son corps est agité, ses mouvements sont secs et toniques. D'où tient-elle cette nouvelle énergie ?

– Qu'est-ce que tu racontes ? Si je te fais partir, c'est pour ta sécurité.

– Menteur ! Menteur… m'accuse-t-elle en finissant par un rire nerveux. Je ne suis plus la jeune femme innocente, sans tache. À présent, j'ai les mains souillées.

C'est quoi, ces conneries ? Putain, elle délire complètement. Je tente de m'approcher d'elle, mais elle me fuit.

– Écoute, tu dois avoir tes raisons pour penser ainsi, mais tu te trompes. Je t'aime, Love, et je veux juste te mettre en sécurité.

Son esprit doit être vraiment confus pour penser de la sorte. Comment peut-elle croire que je ne voudrais plus d'elle après ce qu'elle a fait ? Rien de ce qu'elle pourra faire ne m'éloignera d'elle.

– Jamais je ne te blâmerai pour tes actes, tenté-je en m'emparant de ses mains et en les serrant quand elle essaie de les ôter. Hey ! Hey, calme-toi. Calme-toi. J'ai tué bien plus d'hommes que tu ne peux l'imaginer. Mes mains, mon corps entier et mon âme sont souillés par le sang de toutes mes victimes et pourtant, tu es toujours avec moi. Alors, dis-moi pourquoi je te rejetterais pour t'être défendue contre ce violeur ?

Mon raisonnement semble trouver un chemin jusqu'à sa raison, car son corps cesse ses mouvements frénétiques et s'apaise. De nouveau, sa lèvre inférieure tremble, elle réprime tant bien que mal ses larmes. Ma petite guerrière. Mon cœur se gonfle d'amour et de fierté. Elle tient encore debout après tout ce qu'elle a vécu et c'est le plus important.

Je la guide jusqu'au lit, où nous nous allongeons, nos jambes entremêlées. Je réussis à lui faire manger quelques fruits et boire de l'eau. Tout en l'observant grignoter ses tranches de nectarine, je me demande comment je ferais pour continuer à vivre sans l'avoir à mes côtés. En partant, elle emportera mon cœur et peut-être que là j'arriverai à bosser correctement sans m'en faire pour sa sécurité.

27

Lovisa, 19 ans

Après trois ans, j'ai craqué. J'ai longtemps résisté à l'envie de le rechercher sur Internet. De nos jours, tous les jeunes sont sur les réseaux sociaux. Il n'y a pas de raison pour que Nik n'ait pas un compte sur l'une des plates-formes les plus en vogue. Regarder ses photos me paraît surréaliste, j'ai l'impression d'observer un inconnu. Je suis fascinée par sa métamorphose. Il n'est plus l'adolescent que j'ai connu. Il a de la barbe et arbore une moue si froide sur certaines photos qu'il me fait penser à Hendrik.

Un hashtag revient systématiquement : Love. Mon cœur se serre à la vue de ce mot. Niklas pense toujours à moi.

***

« Le temps guérit les blessures. » J'ai toujours accordé une grande importance à cette phrase. Durant ma courte existence, où le malheur m'a frappée souvent, je m'en suis toujours remise. Et ce qui s'est passé avec Rikard n'est pas une exception. Il hante encore mes rêves, alors que trois semaines se sont écoulées depuis ce jour fatidique, mais j'arrive à me lever le matin sans m'effondrer en larmes. Le fait de ne plus être en Suède doit jouer. La Grèce est un si beau pays, le temps est beaucoup plus clément que sur mes terres natales. Je me sens bien.

Même s'*il* me manque. Terriblement. Son absence me pèse, mon cœur saigne de nouveau et je me sens incomplète. Nous nous téléphonons tous les jours, mais ce n'est pas la même chose que de sentir la chaleur de son corps contre le mien, de sentir l'odeur de sa peau ou la sensation de ses lèvres sur les miennes. Tout me manque chez lui.

– Tu rêvasses encore, ma chérie.

Posée sur le balcon de ma chambre, le regard perdu vers l'horizon, là où la mer paisible et froide pourrait me glacer les os si je m'y aventurais, je n'ai pas entendu Alfrida s'approcher.

– Comme souvent, Frida. Tu vas au marché aujourd'hui ?

Elle opine de la tête, manteau sur les épaules, sac en osier à la main et écharpe autour du cou.

– Tu ne m'en veux pas, si je reste ? Il va bientôt m'appeler.

Avec Niklas, nous avons convenu d'une heure précise pour éviter de louper cet appel que nous attendons tant.

– Bien sûr que non. Je vais te ramener des baklavas.

Ces pâtisseries sont un régal pour mes papilles. Tous les matins, Alfrida veille à ce que j'en aie avec mon thé. Elle sait comment me faire plaisir. Ce petit séjour entre femmes est plaisant, quoiqu'étrange au début. Nous n'avons plus l'habitude de cohabiter. Bien vite, la gouvernante s'est approprié les lieux et a géré la maison d'une main de maître. J'aimerais me sentir aussi chez moi, mais mon foyer est là où se trouve Niklas.

De nouveau seule, j'admire le paysage une dernière fois avant de fermer les portes de la terrasse. La maison est impersonnelle et rien ne montre qu'un petit garçon et ses parents venaient passer leurs vacances ici. Pas de photos, de jouets ou même de vêtements. Cet endroit semble ne jamais avoir abrité les rires d'une famille. En comparaison, même Iron House me paraît plus chaleureux.

Dans ma poche, mon téléphone vibre à plusieurs reprises. Une boule d'angoisse me submerge et me broie les entrailles quand je vois le nom « Ulrik », un ami de Rikard, apparaître sur mon écran. Il n'arrête pas de me contacter malgré mes efforts pour le supprimer de ma vie. Chaque fois que je le bloque, il trouve un moyen pour me parler. Je le soupçonne d'avoir mis la police sur ma piste. Un témoin m'aurait vue aller chez mon ex-petit ami. Il a probablement fourni ma nouvelle adresse, et l'autorité locale est venue voir Niklas. Mais ce que ne sait pas la police de Stockholm, c'est que Nik est intouchable à Kiruna. Pour la forme, ils sont venus l'interroger à mon sujet, mais ils n'ont pas cherché à me retrouver et ont rendu un rapport peu concluant aux inspecteurs qui s'occupent de la disparition de Rikard.

Je m'en voudrais probablement toute ma vie d'avoir commis un tel acte, mais je tente chaque jour de me persuader qu'il n'était qu'un monstre sur le point de me tuer. C'était lui ou moi. Je dois aller de l'avant maintenant. Il le *faut*.

Comme prévu, à treize heures pile, mon portable sonne et mon cœur bondit de joie. Une grande distance nous sépare même si le fuseau horaire est presque le même, à une heure près.

Je m'empresse de décrocher pour ne pas le faire attendre et porte l'appareil à mon oreille. Le son de sa voix lointaine me rend à la fois triste et heureuse.

– Salut, bébé.

Simple, banale et pourtant, qu'est-ce que j'aime l'entendre dire ça ! Je ne peux m'empêcher de sourire et m'assieds sur le bord du lit.

– Bonjour. Comme toujours, tu es au rendez-vous.

Son rire réchauffe ma poitrine et libère des endorphines de bonheur dans tout mon corps.

– Je ne raterai ça pour rien au monde. Je dois accompagner mes hommes dans une planque où a été vu Rodrigo à Kiruna. On y est presque, Love.

Mon sourire se fane. C'est une bonne nouvelle, mais la crainte de le perdre est encore plus grande maintenant que je ne suis plus auprès de lui. Tant de kilomètres nous séparent et je n'ai aucun moyen de venir à son secours s'il lui arrive quoi que ce soit.

– Ils ne peuvent pas y aller sans toi ?

Je sais, c'est égoïste de ma part de vouloir protéger sa vie à tout prix alors que ses hommes courent le même danger que lui. Mais je l'aime tellement que sa vie passera avant celle de n'importe qui.

– C'est mon combat, je dois être avec eux.

– Je sais, marmonné-je en tirant sur un fil qui dépasse de la couverture où sont brodées de ravissantes jacinthes. Ce serait plus facile si j'étais avec toi. Cette distance est atroce, je ne le supporte plus.

Cet isolement m'est insupportable et, quand je suis à l'extérieur, Alfrida et deux gardes du corps me suivent à la trace. Je ne suis jamais libre de mes mouvements, il y a toujours une paire d'yeux qui scrute le moindre de mes faits et gestes pour s'assurer que je suis en sécurité.

– Cette situation est provisoire, bientôt tout rentrera dans l'ordre.

Il me dit ça depuis si longtemps que j'ai l'impression d'avoir affaire à un automate qui vous présente les différentes options à choisir lorsque vous téléphonez à une quelconque compagnie.

– Si seulement tu pouvais venir une journée, rien qu'une. On pourrait rattraper le temps perdu, évacuer toute cette pression, tenté-je pour le persuader.

– Et j'ai une énorme pression à évacuer.

Je sens son sourire à travers ses mots. Je l'imagine assis dans son siège de bureau à faire tourner une pièce sur le bois poli par le temps. Il fait souvent ça lorsqu'il est au téléphone ou alors il joue avec sa chevalière à la tête de loup.

– Je pourrai t'appeler ce soir, lorsque nous serons allongés dans nos lits et seuls ?

– Voilà une idée plaisante, je ne te savais pas aussi coquine.

– Il y a un tas de choses que tu ignores encore à mon sujet, Viking, gloussé-je en me mordant la lèvre.

La chaleur de son sourire est un baume apaisant pour mon âme torturée par son absence. Je peux voir d'ici ses yeux se plisser, créant de petites rides aux extrémités, ses belles dents blanches contraster avec sa barbe brune tirant vers le blond.

– Ce surnom me poursuivra à vie, n'est-ce pas ?

– Tu peux en être certain !

Ce surnom lui vient d'un soir d'Halloween, un an après mon arrivée à Kiruna. Pour l'occasion, il avait revêtu un costume de Viking et il s'amusait à crier les répliques de Conan le barbare, amusant toute la galerie. Son déguisement n'avait rien à voir avec le film, mais personne n'avait osé le lui faire remarquer. Cette soirée qui se déroulait chez nous fut inoubliable. Au lycée, les élèves s'amusaient à crier une réplique dès qu'ils le voyaient, créant l'hilarité de tout le monde. À l'époque, il était beaucoup plus mince et bien moins musclé que maintenant, ce qui le rendait ridicule dans son costume, mais il le portait avec une telle assurance que personne n'avait osé le critiquer. Quant à moi, je portais un déguisement de bourdon pas le moins du monde effrayant. Néanmoins, il était agréable à porter et tout le monde me laissait passer, car il prenait beaucoup de place.

– Qu'y a-t-il de mieux dans la vie ? cité-je en mordant ma lèvre en souriant.

Il rit à travers le téléphone.

– « Écraser ses ennemis, les voir mourir devant soi et entendre les lamentations de leurs femmes[1]. »

Je me joins à son rire qui me fait un bien fou.

– Tu te souviens du costume de Lucia et Sally ? demandé-je ensuite, me retenant de rire de nouveau.

– Hum… Non. Ah oui ! En…

– En hot-dog ! termine-t-on en chœur.

Nous éclatons de rire. Lucia était la saucisse et Sally le pain. Malheureusement pour Lucia, tout le rembourrage était tombé au niveau de ses jambes, ce qui fait qu'elle avait l'aspect de l'anatomie masculine en érection. Elle a remporté le concours de la soirée.

Je m'allonge sur le lit en regardant le plafond blanc orné de moulures représentant des anges tout autour d'un lustre en cristal. Je loge dans la suite parentale, la plus grande chambre de la maison. Le lit à baldaquin ferait rêver n'importe quelle petite fille. Je me calme avant lui et me retourne sur le ventre.

– Ne serait-ce que pour une journée, j'aimerais qu'on redevienne ces adolescents.

– Moi aussi.

Il marque une pause. J'entends des murmures de son côté et je me demande qui retient son attention.

– Love, je dois te laisser, mais on se rappelle ce soir, OK ?

– Pour notre rendez-vous coquin ?

Il rit.

– C'est ça. À ce soir.

Chaque fois que je raccroche, mon cœur se sent plus léger et ma solitude me semble moins pénible. Mais le vide de ma chambre me rappelle bien vite à l'ordre et me montre que cette

1. Réplique du film *Conan le Barbare*.

illusion est éphémère. Cette grande pièce froide me paraît encore plus effrayante le soir. Tout est démesuré. La maison semble avoir été conçue pour contenir une famille de plusieurs générations.

Plus tard dans la journée, Alfrida revient avec des vivres et le sourire aux lèvres.

– J'ai une bonne nouvelle ! Ce soir a lieu un spectacle de marionnettes sur une place ; je sais que c'est pour les enfants, mais ça pourrait nous divertir. Qu'en dis-tu ?

J'admire les efforts qu'elle fournit pour que je me sente bien. Je me glisse derrière elle et enlace ses épaules en posant mon menton sur l'une d'elles.

– Merci pour tout ce que tu fais. Allons-y, ça pourrait être agréable.

J'enverrai un message à Nik pour le prévenir de mon programme et lui dire que je risque de ne pas être à l'heure pour notre rendez-vous coquin.

Frank, un homme qui nous a été assigné, se racle la gorge pour attirer notre attention et signaler sa présence.

– M. Ekman n'aimerait pas vous savoir dehors le soir.

J'esquisse un sourire et prends une pomme dans l'un des sacs d'Alfrida.

– Qu'il vienne en Grèce me l'interdire.

– C'est pour votre bien.

Je renâcle et secoue la tête, mes boucles rousses virevoltent autour de moi.

– Vous allez m'enfermer à double tour dans ma chambre comme une enfant ? Non ! Alors on ira tous à ce spectacle. Compris ?

Ses yeux s'écarquillent légèrement avant de reprendre une expression neutre. Se faire commander par une femme ne doit pas être évident pour sa fierté, mais je m'en fiche. Depuis que je suis ici, j'obéis sagement sans rien dire. À mon arrivée, j'étais une épave en proie au chagrin. Maintenant que je suis d'aplomb, il n'est pas question qu'on décide de ce que je vais faire de mes journées.

– Lovisa chérie, viens t'asseoir, boire un petit verre de liqueur avec moi, ça va te détendre.

– Je suis parfaitement calme, répliqué-je en jetant un coup d'œil à la bouteille d'un beau rose pastel.

Liqueur de fraise. Je fronce le nez et agite la main pour refuser le verre qu'elle me remplit, et m'assieds en croquant dans ma pomme. Frank s'éclipse sous la demande de la gouvernante, qui prend place à mes côtés. Elle pose sa main fripée et douce sur la mienne et la tapote affectueusement.

– Pauvre Frank, tu ne lui facilites pas le travail. Pourquoi es-tu si dure avec lui ?

Le suis-je vraiment ? Je n'ai pas eu l'impression d'avoir été exécrable avec lui. Je mâche lentement mon morceau de pomme et fixe le fruit avec plus d'intérêt qu'il ne le faut.

– Dis-moi ce qui te tracasse.

N'est-ce pas assez évident ? Cette belle cage dorée me retient contre mon gré et m'empêche de retrouver l'homme que j'aime. Je veux retourner dans mon pays, mais je n'en ai pas encore le droit. Je soupire bruyamment et regarde ses yeux bleus teintés de vieillesse.

– Comment fais-tu pour être si calme avec tout ce qui se passe chez nous ?

Le sourire d'Alfrida, rempli de sagesse et de savoirs que j'ignore, étire ses fines lèvres gercées par le froid. Elle s'empare de son verre de liqueur de fraise et le boit d'une traite sous mon regard étonné.

– J'ai vécu assez longtemps pour savoir que tout finit par s'arranger. Mais tu sais quel est mon secret ? Après une journée de travail, je me pose dans mon fauteuil avec un verre de liqueur de fruits et je remercie le ciel pour les bonnes choses qu'il m'a apportées ce jour.

J'éclate de rire. L'image comique de Frida en peignoir et bigoudis dans les cheveux en train de siroter un verre d'alcool s'impose à moi. Elle tapote affectueusement ma joue avant de se lever.

– Dans quelques années, tu te diras que toutes ces complications valaient la peine, car tu vivras une belle vie. Maintenant, finis ton verre et aide-moi à ranger toutes ces courses si tu veux bien. Mon vieux dos me fait un mal de chien.

J'opine de la tête et me lève en regardant mon verre. Je hume son contenu et fais la moue en le posant près de l'évier.

– Je te le laisse si tu veux.

J'attrape un filet de pommes de terre et soupèse le tout.

– Tu comptes nourrir tout un régiment ?

– Ça se conserve longtemps et on ne crache pas sur une promotion.

À l'heure actuelle, nos finances nous permettent largement d'acheter des aliments sans bénéficier de promotions, mais certaines habitudes sont ancrées profondément. Alfrida, tout comme moi, vient d'une famille modeste pour laquelle les bons de réduction sont importants.

Les courses rangées, je laisse la gouvernante préparer le repas du soir. Pour ma part, j'enfile un manteau bien chaud et sors. Je gravis le sentier qui mène jusqu'à la plage. En jetant un coup d'œil derrière moi, je vois Jan, le second garde du corps, qui me surveille en haut du chemin. Il ne me rejoint pas sous mon ordre. De là où il se trouve, il verra bien avant moi si quelqu'un s'approche. En cette période de fin d'hiver, la plage est peu visitée.

La grisaille et la brume qui plane à la surface de la mer ne lui enlèvent aucun charme, bien au contraire. Les vagues clapotent devant moi, certaines percutent les rochers un peu plus loin, créant plus de mouvement dans l'eau, jamais au repos. Au début, je n'osais pas me hasarder sur la plage. L'idée de pouvoir tomber dans l'océan, même si j'avais pied, me retournait l'estomac et créait en moi un sentiment de panique. Mais chaque jour, je me suis évertuée à marcher dans le sable humide pour chasser cette frayeur. Et force est de constater que cela fonctionne ; je me trouve à présent à moins d'un mètre de l'eau.

Je sors mon téléphone et prends une photo avec la mer derrière moi, que j'envoie à Niklas avec comme légende : « Ici pas de neige, mais une plage qui n'attend que toi. »

Le climat est beaucoup plus doux qu'à Kiruna et c'est agréable. Il n'y a pas de neige ni de vent glacial le soir. Il pleut beaucoup, plusieurs fois par semaine, ce qui nous oblige à rester à l'intérieur et contribue la plupart du temps à mon humeur morose. De plus, aucune aurore boréale ne danse dans le ciel le soir, et je dois avouer que ce spectacle splendide me manque.

À peine la photo envoyée, je reçois une réponse de sa part. Une photo plus précisément de lui en voiture avec un sourire à tomber où il me dit : « Je suis avec toi à chaque instant. Tu as mon cœur. » Ces mots me donnent envie d'attraper le premier avion pour aller en Suède et le retrouver. Comment veut-il que je prenne mon mal en patience avec ce genre de phrase ? Ça le rend d'autant plus irrésistible et indispensable à ma vie. Si nous étions dans une romance à l'eau de rose, je serais en train d'arracher les pétales d'une fleur en récitant le fameux « Je t'aime un peu, beaucoup, passionnément, à la folie ». Cet homme aura ma peau avec ce style de déclaration.

Je me damnerais volontiers pour lui.

***

Le soir venu, après le repas que nous avons passé avec les deux gardes du corps – scène qui scandaliserait Niklas, qui réclamerait probablement qu'ils mangent après nous –, nous partons assister au spectacle de marionnettes qui a lieu sur une petite place conviviale à quelques minutes de la maison.

– Regarde, Frida, comme c'est beau, m'enthousiasmé-je en apercevant toutes les lumières qui décorent le théâtre, monté quelques heures plus tôt.

Devant la petite scène, des chaises en bois sont disposées en plusieurs rangées avec tout autour des torches enflammées qui réchauffent l'air. Une odeur de sucre chaud s'échappe de plusieurs cabanons et nous met en appétit. À ma droite, l'un des vendeurs propose des pommes d'amour, des cacahuètes enrobées de sucre et des barbes à papa géantes. Cette vue féerique me ravit plus que je ne l'aurais imaginé. Même les gardes du corps oublient leur rôle durant un instant pour s'attarder sur le décor des lieux.

– C'est très joli, ma petite, on va passer un bon moment. Allons choisir nos places, il y a tant de monde.

Les habitants affluent de toutes les rues qui débouchent sur la place. Enfants, parents, couples ou amis s'agglutinent près des stands ou se dirigent déjà vers les sièges. Un engouement collectif nous entoure ; je ressens l'enthousiasme de tout le monde et me surprends à oublier durant un instant mes soucis.

– J'ignorais que les marionnettes étaient si populaires.

Le spectacle sera probablement en grec, nous ne comprendrons pas grand-chose, mais ce n'est pas important. La soirée commence à peine et je me sens déjà bien. Nous nous installons au troisième rang, Frida et moi sommes encadrées par Frank et Jan. De nouveau, ils reprennent un masque professionnel, m'arrachant un sourire amusé.

– On se détend, les gars. Un tueur en série ne va pas se jeter sur la scène et égorger les poupées.

Jan, assis à ma droite, esquisse un sourire, mais ne répond pas. Pire que des foutus robots, ces deux-là. Je n'insiste pas plus et me blottis contre l'épaule de Frida, qui partage ma bonne humeur.

– Heureusement que je t'ai, lui murmuré-je à l'oreille en souriant.

Elle me tapote la main en hochant la tête.

Un homme grimpe sur scène et se présente. À défaut de parler sa langue, je suppose qu'il s'agit du metteur en scène de la pièce qui va suivre. Lovée dans les bras de mon ancienne gouvernante, je regarde les marionnettes de taille humaine s'articuler devant nous. Plusieurs mètres au-dessus d'eux, le metteur en scène et ses assistants manient leurs pantins en leur prêtant leur voix pour la soirée. Je ne comprends pas un mot de ce qu'ils racontent, mais les rires de la foule provoquent le mien. Les poupées géantes bougent tant de manière effrayante parfois que cela paraît réel. Je suis subjuguée par le travail fourni. Ce talent n'est pas donné à tout le monde ; je serais incapable d'animer des jouets aussi bien qu'eux. Cela doit demander beaucoup de travail de coordination.

À l'entracte, je me lève pour nous acheter des victuailles pour la suite du spectacle. Je regarde où il y a moins de monde et me place derrière deux personnes qui font la queue. Tout en patientant, je prends mon portable et me photographie devant le stand de nourriture en souriant. J'envoie le cliché à Niklas et écris : « Un baiser sucré rien que pour toi. »

Quand c'est à mon tour, j'indique du doigt quatre sachets de pop-corn avec quatre sorbets au citron. Mon anglais étant rudimentaire, le vendeur ne me comprend qu'à moitié. Je peste en suédois :

– Pourquoi est-ce que je n'ai pas été plus attentive en cours ? Je veux juste du pop-corn et des sorbets au citron.

Un homme ricane derrière moi. Quand je me retourne pour le fusiller du regard, la grosse balafre qui barre sa joue gauche à la verticale m'interpelle. Il ne se laisse pas intimider et se place à côté de moi. Dans un parfait anglais, il passe ma commande avant de me toiser en souriant et demander dans ma langue maternelle :

– Juste pour vous ?

Je suis déconcertée et ne réponds pas tout de suite.

– Non, pour quatre.

Il parle suédois ! Depuis que je suis ici, je n'ai rencontré personne d'autre de ma patrie. La suspicion me pousse à me méfier. Et s'il était venu me tuer ? C'est peut-être un homme de Rodrigo. Je déglutis et le scrute avec attention, essayant de détecter quelque chose de suspect chez lui. Je regarde sa veste fermée et imagine aisément une arme planquée. Pendant que je l'analyse, il passe sa propre commande et paie en prenant deux bouteilles d'eau et un gros paquet de biscuits en tout genre.

– Ce n'est pas évident de se faire comprendre dans une autre langue n'est-ce pas ? me demande-t-il, avant de renchérir aussitôt. Je vous laisse, mon épouse m'attend. Ravi d'avoir pu vous aider.

Il n'attend pas ma réponse et se faufile dans la foule. Je le regarde s'asseoir auprès d'une femme. Je secoue la tête, je deviens vraiment paranoïaque. J'imagine le danger partout. Rappelée à l'ordre par le vendeur et les clients derrière moi qui s'impatientent, je paie et reviens avec mon butin, manquant de faire tomber les sorbets à cause des personnes qui se ruent vers les stands. Ils sont tous pressés, car le spectacle va bientôt reprendre.

À mon grand étonnement, il y a bien plus d'adultes que d'enfants. Peut-être est-ce dû à l'heure ? Ou au froid, qui est plus rude que les soirs précédents. Mes doigts glacés réclament des gants bien chauds et une couverture sur mes genoux. Mais en dehors de cette sensation de froid, je passe une agréable soirée. Je suis folle de ne pas avoir pris de boissons chaudes, mais les sorbets m'ont fait de l'œil. J'adore ce côté acidulé qui me fait saliver avant même de l'avoir goûté. Et puis, avec Niklas, lorsque nous étions adolescents, nous avions l'habitude d'en prendre après les cours. J'ai honoré cette petite tradition après mon départ de Kiruna pour le pensionnat quand nous pouvions sortir le week-end.

La soirée se conclut avec une comptine que tout le monde se met à chanter. Quant à moi, je la fredonne en me balançant avec Alfrida, bras dessus, bras dessous, et applaudis quand les marionnettistes font leurs révérences. Des chocolats chauds et du café sont distribués gratuitement. Nous les buvons à la hâte pour pouvoir rentrer. La soirée fut agréable, mais nous sommes exténuées et Alfrida dort presque sur sa chaise. Avant d'aller me coucher, je consulte une dernière fois mon téléphone. Un message de Niklas m'informe qu'il reporte notre coup de fil coquin. Un peu déçue, même si je lui avais moi-même demandé de le décaler, je me glisse sous les draps frais et pose mon portable près de mon oreiller, au cas où il tente de reprendre contact.

***

Les jours suivants se ressemblent. Se lever, manger, aller au marché, manger, se promener, regarder la télévision, téléphoner à Niklas, manger, dormir et encore dormir. Cette routine devient une habitude à laquelle je reste fidèle chaque jour.

Le marché où nous allons est vaste et varié. Il propose tellement d'aliments et d'objets en tout genre qu'il est difficile de ne pas trouver ce qu'on cherche. Alfrida s'applique à choisir de belles pommes rouges pour la tarte qu'elle a prévu de faire pour le dîner de ce soir. J'en ai déjà l'eau à la bouche. Avec elle se trouve Frank, qui l'aide à porter les sacs lourds. De mon côté, Jan me conseille dans mes choix de décoration pour la maison. J'ai envie d'y apporter de la gaieté avec quelques plantes vertes. J'ignore si je saurai les garder en vie, mais je me dis que cela va m'occuper un certain temps avant que cette activité ne me lasse.

– Vous pouvez demander au vendeur de m'emballer ces deux fougères ?

Jan est bien plus doué que moi en anglais et, si ça pouvait me permettre de souffler deux minutes sans qu'il me tourne autour, je lui ferais faire toutes les petites missions les plus inutiles qui soient.

Je m'éloigne vers des fleurs mauves en me questionnant sur leur nom. Une agréable et légère odeur sucrée s'en dégage. Leur aspect fragile me pousse à ne pas en acheter, elles mourraient à coup sûr.

Une main tatouée entre dans mon champ de vision. Les chiffres entre son pouce et son index m'interpellent, alors je lève les yeux vers l'homme à mes côtés, intriguée. Cheveux bruns assez courts et ébouriffés. Des yeux noisette bien trop petits pour son visage et une bouche déformée par un rictus mauvais. Mais le détail qui m'interpelle le plus est sa balafre. Le Suédois du théâtre.

– Vous ?

– Comme on se retrouve.

Une aura malfaisante émane de lui, et la méfiance que j'avais ressentie à son égard revient. Je repose la plante aux fleurs mauves et m'éloigne en jetant un coup d'œil en coin vers Jan, qui discute avec le vendeur. Contre toute attente, l'inconnu me suit et fait mine de s'intéresser aux différents terreaux.

Il me suit.

Je recule encore, il m'attrape furtivement le poignet pour m'arrêter.

– Lâchez-moi ou je crie, ordonné-je en tirant sur mon bras.

Il s'exécute en gardant son sourire mauvais.

– Hurle, salope, et la vieille meurt en même temps que vos deux potes.

Son ton me glace le sang et ancre mes pieds au sol, je n'ose plus bouger. Il inspire profondément, satisfait de son effet et s'approche de moi.

– Sage décision. Fais semblant de t'intéresser à ce qu'il y a devant toi.

Je déglutis difficilement et pose un regard incertain sur les paquets de graines sur la table. Je retiens mon souffle dans l'attente de la suite.

– Tu sais qui m'envoie ?

Il joue avec des bulbes d'oignons, qu'il écrase dans son poing sans se soucier d'être vu par le vendeur.

– Rodrigo, lâché-je dans un souffle.

Je ne vois pas qui d'autre. Un homme tatoué aux airs de gros dur qui parle suédois, ça ne peut être qu'un homme de Rodrigo. Si loin de mon pays, je me pensais en sécurité. Et pourtant...

– Comment m'avez-vous retrouvée ?

– On a nos sources. Ça nous a pris du temps. Tu étais bien cachée, ça a presque failli échouer.

Je risque un coup d'œil vers Jan et prie pour qu'il vienne à moi.

Je me mords la lèvre et glisse lentement ma main dans ma poche pour attraper mon téléphone. Mais je suis aussi subtile qu'un éléphant dans un magasin de porcelaine ; l'homme de Rodrigo attrape mon poignet et prend mon portable.

– On essaie de me duper ?

Il range mon portable dans sa veste, qu'il soulève légèrement ensuite pour me montrer son arme.

– Je vais t'expliquer la suite. Tu vas te débrouiller pour les semer et me rejoindre dans deux minutes chez le marchand de tabac. Tu sais où ?

J'opine de la tête, la bouche soudainement sèche et la gorge nouée.

– Si tu tentes de les avertir, les hommes avec moi ne se gêneront pas pour tuer la vieille et les deux autres.

Il crache ses mots avec un tel manque de respect vis-à-vis d'Alfrida que j'ai envie de le gifler, mais jouer au héros dans un moment aussi critique serait risqué.

Aussitôt ses directives données, il s'évapore dans la foule.

Je regarde subitement autour de moi, à la recherche d'hommes à l'allure suspecte. Mais rien.

Ce serait si simple pour moi de me précipiter vers Alfrida pour la supplier de se mettre à l'abri, mais en ne sachant pas s'il a dit vrai au sujet de ses complices prêts à tirer si je désobéis, je ne peux pas courir ce risque.

La peur au ventre, je m'éloigne lentement du stand et me faufile entre les passants en grand nombre dans l'allée centrale. Mes jambes me maintiennent debout difficilement, elles sont engourdies et menacent de me lâcher si je ne fais pas attention.

Le marchand de tabac se trouve de l'autre côté du marché. Sans perdre une seconde, je prends mon courage à deux mains et me mets à courir, m'excusant auprès des personnes que je bouscule. Le cœur battant à tout rompre, j'aperçois la pancarte en bois avec le dessin d'une pipe.

Juste à temps.

Je me précipite jusqu'à la boutique. Au moment où je m'apprête à pousser la porte, des bras me saisissent et me poussent dans la ruelle à côté. L'homme de Rodrigo, cette fois à l'abri des regards, me menace ouvertement de son arme à feu.

– Brave fille. Maintenant, allons-y.

– Où ça ?

– Retrouver ton mec, ricane-t-il en me poussant devant lui. Ce serait dommage de ne pas le voir une dernière fois. Tu n'es pas de mon avis ?

28

Niklas, 21 ans

Les années passent et je sombre inlassablement vers des eaux si profondes et obscures que j'ai parfois l'impression qu'il me sera impossible de remonter à la surface un jour. Et puis pour quoi ? Il n'y a rien de bon pour moi en dehors des affaires de mon père. Au moins, là, je laisse mon cœur de côté et seule ma tête agit. Putain, je me dégoûte. Pourquoi est-ce qu'elle me manque encore ? Je devrais l'avoir oubliée et pourtant, je la vois partout et en chacune des femmes avec qui je couche. Je voudrais m'arracher le cœur pour ne plus rien ressentir, car même au fond des abysses, il continue de battre pour elle.

***

Je savais qu'il me serait difficile à présent de retrouver Rodrigo. Notre confrontation l'a rendu beaucoup plus vigilant et, jusqu'à présent, je n'ai pas réussi à remettre la main dessus. De nouveau, un faux espoir me fout en rogne, un de mes hommes – Gunnar – pensait l'avoir aperçu. Malheureusement, cet idiot s'est trompé.

Donc nous revoilà au point de départ.

Je déteste cette attente. Dans d'autres circonstances, j'aurais pris plus de plaisir à cette partie de chasse, mais je dois garder Lovisa loin de moi pour la protéger. J'ai su rester à l'écart de sa vie durant des années. À présent, elle est de nouveau à mes côtés ; nous sommes ensemble et chaque minute passée loin d'elle me rend à cran. Lors de nos appels, je reste toujours vague sur ce que je ressens, mais, au fond de moi, mon cœur saigne chaque fois qu'il entend sa voix à des milliers de kilomètres. C'est aussi cette distance qui a fait que j'ai décidé de ne plus la quitter.

Il y a une semaine de cela, je suis allé chez un bijoutier pour choisir une bague. Quand tout ce merdier se sera enfin calmé, je compte faire de Lovisa ma femme. Cette pensée me fait sourire, je m'étais promis de ne jamais me marier. Mes meilleurs amis se moqueraient de moi s'ils apprenaient ce que je m'apprête à faire, mais je sais qu'ils seront heureux pour nous.

En attendant, j'ai reçu un coup de fil fâcheux : Antonin Bourgois, le fils du bijoutier Jean Bourgois, m'a contacté pour me signaler un problème avec la bague. Il m'a demandé de passer vérifier ; j'ignore de quoi il retourne, mais son ton inquiet ne m'a pas fait hésiter un instant. De plus, tout est calme ces derniers jours.

Iron House tiendra encore debout à mon retour.

Mais avec la menace qui plane, je ne sors plus sans mes deux Golden accrochés à mon holster, réparé par Ogs.

La bijouterie, célèbre dans la région, se situe dans la partie riche de la ville. Tout le monde sait qu'il faut venir ici pour des pièces de qualité et souvent uniques. Elle dispose de caméras de sécurité tout autour de la boutique ainsi que d'un parking privatisé où aucun véhicule ne se trouve, hormis le mien.

Après m'être garé, je rentre dans la boutique quand la porte se déverrouille. Une sécurité nécessaire avec ce genre de commerce.

À l'intérieur, la lumière artificielle des spots dirigée vers les vitrines présentant tous les bijoux m'agresse les yeux. Il me faut un moment avant de m'y habituer.

Au comptoir, Jean m'offre un de ces sourires resplendissants qu'ont l'habitude d'afficher les commerçants. Il est habillé d'un élégant costume couleur crème, qui tombe parfaitement sur son corps longiligne. Ses cheveux bruns aux reflets argentés sont parfaitement plaqués sur son crâne et ses fines lunettes rectangulaires reposent sur un long nez. Son physique atypique m'a toujours amusé.

– Monsieur Ekman ! Comment allez-vous ?

– Bien, merci, réponds-je en m'approchant. Antonin m'a dit qu'il y avait un souci avec la bague. Que se passe-t-il ?

Jean fronce ses épais sourcils bruns parsemés de poils gris et remonte ses lunettes sur son nez.

– Il vous a dit cela ?

J'opine de la tête en tapotant la vitrine du comptoir où sont exposées des montres de luxe. M. Bourgois semble contrarié même s'il ne m'en fait pas part. Il se ressaisit et sourit de nouveau.

– Un instant, je vous prie.

Le bijoutier s'éclipse à l'arrière. Ma famille fait partie de ses plus vieux clients, il n'a aucun mal à me laisser seul avec son gagne-pain. De plus, tout le monde sait que l'argent n'est pas un problème pour moi, même si, étant jeune, cela ne m'a pas empêché de voler de l'alcool ou des cigarettes pour m'amuser avec ma bande. Et puis, de toute façon, tous les bijoux sont protégés et mis sous clé.

Jean revient quelques minutes plus tard avec, dans le creux de la main, un joli écrin en velours noir.

– Ça devait être une erreur. Voici la bague et j'ai une bonne nouvelle, elle est prête.

Il ouvre la petite boîte. En son centre, une bague en argent sertie d'un gros rubis. Sa couleur chaude et profonde symbolise l'amour et la passion qui nous unissent. Tout autour, de petits diamants transparents scintillent. Le bijou est unique.

– Vous allez faire une heureuse. Ce rubis la mettra en valeur et tout le monde n'aura d'yeux que pour elle.

J'esquisse un sourire et saisis la bague. Je la bouge de droite à gauche, la lumière se reflète dans la pierre précieuse, révélant toutes ses facettes parfaitement taillées. Chaque diamant qui entoure le rubis est unique, aucune pierre ne se ressemble à une autre mais, assemblées, cela ne se voit pas.

– Elle n'a pas besoin d'un bijou pour ça.

Je me revois quatre ans plus tôt, dans cette immense salle de concert où je l'admirais en train de jouer son solo. Elle était magnifique dans sa robe moulante évasée à mi-cuisse couleur émeraude. Elle était si belle. Chaque son que produisait son violon me rapprochait un peu plus d'elle ; des fils invisibles m'encerclaient à chaque note et, même si je m'étais fait la promesse ce jour-là de ne plus la revoir, je savais au fond de moi que nos chemins allaient se recroiser un jour ou l'autre.

– Vous avez fait de l'excellent travail.

Je refuse le sac et mets directement la boîte dans la poche intérieure de ma veste en cuir, ce qui scandalise le bijoutier, qui met un point d'honneur à bien présenter ses créations.

– Je vous souhaite qu'elle accepte.

– Merci. Au revoir.

Lovisa ne refusera pas, le lien entre nous est trop fort, mais, par pure tradition, je lui ferai ma demande en bonne et due forme. Je n'ai plus qu'à attendre son retour.

Une fois dans le parking désert, je m'avance jusqu'à mon véhicule. Je sors mes clés, fais tourner le trousseau sur mon index et déverrouille ma portière. Un crissement de pneus me fait sursauter. Je fais volte-face à temps pour voir une fourgonnette noire freiner devant moi. La portière arrière glisse et deux hommes munis d'armes à feu en sortent. Je lâche mes clés et passe mes mains dans ma veste, d'où je dégaine à mon tour mes flingues. Sans attendre, je tire dans le tas en contournant mon véhicule pour me protéger.

– Tirez, bon sang ! hurle le chauffeur en ouvrant son carreau.

– Le boss le veut vivant !

Qui ? Rodrigo ? Je ne vois que lui qui aurait les couilles, ou la lâcheté, d'envoyer ses hommes m'attaquer. Jusqu'à présent, aucun ennemi de mon père n'est venu me faire chier.

Je profite de leur hésitation pour me redresser. L'un de mes tirs touche l'homme le plus proche de moi au niveau du cou. Un jet de sang jaillit et éclabousse tout ce qui se trouve devant lui. Un gargouillis affreux s'échappe de sa bouche, il s'étouffe dans son propre liquide avant de s'effondrer au sol. L'adrénaline qui pulse dans mes veines me donne le courage nécessaire pour m'élancer vers le second assaillant en dehors de la camionnette. Je me jette sur lui et fracasse son nez avec la crosse de mes armes déchargées. Un liquide écarlate imbibe le visage de l'homme, qui me repousse en me frappant dans l'estomac puis dans l'abdomen.

– Des gens se ramènent ! beugle le chauffeur.

Celui que j'ai blessé tente de me tirer à l'intérieur du véhicule, mais un coup de ma part dans la mâchoire le fait lâcher prise. Il me lance un juron haineux et abat une dernière fois son poing au milieu de ma cage thoracique. Je hoquette de surprise et titube en arrière. Mon cœur me donne l'impression d'être lacéré de l'intérieur. Une douleur forte, insoutenable me fait tomber à la renverse.

– On dégage !

Ils ramassent rapidement le corps de celui que j'ai tué et s'enfuient en apercevant des passants se précipiter dans le parking, alertés par le grabuge. Incapable de bouger, je regarde la fourgonnette s'enfuir dans un nouveau crissement de pneus. Une quinquagénaire affolée s'approche et pousse un cri horrifié en apercevant les armes à mes pieds. Elle se penche au-dessus de moi, le regard inquiet.

– Est-ce que ça va ? Qu'est-ce qui s'est passé ?

Elle m'analyse de haut en bas et sort son portable en me voyant en difficulté. Le visage tordu de douleur, je peux seulement me cramponner la poitrine pour tenter d'atténuer la souffrance de mon cœur. Sans succès.

– Appelez la clinique du Dr Söderholm, je dois… aller là-bas, réussis-je à articuler en serrant les dents.

Le médecin est célèbre dans tout Kiruna. Dans chaque arrêt de bus est placardée son affiche.

– Dites-leur… que je suis Niklas Ekman.

Ma voix s'éloigne et devient un simple écho. Ma vue s'obscurcit jusqu'à ce que le néant m'engloutisse. Une chute sans fin me happe dans les tréfonds de mon être, d'où il m'est impossible de m'échapper.

***

J'ai… le corps glacé. Je sens à peine le bout de mes doigts et de mes orteils. Je repose contre une surface lisse et froide, j'ai quitté le sol goudronné du parking, mais pour aller où ?

– Il est prêt ? demande une voix familière à ma droite.

– Le cathéter est mis en place, l'anesthésiste est prêt, répond une femme à ma gauche.

Une lumière m'aveugle lorsque je tente d'ouvrir les yeux. Je grogne en portant une main à mon visage, mais celle-ci est bloquée par une aiguille plantée sur le dos de ma main, reliée à un long tube transparent.

– Monsieur Ekman, ne bougez pas.

Le Dr Söderholm se penche sur moi. Ses cheveux grisonnants sont recouverts d'un bonnet, et son habituelle blouse blanche qu'il met par-dessus son costume a été remplacée par un tee-shirt et un pantalon verts. Un masque chirurgical recouvre sa bouche et son nez, et ses mains portent des gants. Bien vite, le décor du bloc opératoire s'impose à moi.

– Qu'est-ce que je fous là ? m'écrié-je avec, je dois l'avouer, une pointe d'angoisse dans la voix.

– Vous avez été amené inconscient à ma clinique. C'est votre cœur.

Ce foutu cœur fait des siennes quand il ne le faut pas.

Je retiens un juron et regarde autour de moi les personnes qui m'entourent. Avec le médecin, ils sont quatre ; deux hommes et deux femmes. Ils me fixent et arrêtent tout mouvement comme s'ils étaient en face d'un prédateur.

– Ça ne me dit pas ce que je fous sur cette table à me geler le cul, grondé-je en jetant un coup d'œil au champ opératoire qui me recouvre.

Même à travers son masque, je devine sa mine pincée. Il se racle la gorge.

– Nous ne pouvons plus attendre, monsieur Ekman. Votre cœur n'en supportera pas davantage sans une aide extérieure. Laissez-moi vous opérer.

Je le regarde, éberlué, et me retiens de l'étrangler quand je me rends compte qu'il s'apprêtait à m'opérer sans mon consentement.

– Je ne vous ai pas donné mon autorisation.

Le vieux médecin soupire et fait signe à son personnel soignant de continuer les préparatifs. Il plonge ses iris bleus dans les miens.

– Vous me l'avez donné le jour où vous avez investi dans ma clinique en me demandant de tout faire pour vous maintenir en vie et c'est ce que je m'efforce de faire aujourd'hui. Vous avez investi tout cet argent pour bénéficier de mes compétences.

Il me cloue le bec avec son argument. Je sais qu'il a raison, mais ce n'est pas le bon moment. On a tenté de m'enlever et quelque chose me dit que ce n'est qu'un début. Mais est-ce que mon corps me suivra encore dans cette bataille ?

Aujourd'hui, alors que je me trouvais allongé sur le bitume du parking de la bijouterie, j'ai cru durant un bref instant que je vivais mes dernières secondes. Ça ne sera probablement jamais le bon moment pour subir cette opération ; je devrai tôt ou tard me laisser faire.

– Il faut que je téléphone à quelqu'un avant.

Si je dois être inapte pendant quelques heures, je dois en informer mon équipe.

– M. Bäck a été prévenu de votre état.

Oscar savait probablement ce que le Dr Söderholm avait en tête et ne l'a pas empêché.

– C'est d'accord. Remettez-moi sur pied, capitulé-je, de mauvaise foi.

Je dois rapidement me rétablir, il y va de ma sécurité et de celle des personnes qui sont sous ma protection.

Via le cathéter, l'homme que je suppose être l'anesthésiste m'injecte un produit qui force le passage dans mes veines.

– Je ne vais rien sentir, mais je serai conscient, c'est ça ?

L'infirmière échange un lourd regard avec le Dr Söderholm qui lui prend le masque. Il pose une main rassurante sur mon épaule et place le masque sur mon nez et ma bouche.

– C'est une opération avec anesthésie locale, mais, dans votre cas, je préfère que vous soyez totalement endormi.

Un sentiment de trahison bouillonne au plus profond de mes entrailles et se propage dans tout mon corps.

– Enfoiré. Vous allez… allez me le… payer…

Ma bouche s'engourdit, tout comme le reste de mon corps, qui semble peser une tonne.

Mon esprit s'éloigne de la réalité avant de s'éteindre pour laisser place au néant.

29

Lovisa, 20 ans

Je n'arrive pas à y croire. Mon rêve est devenu réalité ! Après plusieurs auditions intensives où j'ai donné le meilleur de moi-même, j'ai réussi à intégrer un orchestre qui se produit régulièrement dans toute la Suède. Pour le moment, je serai une violoniste parmi les autres, mais je me fais la promesse de donner tout ce que j'ai pour me démarquer et devenir la violoniste solo. Je dépasserai Aria Korkova, une jeune Russe au talent certain, mais qui ne connaît pas ma volonté d'être la meilleure. Niklas serait si fier de moi, il me disait toujours que je serais une grande artiste, que mon talent serait reconnu. J'étais une battante selon lui et je ferai connaître mon nom dans le monde de la musique. Il a toujours cru en moi.

***

En me levant ce matin, je ne m'attendais pas à finir prise en otage et forcée à rentrer en Suède. Dans l'avion, mon ravisseur ne possède plus son arme, mais la menace est toujours d'actualité.

– Si tu fais un pas de travers, ils sont morts, m'a-t-il dit en tapotant son portable. Un seul coup de fil de ma part et c'est fini pour eux.

L'idée de lui arracher son téléphone m'a traversé l'esprit, mais quelque chose me dit qu'il déjouerait mon plan en moins de deux et me le ferait aussitôt payer. Après tout, je ne suis pas sa cible principale, seulement un moyen de pression contre Niklas et, même si je suis importante aux yeux de Rodrigo, rien ne me garantit que mon geôlier ne me ferait pas payer ma désobéissance autrement que par la mort.

Après avoir volé mes papiers et mon passeport, il m'a assuré qu'une équipe resterait en Grèce pour retenir les autres en otage. Très bavard, il a ajouté avoir laissé un message à Alfrida et aux hommes avec mon téléphone pour les attirer dans la maison de la plage.

Le vol dure plusieurs heures, durant lesquelles mes nerfs sont tellement à vif que n'importe quel bruit me fait sursauter. Je ne sais pas ce qu'il va se passer, mais plus nous nous rapprochons de la Suède, plus le danger grandit. Je suis dans un sacré merdier et je sais que la suite sera fatalement pire.

***

Assise dans une vieille voiture dont la marque m'est inconnue, je serre ma ceinture en fixant la route. À mes côtés, mon geôlier conduit en silence, brisant celui-ci occasionnellement pour me lancer des blagues salaces. Une arme est cachée dans la boîte à gants ; il s'est empressé de s'en emparer pour la coincer entre son abdomen et son pantalon. Mon attention s'attarde de temps en temps sur celle-ci. La prendre serait si facile, mais serais-je capable d'appuyer sur la détente ? Au bout de la énième fois, il capte mon regard et ricane.

– Elle est grosse, tu ne trouves pas ?

Je grimace de dégoût et croise les bras contre ma poitrine pour me protéger de ses yeux de fouine.

– Tu sais, je pourrais demander au patron de ne pas te tuer, tu pourrais rester en vie si tu es sage.

Sa main tatouée glisse sur ma cuisse. Je renâcle et repousse rapidement celle-ci en le fusillant du regard.

– Ne me touche pas, sale porc ! Plutôt crever que d'acheter ma liberté en couchant avec toi.

Il ricane et repose sa main sur le volant en accélérant brusquement.

– Tu n'es qu'un laquais qui ne fait qu'obéir. Ça m'étonnerait que Rodrigo sache comment tu t'appelles, craché-je pour lui faire ravaler sa bonne humeur.

Touché.

Ses narines se dilatent et ses yeux s'écarquillent un bref instant. Ses doigts serrent fort le volant, blanchissant sa peau au niveau des jointures. Un sourire mauvais étire ses lèvres.

– Je vais te tuer, ma belle, mais avant, on te passera tous dessus. Tu auras si mal que tu me supplieras de t'achever.

Un frisson de terreur m'envahit, et le peu de courage qu'il me reste s'évanouit. Je retiens la bile qui remonte dans ma gorge et m'enfonce le plus possible dans mon siège. Ses mots, crachés avec une telle froideur, me poussent à prier pour que Niklas les décime tous.

La voiture ralentit lorsque nous arrivons à Iron House. Les grilles sont déjà ouvertes et du sang rouge vif tache la neige. J'entrouvre les lèvres et me redresse en étirant le cou vers l'avant. Deux hommes apparaissent et saluent mon ravisseur qui rentre dans le domaine. Sur le côté, deux cadavres l'un à côté de l'autre. Le corps des gardes de Niklas.

La guerre a commencé.

Que vais-je retrouver dans la villa ? Et si… Et si tout le monde était mort ? La voiture cahote un peu, me faisant sursauter lorsqu'elle bute dans un trou, que Nik a l'habitude d'éviter. Tout autour de moi, la forêt vibre sous les cris et les coups de feu. Je m'attends à voir surgir à tout moment plus d'hommes de Rodrigo. L'inconvénient d'Iron House, c'est que le domaine se situe à plus de quarante minutes de la ville ou de toute forme d'habitation. Nous sommes isolés de tout. Si autrefois j'appréciais ce détail, car il nous assurait un certain calme, pour le coup, tout ce que je veux, c'est que les autorités entendent la cohue qui y règne pour intervenir.

Devant nous, un corps gisant en plein milieu de la route obstrue le passage, mais ce détail n'arrête pas le conducteur, qui accélère pour rouler dessus. Je jure avoir entendu ses os craquer ; un frisson d'effroi longe ma nuque jusque dans le creux de mes reins. Je regarde mon ravisseur avec horreur.

– S'il n'était pas mort, c'est fait maintenant.

Je me retourne pour apercevoir le corps écrasé un peu plus profondément dans la neige. Je n'arrive pas à savoir s'il s'agit d'un allié ou d'un ennemi. En tout cas, l'homme à mes côtés ne s'en préoccupe pas, ça ne l'a pas empêché de lui rouler dessus. Il transpire le sadisme et, en pleine action, il doit être le genre de personne à aimer faire souffrir l'opposant.

Il se gare négligemment devant la maison, où trois hommes à l'allure effrayante nous attendent. Mon geôlier prend son arme et sort de la voiture. Il la contourne en glissant sur le capot, attirant les sifflements admiratifs de ses collègues, et m'extirpe de l'habitacle sans ménagement.

– Siv ! Enfin, te voilà, l'accueille un homme à grosse carrure et à la barbe noire impressionnante par sa longueur. Tout s'est bien passé ?

– Ouais. Où est le patron ?

Siv me tire jusqu'au perron, nous montons les quelques marches – sur lesquelles de grosses gouttes de sang séché ont été écrasées par de précédentes chaussures – qui mènent dans la villa. À qui appartient ce sang ? La peur au ventre, je regarde autour de moi en réprimant un tremblement. Parmi tous ces visages inconnus, je cherche un allié sur qui je pourrais me retourner.

– Il ne va pas tarder. Rentrez avant de vous ramasser une balle perdue, dit le gros barbu.

Cet avertissement ne semble pas s'adresser à eux, ils sont prêts à prendre le risque de se faire mitrailler.

« Il y a toujours des sacrifiés, ceux qui savent qu'ils sont là pour mourir et non survivre. » Niklas m'avait murmuré cette phrase après notre départ de Stockholm alors qu'il venait de perdre trois de ses hommes. Les sacrifiés prennent plus de risques, car ils n'ont rien à perdre. Les hommes de Rodrigo pensent-ils aussi de cette façon ?

– Si tu es sage, je te laisserai pisser, tu dois avoir envie d'aller aux toilettes depuis ce matin, non ? susurre Siv à mon oreille en appuyant son arme sur mes côtes.

Je retiens une remarque acerbe et m'avance en fouillant du regard le salon devant lequel nous passons, puis la bibliothèque. Vide. Il n'y a absolument personne et les coups de feu à l'extérieur diminuent, sûrement au fil des corps qui s'écroulent au sol ou qui se cachent. À ma gauche, deux hommes descendent en saluant Siv derrière moi.

– Rien là-haut, sauf ça.

Un blond aux cheveux hirsutes agite plusieurs liasses de billets.

– Jackpot, ajoute-t-il en embrassant l'argent.

– Peut-être qu'il y a d'autres cachettes à découvrir. Alors, ma jolie, tu sais où ton petit copain cache son pognon ?

Au moment où je passe devant eux, le blond me flatte généreusement les fesses. Ma main s'abat aussitôt sur son visage. Le geste nous surprend tous les deux. Je recule rapidement lorsqu'il m'approche, la lèvre légèrement coupée.

– T'es une coriace, toi, crache-t-il en léchant la goutte de sang qui s'échappe de sa coupure.

– Je te le fais pas dire. Elle n'aime pas qu'on la touche, intervient Siv en passant le bout de ses doigts sur le haut de mon bras.

– Je plains son mec.

Les trois hommes gloussent. J'aimerais leur faire ravaler leur joie, mais je suis clairement en infériorité numérique et cela ne jouera pas en ma faveur s'ils décident de s'en prendre à moi de la pire des manières qui soit. Je regarde du coin de l'œil à ma droite, vers la cuisine qui semble déserte, elle aussi. Où sont Oscar et tous ses hommes ? Se battent-ils dans la forêt ? Siv se calme, tandis que ses acolytes partent vers l'entrée de la maison.

– Tu cherches quelqu'un, poupée ? Personne ne viendra t'aider, on s'est occupé de tout.

Je blêmis. *S'occuper* dans sa bouche présage le pire.

J'humecte mes lèvres, pas certaine de vouloir la réponse, et pourtant, je dois savoir.

– Qu'est-ce que vous avez fait ?

Son sourire s'élargit, dévoilant de grandes dents parfaitement alignées.

– On les a menés sur une fausse piste et, à l'heure qu'il est, ils sont probablement tous morts, glousse Siv en se grattant la tête avec le bout de son arme. Et tu veux savoir comment on s'y est pris ?

Je ne sais pas pourquoi, mais l'envie de le faire parler pour grappiller quelques minutes supplémentaires de survie me submerge. J'opine lentement de la tête.

– Le vieux avec la grosse cicatrice dans le cou a engagé des hommes il y a quelques semaines. L'un d'eux travaille pour nous, commence-t-il, en faisant référence à Oscar. À force de fouiner, il a trouvé où tu te cachais et, aujourd'hui, il a fait croire que Rodrigo se trouvait à l'extérieur de la ville et ce con a tout gobé.

Donc ils ont laissé quelques hommes ici et le reste est parti se faire zigouiller comme des moutons dans un abattoir.

Oscar est mort ? S'ils ont vaincu un homme tel que lui, ça veut dire que Niklas va se retrouver seul. S'il est toujours vivant.

Une boule d'angoisse me ronge les entrailles à l'idée de tomber sur son corps sans vie. Je peine à poser la question.

– Où… où est Nik ?

Siv attendait cette question ; son regard s'illumine de malice.

– À l'hôpital entre les mains d'un toubib, il a eu un problème ou je sais pas quoi.

Je manque de tomber à la renverse. Il doit s'agir de son cœur, c'est forcément ça. Bon sang, je lui avais dit de faire attention ! La nausée me prend, plus forte que tout à l'heure. Je ravale ma bile et ferme les yeux. Mes oreilles bourdonnent et la tête me tourne. Ce n'est pas le moment de faire un malaise. J'effectue un rapide exercice de respiration pour me calmer. S'il est à l'hôpital, je dois m'y rendre pour l'avertir de ce qu'il se passe. J'ignore comment y aller, mais avant tout, je dois semer Siv, qui s'amuse de mon état. Il me pense inoffensive, il ne pointe plus son arme dans ma direction. Cet excès de zèle tourne à mon avantage.

Maintenant.

Je ferme le poing et applique une technique infaillible que Niklas m'a apprise pour déstabiliser son adversaire. De toutes mes forces, je le frappe au niveau de sa pomme d'Adam. Il émet un râle de surprise et recule en happant l'air. Je profite de son étourdissement pour m'enfuir par la cuisine. De là, je regarde précipitamment autour de moi. En fin d'après-midi, le ciel commence à s'assombrir petit à petit. Il faut que je me dépêche pour profiter de la lumière naturelle avant d'être plongée dans le noir. La seule sortie de secours que je connais a été barricadée depuis le temps. Je n'ai pas le choix, je vais devoir repasser par l'entrée principale du domaine. Je longe la maison en me tenant le plus basse possible pour éviter les fenêtres. Arrivée à l'extrémité, j'entends les hommes sur le perron. Ils sont toujours là.

Merde !

S'ils m'aperçoivent, ils me feront regretter ma tentative de fuite. Je me recule en retenant ma respiration et en priant qu'ils ne me voient pas. Siv finit par gueuler, alertant ses compères, qui accourent à l'intérieur. J'attends un instant puis me mets à courir à toute allure.

Un homme qui est resté me voit et donne l'alerte. Ils sont si nombreux ! Qu'est-ce qui m'a pris de penser que je pourrais les semer si facilement ? Je jure contre moi-même et pivote pour faire marche arrière, mais je me cogne contre quelque chose de dur. Un autre homme. Je relève vivement la tête, terrifiée à l'idée de ce qui va m'arriver.

– Que… Vous ! m'écrié-je en reculant d'un pas.

Un grand roux aux cheveux bouclés se dresse devant moi, affichant un sourire mauvais. Son nom ne me revient plus, mais il était venu à la boutique en tant que potentiel acheteur. Je me rends compte rapidement que j'ai été victime d'une mascarade. C'est un homme de Rodrigo.

– Surprise ? Au fait, je ne vous l'ai pas dit, je ne suis pas intéressé par votre commerce, lâche-t-il en finissant par ricaner.

Au bout de l'une de ses mains, un fin couteau brille légèrement. Il le balance d'une main à une autre en s'avançant. Tel un prédateur, il me dévisage avec un certain intérêt. Je retiens ma respiration lorsqu'il lève la lame devant son visage pour la détailler avec une joie malsaine.

– Tu sais ce que j'apprécie avec les couteaux ? Aucune chair ne leur résiste. Tu veux essayer ?

30

Niklas, 22 ans

Je suis tombé sur une lettre de Lovisa ce matin, Alfrida a dû la faire tomber de son tablier. Un vrai fourre-tout, ce bout de tissu ! Je n'aurais pas dû la lire, mais ça a été plus fort que moi. Elle lui parle de ses débuts dans l'orchestre qu'elle a intégré. Une infime part de mon cœur se réjouit de cette nouvelle, mais l'autre la déteste d'avoir droit au bonheur. Pourtant, j'aime ma vie comme elle est, cette violence qui m'entoure, c'est moi à présent et je l'ai acceptée. Mon père est enfin satisfait, ça fait des mois qu'il ne m'a pas reproché quoi que ce soit. Je suis l'un de ses meilleurs soldats.

Sans savoir vraiment pourquoi, j'ai contacté le staff qui s'occupe de l'orchestre et j'ai demandé qu'un bouquet de roses orange lui soit livré après chaque prestation, en précisant que ça devait rester secret. L'argent achète tout, comme le silence.

***

Encore engourdi par l'anesthésie, je n'ai pas attendu un instant pour exiger mon portable lorsque l'infirmière m'a ramené dans ma chambre. Je consulte rapidement mes messages. Aucun ne provient de Lovisa. Elle ne doit pas être au courant de mon état, sinon elle serait déjà là. Ce n'est pas une mauvaise chose, je ne veux pas l'inquiéter pour rien.

J'appelle ma messagerie pour écouter Oscar, en jetant un coup d'œil à mon bras gauche porté en écharpe contre mon torse. Je dois garder le bras immobile pour éviter de faire sauter mes fils.

« Un de nos hommes a repéré Rodrigo. C'est peut-être une fausse piste, mais je dois la vérifier. J'ai laissé une partie de nos gars à Iron House, et Dick et Jonas resteront à l'hôpital pour vous surveiller en cas de nouvelle attaque. Je vous rappellerai au plus vite. Que tout aille bien pour vous. »

Ce message date d'il y a deux heures. Il devrait avoir terminé, alors pourquoi n'ai-je pas de ses nouvelles ? Et où sont mes hommes ? Je n'ai vu personne en entrant dans ma chambre.

Quelque chose cloche.

Je téléphone à Oscar en portant une main à ma poitrine. La zone en surface est engourdie, je ne sens pratiquement rien, mais à l'intérieur, chaque mouvement, chaque battement de cœur remue ce qu'ils m'ont implanté. J'ai l'impression d'être un foutu robot. Ce truc a intérêt à faire le taf sinon je l'arrache, quitte à m'ouvrir la poitrine. Des électrodes sont collées contre mon torse et reliées à une machine sur laquelle je peux consulter mon rythme cardiaque qui est régulier. Ma main gauche a toujours le cathéter relié à une perfusion et m'empêche de bouger comme je veux. De plus, un drain d'où s'écoule lentement du sang est relié à la cicatrice encore fraîche. Tout ça me handicape.

Après plusieurs sonneries, je tombe sur la messagerie d'Oscar.

– Répondez, bon sang. Oscar ! l'appelé-je à travers son répondeur. Dites-moi que vous avez cet enfoiré.

Je raccroche et porte mon bras droit sur mon front, mais ce geste provoque une douleur au niveau de mon torse à laquelle je ne m'attends pas. Je grogne :

– Infirmière !

Au loin, une paire de talons martèle le sol. Le son est régulier, rapide. Cela doit venir d'une femme pleine d'assurance qui sait marcher avec. J'adore les femmes en escarpins, et j'ai appris en les observant se pavaner devant moi les différentes démarches ainsi que le genre de femmes qui les portent. Je ferme les yeux et appelle de nouveau de l'aide pour recevoir un foutu calmant. Dans la salle de réveil, je n'avais rien, car je venais d'émerger, mais ça fait un moment déjà.

– Infirmière !

Les claquements de talons cessent et une femme glousse devant ma porte. Le dossier du lit étant à moitié relevé, je tends la tête en direction de la porte. Celle-ci s'ouvre lentement et la femme aux talons pénètre dans ma chambre.

– Tu as toujours été impatient.

Cette voix… Dites-moi que je rêve !

Jonna apparaît. Je ne sais pas dans quel remake de film débile elle se croit, mais elle fait fort. Elle porte une grosse veste en fourrure blanche.

Le manteau perdu de Lovisa au Red Mill !

En dessous, elle porte un pantalon moulant en cuir et des bottes sombres aux fins talons. Quant à sa crinière blonde, elle l'a attachée en une queue-de-cheval haute et serrée. Son rouge à lèvres carmin met en valeur ses lèvres.

– Qu'est-ce que tu fais là ? aboyé-je.

Le regard condescendant qu'elle me lance me laisse de marbre. Son attitude hostile ne m'a jamais atteint par le passé et ce n'est pas près de changer, peu importe mon état de faiblesse actuel.

– J'ai entendu dire que tu étais souffrant, je suis venue voir comment tu allais.

Je plisse les yeux en scrutant son visage pincé et renâcle en relevant le menton.

– Conneries. Dis-moi pourquoi tu es là.

Elle sourit, dévoilant ses dents blanches. Jonna s'avance lentement vers moi en coulant un regard amusé sur l'ensemble de mon corps.

– Je voulais voir ta tête, lorsque je t'apprendrai que Rodrigo était là.

C'était donc vrai, il se trouve à Kiruna. Je renifle avec dédain.

– Tu arrives trop tard, Oscar me l'a déjà dit.

Son gloussement m'agace, j'ai bien envie de lui faire ravaler son sale sourire de merde.

– Oh, mon pauvre, tu n'es pas au courant ? Il est mort. Ils sont tous morts. Tous.

Cette fois, je n'arrive pas à déceler le vrai du faux.

– Tu mens, tenté-je.

Personne ne peut tuer Oscar, c'est impossible. Je refuse de la croire. Il travaille dans ma famille depuis plusieurs décennies. Il ne peut pas mourir en étant sous mes ordres.

L'appareil à côté de moi s'affole, montrant mon rythme cardiaque qui augmente. Une pointe me tiraille le cœur. Il bat vite, trop vite et de manière irrégulière. Le défibrillateur dans mon corps m'envoie une petite décharge pour l'aider à se calmer. C'est une sensation étrange, un spasme interne que je ne vois pas, mais que je sens. C'est un peu douloureux, mais supportable.

– Je ne mens pas. Il est mort et tu es le prochain. Toi ainsi que… Lovisa.

– Vous ne la trouverez jamais.

Je me suis assuré de sa sécurité. Hormis Oscar, personne ne sait où elle se trouve. Pour autant, Jonna transpire la confiance et la mesquinerie. Ses yeux bleus s'assombrissent et son sourire devient mauvais.

– Elle est ici, à Kiruna, en compagnie de notre cher Rodrigo.

Pour appuyer ses mots, elle sort son portable et me montre une photo de Lovisa, attachée à une chaise. Son air terrifié et ses yeux rougis de larmes me lacèrent les entrailles. Ma lèvre inférieure tremble légèrement sous la rage qui me consume. Jonna me scrute avec intérêt et jubile.

– Voilà ce que je voulais voir.

Je relève lentement la tête et peine à la regarder sans me jeter dessus.

– Bande d'enfoirés, murmuré-je difficilement. Je vais tous les tuer et toi aussi, sale garce.

Elle est près de moi, trop près pour sa sécurité. Je l'attrape par la gorge et la tire contre moi pour avoir plus de prise. Elle se débat en gémissant et enfonce ses doigts dans mon torse, au niveau de mon bandage. Je grogne de douleur et finis par la lâcher lorsque le pansement devient rouge. Jonna se recule en toussant et m'assassine du regard.

– Tu ne peux rien faire ! Accepte ton sort. Tu as perdu.

Je porte une main à mon bandage et le soulève un peu. Plusieurs fils ont sauté.

– Tu fais tout ça parce que je t'ai jetée ? Ça tourne pas rond dans ta tête. Tu te rends compte que tu participes à des meurtres ?

– J'aurais pu te rendre heureux, mais tu as préféré Lovisa. Elle est trop fragile et brisée pour toi, il te faut une femme forte !

Je ricane et secoue la tête en lui lançant un regard plein de dégoût.

– Tu n'es qu'une vipère et, crois-moi, tu vas me payer ta traîtrise ! Prie pour que je meure.

Pour la première fois depuis qu'elle est là, Jonna prend enfin peur. Ses yeux bleus s'écarquillent. Je n'ai pas le temps de me délecter de ce spectacle, de la sueur perle le long de mon front et la pièce autour de moi se met à tanguer.

– Tu es fini, il te fera la peau.

Elle glisse une main dans mes cheveux pour les tirer en arrière, je réagis à peine. À vrai dire, son geste ne me fait pas mal, ce n'est rien comparé à mon torse.

– Une dernière chose, je voulais que tu le saches avant de mourir. Tes saletés de renards, c'est moi qui m'en suis occupée. J'ai engagé un homme qui s'est fait un plaisir d'égorger ces bêtes.

Je ne m'attends pas à cette annonce et mon sang quitte mon visage. Elle a osé aller jusque-là ?

– Les caméras et le générateur de secours, c'est toi ?

– Entre autres. Azerty s'est occupé du côté informatique et une taupe dans tes hommes s'est occupée du générateur.

Elle glousse en me relâchant.

– Tu ne sais même pas qui tu engages. Mon pauvre, tu as creusé ta propre tombe.

Espèce de garce. Je vais la tuer, elle, Azerty et ce traître. Mais qui ? Oscar a toujours été vigilant sur les personnes qu'il embauchait.

– Tu vas me le payer. Je te promets que tu ne t'en sortiras pas comme ça.

– Tes paroles avaient peut-être un impact avant, mais à présent ce n'est que du vent. Tu vas… mourir…

Mes paupières, lourdes, se ferment un instant. Je suis si fatigué, mais je dois résister. Quand je reviens à moi, Jonna a disparu et la chambre est plongée dans la pénombre. Bordel, je me suis endormi ! Je saisis mon portable et écarquille les yeux. J'ai dormi presque deux heures ! J'arrache les draps et me redresse en grognant. La nausée me prend et m'immobilise. Je dois me ressaisir au plus vite. J'ignore si Lovisa est encore en vie et si Rodrigo se trouve toujours à Kiruna. J'enlève ma perfusion ; une giclée de sang coule de ma peau jusqu'au sol. Je me débarrasse aussi de mon attelle.

Les capteurs sur mon torse, une fois arrachés, indiquent un arrêt cardiaque sur l'écran à mes côtés. Quelques instants plus tard, alors que je me trouve devant mon armoire où sont mes habits, une infirmière fait irruption, affolée. Lorsqu'elle me voit debout et toujours vivant, elle coupe l'écran et se retourne vers moi.

– Monsieur Ekman, que faites-vous ? Retournez vous coucher. Mais… Vous saignez ?

Elle ouvre le tiroir de la tablette et en sort un tas de compresses stériles qu'elle s'évertue à appuyer sur ma main, difficilement car je m'habille.

– Je dois m'en aller, prévenez le Dr Söderholm, qu'il ne s'inquiète pas.

Il se peut que je ne survive pas à cette nuit, mais je préfère garder cette information pour moi. Je prends le rouleau de sparadrap que j'aperçois dans le tiroir et entoure mon torse avec, pour scotcher le drain contre moi. Je ne suis pas assez fou pour l'arracher.

J'enfile ma veste en cuir et gronde, les mouvements amples réveillent la douleur de ma poitrine.

Sur la tablette face à mes yeux se trouve la petite boîte noire contenant la bague pour Lovisa. En me réveillant ce matin, ce n'est pas ainsi que j'imaginais vivre cette journée. Je fourre la boîte dans la poche intérieure de ma veste. J'attrape mes clés et les enfouis dans la poche de mon jean.

Je suis prêt.

Au moment de partir, l'infirmière me barre la route, déterminée à me garder entre ces quatre murs.

– Vous n'êtes pas autorisé à sortir, veuillez regagner votre lit et laissez-moi appeler le docteur.

J'inspire profondément pour éviter de me mettre en colère. Je suis déjà assez sous tension et son refus de me laisser passer met mes nerfs à rude épreuve.

– J'ai pas le temps pour ces conneries. Laissez-moi passer. Tout de suite !

Je la repousse sans ménagement et sors de la chambre. Je jette les compresses ensanglantées au sol et téléphone aux personnes que je ne voulais pas déranger.

– J'ai besoin de vous. Iron House est cerné, ils ont Lovisa et je n'ai plus d'équipe.

Je gronde et m'arrête en m'appuyant contre le mur. Mon corps est transi de froid puis bouillonne de rage, et la sueur sur mon front glace ma peau sous l'air conditionné au-dessus de ma tête.

– C'est la guerre ? demande Gunkil au bout du fil.

– Amenez tout le monde.

Je raccroche et m'essuie le front. J'arriverai avant lui au domaine, je dois préparer le terrain pour leur faciliter la tâche. Derrière moi, l'infirmière me hèle. Bordel, elle ne peut pas me foutre la paix ? Je me redresse et me traîne jusqu'à l'extérieur. La poitrine me brûle et l'envie de me gratter jusqu'au sang me démange. Je dois faire preuve d'énormément de volonté pour ne pas tout arracher.

Dehors, le vent fouette mon visage et me donne l'énergie nécessaire pour me diriger vers une voiture dans laquelle son propriétaire vient déposer une femme. Alors qu'il sort du véhicule avec sa compagne, je profite de son moment d'inattention et m'engouffre dans sa Volvo. Le cri de l'homme est étouffé par le vrombissement du véhicule.

Je rassemble mes pensées et évalue les possibilités et divers scénarios qui pourraient arriver ce soir. Chaque plan finit par la mort de Lovisa et la mienne. Je n'arrive pas à réfléchir clairement. Je frappe dans le volant et craque les articulations de ma nuque.

– Bon, reprenons de zéro.

Si je dois crever ce soir, ce sera en sauvant Lovisa, je n'accepterai aucune autre possibilité.

31

Lovisa, 21 ans

Depuis un moment, la vie me sourit. J'ai créé des liens solides avec les personnes de l'orchestre, j'ai trouvé un petit appartement super et je reçois des fleurs d'un admirateur secret. C'est si excitant ! Mais ce qui l'est encore plus, c'est que je l'ai rencontré ce soir. Il est si beau ! Il s'appelle Rikard et il a une allure folle. Je n'ai jamais rencontré un homme aussi charmant. Nous avons dîné ensemble ce soir et le feeling est bien passé. Pour une fois, durant quelques heures, je n'ai pas pensé à Niklas, et mon existence ne me paraissait plus aussi désespérée que ça. Il est peut-être celui que j'attendais ? Nous avons prévu de nous revoir demain, il me tarde de voir ce que ça va donner.

***

Alors que je suis ligotée sur cette chaise, la pensée que ma vie ne tient plus qu'à un fil me traverse l'esprit. Il y a tant de choses que j'aurais voulu faire et qu'il ne me sera probablement pas possible de réaliser. J'ai retrouvé Niklas pour ensuite le perdre quelques semaines plus tard. Nous allons être de nouveau séparés et, n'étant pas croyante, je sais qu'une fois morts nous serons perdus à jamais. Si au moins l'un de nous survit à cette nuit… Mais Niklas, me sachant ici, ne s'enfuira jamais pour sauver sa peau et pour cela, je l'aime encore plus et le déteste, car il risque sa vie pour moi.

Notre amour va nous détruire.

Rodrigo et ses hommes comptent dessus pour faire ce qu'ils veulent de nous. D'ailleurs, l'Espagnol n'est pas encore arrivé. Mon nouveau geôlier aux couteaux tranchants me nargue en touchant ses armes étalées sur le comptoir de la cuisine. Il s'amuse de l'horreur qui se dessine sur mon visage lorsqu'il m'explique l'histoire de chacune de ses lames et ce qu'il en a fait sur ses victimes. L'idée d'être lacérée par l'une d'elles me file des sueurs froides. À choisir, je préfère prendre une balle dans la tête plutôt que de subir mille souffrances entre ses mains.

– Je sais comment couper la chair le plus longtemps possible avant que le corps ne lâche. Je pourrais te montrer, me propose le grand roux avec une froideur à vous faire vous pisser dessus.

Je déglutis, une goutte de sueur coule le long de ma joue. Mon corps est soumis à une telle tension que je suis surprise que mes nerfs ne m'aient pas déjà lâchée. Mes bras sont douloureux, attachés dans le dos ; les liens au niveau de mes poignets sont bien trop serrés et je les soupçonne de l'avoir fait exprès par pur sadisme.

Dans la maison, mais aussi à l'extérieur, le calme est revenu. J'ignore s'il reste encore des hommes à Nik dans la forêt. Peut-être se cachent-ils ? Je n'ai pas entendu Krigare depuis mon arrivée et l'idée de son corps ensanglanté gisant dans la neige me peine énormément. J'ai encore l'espoir de l'entendre aboyer, mais chaque fois que je tends l'oreille, seules les conversations étouffées des hommes de Rodrigo me viennent. Quand les portes sont fermées, il est difficile d'entendre quelque chose à l'extérieur.

Le bruit de l'horloge m'agace, le son de l'aiguille qui défile de seconde en seconde augmente mon angoisse. Le temps s'écoule à une allure si lente que l'impression d'être dans une autre dimension me pousse à croire que tout ceci n'est pas réel.

De temps en temps, la radio du rouquin émet des grésillements, et quelques bribes de conversation nous parviennent. Ils communiquent grâce à leur talkie-walkie, mais jamais mon geôlier ne répond, toute son attention est rivée sur moi. Une noirceur étouffante se dégage de lui. Dans son regard, je peux lire toutes les tortures imaginables qu'il rêve de me faire subir, et le supplier ne servirait probablement à rien. Mais peut-être serait-il plus sensible à d'autres paroles de ma part ?

– Combien Rodrigo vous paie ?

Il pouffe en reposant son couteau et contourne le comptoir. Je n'ai pratiquement pas parlé depuis qu'il est là.

– Trop pour que tu puisses te payer mes services.

– Niklas a beaucoup d'argent, bien plus que votre patron. On pourrait vous payer le double… Le triple ! me rectifié-je en le voyant se désintéresser de ma proposition. On peut passer un marché, vous seriez gagnant.

Il aspire sa lèvre inférieure avant de la relâcher, réfléchissant.

Il attrape un de ses couteaux, petit et fin, de la taille d'une main et s'avance. La lame étant dans ma direction, je vois déjà la pointe me transpercer un œil, mais, au lieu de cela, il se glisse dans mon dos et coupe net mes liens. Un immense soulagement irradie du bout de mes doigts et remonte le long de mes bras. Je masse mes poignets douloureux et me relève aussitôt.

– Merci, vous ne le regretterez pas. Dès que j'aurai retrouvé Niklas, on vous paiera.

Toujours derrière moi, le rouquin se met à rire, tout d'abord discrètement avant de partir dans un fou rire glaçant. Je me tourne vivement vers lui.

– Tu as vraiment cru que j'allais te laisser partir ?

– Mais…

– Quoi ? Vous allez me payer, c'est ça ?

Dangereusement, il fait un pas dans ma direction et me donne un coup de poing au niveau de l'estomac. J'étouffe un cri de douleur et me plie en deux, me contractant pour gérer cette souffrance.

Il se penche à mon oreille et susurre.

– Idiote. Quand toi et ton mec vous crèverez, tout ce que tu vois là nous appartiendra. Je n'ai pas besoin de tes miettes de pain.

Il m'attrape par les cheveux et me lance sur ma chaise en ricanant.

– Je me ferai un plaisir de vous découper en morceaux.

La douleur forte et lancinante m'empêche de lui répondre. J'entoure mon ventre à l'aide de mes bras et reste prostrée sur ma chaise. Si je ne bouge pas, il ne me frappera probablement plus.

– Allons, Vidar, est-ce ainsi qu'on traite nos invités ?

Dans l'ombre du corridor, Rodrigo fait son apparition. D'une démarche boitillante, il entre dans la cuisine, ajoutant de la noirceur à l'atmosphère déjà pesante. Niklas m'avait dit qu'il l'avait blessé à la jambe ; visiblement, il en souffre toujours. Vidar retourne à sa place derrière le comptoir et repose son couteau dans un parfait alignement avec les autres.

– Bonsoir, Lovisa.

Sa présence ici est comme un affront envers Niklas. Il profane notre demeure en venant sans autorisation. Je le toise en me redressant lentement. La douleur me rend plus lucide et consciente des événements autour de moi. Elle me prévient d'être vigilante pour la suite.

– Vous devriez être mort.

Il s'agit là plus d'un souhait que d'une affirmation.

– Il s'en est fallu de peu.

Rodrigo positionne une chaise devant moi et s'y installe. Dans sa main gauche, il tient une arme à feu qui semble avoir été coulée dans de l'or. C'est un peu trop voyant à mon goût. Tout comme mon Walther PPK rose.

Mon arme !

À cet instant, je repense à la cachette sous le plancher, qui se trouve derrière moi au fond de la cuisine. Niklas l'avait cachée là avec une liasse d'argent et une boîte de munitions. Jamais je n'arriverai à l'atteindre sans me faire tuer. Je jure contre moi-même de ne pas y avoir pensé lorsque j'ai tenté de m'échapper.

La main de Rodrigo sur ma cuisse me sort de mes songes.

– Je me demande si… si savoir que tu seras ma putain pendant que notre cher Niklas se fait bouffer par les vers ne serait pas le coup de grâce que je lui ferai avant de le tuer. Qu'en penses-tu ? Tu imagines sa souffrance en sachant qu'il ne pourra rien y faire ?

Je déglutis inutilement, ma bouche étant sèche. Il observe ma réaction et sourit.

– Ou devrai-je te tuer sous ses yeux ? Tu en penses quoi, Vidar ?

Il se retourne à moitié vers son homme de main.

– Si c'était moi, patron, je les tuerais tous les deux, très lentement.

– Aucun survivant, j'aime ça.

Je frissonne et finis par repousser sa main qui semble provoquer des démangeaisons sur ma cuisse.

– On sera bientôt fixés, notre chère amie lui a rendu visite à l'hôpital, il a été averti de la situation.

Nous nous défions du regard. Je suis l'appât qui le détruira et il le sait.

– Nik finira par venir et il vous tuera tous et vous arrachera ce sourire suffisant.

Rodrigo se redresse sur sa chaise et me toise avec amusement.

– J'ai décimé la petite armée de Niklas en un claquement de doigts et tu penses qu'à lui seul il nous arrêtera ? Voilà ce qu'il reste de ses hommes.

Il siffle. Du grabuge provenant du hall d'entrée se rapproche. Deux hommes plutôt costauds traînent derrière eux un homme que j'identifie rapidement comme étant Oscar. Ce dernier présente une plaie au niveau du torse. Sa chemise blanche est maculée de sang.

– Oscar ! crié-je en tentant de me lever, mais Rodrigo me force à me rasseoir.

Il est en vie ! Il y a peut-être de l'espoir pour que la situation tourne en notre faveur. Mais en voyant la gravité de son état, je déchante rapidement.

– Vous n'êtes qu'un monstre !

Oscar relève péniblement la tête et me lance un regard vitreux. Il est à peine conscient. Quelle quantité de sang a-t-il perdue ? Beaucoup trop. Les deux hommes le lâchent, il s'écroule sur les lattes en bois dans un gémissement pénible pour mes oreilles. Il est la preuve que n'importe quel homme peut tomber.

– Je l'ai connu en meilleure forme, ricane Rodrigo. Il a trouvé sa place, à mes pieds, et bientôt il sera rejoint par son maître.

Son arrogance le perdra. Il est si sûr de lui que ça m'écœure. Je n'ai jamais souhaité la mort de quelqu'un aussi fort que pour lui.

– Vous me dégoûtez ! Vous ne valez pas la moitié de l'homme qu'il est ! crié-je en lui crachant au visage.

Sa réaction arrive aussitôt. Sa main me gifle si fort que je tombe sur le côté. Mon oreille bourdonne et ma joue me lance.

– J'ai horreur de la vulgarité, gronde Rodrigo en se levant.

Il sort de sa poche un mouchoir et essuie son visage avant de le jeter par terre.

– Je vais t'apprendre les bonnes manières.

Aussitôt, il abat son pied dans mes côtes. Un gémissement pitoyable s'échappe de ma bouche, rapidement remplacé par un autre.

Allongée sur le sol, je me demande combien de coups mon corps peut encaisser avant de se fendre en deux. Rodrigo, insensible à ma douleur, me frappe de son pied encore et encore. Je me protège du mieux que je peux, mais je craque rapidement, affolée.

– Arrêtez ! Je vous en supplie, arrêtez !

Je sanglote en me recroquevillant sur moi-même. Rodrigo, le souffle court, s'arrête finalement et me force à rouler sur le dos avec son pied.

– Donne-moi une bonne raison d'arrêter. Je t'écoute. Parle !

Soudain, la cuisine et le reste de la maison se retrouvent plongés dans le noir. Tout le monde s'immobilise.

– Merde ! Déployez-vous et trouvez-moi le problème, plus vite que ça !

Rodrigo se penche vers moi, un sourire mauvais sur le visage. La lune filtrant à travers les fenêtres et la porte vitrée nous éclairent.

– On dirait bien que Niklas est de retour. Ça te dit de l'accueillir comme il se doit ?

32

Niklas, 23 ans

Sören, le fidèle toutou de mon père, est mort. Personne ne le regrettera, surtout pas moi. De ce fait, Hendrik m'a pris avec lui pour visiter chaque district où il avait rendez-vous avec ses lieutenants. Quand j'ai revu Rodrigo, cet enfoiré n'avait pas changé d'un poil. Il me traite toujours comme un gosse, ce qui me met en rogne. J'ai demandé à mon père si je pouvais lui donner une bonne leçon, mais il m'a dit que, sous son règne, je ne toucherai jamais à l'un de ses hommes. Ces paroles ne sont pas tombées dans l'oreille d'un sourd. Plus jeune, j'avais promis de me débarrasser de lui ; aujourd'hui, il m'a donné une raison supplémentaire de lui trouer le cul. Les choses se passeront différemment sous mon commandement. J'élèverai le nom des Ekman à l'international. Tout le monde nous connaîtra et pas grâce au cartel. Cette affaire, bien que rentable, n'est pas mon but dans la vie, mais cette pensée, je la garde pour moi. Mon père me tuerait rien que pour la simple idée d'envisager de tout claquer et partir.

***

Muni de mes deux mains comme seules armes, je parcours la forêt d'Iron House. Ignorant l'étendue des dégâts, j'ai préféré me garer à l'extérieur du domaine, mais, à ma grande surprise, il n'y avait personne aux grilles. Tout autour de moi, le bois est silencieux ; seul le vent qui caresse et fait craquer les branches d'arbre est source de bruit. À croire que tout est normal. Le sang à l'entrée me donne un aperçu de ce qui doit se passer plus loin. J'ignore combien de mes hommes ont péri ou même si Lovisa est encore en vie.

S'il y a bien un dieu qui existe, là-haut, qu'il la protège.

Je ne suis pas croyant, mais, dans cette situation, je suis prêt à croire à n'importe quoi pourvu que les événements tournent en ma faveur.

Ce serait de la folie de ma part de débarquer sans arme aux portes de ma maison ; c'est pourquoi l'entrée du bunker souterrain, relié à la villa par un tunnel, est la plus appropriée. De plus, il y a tout l'équipement nécessaire pour combattre Rodrigo et ses hommes.

Bordel, j'espère que Gunkil arrivera avec les renforts. Je m'étais promis de ne plus le mêler à mes affaires, mais il est celui en qui j'ai le plus confiance, après Oscar, pour me venir en aide.

Je connais cette forêt comme ma poche pour l'avoir parcourue durant des années. Je m'approche d'un très vieil arbre, un bouleau sur lequel l'emblème d'un loup blanc a été creusé en son centre puis peint en noir.

Le signe.

Un coup d'œil autour de moi m'assure qu'il n'y a personne. Je le contourne et me penche vers une plate-forme faite en lianes tressées couverte de neige. Seul un gros morceau de bois en ressort. Je tire dessus, soulevant la plaque. En dessous, deux grandes portes en fer. À l'aide d'une clé que j'ai toujours sur moi, je déverrouille le cadenas et tire d'un coup sec. Ce geste, bien qu'anodin, me demande plus de force que je ne l'aurais cru. La douleur de mon torse se réveille et je me maudis de ne pas avoir pris d'antidouleur avant de partir. Pas le temps de m'apitoyer sur mon sort, je dois me bouger et mettre fin à tout ce foutoir.

Je descends les escaliers et allume l'interrupteur. Une grande pièce est alors éclairée d'un blanc vif. Mes yeux brûlent un instant avant de s'acclimater. À ma droite, plusieurs casiers ainsi qu'un banc ont été installés pour se changer. Un peu plus loin, il y a une douche rudimentaire avec un lavabo et des toilettes. Juste en face, plusieurs armoires fermées par des cadenas contiennent toutes les armes à feu nécessaires pour se défendre lors d'une guerre. Un peu plus loin, un boîtier contient les clés pour les ouvrir. Et juste à côté le générateur de secours.

À ma droite, un coffre-fort encastré dans le mur. Je l'ouvre à l'aide d'un code que je change chaque mois. À l'intérieur, il y a plusieurs lingots d'or, des liasses d'argent, deux Golden, un poing américain avec une tête de loup sur l'index et une tablette. Je cale les armes derrière mon dos, enfile le poing américain et m'empare de la tablette, que j'allume. J'accède directement aux caméras extérieures. Je repère les hommes autour de la villa. Ils sont trop nombreux pour que je puisse m'en occuper seul. Je sélectionne ensuite les caméras à l'intérieur. Celles-ci sont cachées et leur emplacement connu seulement d'Oscar. Je passe les images du salon, de la bibliothèque, du hall d'entrée et finis par la cuisine. La caméra se trouve logée dans une figurine de poule en porcelaine, perchée au-dessus du réfrigérateur. Rodrigo, en compagnie d'un autre homme dont le visage m'est familier, retient en otage Lovisa, assise sur une chaise, prostrée. Son visage déformé par la douleur et l'idée qu'ils aient pu la toucher me mettent en rage.

– T'en fais pas, bébé, j'arrive.

Elle ne restera pas une minute de plus en leur compagnie.

Je range la tablette dans le coffre et le referme. Je prends les clés pour déverrouiller l'armurerie, où j'attrape un gilet pare-balles que j'enfile après avoir ôté ma veste en cuir. La difficulté de ce geste si simple rend le moment ridicule, chaque mouvement tire au niveau de la cicatrice, mais je ne prendrai pas de risque avec une balle perdue.

Ensuite, je coupe l'alimentation de la villa et j'empêche le générateur de secours de se mettre en route. J'aurai plus de chance de les surprendre dans le noir absolu. Paré à l'attaque, j'ouvre la porte menant au tunnel relié à la cave. Arme à la main, je m'aventure dans la fraîcheur de la galerie, dont l'air est empreint d'humidité. Je n'ai pas besoin de mes yeux pour voir, il s'agit d'une ligne droite et à la sortie, je sais où trouver des lampes torches.

Je parcours une centaine de mètres avant d'arriver au bout du tunnel, où je pose ma main sur l'armoire coulissante. Je retiens ma respiration durant un instant en entendant des voix de l'autre côté. Lentement, je tire l'armoire vers la gauche et laisse une ouverture. À l'aide de leur portable, deux hommes éclairent autour d'eux.

– Cherche mieux, regarde bien aux murs s'il n'y a pas un boîtier.

– C'est pas à l'étage qu'on trouve ces machins-là ?

– Pas forcément, s'exaspère l'un d'eux. Il faut vite remettre l'électricité avant que Rodrigo ne s'en prenne à nous. Il a complètement pété un câble.

Leur téléphone braqué devant eux, ils s'éloignent de l'armoire, que je m'empresse de tirer entièrement pour me faufiler dans la cave. À pas de loup, je me glisse lentement vers eux. Un des hommes, le plus proche de moi, fait ma taille. Je lève mon arme en plissant un peu les yeux pour visualiser sa tête et lui donne un gros coup de crosse derrière le crâne. Il s'écroule lourdement au sol. Le dernier réagit au quart de tour en voulant se retourner, mais je suis plus rapide. Il est plus petit que moi, je passe aisément mon bras autour de son cou et le serre. Il se débat en me frappant dans les côtes à l'aide de son coude. Je grogne, mais ne lâche pas pour autant ma prise.

– À l'ai…

Je plaque ma main sur sa bouche et serre si fort mon bras autour de son cou qu'un craquement répugnant se fait entendre. Son corps se relâche aussitôt et il s'écroule.

– « Vous avez trouvé ? »

Une radio accrochée à sa ceinture grésille sous les paroles de son interlocuteur. Je la ramasse et écoute les échanges entre les hommes de Rodrigo.

– « Toujours rien à l'avant. »

– « On retourne à l'entrée, il y a du mouvement. »

Du mouvement ? Je regrette d'avoir coupé l'électricité, j'aurais pu voir ce qui se passe.

Je garde la radio, attrape une lampe torche près de l'entrée et gravis les escaliers de la cave sans rencontrer d'autres hommes de l'Espagnol. À peine à la moitié des marches, j'entends la voix de Lovisa, plaintive, qui me fend le cœur.

– Arrêtez ! Vous allez le tuer !

De qui parle-t-elle ? Quelqu'un les a rejoints pendant que je traversais le tunnel ? Je dépose la radio et la lampe torche éteinte sur la dernière marche. Devant la porte, je tourne lentement la poignée et l'entrouvre. Une ombre passe rapidement, mais ne s'arrête pas, elle semble se diriger vers l'entrée. Je me glisse hors de la cave et me plaque contre le mur, mon arme au niveau de la joue et la seconde que je dégaine contre mon épaule. Un coup d'œil dans le couloir m'indique que la porte est ouverte. Au loin, je perçois le bruit de plusieurs voitures filant à vive allure dans le domaine ainsi que des motos, mais j'ignore s'ils sont des alliés ou des ennemis.

– Tu préfères prendre sa place ? Tu n'as qu'un mot à dire, ma belle, et je laisse Vidar s'occuper de te dessiner un joli sourire grâce à ses lames.

– Vous n'êtes qu'un psychopathe et j'espère que Nik viendra vous faire la peau !

Oh, oui, bébé, j'y compte bien.

Ma petite guerrière, même en compagnie de hyènes, se montre forte. Une bouffée de fierté m'envahit, mais est très vite chassée lorsque deux hommes passent près de moi pour accéder à la cuisine.

– Des voitures ont pénétré dans la propriété et des motos se sont faufilées dans les bois. Nos hommes attendent vos ordres.

– Tuez-les tous, je ne veux pas que cet enfoiré ait le moindre renfort.

Les deux hommes partent d'un pas rapide et quittent la villa. Je m'approche lentement de la cuisine. Au sol, le corps d'Oscar, à moitié dans le hall et à moitié dans la cuisine, gît dans son sang. Il a le visage tuméfié. J'ignore s'il est encore en vie, mais voir un si grand homme dans cet état me pousse à me remettre en question sur mes propres capacités physiques.

– Où en étais-je ? Ah oui…

– Attendez !

Que se passe-t-il ? J'avance sans faire de bruit, la respiration lente et presque inaudible.

– Donne-moi une bonne raison.

– Parce que… parce que je suis enceinte.

Je m'arrête, incapable de faire un pas de plus. Lovisa enceinte ? Depuis quand ? Pourquoi ne m'a-t-elle rien dit ?

Bordel de merde… Bordel de merde !

D'où je suis, malgré l'obscurité, j'aperçois Lovisa, assise, Rodrigo debout devant elle, prêt à la frapper. Cette scène me pousse à me ressaisir. Je suis confus par rapport à cette nouvelle et je ne sais pas que penser, mais ce que je sais, c'est que Love a besoin de moi. Je débarque dans la cuisine en pointant une arme sur Rodrigo et sur le rouquin derrière le comptoir.

– Si l'un de vous bouge, je lui loge une balle entre les deux yeux, grondé-je, prêt à tirer.

33

Lovisa, 22 ans

Lors de la première gifle de Rikard, j'ai cru à un rêve. Nous parlions simplement, lui pianotant sur mon téléphone, moi réchauffant un plat d'un grand cuisinier que nous avions commandé. Des messages échangés avec un collègue de l'orchestre lui ont déplu malgré leur innocence. J'ai eu beau plaider ma cause, il ne m'a pas écoutée et m'a accusée de le tromper. Ensuite, il a regretté son geste et s'est excusé et, même si je l'ai cru, au fond de moi je savais qu'il mentait, appelons ça un sixième sens ou une connerie pareille, mais je le savais. Il a recommencé, plus fort, plus souvent et toujours sans aucune raison. Et je reste avec lui malgré tout. Pourquoi ? Pourquoi est-ce que je m'inflige ça ? C'est que je dois aimer ça, au fond, non ? Pourtant, il me fait me sentir sale et indigne de son amour, mais l'amour, c'est censé être beau, être bon, alors pourquoi est-ce que je reste ?

***

Il est là.

Il est *vraiment* là !

Ce n'est pas une hallucination, tout le monde le voit, n'est-ce pas ? Niklas est éclairé par un rayon de lune, ce qui me permet de le voir à peu près correctement. Je n'arrive pas à détacher mon regard de lui et détaille son visage. Ses traits crispés et la sueur sur son front révèlent l'épreuve physique qu'il est en train de subir. Je ne sais toujours pas ce qu'il a eu, mais son état m'inquiète. Aucun de mes geôliers ne tente de faire un mouvement sous les armes pointées dans leur direction.

Depuis combien de temps est-il dans la maison ? Près de la cuisine ?

« Parce que… parce que je suis enceinte. »

Je blêmis. M'a-t-il entendue prononcer ces mots ? Ce n'est pas ainsi que je souhaitais lui annoncer la nouvelle. Après avoir fait le test en Grèce, qui s'était révélé positif alors que je prenais la pilule, je l'ai caché et n'ai rien dit à personne, surtout pas à Niklas. Je ne pouvais le faire par téléphone. De plus, j'ignore quel est son avis sur la question. J'ignore moi-même ce que j'en pense. Vais-je le garder ? Niklas le voudra-t-il ? Nous devons discuter de ce… bébé. En tout cas, mon instinct de protection pour ma vie et la sienne a surgi et je ne veux pas qu'on lui fasse de mal. Si nous avons fauté, Niklas et moi dans nos choix de vie en vivant dans le danger et la mort, lui n'a rien demandé.

Je me mords nerveusement la lèvre et tente de lire dans ses yeux, espérant y voir une réponse de sa part, mais je n'y décèle que noirceur et colère. Il s'est glissé dans la peau du chef de cartel pour mieux gérer la situation. Pas de place aux émotions, il doit se concentrer.

– Niklas ! Tu as bien failli me faire attendre, susurre Rodrigo en me tournant le dos.

Son arme est pointée dans la direction de mon petit ami ; quant à Vidar, il tient entre les mains deux petits couteaux capables de couper n'importe quel tissu humain. La pénombre de la cuisine n'empêche personne de se voir, même si la visibilité est plus diminuée qu'avec les lumières allumées.

– Éloigne-toi d'elle, exige Niklas en s'approchant lentement.

Son regard voyage de Rodrigo à Vidar. D'un mouvement d'arme, il ordonne à l'Espagnol d'échanger sa place avec la sienne pour me protéger dans son dos. Sans les quitter des yeux, il s'adresse à moi.

– Tu peux te lever ?

J'opine de la tête avant de me rendre compte qu'il ne peut pas me voir.

– Oui, dis-je à voix haute.

– OK. Tu te souviens où est ton arme ? Va la chercher.

Je me lève lentement, comme si le moindre mouvement brusque pouvait déclencher la fusillade qui est sur le point d'éclater. Je contourne la table en me cognant à une chaise qui grince et me dirige vers le meuble à l'autre bout de la pièce. De là, je me penche en gémissant, mon ventre est douloureux et l'idée de perdre l'enfant à cause de tous les coups reçus m'emplit d'horreur.

– Comment vas-tu, Niklas ? J'ai entendu dire que tu avais fait une attaque.

Une attaque ! C'était donc pour ça qu'il était à l'hôpital ? Seigneur… Et il est déjà debout !

Mon petit ami renâcle avant de répondre :

– Ferme-la, je ne veux pas t'écouter. Dépêche-toi, Lovisa.

J'enlève deux planches au pied du vaisselier avec la gravure d'une tête de loup entourée d'une forêt au sommet et accède à ce qu'il y a de caché. J'attrape mon Walther ainsi que l'arme de Nik et la lui rapporte. Sous sa directive, je la coince dans son dos et me place à ses côtés, pointant mon flingue sur Vidar.

– Regardez-vous, ricane Rodrigo. Deux amants sur le point de mourir, mais qui se raccrochent encore à l'idée qu'ils ont une chance face à moi.

J'ignore de combien d'hommes il dispose, mais il ne s'en sortira pas face à Nik. Et moi, je ne le laisserai pas sans me battre. Quitte à mourir ce soir, autant que ce soit à ses côtés.

– Tu aurais dû partir sans faire d'histoire, dit Niklas.

– Oh, mais je ne comptais pas m'en aller sans t'avoir ôté la vie.

Niklas renifle avec dédain et garde ses deux armes braquées sur Rodrigo.

– Ton orgueil est aussi blessé que ça ? J'ignorais qu'on pouvait t'atteindre si facilement.

Les narines de Rodrigo se dilatent et ses yeux s'agrandissent. Il lève lentement son arme dans notre direction.

– Si tu n'avais pas joué au con à tout changer dès ton ascension, j'aurais été un allié de taille, mais tu as laissé une petite chatte s'immiscer dans ta tête, crache-t-il tel du venin en me regardant avant de sourire. Oui, je sais pourquoi tu m'as éjecté de la partie.

Je suis la cause de ce conflit ? Une boule de culpabilité me noue les entrailles. Je regarde Niklas pour qu'il démente ces dires, mais il n'en fait rien.

– Je n'ai qu'une parole.

La tension entre les deux hommes est palpable et oppressante. Nous sommes tous prêts à appuyer sur la détente et à engendrer un vrai massacre entre nous.

– On nous attaque ! crie quelqu'un à travers la radio posée sur le comptoir.

Un frisson d'effroi remonte de la base de ma colonne vertébrale jusqu'à ma nuque. Des coups de feu retentissent par dizaines. Dans le hall, des éclats de lumière jaillissent de la porte ouverte, provenant des phares des voitures, mais aussi des armes. Ce remue-ménage nous déconcerte tous. Niklas tourne la tête en direction du bruit. Ce simple moment d'inattention suffit à Rodrigo pour s'en prendre à lui. D'un grand coup de pied dans son thorax, il l'éjecte à terre. Son gilet pare-balles le protège des armes à feu, mais pas des coups. Il gémit, le visage déformé par la douleur et tire dans la direction de Rodrigo sans le toucher.

– Nik !

J'attrape son bras et tente de le relever, mais il me repousse.

– Va-t'en !

– Je ne te laisserai pas !

Niklas tire encore dans la direction des deux hommes cachés derrière le comptoir. Il m'attrape le bras et le serre fort. Trop fort. Son regard me transperce littéralement.

– Tu dois t'en aller, ne discute pas !

– Tu as besoin de moi !

– C'est faux, gronde-t-il, en posant sa main sur mon ventre, mais lui oui. Sauve-le, sauve-toi.

Il me pousse encore, me forçant à me lever. Près de la porte, l'hésitation me retient sur le pas de celle-ci.

– Sors !

Une décharge électrique me secoue, mes jambes décollent du sol et je file à toute allure dans la forêt.

Cours. Ne pense à rien. Cours plus vite. Pense à lui, à ce petit être qui grandit dans ton ventre. Mais Nik a besoin de moi, comment puis-je l'abandonner aussi facilement ? Je me mords la lèvre presque à sang. Pour une fois, je dois l'écouter. Fini de n'en faire qu'à ma tête.

Dénuée de veste, je n'ai pourtant pas froid, cette course effrénée me tient chaud et en haleine. Plus je m'éloigne de la maison, moins les coups de feu parviennent à mes oreilles, mon cœur bat si fort qu'il camoufle tous les bruits aux alentours. Mes doigts, qui serrent trop mon arme, sont endoloris et veulent la lâcher, mais puisqu'elle peut encore me servir, je m'y accroche comme à une bouée de sauvetage et ne desserre pas ma prise.

Mon instinct me pousse à être à l'écoute d'un pas rapide derrière moi. Je me retourne à moitié et, malgré l'obscurité, je reconnais Vidar qui me poursuit.

Oh, non !

Je tente d'accélérer le pas, mais ma condition physique ne me le permet pas, je n'ai jamais été adepte des courses rapides et sportives. Plus Vidar se rapproche, plus un étau d'angoisse et de peur de tomber entre ses griffes se resserre autour de moi.

Il grogne une injure à mon égard, franchit les derniers mètres qui nous séparent, m'attrape et nous fait rouler dans la neige, dans une chute douloureuse qui ajoute plus d'ecchymoses à mon corps déjà meurtri. Dans des grognements et gémissements plaintifs, nous nous débattons, moi pour lui échapper, lui pour en finir avec mon existence. Je vois sa lame briller sous le clair de lune avant que celle-ci ne m'entaille le haut du bras. Malgré le froid glaçant ma chair au fil des minutes, la douleur vive m'arrache un hurlement. Le sang jaillit de la plaie et macule mon pull. Je le frappe avec mes pieds pour le rejeter en arrière et braque sur lui mon arme, qui est restée cramponnée entre mes doigts par je ne sais quel miracle. Ce geste désespéré le fait rire.

– Oh, tu vas me tuer, c'est ça ?

Il reste assis dans la neige et relève la tête, me défiant. Sa lame toujours à la main, telle une extension de son bras, ne le quitte pas.

– Tu n'en es pas capable, fillette. Il faut du cran pour tuer quelqu'un.

Je fronce les sourcils en plissant les yeux. Parfois il ne faut pas du cran, mais de l'instinct de survie qui agit à notre place. Je pose mon autre main sur mon arme en chassant la douleur qui me lance dans le bras.

– Tu ne seras pas le premier que je tue.

Ses yeux s'écarquillent avant que je ne tire, déterminée, dans sa direction. J'aurais dû prendre les cours de tir de Niklas plus au sérieux, car je manque ma cible de peu. Le rouquin reste figé en me fixant, avant de me foncer dessus. Je tire de nouveau, mais il esquive.

Merde !

Sans réfléchir, je lui lance mon arme dessus et me relève à mon tour. Je m'enfuis en faisant abstraction de la douleur dans mon bras dont le sang imbibe de plus en plus ma manche. Je me suis à peine remise de la précédente course, mes jambes flageolantes peinent à me maintenir debout, mais si je ne le distance pas, il me fera d'autres entailles avant de me donner le coup de grâce, probablement en m'ouvrant la gorge en deux.

– Reviens ici, salope ! Tu as essayé de me tuer ! Moi ?

La belle affaire, il a commencé le premier. Il est comme le chasseur qui se fait chasser et n'apprécie pas le sort qu'il voulait faire subir à son gibier.

L'air se rafraîchit soudainement et je comprends que nous nous rapprochons du lac gelé. Enfin, plus si gelé que ça, la glace a commencé à se fissurer, créant des trous encore plus grands à sa surface depuis la dernière fois que je suis venue ici.

Voilà la solution.

Si j'arrive à l'entraîner sur le lac, je pourrai le faire tomber dans les eaux glacées. Je risque de tomber avec lui si je ne prends pas garde, mais quel autre choix ai-je ? Je ne suis clairement pas à la hauteur et il a toujours son couteau en main. Physiquement, il peut me briser en deux. L'eau a toujours été mon ennemie, il est temps ce soir que cela change et qu'elle soit une alliée redoutable.

J'esquive plusieurs branches d'arbres basses et ne m'arrête pas, même lorsque mes cheveux se prennent dans celles que je ne vois pas. J'ai l'avantage que Vidar soit sur mon terrain, je dois en profiter pour l'arrêter. Les entrailles nouées, je dévie ma trajectoire en direction du lac.

La grande étendue d'eau gelée se profile à l'horizon. J'y suis presque. Je repousse une grosse branche qui me barre la route et m'aventure sur la glace, ralentissant l'allure pour éviter de glisser.

– Stop ! hurle Vidar derrière moi.

Je ne l'écoute pas et continue d'avancer en regardant autour de moi. La blancheur de la glace se reflète sous la lune, nous octroyant une luminosité naturelle dans la nuit qui nous entoure. Cela me permet de scruter le sol à la recherche de ce qu'il me faut.

– Je t'ai dit de t'arrêter !

Un coup de feu retentit en l'air, juste à côté de moi. Je m'immobilise aussitôt, à quelques pas d'un trou dans la glace.

– Je déteste vraiment les armes à feu et tu m'obliges à en utiliser une. Allez, retourne-toi.

Je déglutis et me retourne en tremblant de froid. Les extrémités de mon corps sont rougies et gelées. Chaque respiration se voit, par une fumée blanche, et chacune brûle mes poumons par l'air froid qui y pénètre.

Vidar range son arme et lance son couteau d'une main à l'autre en s'approchant.

– Enfin, le moment que j'attendais. Tu m'as demandé plus d'efforts que je ne l'aurais cru.

– Tu ne pensais tout de même pas que j'allais me laisser tuer aussi facilement ? lancé-je en retenant mes dents de claquer.

Je le laisse s'approcher. Sous ses pieds, la glace craque, bouge perceptiblement, mais il ne semble pas le remarquer.

– Je te propose une mort propre et rapide ou une mort lente et douloureuse. Personnellement, j'ai un faible pour le second choix.

Il s'arrête, attendant ma réponse. Dans tous les cas, je mourrai. Mais les choses peuvent être différentes si je la joue fine.

– Une mort rapide serait préférable, mais peu importe mon choix, n'est-ce pas ?

Depuis le début, il vante ses compétences en matière de torture, je ne vois donc pas pourquoi il m'épargnerait. Il se joue de moi, c'est évident.

Il se remet à marcher dans ma direction en serrant son couteau dans la main droite.

– Tu as raison, je prendrai plus mon pied en te faisant du mal, c'est difficile de changer ses vieilles habitudes.

Plus il s'approche, plus la glace gronde sous nos pieds. Je ne bouge plus en sentant les bords du trou à quelques centimètres de mes talons et le laisse venir à moi.

Encore un peu.

Il s'avance.

Encore un peu.

Il se rapproche.

Encore un peu.

La lame imprégnée de mon sang à présent coagulé est si proche qu'elle peut m'entailler à tout moment.

– Tu es à moi.

Théâtralement, il lève sa lame au-dessus de sa tête. La lueur de folie dans son regard m'encourage à poursuivre mon plan. L'once de culpabilité que je ressentais de le piéger pour qu'il se noie se volatilise. Je me jette sur le côté, cognant durement sur la glace qui se fissure sous mon poids. Mon coude entre en contact avec l'eau, je serre les dents pour ne pas céder à la panique et frappe l'arrière de son genou avec mon pied. Il le plie contre la glace, le corps légèrement penché en avant. Je me relève et gémis en sentant sa lame faire couler de nouveau mon sang au-dessus de ma poitrine. J'arrive à me faufiler derrière lui en glissant sur mon flanc et le pousse dans l'eau. Il m'éclabousse, me glaçant encore plus. Je reste à moitié couchée et le regarde avec horreur sortir sa tête de l'eau. Le visage déformé par la rage, il me hurle dessus.

– Tu refuses de crever !

Je me fige un instant et le regarde se cramponner au bord pour tenter de remonter.

– Je n'ai jamais eu autant de raisons de vivre qu'en ce moment.

D'un gros coup de chaussure, je le frappe au visage. Son nez se fracture sous ma semelle et saigne abondamment. Vidar coule aussitôt. Des bulles éclatent à la surface et finissent, elles aussi, par disparaître. Craignant de le voir remonter, je fixe le trou un moment.

– Lovisa !

Saisie par la surprise, je fais volte-face et regarde vers la forêt. Un frisson d'excitation et de froid me parcourt. Serait-ce… ? Je me relève et scrute les environs. La voix lointaine se répercute de nouveau en écho parmi les arbres.

– Nik !

Ma voix se brise dans l'air de la nuit.

Au loin, des lampes torches s'agitent dans tous les sens. Il y a du mouvement.

Mon cœur bat si fort dans ma poitrine qu'il menace d'exploser.

Tout est terminé ? Je suis vivante et Niklas aussi. Je soupire de soulagement et me permets un sourire.

C'est terminé.

C'est…

Une main saisit ma jambe et me tire, je tombe à plat ventre. Un goût de fer tapisse ma langue et le reste de ma bouche, un filet de sang s'en échappe et souille la glace. Je regarde derrière moi et, horrifiée, constate que Vidar est toujours en vie. Le visage pâle comme la mort, il me tire et m'entraîne dans l'eau.

– Si je meurs, tu meurs !

Je hurle aussi fort que je le peux en happant la glace avec mes ongles. Je n'ai rien pour me retenir si ce n'est mes doigts, que je tente de planter dans les fissures.

– Au secours !

Le corps à moitié enseveli dans l'eau, je sens déjà les remous tenter de m'entraîner avec lui. L'eau est si glacée qu'elle rend mon souffle court et saccadé. Comment Vidar a-t-il fait pour être encore en vie ? Dans un dernier effort, je crie de nouveau à pleins poumons :

– Niklas !

34

Niklas, 24 ans

Tout le respect durement gagné auprès de mon père s'est envolé lorsque mes problèmes de cœur sont survenus. Je suis devenu faible à ses yeux, plus apte à faire correctement mon boulot. Cet enculé tente de m'écarter des affaires familiales. Et pourquoi ? Selon lui, je ne serais pas capable d'assurer la relève. Pourtant, il est affecté de la même anomalie ! C'est l'hôpital qui se fout de la charité. Malgré cette colère qui me ronge, une part de moi est soulagée à l'idée de quitter tout ça pour changer de vie. Peut-être même pour partir de Kiruna ?

***

À peine Lovisa échappée, Rodrigo vide son chargeur dans ma direction. Tout comme moi, il se retrouve sans munition. La cuisine est criblée de balles.

– Retrouve-la et tue-la ! ordonne Rodrigo à son chien de garde.

Le rouquin saute par-dessus le comptoir en attrapant un couteau et file par la porte aussi vite que l'éclair.

– Non !

Je me relève en attrapant l'arme dans mon dos et tente de le rejoindre, mais l'Espagnol m'attrape par les épaules et me tire en arrière. Il me retourne et me frappe en pleine mâchoire, mes dents s'entrechoquent. Je lâche mon flingue en esquivant son prochain coup.

– On a un compte à régler, tous les deux.

Rodrigo ne me laisse pas le temps de réagir et me frappe de nouveau au visage avant de s'attaquer à mon torse. Des décharges électriques vrillent douloureusement mon cœur alors que c'est la dernière chose dont il a besoin. Il est en train de bousiller l'appareil fraîchement mis sous ma peau. L'enfoiré. Un coup aussi bas ne m'étonne pas de lui. Le souffle court, je peine à contrer ses attaques.

– C'est tout ce que tu as ?

Il ricane face à ma faiblesse et me jette par terre. Me chevauchant, il abat ses poings sur mon visage, me mettant presque K.-O. Ses mains glissent autour de mon cou, qu'il serre de plus en plus fort.

– Une mort pitoyable pour un homme pitoyable. Voilà tout ce que tu mérites, mon cher Niklas.

Je frappe mes coudes dans le creux de ses bras, mais il resserre sa prise. Le souffle me manque et je sens mon visage rougir alors que le sang afflue dans mes joues.

– Sale lâche ! réussis-je à articuler en le frappant dans les côtes pour tenter de le faire reculer.

– À la guerre, tous les coups sont permis pour vaincre son ennemi, tu devrais le savoir depuis le temps.

Un coup bien placé dans son abdomen avec mon poing américain le fait plier, ses doigts me relâchent quelque peu. Je réussis à le repousser en toussant bruyamment. Je prends de grandes inspirations et cherche mon arme, mais Rodrigo l'attrape plus vite que moi. Je grogne et reste à terre pendant qu'il pointe le canon dans ma direction, debout.

– La partie est terminée. Tu as perdu. Une dernière parole ?

– Va te faire foutre, craché-je en essuyant le sang qui coule de ma lèvre inférieure.

Il ricane.

– Je n'en attendais pas moins de toi. Je vais peut-être changer d'avis et laisser Lovisa en vie. Tu mourras en sachant que tout ce qui t'appartient est à moi, y compris ta petite pute. Et votre avorton, je pourrai le lui prendre et l'élever, ou alors je pourrai la forcer à avorter et à vivre avec ça pour le restant de ses jours…

Une rage sourde fait écho en moi. Ce n'est pas la première fois qu'il réclame Lovisa et il n'est pas le seul. Azerty a tenté de m'intimider en proférant cette menace et je lui ai réglé son compte. Je me relève en tentant de mettre ma douleur de côté et pose mon front sur le canon glacé de l'arme. Sa fraîcheur me fait du bien et calme la fièvre qui me gagne petit à petit.

– Vas-y, tire, mais ne loupe pas, car moi je ne te manquerai pas, grondé-je en appuyant mon front dessus.

– T'es complètement dingue, mon pauvre. Ça t'a monté à la tête, tout ce pouvoir.

Il scrute mon visage à la recherche d'une quelconque folie dans le regard, mais rien. Devant lui, il n'a qu'un homme déterminé à aller jusqu'au bout des choses. J'esquisse un sourire en coin.

– Peut-être, mais j'aurai toujours une plus grosse paire de couilles que toi.

Je me baisse rapidement et frappe de toutes mes forces sa jambe blessée. Il tire dans le vide en grognant de douleur et tombe à genoux. La plaie est peut-être fermée, mais à l'intérieur, c'est encore à vif et sensible. Je lui arrache le flingue, que je retourne contre lui. Sachant qu'il vit ses derniers instants, il se redresse fièrement sur ses genoux et me détaille avec un sourire énigmatique.

– On aurait pu faire une bonne équipe, tous les deux. J'espère qu'elle en valait la peine, car les choses ne se calmeront pas après ma mort.

Peut-être dit-il la vérité, mais je ne reviendrai pas en arrière, c'est trop tard.

– Lovisa est la raison principale de tout ça, mais tu dois bien avouer que depuis quelque temps ton district était à la baisse. Tu ne faisais plus assez bien ton boulot, craché-je.

Il garde le silence un moment avant de redresser fièrement la tête.

– Peut-être. Tu succéderas à merveille à Hendrik. Aussi froid et impitoyable que lui.

Je grimace. Ressembler à mon père ? Jamais. Je ne rabaisserai jamais les membres de ma famille ou mes amis, je ne les frapperai pas ni ne les obligerai à devenir ce qu'ils ne sont pas. Je suis loin d'être mon père et son exemple restera dans un coin dans ma tête pour ne pas reproduire ce qu'il faisait.

– Je sais ce que tu te dis, mais tu lui ressembles bien plus que tu ne le penses. L'avenir nous le dira.

Je glisse mon doigt sur la détente et opine de la tête.

– Et tu ne seras pas là pour le voir.

Je presse la détente. La balle, tirée d'aussi près, transperce le crâne de Rodrigo par l'œil et se loge dans le comptoir. La détonation résonne dans toute la maison et fait bourdonner mes oreilles déjà bien endommagées par les coups précédents.

Les faisceaux de lampes torches provenant du hall se dirigent vers moi. Je tends mon arme, prêt à tirer.

– Nous sommes armés et bien plus nombreux. Rendez-vous ! crie la voix de Gunkil.

– C'est moi, Nik.

Gunkil, Fredrik et plusieurs hommes derrière eux rappliquent. Le soulagement de mes meilleurs amis en me voyant encore en vie me touche. Je pose ma main sur l'épaule de Gun et manque de flancher, épuisé.

– Ça va, vieux ? Tu fais peur à voir.

– Ça ira mieux quand tous les hommes de Rodrigo seront morts.

Gunkil rit et tapote mon dos. Son regard se porte derrière moi et s'élargit. Je n'ai pas le temps de réagir qu'il me pousse sur le côté. Une détonation vibre dans la cuisine. Mon meilleur ami s'effondre à terre.

– Gun ! crions Fredrik et moi d'une même voix.

Les hommes venus avec eux sortent en courant et tirent sur ceux de l'Espagnol.

Je me jette à terre et appuie sur la plaie sanguinolente au ventre de Gunkil. Il perd beaucoup de sang.

– Pourquoi tu m'as protégé, putain ? m'énervé-je, plus paniqué qu'en colère.

– Hey… J'assure toujours tes arrières, pas vrai ?

Sa voix commence à s'éteindre, elle perd de son timbre naturellement enjoué. Respirer lui devient difficile alors que du sang coule de ses lèvres et mouille sa peau pâle. Une boule d'angoisse, qui se mue en chagrin lorsque je comprends ce qui se passe, m'obstrue la gorge.

– Me laisse pas, mon frère.

Je relâche la pression sur sa plaie, ce qui laisse le sang s'écouler rapidement. J'attrape sa main et la serre. Face à moi, Fredrik tient son autre main et regarde son meilleur ami et collègue perdre la vie petit à petit, incapable de prononcer quoi que ce soit, lui qui d'ordinaire est celui qui trouve les mots justes dans n'importe quelle circonstance. Ses yeux brillent autant que les miens, il peine à retenir ses larmes.

Ce n'est pas une fin envisageable pour notre trio. Les choses ne devaient pas se passer ainsi.

– Sans rancune, OK ? murmure Gunkil.

Sa respiration sifflante s'apaise. Son torse cesse de bouger, ses doigts précédemment crispés dans nos mains deviennent inertes. Les yeux ouverts et dirigés vers le plafond ne sont plus animés d'espièglerie.

C'est fini.

Je laisse couler mes larmes. Je viens de perdre mon meilleur ami, mon frère, celui qui a toujours été là pour moi depuis que je suis gamin. Vingt ans d'amitié détruits en un instant. Non loin de là, Oscar, à qui je n'ai pu porter secours, est mort également ; son corps ne bouge plus depuis un moment.

Fredrik fait face à son propre chagrin. J'aimerais lui apporter du réconfort, lui dire que tout ira bien, ce genre de connerie, mais j'en suis incapable. Je n'ai jamais vécu un moment pareil, et la mort de mon propre père ne m'a pas affecté autant.

Le hurlement de Lovisa me sort de mon chagrin. Je relève vivement la tête et regarde vers la porte du jardin.

– Elle a besoin de toi, réussit à dire Fredrik, la voix lourde et grave.

Je jette un dernier regard à Gunkil, ramasse mon arme et une lampe torche, et cours dans la forêt. Le gilet étant plus une contrainte, je m'en déleste et vois tout de suite mon haut imprégné de sang. Je n'ai pas le temps de m'attarder sur mes blessures, Lovisa est en danger. Son cri déchirant me pousse à courir plus vite, même si j'ignore l'endroit où elle se trouve exactement. Je crie après elle et reste attentif aux sons qui m'entourent, tentant de repérer sa voix parmi les arbres, mais rien. Je continue de l'appeler en regardant autour de moi.

Tiens bon, Love, prié-je.

Mon cœur martèle douloureusement ma cage thoracique et mes poumons brûlent sous l'air glaçant que je respire. Chaque inspiration, chaque décharge électrique me blesse davantage. Si je survis à cette nuit, j'honorerai ma promesse envers Lovisa en l'emmenant en vacances loin d'ici et je ne quitterai pas mon lit durant une semaine entière au moins.

Je suis partagée entre l'envie de m'effondrer dans la neige et celle de voler jusqu'à Lovisa pour la sauver de ce malade. Les deux envies, aussi forte l'une que l'autre, n'enlèvent rien à mon supplice. La tête me tourne et mon corps peine à courir. À tout moment je risque de m'écrouler.

Derrière moi, j'entends des hommes crier et je repère des lumières qui éclairent un peu partout le bois. Leur aide n'est pas de refus. Ce moment d'inattention me fait trébucher, je tombe à genoux, les mains plongées dans la neige. Désespéré, je crie à pleins poumons :

– Lovisa !

Contre toute attente, sa voix refait surface et je l'entends de nouveau hurler puis me héler. Difficilement, je détecte l'endroit d'où le son provient et me dirige vers le lac. Un mauvais présage me pousse à me relever rapidement pour me remettre à courir et la rejoindre au plus vite. À cette époque de l'année, la glace commence à fondre et les eaux reprennent le dessus. C'est dangereux de s'y aventurer. Le lac continue en dehors de la propriété, ce qui fait qu'il y a un courant naturel parfois rapide selon l'emplacement où on se trouve. Je repousse les branches qui obstruent mon passage et me retrouve face au lac.

Une vision d'horreur s'offre à moi. Au loin, le corps de Lovisa est à moitié immergé dans le lac. Sans réfléchir à ma propre sécurité, je fonce sur la plaque gelée qui se fissure sous mes pieds à certains endroits.

– Lovisa ! Tiens bon !

Je glisse, mais ne m'arrête pas pour autant. Je ne suis plus qu'à quelques mètres d'elle. Je jette mon arme sur le côté. Sa main se tend vers moi et son visage effrayé me supplie de la sauver. Je plonge sur la glace en tentant de l'attraper, mais l'eau l'aspire brusquement et l'engloutit dans ses tréfonds.

– Lovisa !

Je plonge les bras dans l'eau et la cherche à l'aveugle, mais ils brassent du vide, ne rencontrant aucun corps. Ce n'est pas possible. Je ne peux pas l'avoir perdue au moment où je viens de la retrouver ! Mes nerfs saturent et craquent, j'ai l'impression de perdre la tête.

– Lovisa !

35

Lovisa, 23 ans

La vie, ce n'est pas que souffrir et subir la cruauté des autres. Je suis si jeune, je n'ai pas encore vécu. Cette relation toxique m'étouffe et me change de jour en jour. Je ne le laisserai pas me détruire. Je ne sais pas encore quand ni comment, mais je me sortirai de cette situation si Rikard ne change pas.

***

J'ai à peine eu le temps de reprendre mon souffle que les eaux gelées m'emportent sous la plaque de glace. Je suis tentée de hurler, mais cela me tuerait plus vite que prévu. L'oxygène qui gonfle mes poumons est précieux et je dois le conserver.

Vidar se tord de douleur et finit par me lâcher, noyé par la grande quantité d'eau qu'il a ingurgitée. Son visage est figé dans une expression de terreur et de douleur et, bien vite, son corps est entraîné par le courant. Il ne devient alors qu'une ombre qui s'éloigne avant de disparaître dans les ténèbres.

Mon tour va arriver.

Cette pensée affligeante me pousse à griffer la surface au-dessus de moi et à la frapper. Mon corps percute quelque chose de dur et je finis coincée. Il s'agit d'un arbre, ses branches me retiennent, j'ignore si elles me sauvent ou si, au contraire, elles me retiennent entre leurs griffes pour me donner le coup de grâce. Elles lacèrent ma peau sous mon agitation, mais leurs morsures ne sont rien comparées au froid qui a saisi tout mon corps.

Quelques bulles d'air s'échappent de ma bouche, je peine à la garder fermée, mais il y va de ma survie.

Au-dessus de moi, une ombre se profile, puis un visage flou, mais familier apparaît lorsque la personne frotte la neige sur la glace. Niklas. Baignant dans le clair de lune, mais aussi dans des couleurs bleues et vertes provenant des aurores boréales, il a des airs angéliques. Un ange descendu du ciel pour me recueillir, mettre fin à mes souffrances.

Vais-je mourir ? Si c'est le cas, quitter cette terre en observant celui que j'aime le plus au monde me semble être une belle mort.

36

Niklas, 25 ans

J'ai repris ma vie en main, du moins partiellement. J'ai mon propre bar, mes finances sont au beau fixe et je n'ai plus besoin de mon père. Il le sait, c'est pourquoi il s'accroche à moi et m'empêche de partir. Ce qu'il ne sait pas, c'est qu'il m'a perdu le jour où Lovisa est entrée dans ma vie. Quoi qu'il arrive, peu importe le temps qui passe et ma haine grandissante envers elle, je sais que nous nous retrouverons et plus rien ne pourra nous séparer. Je l'aime, putain. Ouais, je l'aime.

***

Lovisa ressemble à une Dame blanche, figée sous la glace, mais contrairement à elle, Love ne va pas mourir : je vais la sauver.

J'ajuste le poing américain sur ma main droite et frappe la glace. Encore et encore. Je ne m'arrête pas, je refuse de le faire alors que la vie la quitte petit à petit.

– Brise-toi ! Allez ! Brise-toi ! crié-je en frappant avec mon autre poing.

La glace se fissure contre mes phalanges ensanglantées. Il fait si froid et la rage en moi fait bouillir mon sang, ce qui ne me laisse pas l'occasion de me soucier de la douleur qui irradie dans mes doigts et remonte le long de mon bras.

Elle ne bouge plus. Je dois la sortir de là au plus vite !

Une grosse fissure se forme, je frappe plusieurs fois dans celle-ci et brise tout ce qui se trouve autour. Mes mains entrent en contact avec l'eau glacée. Rapidement, j'attrape Lovisa par les épaules et l'extirpe du lac en grognant. Son corps, alourdi par ses vêtements trempés et froid à cause de l'eau, tombe mollement sur moi. Mon cœur menace de s'arrêter de battre quand je constate qu'elle respire à peine.

Pas elle… Je ne veux pas perdre une autre personne que j'aime.

Je l'allonge puis la tourne sur le côté pour frapper dans son dos. J'ignore si je m'y prends bien, je suis plus doué pour tuer que pour maintenir quelqu'un en vie.

J'effectue cette manœuvre plusieurs fois sans relâcher le rythme malgré mon corps épuisé.

– Allez, respire !

Au loin, des lampes s'agitent dans notre direction, plusieurs hommes accourent vers nous.

– N'approchez pas ! C'est dangereux. Appelez les secours !

Je ne veux prendre aucun risque en les autorisant à venir jusqu'à nous, ils ne me seraient d'aucune aide, je ne laisserai personne la toucher hormis un secouriste.

Brusquement, Lovisa recrache de l'eau. Je la redresse vivement pour la tenir dans mes bras et la laisse expulser tout ce qu'elle a dans son organisme. Le soulagement me submerge tel un torrent.

Je la serre contre moi et relève son visage vers le mien. Sa peau pâle et ses lèvres bleues m'inquiètent.

– J'ai eu la peur de ma vie, avoué-je, la gorge nouée par l'émotion.

Elle esquisse un sourire, les yeux mi-clos, transie de froid.

– Tu m'as sauvée, lâche-t-elle.

– Je ne t'aurais pas permis de me quitter aussi facilement.

Je glisse mon bras sous ses genoux et nous relève en serrant les dents. L'adrénaline quitte mon corps, les douleurs refoulées me tombent dessus et menacent de me faire plier. Chaque pas vers la terre ferme est une épreuve et, si je n'avais pas voulu mettre Lovisa en sécurité, je me serais probablement laissé aller à la souffrance.

– Laissez-moi vous aider, dit l'un des hommes engagés par Gunkil et Fredrik. Une ambulance est en route.

Il faudra me passer sur le corps s'il pense que je vais lui laisser Lovisa.

Je secoue la tête et resserre ma prise autour d'elle. Sa tête posée sur mon épaule, Love vogue entre le conscient et l'inconscient. J'ai peur qu'elle ne s'endorme pour ne plus se réveiller. Entouré par les hommes armés, je traverse la forêt en me retenant de claquer des dents ; je n'ai jamais eu aussi froid de toute ma vie, même lors des punitions d'Hendrik.

Tel un automate, je finis par avancer sans vraiment voir où je vais. J'avance en n'ayant pas besoin d'être commandé par ma tête. La suite devient floue, mon esprit saute d'un moment au suivant, ignorant ce qui se passe entre. Je me vois passer la maison en pensant au corps de mon ami, jonchant le sol. Puis je suis devant une ambulance et l'instant d'après, je suis couché sur un brancard avec Lovisa, refusant de me détacher d'elle.

– Tout va bien se passer, murmuré-je au creux de son oreille, pris d'une profonde fatigue.

Son visage a repris des couleurs et ses lèvres sont d'un rose pâle, mais toujours froides lorsque je lui vole un baiser.

– Tu devrais les laisser t'examiner.

Sa voix n'est qu'un écho lointain. Ma vue s'assombrit de plus en plus. N'y tenant plus, je me laisse aller.

***

Une marée glacée me submerge complètement. L'eau s'infiltre par tous les trous de mon corps et m'empêche de respirer. Cloué au fond du lac, je regarde Lovisa s'éloigner de moi. Montant de plus en plus haut, ses bras tendus vers moi, elle hurle « Niklas ». Je hurle après elle, maudissant celui qui me l'arrache. Un sursaut me sort de ce cauchemar. La lumière aveuglante du jour m'oblige à fermer les yeux. Suis-je encore en train de rêver ? Je tends l'oreille. Les bips d'une machine, un chariot qui roule un peu plus loin et des murmures à ma gauche. Je m'autorise à ouvrir un œil, puis l'autre. Allongé dans un lit, je reconnais le décor de ma chambre privée dans la clinique du Dr Söderholm. Attiré par la conversation qui se déroule près de moi, je constate que Lovisa, elle aussi dans un lit, est en pleine discussion avec Alfrida. Sentant mon regard, elles se retournent en même temps et sourient aussitôt.

– Tu es enfin réveillé, soupire de soulagement ma petite amie.

Enfin ? Depuis quand suis-je inconscient ? Il fait jour, est-ce le lendemain de ce foutoir ? Ou plusieurs jours se sont-ils écoulés ?

– Quand ? demandé-je d'une voix rauque mise au repos depuis bien trop longtemps.

Mon corps est douloureux, j'ai mal partout à cause des mauvais traitements subis.

– Trois jours.

Lovisa et Alfrida viennent à mon chevet, chacune d'un côté. Je baisse les yeux sur mon bras gauche lorsque je le sens bloqué contre moi. Il est de nouveau mis en écharpe.

J'attrape la main que ma Love me tend et l'embrasse. Sentir sa peau douce et chaude est un réconfort pour mon âme. Elle est saine et sauve. D'apparence, tout a l'air bien, elle n'est pas en blouse d'hôpital, contrairement à moi, mais habillée d'un pull rose clair en cachemire et d'un jean. Ses beaux cheveux roux encadrent son visage, qui a repris les couleurs d'une personne en bonne santé. La peau de son cou présente quelques ecchymoses et griffures, et elle n'a qu'un hématome sur le coin de la bouche à droite.

– Je suis soulagée que tu te sois réveillé, mon grand.

Alfrida passe sa main dans mes cheveux pour les rabattre en arrière et embrasse mon front. J'ai passé les dernières semaines sans sa présence à mes côtés et, je dois l'admettre, sa personne m'avait manqué.

– Je suis content de voir qu'il ne t'est rien arrivé.

Elle opine de la tête en tapotant ma main. Son regard dévie de moi à Lovisa.

– Maintenant que vous êtes tous les deux réveillés, je vais m'en aller, il y a beaucoup à faire à la maison.

À la maison. Puis-je vraiment encore qualifier cet endroit de mon chez-moi après tout ce qui s'est passé ?

Elle embrasse de nouveau mon front, serre la main de Lovisa au-dessus de moi et nous laisse. Je regarde les alentours et pince les lèvres.

– Où est mon portable ? Je dois appeler Oscar, il me faut un compte rendu des…

Je m'interromps brusquement.

Oscar est mort.

Ce souvenir me fait la même impression que celle de recevoir un coup de poing dans le ventre.

Gunkil est mort aussi.

Mon frère…

Lovisa porte ma main à ses lèvres et l'embrasse avant de la poser sur sa joue, elle me regarde avec tristesse, les yeux brillants.

– Nous avons beaucoup perdu cette nuit-là. Je suis désolée pour Gunkil et Oscar. Leur perte est terrible, murmure-t-elle.

Je caresse sa joue et l'attire vers moi. Elle s'appuie contre mon torse, ce qui réveille une vive douleur. En soulevant ma blouse, je vois un bandage sur un amas d'hématomes violacés.

– Tu as dû être réopéré, ils t'ont mis un nouveau système. Tu veux que j'appelle l'infirmière ? Je devrais la prévenir de ton réveil.

Elle tente de se redresser, mais je l'en empêche.

– Pas tout de suite, attends un peu.

Je n'ai pas envie de me faire tripoter et interroger par une inconnue, à peine réveillé. Les minutes défilent et tous les événements me reviennent en mémoire, mais Lovisa m'aide aussi en m'expliquant tout ce qu'elle sait. Krigare s'était enfui aux premiers coups de feu et était revenu quand tout était fini. La police a débarqué à Iron House, le massacre était si énorme qu'ils n'ont pas pu fermer les yeux et une enquête a été ouverte pour résoudre ce qui s'était passé. Dans d'autres circonstances, cette nouvelle m'aurait mis en rogne, mais je suis bien trop heureux d'être en vie avec Lovisa pour m'en soucier tout de suite. Quant à Alfrida et à mes hommes en Grèce, il s'avère qu'ils n'étaient pas en danger, aucune menace ne planait sur eux quand le gars de Rodrigo a enlevé Love.

– Tu sais ce qui a été prévu pour Oscar ? demandé-je.

Lovisa m'informe qu'Alfrida va s'en occuper, étant donné qu'il n'avait personne en dehors de son travail. Concernant Gunkil, ses parents s'occuperont de son enterrement. Ils sont probablement anéantis par la mort de leur fils et je suis le seul responsable. J'ai demandé son aide en sachant qu'il courait un risque en venant. La culpabilité me ronge et je suis prêt à tout pour alléger leur chagrin, mais la perte d'un enfant peut-elle être effacée par un quelconque moyen financier ? Enfin, je me maudis en pensant à la situation de Lovisa, qui m'a complètement échappé.

– Le bébé, commencé-je en la reculant pour qu'elle puisse me faire face. Est-ce qu'il est… ?

– Non. Non… Ils m'ont fait une prise de sang et une échographie, mais j'étais si chamboulée que j'ai interrompu la séance. La prise de sang est bonne. Je n'ai pas refait d'examen, je voulais t'attendre.

Elle se mord la lèvre en baissant les yeux sur son ventre, ses doigts triturent nerveusement le tissu vers cette zone.

– Qu'est-ce qu'on attend ? Il faut que je sache.

C'est important. Je dois savoir si cette nuit fatidique nous a enlevé encore quelqu'un. Cet être est une partie de Lovisa et moi, mais surtout d'elle et je sais que je l'aimerai autant que je l'aime elle.

Après que j'ai signalé mon réveil, le médecin arrive avec une infirmière. Celle-ci est méfiante envers moi, et le souvenir d'un moi agressif la repoussant pour m'habiller et m'enfuir me revient. Je dois l'effrayer, ce qui n'est pas étonnant. Je la laisse vérifier mes paramètres.

– Ravi de voir que vous avez meilleure mine. Vous êtes un sacré numéro, monsieur Ekman, on vous l'a déjà dit ? lance le Dr Söderholm.

– Épargnez-moi vos remontrances, Doc'. Je sais que j'ai déconné.

Le Dr Söderholm arque un sourcil et lâche un rire bref.

– Déconner, vous dites ? Vous avez complètement détruit le défibrillateur. En vingt-cinq ans de carrière, je n'avais jamais vu ça.

Je fais la moue et ne réponds pas, tout ce que je veux savoir à présent n'a rien à voir avec ma santé. Je lance un regard en coin vers Lovisa, qui prend la parole.

– Je suis prête pour l'échographie. Nous aimerions savoir si tout va bien.

– Pas trop tôt, jeune fille, la sermonne le médecin.

Je fronce les sourcils, sur le point de répliquer quand la main de Lovisa se pose sur mon torse, m'intimant silencieusement de laisser couler. Tel un mufle, j'expire bruyamment, faisant sursauter l'infirmière, qui se recule après avoir terminé son auscultation.

– Tout est correct.

– Bien, je vais voir avec l'obstétricienne si elle peut vous recevoir.

L'infirmière s'en va, suivie du médecin, qui se ravise au dernier moment.

– Au fait, monsieur Ekman, la prochaine fois que vous agressez un de mes employés, peu importe l'argent que vous investissez dans ma clinique, je vous jetterai dehors et vous ne pourrez plus revenir. Allez, reposez-vous bien.

J'esquisse un sourire en coin et regarde Lovisa, qui m'interroge du regard.

– Disons que je n'aurais laissé personne m'empêcher de te rejoindre.

Je glisse ma main sur sa joue et caresse le léger gonflement de celle-ci. Elle frémit en fermant les yeux.

– Je t'ai fait mal ?

– Non, ce n'est pas ça. J'ai eu si peur cette nuit-là, j'ai cru que c'était la fin.

Je ne laisserai pas une telle chose arriver.

– On en a bavé. Je t'avais promis un voyage, tu te souviens ? demandé-je, alors qu'elle opine de la tête. Après avoir réglé tous les détails ici, on boucle nos valises et on se casse de cet endroit de malheur.

Les murs d'Iron House contiennent trop de souffrances. Il est temps de prendre un nouveau départ. De plus, vivre dans la maison où Gunkil et Oscar sont morts me serait insupportable. En glissant un coup d'œil vers mes mains, je revois le sang de Gun sur ma peau. Il n'y a plus aucune trace ; pourtant, la sensation et l'odeur du liquide chaud m'enveloppent encore.

– Où irions-nous ?

Je ravale ma souffrance et chasse l'ombre dans mon regard pour lui sourire.

– Où tu voudras. Tout est possible.

L'heure suivante se passe dans le calme. Nous découvrons les blessures de l'un et l'autre ; Lovisa m'informe de tout ce qu'elle sait sur Iron House et je lui parle de mon projet de tout raccrocher.

– Absolument tout ? me demande-t-elle, sous le choc.

– Oui, enfin, en ce qui concerne le cartel. J'organiserai une rencontre avec mes partenaires pour leur faire part de ma décision.

Elle paraît inquiète.

– Ils vont te laisser partir aussi facilement ?

– Ils n'auront pas le choix. Ne te fais pas de soucis pour ça, laisse-moi gérer.

Son sourire à croquer fait fondre mon cœur et renforce mon amour pour elle.

– On va enfin être que tous les deux, alors.

– C'est ce qu'on a toujours voulu. Et si la gynécologue te dit que tout va bien, nous pourrions être trois, qu'en dis-tu ?

La pensée de perdre ce qui pourrait être notre enfant m'a fait réaliser que je voulais fonder une famille avec elle.

– Durant ces trois derniers jours, alors que j'attendais que tu te réveilles, j'ai beaucoup réfléchi à notre situation. Et si, au début, j'hésitais vraiment, à présent, j'aimerais le garder.

Elle se mord nerveusement la lèvre et me renvoie mon sourire. Nous avons franchi beaucoup d'étapes ensemble et, à présent, je veux passer à celle d'être un père.

Je me lève pour m'habiller, non sans grogner sous la douleur. Alfrida nous a apporté des vêtements pour plusieurs jours. Je ne sais pas ce qui adviendra d'elle lorsque je me débarrasserai de la villa, mais elle n'a pas à s'en faire pour son avenir, je veillerai à ce qu'elle ne manque de rien. Lovisa veut la garder avec nous, non en tant qu'employée, mais en tant qu'amie fidèle et membre de la famille. Cette option est envisageable, mais la décision ne nous revient pas.

Une infirmière vient nous chercher pour nous conduire dans le cabinet de l'obstétricienne. Cette clinique possède à peu près tous les services nécessaires, mais est bien plus petite qu'un hôpital.

Le médecin est une femme d'une quarantaine d'années. Ses cheveux bruns tirés dans un chignon lui donnent un air pincé, mais, lorsqu'elle nous salue, une chaleur amicale se dégage d'elle et nous met en confiance. Je dois bien l'avouer, j'appréhende de recevoir son verdict.

– Détendez-vous, conseille-t-elle en voyant Lovisa se crisper sous la sonde.

Je m'empare de sa main et me retourne vers l'écran noir. Je plisse les yeux, cherchant à comprendre ce que je dois voir. Soudain, elle stabilise l'image et reste silencieuse durant quelques secondes qui me paraissent interminables.

– Alors ? demandé-je, n'y tenant plus.

Le médecin tourne un peu plus l'écran vers nous et pose son doigt sur une forme grise. Son sourire me soulage immédiatement avant même qu'elle ne prononce son verdict.

– Vous voyez cette forme ? C'est lui. C'est encore trop tôt pour vous faire écouter le cœur, mais il est bien accroché. J'aimerais vous prescrire une prise de sang pour vérifier que tout va bien.

– T'entends ça, Love ?

À côté de moi, Lovisa agrippe mes doigts et éclate en sanglots, soulagée.

– Je vais vous laisser seuls quelques instants.

À la sortie du médecin, Lovisa se redresse et se niche contre moi en se calmant. Je passe mon unique bras valide autour d'elle. Je n'arrive pas à m'empêcher de sourire en la contemplant.

– Il va bien. Tu l'as entendu ?

Assise sur le siège d'auscultation, avec le bas du corps nu, elle pourrait paraître vulnérable et sans défense, mais elle est plus forte que jamais, alors que son corps a combattu la mort et a su garder cet enfant qui aurait pu mourir à de multiples reprises.

– Je n'arrive pas encore à réaliser ce qui nous arrive.

– Ce n'est que le début des bonnes choses, Love.

Sans qu'elle le voie, j'ai glissé la boîte contenant la bague de fiançailles dans ma poche. Avec toute cette folie, elle est toujours là. *C'est un signe, pas vrai ?* Je prends l'écrin noir sous le regard surpris de ma jolie rousse.

– Quand je l'ai achetée, je me posais la question du bon moment, je n'arrivais pas à savoir comment te faire ma demande. Et je pense qu'il n'y en aura pas de meilleur qu'en cet instant.

Lovisa gigote sur le siège, frictionnant le papier sous ses fesses et rougit.

– Je peux au moins remettre ma culotte ?

Je pouffe et la laisse enfiler ce bout de tissu que je me ferai un plaisir de lui arracher plus tard, ainsi que son pantalon. Elle se retourne vers moi, les mains jointes au niveau de la bouche pour contenir son sourire radieux.

– Viens par-là, lui intimé-je.

Je retire la bague de son écrin et me mets à genoux en serrant les dents sous l'effort. Je ne laisse rien paraître.

– Oh, Nik…

– Lovisa, il y a douze ans de ça, tu as su entrer dans mon cœur alors que, il faut l'avouer, j'étais un vrai connard, mais tu as trouvé quelque chose en moi à aimer. Depuis ce jour, je t'ai aussi aimée, mais mes sentiments de gamin ne sont rien comparés à ce que je ressens aujourd'hui.

Je lui prends la main tout en la regardant dans les yeux.

– Les épreuves de ces dernières semaines ont bien failli nous mener à notre perte. Je ne veux plus passer un instant sans toi. Je t'aime, Lovisa. Me ferais-tu l'honneur de devenir ma femme ?

Sa réaction est celle que j'espérais. Elle hoche vigoureusement la tête, les yeux brillants de larmes.

– Oui ! Mille fois oui ! Je t'aime tellement, Nik.

Je glisse la bague à son doigt et me relève. Lovisa se jette dans mes bras. Nous sommes partagés entre rires et embrassades quand le docteur nous rejoint et nous félicite pour nos deux bonnes nouvelles.

Pour la première fois depuis très longtemps, je ressens enfin un réel bonheur et mon cœur, bien que modifié médicalement, me paraît plus léger. Le poids que j'ai longtemps eu sur les épaules, parfois écrasant, s'est enfin volatilisé.

ÉPILOGUE

Lovisa
Quatre ans plus tard

La musique. Un art ancestral qui ne meurt jamais. J'aime l'entendre sous toutes ses formes. Par un instrument, un chant, le bruit des grillons la nuit, la nature, mais surtout le rire d'un enfant. Et en particulier un.

– Peter, l'appelé-je en tendant les bras. Viens me voir et arrête d'embêter mes élèves.

Une tête rousse court dans ma direction et se jette sur moi. Son regard est aussi vif et espiègle que celui de Niklas. Il est un parfait mélange de nous deux. Sa peau aussi pâle que la neige contraste avec sa chevelure de feu.

– Je veux aller voir papa, dit Peter en s'accrochant à moi lorsque je me relève.

Il passe ses petits bras autour de mon cou et regarde les élèves jouer du violon. Il aime tout autant que moi la musique et, lorsqu'il n'a pas école, il passe son temps à virevolter entre les musiciens ou à lui-même gratter quelques cordes au passage. Quand il sera en âge et s'il le désire, je lui apprendrai sérieusement à jouer.

– Nous allons le rejoindre, file mettre ton manteau.

Après l'avoir déposé, je tape dans mes mains pour signaler la fin du cours.

– N'oubliez pas de bien vous entraîner chez vous pour la présentation de vendredi.

Mes élèves me saluent et s'en vont en discutant entre eux. Je regarde autour de moi la salle de musique en souriant. J'ai toujours rêvé d'une carrière dans la musique alors, après beaucoup de réflexion, enseigner m'a paru comme une évidence. Ce rêve s'est concrétisé il y a un an de cela, peu de temps après le troisième anniversaire de Peter.

– On y va, maman ?

Je le rejoins à l'entrée et lui prends sa petite main, que j'adore embrasser le soir durant l'histoire que je lui raconte avant qu'il n'aille se coucher.

Dans la voiture, je l'attache à l'arrière puis me mets à rouler sur presque un mètre de neige. Plusieurs années, mais aussi plusieurs centaines de kilomètres nous séparent de Kiruna. À présent, nous vivons dans une ville beaucoup plus petite, à Gällivare.

J'effectue quelques kilomètres avant d'atteindre une station de ski qui appartient à Niklas. Après notre départ d'Iron House, il a raccroché comme promis ses affaires avec le cartel et après plusieurs embûches qui ont failli tout faire rater, ses anciens associés ont accepté son départ. Il a dû acheter sa liberté auprès d'eux et, pour ce faire, il a vendu tout ce qui appartenait à son père. Nous ne voulons plus rien venant d'Hendrik. Je pensais que cette vie allait lui manquer, mais il ne m'en a plus jamais reparlé et même si le goût du risque m'a fait tourner la tête, je suis heureuse d'en être sortie. Il lui restait seulement son bar, qu'il a aussi revendu, faisant ainsi une croix sur son ancienne vie, de la même manière que j'ai fait une croix sur la mienne en vendant enfin la boutique de ma mère. Il possède toujours son vignoble en Italie, et s'y rend une fois par an pour les affaires et il nous arrive d'y aller pour les vacances.

Nik n'a pas attendu pour se remettre en selle et racheter une station de ski, qu'il a améliorée en proposant de nouveaux services, comme de la randonnée dans la forêt avoisinante avec de nouveaux chemins ou de l'escalade. Pour un homme comme lui, friand de sensations extrêmes, c'est ce qu'il fallait. Fredrik vient nous voir de temps en temps et il arrive qu'ils partent tous les deux en montagne durant quelques jours. Après la mort de Gunkil, il a arrêté sa profession de chasseur de primes pour s'orienter vers une carrière de détective privé. C'est beaucoup de recherches, de planques pendant lesquelles il observe les gens, mais il est dans son élément et plus jamais il n'a retouché une arme.

En ce qui concerne le cœur de Niklas, depuis Iron House, plus de soucis à signaler. Nous avons une vie saine avec parfois encore des débordements lorsque Niklas se bat pour sauver mon honneur quand nous sortons tous les deux. Certaines choses ne changent pas et je dois avouer que ce côté bad boy me plaît toujours autant. Malgré notre rôle de parents, nous restons un homme et une femme mariés, pour qui l'étincelle et un feu brûlent toujours. Je ne me lasse pas de lui, de sa présence et de nos longues conversations le soir. Il est celui qui m'est destiné ; c'est écrit dans les étoiles, comme il aime tant me rappeler.

Ses nouvelles résolutions pour devenir un homme bien, qui respecte la justice et la vie humaine, ont commencé par Jonna et Azerty. S'il voulait les tuer à tout prix pour leurs péchés envers nous, j'ai réussi à le convaincre que leur mort n'apporterait que plus de victimes à cette guerre terrible. Il est tout de même parvenu à faire expulser Azerty dans son pays natal, la France. Concernant Jonna, le restaurant qu'elle gérait à Kiruna a été fermé à la suite de plaintes pour insalubrité et intoxications alimentaires. Pour se faire oublier, elle est aussitôt partie en Australie, là où elle rêvait d'aller depuis toujours.

– On y est, mon bonhomme.

Une place m'est réservée, juste en face de l'entrée, c'est l'un des avantages d'être l'épouse du patron.

Nous rentrons dans la station. Quelques clients en combinaison chaussent leurs skis et sortent. À la réception, plusieurs moniteurs s'affairent à remplir de la paperasse ou donnent des explications à d'autres personnes.

Peter court aussitôt derrière le comptoir et revient en arborant une moue boudeuse.

– Il n'est pas là.

– Salut, Peter ! Lovisa, nous salue Ulrik, l'un des employés du site. Il ne devrait plus tarder, il descend.

Je prends la main de mon petit renard et le porte jusqu'aux chaises devant une baie vitrée qui donne sur une immense montagne blanche.

– Regarde bien, papa va arriver par-là.

Quelques minutes passent, puis l'immense silhouette de Niklas apparaît devant un petit groupe de personnes. Sa combinaison noire contraste avec le décor enneigé. Il soulève ses lunettes de soleil lorsqu'il nous voit à la fenêtre. Peter se relève de sa chaise et commence à frapper sur la baie vitrée en l'appelant, heureux. Le voir si enthousiaste à la vue de son père fait frémir mon cœur de bonheur. Comment un si petit être peut-il nous inspirer autant d'amour ? Tout comme pour Niklas, je suis prête à faire n'importe quoi pour lui.

Nik passe la porte et réceptionne Peter, qui se jette dans ses bras. Les joues rougies par le froid et la barbe humide de neige, mon beau loup blanc est toujours aussi séduisant. Je l'embrasse et ébouriffe les cheveux de notre fils.

– Il voulait venir te voir.

– Papa ! Papa ! Tu m'avais promis qu'on utiliserait les sièges volants !

Nous rions quand il fait référence au télésiège. Il l'embrasse sur la joue, le chatouillant de sa barbe.

– Ah oui, je l'avais promis ?

– Oui ! Et tu dis toujours qu'un Ekman tient ses promesses.

Niklas continue de sourire. Son regard s'est adouci avec le temps ; j'aime voir cette sérénité qu'il dégage lorsqu'il redescend de la montagne. Il est enfin libre.

– Et c'est important de tenir ses promesses, n'est-ce pas, mon grand ?

Peter hoche vigoureusement la tête.

– Bien, allons faire ce tour et ensuite, rentrons boire un bon chocolat chaud. Alfrida m'a murmuré qu'elle avait acheté des marshmallows pour toi.

Le regard de notre fils s'illumine de gourmandise. Il s'agite dans les bras de Nik, qui peine à le tenir tranquille contre lui. Avant de partir, il m'embrasse tendrement et glisse à mon oreille :

– Il y a une autre promesse que je t'ai faite et que je compte bien honorer ce soir.

Je glousse en lui volant un dernier baiser. Le visage rayonnant, je les regarde s'éloigner.

À l'époque, il se passait tant de mauvaises choses pour nous. Nous pensions que si la roue tournait en notre faveur et nous offrait de belles choses, il y avait anguille sous roche, c'était suspect. Mais aujourd'hui, chaque jour heureux que nous passons efface notre passé, et tous les instants de bonheur que nous vivons sont notre récompense pour les souffrances endurées. Malgré notre vécu, je ne changerais rien, car c'est ce qui nous a amenés là où nous sommes aujourd'hui. Il ne faut pas regretter son passé, mais l'accepter pour mieux avancer.

La vie est un sentier semé d'embûches qui nous ralentissent, nous font tomber ou même nous blessent mais, au bout de ce chemin, se tiennent de magnifiques choses qui valent la peine de se battre.

FIN

REMERCIEMENTS

Fin.

Un mot bien difficile à digérer après une telle aventure ! Niklas et Lovisa ont hanté mes pensées durant plusieurs mois jusqu'à ce que le dernier mot soit écrit. J'ai adoré chaque moment de cette histoire et je suis très heureuse de l'avoir partagée avec vous.

Merci à tous ceux qui auront lu et aimé ce roman.

Un merci particulier à ma sœur, Jessie, qui a lu chaque chapitre non corrigé dès que je finissais de l'écrire. Elle a bien ri avec tous mes lapsus !

Merci à mes bêtas pour leurs précieux avis et en particulier à Christine et Cami Lys pour tous les commentaires qu'elles m'ont laissés durant leur lecture. Il y en avait du boulot et elles n'ont rien lâché !

Merci à Émilie pour son travail, je ne regrette pas de lui avoir fait confiance.

Ensuite, merci aux éditions Addictives de m'avoir accordé cette chance d'être publiée chez eux et merci à Juliette qui m'a fait aimer mon roman d'une autre manière en soulignant tous ses passages préférés. À ses côtés, j'ai découvert mes personnages sous un nouveau jour.

Et pour finir, merci à mon conjoint qui était près de moi le jour où j'ai appris la bonne nouvelle concernant l'acceptation de ce roman en maison d'édition. Merci pour ton soutien face à la réalisation de mes rêves.

Extrait

FOUTU MENTEUR !

Aurore Nox

1

Thomas

– Merci d'accueillir Thomas Leroy ! scande le présentateur sous une nuée d'applaudissements.

J'entre sur le plateau, maquillé et vêtu de mon plus beau costume. Je connais mon rôle, je connais le script par cœur. J'ai répété cette interview comme si je répétais pour le rôle le plus important de ma carrière. Sourire de façade vissé aux lèvres, je me glisse dans le fauteuil face à Serena, ma covedette dans le film qui, nous espérons, sera le blockbuster de l'année.

Elle me toise avec une lueur manipulatrice dans le lagon de son regard, tandis que je souris de toutes mes dents. Il ne faudrait surtout pas qu'elle sache que partager ce moment avec elle me file la nausée. Cette femme est pire qu'un lendemain de cuite ! Tant qu'on est dans l'action, on en redemande, mais une fois qu'on redescend, on a qu'une envie : envoyer valser toutes les bouteilles du bar depuis le haut de l'Empire State Building.

– Thomas, parlez-nous du tournage, commence le journaliste. Comment était-ce de passer devant la caméra du fabuleux Scott Furlong ?

J'ai envie de lui répondre que les seules fois où j'ai aperçu le grand Scott, c'était quand il était allongé sur ma petite amie, alias Serena, alias ma covedette, alias la femme avec qui je partage ce plateau. Mais à la place, je réponds :

– Eh bien, comme vous venez de le dire, Sébastien, Scott est fabuleux, ça a vraiment été une chance pour moi de jouer dans un de ses films.

Si là, je ne le gagne pas mon Oscar…

– Vous êtes tous deux de jeunes acteurs français ayant réussi à Hollywood. Le dépaysement n'est pas trop compliqué à gérer ? demande Sébastien Moreno.

Encore un truc qui me prend la tête. Je ne suis pas français ! Je suis belge. J'ai beau le dire à chaque fois que je participe à une émission en France, à chaque fois on me répond « oui, mais c'est pareil ». Eh bien non, ce n'est pas pareil ! Allez dire à Stromae qu'il est français ou encore à Annie Cordy ! Ce n'est pas parce qu'on vient d'un pays dix fois plus petit qu'on ne mérite pas autant de considération, même si on a un gouvernement un jour sur trois.

– Vous savez, au début, c'est vrai que c'est difficile, mais après on s'habitue, répond la grande blonde siliconée. C'est comme pour tout, quand on boit du vin, c'est pareil, enfin vous voyez ce que je veux dire.

Non, Serena, on ne voit pas, mais tu t'enfonces tellement bien que je songe à commander des pop-corn pendant que tu te noies.

Le présentateur me regarde, dubitatif. Je ne suis donc pas le seul à penser qu'elle a certainement abusé du champagne proposé dans les loges.

– Et vous Thomas ? tente-t-il afin de sauver le peu de dignité qu'il reste à son émission.

– Je vous avoue que j'ai toujours le mal du pays, ma Belgique natale me manque très souvent, mais j'y retourne dès que je peux.

MENSONGE ! Je suis retourné à Bruxelles trois fois en deux ans. Aujourd'hui, par exemple, après cette journée passée dans les locaux de la première chaîne française, je pourrais très bien prendre le TGV et rentrer voir ma famille, mais non. D'un, parce qu'ils ne sont pas au courant de ma venue en Europe et de deux, parce que je préfère troquer une semaine de grisaille bruxelloise contre le soleil d'Argentine. À une heure du matin, le jet privé de Virgil, mon meilleur ami, nous conduira dans la pampa pour un festival électro de trois jours. Je sais, je suis un fils et un frère indigne qui préfère s'amuser plutôt que de prendre des nouvelles de sa famille, ma sœur me le rabâche assez souvent pour que je m'en souvienne.

Malgré tout, ils me manquent, je ne suis pas sans cœur comme ils aiment à le penser. Oui, j'ai de l'argent, mais j'en fais don à des œuvres de charité et, avec mon manager, nous avons même fait un don anonyme lors des incendies en Australie. J'ai ma mère en visio deux fois par semaine et ma sœur au téléphone dès que je peux, mais je ne me déplace là-bas qu'en cas de nécessité extrême, comme pour Noël par exemple. Bon, j'avoue j'ai merdé quand j'ai loupé l'enterrement de ma grand-mère, c'est d'ailleurs pour cette raison que mon père ne m'adresse plus la parole depuis trois ans et c'est également pour cela que j'y vais le moins souvent possible. Rester dans la même maison que lui, alors qu'il me fait sentir que je n'y ai plus ma place, est au-dessus de mes forces.

Serena joue avec ses cheveux, faisant virevolter ses boucles parfaites à droite, puis à gauche. Elle croise et décroise les jambes. Nom de Dieu, on dirait une mauvaise pub pour du shampoing.

Après deux ans en sa compagnie, je ne peux assurer qu'une chose, c'est qu'elle est drôle au pieu, mais ses compétences s'arrêtent là. Je ne comprends toujours pas comment elle a pu réussir une carrière dans le cinéma. Une vision d'elle se déhanchant sur Scott me remet les idées en place. Rectification, je sais exactement comment elle a réussi.

– Jouer la comédie à l'écran alors que l'on est un vrai couple, demande Sébastien à Serena, ce n'est pas trop compliqué ?

Celle-ci, je ne l'avais pas vu venir. Il ne pouvait pas s'en tenir à son script, non ? Je n'ai vu passer cette question nulle part. Ou alors, il improvise et, dans ce cas, on est dans la merde, car si moi je peux rattraper le jeu, pour Serena et son quotient intellectuel qui avoisine celui d'une huître, c'est plus compliqué.

– Vous êtes trop chou de demander ça ! Vous savez, dit-elle en replaçant la bride de sa robe bleu électrique, ce n'est pas tant jouer qui est difficile, c'est revenir à la réalité après la scène.

Pour une fois qu'elle ne sort pas une ineptie… je devrais retirer ce que j'ai dit à propos de ses capacités cérébrales.

– Mais il y a aussi des fois où on se trompe et on croit que la réalité est la fiction, reprend-elle en jouant avec une de ses boucles d'oreilles. Par exemple, sur le tournage de *Seconde Zone 4*, je devais jouer une extraterrestre enceinte, eh bien j'ai parlé en zhumadian pendant deux semaines après le tournage. C'était très drôle.

Je ne retire rien du tout ! Sortez-moi de cet enfer !

– Et vous, Thomas ? demande le journaliste à mon intention.

– Personnellement, je sais compartimenter, fais-je, amusé. Je sais très bien que lorsque j'ai une scène un peu osée avec une partenaire, ce n'est pas réel, et je ne vais pas rejouer la scène hors caméra pour prouver mes performances.

Mange ça dans tes dents, blondasse incendiaire !

Malgré tout, je crains fort que personne à part Serena, dont la bouche remplie de Botox forme un O pratiquement parfait, ne se doute que cette pique lui était destinée.

À ma gauche, Sébastien Moreno nous scrute tour à tour, ne comprenant pas grand-chose à ce qui est en train de se passer sur son plateau. L'atmosphère est pesante, presque électrique, à tel point qu'on peut certainement voir un nuage se former au-dessus de nos têtes. Le présentateur trie ses fiches, lisse le veston de son costume et finit par replacer ses lunettes correctement sur son nez avant de reprendre :

– Parlez-moi un peu de *Terminal Love*, Thomas. Ce n'est pas dans vos habitudes de jouer dans des comédies romantiques, et pourtant, vous avez choisi ce rôle pour vous expatrier aux USA.

– Je ne vais pas vous mentir, s'il y a quatre ans Joey Clarkson m'a choisi pour ce rôle c'est avant tout pour mon physique, réponds-je, assez fier de moi. À l'époque, je ne parlais pas aussi bien anglais qu'aujourd'hui, et mon jeu était bon, mais pas suffisant pour Hollywood, mais Jo m'a donné ma chance et, si j'en suis arrivé là aujourd'hui, c'est certainement grâce à lui.

FOUTAISE ! Joey est le mec le plus imbuvable que la Terre ait porté, et encore, je suis gentil, car dire que c'est un enfoiré sexiste et misogyne doublé d'un connard qui passe plus de temps à sniffer des rails de coke dans sa caravane que sur les plateaux serait vachement plus juste. Mais je ne peux décemment pas dire ça en public. Le penser oui, le dire non. Ce film, s'il a été tourné, c'est uniquement grâce à Jessica, son assistante réalisatrice. C'est elle qui a cru en moi au point de m'inscrire à des cours d'anglais, au point de me réveiller chaque jour aux aurores pour que j'apprenne mon texte dans un parfait accent texan ! Clarkson, lui, ne savait même pas qui il y avait comme acteurs sur le tournage, c'est pour dire.

– J'aurai une question un peu personnelle pour chacun d'entre vous, demande Sébastien en buvant une gorgée d'eau, avant de replacer le verre sur le comptoir face à lui. Nous savons tous que vous étiez ensemble avant et durant le tournage de *No Limit.* Votre relation a pris fin un peu avant de boucler le film. Pouvez-vous nous dire où vous en êtes aujourd'hui dans vos vies amoureuses ?

Un coup d'œil à Barbie face à moi et je la vois jubiler. Elle sait que, depuis que ce tournage s'est terminé, il y a un an, je n'ai eu personne. Bon, je n'ai pas non plus choisi une vie monacale pour autant, mais je me tiens éloigné de tout ce qui est actrices, mannequins, chanteuses et starlettes de téléréalité. Et à Hollywood, ça restreint fortement le champ des possibilités. Autrement dit, je couche de temps en temps, avec une fan qui a, au préalable, signé un accord de confidentialité afin d'éviter de faire les choux gras de la presse à scandale.

– OH, MON DIEU, Sébastien, s'écrie l'autre ahurie, je suis troooop contente que vous me le demandiez. Je ne savais pas si je pouvais en parler avant, mais j'ai demandé à Scott et il m'a dit « vas-y bébé, balance la sauce », alors voilà, SCOTT ET MOI ALLONS NOUS MARIER.

QUOI ? Je manque de défaillir, je recrache la totalité de mon verre d'eau sur le pantalon de mon costume tout neuf. Je n'en crois pas mes oreilles, Serena va devenir Mme Scott Furlong, sixième du nom ! Alors là, j'hésite entre jubiler et me rouler par terre de joie, parce que oui, cette idée me plaît au plus haut point. Bordel, elle va enfin accepter de me rendre mes parts sur la maison !

– Mes félicitations, future madame Furlong, répond le journaliste.

Il devrait plutôt dire « future-ex-madame Furlong », car Scott ne reste jamais marié très longtemps, et encore moins quand il y a de la chair fraîche à proximité. Pas de chance pour Serena, son assistante est beaucoup plus jeune qu'elle.

– Et vous, Thomas ? me demande Sébastien.

– Oh, vous savez…

– Thomas finira vieux garçon, me coupe Serena.

– Quoi ? Mais pas du tout ! réponds-je, hors de moi.

– Bien sûr que si ! Tu ne vis que pour le travail, rien d'autre ne t'intéresse, lâche-t-elle en croisant les bras sous sa poitrine opulente.

Oui, mon travail est important et je n'aime pas être distrait lorsque je bosse, c'est vrai, mais il y a tout de même une marge de manœuvre entre une petite distraction et vouloir me faire tailler une pipe pendant qu'on tourne une scène d'action.

– Ah ! C'est certain que moi, au moins, j'arrive à l'heure sur le plateau et pas avec quatre heures de retard parce qu'il a fallu me refaire une manucure d'urgence, m'énervé-je. Et si tu veux tout savoir, oui, j'ai quelqu'un dans ma vie. C'est une femme bien qui n'a rien à voir avec notre monde.

– Oh, mais c'est fantastique, répond le présentateur. Peut-on savoir son nom ?

– Ce ne sont que des foutaises, il n'a personne, prétend Serena, avec raison.

Non, je n'ai personne, je n'ai pas le temps ni l'envie de m'engager dans une relation bancale qui sera, de toute manière, vouée à un échec certain. Toutes les femmes rêvent de sortir au bras de Thomas Leroy pour sa plastique, son compte en banque et son carnet d'adresses, certaines sont même amoureuses, je n'en doute pas, mais aucune n'accepte que j'embrasse une autre femme à l'écran, et encore moins que je simule un acte sexuel avec une autre partenaire qu'elle.

– Je te dis que j'ai quelqu'un !

– Parfait ! Donne-nous son identité alors, ricane-t-elle.

– Tout ce que je peux vous dire, c'est qu'elle se prénomme Charlotte et que c'est un amour de jeunesse que j'ai retrouvé récemment. Pour le reste, ça fait partie de la sphère privée, et vous comprendrez que je ne peux vous en dévoiler plus.

Charlotte ? Sérieusement ? Mais pourquoi ai-je donc pensé à elle ?

***

Dans le taxi m'emmenant à mon hôtel, je scrute avec attention les réseaux sociaux. La nouvelle a déjà fait le tour de Twitter et Instagram.

De **@PeoplePoliceInfo**

FLASH INFO : @ThomasLeroyOFF enfin en couple ! Qui est cette mystérieuse Charlotte ?

De **@Siana987** à **@PeoplePoliceInfo**

Quoi ? Comment ça @ThomasLeroyOFF est casé ?

Super…

Pourvu que ma sœur soit en panne de réseau ou dans le fin fond d'une grotte en Antarctique, sinon je ne donne pas cher de ma peau !

Je coupe mon téléphone et le range dans la poche intérieure de mon veston, puis laisse tomber mon crâne contre l'appuie-tête du taxi. « The Sweet Escape », de Gwen Stefani, me revient depuis le poste de radio.

Ben voyons… Moi aussi j'aimerais vraiment m'évader, là. Maintenant. Tout de suite. Mais je ne peux pas, car comme je le pensais, ma sœur ne vit ni dans une yourte ni en marge de la société. Elle a donc bien Internet, la télévision et même le téléphone, si j'en crois son nom qui s'affiche sur mon écran.

– Allô ?

– Thomas Antoine Gédéon Leroy ! Es-tu devenu fou ?

– Bonsoir, Clothilde, comment vas-tu ? Moi ? Oh, ça va, merci de t'en inquiéter, éludé-je.

– Ne joue pas à ça avec moi ! s'énerve-t-elle. Tu es peut-être le plus vieux de nous deux, mais ça ne fait pas de toi le plus mature, et pour preuve, cette interview complètement bancale !

– Ah ! Toi aussi, tu as trouvé que Serena semblait bourrée ?

– Ducon, là je te parle de toi, pas de ton ex-pétasse ! hurle-t-elle. Comment as-tu osé prétendre que tu étais en couple avec Charlotte ? *Ma* Charlotte ! T'es défoncé ? C'est ça ?

Je soupire lourdement, la laissant finir de me crier dessus, avant de prendre la parole.

– C'est bon ? T'as fini ?

– Non, je n'ai pas fini ! Je te conseille fortement de débarquer ici avant demain matin et de lui présenter tes plus plates excuses !

Je n'ai même pas le temps de répliquer qu'elle me raccroche au nez. Aller à Bruxelles alors que la chaleur de l'Argentine m'attend ! C'est elle qui est défoncée pour le coup, car jamais je ne ferais ça. Non, ça, jamais. Ce n'est pas mon petit mensonge de rien du tout qui va tuer sa copine.

Pourtant, je me penche vers le chauffeur et lui demande de bifurquer au prochain embranchement et de me déposer à la gare.

Ma sœur me les brise sévère, mais elle a raison. Et j'ai un plan à mettre à exécution.

Déjà disponible dans toutes les bonnes librairies !

addictives

Rose Becker
Le Bébé, mon milliardaire et moi (aussi en poche)
Torride, sexy & dangereux
Forever You – saisons 1 et 2
Dangerous

Aimée Bianca
B.O.S.S. Beau, Odieux, Sexy, Snob

Phoebe Campbell
Lui résister… ou pas – l'intégrale
You Again
Single Daddy. Try Me if You Can

Mia Carre
Bad for You
Teach Me Everything
Charmant connard !

Mélodie Chavin
Campus Rules
Fucking Wedding
Coloc avec mon ennemi

Alexia Clemens
Red Python. Save Me

Sonia Eska
Ne me tente pas

Emma Green
Toi + Moi : L'un contre l'autre (aussi en poche)
Toi + Moi : Envers et contre tout (aussi en poche)
Toi + Moi : Seuls contre tous (aussi en poche)
Call Me Baby – volumes 1 et 2
Call Me Bitch
Love Me if You Can
Kiss Me if You Can
Bliss. Le faux journal d'une vraie romantique – volumes 1 et 2
Jeux interdits
Jeux insolents
Jeux imprudents
Une toute dernière fois
Fallait pas me chercher ! – volumes 1 et 2
Corps impatients (aussi en poche)
Cœurs insoumis (aussi en poche)
Âmes indociles (aussi en poche)
Cent facettes de Mr Diamonds – l'intégrale
Bliss. Le faux journal d'une vraie romantique – l'intégrale
(Im)parfait
Love Me if You Can – l'intégrale
Kiss Me if You Can – l'intégrale
It's Raining Love !
The Boy Next Room
Call Me Baby – l'intégrale
Call Me Bitch – l'intégrale
PS : Oublie-moi !
Fallait pas me chercher ! – l'intégrale
Recherche coloc : emmerdeurs, râleurs, lovers… s'abstenir !
10 bonnes raisons de te détester !
Just 17
Love & Lies on Campus
Bien plus forte que toi !
If You Wanna Be My Lover…
The Boy on Fire
La Vie en vrai

Megan Harold
Breaking the Rules
Initiation with My Boss

Ludivine Hart
Arrogant & Tattooed

Amy Hopper
Gone Boy
Le Coloc

Charlie Lazlo
Mon insupportable boss

Sienna Lloyd
Mords-moi !

Caroline Mongas
Mariage forcé. Un contrat indécent

June Moore
Étreinte – volumes 1 à 3

Zoé Murat
Stepbrother Love
Boss Me Around

Clara Oz
Arrogant

Lina Parker
Campus at Sea

Gaëlle Sage
Kiss, Kill & Ride
Lost Rider

Ana Scott
Dark Ride
Last Ride
Vicious Ride
The Dominant
Evil Ride
Sensual Stepbrother
Un enfoiré, mais un coup d'enfer !
Say Yes to the Boss
Le Meilleur Ami de mon frère

Camilla Simon
Le voisin parfait est un enfoiré
Initiation with My Enemy
Le mec parfait est un inconnu… ou presque !
Le rockeur parfait est insolent et tatoué

Ève Souliac
Sexy Mistake

Liv Stone
Love Lessons

Lisa Swann
Adore-moi ! – l'intégrale

Louise Valmont
Toi & moi, c'est compliqué !
Campus Initiation
Mon insupportable voisin !

Chloe Wilkox
Extreme Lover – l'intégrale
Immoral
Dominant Boss. Apprends-moi
The Virgin's Price

Luv

Ana K. Anderson
Indompté
Scottish Bastard

Sophie Auger
Be with Me

Sonia Birdy
L'Initiation
Touchdown. Campus Star

Laura Black
Dark Initiation
Games of Desire
H.A.R.D. Hot, Arrogant, Rebelle, Déterminé
Sulfurous Bad Boy
Italian Boss

Margot D. Bortoli
Too Young

Juliette Brunel
Delicious

Anne Cantore
Promets-moi. Louise et Marco

Sarina Cassint
Avec toi… peut-être
Insolent Boss

Romy Cole
Never Kiss a Soldier

Mary Ann Davis
Coach Me Love

Sarah Dheilm
Hot Reward

Gwen Delmas
Noël, toi & moi
Sex Friends. Pas de contraintes, que du plaisir !

Eugénie Dielens
Imprévisible boss
The Boss Next Door

Cléa Dorian & Ninon Vars
Dark Love

Laurie Eschard
Love Naked

Lil Evans
Savage Rider
Crash & Burn
Boss Affair

Lou Garance
Can You Keep a Secret?
Foutu coloc!

Alexandra Gonzalez
Shades of You

Erin Graham
Teach Me Love
The Boss
Secret Stepbrother
Strong Addiction
Coloc avec mon boss
The Initiation

Joh Harper
Crazy Love
Broken but Alive

Marie Hayle
Under Control
Lover Next Door

Missy Heart
Dark Domination

Ellie Jade
About Last Night

Emma S. James
Under the Rain

Lucie F. June
Fight with Darkness

Sara June
Rider in the Dark
Sexy Wild Rider

Emily Jurius
Love to Hate You

Allie Krown
High School Challenge

Antinea Kane
In Love with My Enemy

Marion Laurent
Mr Alpha
I Want You in My Bed!

Pauline Libersart
Tiger. Entre ses griffes

Nina Loren
Breaking the Ice
Teach Me Again. Impossible Desire

Ella Lores
Mariée par accident à un connard arrogant rencontré la veille…
My Best Enemy

Jessica Lumbroso
Emma X. Secrète et insoumise

Lili Malone
Coloc avec un inconnu

Mila Marelli
Dark Man in Love
Crazy Wedding

Mag Maury
My Hipster Christmas

Billie Morgan
Free Fighter

Aurore Nox
Foutu menteur!

Alix Parks
Never Kiss the Boss

Jeanne Pears
Insupportable coloc
Colocs & Sex Friends
H.O.T. Hypnotique, Obstiné, Ténébreux
The Most Insolent Man

Alexia Perkins
Arrogant Fake Lover

Sophie S. Pierucci
L'Inconnu de l'ascenseur & Moi
(aussi en poche)
My Stepbrother. L'initiation

Silvia Reed
Darkest. La dernière heure
Too Close

Anita Rigins
No Rules
My Rules
J'aime pas Noël ni les voleurs de taxis

Isla A. Rowley
Le coloc de mon frère

Avril Rose
Coffee, Sex & Law

Jana Rouze
Effet de vague – saisons 1, 2 et 3

Wendy Roy
Une seule fois (ou presque)

Ana Scott
À corps brisés

Adora Sky
Decadent Lover

Léana Soal
Fight & Hope

Cara Solak
Perfect Obsession

Izia Soley
Fauve
Initiation. On Your Skin

Liv Stone
Initie-moi. Mes jours contre tes nuits

Lena K. Summers
Perfect Bad Boy
Donovan, roi des connards

Kaly Swann
Austin. Breathe with Me

Lily Tortay
Dance for Me

Flore Valier
Ta peau contre la mienne

Anna Wendell
Arrogant Bad Boy
Apprends-moi le désir
Colosse. Le maître du jeu
Break Your Chains

Mina Zadig
Just Sex & Tattoos
Arrogant Highlander

New adult addictives

Sonia Birdy
California High School

Mélodie Chavin
Stepbro' Next Door

Juliette Duval
Falling for my Stepbrother

Sianna Milano
High School Initiation

Isla A. Rowley
Toxic Games

A addictives POCHE

Rose Becker
Le Bébé, mon milliardaire et moi
(aussi en grand format)
Désirs & Désastres

Marjorie Burbaud
The Campus Teacher

Phoebe Campbell
Tes ordres sont mes désirs

Olivia Dean
À lui, corps et âme – volumes 1 et 2

Sonia Eska
My Last Chance

Lou Everly
Bad Boy Crush

Erin Graham
Nos amours contraires

Emma Green
Seuls contre tous (aussi en grand format sous le titre *Toi + Moi : Seuls contre tous*)
L'un contre l'autre (aussi en grand format sous le titre *Toi + Moi : L'un contre l'autre*)
Envers et contre tout (aussi en grand format sous le titre *Toi + Moi : Envers et contre tout*)
Corps impatients (aussi en grand format)
Cœurs insoumis (aussi en grand format)
Âmes indociles (aussi en grand format)
Fais moi une place (aussi en grand format sous le titre *(Im)parfait*)

Kim Grey
Fausse fiancée & vrais ennuis

Megan Harold
Sublime-moi !

Charlie Lazlo
Kiss Me I'm Famous
The Duke

Jeanne Pears
Jamais avec mon coloc !

Sophie S. Pierucci
L'Inconnu de l'ascenseur & Moi (aussi en grand format)
Deep & Dark

Lise Robin
Forbidden Stepbrother

Alexane Tolley
The Boss Rules

Chloe Wilkox
Your Game, My Rules

The Boss Next Door
Eugénie Dielens

Personne ne s'oppose à lui. Sauf elle.
Fraîchement débarquée en Écosse, Anna commence une toute nouvelle vie : l'université, de nouveaux amis… et un boulot. Embauchée comme jeune fille au pair, elle s'installe dans un manoir aussi somptueux que mystérieux. Tout l'intrigue : les pièces fermées, les sujets tabous, les employés discrets… et surtout son employeur : Liam White. Glacial, distant, arrogant et hautain, il s'impose en maître dans son domaine. Sauf qu'Anna n'est pas du genre à s'incliner sans protester. Entre eux commence un affrontement électrique, interdit et tellement savoureux…

Auteure : Missy Heart

Edisource – Éditions Addictives
100, rue Petit, 75019 Paris
Imprimé par FINIDR – Lipova cp. 1965 – 73701 Cesky Tesin,
République tchèque
Dépôt légal : octobre 2022 – Achevé d'imprimer : septembre 2022
ISBN : 978-2-37126-528-8
Réf. contrat : ZLOV_001